Jörg von Bargen · Elbtrauma

Bibliografische Information der Deutschen Nationalbibliothek

Die Deutsche Nationalbibliothek verzeichnet diese Publikation in der Deutschen Nationalbibliografie; detaillierte bibliografische Daten sind im Internet über http://dnb.ddb.de abrufbar.

ISBN 978-3-89969-144-3

www.principal.de
Umschlagfoto: © Udo Kruse - Fotolia.com

Printed in Germany

Jörg von Bargen

Elbtrauma

Kriminalroman

PRINCIPAL VERLAG

Dank

Ich danke Gerd-Rainer Obal, meiner Vertriebsspeerspitze, der mit mir bei Wind und Wetter die Tour durch den norddeutschen Buchhandel gemacht hat. Ich hoffe, wir werden uns noch des Öfteren eine Currywurst (selbstverständlich eine helle) gönnen dürfen. Ich danke all den Buchhändlern, denen wir begegnet sind, die wie wir an den Vorgänger-Roman geglaubt haben. Unsere Drohung, sie wieder aufzusuchen, halten wir gnadenlos ein. Ich hab viel über die Situation des deutschen Buchhandels gelernt und spucke denen über die Schulter, die den Kampf in einem sich ständig verändernden Markt unbeirrt weiterführen. Nicht vergessen darf ich meine langjährige Freundin, Sabine Gabler, die mutig denjenigen hinterher telefoniert, die vielleicht noch eine neue Order aufgeben könnten.

Kleinen Verlagen fehlt vielleicht die Durchschlagskraft der großen Wettbewerber. Aber sie gewähren dem Autor die erforderliche Nähe und die enge Zusammenarbeit, wenn es um Textvariationen, den Kampf um den richtigen Titel, die Gestaltung des Umschlags, die Publikmachung und den Vertrieb geht. Dank an meinen Verleger, Dr. Horst Schwenk.

Neue deutsche Rechtschreibung, Wortwiederholungen, krause Sätze. Was finge ich ohne die Lektorin Eddy Langer an? Vermutlich würde ich mit dem Schreiben aufhören.

So trivial es klingt, so ist es doch eine ewige Wahrheit. Die Aufgabe des Autors ist es, das Buch zu schreiben. Am Ende kann er nach endlosem Korrekturlesen alles beurteilen, selbst den Fahrplan der Deutschen Bahn, aber nicht sein eigenes Werk. Dafür bedarf es der inneren Distanz, die sich frühestens einstellt, wenn die Druckmaschinen schon wieder abgeschaltet sind, nichts mehr zu verändern ist. Meine Tochter Constanze hat sich zu einem frühen Zeitpunkt dafür hergegeben, sich eine Meinung über dieses Buch zu bilden, mit mir offen darüber zu reden, mir Mut zu machen.

Meine Tochter Alexa war mir behilflich, diverse Lesungen zu organisieren. Ihr Freund Martin half aus, wenn Gerd Obal verhindert war. Er folgte sogar widerspruchslos meiner Bitte, sich die Zigarette erst nach dem Besuch der jeweiligen Buchhandlung anzuzünden.

Ich danke meiner Schwester Monika, die auf der Linie Bremerhaven/Langen-Cuxhaven eine kleine Fangemeinde aufgebaut hat. Und das seit vielen Jahren. Ich danke all den ungenannten Lesern, die hoffentlich auf dieses Buch warten.

Und ich danke meiner Frau, die mich ungestört schreiben lässt.

Der Autor:

Der promovierte Diplom-Kaufmann Jörg von Bargen studierte in Hamburg Betriebswirtschaft und Soziologie. Als Cuxhavener, der mehrere Jahre in Bremerhaven zur Schule gegangen ist und dort gelebt hat, verbinden ihn Elbe und Weser gleichermaßen. Schließlich münden beide in die Nordsee. Zuletzt arbeitete er als Pressesprecher einer Konzernholding, bevor er sich als Unternehmensberater selbstständig machte. Heute lebt er mit seiner Familie in Buchholz in der Nordheide.

Zum Buch:

Trotz aller beruflichen Erfolge gerät Hauptkommissar Fabian Hilpert zwischen die Mühlsteine der Politik. Der für die Polizei zuständige Staatsrat durchkreuzt all seine beruflichen Perspektiven und erschwert seine Arbeit.

Polizeioberrat Weber setzt alle Hebel in Bewegung, um Hilpert von seinem Entschluss abzubringen, die Polizei zu verlassen. Um ihn vorerst aus der Schusslinie zu nehmen, stellt er ihn in eine Sonderkommission ab. Diese ermittelt gegen einen Sexualmörder, der eine Spur des Grauens durch Deutschland zieht. Auch eine ehemalige Kollegin gerät in dessen Hände. Hilpert erlebt hilflos seine eigene Ohnmacht, als er begreift, ihr nicht helfen zu können.

Gemeinsam mit seinen Kollegen erzielt er Fahndungserfolge, die sie dennoch nicht weiterbringen. Vielmehr werden sie an den Ausgangspunkt ihrer Ermittlungen zurückgeworfen. Fast scheint es, als käme ihm der Mörder ständig näher. Erst spät durchschaut er, dass sie sich in die falsche Richtung orientieren. Ihm verbleibt wenig Zeit zum Handeln, da mittlerweile eine weitere Frau aus seiner näheren Umgebung dessen Opfer geworden ist. Und er droht abermals zu spät zu kommen.

Seine Arbeit wird durch den zusätzlichen Auftrag erschwert, einen Mord in einer Konzernzentrale am Alsterufer aufzuklären. Es geraten Manager in Nadelstreifen ins Zentrum seiner Ermittlungen, denen jegliche kriminelle Energie abzugehen scheint. Niemand mag an deren Täterschaft glauben, am wenigsten er selbst. Und es soll nicht bei nur einem Opfer bleiben. Erst nachdem es ihm gelungen ist, einen Freund aus alten Zeiten in das Unternehmen einzuschleusen, beginnt er die Mordmotive zu begreifen. Trotzdem ist es ein steiniger Weg, bis er auf die Spur des Täters gelangt.

Prolog

Irgendwann in den frühen Achtzigern des vorigen Jahrhunderts.

Es war einer dieser typischen Wintertage in Norddeutschland. Um auf einen wärmenden Mantel zu verzichten, war es zu kalt. Darauf zu hoffen, dass der Stadtteich zufror, dazu war es eindeutig zu milde. Wollte man Schlittschuh laufen gehen, bedurfte es nach wie vor der künstlichen Eisfläche, die findige Unternehmer auf dem Marktplatz angelegt hatten. Wer dieser Witterung etwas abgewinnen konnte, war entweder jung und wusste es nicht besser oder stellte keine besonderen Erwartungen ans Wetter, weil man sich damit abgefunden hatte.

Die Schüler und Schülerinnen der Gesamtschule stürmten mit dem Läuten zur großen Pause aus ihren Klassenräumen nach draußen. Trotz der unfreundlichen Natur wurde der Schulhof dem Klassenzimmer eindeutig vorgezogen. Ab einem bestimmten Alter galt Schule, insbesondere für die Knaben, als unbequeme Pflicht. Man kam ihr nach oder verweigerte sich. Nirgendwo stand geschrieben, dass man sie lieben musste. Die große Pause bot ein Stück Freiheit, wenn auch nur für einen überschaubaren Zeitraum. Die Jüngeren wollten ihrem natürlichen Bewegungsdrang nachgeben. Die Älteren mussten gegenüber ihrer Umgebung dokumentieren, dass es Zeit für eine Zigarette war. Dabei war es gleichgültig, ob es schneite oder die Sonne schien. Allerdings fanden dort draußen nicht nur fröhliche Spiele unter Jugendlichen statt. Die Aggressivität der Straße hatte die Lehranstalten in den frühen Achtzigerjahren längst erreicht. Und es ging beileibe nicht nur um harmlose Streitereien. Der Lehrmeister Fernsehen hatte manch erfolgreiche Lektion im Fach Jugendkriminalität gegeben. Den fehlenden Rest erwarb man intuitiv oder schaute ihn sich bei den Älteren ab. Dafür setzte man gerne seine Talente ein.

Ein etwa vierzehnjähriger Junge wurde von drei Halbwüchsigen in eine Ecke des Schulhofs getrieben. Unsanft stießen sie ihn vor sich her. In diesen fast schon autonomen Bereich wagte sich die Aufsicht führende Lehrkraft nur in Ausnahmefällen. Es war allgemein bekannt, dass sich dort überwiegend die älteren Schüler aufhielten. Hier wurde geraucht, zuweilen wurde auch mit Drogen gehandelt. Ansonsten trugen die jungen Leute in dem Areal ihre Streitigkeiten aus, weitgehend unbehelligt von den Lehrkräften. Solange nichts Augenscheinliches geschah, schauten diese in eine andere Richtung und wiesen bevorzugt einen Schüler aus einer der unteren Klassen an, eine Plastiktüte vom Boden aufzuheben.

Die beiden Kameraden des Jungen hatten sich vorsichtshalber auf Tauchstation begeben. Sie waren lieber ein paar Minuten feige, als mit den Fäusten der jugendlichen Schläger Bekanntschaft zu machen. Sie hatten ihre Lektion bereits erhalten. Das Trio war bei den Mitschülern gleichermaßen gehasst und gefürchtet. Der anscheinend Stärkste der drei trat bedrohlich auf den Schüler zu. Er war mindestens einen Kopf größer als der kompakte Jugendliche, der vor ihm stand, und wenigstens drei Jahre älter. Für ihn vermeinte er, keine weitere Unterstützung von seinen Handlangern zu benötigen. Dieser verhielt sich dennoch erstaunlich gelassen, als läge keine Bedrohung in der Luft. Er war erst vor Kurzem mit seinen Eltern hierher gezogen. Kannte er sich noch nicht richtig aus?

»Hast du mich nicht verstanden?«, grunzte der Ältere. Dabei nahm er einen heftigen Zug aus seiner Zigarette, als wollte er damit seine Überlegenheit demonstrieren. Vermutlich hatte er sich diese Pose im Kino abgeschaut. »Dein Taschengeld gehört ab sofort uns. Du wirst regelmäßig die Mücken abliefern, sonst kriegst du richtig Probleme.« Er griff nach seiner Jacke und rieb daran mit Daumen und Zeigefinger. »Die will ich auch haben.« Er schaute zu seinen Füßen. »Die Stiefel kannst du behalten, die sind scheiße.«

Trotz seiner scheinbaren Überlegenheit unterliefen ihm an diesem Tag zwei Fehler, die er wenig später nicht mehr korrigieren konnte. Er unterschätzte seinen jüngeren Gegner, der bislang in keiner Form auffällig geworden war. Und er ignorierte das Moment der Überraschung. Nur wer auf beiden Beinen stand, war Herr des Geschehens. Das sollte sich umgehend ändern. Der Junge drückte die Unterarme schützend vor sein Gesicht, zog den Kopf ein und stürmte ohne Vorwarnung mit einem Schrei auf seinen Gegner los und stieß mit seinem Kopf voller Wucht in dessen Magengegend. Dieser verlor seinen Halt und fiel zu Boden. Damit war es nicht genug. Anstatt die Gelegenheit zu nutzen und Fersengeld zu geben, drosch er weiter auf den Älteren ein. Er traktierte ihn mit seinen festen Schuhen, trat ihm abwechselnd in den Unterleib und ins Gesicht.

»Niemand nimmt mir etwas weg!«, schrie er ihn an. »Niemand!«

Alles spielte sich innerhalb kürzester Zeit ab. Wie gelähmt sahen die anderen zu. Der Vierzehnjährige ließ erst von dem Jungen ab, als sich die festen Arme des Sportlehrers, der an diesem Tag Aufsicht führte, um seinen Oberkörper schlossen. Er kam nur langsam zur Besinnung. Er zitterte am ganzen Körper und keuchte wie nach einem Marathonlauf. Der Gegner am Boden schien ihn nicht zu berühren. Sein Lehrer schob ihn einige Meter von dem wimmernden Jugendlichen weg. Vorsichtig löste er seinen Griff.

»Das hast du großartig gemacht, mein Junge«, flüsterte er ihm zu. »Du hast diesen kriminellen Elementen endlich die richtige Antwort gegeben. Uns sind ja die Hände gebunden. Unserem Land fehlt die gerechte Ordnung.«

Der Angreifer fiel mehr als zwei Wochen aus. Man entfernte ihn anschließend wie seine Kumpanen von der Schule. Der Versuch seiner Eltern, sich schadlos zu halten, wurde im Keim erstickt. Sie konnten von Glück sagen, dass keine Anzeigen gegen ihren Jungen erstattet wurden. Mit seiner Niederlage verzog sich die Aura seiner Überlegenheit wie der Schnee in der Mittagssonne. Plötzlich waren seine früheren Opfer bereit, gegen ihn auszusagen. Seine bisherigen Parteigänger gingen auf Distanz zu ihm. Der junge Kämpfer dagegen war bis zum Ende seiner Schulzeit eine Art verkappter Held. Niemand in seinem Umfeld hätte sich getraut, ihn in irgendeiner Form zu belästigen oder zu bedrohen. Er verzichtete darauf, die Situation für sich zu nutzen. Vielmehr fiel er in die Rolle des unauffälligen Schülers zurück, vor dem sich niemand fürchten musste, der keinen bedrohte. Er erledigte seine Hausaufgaben akkurat und gab zu Klagen keinerlei Anlass. Und trotzdem wäre es besser gewesen, man hätte sich mit seiner Form der Konfliktbewältigung eingehender auseinandergesetzt. Ganz im Gegenteil trainierte ihn der

Sportlehrer in Selbstverteidigungs- und Kampfsportarten und füllte seinen Kopf mit unausgegorenem Gedankengut. Er fand in ihm einen willfährigen Schüler, der seine Lektionen wie ein trockener Schwamm aufsaugte. Dies gab nicht nur eine Eins im Sport, sondern machte aus einem furchtlosen Menschen eine Kampfmaschine, die in gewissen Situationen keine Beherrschung über sich hatte.

Zu Hause wurde auf ihn wenig geachtet. Der Stiefvater zeigte kaum Interesse an ihm. Seine Mutter war primär mit sich selber beschäftigt und kümmerte sich lieber um den alleinstehenden Nachbarn auf der anderen Straßenseite als um ihren Jungen. So wuchs ein verhaltensauffälliger Mensch heran, ohne dass er ins Blickfeld von Pädagogen, Psychologen oder Erziehungsberechtigten geraten wäre. Das blieb über viele Jahre so, weil keine erneute Initialzündung erfolgte.

Die Geschehnisse auf dem Schulhof gerieten alsbald in Vergessenheit. Der Junge machte ein ordentliches Abitur und absolvierte erfolgreich seine Berufsausbildung.

Als eine Nachbarstochter einige Jahre später spurlos verschwand, kam niemand auf die Idee, ihn eingehender zu befragen. Dabei hätte er eine Menge zu erzählen gehabt.

1

Knapp 30 Jahre später.

Geschepper von der Straße her ließ ihn aufhorchen. Irritiert blickte er hoch, verließ das Wohnzimmer und ging in die Küche. Dort trat er ans Fenster. Richtig, heute war Freitag. Müllabfuhr war angesagt. Er grinste in sich hinein. Egal, wie überlegt man plante, das Unvorhergesehene drohte, einen leicht aus dem Rhythmus zu bringen. Dabei ging es um ein vorhersehbares Ereignis. Es war nur zu banal, um es im Kopf zu bewegen.

Er begab sich ins Wohnzimmer zurück, setzte sich wieder in seinen Lieblingssessel und sah sich zufrieden um. Seine Frau bezeichnete ihre Einrichtung als altmodisch und unansehnlich. Er empfand sie als gemütlich. Trotzdem hatte er ihr vor einem Jahr vorgeschlagen, sich nach ihren Vorstellungen neu einzurichten. Das Geld dafür war allemal vorhanden. Darauf war sie nicht weiter eingegangen. Mittlerweile wusste er, warum.

Er lehnte sich entspannt zurück. So gut hatte er sich schon lange nicht mehr gefühlt. Entgegen seinen sonstigen Gewohnheiten hatte er sich bereits an diesem Vormittag einen Cognac eingeschenkt. Genüsslich leerte er das Glas in großen Zügen und schenkte sich nach. Er wusste, dass er damit dem XO nicht gerecht wurde. Den stürzte man nicht herunter wie einen x-beliebigen Schnaps. An diesem Tag war es ihm gleichgültig. Schließlich hatte er ihn sich verdient. Er dachte grinsend über das Gespräch nach, das er gerade mit seiner Frau geführt hatte. Lange hatte er sich davor gedrückt. Er wusste sehr genau, worauf sie hinauswollte, als sie ihn darum bat. Diesmal akzeptierte sie keine seiner Ausreden. Sie hatten sich in der Vergangenheit verbraucht. Also gab er an diesem Tag nach und stellte sich.

Viele Monate hatte er es bis dahin vorgezogen, den Kopf in den Sand zu stecken in der Hoffnung, alles könnte sich zum Besseren wenden. Er wollte anfangs keine Auseinandersetzung mit ihr, nach der alle Brücken abgebrochen würden. Es war ein zäher Prozess, bis er begriff, dass er sich den Fakten so zu stellen hatte, wie sie sich ihm darboten. Er kam daran nicht mehr vorbei, auch wenn er sie am liebsten eliminiert hätte. Er spürte den zunehmenden Druck in sich, reinen Tisch zu schaffen. Diesem konnte und wollte er sich nicht mehr verschließen. Er war bereit. Und zwar zu mehr als zu einem Gespräch. Er wollte, er musste Fakten schaffen, und zwar die von ihm gewünschten. Das wusste wiederum seine Frau nicht. Diese Überraschung hatte er für sie vorbereitet. Es war nur noch eine Frage von Stunden. Gedankenverloren rieb er sich die Hände. Abermals griff er nach dem Glas. Diesmal trank er kontrollierter.

Mit gekräuselter Stirn überlegte er. Wie war eigentlich ihre Ehe verlaufen? Er versuchte, sich an die Anfänge zurückzuerinnern, als er seine Frau kennenlernte. Sie verstanden sich gut. Soweit es ihre beruflichen Verpflichtungen zuließen, unternahmen sie viel gemeinsam, obwohl ihre Interessen von Anbeginn an sehr unterschiedlich waren. Sie interessierte sich für die schönen Künste, las gerne, besuchte Museen, sah sich Fernsehspiele an. Er bevorzugte Sport in jeglicher Variation. Selbst Sumoringen konnte er sich stundenlang anschauen. Kurz vorher hatte seine Frau eine unglückliche Liebe hinter sich gebracht und suchte nach der breiten Schulter, an die sie sich anlehnen konnte. Überzeugend spielte er zu Anfang ihrer Beziehung die Rolle des starken Beschützers. Sie schien ihm geradezu auf den Leib geschneidert zu sein und wurde von ihr dankend angenommen. Auch im Bett gab es keine Probleme. Er war sehr bemüht, sie nicht zu überfordern.

Die erste Zeit arbeitete sie mit, sodass sie finanziell anständig über die Runden kamen und nicht ihr Geld zusammenklauben mussten, wenn eine größere Anschaffung oder eine Urlaubsreise angesagt waren. Nach einer beträchtlichen Erbschaft vor drei Jahren war sie materiell so unabhängig geworden, dass sie schließlich zu Hause blieb. Wenn er recht überlegte, war das in der Nachbetrachtung der Startschuss für ihre Verhaltensänderung. Sie begann damit, sich auf ihre eigenen Bedürfnisse zu konzentrieren. Der überraschende Wohlstand, die plötzliche Freizeit wirkten sich mit ungeahnter Dynamik auf ihr Selbstbewusstsein aus. Menschen hofierten sie und sie genoss es. In der Boutique war sie plötzlich die gnädige Frau und bekam ein Glas Champagner angeboten. Der Banker machte einen Diener und sprang ihr entgegen, wenn sie die kleine Sparkassenfiliale betrat.

Sie begann, ihre Ehe zu dominieren, quälte ihn mit ständig neuen Forderungen, war mit nichts zufriedenzustellen. Er machte ebenfalls seine Fehler, gab entgegen seiner Wesensart viel zu häufig nach, wich Streitgesprächen aus. Am Ende geschah in ihrem Miteinander nur mehr was sie wollte. Er liebte seine Frau. Sie sollte zufrieden mit und nicht neben ihm leben. Er ließ sie zu lange gewähren, ohne gegenzuhalten. Er war beruflich stark engagiert, sodass er zeitweise nicht die Kraft aufbrachte, in ihrer Beziehung gleichberechtigt aufzutreten oder die Rollenverteilung neu zu ordnen. Zumindest redete er sich das ein. Vermutlich wäre er sogar bereit gewesen, diesen Zustand auf Dauer hinzunehmen, hätte er damit ihre Ehe retten können.

Sie plagten auch vor ihrer Erbschaft im eigentlichen Sinn keine Schulden. Auf ihrem gemeinsamen Haus lastete eine Hypothek von gerade mal 80.000 Euro. Dagegen stand der Wert der Immobilie, der um ein Vielfaches höher lag, obwohl sie schon ein paar Jahre auf dem Buckel hatte. Als sie sie gemeinsam erstanden, hatten sie in den folgenden Jahren viel Geld und noch mehr Arbeit hineingesteckt. Jede freie Minute ging dafür drauf. Dem Haus war das ungleich besser bekommen als ihrer Ehe. Sie verflachte trotz seiner Nachgiebigkeit. Es war ein schleichender Prozess.

Und dann begann sie, Fakten zu schaffen. Erste Hinweise darauf, dass sich seine Frau neu orientierte, erreichten ihn in diesem Frühjahr. Anfangs maß er ihnen wenig Bedeutung bei. Es wäre ihm nie in den Sinn gekommen, dass sie ihn hintergehen könnte. Wäre er aufmerksamer gewesen, ihm wäre manches sehr viel früher aufgefallen. Ihre Migräneattacken, wenn er mehr als ein wenig Zärtlichkeit erwartete. Neue Interessen, auswärtige Besuche, vergessene Einkäufe fürs Abendessen, ein jugendlicheres Outfit.

Wirklich misstrauisch wurde er erst, als ihr Handy häufiger klingelte und sie zum Telefonieren ins Nachbarzimmer verschwand. Irgendwann sprach er sie darauf an. Nicht stören wollte sie ihn beim Fernsehen, redete sie sich heraus, obwohl sie früher keinerlei Rücksicht auf seine Vorlieben für seine Sportsendungen genommen hatte. Schließlich folgte er ihr heimlich, wenn sie irgendwelche scheinbar unbedeutende Verabredungen wahrnehmen wollte. Im Spätsommer bekam er Gewissheit. Seine Frau hatte ein Verhältnis. Sie betrog ihn. Dieses Wort geisterte durch seinen Kopf wie ein Lied, das man mit sich herumtrug und einen nur schwerlich losließ. Allerdings mit dem Unterschied, es verflüchtigte sich nicht. Bald wusste er Namen und Adresse des Mannes. Tag für Tag beschäftigte ihn dieses Wissen. Er entschied sich, vorerst passiv zu bleiben und abzuwarten. Anfangs hoffte er auf eine vorübergehende Laune seiner Frau, die sich wieder verflüchtigen würde. Bis er begriff, dass sich eine feste Beziehung angebahnt hatte. Er begann damit, sie im Haus zu beobachten, wenn sie die bemühte Gattin spielte. Er registrierte mit zunehmendem Hass, wie sie bei den seltenen gemeinsamen Gesprächen Interesse an seinen Problemen heuchelte. Wollte er nicht daran ersticken, musste er seine Haltung ändern.

Seit seinem Anfangsverdacht verfolgte er das Geschehen mit wachen Augen um sich herum. Sei es im Freundeskreis, sei es auf der Arbeitsstelle. Überall schien ihm, als würden die Frauen nur darauf warten, aus ihren starren Beziehungen auszubrechen. Treue war zum Unwort dieser Generation herabgestuft worden, mit dem niemand mehr etwas anzufangen verstand. Die eigene Lust und deren Befriedigung standen im Vordergrund. Betriebsfeste, Jubiläen, Geburtstagsfeiern arteten fast schon zu Orgien aus. Er würde diese Zustände in seiner Ehe nicht mehr zulassen. Von Tag zu Tag verstärkten sich die Konturen eines Plans, mit dem er die Interessen seiner Frau und ihres Liebhabers durchkreuzen wollte. Er begriff, dass es zu seiner Angelegenheit wurde, dem moralischen Verfall entgegenzuwirken. Es wäre zwar ein Tropfen auf dem heißen Stein, aber irgendjemand musste damit anfangen. Es ging nicht nur um ihn und seine persönliche Situation. Es ging um weit mehr. Er vermeinte einen Auftrag in sich zu spüren, der deutlich über seine eigene Interessenlage hinausging. Er beschloss, seiner Berufung zu folgen.

Nach dem gemeinsamen Frühstück saßen sie an diesem Tag einander gegenüber und redeten miteinander. Genervt warf er einen Blick aus dem Fenster. Dieser Herbst zeigte sich seit Tagen von seiner eher üblen Seite. Er schien seine eigene Stimmung widerzuspiegeln. Er nahm es wie eine höhere Fügung hin. Wind und Regen fegten das Laub und alle Gegenstände, die nicht ordentlich verstaut worden waren, durch die Gegend. Mülleimer waren umgefallen. Deren Inhalt diente den Gewalten aus der Luft als gern genommenes Spielzeug. Die Menschen trauten sich nur hinaus, wenn es sich nicht vermeiden ließ. Die Gärten in der kleinen Einfamilienhaussiedlung erweckten den Eindruck, als habe sich seit Jahren niemand um sie gekümmert. Aber gegen die Macht der Natur kam selbst teutonische Ordnungswut nicht an. Da war Geduld angesagt. Man musste halt eine Wetterbesserung abwarten. Dann durften Harke, Besen und Spaten in sachkundigen Händen ihr Werk verrichten.

Sie hatten einander in angespannter Haltung beobachtet. Ein neutraler Beobachter hätte die beiden weder als sonderlich attraktiv noch als abgrundtief hässlich beschrieben. Vielleicht wäre ihnen der Begriff ansehnlich gerecht geworden. Nervös spielte sie mit ihren Fingern. Es war ihr anzusehen, dass ihr das Gespräch mit ihrem Mann unangenehm war. Endlich fasste sie den Mut für die eigentliche Wahrheit, mit der sie ihn seit Monaten konfrontieren wollte. Immer wieder hatte sie es aufgeschoben. Als sie entschieden war, wich er ihren Gesprächswünschen aus, als wisse er, was auf ihn zukommen würde.

Sie presste den entscheidenden Satz heraus, als müsste sie Druck ablassen. »Ich werde dich verlassen.«

Für einen Augenblick herrschte Sprachlosigkeit in dem Wohnzimmer des kleinen Einfamilienhauses. Er war vorbereitet und trotzdem traf ihn ihre Aussage mit voller Wucht.

»Es ist dein unumstößlicher Wunsch zu gehen?«, fragte er schließlich, für seine Verhältnisse beherrscht, beinahe gleichgültig. Ihre Worte verletzten ihn dennoch und trafen ihn wie ein Stich in die Magengegend.

»So ist es«, erwiderte sie bestimmt.

Scheinbar gedankenverloren rieb er die Hände aneinander. Auch wenn es für einen flüchtigen Betrachter anders ausgesehen hätte: Er führte das Feld an. Seine Frau wusste es nur nicht - noch nicht.

»Du hast einen anderen, stimmt's?«, stieß er hervor.

»Das hat mit meiner Entscheidung nur bedingt zu tun. Ich liebe dich nicht mehr. Und derzeit fühle ich mich jung genug für einen Neuanfang.«

»Du musst wissen, was du willst«, antwortete er gelassen, obwohl seine Hände schweißnass waren. »Ich kann dich nicht zwingen zu bleiben.«

Man sah ihr die Erleichterung über seine ausgewogene Reaktion an. Sie hatte eher mit Gezeter und Geschrei gerechnet. »Es gilt eine Lösung für das Haus zu finden«, fuhr sie mutiger fort. »Ich schlage vor, ich zahle dich aus und du tust mit dem Geld, was du willst. Dafür reicht die Erbschaft von meinen Eltern allemal. Ich verzichte ansonsten auf jegliche Form von Unterhalt. Deine Rente kannst du selbstverständlich für dich behalten.«

Er nickte zu ihren Worten. »Das klingt überaus fair. Ich denke drüber nach und komme zügig auf dich zu«, erwiderte er überlegt. Er verschränkte die Hände hinter dem Kopf und lehnte sich zurück. »Musste es wirklich so weit mit uns kommen?«, fragte er sie.

»Das ist nichts Besonderes, dass eine Ehe auseinandergeht«, entgegnete sie ungerührt. »Das passiert häufiger, als man meint. Und nun hat es uns erwischt.«

»So, so, erwischt hat es uns. Wohl mehr dich als mich. Nun gut, wenn es so ist, kann man es nicht ändern.«

Er horchte in sich hinein. Er hatte die Frau vor ihm, seine Ehefrau, bis zur Selbstaufgabe geliebt. Und nun wollte sie ihn wegen eines anderen verlassen. Und seine Heimat sollte ihm gleich mit genommen werden. Mit Geld wollte sie ihn abfinden. Sie meinte, sie könnte den Takt vorgeben. Da würde sie sich noch wundern. Er war nicht dumm. Er hatte vorgesorgt. Dieses Gespräch hatte er diverse Male in seinem Kopf geführt. Er musste sich beherrschen. Am liebsten wäre er aufgesprungen und hätte auf sie eingeschlagen. Aber dafür war jetzt nicht der richtige Zeitpunkt. Er musste seinen Plan, den er akribisch ausgearbeitet hatte, eiskalt durchführen. Mit wem glaubten sie es zu tun zu haben, mit einem Strolch von der Straße, dem man zehn Euro in die Hand drückte, damit er sich eine Flasche Schnaps leisten konnte? Der sich danach bedankte und ging? Er war unsicher darüber, was inzwischen größer war, seine Enttäuschung über das Verhalten seiner Frau oder der Hass auf sie, der sich in den letzten Minuten weiter vertieft hatte?

Wieder erklang ihre Stimme. »Bis die Dinge geklärt sind, werde ich erst einmal zu Peter ziehen.«

»Peter?«

»Ach ja, du kennst ihn ja nicht. Peter und ich werden nach unserer Trennung zusammenleben. Es ist nicht auszuschließen, dass wir irgendwann heiraten. Dazu müsste selbstverständlich erst unsere Scheidung durch sein.«

»Natürlich.«

Sie war überrascht, wie gefasst er dieses Outing aufnahm. Also wurde sie noch mutiger. »Wäre großartig, wenn du das Haus so schnell wie möglich räumen könntest. Ich sorge umgehend für das Geld. 150.000 Euro sollten angemessen sein. Dafür übernehme ich die Hypothek. Du wirst von allen Verpflichtungen freigestellt.«

»Du hast ja wirklich an alles gedacht. Respekt, Respekt«, reagierte er zynisch. »Früher hast du dich nie um finanzielle Dinge gekümmert.«

»Wenn es um die eigene Zukunft geht, ist man gezwungen, über seinen eigenen Schatten zu springen«, erwiderte sie ungerührt.

»Du sagst es. Auch ich muss mir nun meine eigenen Gedanken machen. Das wirst du sicherlich verstehen.«

»Selbstverständlich. Du bist ja kein alter Mann, sondern hast genau wie ich ein Leben vor dir. Mit Sicherheit findest du dort draußen eine Frau, die besser zu dir passt als ich.«

»Danke für die Blumen.«

Sie warf einen Blick auf ihre Armbanduhr und sprang hektisch auf.

»Ich muss einige Besorgungen machen. Ich hole später mit Peter meine Koffer ab.«

»Das ist okay. Ich weiß allerdings nicht, ob ich dann zu Hause bin. Zum Glück habe ich zwei Tage Urlaub genommen. Ich werde ein paar Schritte in den Wald tun.«

»Das wird das Beste sein. Wir bekommen das schon geregelt.«

Sie griff nach ihrem Handy und rief ein Taxi. Zehn Minuten später fuhr der Wagen vor. Ruhig blickte er ihr hinterher, als sie ihn verließ. Seine Frau hatte exakt die Figur, auf die er von jeher ansprach. Relativ schlanke Beine, lange dunkle Haare, eine ordentliche Oberweite. Sicherlich hatte sie in den letzten Jahren ein wenig zugelegt, war um die Hüften herum etwas runder geworden. Das hatte ihn nie sonderlich gestört. Und diesen Peter offenbar ebenso wenig. Vielleicht wäre alles anders gekommen, wenn sie sich zu einem Kind durchgerungen hätten. Aber in ihren knapp zehn Jahren Ehe konnte er sie nicht davon überzeugen. Es gab von ihrer Seite stets Einwände. Und nun stellte sich diese Frage nicht mehr. Er klinkte die Sicherheitskette ein und ging zurück ins Wohnzimmer.

2

Langsam fand er in die Realität zurück. Er warf einen Blick auf das Glas und nahm es in die Hand. Diesmal nippte er nur daran. Er musste nüchtern bleiben. Er hatte alle Vorbereitungen so sorgfältig getroffen, wie es seiner Art entsprach. Entschlossen griff er nach einer Ampulle. Die entleerte er vollständig in die angebrochene Cognacflasche. Anschließend wischte er alles sorgfältig ab. Er zog sich Gummihandschuhe über, nahm die Flasche und schloss im Hausflur eine Tür auf. Zielgerichtet ging er die Treppe in den Keller hinunter. Dort öffnete er eine weitere Tür. Diese führte in einen kleinen Kellerraum. Es roch miefig. Offensichtlich hatte man es versäumt, regelmäßig zu lüften. Durch das kleine Fenster drang ein schwacher Lichtstrahl herein. Es war geschlossen. Er betätigte einen Schalter an der Tür. Eine nackte Birne, die in einer Fassung von der Decke herabhing, nur von dem Stromkabel gehalten, verbreitete eine grelle Helligkeit. Auf einem löchrigen alten Sessel saß ein Mann. Hände und Füße waren mit Klebeband gefesselt. Seine Augenlider flatterten. In seinem Mund steckte ein fester Knebel. Er war unwesentlich größer als der Hausherr und etwa in seinem Alter um die vierzig. Hilflos starrte er ihn an, als dieser auf ihn zuging. Er baute sich selbstbewusst vor ihm auf, die Hände in die Hüften gestemmt.

Leise redete er auf ihn ein: »Ich werde deine Fesseln jetzt lösen. Solltest du den Helden spielen wollen, dann man zu. Du kannst mir keinen größeren Gefallen tun. Ich empfehle dir trotzdem, die Schnauze zu halten und dich ruhig zu verhalten.«

Der Gefangene wusste, dass er gegen seinen Kerkermeister

keine Chance hatte und wollte ihm keinen Anlass geben, ihn zu schlagen. Er war Kaufmann, kein Kampfsportler. Geprügelt hatte er sich zuletzt als Heranwachsender. Und da gab es nur ein paar Schrammen. Und verloren hatte er auch. Er verfügte über andere Stärken. Am gestrigen Abend hatte Sigrids Mann bei ihm angerufen und um ein Gespräch gebeten. Ganz in der Nähe seiner Wohnung lag ein größeres Waldgrundstück, das bislang der Umwandlung in Bauland widerstanden hatte. Hier hatten sie sich für den frühen Morgen verabredet, um miteinander zu reden. Deutlich erinnerte er sich an den Geruch modrigen Laubs, der ihm entgegenschlug, als sie sich trafen. Eigentlich war er ein Stadtmensch. Seinen jetzigen Standort sah er nur als Übergangslösung. Ihn drängte es nach einer Bleibe im Herzen einer Großstadt, wo man nach wenigen Schritten in das nächste Restaurant stolperte und sich verwöhnen ließ, an jeder zweiten Ecke auf eine Kneipe stieß. Gelegentlich trieb es ihn sogar ins Theater. Nur, mit der Oper wusste er nicht allzu viel anzufangen. An diesem Morgen begegneten sie einander freundlich. Er fühlte sich in einen älteren US-Western zurückversetzt, wo der großartige Held auf die holde Maid verzichtete, um dann Richtung untergehende Sonne davonzureiten. Leider verhielt sich sein Gegenüber eher atypisch. Er erinnerte sich vage an einen kleinen Stich im Hals, als dieser ihm wie einem Kumpel aus alten Zeiten einen Arm um die Schultern legte. Anschließend erfasste ihn eine bleierne Müdigkeit. Aufgewacht war er, an Händen und Füßen gefesselt, in diesem winzigen ungemütlichen Kellerraum. Wie war er hierher gekommen? Seine kurz aufflackernde euphorische Stimmung im Wald hatte sich aufgelöst wie eine Seifenblase in der Luft. Er befand sich in einer Lage, die er nicht beherrschte. Sein Gegenüber lächelte ihn verkniffen an. Fast schien es, als würde er die Situation genießen. Mit kräftigen Fingern zog er ihm den Knebel aus dem Mund und zerschnitt das Klebeband, das seine Hände zusammenhielt.

»Was soll das?«, stieß er hervor. »Was wollen Sie von mir? Warum halten Sie mich gefangen?«

Sein Gegenüber tippte mit dem Zeigefinger gegen seinen Mund. »Psst. Ganz ruhig. Hier bestimme ich den Betrieb.«

»Aber ich ...«

Weiter kam er nicht. Mit flacher Hand ereilte ihn ein Schlag ins Gesicht. Es schmerzte, doch es war auszuhalten.

»Ich gehe davon aus, dass du möglichst schnell verschwinden möchtest. Also spiel nach meinen Regeln, wenn du raus willst!«, herrschte er ihn an.

Diesmal war er vorsichtiger und nickte zu den Worten des Mannes, der sich seiner Macht, die er über ihn verfügte, sicher war. Offensichtlich wartete er nur auf eine Ausfallbewegung von ihm, um einen Grund zu haben, ihn abermals zu schlagen.

»Du tust mir jetzt einen kleinen Gefallen.« Er reichte ihm einen Block und einen Kugelschreiber. »Du schreibst. *Ich hab die Schnauze voll*. Nicht mehr und nicht weniger.«

Er überlegte kurz, ob er sich weigern sollte. Schließlich entschied er sich mitzuspielen. Was wollte er verkehrt machen?

»Freut mich, dass du vernünftig bist«, lobte er ihn. »Nur noch deine Unterschrift. Ich gebe den Zettel später meiner Frau. Solltest du dich weiterhin in dieser Gegend oder in ihrer Nähe herumtreiben, garantiere ich für nichts. Beim nächsten Mal breche ich dir alle Knochen und du kannst allenfalls aus der Schnabeltasse trinken.«

»Keine Angst, ich werde ihr künftig aus dem Weg gehen. Sie können sich darauf verlassen.«

Er stieß ihm seinen Zeigefinger gegen die Brust. »Niemand nimmt mir meine Frau weg! Und ein Weichei wie du gleich gar nicht! Merk dir das für alle Zeiten!«

»Ja, ja, ich hab meine Lektion gelernt«, antwortete er mit jammernder Stimme. Man spürte, er war den Tränen nah. Er wollte nur raus aus diesem Loch, weg von diesem Unmenschen, der ihn bedrohte. Alles andere würde sich ergeben. Hätte man es von ihm gefordert, er wäre umgehend zum Islam konvertiert. Er spürte, wie seine Hände zitterten, seine Stirn war schweißnass. Die Furcht vor dem Mann war in ihn eingedrungen wie ein Bazillus, der seine Gesundheit bedrohte. Sigrid hatte ihn als nachgiebig und schwach bezeichnet. Davon war nichts zu merken. Gelacht hatten sie über ihn. Wie konnte man sich nach längerer Ehe nur so in einem Menschen irren?

Zufrieden steckte der Hausherr den unterschriebenen Zettel ein und warf ihm die Flasche zu. »Die leerst du jetzt in meiner

Anwesenheit. Nicht, dass du gleich zur Polizei rennst und die auf mich hetzt, wenn ich dich freilasse. Es würde mir gar nicht in den Kram passen. Das wird dich für einige Stunden aus dem Verkehr ziehen. Anschließend hast du viel Zeit zum Nachdenken.«

Der Mann schaute kritisch auf die Flasche. Dann setzte er sie folgsam an und nahm einen vorsichtigen Zug. Der Stoff war mehr als ordentlich. Eine knappe Stunde später hielt er sich gerade noch auf schwankenden Beinen. Er war nicht an große Mengen Alkohol gewöhnt. Schwindelanfälle überfielen ihn, er begann zu würgen. Sein ungeliebter Gastgeber klatschte in die Hände und griff nach der weitgehend leeren Flasche.

»Das reicht. Komm, wir gehen. Oder willst du bleiben?«

Er zerschnitt seine Fußfesseln.

Trotz seiner Trunkenheit bestimmte ihn ausschließlich ein Bedürfnis: Er wollte möglichst schnell diesen Raum verlassen. Ohne Unterstützung wäre er die Treppe nicht hochgekommen. Sie stolperten direkt vom Erdgeschoss aus in die Garage. Dort bugsierte der Hausherr sein Opfer auf die Ladefläche eines Kleintransporters. Dessen Bewegungen waren fahrig geworden. Er fühlte nach seinem Puls. Der schlug nur noch sehr schwach. Er lächelte wissend. Bald würde er sich gänzlich abmelden. Diesem Mann konnte keiner mehr helfen. Und es stand niemand bereit, der es hätte tun können. Quietschend fuhr das Garagentor auf Knopfdruck hoch. Er würde es schmieren müssen. Ohne Hast verließ er sein Grundstück. Es wäre kein Problem, sollte ihn jemand sehen. Hinter sich vernahm er keine Bewegung, kein Geräusch. Das Schlafmittel in hoher Konzentration hatte seinen Dienst getan.

Auf einem Waldgelände unweit der Stelle, an der er sich mit dem Liebhaber seiner Frau getroffen hatte, legte er den Leichnam ab. Vorsorglich steckte er ihm den Zettel in die Hosentasche und drückte ihm die Cognacflasche in die Hand. Der Polizei präsentierte er einen perfekten Mord, als Selbstmord getarnt. Sein Auto stand seit dem frühen Morgen unberührt an derselben Stelle.

»Das wäre erledigt«, murmelte er vor sich hin. »Du kreuzt nie mehr meinen Weg. Die Strafe ist nur gerecht.«

Er blickte sich um. Niemand hatte ihn beobachtet. Er stieg in sein Fahrzeug und startete es. Über Umwege fuhr er zurück nach Hause. Die Vorsicht war überflüssig. Kein Verfolger hatte sich an ihn gehängt. Ob man der These vom Selbstmord glauben würde? Im Grunde war es ihm gleichgültig. Die Exekution des Ehebrechers war wichtiger. Für ihn ging es um ausgleichende Gerechtigkeit. Der wichtigste Teil seiner Mission stand allerdings noch bevor. Er musste sich um seine Frau kümmern. Da ging es um die Wiederherstellung der gottgewollten Ordnung. Ihre Bestrafung stand noch aus. Und sie würde ungleich härter ausfallen. Selbst das wäre nur angemessen. Sie hatte mehr als eine Chance gehabt.

Im Verlauf des späten Nachmittags erreichte ihn ihr Anruf. Draußen begann es bereits zu dämmern.

»Peter wollte mich in der Stadt abgeholt haben. Ich erreiche ihn nicht. Sein Handy bleibt stumm. Hat er sich bei dir gemeldet?«

»Nein, warum auch? Nur, wo ist das Problem? Wahrscheinlich ist ihm was dazwischengekommen. Am besten, du kommst hierher, ich bin dir gerne mit den Koffern behilflich.«

»Aber ich hab keinen Wagen.«

»Na und? Ich bringe dich.«

»Das finde ich nett von dir. Großartig, wie gelassen du die Situation verarbeitest. Das hätte ich so gar nicht von dir erwartet. Ich ruf mir jetzt ein Taxi.«

»Alles klar.«

»Wenn du wüsstest, wie gut ich alles verarbeitet habe, wärst du weniger aufgekratzt«, knurrte er, nachdem das Gespräch beendet war.

Alles lief so ab, wie er es geplant hatte. Eine halbe Stunde später stand sie ihm gegenüber. Sie war offensichtlich beim Friseur gewesen, hatte sich für ihren Galan schön gemacht.

»Seltsam, dass ich nichts von Peter gehört habe«, begrüßte sie ihn. »Das ist sonst gar nicht seine Art. Er ist eigentlich ein sehr zuverlässiger Mensch.«

»Das passiert schon mal. Lass gut sein«, versuchte er sie zu beruhigen. »Vielleicht hat ihn sein Chef zu sich bestellt. Oder er musste zu irgendeinem Kunden.«

»Er hätte wenigstens anrufen können.«

»Bestimmt ist sein Akku leer oder er hat sein Gerät auf ›Leise‹ gestellt.«

»Meinst du?«

Sie ging gerne auf seine Beschwichtigung ein, weil er ihr sagte, was sie hören wollte. Er bugsierte ihre Koffer aus dem Schlafzimmer nach unten.

»Ich packe die Dinger in den Kofferraum. Setz dich inzwischen in meinen Wagen. Er steht vor dem Haus. Mensch, hast du darin Blei geladen?«

»Du weißt doch, eine Frau braucht ihre Sachen.«

Sie lachte erheitert auf. Wäre er immer so aufgekratzt gewesen wie heute, hätte ihre Ehe vielleicht einen anderen Verlauf genommen. Sie schüttelte den Kopf. Es war anders gekommen. Sie hatte sich gegen ihn entschieden.

Freundlich nickte er einer Nachbarin zu, als er die schweren Koffer hinauswuchtete. »Sie wollen verreisen?«, fragte sie ihn.

»Nein, ich nicht, meine Frau.«

»Dann wünsche ich eine erholsame Reise, grüßen Sie sie von mir.«

»Das werde ich gern tun.«

Als alles verstaut war, trat sie heraus, setzte sich auf den Beifahrersitz und wartete ab. Er begab sich nochmals ins Haus. Als er wieder herauskam, ging er um den Wagen herum und öffnete die Tür auf ihrer Seite.

»Entschuldige, ich benötige etwas aus dem Handschuhfach.«

Bevor sie begriff, was er vorhatte, umfasste er von hinten ihre Schultern mit festem Griff. Sie spürte einen schmerzhaften Stich am Hals. Er hielt sie weiterhin fest. Zögerlich gab er sie frei.

»He, was soll das?«, fuhr sie ihn an. Sie lallte bereits. Das Mittel begann zügig zu wirken.

»Entschuldige, ich wollte dir nicht wehtun.«

»Was hast du gemacht?«

»Nichts weiter, reg dich nicht auf.«

Ihr Widerstand wurde zusehends schwächer.

Er setzte sich ans Steuer und startete den Motor. Sie spürte, wie ihre Augenlider schwer wurden.

»Was ist mit mir?«, vernahm er ihre kleiner werdende Stimme. Sie war nicht mehr Herr ihres Körpers.

»Nichts, gar nichts«, wirkte er beruhigend auf sie ein. »Du bist einfach abgespannt. War ja auch 'ne aufregende Zeit für dich.«

Seine Worte waren nicht mehr nötig. Ihr Kopf sackte langsam herunter. Sie war für geraume Zeit weggetreten. Grinsend blickte er zu ihr herüber, als er anfuhr. »Und du wolltest mir erzählen, wo's langgeht«, murmelte er. »Ich bin es, der dir deinen Weg weist.«

Es war inzwischen dunkel geworden, als er zurückkehrte. Seine Frau lag diesmal auf der Rückbank unter einer Decke. Er öffnete mit der Fernbedienung das Tor der Doppelgarage und fuhr hinein. Er stieg aus und öffnete die Fondtür. Vorsichtig bugsierte er sie aus dem Wagen und trug sie durch die Verbindungstür ins Haus. Er legte sie auf dem Ledersofa im Wohnzimmer ab, bis er sich entschloss, sie in den Keller zu verfrachten. In einem der Räume ließ er sie auf eine ältere Doppelcouch fallen, die er vor Jahren mit in die Ehe eingebracht hatte und anfangs von ihnen gemeinsam genutzt wurde. Das würde künftig ihr Lager werden. Für seine Interessen reichte sie. Besseres hatte sie nicht verdient. Niemand würde sie hier hören und wenn sie das gesamte Haus zusammenschrie. Im Verlauf des späteren Abends erwachte sie und blickte auf ihren Mann, der neben ihrem Bett auf einem Stuhl saß und interessiert zu ihr herüberschaute. Ihre Zunge fühlte sich pelzig an. Sie musste bitter aufstoßen.

Er reichte ihr ein Glas Wasser. »Trink, das wird dir guttun.«

Sie griff zu und leerte das Glas gierig. Ein Gefühl der Bedrohung schwappte zu ihr herüber, als sie ihm in die Augen sah. Was hatte ihr Mann vor? Sie erkannte ihn nicht wieder.

Er blickte sie kalt an. »Ist es nun besser?«

Sie nickte und sagte kein Wort. Er erhob sich und zog demonstrativ den Gürtel aus seiner Hose.

»Jetzt wirst du deinen Pflichten als Ehefrau nachkommen, wie du es einmal versprochen hast.«

»Bitte, ich ...«

Diesmal schrie er sie an. »Ab sofort wird nur noch getan, was ich will! Es ist vorbei mit lustig! Du benimmst dich wie eine Hündin, die es mit jedem treibt. Folglich werde ich dich genauso behandeln. Nichts wird mehr ausgelassen. Wir beide haben viel nachzuholen. Du verdammte Hure!«

Er wies auf den Gürtel. »Der wird mir behilflich sein, die rechtmäßigen Zustände herzustellen! Hast du wirklich geglaubt, du könntest mir Vorschriften machen? Wie schlecht kennst du mich eigentlich?«

Er schlug ihr einmal heftig auf den Oberschenkel. Sie schrie auf. Er meinte bitterernst, was er sagte, und sie begriff, sie würde sich zu fügen haben. Er setzte sich zu ihr auf die Bettkante.

»Du ziehst langsam deine Bluse aus.«

Mit zittrigen Fingern kam sie seinem Befahl nach.

»Und jetzt den BH.«

Sie gehorchte.

Gierig griff er nach ihren Brüsten, als wäre es das erste Mal. Dann schob er ihren Rock hoch, zog ihr Strumpfhose und Slip aus und warf sie nachlässig neben das Bett. Sie traute sich nicht, sich zu wehren. Ein inneres Gefühl sagte ihr, er würde sie dann schlagen. Er erhob sich, öffnete genüsslich den Hosenstall und entblößte sich. Sie hielt still, als er über sie herfiel. Sie gehorchte, ohne Widerspruch zu leisten, tat, was er ihr anwies. Nach nahezu einem Jahrzehnt Ehe musste sie eine Tortur über sich ergehen lassen, für die ihre Fantasie bis dahin nicht ausgereicht hätte. Mit geschlossenen Augen ertrug sie ihn. Irgendwann schien er sich abreagiert zu haben. Mit Daumen und Zeigefinger presste er ihre Wangen zusammen. Voller Schmerz schrie sie auf. Ihm schien es zu gefallen.

»Du siehst, es geht noch mit uns. Es muss nur der richtige Ton angestimmt werden.«

Er ging an das Wasserbecken und säuberte sich oberflächlich. Anschließend richtete er seine Kleidung her und trat zu ihr ans Bett. »Das war ein neuer Anfang. Ich komme später wieder. Stell dich darauf ein.«

Mit den Augen verfolgte sie, wie die Tür ins Schloss fiel. Sie vernahm, wie der Schlüssel zweimal umgedreht wurde. Sie war endlich allein. Sie fühlte sich schmutzig und benutzt. Die Tränen flossen ihr über das Gesicht. Wie würde das weitergehen? Mit letzter Kraft raffte sie sich auf und trat an die Tür. Die würde sie nie und nimmer öffnen können. Sie drehte sich um. Ihr Blick fiel auf den Lichtschacht. Ob sie vielleicht hindurchpasste? Kurz darauf war ihr klar, dass sie aus diesem Raum ohne Hilfe von außen nicht herauskam. Was sollte sie tun? Angst und Hektik schnürten ihr den Hals ab. Resigniert setzte sie sich aufs Bett.

Er grunzte zufrieden, als er sich im Wohnzimmer in den Sessel lümmelte. Er fühlte sich entspannt und befriedigt. Seine Frau hatte begriffen, wer der Herr war. Solange es ihm gefiel würde sie ihm zu gehorchen haben. Warum war er erst so spät aufgewacht? Abermals gönnte er sich einen großen Cognac und ließ ihn genüsslich auf der Zunge zergehen. Ein zweites Glas sollte folgen. Er nahm die Fernbedienung und schaltete auf den Sportkanal. Die Berichte interessierten ihn nicht sonderlich. Er hatte Besseres vor. Er griff in seine Hosentasche und entnahm ihr eine Tablette. Er schluckte sie ohne Flüssigkeit herunter. Jetzt war er für eine lange Nacht vorbereitet. Die Wirkung sollte nicht auf sich warten lassen.

Wenig später stand er erneut vor ihr. Sie roch, dass er getrunken hatte, als er sich über sie beugte. Er war nackt. Sein erigierter Penis schien sie wie ein Dolch zu bedrohen.

»Dreh dich auf den Bauch!«, grunzte er sie an.

Sie gehorchte, ohne etwas zu erwidern. Er nahm sie brutal von hinten, wie er es sich sonst nie in ihrer Ehe getraut hätte. Sie schrie vor Schmerzen auf, als er in sie eindrang. Und er war beileibe nicht am Ende seiner Fantasie. Er beleidigte sie fortwährend. Sie spürte, dass die Verbalattacken ihn befriedigten. Vor allem aber weidete er sich an ihren Schmerzen. Schrie sie, schien es ihn nur anzustacheln, genau dort weiterzumachen. Sie kannte ihn als vitalen Mann. Doch in dieser Nacht schien er nicht aufhören zu wollen. Erst nach mehreren Stunden ließ er von ihr ab.

»Wasch dich!«, wies er sie an, als er ging. »Du weißt, ich lege Wert auf Sauberkeit und Ordnung.« Er blickte sie kalt lächelnd an. »Es ist besser für dich, wenn du begreifst, wer die Befehle erteilt. Die alten Zeiten sind vorbei. Lass dir was einfallen. Sorg dafür, dass ich dich auch weiter begehre.«

Auf zittrigen Beinen ging sie an das kleine Waschbecken im Raum. Erstmals fiel ihr auf, dass es nur eine Kaltwasserleitung gab. Hier unten im Keller hielt sie sich früher selten auf. Dies war sein Reich. Das sollte sich ändern. Er wurde ihre Unterkunft.

Am nächsten Tag warf er ihr Reizwäsche zu, die er ihrem Koffer entnommen hatte und eigentlich die Fantasie eines anderen beflügeln sollte. Mit zittrigen Händen zog sie sie über.

Anfangs erreichten ihn Anrufe irgendwelcher Freundinnen, die erstaunt zur Kenntnis nahmen, dass seine Frau sich so sang- und klanglos in den Urlaub verabschiedet hatte, ohne sich abzumelden. Anscheinend war niemand über diesen Peter informiert. Im Prinzip war das logisch, da sich mit der Erbschaft auch die Qualität ihrer persönlichen Beziehungen verändert hatte. Die Frauen, mit denen sie gelegentlich bereits am Vormittag Champagner trank, interessierten sich nicht wirklich für sie. Das galt gleichermaßen auch umgekehrt. Der Kreis gemeinsamer Bekannter war überschaubar. Glücklicherweise war es nicht deren Angewohnheit, unangemeldet vor ihrer Haustür aufzukreuzen. Zwei Einladungen sagte er mit dem Urlaubsargument ab. Neben seiner Arbeit konnte er sich völlig auf seine Frau konzentrieren. Und das tat er mit der Akribie eines Inquisitors. Er untersagte ihr zu reden, wenn er es ihr nicht ausdrücklich erlaubte. Anfangs ignorierte sie die Anweisung. Ein brutaler Schlag ins Gesicht belehrte sie eines Besseren. War sie allein, weigerte sie sich, darüber nachzudenken, was mit Peter geschehen war. Sie befürchtete das Schlimmste. Ihren Mann zu fragen, traute sie sich nicht. Tat sie in der kommenden Zeit nicht exakt, was er wollte oder zögerte einen Wimpernschlag zu lang, schlug er sofort auf sie ein. Sie wusste nicht, was schwerer zu ertragen war, der Schmerz oder die Gewissheit, dass es ihm Freude machte, sie zu demütigen, sie zu quälen.

So ging es mehrere Wochen lang. Er tobte seine gesamte Fantasie an ihr aus. Warum fragte niemand nach ihr oder wollte sie besuchen? Irgendwann spürte sie es, sie war schwanger. In ihrer gemeinsamen Ehe war sie seinem Kinderwunsch stets ausgewichen. Hätte man sie nach dem Grund gefragt, sie wäre nicht in der Lage gewesen, ihn zu nennen. Nun hatte er offensichtlich erreicht, was er wollte. Ihre Verzweiflung vertiefte sich. Sie wollte kein Kind, vor allem nicht von ihm.

Wie ein Trüffelschwein schien er ihre veränderte Gemütsverfassung wahrzunehmen. Er sagte es ihr auf den Kopf zu: »Du bekommst ein Kind, stimmt's?«

Sie nickte und begann, hemmungslos zu weinen. Ihn dagegen schien ihr Zustand zu erregen. An diesem Tag ließ er nicht von ihr ab. Sie musste ihn wie die Zeit zuvor ertragen. Wenig später verlor sich wie aus heiterem Himmel sein Interesse an ihr. Anfangs hoffte sie, es ginge ihm um das Kind. Je seltener er zu ihr kam, desto größer wurde dennoch ihre Angst. Wozu benötigte er sie, wenn er sie nicht mehr begehrte? Was waren seine weiteren Pläne mit ihr? Sie konnten nach den Geschehnissen unmöglich die Rolle des glücklichen Ehepaares mit Kind spielen. Sie flehte ihn an, ihm gefällig sein zu dürfen, dies allerdings mit mäßigem Erfolg. Sie spürte, er war durch mit ihr. Die Angst um ihr Leben wollte sie schier zerreißen. Zu recht.

Er wusste, er musste sie töten. Für Kompromisse bestand kein Spielraum. Sie würde den scheinbaren Selbstmord ihres Peters sofort durchschaut haben. Außerdem hatte er eine Mission zu erfüllen. Diese stand über allem. Und sie spielte darin eine zentrale Rolle. An diesem Abend setzte er sich erstmals hin und hielt seine Gedanken fest. Er hatte sich eine gebundene Kladde besorgt. Er nahm sich vor, die aktuellen und künftigen Ereignisse sorgfältig festzuhalten. Er würde nicht ewig leben, vielleicht fand er irgendwann einen Nachfolger.

Wie sich zeigte, war es für ihn leichter, sie umzubringen, als er es sich vorgestellt hatte. In einer der nächsten Nächte suchte er sie auf. Er hatte ihr ein leichtes Beruhigungsmittel verabreicht. Mit aufgerissenen Augen starrte sie ihn an, als sei ihr klar, was mit ihr geschehen würde. Er wies sie an, sich frisch einzukleiden, und war ihr dabei behilflich.

»Was soll das?«, fragte sie ihn zögerlich.

Das Medikament tat seine Wirkung. Sie bekam nicht alles mit. Sie fühlte sich wie berauscht.

»Du wirst sterben«, flüsterte er ihr ins Ohr. »Du wirst nicht mehr gebraucht und erhältst nun den letzten Teil deiner Strafe.«

Er inszenierte einen Unfall mit Fahrerflucht. Niemand meldete hieran anschließend Zweifel an. Er konnte den gebeutelten Ehemann spielen und sich trösten lassen. Ihren Tod empfand er als gerecht und erforderlich. Und nicht nur für sie. Es gab mehr Frauen, die sich ihrer Rolle nicht bewusst waren, die es zu bestrafen galt.

Es würde länger dauern, diesen Weg zu gehen, als er eigentlich geplant hatte. Und er hasste spontane Entscheidungen. Vieles musste durchdacht werden. Mit kritischer Miene überprüfte er die Möglichkeiten seines Hauses. Es gab im Keller diverse Veränderungen vorzunehmen. Letztlich aber sah er das nicht als ein Problem an. Er kreierte Ideen, um sie kurz darauf schon wieder zu verwerfen. Am Ende seiner Überlegungen stand das Konzept. Hierfür galt es, vielfältige Vorbereitungen zu treffen. Sein Weg, den er zu gehen beabsichtigte, war umständlich und mit Risiken gespickt. Solange er vorsichtig agierte, würde es für die Polizei ausgesprochen schwierig werden, ihm auf die Schliche zu kommen. Er schüttelte entschieden den Kopf. Nein, es würde unmöglich sein! Er lächelte bei den Gedanken an das Kommende. Er hatte sich Großes vorgenommen. So wie er mussten sich vor Jahrhunderten Missionare gefühlt haben, wenn sie das Schiff verließen, um in neu entdeckten Gefilden an Land zu gehen. Auch sie agierten mit unerbittlicher Härte. Gott wurde mit flammendem Schwert in die Köpfe der Menschen gezwungen.

Seine Arbeit musste er allerdings allein und unter Ausschluss der Öffentlichkeit erledigen, da kaum jemand sie verstehen und damit akzeptieren würde. Aber der Mahner in der Wüste war stets allein. Umso stärker wäre deren Widerhall in der Öffentlichkeit. Vielleicht gab es den einen oder anderen, der seine Botschaft verstand und seinem Beispiel folgen würde.

Fröhlich pfeifend suchte er sich die Telefonnummer eines Handwerkers heraus, der die erforderlichen Umbauarbeiten leisten sollte. Schnell wurde er sich mit ihm einig. Anschließend holte er sich aus der Garage die erforderlichen Gartengeräte. Nach den stürmischen Herbsttagen und einem strengen Winter galt es aufzuräumen. Er war ein penibler Mensch. Schließlich musste man sein Eigentum hegen und pflegen. Die kommenden Jahre sah er große Aufgaben auf sich zukommen. Sein Ordnungssinn sollte ihm dabei sehr entgegenkommen, diese in seinem Sinne zu bewältigen.

3

Er ließ den Taxifahrer hundert Meter vor seinem Ziel halten und bezahlte die Rechnung. Vielleicht war es doch besser, den eigenen Wagen zu nehmen. Da konnte einen niemand identifizieren. Taxifahrer waren daran gewöhnt, ihre Fahrgäste eingehend zu studieren. Das hieße aber, er durfte den ganzen Abend keinen Alkohol trinken. In seinen Augen war für den genauen Beobachter ein nerviges Zucken zu erkennen. Der Mann war ohne Zweifel nervös. Trotzdem war er bemüht, selbstbewusst aufzutreten, als er das Auto verließ und die wenigen Schritte zu dem erst kürzlich fertiggestellten Mehrfamilienhaus ging. Es stand an der Wasserseite mit unverbaubarem Blick auf die Elbe. Für einen kurzen Moment zeigte sich die Andeutung eines Grinsens in seinem Gesicht, wenn er daran dachte, dass an einer der exklusivsten Hamburger Adressen eine illegale Pokerpartie stattfand.

Als er den Klingelknopf drückte, hatten ihn diese Gedanken bereits wieder verlassen. In ihm stieg eine innere Spannung auf, wie stets, wenn es zum Spielen ging. Hoffentlich war ihm heute das Glück hold. Er konnte es gebrauchen. Es leuchtete ein helles Licht auf und er schaute in das Auge einer Kamera, die ihn argwöhnisch ins Visier zu nehmen schien. Bis auf das Summen des Türöffners vernahm er keinen Laut. Man kannte ihn. Der Aufzug brachte ihn direkt in eine elegant eingerichtete Penthouse-Wohnung, die das gesamte Obergeschoss einnahm.

Leises Murmeln empfing ihn, als er eintrat. Er nickte in die Runde und begrüßte die Anwesenden mit Handschlag. In der Mitte des großzügigen Wohnzimmers hatte man einen ovalen, mit grünem Tuch bespannten Tisch aufgebaut. Nacheinander setzten sie sich auf die ausgelosten Stühle. Es war eine Pokerpartie angesagt, wo es um beträchtliche Einsätze ging. Alle starrten gebannt auf die ruhigen Hände der Kartengeberin. Es herrschte eine gedämpfte Atmosphäre.

Schwungvoll, beinahe elegant verteilte die einzige Frau im Raum an jeden Spieler zwei Karten. Am Ende deckte sie mehrere Karten auf. Sie strahlte Souveränität und Kompetenz aus. Sie trug einen dunklen Midirock, dazu eine helle hochgeschlossene Bluse, eine schwarze Weste und zur Krönung eine passende Fliege. Man spürte an allen Ecken, dass es Ziel des Organisators gewesen war, ein seriöses Ambiente zu schaffen. Das war ohne Zweifel gelungen, änderte jedoch nichts an der Tatsache, dass in dem Appartement eine illegale Pokerrunde veranstaltet wurde. Es wurde um hohe Einsätze gespielt. Fast schien es, als würden nur 200- und 500-Euro-Scheine auf dem Tisch geduldet. In dieser Gesellschaft war es verpönt, mit Chips oder kleineren Noten zu spielen.

Keiner der Anwesenden verschwendete einen Blick auf die Elbe und die erleuchteten Schiffe, die an ihnen vorbeistrichen. Sie konzentrierten sich vielmehr auf das Kartenspiel. Drilling schlug Elbchaussee. Die Männer trugen Anzüge oder Kombinationen mit der passenden Krawatte. Vor ihnen lag ihr Geld, das sie einzusetzen gedachten. Wollte man sich einen Überblick darüber verschaffen, wen an diesem Abend die Glücksfee geküsst hatte, reichte es, sich die Geldbündel anzuschauen. Sie schmolzen oder wuchsen in einem unreglementierten Tempo. Und trotzdem schien es eindeutig zu sein, wer diese Nacht den Tisch als Verlierer verlassen würde. Auch die Sieger standen relativ früh fest. Man benötigte gute Nerven und ein ausreichendes finanzielles Polster. Fortuna liebte offensichtlich diese Kombination. Wer seine feuchten Hände an der Hose abwischen musste, machte sich selten als Gewinner vom Hof. Von der Atmosphäre amerikanischer Fernsehserien mit Whiskey aus der Flasche und dicken qualmenden Zigarren war man weit entfernt. Die Spieler tauschten sich leise aus, ertrugen die Verluste mit Würde und verzichteten auf den persönlichen Triumph, wenn der Pott an einen ging. Man enthielt sich gänzlich cooler Sprüche, wie man sie sonst im Fernsehen beobachten konnte. Nur die gelegentlich zitternden Hände oder der Schweiß auf der Stirn des Verlierers hätte etwas über dessen Gemütsverfassung verraten. Poker mit hohen Einsätzen war nichts für Menschen mit schwachen Herzen.

An den Wänden des Appartements hingen Originale und wertvolle Reproduktionen renommierter zeitgenössischer Künstler. Im Wohnzimmer standen ein wuchtiges Couch-Ensemble, gefertigt aus hellem Leder und diverse Sessel aus demselben Material. Die Spieler hatten keinen Nerv für das edle Ambiente, in dem sie sich aufhielten. Sie interessierten sich nur für die Karten auf dem Tisch und die Reaktionen ihrer Mitspieler, in deren Gesichtern sie zu lesen versuchten. Vermutlich hätte von der Elbe her ein Tsunami anrollen können, niemand hätte es registriert. Wie gebannt starrten sie auf die Karten, die langsam aufgedeckt wurden. Vorsichtig schauten sie sich erneut ihr eigenes Blatt an, als seien sie nicht in der Lage, sich die beiden Karten zu merken, die verdeckt vor ihnen lagen. Sie konzentrierten sich auf ihre Gegner. Wer bluffte? Wen hatte Fortuna erwählt? Zwei von ihnen steigerten, die anderen verzichteten darauf mitzubieten. Sie warfen ihre Karten verdeckt in die Mitte des Tisches und lehnten sich mit vor der Brust verschränkten Armen in ihren Sesseln zurück. Ihre Gedanken waren bereits bei der nächsten Runde.

Das Geniale am Pokern war, man konnte passen. Das Dumme war, man musste gelegentlich mitgehen und gewinnen. Ansonsten verzehrte sich das eigene Kapital zögerlich, aber konsequent durch den geforderten Grundeinsatz. Mit zittrigen Fingern wurden die Scheine in die Richtung der Geberin geschoben. Full House mit drei Königen gewann am Ende gegen drei Asse. Wo fing Glück an, wo bestimmte die Genialität des Spielers, seine Erfahrung das Geschehen? Über ein gutes Blatt zu verfügen, reichte nicht. Es musste zumindest einen Gegner geben, der ebenfalls ordentliche Karten in der Hand hielt, aber einen Tick schlechter war als man selber oder wenigstens nervenschwächer.

Der Verlierer erhob sich bleich, ging im Wohnzimmer an einen Barschrank und schenkte sich einen doppelstöckigen Whiskey ein. Dieses Spiel war ihn teuer zu stehen gekommen. Seine Augen glänzten fiebrig, seine Hände zitterten. Und er litt nicht an der parkinsonschen Krankheit, eher am Spielfieber. Welche Krankheit letztlich die schlimmere war, mochte das Schicksal entscheiden. Wer wollte darüber befinden? Beide waren grausam. Er schüttete den Alkohol in sich hinein, als sei er Wasser, und griff zur Flasche, um sich nachzuschenken. Das zweite Glas leerte er vorsichtiger. Betrunken würde er das Glück nicht zwingen können. Stocknüchtern ertrug er seine Situation nicht. Zuweilen verfluchte er den Tag, an dem er nach den Karten gegriffen hatte. Und trotzdem fieberte er dem nächsten Treffen entgegen, egal, ob er zuvor gewonnen oder verloren hatte. Wäre er offen mit sich, er hätte sich zur Bekämpfung seiner Sucht längst in psychologische Betreuung begeben. Befragte man ihn zu seiner Leidenschaft, er würde aus innerer Überzeugung von einem Hobby sprechen. Doch die Spieler interessierten sich nicht für den Nachbarn neben sich. Sie hatten ausschließlich ein Auge für die Karten und die Verhaltensweisen ihrer Mitkonkurrenten. Davon abgesehen traf auf die meisten das Gleiche zu, sah man von dem einen oder anderen Profi einmal ab. Zu dem Mann am Barschrank gesellte sich ein weiterer Beteiligter, der nicht mitspielte, sondern im Hintergrund geblieben war. Trotz des dunklen Anzugs und der dezenten Krawatte war ihm anzusehen, dass er seine Karriere eher als Türsteher denn als Kartengeber begonnen hatte. Mit seinen klobigen Händen hätte er vermutlich einen Stier in die Knie gezwungen.

»Na, noch genug Kohle in Reserve?«, fragte er interessiert.

Der Angesprochene winkte ab. »Verdammt noch mal, egal, was ich heute anfasse, irgendjemand in der Runde sieht immer wieder besser aus als ich. Kein Bluff zieht. Als würde man dort oben die Weichen gegen mich stellen.«

»So ist das eben. Mal gewinnt man, mal verliert man.« Er wies auf das Glas in der Hand des Mannes. »Damit wird es nicht besser. Jeder Tropfen Alkohol kostet Konzentration. Schau'n Sie sich an Ihrem Tisch um. Ihre Gegner trinken Cola oder Wasser. Ein Milchkaffee gerät schon zur Sensation.«

»Das sagen Sie so in Ihrer unvergleichlichen Art. Mit irgendetwas muss man sich ja beruhigen. Ich hab heute 20 Riesen am Tisch gelassen. In letzter Zeit klebt mir das Pech an den Fingern, als habe ich beim Teufel ein Abonnement geordert. Da kommt keine Freude auf.«

Sein Gesprächspartner schlug ihm sachte auf die Schultern. Zwischen seinen Augen hatte sich eine steile Falte gebildet. »So ist das, wenn man mit Erwachsenen spielt. Um Sie herum sitzen 150 Jahre Pokererfahrung. Trotzdem gab es Zeiten, in denen Sie mit einem dicken Geldbündel abgedampft sind.«

»Klar, aber die liegen mittlerweile eine kleine Ewigkeit zurück. Sie wissen doch selbst, wie hoch ich bei Ihnen in der Kreide stehe. Die Gewinne habe ich längst verzockt.«

Der unbeteiligte Beobachter nickte zu seinem Platz mit dem

Kopf herüber. »Wenn ich mir die wenigen Scheine ansehe, die dort liegen, müssen Sie bald aussteigen.«

»Sie haben gute Augen. Vielleicht sollten wir wieder mit Chips spielen. Die machen mich nicht so nervös wie das Originalgeld.«

»Keine Chance, der Veranstalter will keine Diskussionen bei der Abrechnung.«

Er schenkte sich trotz des Ratschlages des anderen einen kräftigen Drink nach, als vom Tisch her die Stimme der Geberin erschallte. »Meine Herren, es geht weiter. Bitte begeben Sie sich zurück auf Ihre Plätze.«

Der Spieler wandte sich an seinen Gesprächspartner. »Strecken Sie mir noch mal 15.000 vor?«

»Wo ist das Problem? Warten Sie, ich bin gleich zurück.«

»Wohin sollte ich entschwinden wollen? Zudem ohne Geld?«

Kurz darauf wechselten ein Schuldschein und 15.000 Euro ihren Besitzer. Beruhigt steckte er die Banknoten ein und begab sich an seinen Platz. Der Geldverleiher verdiente gut an ihm. Noch hatten sich seine Schulden nicht ins Unermessliche gesteigert. Doch an diesem Abend wollte sich das Glück bei ihm nicht mehr einstellen. Fast schien es, als würde er ständig übersehen, wenn es um ordentliche Karten ging. Und trotzdem wäre er einigermaßen über die Runden gekommen, hätte er sich nicht zu einem Bluff durchgerungen, der ihn so teuer zu stehen kam, dass er eine weitere Anleihe aufnehmen musste. Allerdings mit dem Unterschied, dass für ihn kein Rettungsschirm aufgespannt wurde.

Als man sich am frühen Morgen trennte, reichte sein Geld gerade noch, sein Taxi zu bezahlen. Er konnte froh darüber sein, dass die Getränke kostenlos gewesen waren. Mit Schaudern stellte er sich die peinliche Situation vor, diese nicht bezahlen zu können.

Einer der Mitspieler nahm ihn zur Seite. Offensichtlich kannten sie einander näher. »Das war kein guter Abend für Sie. Vielleicht sollten Sie mal 'ne kreative Pause einlegen. Die Geldverleiher verlangen irgendwann ihre Kohle einschließlich ihrer gesalzenen Zinsen zurück. Da verstehen die keinen Spaß.«

»Keine Angst, das krieg ich schon gebacken. Demnächst kehrt das Glück zu mir zurück, das spüre ich. Schließlich hat es mich lange genug ignoriert.«

»Wenn Sie da man richtig liegen. Darauf gibt es keinen Rechtsanspruch. Es regnet immer dorthin, wo es nass ist. Und in letzter Zeit haben Sie kräftig draufgezahlt.«

»Jetzt werden Sie philosophisch. Und das um diese Uhrzeit. Das kann niemand ertragen.«

»Immer mit der Ruhe. Mit dem Erfolg kehrt auch die Fröhlichkeit zurück.«

»Sie und Ihre Sprüche, kommen Sie, nehmen wir einen Drink zum Abschluss.«

Sein Gesprächspartner hob abwehrend die Hände. »Bloß das nicht, ich will noch was vom Sonntag haben. Mir steht eine stressige Woche bevor. Mir reicht ein Wasser.«

»Hat sich Ihre Abstinenz denn wenigstens gelohnt?«

»Geht so, ich hab ein paar Hunderter draufgelegt.«

Mit diesen Worten verließ er den Mann an der Bar. Dieser blieb trotzdem mit seinen Bedürfnissen nicht allein. Zwei andere Spieler vom Tisch gesellten sich zu ihm und mixten sich ebenfalls einen Drink. Der Barschrank war gut gefüllt. Es würde ihnen nicht gelingen, dort eine Bresche hineinzuschlagen. Sie blieben vernünftig und versuchten es erst gar nicht. Man musste niemanden von ihnen befragen, wie der Abend für sie verlaufen war. Ihre zufriedenen Mienen verrieten alles. Sie waren erfolgreicher als er gewesen. Dessen ungeachtet wusste man nach einer langen Partie, wer die Zeche zu zahlen und wer sich gütlich getan hatte. Der Geldverleiher stellte sich neben ihn und legte ihm freundschaftlich einen Arm um die Schulter.

»Machen Sie sich keine allzu großen Sorgen. Bis zur nächsten Glückssträhne erhalten Sie weiterhin Kredit von uns. Meine Bosse sehen keinen Grund, Ihre Zahlungsfähigkeit anzuzweifeln.«

»Bislang hab ich jeden Cent zurückgezahlt, den Sie mir geliehen haben. Das wird sich auch nicht ändern.«

»Das wissen wir, bleiben Sie entspannt.«

Mittlerweile hatte sich die Runde aufgelöst. Er orderte für sich ein Taxi und verschwand wenig später. Fortuna war eine launische Geliebte. Er musste sie irgendwie gegen sich aufgebracht haben. Zwanzig Minuten später bezahlte er den Fahrer. Der Alkoholnebel hatte sich gelegt. Dafür begann sein Kopf zu schmerzen. Zu Hause rieb er sich mit mäßigem Erfolg die Schläfen. Die Wirkung hielt sich in Grenzen. Er kam wohl nicht drum herum, eine Tablette zu nehmen. Er machte Kassensturz. Noch waren die Verluste erträglich. Aber sie begannen, seine Liquidität bedenklich einzuschränken. Er musste sich kurzfristig Gedanken um eine Rückzahlung der Darlehen machen. Die gepfefferten Zinsen würden ihm irgendwann die Luft abschnüren. Die Spielerei aufzugeben, kam ihm nicht in den Sinn. Egal, wie man die Sucht nannte, hatte sie einen erfasst, war es schwierig, sich davon zu lösen. Zu seinem Glück war schon bald mit frischem Geld zu rechnen. Er lachte auf, wenn er an seine Verluste beim Spiel nachdachte. Unter anderen Bedingungen hätte er sich vielleicht an der Börse verzockt. Oder hätte sich bei seiner Sparkasse mit Lehman-Papieren eingedeckt, die man später allenfalls zum Feuer entzünden verwenden konnte. So gesehen waren seine Chancen zu gewinnen ungleich besser gewesen, zumindest theoretisch. Weg war weg.

4

Fabian Hilpert war erst spät am Abend von dem Lehrgang aus Hannover zurückgekehrt. Ein Unfall auf der A7 zwang ihn dazu, die Autobahn zu verlassen. Das wäre nicht sein größtes Problem gewesen, hätten nicht Legionen an Autofahrern vor ihm dieselbe Idee gehabt. Die schmalen Landstraßen und die engen Ortsdurchfahrten nötigten ihm mehr als zwei Stunden zusätzlicher Fahrzeit auf. Hier reichte eine Handvoll an Fahrzeugen, um einen Stau zu verursachen. Egal, wie klein und unbedeutend die Städte und Dörfer, die er durchfuhr, waren. Für ein, zwei Ampeln reichte es allemal. Und sie schienen nur eine Farbe zu kennen: Rot. Wechselten sie auf Grün, erhielten gerade drei, vier Fahrzeuge die Möglichkeit weiterzukriechen. Erst hinter Garlstorf ging es zügiger voran. Die Strecke kannte er mittlerweile auch ohne Navi. Auf Höhe Hanstedt fasste er sich mit der rechten Hand ins Kreuz. Sein Rücken vermeldete ihm, dass sein Wagen nicht unbedingt auf Langstreckenfahrten für seine langen Beine eingerichtet war. Ständig suchte er nach einer neuen Sitzposition, allerdings mit begrenztem Erfolg. Viele Alternativen boten sich ihm nicht. Unwillig fuhr er sich durchs dichte mittelblonde Haar. Er war das, was man einen gut aussehenden Mittdreißiger nannte. Noch hatte sich kein graues Haar in den Bereich seiner Schläfen getraut. Aber die ersten Altershinweise würden auch ihn in absehbarer Zeit zu erreichen wissen. Doch dies waren seine geringsten Sorgen. Ungnädig reagierte er auf das Grummeln seines Magens. Er wurde unleidlich, wenn sich so etwas wie ein Hungergefühl bei ihm einschlich. So gesehen durfte er dem Schicksal dankbar sein, dass er die Nachkriegszeit mit dem Kampf ums Überleben nicht erleben musste.

Der Hauptkommissar wollte bei seinen Eltern in Buchholz-Nordheide aus aktuellem Anlass einen Zwischenstopp einlegen. Das Stadtfest war angesagt. Wenigstens am Sonntag plante er dort aufzuschlagen, auch wenn der Samstag eigentlich der Tag war, an dem man traditionell mit viel Alkohol das Wochenende einläutete. Als er endlich eintraf, ließ es sich seine Mutter trotz der späten Stunde nicht nehmen, groß aufzufahren. Sprach man sie früher auf die Mengen an, die sie zum Mittag- oder Abendessen auf den Tisch stellte, gab es als Standardantwort, dass der Junge im Wachstum sei. Obwohl er inzwischen ausgewachsen war, hatte sich ihre Fürsorge nicht geändert. Sie passte halt ihre Argumente den Gegebenheiten an. Mittlerweile war er zu schmal geworden, weil er sich in Hamburg nicht richtig ernährte. Davon abgesehen vertrat sie die unumstößliche Meinung, dass er viel Geld sparen könnte, würde er täglich mit dem Zug zu seiner Dienststelle fahren. Eine eigene Wohnung schien ihr völlig überflüssig. Es gelüstete ihn nicht nach der Pension Mama. Egal, wie alt man wurde, man blieb ständig der kleine Junge, den es zu umsorgen galt. Schließlich blieb der Altersabstand ein Leben lang der gleiche. Seine Eltern hätten sich gern mehr Kinder gewünscht, aber nach einer Fehlgeburt mussten sie sich mit ihm begnügen. Folglich erreichte ihn alle Liebe, derer sie fähig waren. Das nervte zuweilen. Andererseits gestand er sich ein, es zu genießen, dass hinter ihm Menschen standen, auf die er sich zeitlebens verlassen konnte. Und er schätzte die Kochkünste seiner Mutter. Sie musste nicht fragen, worauf er Appetit hatte. Sie wählte stets die richtige Essenskombination für ihn. Nach anfänglichem kurzem Zögern hatte er sich entschieden zuzugreifen. Sie hielt wenig von kalorienarmer Nahrung. All die cholesterinhaltigen Zutaten wie Eier, Speck, Butter und Sahne wurden reichlich verwendet und hätten vermutlich einen Internisten in den Wahnsinn getrieben. Sein Problem war, ihm mundete es. Folglich nickte er heftig, als sie nachlegte. Säße er täglich an ihrem Tisch, wäre es bald um seine Figur geschehen. Die Erfahrung lehrte, Fettmasse baute sich rasend schnell auf. Wollte man sie wieder loswerden, funktionierte es nur mit Disziplin und Selbstüberwindung. So weit wollte er es nicht kommen lassen. Glücklicherweise trieb er regelmäßig Sport. Diesen Abend ließ er die Völlerei allerdings für sich ohne Abstriche gelten. Mochte man ihm eine dieser Todsünden verzeihen. Ihm schmeckte es, und seine Mutter freute es, wenn er ordentlich zulangte. Wer nicht wenigstens 10 Kilo Übergewicht mit sich herumtrug, war ihrer unmaßgeblichen Meinung nach eh unterernährt und musste sich vor der nächsten Grippeepidemie fürchten, da er nichts zuzusetzen hatte.

Gesättigt öffnete Hilpert seinen Hosenbund und streckte selig seine Beine aus. In diesem Augenblick wäre er überfordert gewesen, sich ohne konkreten Anlass auch nur einen Zentimeter zu bewegen. Zum Glück signalisierte ihm ein Blick auf die Armbanduhr, dass es nun tatsächlich zu spät war, dem Stadtfest in Buchholz seine Aufwartung zu machen. Ihm war die Wahrscheinlichkeit zu hoch, über betrunkene Jugendliche zu stolpern und zuzuschauen, wie die Live-Bands ihre Geräte und Instrumente einpackten. Er zog es vor, sich am Sonntag mit einigen Freunden zu verabreden, die noch nicht oder nicht mehr verheiratet waren oder sich einmal im Jahr gegenüber dem Ehepartner durchsetzten. Denen es somit gestattet war, an einem Sonntag die Qualität der Alkoholvorräte der Standbetreiber zu testen. Wie an anderen Orten auch gaben sich die Anbieter fester und flüssiger Nahrung auf dieser Veranstaltung die Türklinke in die Hand. Darin unterschied sich das Stadtfest nicht vom Alstervergnügen, sah man von den unterschiedlichen Dimensionen einmal ab. Trotzdem hatte er diesen Termin in seinem Kalender vermerkt, seit er seiner Heimatstadt den Rücken zugekehrt hatte. Wollte man den Spuren der eigenen Vergangenheit begegnen, gab es hierfür nur die Chance, es auf der Linie Marktplatz - Rathausplatz zu versuchen. Hier hatte man die Gelegenheit, die Leute zu treffen, die einem etwas bedeuteten, als man noch mit dem Fahrrad oder Bus zur Schule fuhr.

Er nickte zu einem Bier, das sein Vater auf den Tisch stellte. Später im Bad schaute er in den Spiegel. Den Ansatz eines Doppelkinns suchte man vergeblich. Seine Augen verrieten seine Müdigkeit. Er fuhr mit der Hand durch sein dickes Haar. Er könnte mal wieder den Friseur aufsuchen. Nach einer Katzenwäsche suchte er sein Bett auf, das selbstredend für seine Stippvisite frisch gemacht auf ihn wartete. Als er mit vierzehn ausgewachsen war, hatten seine Eltern für ein extra langes Bett gesorgt. Mit seinen gut ein Meter neunzig machte er von der Länge her zwar Dirk Nowitzky keine Konkurrenz, aber auch er musste bereits intensiver suchen, wenn er passende Kleidung einkaufen ging. Zumindest galt das für Buchholz. Vielleicht würde alles mit dem neuen Einkaufscenter besser werden, das in der Innenstadt seiner Fertigstellung harrte. Da war er allerdings unsicher. Außerdem fanden sich in Hamburg ausreichend Alternativen. Er schlief tief und fest, als habe er eine Schlaftablette genommen. Der volle Magen belastete ihn nicht weiter.

Direkt nach dem Frühstück, das sich mit dem späten Abendessen durchaus messen konnte, erreichte er am nächsten Vormittag telefonisch einige seiner alten Freunde. Es bedurfte keiner besonderen Überredungskunst, sich mit ihnen gegen Mittag zu verabreden. Ein gezapftes Bier, eine Bratwurst vom Grill, alternativ ein Stück Pizza, und die Welt wäre in Ordnung.

* * *

Die kräftige Herbstsonne linste in den Raum hinein, als wollte sie vorfühlen, ob sie willkommen sei. Hauptkommissar Hilpert saß hinter seinem Schreibtisch, den Kopf auf seine Hände gestützt. Eigentlich hatte er sich den Beginn der Woche anders vorgestellt. Er sah aus wie ein Häufchen Elend, das man beim letzten Großreinemachen übersehen hatte. Er fühlte sich ausgelaugt und zerschlagen wie nach einem Marathonlauf. Vor allem war er müde. Sein Magen signalisierte ihm, von fester Nahrung vorerst abzusehen. Er reckte sich und gähnte in einer Lautstärke, dass man um die Statik des Gebäudes bangen musste. Glücklicherweise war es stabil gebaut worden. Er war am Sonntag mit seinen Freunden im *Caspari* gnadenlos abgestürzt. Dabei blieb es unerheblich, ob es der Alkohol gewesen war, der ihn letztlich geschafft hatte, oder die Tatsache, dass sie in der Lounge des Restaurants gelandet waren, wo geraucht werden durfte. Soweit er sich recht erinnerte, war der Qualm dort so dicht gewesen, dass man ihn mit einem Messer hätte schneiden können. Er roch selbst noch nach einem Tag so penetrant nach Rauch, als habe er sich in einer Aalraucherei ein Zubrot verdient. Damit folgte er dem populären Trend, alles Unangenehme dem Rauchen zuzuschreiben. Starb ein Raucher, der seinen Wohnsitz in der Nähe des Harburger Industriegebietes hatte, an Lungenkrebs, so war die Ursache eindeutig. Sie lag in der schlanken weißen Verführung. Wurde ein Raucher, der in der Nähe eines Waldgebietes aufgewachsen war, 87 Jahre alt, hatte er einfach Glück gehabt. Vermutlich hätte er als Nichtraucher längst seinen neunzigsten Geburtstag feiern dürfen. Tatsächlich hatte Hilpert ein Jahr vor dem Abitur das Rauchen aufgegeben. Dies allerdings weniger aus gesundheitlichen, sondern mehr aus finanziellen Gründen. Die Zigaretten waren so teuer geworden, dass man Jahr für Jahr einen ordentlichen Urlaub in die Luft blies. Inzwischen langte es theoretisch für eine Weltreise. Schon bald first class. Leider hatte er es versäumt, das ersparte Geld zurückzulegen. Vielmehr versandete es für nützliche und weniger nützliche Dinge.

Sie hatten sich um die Mittagszeit getroffen. Er und drei alte Freunde aus längst vergangenen, aber nicht vergessenen Schultagen. Das zehnjährige Abitur lag bereits eine kleine Weile hinter ihnen. Ohne den Anflug von Frustration stellte er fest, in der Runde der einzige Nichtakademiker zu sein. Er konnte damit leben, denn es war seine Entscheidung gewesen, nicht zu studieren. Seine Eltern hätten ihn gern als Arzt oder Anwalt gesehen. Sie wären durchaus bereit gewesen, die Ausbildung zu finanzieren. Er stellte sich dem von Anbeginn an entgegen. Er wollte Polizist werden. Trotzdem kostete es ihn die erste Runde Bier an einem der Stände schräg gegenüber dem City-Center. Dort erfreuten sie sich bei bestem Septemberwetter über eine Band mit etwas reiferen Musikern, die sich recht ordentlich an den Hardrockern wie Deep Purple oder Led Zeppelin versuchten. Argumente, sich um neue Getränke zu kümmern, fanden sich im Handumdrehen. Dabei ging es weniger um die Kosten für das Bier als eher um die Frage, wer sich unter die durstigen Leute mischte und mit vier gefüllten Gläsern zurückkam. Irgendwie fanden sie ihren Rhythmus. Niemand wollte sich lumpen lassen. Somit war jeder mal dran. Irgendwann wechselte die Band und sie stellten fest, dass die neue Livemusik nicht so ganz ihrem Geschmack entsprach. Also schlenderten sie weiter zum Rathausplatz und gelangten in den sich anschließenden kleinen Park, der ebenfalls für die Festlichkeiten eingesetzt wurde. Der freundliche Spätsommertag überzeugte sie davon, das Rotary-Zelt aufzusuchen und den trefflich zubereiteten Caipirinhas reichlich zuzusprechen. Dort stand man sich nicht die Beine in den Bauch, sondern konnte sich sogar setzen, ohne ältere Damen vertreiben zu müssen. In diesem Bereich verteilten sich die Menschenmassen deutlich besser als auf dem Marktplatz. Die wenigen Schritte, die man gehen musste, um am Tresen an neue Getränke zu gelangen, waren vertretbar. Sie nutzten die Gelegenheit reichlich. Schließlich waren die Einnahmen für einen guten Zweck bestimmt. Was tat man nicht alles für hungernde Kinder? Allerdings mussten sie auf die unterstützende Wirkung der Livemusik verzichten. Was zu ihnen von der gut fünfzig Meter entfernten Bühne herüberschallte, war nicht eindeutig zu identifizieren. Sie schwankten zwischen Hardrock und Pop. Bei kritischer Würdigung identifizierte man es eher als Lärm, der sich gerade noch aushalten ließ. Sie blickten direkt durch den Eingang, wo ein Zauberer Kinder mit seinen Tricks begeisterte. Richtig, eigentlich galt der Sonntag als Familientag. Für alkoholische Exzesse waren der Freitag und der Samstag vorgesehen. Ihre Gespräche wurden unsinniger, dafür kamen sie ordentlich auf Touren. Im weiteren Verlauf des Nachmittags nahmen sie einen erneuten Standortwechsel vor. Ein großzügiges Trinkgeld für den guten Zweck ließen sie zumindest zurück. Da sie trotz aller Alkoholseligkeit friedlich blieben, hofften die Rotarier, dass sie im nächsten September wieder ihre Aufwartung machen würden. Voraussetzung dafür war, dass sie diesen Tag ohne Schaden an ihrer Gesundheit überstanden. Die Vorsehung war gnädig mit ihnen. Sie wankten, aber niemand fiel. Die Rotarier konnten ihr Zelt vorzeitig abbrechen. Ihr Umsatz war gemacht.

Ihm war entfallen, wer mit der Idee aufwartete, die Raucher-Lounge im *Caspari* aufzusuchen. Dort würde sich ihr Schicksal gnadenlos erfüllen. Sie durften sich auf einem Großbildschirm über die Fußball-Bundesliga freuen. Es wartete auf sie das Sonntagsspiel des HSV. Wer war überhaupt der Gegner ihrer Lieblingsmannschaft gewesen? Bremen oder Leverkusen? Er musste unbedingt in die Zeitung schauen. Er meinte, Hamburg habe gewonnen, war sich allerdings nicht so ganz sicher, ob es das Spiel oder nur die Erkenntnis war, dass die anderen erfolgreicher waren. Zumindest stellten sie sich dort wieder auf Bier um. Daran erinnerte er sich. Im Nachhinein erwies sich diese Kombination als verheerend. Hinzu kam, dass sie auf weitere Freunde aus früheren Zeiten stießen, die ähnlich wie sie kurzfristig mit der nächsten Prohibition rechneten. Da galt es, den Augenblick zu nutzen. An diesem Tag stellten sie die Buchholzer Gastronomie vor eine herausfordernde Aufgabe, die diese mit Bravour bestand. Am Ende gab es die unvermeidlichen Kurzen, auf die man besser verzichtet hätte. Aber seit wann diente Alkohol der Ertüchtigung der Hirnzellen? Dabei trank der moderne Mensch selbstredend Tequilla, keinen Korn. Im Zeitalter der Globalisierung war das unerlässlich. Irgendwann sorgten zwei aufgebrachte Ehefrauen für die zwangsweise Auflösung ihrer Zusammenkunft. Er glaubte, deren wütenden Blicke in seinem Rücken zu verspüren, als sie das Restaurant betraten. Zu seinem Glück konnten sie nicht töten.

Kurz nach 22 Uhr erreichte er sein Elternhaus. Es lag recht zentral, sodass er den Weg dorthin gerade noch fand. Er schien über einen gewissen Automatismus in den Beinen zu verfügen. Auf Taxi oder Bus konnte er verzichten. Halb angezogen landete er in seinem Bett. Was sie so alles an diesem Sonntag angestellt hatten, entzog sich glücklicherweise seinem Gedächtnis. Hoffentlich hatte er sich nicht verlobt. Ein entsprechender Anruf sollte ihn nicht erreichen. Tätowiert war er ebenso wenig. So gesehen war das Leben gut zu ihm. Er wälzte sich eine ganze Zeit im Bett. Schloss er die Augen, fühlte er sich wie in einem Kettenkarussell, das seine Geschwindigkeit ständig steigerte und einen kaum auszuhaltenden Druck in der Magengegend produzierte. Letztlich bewahrte ihn seine Müdigkeit vor einem Gang auf die Toilette. In dieser Nacht erwachte er mehrmals. Aber er hielt durch. Er schwor jeglichem Alkohol ab und wusste doch, er würde irgendwann wieder in die gleiche Falle tapsen. Man musste sich nur mit den richtigen Leuten treffen. Dabei hatte er noch insoweit Glück, als er zu Hause niemandem Rede und Antwort stehen musste. Im Gegensatz zu einigen Freunden hatte er es nicht geschafft, in den Hafen der Ehe einzulaufen. Betrunkene Männer, die sich kaum mehr auf den Beinen halten konnten, erfreuten sich bei den angetrauten Ehefrauen nur bedingt besonderer Beliebtheit. Dies galt insbesondere für Sonntage. Vermutlich mussten seine Freunde künftig einen größeren Bogen um ihn machen, wollten sie bei ihren Frauen punkten. Diese waren sehr sensibel und vor allem intelligent. Junggesellen hatten sie längst als ihre natürlichen Feinde ausgemacht. Zumindest wenn sie mit ihren Ehemännern befreundet waren. Sie kamen gleich nach lebenshungrigen jungen Frauen, die sich nicht durch Ringe am Finger von ihren Interessen abhalten ließen. So gesehen gefährdeten unabhängige Leute wie er nicht gleich die Ehe der Freunde. Sie sorgten eher für eine vorübergehende Störung des gemeinsamen Miteinanders.

Alles in allem reichten ihm die Auswirkungen des vorangegangenen Tages. Er litt unter einem Höllendurst. Dagegen half glücklicherweise der Wasserautomat auf dem Flur. In seinem Schädel hämmerten irgendwelche erbarmungslose Winzlinge auf ihn ein, die ihn ermahnten, künftig vorsichtiger mit Alkohol umzugehen und sich als überzeugter Nichtraucher nicht in verräucherten Lokalen herumzutreiben. Ein Kollege erbarmte sich seiner und organisierte für ihn zwei starke Kopfschmerztabletten. Er nahm sie gleichzeitig, obwohl eine laut Beschreibung gereicht hätte. Wichtiger war, er behielt sie in seinem Magen. Nun hockte er auf seinem Sessel und wartete deren Wirkung ab. Er war physisch präsent. Als einsatzbereit hätte man ihn nur unter Würdigung all seiner bisherigen Verdienste bezeichnen können. Er konnte nur hoffen, an diesem Vormittag an keinen Tatort gerufen zu werden. Dieser Kelch ging glücklicherweise an ihm vorbei.

Wie sich gleichwohl zeigen sollte, hatte die Vorsehung ausreichend andere Gefäße für ihn bereitgestellt. Dieser Tag sollte nicht seiner werden. Dabei stellten seine Kopfschmerzen das mit Abstand geringste Übel dar.

5

Ein Anruf aus Kriminaldirektor Webers Büro unterbrach seinen Heilungsprozess vollends. Dieser erwartete ihn zu einem Gespräch. Mit begrenztem Erfolg versuchte er sich auf der Toilette in Form zu bringen. Das Wasser, das er sich ins Gesicht schaufelte, half ihm nicht wirklich weiter. Es erfrischte ihn für einen kurzen Moment. Seine Augen blieben rot, seine Hautfarbe behielt ihren bleichen Teint. Es fiel ihm nach wie vor schwer, seine Augen über einen längeren Zeitraum offen zu halten. Zehn Minuten später betrat er das Zimmer seines Vorgesetzten. Er hatte Glück, niemand wollte ihn für ein Titelfoto fotografieren.

»Wie sehen Sie denn aus?«, fragte ihn sein Chef, als er sich ihm gegenüber an dessen Schreibtisch setzte. »Wollen Sie Ihren Großvater imitieren? Man könnte Sie für einen gut erhaltenen Siebzigjährigen halten.«

»Danke für das Kompliment. Genau das fehlte mir an diesem Vormittag zu meinem Glück. Nicht, dass Sie mir einen Platz im nächsten Altenheim organisieren. Ein Rollstuhl wird ebenfalls noch nicht benötigt. Ich bin nur ein wenig in Buchholz beim Stadtfest abgestürzt.«

Weber war in Hamburg geboren und aufgewachsen. So gesehen galt für ihn ausschließlich seine Stadt. In guten Phasen nickte er zu London oder New York. Paris ließ er halbwegs gelten. Mit hanseatischer Arroganz, aber ohne bösen Willen, ging er auf seinen Mitarbeiter ein.

»Buchholz?! Ja richtig Sie stammen ja aus der Pampa. Ich vergess das immer. Gelegentlich sehen Sie nämlich wie ein zivilisierter Mensch aus.« Er kräuselte seine Stirn, als müsse er nachdenken. »Meine Eltern hatten sich dorthin zeitweise während des Zweiten Weltkriegs abgesetzt. Kennt man in der Gegend inzwischen den aufrechten Gang? Spricht man dort mittlerweile richtig Deutsch? Mir war immer so, als würde die zivilisierte Welt südlich der Elbe enden.«

»Das verwechseln Sie jetzt mit Belgisch-Kongo aus den frühen Sechzigern, als sie ihr 25-Jähriges gefeiert haben«, reagierte Hilpert bissig. »Außerdem sind bei uns gewaltige Fortschritte erzielt worden. Es ist eine ganze Zeit her, dass in unserer Gegend Hexen verbrannt wurden. Glauben Sie mir, in der Nordheide lässt es sich trefflich leben und feiern.«

»Sie sind ja der glühende Beweis dafür. Vermutlich würde Sie mancher Albino um Ihre roten Augen beneiden.«

»Meinen Sie wirklich? Vielleicht sollte ich bei einem Casting vorsprechen.«

»Gute Idee, ich schätze, Sie haben vorzügliche Chancen. Horrorfilme haben ja wieder Konjunktur.«

Weber beließ es bei diesem kurzen Austausch von bissigen Freundlichkeiten. Die beiden verband ein konstruktives, von gegenseitigem Respekt getragenes Miteinander. Er mochte den jungen Hauptkommissar. Er war kompetent, man konnte sich in allen Lebenslagen auf ihn verlassen. Alkoholprobleme hatte er bei ihm ebenfalls noch nicht ausgemacht. Das eigentliche Thema ihres Gesprächs, das sie führen mussten, stand ihm allerdings vor dem Kopf. Hilpert dagegen fühlte sich zunehmend besser. Eine angenehme Woge durchfuhr ihn wie ein warmer Strom. Die Tabletten begannen zu wirken. Er lehnte sich in seinem Sessel zurück, kreuzte seine Arme vor der Brust und schwieg erwartungsvoll. Er war froh, nicht das Gespräch in Gang halten zu müssen. Die Müdigkeit durchflutete weiterhin seinen Körper. Ein Bett, was würde er jetzt für ein Bett geben!

»Also«, setzte Weber an und begutachtete dabei seine manikürten Fingernägel. Er war kein Pedant, legte aber Wert auf ein gepflegtes Äußeres. Endlich brach die neue Botschaft aus ihm heraus: »Wir bekommen Verstärkung in der MK 3.«

Hilpert nahm diesen Hinweis unkommentiert auf. Er spürte, dass Weber das Gespräch unangenehm zu sein schien. Er kannte seine Verlegenheitsgesten zur Genüge. Lag es an seinem vergeblichen Versuch, ihn zur Beförderung vorzuschlagen? War es ihm peinlich, dass er stattdessen zum Kriminaldirektor aufgestiegen war? Der bisherige Teil der Mitteilung war nicht so spektakulär, dass man deshalb feuchte Hände bekam. Somit musste mehr dahinterstecken. Er sollte recht behalten.

Zögerlich fuhr Weber fort: »Der Mann heißt Ulf Reichelt. Er wird als Erster Hauptkommissar die MK 3 übernehmen. Er kommt aus Frankfurt, ist ein erfahrener Mann.«

Er hatte es geschafft, die Botschaft war an den Mann gebracht. Jetzt musste Hilpert reagieren. Er blickte ruhig zu dem Mann hoch, den er als kompetent und menschlich empfand. Was erwartete dieser von ihm? Dass er ausrastete oder in Tränen ausbrach? Nichts dergleichen würde geschehen. Eigentlich war ihm die Leitung der Mordkommission zugesagt worden, mit oder ohne Beförderung. Offensichtlich hielt sich jemand nicht an seine Zusagen. Mit Sicherheit war dafür nicht sein Chef verantwortlich. Aber er war Überbringer der Botschaft. Das hatte zu anderen Zeiten bereits gereicht, um den Kopf zu verlieren. Wollte er seine Selbstachtung behalten, musste er konsequent reagieren. Weber war optimistisch gewesen, diese Entscheidung durchsetzen zu können. Er hatte garantiert getan, was in seinen Kräften stand. Gegen die Strukturen des Apparates kam er ebenso wenig an wie er selbst. Hilpert schüttelte den Kopf und sparte sich eine Erwiderung.

Der Kriminaldirektor schien geradezu zu platzen. »Und Sie, wie stellen Sie sich dazu?«

Im Grunde bedurfte es keiner Antwort. Er kannte seinen besten Mann wie keinen zweiten seiner Mitarbeiter. Trotz seiner Jugend war er geradlinig und durchsetzungsstark.

»Ich muss nicht betonen, dass es zwischen uns eine andere Vereinbarung gab«, entgegnete er verschnupft. »Ich sollte die MK 3 übernehmen und sei es nur kommissarisch. Uns ist beiden bekannt, das hatte nichts mit der Frage einer Beförderung oder einer Gehaltserhöhung zu tun. Das kann ich so nicht hinnehmen. Soweit gewünscht, arbeite ich selbstverständlich diesen Herrn Reichelt ein. Ich denke ein halbes Jahr sollte genügen.«

»Und dann?«

»Man wird sehen. Meine Kündigung liegt zeitnah auf Ihrem Schreibtisch.«

Weber wollte etwas erwidern. Hilpert winkte ab. »Chef, wir wissen, was geht und was nicht geht. Und ich fürchte, unser oberster Dienstherr hat mich nicht sonderlich lieb.«

Weber verzichtete auf eine Äußerung. Sein Mitarbeiter lag richtig. Dieser erhob sich von seinem Platz, nickte ihm zu und verließ den Raum. Nachdenklich blickte ihm sein Vorgesetzter hinterher.

»Das wollen wir mal sehen, ob wir das nicht geregelt bekommen«, murmelte er leise. »Noch ist nicht aller Tage Abend.«

In seinem Büro verblieb Hilpert keine Zeit, in seinem eigenen Saft zu schmoren. Seine besorgte Mutter bedachte ihn mit einem zehnminütigen Telefonat. Er versprach hoch und heilig, künftig die Finger vom Alkohol zu lassen. Dass er nicht wieder mit dem Rauchen begonnen hatte, wollte sie ihm nicht so recht abnehmen. In seinem Zimmer musste es riechen, als habe er am Vortag das Lager der BAT verkonsumiert. Vermutlich hatte er tatsächlich einen erheblichen Teil an Rauch passiv aufgenommen. Hoffentlich reduzierte das nicht seine Lebenserwartung. Andererseits, wer wollte schon so alt wie Johannes Heesters werden? Und der war Raucher. Er verspürte ein leichtes Ziehen in seiner Schulter. Sie machte sich nach der Schussverletzung gelegentlich bemerkbar. Bisher glaubte er an eine spezifische Form der Wetterfühligkeit. Diesmal schien es ihm, als gäbe sie ihm ein Signal für seine psychische Verfassung. Ganz so gelassen, wie er sich gab, fühlte er sich wahrlich nicht. Wenn er in sich hineinhorchte, war er unsicher, ob er wütend oder traurig war. Bestimmt war es ein Gemisch aus beidem.

Hilpert verließ das Präsidium nach dem Gespräch mit Weber zu einem für seine Verhältnisse frühen Zeitpunkt. Auf dem Weg nach Hause schaffte er es, die notwendigen Dinge des täglichen Lebens in der Innenstadt einzukaufen. Wer verhungerte schon gerne im Herzen Hamburgs? Mittlerweile funktionierte sein Singlehaushalt perfekt. Seine früheren Versorgungsengpässe gehörten der Vergangenheit an. Beim Frühstück hatte er sich angewöhnt, einen Blick in den Eisschrank zu werfen. Da sich sein Bedarf in Grenzen hielt, benötigte er keinen Spickzettel. Nach dem Dienst frischte er die Vorräte auf. Kleinere Gerichte gingen ihm inzwischen gut von der Hand. Und es schmeckte, was er kochte. Sein Repertoire war begrenzt, aber er dachte nicht darüber nach, demnächst als Koch tätig zu werden. Er kümmerte sich um seine

Wäsche und entwickelte beim Bügeln eine Technik, die manche Ehefrau und Mutter bewundernd bestaunt hätte. Er war autark geworden, was diesen Teil seines Lebens betraf. Er verrichtete die Dinge organisiert und systematisch. Eine Lebensgefährtin würde hier nur Unruhe hineinbringen. Nun sagten ihm Gefühl und Verstand, dass die Zeiten eh der Vergangenheit anzugehören hatte, in denen sich eine Partnerin um Heim und Herd zu kümmern hatte, während der Herr des Hauses auf die Jagd ging und gelegentlich für Nachwuchs sorgte.

Für die Aspekte von Liebe und Miteinander war er durchaus offen. Er hatte keine Einwände gegen eine Ehe, gegen Kinder. Dafür mangelte es momentan allein an einer entsprechenden Alternative. Und sein Beruf war Gift dafür, dieses Problem offensiv anzugehen. Die Frauen, mit denen er sich die letzten Monate getroffen hatte, waren entweder Kolleginnen, denen man nicht hinterherstieg, oder aber es langte gerade für ein, zwei kurze, heftige Begegnungen. Zuweilen dachte er an Alexandra, seine verheiratete Exkollegin, die ihn zeitweise wie einen Zweitmann hielt. Er war in sie verliebt und hätte sie gerne ganz für sich gehabt. Sie dagegen zog ihre Ehe mit einem Hamburger Zahnarzt aus begütertem Haus ihm vor. Porsche schlug Polo, die Südsee Malle. Seit ihrer Schwangerschaft hatte sie sich rar gemacht. Es lag mindestens ein halbes Jahr zurück, dass er sie zuletzt gesprochen hatte. Die zeitliche Distanz tat beiden gut. Ihr, die sie sich auf die Rolle der treusorgenden Ehefrau und Mutter vorbereiten konnte. Ihm, der er nicht mehr vergeblich dem Goldtopf am Ende des Regenbogens hinterherhechelte. Sie hatte sich für den edlen Käfig entschieden, bei dem die Gitterstäbe so weit auseinander standen, dass sie bei Bedarf bequem entweichen konnte. Aber sie kehrte stets freiwillig zurück. All seine Versuche für eine mehr als flüchtige Beziehung hatte sie abgeblockt. Ein Haus in Harvestehude, ein Sportflitzer als Zweit- oder Drittwagen, ein Wochenende first class in New York lagen außerhalb seiner finanziellen Reichweite und seiner Ansprüche ans Leben. Für ihn war Alexandra zu einer liebevollen Erinnerung geworden, allerdings mit Haken und Ösen. Zumindest klopfte sein Herz nicht mehr, wenn er an sie dachte. Wenigstens nicht mehr so stark wie noch vor geraumer Zeit.

Er bog in die Rothenbaumchaussee ein. Der Verkehr kroch schwerfällig dahin. Er benötigte gut zehn Minuten für das relativ kurze Stück zum Rundell am Klosterstern. Von dort war es ein Katzensprung in die Isestraße. Er gab zwar ein kleines Vermögen für die Miete der renovierten 65-Quadratmeter-Wohnung aus. Für seine Verhältnisse lebte er dort perfekt. Niemand erwartete von ihm, sich zu vergrößern. Am allerwenigsten er selber. Er verfügte über ein separates Schlafzimmer, das Wohnzimmer war mit knapp 18 Quadratmetern groß genug für seine Bedürfnisse. Die moderne Einbauküche war für einen Hobbykoch wie ihn beinahe überdimensioniert. Den Backofen benutzte er am Wochenende für seine Brötchen oder um gelegentlich eine Pizza aufzubacken. Die Mikrowelle hatte er bisher gar nicht in Gebrauch genommen. Er hatte eine Abneigung dagegen, darin Schnellgerichte herzustellen. Er wusste nicht einmal warum. Vermutlich war er Opfer des Einflusses seiner Mutter geworden, die bis heute so kochte, wie man es ihr zu Hause beigebracht hatte.

Die U-Bahn fuhr quasi vor der Haustür vorbei. Dabei war es ihm gleichgültig, dass er sich für das Geld, das er monatlich zu zahlen hatte, in Buchholz und Umgebung bequem eine Doppelhaushälfte hätte leisten können. Die Nordheide war für ihn gut als Rückzugsgelegenheit, wenn er seine Streicheleinheiten benötigte oder sich mit Freunden treffen wollte. Um die Fürsorge seiner Mutter zu erdulden, kam es auf seine Tagesform an. Das funktionierte mal besser, mal schlechter. Hätte sie zu entscheiden, würde er wenigstens bei ihr vorstellig werden, seine dreckige Wäsche deponieren und die gewaschenen und sorgfältig gebügelten Teile wieder mitnehmen. Er hatte sich emanzipiert. Sein Lebensmittelpunkt war Hamburg. Beruflich wie privat. Eine Zurückorientierung konnte er sich nicht vorstellen. Seine Mutter hatte sich im Alter die Ruhe vor ihm verdient, auch wenn sie in dem kleinen Zweipersonenhaushalt eindeutig unterfordert war. Entsprechend konzentrierte sie sich auf seinen Vater. Wenn es dem zu viel wurde, zog er sich in sein Zimmer im ausgebauten Keller zurück und widmete sich seiner Münzsammlung. Oder er setzte sich auf sein Fahrrad und suchte die Heide heim. Er war Mitte sechzig und bewegte sich trotz der exzellenten Versorgung durch seine Ehefrau auf dem Rad wie Armstrong zu seinen besten Zeiten.

Es dauerte ein paar Minuten, bis er seinen Golf in eine enge Parklücke zwängen konnte. In dieser Gegend lernte man das Einparken im Vorbeigehen, wenn man es nicht schon vorher beherrschte. Ansonsten war man gezwungen, bis ans Ende seiner Tage das Geviert, in dem man lebte, auf der Suche nach einem freien Platz zu umkurven. Freunde besuchten einen tunlichst mit öffentlichen Verkehrsmitteln. Kamen sie aus Hamburg, kannten sie das Spiel. Waren sie auf Buchholz orientiert, lernten sie die Hansestadt verfluchen. Freie Parkplätze in zentral gelegenen Wohngegenden gehörten einer nahezu ausgestorbenen Art an. Er verschloss seinen Wagen und ging die wenigen Meter zurück zu dem Haus, in dem er wohnte. Die verzierte Putzfassade verriet Gründerzeit. Dessen Innenleben war vor einigen Jahren auf die Bedürfnisse des modernen Wohnens ausgerichtet worden. Für seine Verhältnisse lebte er luxuriös.

Er betrat sein spärlich aber zweckmäßig eingerichtetes Appartement. Sperriges Mobiliar und eine Schrankwand im Wohnzimmer suchte man vergeblich. Er fackelte nicht lange. Mit schnellen Handgriffen bereitete er sich ein Omelette mit gewürfeltem gekochtem Schinken zu. Ausnahmsweise verzichtete er auf die Zwiebeln. An diesem Abend trieb ihn nichts danach, bei der Essenszubereitung in Tränen auszubrechen. Es gab bessere Gelegenheiten, ihnen freien Lauf zu lassen. Vorsichtig wendete er sein kleines Kunstwerk mit einem Heber und achtete sorgfältig darauf, dass nichts an der Pfanne kleben blieb. Kurz darauf beförderte er das fertige Gericht auf einen bereitgestellten Teller. Auf Brot verzichtete er. Nun fehlte nur der Ketchup. Das Problem war rasch gelöst. Im Eisschrank fand sich eine gut gefüllte Plastikflasche. Er aß genüsslich. Wer seinen Appetit verderben wollte, musste mit schwereren Geschützen aufwarten, als Weber es vermochte. Anschließend kochte er sich einen schwarzen Tee und griff sich das Abendblatt. Gelangweilt blätterte er es durch. Was ihn interessierte, hatte er sich bereits übers Internet eingefangen. Für einen kurzen Moment bedauerte er die Herausgeber von Tageszeitungen. Sie liefen einem Medium hinterher, das ihnen mit Siebenmeilenstiefeln zu entwischen drohte. Hatten sie es mit ihren Onlinezeitungen eingefangen, mussten sie feststellen, dass sich damit nur wenig Geld verdienen ließ. Die gedruckten Tageszeitungen gerieten ständig dünner. Gleiches galt für die Qualität der redaktionellen Beiträge. Qualifizierte, gut ausgebildete Leute leistete man sich lediglich in Ausnahmefällen. Die Werbegelder schrumpften stetig, wurden auf andere Medien verlagert. Ob es in 20 Jahren noch Zeitungen geben würde? Andererseits hörte man seit Jahren manchen Abgesang auf das Buch. Und es erfreute sich nach wie vor ausgesprochener Beliebtheit. Wie eine uneinnehmbare Festung wehrte es den Angriff der modernen Technik mit links ab. Allenfalls veränderten sich die Vertriebswege. Nach Senatskrisen gelüstete es ihn ebenfalls nicht. Trotzdem befriedigte es ihn, als er seinen Erzfeind Nummer eins im Sperrfeuer der Kritik wiederfand. Staatsrat Hinrichs hatte offensichtlich einen guten Bekannten mit einem fürstlich dotierten Beratervertrag ausgestattet. Nun fragte die Opposition nach und erwartete plausible Antworten. Was er dazu las, klang wenig überzeugend. Letztlich aber war es ihm gleichgültig, was dem Mann in seinem hohen politischen Amt widerfahren würde. Stolperte er über die eigene Korruption, umso besser für die Hinterbliebenen. Allerdings wusste er, hohe politische Würdenträger in Deutschland hatten eine höhere Verweildauer als in vielen anderen Ländern dieser Welt. Da musste man schon mit diversen eidesstattlichen Aussagen, Videos oder Tonbandaufnahmen aufkreuzen, um sie zum Rücktritt zu bewegen. Verantwortung zu übernehmen, war gefälligst für andere vorgesehen. Ihm fiel die grässliche Posse um den Duisburger Oberbürgermeister nach den furchtbaren Ereignissen während der Love-Parade ein. Der musste erst von den Menschen seiner Stadt abgewählt werden. Über die Burleske um den zurückgetretenen Bundespräsidenten wollte er gleich gar nicht nachdenken. Die ehemaligen weiblichen Führungspersönlichkeiten der evangelischen Kirche Deutschlands waren da wesentlich couragierter. Vielleicht sollten sie manchem Politiker Nachhilfestunden geben. Vermutlich aber waren diese beratungsresistent, wenn es um die eigenen Pfründe ging.

Hilpert dachte über seine Unbeziehung zu Hinrichs nach. Wie war es dazu gekommen? Mit dem Senator hatte er keine weiteren Berührungspunkte. Sein Staatsrat hatte dagegen versucht, ihn für seine Interessen einzuspannen. Ein gefeierter Hamburger Hauptkommissar, behängt mit einem Orden, schwer verletzt im Dienst durch einen Anschlag der Mafia. Damit hätte er gut in der Öffentlichkeit punkten können. Hilpert hatte auf stur geschaltet und sich für das politische Liebeswerben taub gestellt. Nun durfte er unter seinem norddeutschen Dickschädel leiden. Trotzdem würde er sich in einer ähnlichen Situation exakt wieder so verhalten wie geschehen. Er ließ sich von niemandem auftragen, wie er sich parteipolitisch zu verhalten hatte. Vor allem hasste er es, instrumentalisiert zu werden.

Erbost sprang er auf. Es ging um ein Stück Gerechtigkeit, das man ihm versagte. Schon als Schüler hatte er einsame Kämpfe mit seinen Lehrern ausgetragen, wenn um diese Frage ging, unabhängig davon, ob es ihn oder andere betraf. Er musste Fakten schaffen, ansonsten würde er ersticken. Er setzte sich an sein Notebook und formulierte in aller Ruhe seine Kündigung. Niemand konnte seine vorgesetzte Stelle zwingen, ihn zu fördern. Und niemand konnte ihn zwingen, sich zum parteipolitischen Spielball herabstufen zu lassen. Er war neutral, er diente dem Staat und seinen Bürgern, keiner Partei, keinem Amtsträger. Hochbefriedigt las er den kurzen, unemotional gehaltenen Text. Fragte sich nur, was er künftig beruflich anzufangen gedachte. Die Zukunft würde es weisen. Sicherheit in allen Lebenslagen war zu einem kostbaren Gut geworden. In diesem Bereich sollte es auch für ihn ein stilles Eckchen geben, in dem er überleben konnte. Er war Spezialist dafür und jung genug, etwas Neues zu beginnen.

Erleichtert über seine Entscheidung schaltete er den Fernseher ein. Vielleicht überraschte man ihn mit einem spannenden Krimi. Er sollte enttäuscht werden. Der größte Teil der Programmangebote strotzte vor Wiederholungen. Die Serien, die gesendet wurden, waren mäßig. Tipps zum Kochen wollte er sich ebenso nicht geben lassen. Er war kein Bauer und suchte somit keine Frau. Der Versuch, einen ordentlichen deutschen Krimi zu kredenzen, versandete bei einem Privaten im vorhersehbaren Mittelmaß. Er schaltete den Apparat aus und gönnte sich eine Portion Duran Duran, gefolgt von Frankie Goes to Hollywood. Obwohl er erst 34 Jahre alt war, fand er bereits die Bestätigung, dass früher alles besser war als heute. Das gestand er selbstredend auch Beatles-Fans zu, die ein paar Jahrzehnte älter waren als er, ganz zu schweigen von den Elvis-Anhängern, soweit sie noch unter den Lebenden weilten. Es war alles nur eine Frage des Standortes, den man gerade einnahm. Dabei wurden mit zunehmendem Alter aus Annahmen unumstößliche Beweise, nach dem Motto: Früher glaubte ich recht zu haben, heute weiß ich es.

6

Sie erwachte langsam, einen bitteren Geschmack im Mund. Kurzfristig befürchtete sie, sich übergeben zu müssen. Aber sie hielt durch. Als habe sie Angst davor mitzubekommen, was auf sie zukam, öffnete sie vorsichtig die Augen. Sie lag auf der Ladefläche eines Kleintransporters. Er bewegte sich im Schritttempo vorwärts. Trotzdem wurde sie kräftig durchgerüttelt und musste aufpassen, dass ihr Kopf nicht auf den Boden knallte. Anscheinend fuhren sie auf einem Holperweg. Sie hob den Kopf an, sodass sie durch das Fenster des Beifahrers einen Blick hinaus wagen konnte. Draußen war es inzwischen dunkel geworden. Also hatte er sie für mindestens drei, eher vier Stunden außer Gefecht gesetzt. Das musste schon eine ordentliche Menge dieses Teufelszeugs gewesen sein, das er ihr eingeflößt hatte. Erstaunt registrierte sie, wie gut ihre Sinne funktionierten. Das sanfte Dröhnen im Kopf belastete sie kaum. Den Druck auf den Schläfen nahm sie hin wie ein leises Hüsteln. Was war das für ein Medikament, das er ihr eingeflößt hatte? Eigentlich war diese Frage unerheblich. Vielmehr begann die Panik wie ein Schwarm Ameisen an ihr hochzukrabbeln. Was suchten sie in dieser unwirtlichen Gegend? Was hatte er mit ihr vor? Schwach erahnte sie die nahezu schwarzen Silhouetten der Bäume, die ihren Weg säumten. Offensichtlich fuhren sie durch einen Wald. Ob das überhaupt gestattet war?, fragte sie sich seltsam berührt. Tatsächlich aber plagten sie andere Probleme. Der Mann am Steuer, auf dessen Rücken sie starrte, hatte sie an Händen und Füßen gefesselt. Allerdings nicht so stramm, dass ihr die Stricke in die Gelenke einschnitten. Es hätte gereicht, ihr zu sagen, was sie zu tun und zu lassen hatte. Sie hätte gehorcht. Sie wusste, sie war ohne jegliche Chance gegen ihn. Die Idee, ihm zu widerstehen, hatte sie längst begraben, bevor diese begann, ihr Denken zu beherrschen. Er erahnte instinktiv ihre Pläne, bevor sie sich getraut hätte zu handeln.

Mit gekräuselter Stirn überlegte sie, wie ihr geschah, als er beim Joggen plötzlich vor ihr aufgetaucht war. Sie wusste nicht, wie lange das her war. Einen Monat, ein Vierteljahr? Bevor sie reagieren konnte, hatte er sie mit einem Schlag gegen die Halsschlagader ausgeschaltet. Sie erinnerte sich, dass sie mit einer Pudelmütze übers Gesicht gezogen auf der Ladefläche eines Lieferwagens aufgewacht war. Vermutlich handelte es sich um das gleiche Fahrzeug, wie das, in dem sie jetzt lag. Hände und Füße hatte er fest mit Paketband umwickelt. Als sie sich bei einem Tankstopp bemerkbar machen wollte, untersagte er ihr barsch, auch nur den Anflug eines Tons von sich zu geben oder gegen die Fahrzeugwand zu poltern.

»Ich kann dir auch den Mund zukleben, wenn dir das lieber ist«, hatte er sie angeknurrt. »Dann läufst du Gefahr zu ersticken, solltest du hyperventilieren. Das wäre doch jammerschade um dich.« Er tätschelte ihr Gesicht und lachte hämisch auf. »Eigentlich sogar um uns beide, wo ich mir mit dir so viel Mühe gegeben habe.«

Daraufhin beschloss sie, ihm besser zu gehorchen. Sie war zu aufgeregt, als dass sie sich zugetraut hätte, ausschließlich durch die Nase zu atmen. Seine kräftige Stimme jagte ihr Respekt ein, obwohl sie anfangs nur einen flüchtigen Blick auf ihn erhascht hatte. Was wollte der Unbekannte von ihr? Eine furchtbare Ahnung stieg in ihr hoch. An eine normale Entführung wollte sie nicht glauben. Bei ihr war wenig, genau genommen gar nichts zu holen. Ihre Eltern kamen eher schlecht als recht über die Runden. Bei denen gab es keine Möglichkeiten, ein Lösegeld zu erpressen. Ansonsten kannte sie niemanden, der für sie nennenswerte Geldsummen auf den Tisch des Hauses blättern würde. Ihr Freund arbeitete bei der Bundeswehr. Der konnte froh sein, wenn er mit seinem Geld auskam und nicht am Monatsende eine Anleihe bei ihr aufnehmen musste. Sie arbeitete als Verkaufsassistentin. Sie verdiente ordentlich, aber Reichtümer erwarb sie keine mit ihrem Job.

Sie waren mehrere Stunden gefahren, als er das Tempo verlangsamte und schließlich anhielt. Zuversicht keimte in ihr auf. Vielleicht wurden sie beobachtet, wenn er sie in ein Haus brachte. Vielleicht rief man die Polizei, die nach dem Rechten schauen und sie befreien würde. Das sanfte Quietschen eines Garagentores sollte ihre vorsichtig aufkeimende Hoffnung zerstören. Er fuhr bedächtig an. Das erneute Quietschen in ihrem Rücken machte ihr deutlich, dass sie offensichtlich in die Garage gefahren waren und das Tor soeben herunterrollte. Der Motor erstarb. Der Unbekannte stieg aus und schob die seitliche Tür auf. Durch die Mütze hindurch gewahrte sie gleißendes Neonlicht. Vorsichtshalber schloss sie die Augen, als er sie ihr abnahm. Dann spürte sie, wie er ihre Fesseln durchschnitt. Er reichte ihr seine Hand.

»Steh vorsichtig auf, du musst deinen Kreislauf erst wieder in Wallung bringen. Nicht, dass du mir umkippst. Ich brauche dich in guter Verfassung. Wir wollen doch einen netten Abend verbringen.«

Seine Worte ließen sie erschauern. Er sollte recht behalten. Sie lief Gefahr, einzuknicken, aber mit kräftigen Armen hielt er sie. Der Mann schien über Bärenkräfte zu verfügen. Sie spürte seine Muskeln, als er sie stützte. Von der Garage aus betraten sie ein Haus. Nach wenigen Minuten konnte sie ohne Hilfe stehen und sich bewegen. Sie gingen durch das Wohnzimmer in einen Hausflur. Er wies auf eine Tür unter der Treppe, die nach oben führte. Von dort musste es in den Keller des Hauses gehen.

»Hier geht's durch und nach unten. Du wirst durstig sein. Vielleicht musst du auch aufs Klo. Danach kannst du dich waschen«, richtete er das Wort an sie.

Vorsichtig stieg sie die Stufen hinunter. Sie betrat einen wohnlich ausgebauten Trakt, in dem sie neben einer Toilette eine Dusche entdeckte. Mit gierigen Zügen trank sie das Mineralwasser, das er ihr reichte.

Er warf einen kurzen Blick auf seine Armbanduhr. »Du kannst jetzt vier Minuten für dich allein sein. Solltest du länger brauchen, ziehe ich dich an den Haaren vom Klo runter.«

Sie benötigte gerade die Hälfte der vorgegebenen Zeit. Der Mann verbreitete eine Aura der Gewalt um sich. Ihr fiel kein Mittel gegen ihn ein. Er lächelte sie zufrieden an. Vermutlich würde er lachen, sollte es ihr einfallen, ihn anzugreifen. Später wurde ihr klar, dass er nur darauf wartete, um kräftig auf sie einschlagen zu können.

»Sehr gut, Prinzessin, mir scheint, du willst mir gefallen. Das freut mich. So und nun unter die Dusche. Hygiene ist wichtig. Ich mag es nicht, wenn Frauen riechen.«

Er machte keinerlei Anstalten, sich abzuwenden, als sie sich umständlich auszog. Schließlich stand sie nackt vor ihm. Mit beiden Händen versuchte sie verunsichert, ihre Blöße zu verdecken.

Er grinste sie behäbig an. »Nun sei mal etwas großzügiger und zeig mir, was ich da aufgetan habe.«

Gehorsam senkte sie die Arme und drehte sich im Kreis, wie er sie anwies. Anscheinend gefiel ihm, was er sah. Er fasste ihre Brüste an, fuhr ihr zwischen die Beine, betastete ihren Hintern und griff dann mit beiden Händen zu. Sie fühlte sich wie auf einem mittelalterlichen Sklavenmarkt, wo der Wert einer Ware eingeschätzt wurde. Langsam wurde ihr klar, welchen Preis sie zu zahlen hatte.

»Ja, mit der Zeit bekommt man ein Auge für das richtige Material. Hat schon seine Vorteile, wenn ihr jünger seid und Sport treibt.« Ihr Entführer grinste wieder. »Du wirst sehen, ich habe auch einiges zu bieten.«

Er packte sie bei den Haaren und zog sie eng an sich, dass sie seinen Atem riechen konnte. Er rieb sich an ihr. Sie spürte ihn. Seine Erregung erreichte sie wie eine bedrohliche Gewitterfront. Sie befürchtete nichts Gutes.

»Ich bin es gewohnt, dass man mir gibt, was ich will!«, herrschte er sie an. »Merk dir das! Und nun unter die Dusche, du riechst!«

Wie unbeteiligt sah er zu, wie ihr das Wasser über den Körper lief. Gehorsam wusch sie sich mit einem Waschlappen. Irgendwann brach er ab und reichte ihr ein Badetuch. »Das reicht für heute. Ich hab lange genug gewartet.«

Endlich fasste sie den Mut und formulierte die Frage, die ihr seit Langem auf den Lippen lag: »Warum bin ich hier? Was wollen Sie von mir?«

»Das wirst du früh genug mitbekommen. Dies ist das letzte Mal, dass du ohne meine ausdrückliche Erlaubnis einen einzigen Ton von dir gibst. Es ist dir gerade noch gestattet, eigenständig zu atmen. Ich werde jeden Ungehorsam unbarmherzig bestrafen. Hast du mich verstanden? Ich bin dein Herr!«

Sie nickte ängstlich.

»Gut, komm, gehen wir nach nebenan.«

Vor der Duschkabine standen ein paar Badelatschen. »Zieh die an.«

Fast schien es ihr, als dressierte er sie wie einen Hund. Mittlerweile fühlte sie sich entsprechend. In ihr steckte eine tiefe Angst. Dabei ging es ihr schon nicht mehr um das, was sie erwarten würde. Das konnte sie sich selber ausmalen. Sie dachte bereits einen Schritt weiter. Wie lange würde er sie bei sich haben wollen? Was käme anschließend? Er machte keinerlei Anstalten, sein Gesicht vor ihr zu verbergen. Er konnte sich nicht erlauben, sie am Leben zu lassen. Die Verzweiflung erfasste ihren gesamten Körper. Sie hatte kaum die Kraft, ihm zu folgen. Sie betraten einen etwa zehn Quadratmeter großen Raum. Als Möblierung entdeckte sie ein großes Doppelbett und einen schmalen Schrank. In einer Ecke stand ein Stuhl. Damit war für sie der letzte Zweifel über seine Pläne mit ihr beseitigt. Die Antwort stand vor ihr. Er zog an ihrem Badetuch, bis es herunterrutschte. Sie versuchte, es mit den Händen zu halten.

Er unterband es. »Wir sollten zu einer Einigung kommen«, fuhr er sie barsch an. »Es gibt zwei Möglichkeiten. Du tust, was ich sage. Oder ich muss dir erst wehtun und du tust dann, was ich will. Das würde mir auch behagen. Du kannst frei entscheiden. Ich bin heute für alles offen. Aber glaub mir, ich bin der Stärkere.«

Nackt und zitternd stand sie vor ihm. Er wartete ihre Antwort nicht ab, sondern gab ihr einen sanften Stoß, sodass sie aufs Bett fiel. Er wusste, dass er gewonnen hatte. Ängstlich blickte sie zu ihm hoch. Er öffnete seinen Gürtel und zog ihn ohne Hast aus den Laschen seiner Hose. Als wollte er ihr demonstrieren, was sie erwartete, sollte sie nicht gehorchen, schlug er damit gegen die Kante des Betts. Das Klatschen ließ sie zusammenzucken. Ohne den Blick von ihr zu lassen, zog er sich anschließend aus. Er verfügte über einen massigen muskulösen Oberkörper. Was hätte sie gegen ihn ausrichten wollen? Sie vernahm seinen schweren Atem. Als er seinen Slip auszog, realisierte sie, wie erregt er war. Hilflos schaute sie sich um. In diesem Raum würde ihr niemand helfen.

Mit der Hand winkte er ihr zu. »Hock dich vor mich. Ich will zusehen, wie du es mir besorgst. Komm nicht auf die Idee zuzubeißen. Du würdest es bis ans Ende deiner Tage bereuen.«

Sie folgte seiner Anweisung wie ein Kind, das es nicht besser wusste. Willfährig befriedigte sie ihn mit dem Mund, während er ihr mit beiden Händen in die Haare griff und den Rhythmus bestimmte.

Sein Stöhnen sollte sie nicht mehr verlassen, als er ejakulierte. Langsam befreite er sich von ihr.

»Das war ein ordentlicher Anfang. Spül dir jetzt den Mund aus. Danach säuberst du mich.«

Sie ging an das Waschbecken im Raum und hätte sich beinahe übergeben. Am liebsten hätte sie eine Lauge oder Säure verwendet. Sie schien seinen Geschmack nicht loszuwerden. Danach befeuchtete sie ein Tuch, ging auf ihn zu und wischte damit vorsichtig seinen Penis ab. Ihm schien es zu gefallen. Sie spürte, wie wieder Kraft in ihn kam. Es würde weitergehen.

»Leg dich auf den Rücken, winkel die Beine an und spreiz sie auseinander!«, herrschte er sie an. »Mal sehen, ob du das auch auf die alte Art kannst, so wie es deine Eltern bereits getrieben haben.«

Sie reagierte gehorsam. Er beugte sich über sie und zog sie mit beiden Händen zu sich heran. Als er das erste Mal in sie eindrang, wollte sie vor Schmerz und Scham schreien. Sie presste die Lippen aufeinander, als habe ihr jemand geraten, ihm das Gefühl zu geben, willkommen zu sein. Er war in ihr. Es würde geschehen, was er wollte. Rhythmisch bewegte er sich auf ihr.

»Mach mit!«, fauchte er sie an.

Ergeben folgte sie seinen Bewegungen. Er entlud sich abermals, ohne an die Konsequenzen für sich oder sie zu denken.

»Das war nicht schlecht«, lobte er sie anschließend. »Es hat dir sicher Spaß gemacht, oder?«

Ihr verblieb nur ein angedeutetes Nicken. Ihm schien es zu reichen. Er sprang auf und reichte ihr die Hand. »Ja, ich weiß genau, was ihr wollt. Ich kenn die Frauen. Komm, gehen wir unter die Dusche. Sauberkeit ist das A und O in einer Beziehung.«

Sie war verzweifelt. Glaubte er wirklich, sie empfände so, als hätten sie sich an diesem Tag gerade erst kennen- und lieben gelernt? Er legte einen Arm um ihre Schultern und drückte sie an sich. Er liebkoste sie so zärtlich, als seien sie ein Paar. Folgsam erwiderte sie seine Küsse und strich über seinen Rücken. Das heiße Wasser prasselte auf ihren Körper. Wieder gab er seine Anweisungen. Sie drehte sich von ihm ab und spreizte ihre Beine. Sie spürte, wie er von hinten erfolgreich seinen Weg suchte. Sie schrie auf, als sie ihn in sich spürte. Wieder vernahm sie seinen hektischen Atem, der heiß in ihr Ohr drang. Am schrecklichsten empfand sie sein Stöhnen.

Es wurde ein langer Abend. Er schien unersättlich. Vermutlich hatte er sich eine dieser Wunderpillen gegönnt. Als er endlich von ihr abließ, fehlte ihr selbst die Kraft zu weinen.

Tag für Tag suchte er sie auf. Je nach Lust und Laune wies er sie an, ihn zu befriedigen. Dann wurden die Intervalle zusehends länger. Schließlich ließ er gänzlich von ihr ab. Es beruhigte sie nicht, eher vergrößerte es ihre Ängste. Was hatte er mit ihr vor, wenn sie ihm nichts mehr zu bieten hatte? Einige Zeit später verrieten ihr Geräusche von nebenan, dass er anscheinend ein neues Opfer gefunden hatte. Das war offensichtlich weniger gefügig als sie. Sie hörte eine kleine Stimme schreien und ein Klatschen. Er ließ nicht von ihr ab, selbst als sie nur noch ihr Wimmern mitbekam. Dann vernahm sie das verhasste rhythmische Quietschen der Matratze und sein Stöhnen. Anschließend erklang seine Furcht einflößende Stimme, mit der er ihre Leidensgenossin bedrohte. Diese hatte am Ende des Tages nicht einmal mehr Tränen übrig. Und in ihr stieg die Angst vor ihrem Peiniger hoch. Kurioserweise, weil er sie zufriedenließ, weil er es nicht mehr darauf anlegte, ihr Dinge abzuverlangen, die sie verabscheute.

Sie konnte nicht genau sagen, wie lange er sie allein in ihrem Zimmer ließ. Er suchte sie nur mehr sporadisch auf, um sie mit Speisen und Getränken zu versorgen. Danach gestattete er ihr einen Besuch der Toilette und eine gelegentliche Dusche. Zuweilen forderte er sie auf, ihn oral zu befriedigen. Doch auch dieses Ansinnen stellte er bald ein. Irgendwann war er mit einer aufgezogenen Spritze zu ihr ins Zimmer gekommen.

»Steh auf, wir wollen eine kleine Spritztour unternehmen.« Er kicherte unartikuliert auf. »Im wahrsten Sinne des Wortes.«

Er griff nach ihrer Hand und zog sie zu sich hoch. Er setzte die Spritze an ihrem Arm an und warf diese nach Gebrauch achtlos aufs Bett. Die Wirkung stellte sich schnell ein. Wie in Trance folgte sie ihm in das Fahrzeug. Sie bekam nicht mehr mit, wie er sie nachlässig fesselte und auf die Ladefläche beförderte. Er behandelte sie wie einen aufgerollten alten Teppich, den man, ohne Acht zu geben, irgendwohin warf. Sie war für ihn eine Ware ohne Wert geworden, die es zu entsorgen galt.

Abrupt stoppte der Wagen. Er öffnete die Schiebetür und bedeutete ihr, auszusteigen. Widerspruchslos gehorchte sie. Auf unsicheren Füßen stand sie vor ihm. Verängstigt brach sie die Regel und sprach ihn an: »Was soll ich hier?«

Er antwortete ihr überraschend freundlich. Leider galt das nur für seinen Tonfall, nicht für das Gesagte. »Wir wollen es zu einem Ende bringen. Es gibt keinen Platz mehr für dich in meiner Welt über den Tag hinaus. Du bist nicht die Letzte. Andere werden dir folgen.«

Er ließ ihr keine Zeit zu reagieren. Seine Hände umklammerten ihren Hals und drückten unerbittlich zu. Sie wollte sich wehren, aber irgendwie hatte sie es in den vergangenen Wochen verlernt. Es gelang ihr nicht einmal mehr, sich von ihm wegzudrücken, selbst wenn es ihr wenig genutzt hätte. Ihr Körper wurde schlaff. Er ließ sie hinuntergleiten, um sie dann ein Stück tiefer in den Wald zu ziehen. Zielstrebig suchte er nach ihrem Puls am Hals. Er grunzte zufrieden, als er spürte, dass sie tot war. Er sah sich um. Niemand hatte etwas von seinem Tun mitbekommen. Was suchte man auch zu so später Stunde im Wald? Mit Sicherheit war ihr Röcheln nicht weit gedrungen. Er warf etwas Reisig auf den toten Körper, unterbrach dann abrupt sein Tun. Man würde sie so oder so entdecken. Das war ein Teil seiner Konzeption. Jedermann sollte begreifen, dass irgendwo im Lande jemand dabei war, die gottgewollte Ordnung wiederherzustellen. Es war ihm gleichgültig, wie schnell das geschah. Er hatte keine Angst, gefasst zu werden. Schließlich befand er sich schon bald auf gehörige Distanz zu dem Ort seiner Tat.

Ruhig, als sei er nach getaner Arbeit auf dem Weg nach Hause, fuhr er an. Er musste auf dem Pfad nicht wenden. Dabei wäre er Gefahr gelaufen, sich festzufahren. In dieser Gegend kannte er sich gut aus. Weiter oben lag ein kleiner See. Parallel dazu verlief ein schmaler befahrbarer Weg, der ihn zurück an die Bundesstraße führen würde. Zehn Minuten später nahm er zügig Fahrt auf. Bis er zu Hause war, würde noch einige Zeit verstreichen. Es gehörte zu seinem Plan, den Fundort der Leichen weit genug von der eigenen Haustür entfernt zu halten. Dies war zwar mit gewissen Risiken behaftet, trotzdem hielt er dies für die beste Lösung. Und die bisherigen Resultate gaben ihm recht.

Die Morgendämmerung tauchte die Landschaft in ein schwammiges Grau, als er vor seiner Haustür hielt. Gelassen schaute er auf seine Armbanduhr. Er war exakt in seinem Zeitrahmen geblieben. Seine Disziplin war sein größter Schatz. Er war zu aufgewühlt, als dass er sich hätte ins Bett legen können. Entschieden zog er sich aus. Nach einem kleinen Schluck Cognac stieg er die Kellertreppe hinunter. Die schmale Person auf dem Bett hatte einen leichten Schlaf. Resigniert blickte sie auf, als er vor ihr stand. Er sagte kein Wort, sondern dirigierte sie mit einer kurzen Bewegung des Zeigefingers zu sich. Seltsamerweise kam ihr die Hexe aus Hänsel und Gretel in den Sinn. Sie wusste genau, was er wollte. An Widerstand dachte sie längst nicht mehr. Vielmehr fragte sie sich, weshalb es im Nebenzimmer so ruhig geworden war. Sie hockte sich vor ihn und befriedigte ihn, wie er es wollte. Mit jeder ihrer Bewegungen vernahm sie seinen gepressten Atem, bis er sich mit einem hektischen Stöhnen entlud. Zufrieden löste er sich von ihr und wandte sich zur Tür. Er drehte sich ihr nochmals zu. »Das war gut. Morgen duschen wir zusammen. Da bekommst du dann deinen Spaß.«

Zu ihrem Glück wusste sie nicht, dass ihr allenfalls zwei Monate verbleiben würden, bis er ihrer vollends überdrüssig war. Er spürte in sich eine Hektik, die ihn trieb, die Frequenz zu steigern. Längst hatte er ein neues Opfer im Visier. Obwohl er anfing, schläfrig zu werden, zog er im Wohnzimmer seine Kladde hervor und begann damit, seine Erlebnisse sorgfältig zu Papier zu bringen. Er fühlte sich wie der Sendbote einer höheren Macht und empfand es als seine Pflicht, ihr zu genügen. Er musste es dokumentieren. Dafür nahm er jegliches Risiko auf sich. Nur wer so nahe an die Kladde gelangte, dass er darin lesen konnte, war ihm entweder dicht auf der Fährte oder hatte sein Leben verwirkt. Mit Bedauern schaute er auf seine Ausführungen. Egal, wie sehr er sich bemühte, als Einzelkämpfer setzte er gerade mal einige wenige Zeichen. Und wie sollte er nach einem Partner Ausschau halten?

Die Frauenleiche wurde eine Woche später gefunden. Der Hund eines Spaziergängers spürte sie auf. Anfangs bestand große Verunsicherung darüber, ob man es mit einem Sexualmord zu tun hatte. Erst die Feststellung einer Schwangerschaft beseitigte alle Zweifel. Die Frau galt seit gut drei Monaten als vermisst. Die gentechnische Analyse ergab, dass sie in den vergangenen drei Jahren bundesweit das vierte weibliche Opfer desselben Täters gewesen war. Dabei konnte niemand eine gewisse Dunkelziffer verleugnen. Andere Verbindungsstücke wollten sich ihnen nicht erschließen. Die Ermordeten wurden in unterschiedlichen Städten verschleppt, Bremen, München, Stuttgart, die letzte in Köln. Die Fundorte der Leichen lagen jeweils mehrere hundert Kilometer davon entfernt. Die letzte Tote wurde in einem Waldgrundstück im Großraum Hannover aufgefunden. Die Körper wiesen keine nennenswerten Verletzungen auf. Offensichtlich wurden die Frauen ein paar Wochen vor ihrem Tod nicht mehr missbraucht. Man musste von einem Serientäter ausgehen. Niemand konnte sagen, ob sich nicht an anderen, unentdeckt gebliebenen Stellen weitere Opfer befanden. Die ermittelnden Beamten schlossen sich zu einer bundesweit agierenden Ermittlungsgruppe zusammen, deren Fäden in Köln zusammenliefen. Das sollte sie allerdings nicht weiterbringen. Es gab keinerlei Verbindungen zwischen den Frauen, die ihnen hätten weiterhelfen können. Nirgendwo meldete sich ein Zeuge, der ihnen nützlich sein konnte. Kommissar Zufall war auf Tauchstation gegangen.

Einer der Beamten der Sonderkommission brachte es auf den Punkt: »Vermutlich hat er sich bereits neu bedient. Wo werden junge Frauen vermisst?«

»Falsche Frage«, erwiderte sein Gegenüber. »Sie sollte besser lauten, wo in Deutschland wird keine Frau vermisst? Verdammt, das wird für uns ein hartes Stück Brot werden!«

Er sollte recht behalten. Es kam eine umfangreiche Kärrnerarbeit auf sie zu. Tag für Tag verschwanden in diesem Land Menschen und fanden sich irgendwann wieder ein oder auch nicht. Sie konzentrierten sich auf attraktive Frauen zwischen 20 und 40 Jahren, die in den vergangenen Monaten als vermisst galten. Es half ihnen nicht weiter. Sie trampelten auf der Stelle wie Pferde, die an der kurzen Leine gehalten wurden. Einen guten Monat später trafen sie auf das nächste Opfer. Es wurde an einem Nebenarm der Ruhr in der Nähe von Hattingen gefunden. Sie war in Fulda verschwunden. Sie unterschied sich von den anderen toten Frauen durch Verletzungen, die man ihr zugefügt hatte und die nur schlecht verheilt waren. Der Täter musste furchtbar auf sie eingeschlagen haben. Hatte sie sich gegen ihn gewehrt? Hatte er ihren Widerstand mit aller Brutalität gebrochen? Allem Anschein nach mussten sie sich auf einen kräftigen Mann einstellen. Die Verletzungen waren nicht mit einem Gegenstand verursacht worden sondern eindeutig mit den Fäusten und den Füßen. Es war mit unbändigem Hass oder Sadismus zugeschlagen worden. Mit wem hatten sie es zu tun? Sie redeten mit Profilern, baten Psychologen von der Uni um sachverständigen Rat. Sie kamen keinen Millimeter weiter. Was ihnen fehlte waren Täter-Opfer-Beziehungen, die Rückschlüsse zuließen. Was bei ihnen eintrudelte, waren unbrauchbare Mutmaßungen, über die sie selbst im Übermaß verfügten. Der Täter ließ seine DNA zurück. Sie war nicht registriert. Anscheinend fühlte er sich sicher, darüber nicht identifiziert zu werden. Ansonsten aber unterlief ihm kein Fehler, der sie auf seine Spur führen sollte. Vergeblich warteten sie auf einen Anruf, der sie weiterbrachte.

7

Hilperts Kündigung schlug im Präsidium ein wie eine Granate. Weber hatte sie mit starrem Blick entgegengenommen und sich jeglichen Kommentars enthalten. Er führte anschließend einen heftigen Disput mit dem Polizeipräsidenten. Dieser überließ ihm freie Bahn, die Entwicklung zurückzudrehen. Der Versuch, ein Telefonat mit dem Innensenator zu führen, versandete bei einem seiner Referenten. Er vermeinte sogar so etwas wie Befriedigung aus dessen Antwort herausgehört zu haben. Er gab vorerst auf, der Geschichte ins Rad greifen zu wollen. Weber hatte sogar seinen eigenen Rücktritt in Erwägung gezogen. Nur, wem wollte er damit dienen? Er würde nichts verändern. Auf seinen Posten würde sich wenigstens ein Dutzend seiner Kollegen stürzen. Karrierepositionen waren im öffentlichen Dienst rar. Das war das gleiche Spiel wie mit Trainerposten im bezahlten Fußball. Hier wie da gab es keine Solidarität mit dem Verlierer. Wer ging, wurde umgehend ersetzt.

Hilpert wurde an diesem Tag von einer ganzen Reihe an Kollegen aufgesucht. Manche kannten und respektierten die Beweggründe seiner Kündigung. Andere wollten einfach nur ihr Bedauern darüber ausdrücken, dass er sie verlassen wollte. Einigen reichte es gerade, ihr Unverständnis über seine Entscheidung von sich zu geben. Als Beamter gab man seine sichere Position nicht auf, nur weil es mit der Karriere nicht wie geplant klappte. Da existierten bessere Alternativen, wie Dienst nach Vorschrift oder ein menschenfreundlicher Hausarzt. Ehrgeiz und Berufsbeamtentum standen einander diametral gegenüber wie zwei verfeindete Geschwister. In seinem Fall begriffen die wenigsten, dass es ihm nicht um Beförderung und höheres Einkommen ging, sondern um ihm zugesicherte Arbeitsmöglichkeiten. Nach beinahe 15 Jahren Polizei war ein Tapetenwechsel vielleicht sogar angesagt. Viel zu viele Menschen klebten an ihren Stühlen und bemerkten nicht, dass sie dadurch kaum noch zu nennenswerten Bewegungen fähig waren und eine partielle Verlagerung der Sitzposition bereits als kraftvollen Akt ansahen.

***

Ulf Reichelt war mit dem Zug von Frankfurt nach Hamburg gefahren. Er sollte hier im hohen Norden die Mordkommission 3 übernehmen. Dies war nicht zuletzt mit einer Beförderung zum Ersten Hauptkommissar verbunden. Mit ein wenig Glück gelang es ihm in den nächsten Jahren, in den höheren Dienst aufzusteigen. Es war gut fürs Einkommen und vor allem fürs Ego. Im nächsten Jahr würde er 45 Jahre alt werden. Wollte man ein Stück an der eigenen Karriere feilen, so sollte man die 50 vor sich und nicht hinter sich gebracht haben. Auch wenn er ein überzeugter Hesse war, so hatte ihn stets eine besondere Beziehung zu Norddeutschland und hier insbesondere zu Hamburg begleitet. Er liebte den Hafen und ließ bei keinem Besuch eine Bootsfahrt zum Containerterminal aus. Er genoss es, vom Wasser aus die Dimensionen der riesigen Schiffe zu erfahren. Damit konnte man im Süden der Republik nicht dienen. Da war es ihm auch gleichgültig, ob ihm der Wind den Regen ins Gesicht peitschte oder er bei strahlender Sonne an der Außenalster spazieren ging.

Heute hatte man ihn zum Schnuppern ins Präsidium gerufen. Es gab da anscheinend Unannehmlichkeiten mit einem jüngeren Kollegen, der sich selbst Avancen auf seinen Job gemacht hatte. Vielleicht konnte er die Wogen glätten oder war es eher angebracht, den Mann auf Distanz zu sich zu bringen? Er wollte sich des Problems in der ihm ureigenen Gelassenheit annehmen. Zumindest gedachte er nicht, es liegen zu lassen. Für die Methode des Aussitzens fehlte ihm jegliches Talent. Die überließ er gerne der Politik. Dort ging es nicht um Ergebnisse, sondern um die pralle Macht.

In der Wandelhalle orderte er für sich einen schnellen Kaffee und einen Hamburger. Die Kost im Intercity hatte ihm nicht behagt. Es war ein besonderer Tag, also leistete er sich ein Taxi. Allzu weit war die Fahrt eh nicht ins Hamburger Polizeipräsidium. Das wusste er von einem früheren Besuch.

Eine halbe Stunde später saß er seinem künftigen Chef, Polizeidirektor Weber, gegenüber. Dieser begrüßte ihn freundlich distanziert. Diesem Mann würde er den Job nicht streitig machen können. Der hielt sich in Regionen auf, in die er nie aufsteigen könnte. Weshalb empfing der ihn nicht aufgeschlossener? Die Antwort sollte dieser ihm schneller geben, als er erwartet hätte.

»So sehr ich mich darüber freue, einen erfahrenen Mann wie Sie in eines meiner Teams zu bekommen, so sehr bedaure ich die Umstände Ihres Kommens.«

»Umstände? Wie darf ich das verstehen?«

»Mein Favorit ist mir leider durch den Innensenator oder besser durch den zuständigen Staatsrat abgeschmettert worden.«

»Und so müssen Sie mit mir vorliebnehmen?«

»Nicht wirklich. Wie man hört, sind Sie ein ausgewiesener Profi. Die Frankfurter geben Sie nur ungern ab.«

»Und weshalb wurde Ihr Favorit abgelehnt?«

»Er stößt im Rathaus leider auf keine Gegenliebe. Das heißt, jeder geeignete Kandidat wäre auf diesen Sessel gekommen, selbst Mickey Mouse. Nur eben er nicht.«

»Kapiert. Wie man hört, ist er noch relativ jung?«

»Wenn das wenigstens der Ablehnungsgrund gewesen wäre, hätte ich gut argumentieren können. Tatsächlich aber ist jedem Kenner der Materie klar, dass eher artfremde Gründe gegen ihn vorgebracht worden sind. Er ist seit 15 Jahren dabei. Das macht ihn nicht unbedingt zu einem Nachwuchsmann.«

Weber schüttelte den Kopf und warf die Büroklammer, die er während der Unterhaltung gnadenlos malträtiert hatte, in den Papierkorb. »Machen wir uns den Kopf nicht zu schwer, werter Kollege. Die Würfel sind eh gefallen.« Er wies auf ein vor ihm liegendes Blatt Papier. »Das ist sein Kündigungsschreiben. Er wird uns in sechs Monaten verlassen.«

»Ich verstehe. Und wie soll ich mich ihm gegenüber verhalten?«

»Ganz natürlich. Sie werden sehen, er ist ein umgänglicher Mensch. Ich kann mir kaum vorstellen, dass Sie mit ihm Probleme bekommen werden. Es ist eher zu erwarten, dass Sie es irgendwann bedauern werden, ihn als wertvollen Mitarbeiter und Kollegen zu verlieren.«

Gelassen zuckte Reichelt mit den Schultern. Man konnte nur jemanden vermissen, mit dem man eine gemeinsame Vergangenheit besaß. Menschen kamen, Menschen gingen. Das war der Lauf der Welt. Die Wissenschaft hatte den Tod eines Albert Einstein verkraftet. Die Hamburger Mordkommission 3 würde den Weggang von Herrn Hilpert überstehen. Er beschloss, gute Miene zum bösen Spiel zu machen, und versprach, sich mit ihm kurzfristig zu verabreden.

Weber hasste es, Dinge auf die lange Bank zu schieben und griff zum Telefon. »Was halten Sie davon, wenn Sie sich zum Mittagessen verabreden?«, fragte er ihn, während er Hilpert anwählte.

Warum sollte er seinem künftigen Vorgesetzten widersprechen? Er hielt nicht viel von Fehlstarts. Davon abgesehen konnte er auf diesem Weg gleich klare Fronten schaffen. Er war für die gegebene Situation nicht verantwortlich. Er musste mit ihr umgehen, nicht mehr und nicht weniger. Da sich der Kollege entschieden hatte, die Polizei zu verlassen, konnten sie nur relativ kurze Zeit aneinandergeraten. So gesehen saß er im Konfliktfall am längeren Hebel.

In der Nähe des Präsidiums trafen sie sich zu Hamburger Pannfisch und einem ordentlichen Bier. Der Mann aus Frankfurt wusste den Tipp zu schätzen. Er frönte lange Jahre dem Hobby des Freizeitangelns und hatte an Nord- und Ostsee und an diversen Binnengewässern so manchen Fisch an Land gezogen. Und er fing sie nicht nur gerne, er aß sie umso lieber. Hilpert überragte seinen Nachfolger um einen halben Kopf und war insgesamt schlanker als er. Schon bei der Begrüßung war ihm klar, dass es ihm nicht gelingen würde, gegen diesen Mann ein Feindbild aufzubauen. Dazu gefiel er ihm zu sehr. Hilpert war Praktiker wie er. Er war garantiert nicht der Typ, der gleich zusammenzuckte, wenn es in seiner Umgebung etwas heftiger zuging.

Er sprach die Thematik offen an. »Mir scheint, ich habe Ihnen in die Suppe gespuckt mit meiner Versetzung?!«

Hilpert schüttelte energisch den Kopf. »Haben Sie nicht. Das war wohl eher der Innensenator oder sein Staatsrat oder beide, die das ausgekungelt haben.«

»Beachtlich, sich in so jungen Jahren so weit oben Feinde verschafft zu haben. Ich kenne in Frankfurt Polizisten, gegen die kein Minister oder Staatssekretär intervenieren würde, da sie nie in deren Blickfeld geraten sind. Ich bin zum Beispiel so einer. Sie müssen einen guten Job gemacht haben.«

Hilpert lachte auf. Reichelt gefiel ihm mit jedem Satz besser, den er von sich gab. »Sie Glücklicher. Wie gut meine Arbeit war, müssen andere entscheiden. Ich lass mich jedenfalls nicht von irgendwelchen Politprofis, die nie in ihrem Leben richtig gearbeitet haben, in die Ecke stellen.«

Reichelt prostete ihm zu. »Der Satz könnte von mir stammen. Sie haben nicht zufällig meine Memoiren gelesen?« Er blickte sich suchend um und bestellte eine weitere Runde Bier. »Ich entscheide mal, heute finden in Hamburg keine gruseligen Mordtaten mehr statt.«

Als sie die vollen Gläser wieder klingen ließen, sprach ihn Reichelt erneut auf seine Entscheidung an. »Und Sie wollen wirklich gehen?«

»Die Würfel sind gefallen. Ist der Schneeball erst einmal auf die rutschige schiefe Ebene geworfen worden, kann man die Lawine kaum noch aufhalten. Und gegen die Politik haben wir keine Chance. Ich bin zu jung, um nur innerlich zu kündigen, und fühle mich gut genug, etwas anderes anzufangen.«

Reichelt nickte zu seinen Worten. »Ich verstehe. Schade, dass Sie uns verlassen werden, aber Respekt vor Ihrer konsequenten Haltung. Da gibt es vermutlich eine Reihe an Kollegen, die das nicht verstehen.« Er sah ihn verlegen an. »Vielleicht gibt es wenigstens die Chance, dass wir Freunde werden.«

»Das kann die Politik nicht verhindern«, grinste ihn sein jüngerer Kollege an.

»Und haben Sie schon eine Idee, was Sie künftig anfangen wollen? Ich vermute mal, Sie wurden ebenso wenig wie ich mit einem silbernen Löffel im Mund geboren.«

Er akzeptierte Hilperts Achselzucken als Antwort. Spontane Entscheidungen hatten zuweilen einen gewissen Charme. Das Problem war, dass die Konsequenzen üblicherweise nicht ausreichend überdacht worden waren. Gelegentlich geriet man in eine Ecke, aus der es kein Entrinnen gab. Er wünschte seinem jungen Kollegen eine glückliche Hand. Eine Stunde später landeten sie beim Du und entschieden, dass Hilpert so lange an der Seite des neuen Kollegen blieb, wie dieser es für erforderlich hielt. Reichelt war ein mäßiger Trinker, sodass Hilpert nicht in die Verlegenheit geriet, eine Woche nach dem Stadtfest in seiner Vaterstadt erneut zu viel zu trinken. Gemeinsam nahmen sie die S-Bahn Richtung Hauptbahnhof. Den einen zog es zurück nach Frankfurt, der andere musste ein paar Kleinigkeiten einkaufen gehen und dann seine Wohnung aufsuchen. Hilpert bedauerte, Reichelt nicht unter anderen Bedingungen kennengelernt zu haben. Er hätte kein Problem darin gesehen, unter der Leitung des Mittvierzigers zu arbeiten. Nun war es zu spät für neue Überlegungen. Darauf wartete ein Mann wie Hinrichs nur, dass er den Schwanz einzog. Eher ließ er ihn sich abhacken. Und dafür sah er momentan keinerlei Veranlassung.

* * *

Weber weigerte sich, alles so hinzunehmen, wie man es ihm mundgerecht anbot. Nach mehreren vergeblichen Anläufen erhielt er endlich einen Termin bei Hinrichs. Dieser saß ihm satt grinsend in seinem Büro gegenüber. Wie er mochte in alten Zeiten Bismarck hinter seinem Schreibtisch gethront haben. Das hohe Amt schien ihm viel Selbstwertgefühl. zu vermitteln. Das unterschied ihn von dem ehemaligen Reichskanzler. Der verfügte auch ohne Amt über Autorität. Als wollte der Staatsrat ihm gegenüber seine Macht demonstrieren, hatte er den Kriminaldirektor gut 20 Minuten warten lassen. Der tat ihm nicht den Gefallen, seinem Dienstvorgesetzten gegenüber seine Wut, die er empfand, anmerken zu lassen. Wenigstens diesen Triumph wollte er ihm nicht gönnen. Vielmehr zwang er sich zu ruhigen klaren Worten.

Hinrichs hörte Weber mäßig interessiert zu. Seine Reaktion war beinahe absehbar. Mit hohntriefender Stimme antwortete er ihm: »Dieser renitente junge Mann hat also seine Konsequenzen gezogen. Gut so. Das hätte ich ihm gar nicht zugetraut. Typen wie der kleben eigentlich an ihren Posten. Da haben wir zumindest eine Störungsquelle weniger zu verzeichnen.«

Als würde er aus einem Traum erwachen, schreckte Weber auf. »Von wem reden Sie? Etwa von Hilpert, einem hochbegabten Kriminalisten?«

»Jetzt übertreiben Sie, Weber. Wie man in der Vergangenheit lesen konnte, hat er sich gerade in den Medien nicht nur Freunde gemacht. Und seine Erlebnisse im Kosovo waren durchaus undurchschaubar. Weshalb hat man sonst mehrfach versucht, ihn zu ermorden?« Er klopfte auf einen Unterlagenstapel, der vor ihm auf dem Schreibtisch lag. »Der Senatssprecher hat mich mit reichlich Material versorgt. Sollte da was kommen, wir sind gut vorbereitet.«

Webers Gelassenheit schwand dahin wie die Wählergunst für die FDP. »Da ziehen Sie sich mal warm an, werter Staatsrat. Der

Mann ist gut im Geschäft, was sein Standing in den Medien betrifft.«

»Sie meinen wegen der Orden, die man ihm umgebunden hat? So etwas hat doch in Hamburg keine Bedeutung. Außerdem ist das der Schnee von gestern. Damit locken Sie niemanden mehr hinterm Ofen hervor.«

Weber wollte widersprechen, als Hinrichs abwinkte. »Lassen Sie es gut sein. Ich hab keine Zeit, mich eingehender mit dieser Sachlage zu befassen. Der Mann will uns verlassen, das ist sein gutes Recht. Wir werden seiner Kündigung entsprechen. Meine Pflicht ist es, dafür zu sorgen, dass er nicht mehr an neuralgischen Punkten bei der Polizei tätig wird. Suspendieren Sie ihn ab sofort aus der Mordkommission. Irgendwo im Archiv wird es ein warmes Plätzchen für ihn geben. Oder stecken Sie ihn ins Kriminalmuseum.«

Entgeistert nahm er die Worte des Staatsrats auf. »Ich soll Hilpert trotz der angespannten Personallage von unserer Arbeit fernhalten? Das ist nicht Ihr Ernst! Sagen Sie mir, dass das ein Witz war!«

»Herr Weber, es ist mir sogar bitterernst. Ich lasse mir von einem knapp Fünfunddreißigjährigen nicht auf der Nase rumtanzen. Eigentlich gestatte ich das niemandem. Das fiele selbst meinem Senator nicht ein. Wenn Sie mich jetzt entschuldigen wollen. Draußen wartet bereits der nächste Termin auf mich. Ich bin spät dran.«

Er erhob sich, sodass Weber nichts anderes übrig blieb, als seinem Beispiel zu folgen.

»Und dass wir uns recht verstehen, ich erwarte, dass meinen Anordnungen ohne weitere Diskussionen Folge geleistet wird, Herr Kriminaldirektor. Meine Entscheidung ist unumstößlich.«

Weber streckte ihm die offene Hand entgegen.

»Was wollen Sie noch?«

»Die schriftliche Anweisung. Wenn dieses Ding hochgeht, habe ich keine Lust, das Bauernopfer zu spielen.«

Hinrichs griff nach einer Unterschriftenmappe, öffnete sie und entnahm ihr ein Schreiben. »Sie sehen, wir denken in unserer Behörde mit. In diesem Fall sparen wir uns sogar das Porto. Ich verstehe auf den Tod nicht, was Ihnen dieser Hauptkommissar bedeutet.«

»Vielleicht begreifen Sie es, wenn es zu spät ist«, erwiderte Weber spitz. »Hoffen wir, dass Ihnen diese Entscheidung nicht ins Gesicht schlägt, Herr Staatsrat. Die Stühle, auf denen Menschen wie Sie sitzen, sind oft wackeliger, als man vermutet.«

»Das lassen Sie gefälligst mein Problem bleiben. Und nehmen Sie eines zur Kenntnis. Die Macht in dieser Behörde geht von diesem Schreibtisch aus. Und dieser Herr Hilpert ist für mich längst Historie. Passen Sie auf, dass Sie es nicht auch werden.«

Weber winkte gelassen ab. »Ach wissen Sie, ich bin Berufsbeamter. Mein Garten schreit seit Jahr und Tag nach mir, meine Frau sowieso. Eine Frühpensionierung kann mich nicht schrecken. Wenn ich mich so umschaue, hätte sie sogar etwas Verlockendes.« Bereits im Gehen wandte er sich erneut dem Staatsrat zu. »Meine Meinung interessiert Sie ja nicht, aber Sie machen einen gewaltigen Fehler.«

»Sie haben recht, Ihre Meinung bedeutet mir herzlich wenig.«

Hinrichs lehnte sich grinsend in seinem Ledersessel zurück. Weber bekam er so schnell nicht zu fassen, dafür dürfte dieser Hilpert seine Lektion gelernt haben.

Wütend, ohne sich zu verabschieden, verließ der Polizeidirektor das Rathaus. Wofür hielt ihn dieser lausige Politikerverschnitt? Für einen dummen Jungen? Nichts wollte ihn für das Gespräch entlasten. Weder die Herbstsonne, die das Sandsteingebäude zum Erstrahlen brachte, noch der Blick auf den Fleet, der zur Binnenalster führte, wo sich die Schwäne von den Touristen reichlich mit Brot verwöhnen ließen und das Kriegerdenkmal, einst von Ernst Barlach geschaffen, mahnend in die Höhe wies. Es würde nicht mehr lange dauern und die Tiere landeten im Winterquartier.

Nach dem denkwürdigen Gespräch mit dem Staatsrat kehrte Weber entnervt in seine Dienststelle zurück. Dies war einer der Tage, an denen man sich tatsächlich nach seiner Pensionierung sehnte und sich darüber ärgerte, dass man dafür zu jung war. Wie überbrachte er Hilpert die Nachricht, dass er nicht mehr in der Mordkommission tätig sein durfte? War es das Beste, man stellte ihn bis ans Ende der Kündigungsfrist frei? Widerwillig schüttelte er den Kopf. Überall fehlten ihnen qualifizierte Mitarbeiter und er schickte einen seiner fähigsten Leute in den Sonderurlaub?! Einen Teufel würde er tun! Er musste nur ein geeignetes Schlupfloch für ihn finden.

Als er wieder an seinem Schreibtisch saß, hatte er das Problem immer noch nicht gelöst. Lustlos griff er nach seiner Unterschriftenmappe, die ihm seine Mitarbeiterin sorgfältig platziert hatte. Sein Blick fiel auf ein Ersuchen seiner Kölner Kollegen. Sie sollten einen Mitarbeiter für eine Sonderkommission abstellen, die sich mit der Aufklärung diverser Sexualmorde in Deutschland beschäftigte. Er lachte begeistert auf. Dort konnte er Hilpert ansetzen, ohne ihn vom Hof jagen zu müssen. Gleichzeitig bekam er ihn ein wenig aus der Schusslinie heraus. Zufrieden rieb er sich die Hände und rief nach dem Hauptkommissar.

Hilpert nahm den qualifizierten Rauswurf gelassen zur Kenntnis. Er hatte damit gerechnet, dass das System abermals reagieren würde. Wie beim Tischtennis versuchte man, sich die Topspin-Bälle um die Ohren zu schlagen. Er war zu einer Entscheidung gekommen und musste mit deren Konsequenzen leben. Wieder einmal wies man ihm einen neuen Raum zu. Das hätte sich eh ergeben. Schließlich war es Reichelt unmöglich zuzumuten, mit ihm in derselben Mordkommission zusammenzuarbeiten, obwohl sie sich gut verstanden. Er war jung genug, sich in seinem neuen Umfeld zurechtzufinden. Was er künftig vermisste, waren die informellen Gespräche mit den anderen Kollegen. Sein kleiner Dienstweg hatte sich verlängert. Da galt es, sich neu zu orientieren. Irgendwo kippten auch seine sozialen Kontakte hintüber. Wollte er mit jemandem die Sportereignisse des Wochenendes diskutieren, musste er durch die Gänge strolchen, in der Hoffnung, jemanden zu finden, der mit ihm litt oder sich mit ihm freute. Er fragte sich, was auf ihn ansonsten noch zukommen mochte. Davon unabhängig war die Zeit absehbar, die er in der Diaspora zubringen musste. So schnell fing man sich keine Depressionen ein, wenngleich es seit dem Selbstmord von Enke beinahe schon Mode geworden war, diese Krankheit zu thematisieren. Oder hatte man es wirklich mit einer Art Seuche zu tun, die bislang gnadenlos unterdrückt worden war, weil sie gesellschaftlich nicht passte?

Problemlos loggte er sich in das Informationssystem der Sonderkommission ein. Man agierte überwiegend via Computer. Gegen Ende des Monats stand ein erstes Meeting der gesamten Gruppe in Köln an. Bis dahin wollte er sich in den Fall einarbeiten. Er hatte von den Morden gehört. Dadurch, dass Hamburg in der Reihe der Tatorte bislang nicht auftauchte, beschäftigten sie ihn nur am Rande. Man las darüber in der Zeitung. Gelegentlich erreichte einen dazu ein Memo. Nun hatte er Zeit genug, sich damit ausgiebig zu befassen. Es bestand augenscheinlich nicht die Absicht, ihn fest nach Köln zu beordern, da sich hieraus keinerlei Synergien ergeben würden. Er hätte auch nicht gewusst, was er dort anfangen sollte. Köln war offensichtlich eher willkürlich ausgewählt worden. Die Informationen, die ihn erreichten, ließen ihn aufhorchen. Man ging von einem Serientäter aus. Die Öffentlichkeit hielt nur deshalb noch still, weil ihr aufgrund der weit auseinanderliegenden Tatorte die Zusammenhänge nicht einleuchteten. Das konnte sich jeden Tag ändern. Ein voreiliger Hinweis an die Presse, schon brannte die Luft.

8

Die folgenden Tage verliefen unspektakulär. Hilpert war bemüht, sich ein Bild über die Verbrechen zu verschaffen. Online wurde ihm alles zugänglich gemacht, was hierfür dienlich war. Das Material war umfänglich, im Kern dagegen wenig erhellend. Es waren keine Strukturen erkennbar. Die psychologischen Gutachten waren eher allgemein gehalten. Wirklich interessant war nur der Hinweis eines Gutachters, der nicht von einem Triebtäter im klassischen Sinne ausging. Er stellte auf Machtausübung ab, quasi auf Besitzansprüche, die jemand gegenüber den Frauen geltend machte. So glaubte er die Verletzungen eines der Opfer erklären zu können. Nach seiner Auffassung ging es weniger darum, die Frauen gefügig zu machen. Vielmehr stellte er darauf ab, dass sie sich zu unterwerfen hatten. Das beileibe nicht nur, um seine sexuellen Fantasien auszutoben. Er musste diese Aspekte für sich durchdenken. Die psychologischen Überlegungen mochten in die richtige Richtung gehen. Aber dem Täter kamen sie dadurch kein Stück näher. Welcher Sexualstraftäter ging mit seinen Machtansprüchen an die Öffentlichkeit? Eher lebten sie wohlgelitten an ihren Standorten und ließen den Biedermann heraushängen.

Mitte der darauffolgenden Woche trat Reichelt seinen Dienst an. Es sollte sich schnell zeigen, dass er Profi genug war, sich auch ohne Hilperts Kontakte zurechtzufinden. Er hatte den Instinkt des alten Hasen. Das reichte den meisten Kollegen, ihn offen aufzunehmen. Soweit es ihre Zeit zuließ, trafen er und Hilpert sich auf einen Kaffee oder eine Currywurst am Schnellimbiss. Das gemeinsame Bier am Abend blieb dagegen vorerst ein Wunschtraum. Die Tage waren lang. Am Abend trieb einen die Sehnsucht, sich auszuruhen, weniger das Verlangen, den Alkoholpegel zu steigern.

Hilpert hatte sich in seiner neuen Umgebung eingerichtet. Im Prinzip konnte er sich nicht beschweren. Er begann die Ruhe in dem kleinen Raum zu genießen, obwohl ihm weiterhin der unmittelbare Kontakt zu den Kollegen fehlte. Gegen Mittag schreckte er von seinen Unterlagen hoch, als ihn ein überraschender Gast aufsuchte.

»Alexandra, du hier! Dich hab ich ja seit Monaten nicht mehr gesehen.«

Er ging um seinen Schreibtisch herum und nahm sie in den Arm. Anschließend ging er einen Schritt auf Distanz zu ihr.

»Du bist dünn geworden.«

»Die letzten Monate waren auch nicht einfach.«

»Was ist geschehen?«

»Ich hatte eine Fehlgeburt.«

Sanft streichelte er ihre Wangen. »Das hab ich nicht gewusst. Gab es konkrete Ursachen dafür?«

Sie schüttelte den Kopf. »Mein Gynäkologe meinte, das geschähe immer mal wieder, ohne dass es dafür eine eindeutige Erklärung gäbe. Das Kind wollte nicht bei mir bleiben. Ansonsten ist bei mir physisch alles okay. Einer erneuten Schwangerschaft steht nichts entgegen.«

»Ich verstehe. Wenigstens freue ich mich, dass du den Weg zu mir gefunden hast.«

»Was man so auf den Gängen tratscht, bist du auf dem Abflug?!«

»Das stimmt.«
»Und wo geht es hin?«
»Da hab ich noch keine Idee.«
»Vielleicht solltest du dich mal mit meinem Mann unterhalten. Der hat gute Kontakte in die Wirtschaft. Im Security-Sektor werden qualifizierte Leute händeringend gesucht. Ein Typ wie du kommt da bestimmt an.«
»Danke für die Blumen. Im Augenblick lasse ich die Dinge auf mich zukommen. In einigen Wochen sehe ich weiter.«
»Du bist jetzt einer Sonderkommission zugeteilt worden?«
»Ja, es geht um eine Reihe scheußlicher Frauenmorde. Da strolcht ein Psychopath durch Deutschland, ein Vergewaltiger und Mörder.«
»Schrecklich. Gut dass ich mich mit solchen Fällen nicht mehr auseinandersetzen muss. Ich hoffe, ihr bekommt diesen Strolch bald zu fassen.«
»Da werden wir uns anstrengen müssen. Er sucht uns bereits seit geraumer Zeit heim.«
»Und warum erfährt man darüber so wenig aus den Medien?«
»Die Fälle verteilen sich über das ganze Land. Die Frequenz ist relativ gering, scheint sich aber zu steigern. Und es hat seine Zeit gedauert, bis klar war, dass es sich vermutlich um einen Serientäter handelt. Die Kollegen in den Ländern haben fröhlich aneinander vorbei gearbeitet. Und das im Computerzeitalter.«
»NSU, ich hör dir trapsen. Und hast du schon etwas herausgefunden?«
Die Augen gen Himmel gerichtet hob er die Hände. »Eigentlich gar nichts. Ich bin gerade dabei, die Ermittlungsakten zu studieren. Da kommt einiges auf uns zu.«
Sie setzte sich ihm gegenüber an den Schreibtisch. Von der ehemaligen Kollegin in den knappen Jeans war wenig übrig geblieben. Sie trug ein Midikleid, das sie garantiert nicht bei C&A von der Stange gekauft hatte. Sie schlug ihre schlanken Beine übereinander und schaute ihn unverwandt an. Ihm fehlten die Pfunde, die sie in der Vergangenheit zu viel auf den Rippen getragen hatte. Trotzdem füllte sie den Raum. Sie war präsent. Ihre Kieferknochen lugten stärker hervor, als er in Erinnerung hatte. Ihr Busen hatte sich ein Stück auf den Rückzug begeben,

obwohl sich nach wie vor deutliche Formen erkennen ließen. Sie war eine attraktive Frau, nach der man sich umschaute. Aber ihn erreichte ihre sinnliche Ausstrahlung nicht mehr so machtvoll wie noch vor Jahresfrist. Er war froh darüber. So konnte er wenigstens für sich garantieren, dass er nicht ein weiteres Mal in ihre Ehe eingriff. Er musste sich keine Gedanken mehr über überraschende Absagen oder plötzliche Besuche machen. Und er würde solch eine erneute Entwicklung zu verhindern wissen. Sie versuchte ihn mit den Augen einzufangen, als wollte sie ihn hypnotisieren. Er wich ihrem Blick aus, als wäre er sich seiner Willensstärke nicht völlig sicher.

Schließlich gab sie auf und kam übergangslos auf ihr Thema zu sprechen. »Ich möchte in jedem Fall ein Kind. Der Arzt meint, es spräche nichts dagegen, wenn ich es in einigen Monaten wieder versuchte.«

Verständnislos blickte er zu ihr herüber. »Ach ja?!«

Weshalb sprach sie gerade ihn auf dieses Thema an? Die Antwort ließ nicht lange auf sich warten.

»Ich möchte das Kind von dir.«

Erstaunt beugte er sich vor. »Danke für die Blumen. Wieso gerade von mir? Soweit ich mich recht erinnere, bist du glücklich verheiratet.«

»Das stimmt bis zu einem gewissen Punkt. Mein Mann ist nicht zeugungsfähig.«

»Aber du warst doch schwanger.«

»Richtig, ebenfalls von dir.«

»Das ist nicht wahr!«, schrie er auf.

Konsterniert starrte er sie an. Diese Erkenntnis musste er erst einmal verdauen. Dass Alexandra mit ihm ihren Mann betrog und es ihr gleichgültig war, wie es um dessen Gefühle stand, hatte er zur Kenntnis genommen. Dass sie seine Gefühle ebenso ignorierte, war gleichermaßen abgearbeitet. Sie wollte ihn als Ersatzmann für die Zeugung eines Kindes missbrauchen. Wäre es nicht zu der Fehlgeburt gekommen, hätte sie ihm dann mitgeteilt, dass er der Vater ihres Kindes war? Vermutlich nicht. Es war auch sein Kind, das es in ihrem Mutterleib nicht ausgehalten hatte. Und sie teilte es ihm am Rande mit, als ginge es um die Ziehung der Lottozahlen. Egal, ob sie ihn weiterhin sexuell stimulierte oder nicht, er würde ihr keine zweite Chance geben, mit ihm ein Kind zu zeugen, das man ihm anschließend vorenthalten konnte. Er sah sich nicht als Leihvater, den man für ein kleines Taschengeld davon überzeugte, seine Gene weiterzuvererben. Die letzten Emotionen, die er für sie noch empfunden hatte, zerplatzten wie Seifenblasen in der Luft. Sie spürte, was in seinem Kopf vor sich ging, ohne dass es einer Antwort von seiner Seite bedurfte.

»Wenn ich dich so betrachte, scheint mir, du stehst nicht zur Verfügung.«

»Wohl wahr«, erwiderte er kühl.

Bevor es zur Eskalation zu kommen drohte, betrat Reichelt den Raum. »Oh entschuldige, Fabian, ich wusste nicht, dass du so charmanten Besuch hast. Eigentlich wollte ich dich zum Abendessen einladen.«

Alexandra musterte ihn mit einem kurzen Blick. Die Prüfung schien positiv auszufallen. »Ich lasse euch allein. Vielleicht sieht man sich mal wieder.«

Sie zwinkerte ihm zu und verließ die beiden Männer ohne weiteren Gruß.

»Was war denn das für eine scharfe Braut?«, wandte sich Reichelt an Hilpert.

»Das ist eine ehemalige Kollegin, die inzwischen gut verheiratet ist. Die muss sich nicht mehr über den Beförderungsstau ärgern.«

»Dann hat sie ja mit dir was gemeinsam.«

»Das war's dann aber auch.«

»Das heißt, die Dame steht nicht auf deiner Beuteliste?«

»Sie hat sich gerade selbst wegrationalisiert.«

»Du hättest nichts dagegen, wenn ich mein Glück versuchte?«

»Wie sollte ich?!«

»Sehr gut, ein Grund mehr für mich, dich einzuladen. Was hältst du von halb sieben? Du musst mir mehr von ihr erzählen.«

»Ich bin dabei.«

Sie verbrachten einen geruhsamen Abend mit wenig Alkohol und guten Gesprächen unter befreundeten Kollegen. Seine Wut auf Alexandra reduzierte sich auf ein akzeptables Niveau. Unter

Garantie würde er sie in diesem Leben nicht mehr anfassen. Reichelt dagegen signalisierte heftiges Interesse an ihr. Dass sie verheiratet war, schien ihn eher zu beflügeln, als von seinen Vorsätzen abzuhalten. Was interessierte ihn ihr Ehemann? Vielleicht war er der geeignete Erzeuger für ihr heiß ersehntes Kind. Besser, er ging auf dieses Thema nicht ein. Reichelt sollte die Chance bekommen, sich selber die Finger zu verbrennen oder ohne weitere Konsequenzen für sich zu naschen. Außerdem machte er die Rechnung ohne Alexandra. Er kannte sie gut genug und war sich ziemlich sicher, dass sie sich mit Reichelt durchaus anzufreunden vermochte. Ließ ihn das tatsächlich unberührt? Er war sich da nicht völlig sicher.

* * *

In früheren Jahren hatte er gehofft, fest in einer Redaktion zu sitzen und irgendwann mal als deren Chef agieren zu dürfen. Er sah sich im Gespräch mit den politischen Größen dieser Stadt, machte Interviews mit Mitgliedern der Bundesregierung. Zwischenzeitlich war er Mitte dreißig und niemand näherte sich ihm mit einem Vertrag und winkte mit einer kräftigen Gehaltsanpassung. Ganz im Gegenteil konnte er froh sein, als fester freier Journalist halbwegs über die Runden zu kommen. Paul Frank träumte dennoch weiter den Traum von der großen Geschichte, die ihn in den Journalistenhimmel katapultieren würde. Watergate in Hamburg und er mittendrin. Er hatte sich mittlerweile auf Hinrichs eingeschossen. Einen Staatsrat erledigte man nicht jeden Tag und vor allem nicht im Vorbeigehen. Da kam ihm der anonyme Anruf gerade zur rechten Zeit. Er ließ sich die Information auf der Zunge zergehen. Fabian Hilpert, der Star der Hamburger Mordkommission, warf die Klamotten hin. Man vermutete dahinter Hinrichs. Das passte wie die Faust aufs Auge. Die Annahme reichte ihm allemal. Weshalb kümmerte sich ein Staatsrat um einen kleinen Kripobeamten? Fanden sich keine Motive, musste man spekulieren. Darin war er eh der Meister. Ein unbestechlicher Held gerät ins Visier der Politik. Machte es Sinn, Hilpert anzurufen? Wohl kaum, wenn der seine Stimme vernahm, würde er das Telefon abstellen. Eigentlich hatte er mit ihm noch eine Rechnung offen. Doch nun konnte er sich als dessen Freund beweisen. Ein Mann wie er sorgte stets für Schlagzeilen. Wie sollte er vorgehen?

»Hinrichs«, murmelte er leise vor sich hin, »dich werde ich ganz genüsslich zerlegen.«

Er mochte den feisten Politiker mit dem schütteren Haar und den abgedroschenen Phrasen nicht. Auch wenn er nicht an das Niveau eines Bundespräsidenten heranreichte, stand er in der politischen Hierarchie Hamburgs hoch genug, dass man damit als Journalist seine Meriten verdienen konnte. Er musste sich einen Schlachtplan zurechtlegen. Dazu passte am besten ein Glas Wein. Er schob sein Notebook zur Seite, ging in die Küche und öffnete zielgerichtet den Eisschrank. Jedes Mal, wenn man den Stoff brauchte, war er gerade ausgegangen. Da er keine Lust hatte, an diesem Abend Nachschub zu besorgen, begnügte er sich mit einem Bier. Konzentriert ging er seine Informanten bei der Hamburger Polizei durch. Zwei von ihnen erwischte er am Telefon. Und sie machten aus ihren Herzen keine Mördergrube. Wer mit der Aufklärung von Verbrechen beschäftigt war, trauert jedem Kollegen hinterher, der sie verließ. Die Umstände von Hilperts Kündigung hatten sich wie ein Lauffeuer im Präsidium verbreitet. Immer wieder fiel der Name des Staatsrates Hinrichs. Gedanklich rieb er sich die Hände. Wollte man auf größere Distanz treffen, musste man hoch ansetzen. Also startete er seinen ersten Artikel mit einer offenen Frage an den Innensenator: *Warum vergraulen Sie den besten Polizisten der Stadt, Herr Senator?*

Kurioserweise fiel es ihm nicht schwer, Hilpert über den grünen Klee zu loben. Seine relativ kurze Vita bei der Hamburger Mordkommission dokumentierte, dass er bereits tiefe Abdrücke hinterlassen hatte. Er war erfolgreich, beliebt und trotzdem bescheiden geblieben. Kein gehätschelter Superstar, wie man sie aus dem Showgeschäft kannte. Der Journalist schaute auf die Uhr. Leider war es für den morgigen Tag zu spät, diesen Artikel noch ins Blatt zu hieven. Vorsichtshalber mailte er ihn aber seinem stellvertretenden Chefredakteur zu. Nicht, dass er auf der nächsten Redationskonferenz rausgeworfen wurde. Dieses Waterloo blieb ihm erspart, wie ihm die Reaktion des Mannes keine Stunde später bewies. Er riet ihm allerdings, einen Tag zu warten und einige ergänzende Kommentare einzufangen. Wenn sie auf eine Geschichte stießen, verhielten sie sich wie Haie auf Fresstour. Und vor ihnen schwamm ein dicker Brocken. Da gab es keine Vorlieben oder politische Vorbehalte. Hinzu kam, es machte Freude, politische Beamte aus ihrer Bahn zu schießen. Der Loser killte den Aufsteiger.

Er telefonierte sich am nächsten Tag durch die Szene. Am frühen Nachmittag stand die Geschichte. Sie würde in hervorgehobener Position im Blatt erscheinen mit dicker Headline. Der Senator hatte gar keine andere Chance: Er musste Hinrichs als den für die Entscheidung Verantwortlichen outen. Dieser würde ebenfalls versuchen, sich weiter unten zu orientieren. Mal sehen, wann sie bei der Klofrau im Rathaus landeten. Nur war es auch dort inzwischen Mode geworden, sich gegen ungerechtfertigte Schuldzuweisungen zu wehren. Hinrichs musste mit dem Problem leben, sich auf seinem schnellen Weg durch die Institutionen nicht nur Freunde gemacht zu haben. Er galt als arrogant und machtorientiert. Manch einer aus seiner engeren Umgebung gab eine Prise Insiderwissen weiter, das seinem Artikel nur guttat. Er rieb sich die Hände. Die nächste Schlagzeile in seinem Blatt kam von ihm. Und es würde in den folgenden Tagen nicht die letzte bleiben. Wenn er für seine kärgliche Karriere überhaupt etwas tun wollte, dann jetzt. Die großen Geschichten fielen nicht wie Manna vom Himmel. Man musste wie ein Goldgräber danach wühlen. Er wusste selbst aus leidvoller Erfahrung, wie viele Rohrkrepierer schon bei ihm gelandet waren. Die Anzahl der herausragenden Artikel, die er produziert hatte, ließen sich an einer Hand abzählen.

9

Nachdem Hilpert die Unterlagen einigermaßen systematisch durchgearbeitet hatte, verstand er die Probleme der Ermittler der Sonderkommission besser. Offensichtlich wurden die Frauen wahllos ausgewählt. Es gab keine Alterspräferenzen, das jüngste Opfer war 22 Jahre, das älteste beinahe doppelt so alt. Er betrachtete die Bilder etwas eingehender. Wie es schien, hatte der Täter eine gewisse Vorliebe für wohlproportionierte weibliche Wesen. Und das war's an Gemeinsamkeiten. Dem körperlichen Zustand der getöteten Frauen nach schien er keine ungewöhnlichen Sexualpraktiken zu bevorzugen. Doch bereits hier wurden die Einschätzungen vage. Dadurch, dass er sie anscheinend längere Zeit vor ihrer Ermordung zufriedenließ, konnte niemand mit Bestimmtheit sagen, was er ihnen abverlangte. Drei von ihnen waren schwanger, als man sie fand. Zudem waren keine erkennbaren Verletzungen im Genital- oder Analbereich zu verzeichnen, die auf eine sadistische Veranlagung des Mörders oder brutale Vergewaltigungen mit Schlägen hingewiesen hätten. Nach der Einschätzung hinzugezogener Psychologen ging es ihm allem Anschein nach um die Macht über die hilflosen Frauen. Es schien ihn zu befriedigen, dass sie zu tun hatten, was er von ihnen forderte. Genoss er es, sie zu töten? Vermutlich.

Er nahm sich den jeweiligen Entführungs- und Fundort der Leichen vor. In Ermangelung einer besseren Alternative trug er diese in eine Deutschlandkarte ein und verband sie miteinander. Der Mörder verschleppte die Frauen, brachte sie irgendwo hin und ließ sie dort etwa bis zu einem Vierteljahr verweilen. Er missbrauchte sie anscheinend nach Belieben. Diese Vermutung wurde durch die Schwangerschaften gestützt. Irgendwann ließ sein Interesse nach und er suchte sich eine neue Alternative. Wie in der Ruhe vor dem großen Sturm wandte er sich von seinem bisherigen Opfer ab. Anschließend brachte er es an einen einsamen Ort, tötete es und verschwand. Drei Frauen wurden erwürgt, den anderen beiden brach er das Genick. Einer der Psychologen meinte, die Vergewaltigung der Frauen sei zweifellos eine Art Belohnung für ihn und eine Art Sühne für sie. Fragte sich nur, wofür sie zu leiden hatten. Sie gingen von einem kräftigen Täter aus. Höchstwahrscheinlich verfügte er über Kampfsporterfahrung. Dafür konnte man viele in Betracht ziehen. Er blätterte abermals die Unterlagen durch. Es gab keine konkreten Verdächtigen. Nirgendwo passte die DNA. Kein ernst zu nehmender Zeuge half ihnen mit seiner Aussage. Egal, auf wen zugegriffen wurde, er musste wenig später wieder freigelassen werden. Der Mörder stand in keiner Datei.

Mit ziemlicher Sicherheit haben wir es nicht mit einem Staubsaugervertreter zu tun, der durch die Lande reist, dachte Hilpert. Die kennen sich erfahrungsgemäß nur selten mit Kampfsportarten aus.

Er vermutete stets den gleichen Aufenthaltsort, an dem die Frauen missbraucht wurden. Es waren diverse Vorbereitungen zu treffen, um ihn so abzusichern, dass sie nicht so ohne Weiteres fliehen konnten, wenn er unterwegs war. Und wenn er alles richtig verstand, gab es in drei Fällen Überschneidungen. Das hieß also, zeitweise hielten sich bei ihm zwei Entführte auf. Es war davon auszugehen, dass der Täter über ein Haus verfügte, vermutlich mit Keller oder über eine abgelegene Liegenschaft, wo ihn niemand beobachten konnte. In den Jahren gab es nicht einen Hinweis, der sie auch nur einen Fußbreit weitergebracht hätte. Gerichtsmedizin, Psychologen, Ermittler, sie alle sammelten Puzzleteile. Bei dem Versuch, sie zusammenzusetzen, ergab sich kein einheitliches Bild. Fund- und Entführungsort lagen bis zu 550 Kilometer auseinander. Folglich vermutete er den Standort relativ mittendrin. Es gab keinen eigentlichen Schnittpunkt der Linien. Aber sie kreisten eine Region ein, die strategisch recht günstig lag: das Rhein-Main-Gebiet. Die Infrastruktur war vorzüglich, um Menschen dorthin zu bringen und von dort wieder verschwinden zu lassen. Man kam hervorragend in alle Richtungen des Landes. Wobei der Osten bislang ausgespart geblieben war. Oder kam der Täter beispielsweise aus Thüringen? Irgendwie passte das neue Bundesland nicht in seine Überlegungen. Fragte sich nur, ob diese richtig waren.

* * *

An diesem Wochenende entschied er sich für einen seiner seltenen Besuche zu Hause. Erstmals seit Menschengedenken hatte sein Vater ihn angerufen und auf den Zeitungsartikel angesprochen. Seine Eltern hatten es verdient, dass er ihnen das Wort gönnte. Rainer Hilpert blickte seinen Sohn nachdenklich an, nachdem sie sich ins Wohnzimmer gesetzt hatten. Seine Frau hatte sich in die Küche zurückgezogen, als hielte sie es für angebracht, dass sich die beiden Männer ungestört unterhielten.

»Junge, solange ich mich erinnern kann, wolltest du Polizist werden. Und jetzt schmeißt du deine Arbeit, deine Berufung einfach so hin?!«

Fabian Hilpert war für wenige Augenblicke wieder Kind. Das war keine hochnotpeinliche Befragung, die sein Vater veranstaltete. Ihn interessierten nur die Beweggründe seines Sohnes. Es sprudelte aus ihm heraus. Seine Argumente für und wider, seine Befürchtungen, seine Hoffnungen.

Rainer Hilpert lächelte seinem Sohn zu. »Wenn ich John Wayne zitieren darf: Manchmal muss ein Mann tun, was er tun muss. Manchmal ist das ein Scheißspruch. Du hast viele Talente. Ich mache mir keine Gedanken, dass du nicht irgendwo unterkommst. Ich denke über dich und deine Träume nach. Du bist ein guter Polizist, weil du diesen Job liebst. Wirst du eine andere Tätigkeit finden, die dich so erfüllt?«

»Garantiert nicht, Papa.«

Er stand auf und nahm Fabian in die Arme. »Du hast trotzdem richtig gehandelt. Mama und ich stehen voll auf deiner Seite. Nicht weil wir dich lieben, sondern weil du recht hast.«

»Du meinst nicht, ich soll klein beigeben?«

»Nie und nimmer, es gibt zu viele Spiegel, in die du schauen musst. Du kannst sie nicht überall verhängen. Am wichtigsten ist, dass du dir treu bleibst. Deine Selbstachtung kann dir niemand nehmen. Damit du finanziell über die Runden kommst, haben wir dir Geld auf dein Konto überwiesen.«

»Aber ...«

»Kein Aber. Du musst dir die Zeit nehmen und ganz in Ruhe über deine berufliche Zukunft nachdenken. Wie ich dich kenne, möchtest du nicht ins Hotel Mama zurückkehren.«

Freundlich lächelte er seinen Sohn an. »Wir haben die Mäuse eh für dich gespart. Eigentlich waren sie für deine Hochzeit gedacht. Jetzt gehört dir das Geld halt früher. Vor allem bewahr dir deinen Dickkopf. Was das betrifft, hast du schon als Kind jeden Ostfriesen ausgestochen.«

Es wurde für ihn ein geruhsames Wochenende. Seine Eltern hätten sich jederzeit für ihn geopfert. Diese Erkenntnis war nicht neu für ihn. Offensichtlich schätzten sie ihn auch. Diese Nagelprobe hatte nie für sie angestanden. Hätte es einer Bestätigung seiner Entscheidung bedurft, sein Vater hatte sie ihm gegeben.

Als er am Sonntag in den PC schaute und seinen Kontostand aufrief, musste er mehrmals schlucken. Seine Eltern hatten ihm 30.000 Euro überwiesen. Selbst wenn er am nächsten Tag eine Million im Lotto gewinnen würde, er dürfte ihnen keinen Cent davon zurückgeben. Ungläubig schüttelte er den Kopf. Dieses Geld hatten sie sich vom Munde abgespart. Vermutlich verfügten sie auf ihrem Konto nur noch über so viel Guthaben, dass sie irgendwann in Ruhe unter die Erde gebracht werden konnten, ohne ihm auf der Tasche zu liegen. Er griff zum Telefon und unterhielt sich noch lange mit den beiden. Am Ende war unklar, wer glücklicher war, er oder seine Eltern.

* * *

Immer, wenn sich die Tür zur Disco öffnete, schallte die laute Musik zu ihr herüber. Befände sie sich in einem anderen Zustand, würde sie sich verträumt nach den Rhythmen bewegen. In ihrer augenblicklichen Verfassung nervte das nur. Die brummenden Bässe schienen sie zerreißen zu wollen. Das schrille Kreischen der Besucher traktierte ihre Magennerven. Ihr war schlecht und sie würde sich jeden Augenblick übergeben müssen.

Vor ihr baute sich ein kräftiger mittelgroßer Mann auf. Sie kannte ihn nicht, wahrscheinlich handelte es sich um einen neuen Türsteher.

»Du willst uns doch nicht vor den Eingang kotzen?«

Die Situation war ihr trotz der Alcopops, die sie in Unmengen in sich hineingeschüttet hatte, peinlich. Schließlich verbrachte sie in dem Laden einen großen Teil ihrer Freizeit. Warum musste sie sich auch mit ihrem Freund streiten? Wutentbrannt war er mit seinem Wagen abgezogen. Sie hatte versucht, ihren Ärger mit Alkohol zu betäuben. Ihre Freundinnen amüsierten sich drinnen. Wieder begann sie zu würgen.

Der kräftige Mann griff sie an ihrem Oberarm. »Dort vorne stört es niemanden, wenn du dich übergibst. Glaub mir, danach geht es dir gleich besser. Komm her, ich helfe dir.«

In anderer Verfassung hätte sie die Unterstützung des Unbekannten abgelehnt. Jetzt war sie froh, dass ihr geholfen wurde. Nur unweit entfernt erahnte sie eine Gruppe halbhoher Büsche.

Davor stand ein Van. Er würde für Sichtschutz zur Straße hin sorgen. Bereitwillig ließ sie sich von ihm in den Arm nehmen und hinüber begleiten. Wenige Minuten später ging es ihr deutlich besser. Alles was ihren Magen belastete, hatte sie ausgespuckt. Ihr Helfer hatte sogar eine Flasche Wasser dabei, aus der sie kleine Schlucke nahm. Sie blickte ihn dankbar an. Als sich ihre Augen trafen, wusste sie, dass sie einen Fehler gemacht hatte. Zu spät entdeckte sie die Spritze in seiner Hand. Der Stich überraschte sie überfallartig. Mit einer Hand drückte er ihren Mund zu, mit der anderen hielt er sie fest gepackt. Ihr Kopf sackte nach vorne. Sie war ohnmächtig. Kurz darauf lag sie auf der Ladefläche des Vans. Ihr Helfer hatte sich ans Steuer gesetzt und eine Sturmhaube über den Kopf gezogen. Die Vorsichtsmaßnahme hätte er sich schenken können. Niemand interessierte sich für ihn und seinen Kleinlieferwagen. Er grunzte zufrieden. Er benötigte etwa drei Stunden, um an sein Ziel zu gelangen. Sein Opfer bekam nichts davon mit.

Sie wachte mit einem Druck in der Magengegend auf. Vorsichtig blinzelte sie in die Richtung der Person, die neben ihrem Bett saß. Erst jetzt realisierte sie, dass er einen Morgenmantel trug. Sie schaute an sich herunter. Sie war nackt. Er reichte ihr ein Glas Wasser.

»Du wirst einen trockenen Mund haben. Trink!«

Anschließend betastete er ihre festen Brüste und versuchte ihr zwischen die Beine zu fassen. Mit all ihrer Kraft, über die sie verfügte, versuchte sie seine Hände von sich zu drücken. Er lachte heiser auf und griff nach ihrer rechten Hand. Kunstgerecht fesselte er sie am Kopfgestell des Bettes mit einem Lederriemen. Die andere Hand folgte. Ihren Widerstand wischt er wie eine lästige Fliege zur Seite. Sie wusste, sie hatte keine Chance.

Er sprach sie mit fester Stimme an. »Eigentlich bestrafe ich Ungehorsam unnachgiebig. Heute mache ich eine Ausnahme. Du bist jung und darfst lernen, mir dienlich zu sein.«

Gierig strich er über ihren Oberkörper. Er ließ den Morgenmantel demonstrativ fallen. Darunter war er nackt. Er war stark erregt. Sie wand ihren Unterkörper, um zu verhindern, dass er in sie einbrach und schrie sich die Seele aus dem Leib. Er lachte, als wollte er sie dabei begleiten. Er schlug ihr einmal fest ins Gesicht und riss ihre Beine auseinander. Sie ließ ihn gewähren. Ungeschützt machte er sich über sie her. Sein heftiges Stöhnen beendete vorerst ihr Martyrium.

Zufrieden grunzend stand er auf. »Es geht doch.«

Sie schmeckte Blut im Mund und musste sich übergeben.

Aufgebracht schlug er ihr erneut ins Gesicht. »Das machst du selber wieder weg. Hast du kein Benehmen?«

Er löste ihre Fesseln. Nach einer Stunde war alles einigermaßen hergerichtet und das Bett frisch bezogen. Er zog sie an sich heran. »Dreh dich um und stütz dich gegen die Wand ab.«

Diesmal fehlte ihr die Kraft, sich zu wehren, als er sie abermals missbrauchte.

Endlich ließ er von ihr ab. Das Mädchen hatte sich weinend auf den Bauch gedreht. Sie hatte einen wohlgeformten Körper, war aber gerade 19 Jahre alt. Sie wusste nicht, wie lange er sie traktiert hatte. Zumindest ging es über Stunden. Der bösartige Fremde hatte sich an diesem Abend an ihr ausgetobt. Er schien unersättlich. Sie wollte so nicht weiterleben. Allein die Vorstellung, er könnte nochmals zurückkehren, verursachte in ihr blankes Entsetzen. Entschieden drehte sie sich um und setzte sich auf. Anschließend verließ sie das Bett. Sie schaute sich um und entdeckte auf dem Fußboden ein paar gebrauchte Handtücher. Sie knotete sie zusammen, und baute sich eine provisorische Vorrichtung. Der Haken an der Decke schien solide zu sein. Schluchzend stieg sie auf einen Stuhl und ruckte an dem Tuch, das sie sich um den Hals gelegt und an der Decke befestigt hatte. Es schien zu halten. Also stieß sie den Stuhl weg. Doch die Konstruktion gab nach. Mit großem Gepolter fiel sie hinunter. Sie kam aus Reutlingen. Dort lernte man keine Seemannsknoten. Mit einem Ruck öffnete sich die Tür zu ihrem Zimmer und sie erblickte ihren Peiniger. Mit hochrotem Kopf, als habe er zu lange unter der Höhensonne gelegen, stürmte er auf sie zu und schlug und trat voller Wucht auf sie ein. Sie schrie voller Schmerz, bis sie ohnmächtig wurde. Erst als sie längst nicht mehr reagierte, ließ er von ihr ab. Heftig atmend stand er über ihr. Schließlich beugte er sich zu ihr herunter. Sie atmete nicht mehr. An ihrem Hals spürte er keinen Pulsschlag mehr. Sie war offensichtlich tot. Er hatte zu brutal zugeschlagen.

Hektisch atmend überlegte er seine nächsten Schritte. Aber er beruhigte sich ungemein schnell. Sein Puls ging wieder normal, sein Verstand übernahm die Führung. Er war davon überzeugt, sie angemessen bestraft zu haben. Ungerührt erhob er sich und entledigte sich seiner blutigen Kleidung und seiner Schuhe. Er steckte sie in einen Sack. Er war auf alle Eventualitäten eingerichtet. Nackt ging er in einen der anderen Kellerräume und kam mit einer festen Plastikplane zurück. Diese legte er im Kellerflur aus. Wie einen Sack Federn hob er die Tote auf und wickelte sie darin ein. Ohne Hektik reinigte er den Fliesenboden von den Spuren seiner Tat. Er arbeitete systematisch ohne jegliche Emotionen. Feudel und Eimer verschwanden ebenfalls in dem Sack. Wer ihn zuvor beobachtet hätte, würde nicht glauben, es mit demselben Menschen zu tun zu haben. Anschließend ging er unter die Dusche. Danach beförderte er die Leiche ohne größere Probleme die Treppe hinauf, trug sie in die Garage und bugsierte sie in den Kofferraum seines Pkw, ehe er sich frische Kleidung anzog.

Eine Stunde später war er bereits auf dem Weg Richtung Mainz. Dort kannte er eine geeignete Stelle für die Leiche. Es bereitete ihm keine Sorge, sie im Kofferraum zu transportieren. Die Wahrscheinlichkeit, auf eine Streife zu treffen, die ihn auffordern würde, diesen zu öffnen, war zu gering. Eher gewann er den Jackpot beim Lotto. Das Einzige, das ihn verstimmte, war, dass er erst am frühen Morgen wieder zurück sein würde.

Auf der Rückfahrt überlegte er, wo er sein nächstes Opfer suchen sollte. Er musste sehr akribisch vorgehen und durfte bei der Observation nicht auffallen. Die Gefahr, in solch einer Situation von Zeugen erkannt zu werden, war unendlich groß. Gelassen fuhr er in seine Garage hinein und warf einen abschließenden Blick in den Keller. Alles war aufgeräumt und sauber. Ausschließlich Spezialisten würden Spuren finden. Nur, wie sollten die gerade auf ihn kommen? Dafür war er zu vorsichtig und zu überlegt. Daran würde sich künftig nichts ändern.

Er stieg die Treppe hinauf ins Erdgeschoss und schenkte sich in der Küche ein Glas Mineralwasser ein. Er leerte es in einem Zug. Im Wohnzimmer griff er nach seiner Kladde und begann zu schreiben. Zwischendurch stand er auf und gönnte sich einen Cognac. Er trank ihn mit Bedacht. Eine halbe Stunde später legte er alles zur Seite. Er brachte das leere Glas in die Küche, spülte es sorgfältig aus und stellte es mit der Öffnung nach unten auf ein sauberes Geschirrtuch. Er verhielt sich wie ein gut erzogener Ehemann, keineswegs wie ein Sexualmörder. Danach schaltete er das Licht aus und begab sich ins Obergeschoss. Er wollte sich ein paar Stunden Schlaf gönnen. Er meinte, den verdient zu haben. Das tote Mädchen war vergessen wie eine Lappalie, die einen kurz belästigt, aber nicht wirklich berührt hatte.

Gegen zwölf Uhr hatte er ausgeschlafen. Gemächlich bereitete er für sich ein kleines Mittagessen zu. Es gab durchaus Fertiggerichte aus dem Gefrierfach, die man genüsslich zu sich nehmen konnte. Den größten Teil des Samstags verbrachte er vor dem Fernseher. Er widmete sich seiner größten Leidenschaft, Sport in allen Variationen. Davon boten die Sender ausreichend, aktuell, als Aufzeichnung oder Wiederholung.

10

Zu Wochenbeginn überschlugen sich die Ereignisse. Bereits kurz nach sieben Uhr gab Weber die Anweisung, Hilpert sofort zu ihm zu schicken, wenn er das Büro beträte. Gegen halb acht sollte sein Wunsch in Erfüllung gehen. Er empfing ihn ungewohnt heftig.

»Na, Sie Superdetektiv, dafür dass Sie der Verbrechensbekämpfung in Hamburg eine neue Qualität gegeben haben, erscheinen Sie relativ früh an Ihrem Arbeitsplatz.«

»Wie kommen Sie auf solchen Scheiß, Chef?«, erwiderte er ungehalten. Die Begrüßung durch Weber empfand er als provokativ.

»Lesen Sie keine Zeitung? Ihr Freund, Paul Frank hat erneut zugeschlagen.«

»Dieser Mensch ist nicht mein Freund. Für den habe ich nur Verachtung übrig. Außerdem lese ich nicht, was der schreibt.«

»Wenn man sich dessen Artikel über Sie einverleibt, möchte man fast meinen, Sie haben ihn mit viel Geld bestochen.«

»Das ist nicht Ihr Ernst. Glauben Sie, ich hab geerbt?«

Weber reichte ihm die Zeitung herüber. »Lesen Sie selbst.«

Mit krauser Stirn überflog er den Artikel. Schließlich ließ er die Zeitung sinken und legte sie betroffen auf Webers Schreibtisch. »Ich habe mit diesem Mist nichts zu tun. Frank hat mich nicht angerufen, ich hab mit ihm kein Wort gewechselt. Der scheint mich ja für 'ne Mischung aus Rambo und Sherlock Holmes zu halten. Der spinnt doch.«

»Das habe ich mir gedacht. Im Rathaus kommt das natürlich anders an. Da geht man garantiert davon aus, dass Sie was gefingert haben.«

Gelassen lehnte sich Hilpert in seinen Sitz zurück. »Die können mich mal kreuzweise. Ich lass mich nicht missbrauchen. Weder für jemanden noch gegen jemanden.«

Weber hatte sich längst beruhigt. »Mich müssen Sie nicht überzeugen. Aber die Wahrheit erhält keine Chance. Das Ding ist losgetreten. Das hält niemand mehr auf. Darin kenne ich mich aus. Das geht jetzt erst richtig los. Heute schreibt eine Zeitung, morgen ist es der ganze Blätterwald.«

»Na großartig.«

Der Kriminaldirektor gönnte Hilpert einen längeren Blick. »Und wie werden Sie sich verhalten, wenn Sie befragt werden, man Mikrofon und Kamera auf Sie richtet?«

»Ich sage kein Wort. Mich bewegen keine Rachegelüste. Ich habe keineswegs die Absicht nachzutreten. Die Dinge sind entschieden, jeder hat getan, was er für richtig hielt.«

Bereits um zehn Uhr gab es ein Statement vom Innensenator, in dem er wie erwartet die Verantwortung im Fall Hilpert weiterreichte, allerdings ohne konkrete Namen zu nennen. Eine Stunde später wurden beide zu einem Mittagstermin beim Staatsrat einbestellt. Das Gespräch verlief eher unergiebig und vor allem einseitig. Hinrichs beschuldigte insbesondere Hilpert der Einflussnahme auf die Medien. Selbst Weber bekam sein Fett weg. Das Gesprächsklima blieb von Beginn an angespannt. Es gelang dem Staatsrat nicht, seine Wut zu bändigen. Da er nicht rumschreien konnte, ergoss er sich in eine maßlose Arroganz, gepaart mit einem kaum zu überbietenden Zynismus. Hilpert blieb unberührt. Die Reaktionen seiner Kollegen waren ihm wichtig. Der

Staatsrat dagegen war ihm gleichgültig. Dieser spürte wiederum seine Ablehnung, was seine gereizte Stimmung nur verstärkte. Weber setzte alles daran, seine Aversion gegen den Mann zu unterdrücken. Solange der im Amt war, kam er nicht an ihm vorbei. Die geballten Fäuste hatten gefälligst in der Hosentasche zu bleiben. Das gelang ihm mit mäßigem Erfolg. Nach einer Dreiviertelstunde gab es nur noch verhärtete Fronten. Hinrichs nutzte den Vorgesetzten-Bonus und brach das Gespräch ab. Selbst ihm wurde die Ergebnislosigkeit seiner Bemühungen klar. Ohne konkrete Ergebnisse trennten sie sich.

Als er dem Innensenator berichtete, nahm dieser den etwa 15 Jahre jüngeren Parteifreund näher ins Visier. »Ich hoffe, Sie haben keinen Fehler gemacht. Aber Sie müssen den eingeschlagenen Weg jetzt weitergehen. Müssen Sie einlenken, haben Sie verloren. Hetzen Sie unsere PR-Leute auf diesen Scheißjournalisten. Ich werde den Bürgermeister bitten, mit dem einen oder anderen Chefredakteur zu sprechen. Mal sehen, was unser Senatssprecher auf die Beine stellt.«

»Was machen wir mit diesem Hilpert?«

»Den lassen wir in Ruhe. Sie glauben doch selbst nicht, dass der solch einen Artikel verbricht. Den hat man nur vorgeschoben, um anderen Interessen zu dienen. Lieber Freund, ich hätte bei Ihnen ein wenig mehr Sensibilität in der Ausübung Ihres Amtes erwartet und mehr Kompetenz im Umgang mit den Medien.«

Hinrichs blieb unbelehrbar. »Dies alles wegen eines kleinen Polizeibeamten.«

»Sie verstehen immer noch nicht«, maßregelte ihn der Senator. »Dieser Mann hat einen Orden bekommen, weil er mehrere Kinder aus einem brennenden Haus gerettet hat. Sie haben Ihre letzte gute Tat mit 14 verbucht, als Sie Ihre Großmutter zum Einkaufen begleitet haben. Legen Sie bloß Ihre Arroganz ab. Kleine Brötchen sind angesagt.« Wie einem unartigen Schüler drohte er ihm mit dem Zeigefinger. »Merken Sie sich eines: Gegen Kinder und Helden hat man keine Chance. Es sei denn, man gehört selbst in eine dieser Kategorien. Und davon sind Sie ja wohl Lichtjahre entfernt.« Er hatte sich in Rage geredet. Entgegen seines sonstigen eher besonnenen Verhaltens erhob er die Stimme. »Vor allem aber kümmern Sie sich um Ihre andere Wetterecke. Da pfeift Ihnen der Wind voll ins Gesicht. Fangen die erst an, über Korruption zu schreiben, sind Sie politisch tot. Dagegen ist der Hauptkommissar ein kleiner Fisch. Begünstigung im Amt. Wenn ich nur dran denke, wird mir übel.«

Hinrichs ließ nicht locker. »Und was stelle ich mit diesem Kriminaldirektor an? Der hat sich in dem Gespräch voll gegen mich gestellt.«

»Mir scheint, Sie haben nichts von dem begriffen, was ich versucht habe, Ihnen klarzumachen. Weber hat bereits einen erfolgreichen Job gemacht, als Sie noch in der Mensa gesessen haben. Den rühren Sie nicht an. Sie haben so schon genug Mist verzapft.« Wütend schüttelte er den Kopf. »Warum konnten Sie diesen Hilpert nicht zufriedenlassen?«

Mit rotem Kopf verließ ihn der Staatsrat. Der Senator war sich unsicher, ob der ihn wirklich verstanden hatte. Das war das Dilemma, wenn politische Rücksichtnahmen bei der Verteilung wichtiger Ämter eine zu gewichtige Rolle spielten. Da kamen gelegentlich Leute in höchste Positionen, denen es dafür einfach an Format fehlte. Sie waren entweder zu jung und kamen mit den Anforderungen des Amts nicht zurecht, oder sie hatten sich an den politischen Fronten verbraucht und kannten die reale Welt allenfalls aus dem Fernsehen. So war es halt in der deutschen Parteiendemokratie. Das Verhältniswahlrecht kombiniert mit einem veränderten Wählerverhalten zwang gelegentlich zu Koalitionen, in denen die seltsamsten Typen nach oben gespült wurden. Kein politischer Partner konnte gezwungen werden, ausschließlich Leute zu benennen, die die Kompetenz für ihre Aufgabe mitbrachten. Das galt leider auch für seine eigene Partei. Menschlich fehlte es Hinrichs an allen Ecken und Enden. Fachlich war er mäßiger Durchschnitt. Offiziell nannte er sich Jurist. Einen Klienten hatte er zuletzt gesehen, als er sein zweites Staatsexamen gemacht hatte. Dagegen beherrschte er die Klaviatur der parteipolitischen Befindlichkeiten perfekt. Hier machte ihm niemand etwas vor. Und er als Senator hatte loyal zu ihm zu stehen, schließlich drehte es sich um seinen Staatsrat. Eine politische Krise fehlte ihnen gerade noch. Sie bewegten sich mittlerweile in einem Fünf-Parteien-System. Mit den Piraten war Nummer sechs im Anmarsch. Die mobilisierten derweil die Nichtwähler.

Regierungsbildungen wurden zusehends schwieriger. Nichts hielt auf ewig. Nur der Proporz blieb resistent dagegen und die Beharrlichkeit von Politikern, mit der sie an ihren Pfründen klebten. Allerdings akzeptierten das die Wähler in der Zwischenzeit nicht mehr. Sie straften die Parteien gnadenlos ab.

Die eingeleiteten Bemühungen würden trotz aller Anstrengungen weitgehend ins Leere gehen. Der Damm war gebrochen. Die Medien hatten ihr Halali auf Hinrichs eröffnet. Noch standen hinter ihm ausreichend viele Parteisoldaten, die für ihn die politischen Sandsäcke füllen sollten. Die Luft in seinem Gefilde wurde jedoch zusehends dünner, die Wasserlinie stieg stetig an. Sein Verfalldatum kam in Sicht. Weber wie Hilpert interessierten sich nur am Rande für das Schicksal des Staatsrates. Sie plagten andere Probleme.

Gleiches galt für Alexandra. Sie hatte den Presseartikel aufmerksam gelesen. Nun legte sie die Zeitung entschieden beiseite. Unruhig klackerte sie mit ihren langen Nägeln auf der Tischplatte. Hilperts schroffe Ablehnung kam für sie unerwartet. Vielleicht hätte sie ihn in den vergangenen Wochen häufiger besuchen und nicht gleich mit der Tür ins Haus fallen sollen. Den ganzen Tag überlegte sie, wie sie ihn ansprechen könnte - und vor allem wo. Ihr kam keine bessere Idee, als es abermals in seinem Büro zu versuchen. Bislang war es ihr jedes Mal gelungen, ihn dorthin zu bringen, wo sie ihn haben wollte. Schließlich erwartete sie von ihm nichts Abnormes. Es würde ihm keine Schmerzen bereiten oder sein Geld kosten. Sie war fest entschlossen, ein Kind zu bekommen. Am liebsten von ihm. Sollte das nicht möglich sein, musste sie über eine Alternative nachdenken. Sie wusste, die natürliche Art der Befruchtung war immer noch die wirkungsvollste. Sie kaute auf ihrer Unterlippe herum. Dieser neue Hauptkommissar machte ebenfalls einen vitalen Eindruck. Ihrem Mann war es gleichgültig, auf welchem Weg sie zu ihrem Ziel gelangte. Sie musste ihm gegenüber nur auf Einzelheiten verzichten. So weit ging seine Toleranz nicht. Ansonsten sah er die Dinge gelassen. Er wollte unbedingt einen Stammhalter.

Nach wie vor konnte sie das Präsidium problemlos betreten. Dort endete allerdings ihr Glück. Eigentlich wollte sie Hilpert auf ein feudales Mittagessen mit Fortsetzung in einem der besseren Hamburger Hotels einladen. Sein Schreibtisch war verwaist. Wie sich zeigte, war er zu einem Meeting nach Köln beordert worden. So ganz schienen die Ermittlungsbehörden den modernen Kommunikationstechniken nicht zu vertrauen. Gelegentlich legte man Wert auf ein direktes Miteinander. Unentschlossen blickte sie sich auf dem Gang um, als ihr Reichelt entgegenkam.

»Na, schöne Frau«, begrüßte er sie, »so allein auf weiter Flur?«

»Nicht mehr lange«, erwiderte sie spontan. »Zumindest dann nicht, wenn Sie mich auf ein ordentliches Mittagessen einladen.«

»Das sollte ich gerade noch gebacken bekommen, wo ich doch erst vor Kurzem befördert worden bin.«

»Ich hörte davon«, zwitscherte sie honigsüß. Ihre Entscheidung stand. Je länger sie sich in seine Gesichtszüge vertiefte, desto besser gefiel er ihr.

Sie hatte ihre Fähigkeit, einen Mann für sich zu interessieren, beileibe nicht verloren. Hilperts ablehnende Haltung war maximal ein unbedeutender Rückschritt, nicht mehr. Sie trafen sich eine Stunde darauf bei einem vorzüglichen Italiener ihrer Wahl. Obwohl sie selbst gerne ein Glas Wein zu viel trank, hielt sie sich zurück. Wäre sie im Nachhinein befragt worden, hätte sie nicht erklären können, was sie dazu bewegt hatte, anschließend mit Reichelt ins Elysée zu gehen. Die kommenden Stunden verbrachten sie ausschließlich in der waagerechten Position. Sie musste zugeben, es gefiel ihr, mit ihm zusammen zu sein. Er war vital, er war zärtlich. Später auf dem Weg nach Hause grübelte sie über das kleine Abenteuer nach. Noch war es nicht die richtige Zeit. Aber warum sollte sie nicht von diesem Mann ein Kind bekommen wollen? Und allem Anschein nach hatte Hilpert ihn nicht gegen sie eingestellt. Sie war sich unsicher, ob sie mit ihm eine längere Liaison eingehen sollte. Eigentlich wollte sie Fabian. Andererseits hatte sie kein Verlangen danach, ihm hinterherzulaufen. Also würde sie Reichelts Angebot annehmen, sich zwei Tage später abermals zu sehen. Zum Glück verfügte sie bis heute über ihre Wohnung an der Rothenbaumchaussee. Es gab Schlimmeres als diese Rückzugsgelegenheit. Dort konnten sie sich bis auf Weiteres treffen. Auf Dauer nervten die Hotels.

Hilpert war sich auf der Rückfahrt im Intercity unklar darüber, ob das Treffen mit den Ermittlern aus allen Teilen Deutschlands wirklich etwas gebracht hatte. Die Gruppe war zu groß, als dass man erste ausgegorene Gedanken hätte formulieren oder aufnehmen können. Andererseits war es für ihn schon wichtig, die Kollegen, mit denen er an dem Fall arbeitete, kennenzulernen. Plötzlich bekam manche Stimme vom Telefon, manche Mail ein Gesicht.

Als er am späten Abend in seiner Wohnung eintraf, verriet ihm der Anrufbeantworter, dass Reichelt versucht hatte, ihn zu erreichen. Er klang sehr aufgekratzt. Verstand er ihn richtig, so hatte Alexandra ihn bereits als Alternative zu ihm ins Auge gefasst. Wie stand er zu dieser Entwicklung? Traf sie irgendwo sein Herz? Er redete sich ein, über den Dingen zu stehen, und wusste doch, dass da ein Wermutstropfen in sein Glas gefallen war. Er kannte sie. Sie nahm sich, was sie wollte. Und es ging ohne Zweifel nicht um ihn oder Reichelt, sondern eindeutig um ein Kind, das sie sich unbedingt wünschte. Sollte er ihn warnen? Er beschloss, sich aus allem herauszuhalten. Sollte Reichelt sich mit ihr vergnügen und ihren innigsten Wunsch erfüllen. Vielleicht war er sogar der geeignetere Partner für sie, weil er die Situation anscheinend entspannter nahm. Und wer wollte es ihm verdenken, wenn er zugriff. Alexandra war nach wie vor eine attraktive Frau. Der Kollege war ungebunden und musste niemandem Rechenschaft über seine privaten Handlungen ablegen. Hilpert benötigte trotzdem seine Zeit, bevor er sich einigermaßen beruhigt hatte. Er war nicht cool genug, um gleich zur Tagesordnung überzugehen. Er hatte seine Chance gehabt und diese durchgewinkt. Nun musste er dazu stehen. Und ein wenig zu leiden, hatte noch niemandem geschadet.

Seine Gedanken landeten am nächsten Morgen wieder bei dem Auftrag der Sonderkommission. Irgendwo in seiner Magengegend beschlich ihn das Gefühl, die Problematik falsch anzugehen. Nur, wo lag der Fehler? Die große Erleuchtung wollte ihm nicht kommen. Unzufrieden mit sich und der Welt verließ er am Abend sein Büro.

Das Handy erreichte ihn, als er auf dem Nachhauseweg war.

Es meldete sich die Stimme einer jungen Frau. Sie gab an, als Assistentin des Vorstandsvorsitzenden der Condyt AG zu arbeiten.

»Man hat mir Ihre Nummer im Polizeipräsidium gegeben.«

Nie gehört den Namen, dachte er.

Sie wollte wissen, ob er Zeit für ein Gespräch mit Dr. Wellner, dem Vorstandsvorsitzenden des Unternehmens, habe. Um den Anlass für diesen Termin wand sie sich wie ein Aal, deutete allerdings an, dass es um den Artikel im Abendblatt ginge. So viel war klar, man wollte ihm keine Versicherung oder Finanzanlage andienen. Bürsten und Staubsauger wurden an der Haustür verkauft, nicht über Callcenter. Also sagte er einem Mittagstermin für den nächsten Tag im Hotel Vierjahreszeiten zu. Erst später wurde ihm klar, dass man möglicherweise ein Jackett und einen Schlips von ihm erwartete. Das Hotel galt nicht nur in Hamburg als erste Adresse. Er entschied sich für einen Kompromiss. Mal wieder ein ordentliches Jackett zu tragen, würde ihn nicht umbringen. Eine passende Jeans dazu und er war halbwegs angemessen gekleidet, zumindest nach seiner Auffassung.

* * *

Den Tag darauf betrat er pünktlich gegen dreizehn Uhr das ehrwürdige Haus am Neuen Jungfernstieg. Nach einem ereignislosen Vormittag freute er sich auf die Abwechslung, die ihm das Gespräch geben würde. Davon abgesehen war er neugierig auf das, was an ihn herangetragen werden sollte. Die helle Fassade des Luxushotels im Anblick der Binnenalster und der uniformierte Portier vor dem Eingangspodest wollten ihn eher zurückdrängen, als freundlich in Empfang zu nehmen. Hätte er sich vielleicht doch besser eine Krawatte umbinden und eine Tuchhose anziehen sollen? Passten Jeans wirklich in dieses Umfeld? Für einen kurzen Moment war er verunsichert. Energisch ging er weiter, es gab kein Zurück mehr. Kurz vor dem Ziel war es nicht seine Art umzukehren. Er gedachte durchzulaufen.

Eine erste Erfahrung machte er schon beim Betreten des Foyers. Niemand musterte ihn scheel. Beileibe nicht jeder der Männer trug eine Krawatte. Und nirgendwo entdeckte er einen Hinweis, der eine gewisse Kleiderordnung vorgab. Auch in diesen Gefilden hatte sich die Welt geändert. Auf ihn stürmte dennoch die geballte Tradition des Hamburger Bürgertums vergangener Zeiten ein. Sein Vater würde die Einrichtung als gediegen bezeichnen. Man wurde nicht von Prunk überhäuft, aber in diesen heiligen Hallen unterhielt man sich in gedämpftem Ton. An den Wänden hingen selbstredend keine Kunstdrucke oder röhrende Hirsche.

Er orientierte sich nach links, ging durch eine geöffnete Doppeltür und landete vor einem Pult, wo man ihn freundlich begrüßte, als sei er Stammgast im Haus und würde mit den Trinkgeldern nur so um sich werfen. Allerdings hatte er gelesen, dass der Mann von Welt sich damit zurückhielt. So gesehen war er auf dem richtigen Weg. Man geleitete ihn an den Platz seines Gesprächspartners und rückte seinen Stuhl zurecht. Er hätte vermutlich nackt aufkreuzen können. Man hätte ihn selbstbewusst und kompetent behandelt. Die Zeiten der Smokings und Dinnerjackets gehörten auch in diesem Tophotel der Vergangenheit an. Sie waren wohl nur noch einem deutlich älteren Klientel vorbehalten. Die Jeans war zum Allgemeingut geworden.

Dr. Wellner begrüßte ihn mit einem freundlichen Nicken. Er erhob sich und reichte ihm die Hand. »Ich hab Sie mir nicht so jung vorgestellt. Und trotzdem widmet man Ihnen bereits große Artikel in der Zeitung. Alle Achtung! Kommen Sie, setzen Sie sich zu mir an den Tisch.«

Er schätzte den Topmanager auf Anfang fünfzig. Er trug einen dezenten grauen Anzug und eine passende gestreifte Krawatte dazu. Sein volles Haupthaar war über die Schläfen hinaus ergraut. In sein Gesicht hatten sich dafür nur wenige Falten verirrt. Figürlich bewegte er sich im Bereich des Normalgewichts. Hilpert hätte nichts dagegen einzuwenden gehabt, in 20 Jahren ähnlich gut auszusehen wie sein Gesprächspartner. Wellner war offensichtlich ein Mann, der es gewohnt war, seine Entscheidungen nicht erst auf die lange Bank zu schieben. Er hielt sich nicht mit Floskeln auf, sondern kam direkt auf sein Anliegen zu sprechen, während sie gleichzeitig die Karte studierten.

»Ich weiß nicht, ob Sie von unserem Unternehmen vorher gehört haben. Wir produzieren sensible Technologien, Herr Hilpert, insbesondere fürs Militär. Als größerer Mittelständler müssen wir uns den veränderten Bedingungen auf unseren Märkten, aber auch im Land stellen. Ich bin dabei, eine Stabsabteilung in meinem Vorstandsbereich aufzubauen, die sich ausschließlich auf den Personen- und Objektschutz in unseren Unternehmen konzentrieren wird. Das gilt nicht nur hinsichtlich des internationalen Terrorismus. Vermutlich haben die uns gar nicht auf der Rolle. Vielmehr geht es uns vor allem um Aspekte der Industriespionage. Ich suche dafür den geeigneten Leiter. Ich könnte Sie mir gut in dieser Position vorstellen.«

»Das entscheiden Sie so einfach aus dem Bauch heraus, ohne sich mit Ihren Gremien abzustimmen?«, fragte Hilpert erstaunt.

»Darüber sollten Sie sich keinen Kopf machen. Ich fungiere nicht nur als Vorstandsvorsitzender der Unternehmensgruppe, ich bin auch deren Mehrheitsgesellschafter. Mir gehört mehr als die Hälfte des Aktienkapitals. Weitere Anteile liegen bei meiner Tochter und meinem Sohn.«

»Das sind überzeugende Argumente. Ein Chef, der sich nicht ständig mit irgendwelchen übergeordneten Instanzen auseinandersetzen muss, könnte mir schon ins Konzept passen«

»Großartig. Politische Rücksichten gibt es bei uns keine. Wir handeln nach eigenen Vorstellungen.«

»Erzählen Sie mir nicht, bei Ihnen herrschten paradiesische Zustände.«

Wellner lachte auf. »Klar gibt es auch bei uns einschränkende Bedingungen. Wir sind ja keine Anarchisten. Ich führe eine Unternehmensgruppe mittlerer Größe, die letztlich angetreten ist, Geld zu verdienen. Wir haben Kunden, die Erwartungen an uns stellen, müssen auf Kreditgeber, Lieferanten Rücksicht nehmen. Aber das verläuft in anderen Bahnen, als Sie es gewohnt sind. Insbesondere der Einfluss der Banken hält sich in Grenzen. Wir sind solide finanziert.«

Mittlerweile waren sie bereits beim Hauptgericht angelangt. Hilpert säbelte an einem zarten Stück Fleisch herum. Der kalifornische Rotwein, den er dazu trank, mundete ebenfalls. Gelegentlich würde er sich ein Mittag- oder Abendessen im Vierjahreszeiten auch ohne Sponsor vorstellen können. Er genoss die Ruhe, die Servicequalität. Andererseits verzichtete er darauf, sich Gedanken über die Kosten ihres kulinarischen Vergnügens zu machen. Wer wusste, wofür es gut war.

Wellner nahm den Gesprächsfaden wieder auf. »Wenn Sie interessiert sind, besuchen Sie uns am besten in der City Nord. Wir haben dort unsere Hauptverwaltung untergebracht. Einzelheiten besprechen Sie am besten mit unserem Personalchef.«

City Nord, überlegte er, wann war er dort zuletzt gewesen? Das Sting-Konzert vor einigen Jahren im Stadtpark, erinnerte er sich. Damals hatte er dort seinen Pkw abgestellt. Viele Angestellte der Konzerne hatten ihre Stellplätze entblößt, weil es sie nach Hause trieb. Nach 18:00 Uhr fand sich immer eine Parkgelegenheit. Allerdings war er nicht der Einzige, der über dieses Wissen verfügte. Wie viele andere auch, war er nicht drum herumgekommen, durch die Gegend zu kreuzen, bis er erfolgreich gewesen war. Er überlegte, wie viel Zeit er am Ende seiner Tage damit verbracht haben würde, einen Parkplatz zu finden. Als inspirierend hatte er dabei die Atmosphäre in dem Geschäftsviertel nicht empfunden. Soviel ihm bekannt war, hatten sich dort unter anderem die Deutschlandzentralen der großen Ölmultis hinter den Fassaden der Hochhäuser verschanzt. Andererseits, wer an seinem Arbeitsplatz auf eine gewisse Ästhetik Wert legte, wurde bitter enttäuscht, glaubte er, diese gerade im Polizeipräsidium vorzufinden. Solche Gedanken fanden garantiert keine besondere Berücksichtigung, als das Gebäude errichtet wurde. Der verantwortliche Innenarchitekt hatte in seinem Leben garantiert keine Preise gewonnen oder die Fachblätter mit seinen Entwürfen begeistert. Letztlich hatte die Ausstattung des Polizeigebäudes nicht unbedingt künstlerischen Gesichtspunkten zu genügen. Vielmehr musste sie sich ihrer Funktion unterordnen. Und über so viel Geld verfügte die Hansestadt nicht, dass man gerade bei der Polizei meinte, über Kunst am Bau nachsinnen zu müssen. Solche Aspekte waren vermutlich eher für die Elbphilharmonie angedacht worden. Dafür konnte man auf den Fertigstellungstermin des Gebäudes wetten. Über die Kostenexplosion lohnte es kaum nachzudenken.

Beim Dessert kam Wellner überraschend auf das Thema Bezahlung zu sprechen. »Mein Vorschlag ist, wir starten mit einem Jahressalär von 150.000 Euro zuzüglich eines privat zu nutzenden

Firmenwagens. Nach Ihrer Probezeit kann man über eine Verbesserung der Konditionen nochmals reden.«

Hilpert musste schlucken. Dass Wellner so schnell auf den Punkt kommen würde, überraschte ihn. Und das Angebot empfand er als attraktiv. Sollte er versuchen zu feilschen? Er entschied sich dagegen. Völlig unerwartet besaß er eine neue berufliche Perspektive, die deutlich besser klang, als sich etwa in Afghanistan als Sicherheitsberater zu verdingen. Trotzdem hatte er dazugelernt. »Das hört sich gut an. Aber wie wäre ich in Ihrem Unternehmen positioniert? Jetzt habe ich die Position eines Hauptkommissars. Ich weiß, wo ich in der Hierarchie stehe und andere wissen es auch.«

»Wir werden Sie als Ressortleiter in meinem Stab führen. Das heißt Ihnen gegenüber weisungsbefugt bin ausschließlich ich.«

Hilpert nickte befriedigt. »Nicht schlecht, was Sie mir anzubieten haben, Dr. Wellner. Ich werde konstruktiv drüber nachdenken.«

»Wie lange brauchen Sie für Ihre Entscheidung?«

»Ich rufe Sie morgen Vormittag an. Bis dahin weiß ich, was ich will.«

»Ausgezeichnet. Ich hasse es, über Gebühr zu warten.«

»Wenn Sie wollen, kann ich Sie heute Abend informieren.«

»Nein, nein, lassen Sie die Kirche im Dorf. Einen Tag des Nachdenkens will ich Ihnen gerne zugestehen.«

»Eines interessiert mich. Wie sind Sie darauf gekommen, dass ich über einen beruflichen Wechsel nachdenke?«

»Sagen wir, ein Vögelchen hat es mir gezwitschert.«

Hilpert lachte auf. »Klar, Sie verfügen über die erforderlichen Kontakte.« Er beugte sich dem Mann ein Stück entgegen. »Eine Frage hätte ich doch noch. Sind Sie immer so schnell entschieden?«

»Ja und nein. Es kommt auf den Kandidaten an. Aber über Sie gab es unverzüglich und vor allem eindeutige Unterlagen. Und die sprachen für Sie. Wir suchen seit einigen Monaten. Das Beste, was uns bislang untergekommen ist, war ein ehemaliger Major von der Bundeswehr mit einem, sagen wir mal, leichten Alkoholproblem.«

Hilpert schwenkte den Wein im Glas. »Also reinspucken tu ich ebenfalls nicht.«

»Kein Mensch erwartet das von Ihnen. Wasser trinke ich nur, wenn ich wirklich durstig bin.« Er hob sein Glas. »Zum Wohl.«

Hilpert fuhr anschließend ins Büro. Seine Gedanken blieben dem Gespräch verhaftet, das er soeben geführt hatte. Sollte er annehmen, stand er in der Schlange wieder ganz weit vorne. All das in einer seriösen Firma zu Konditionen, von denen er bei der Polizei nur träumen konnte. Bevor er sich darüber den Kopf zerbrechen musste, war sein Problem bereits gelöst. Was wollte er mehr? Er brachte eine unruhige Nacht hinter sich. Wellners Angebot geisterte durch seinen Kopf. Egal, in welche Richtung er dachte, es sprach alles dafür, es anzunehmen. Zumindest fand er kein Haar in der Suppe. Ihn beschäftigte ein anderes Problem. In seinem tiefen Inneren wollte er bleiben, was er war und wo er war.

11

Hilpert traf Reichelt am darauffolgenden Morgen in der Kantine. Er hatte vergessen, sich mit frischem Aufschnitt und vor allem Brot einzudecken. Als verwöhnter Sohn einer liebevollen Mutter aß er Brot nur, wenn es maximal zwei Tage alt war. Um sich Brötchen aus dem Gefrierfach aufzubacken, fehlten ihm die Zeit und die Lust. Dem Kollegen ging es offensichtlich ähnlich. Er langte schon kräftig zu, als er auf ihn zutrat. Reichelt grinste ihn wie ein Honigkuchenpferd an. Er wirkte auf ihn wie ein Pennäler, der die erste Nacht mit einer Frau verbracht hatte. Und er verhielt sich auch so. Ihr Gespräch während des Frühstücks drehte sich ausschließlich um den Nachmittag, den er mit Alexandra verbracht hatte. Hilpert fühlte sich unwohl. Irgendwo kroch die Eifersucht in ihn hinein. Und er konnte sich dieses Gefühls nicht erwehren. Nur, was wollte er dem Mann oder Alexandra vorwerfen? Reichelt hatte ihn in aller Deutlichkeit gefragt, ob die Jagdsaison eröffnet sei. Und er hatte genickt. Was wollte er Alexandra vorwerfen, dass sie sich so schnell getröstet hatte? Er kannte sie gut genug und wusste, dass sie ihre Interessen vehement durchzusetzen verstand und nicht lange fackelte. Trotzdem nervte er ihn mit seiner Schwärmerei. Glücklicherweise kostete der Verzehr von zwei Zwiebelmettbrötchen und einem Becher Milchkaffee nur begrenzte Zeit. Anschließend konnte er dringliche Termine vorschieben. Er musste unbedingt das Thema wechseln. Der Brandherd Alexandra schwelte nach wie vor in ihm. Dagegen half auch keine Selbstdisziplin oder Atemübung. Er verzichtete darauf, Reichelt auf das Jobangebot anzusprechen. Er hatte bereits zugesagt, bevor er sich in die Kantine begab. Es war finanziell attraktiv. Vermutlich brauchte er sich dort nicht zu Tode zu langweilen. Der Chef des Ladens war an ihm interessiert. Was wollte er mehr? Eine Sänfte, mit der er täglich von seiner Wohnung abgeholt wurde? Sie wollten sich im Verlauf der kommenden Woche treffen und weitere Details bereden. Seine halbjährige Kündigungsfrist war kein Thema. Man wollte gern auf ihn warten. Die Situation hatte allerdings einen Nachteil. Er musste sich darauf einrichten, den Job, den er liebte, tatsächlich aufzugeben. Spätestens mit der Unterschrift unter den Vertrag war die Trennung perfekt. Er hatte Fakten geschaffen. Wollte er das wirklich? Etwas hinter sich zu lassen, dessen man überdrüssig geworden war, war einfach. Sich von einer Sache zu lösen, an der man nach wie vor hing, war dagegen ausgesprochen schmerzhaft. Seltsamerweise hatte sein Vater gerade diesen Umstand angesprochen, als er ihn nach dem Aufstehen über seine Entscheidung informiert hatte. Seine Antwort war: »Wenn du glücklich bist, Junge, sind wir es auch.« Als er ihn auf die 30.000 Euro ansprach, unterbrach er ihn mitten im Wort: »Das ist jetzt dein Geld.«

Als Hilpert wieder am Schreibtisch saß, sollte sich sein Gemütszustand weiter verschlechtern. Der Killer hatte abermals zugeschlagen. Eine Frauenleiche wurde in der Nähe von Mainz gefunden. Ihr Tod war vermutlich Samstagabend eingetreten. Diesmal erfolgte die Tat in ungewohnter Brutalität. Das Video über den geschundenen Körper, das ihm zugemailt wurde, sollte ihn noch den ganzen Tag verfolgen. Was musste diese arme Frau erdulden, bis der Tod sie erlöst hatte? In jedem Fall hatte sie kurz vorher Geschlechtsverkehr, der garantiert nicht einvernehmlich war. Hatten sie es möglicherweise mit einem weiteren Täter zu tun? Zumindest ließ der Begleittext der Mail darauf schließen, dass ebenso in diese Richtung ermittelt werden sollte. Er blieb skeptisch. Seiner Meinung nach drehte es sich eindeutig um ihren Mann. Offensichtlich verfügte der Gesuchte über unterschiedliche Gesichter. Verzweifelt blickte er auf den Bildschirm. Nun durften sie sich in Deutschland ebenfalls über amerikanische Verhältnisse beklagen. Er hatte über einen Fall in den Staaten gelesen, der sich über mehr als ein Jahrzehnt hinzog. Dem Psychopathen wurden mehr als zwanzig Morde nachgewiesen. Es wurde allerdings eine deutlich höhere Dunkelziffer befürchtet. Konnte es eine Idee sein, einen amerikanischen Profiler hinzuzuziehen? Wie würden seine Kollegen darüber denken? Kurz entschlossen gab er diese Idee nach Köln weiter. Dort hatte er es mit ausgeschlafenen Beamten zu tun, die tatsächlich über solch eine Option nachgedacht hatten. Es zeigte sich, dass man an diese Spezialisten nicht so ohne Weiteres herankam. Und ob sich ein amerikanischer Psychiater auf Knopfdruck in die deutsche Seele hineinzudenken vermochte, musste bezweifelt werden. Also starb die Idee erst einmal wieder. Hilpert kramte weiter in seinem Kopf. Serienmörder gab es auch in Deutschland. Und sie hatten beileibe nicht nur Frauen im Visier. Einem Herrn namens Hamann wurde sogar nachgesagt, dass er die knackigen Knaben, die er vergewaltigte, anschließend verspeist haben sollte. Ihm kam ein Lied in den Sinn, das sich dieses Themas angenommen hatte. Er versuchte, an etwas anderes zu denken, ansonsten würde er mit der Melodie ins Bett gehen. Eine mehr oder weniger durchwachte Nacht reichte ihm. Am späten Abend erreichte ihn eine Mail, wonach sie es mit demselben Täter zu tun hatten. Die DNA-Analyse machte es möglich. Warum hatte er ausgerechnet diese Frau so bestialisch getötet? Hatte sie sich gewehrt? Wollte sie nicht auf seine Vorlieben eingehen?

Den nächsten Tag über wurde er mit reichlich Material bedacht. Wirklich Weltbewegendes lief bei ihm nicht auf. Wie so oft im Leben drifteten Masse und Klasse merklich auseinander. In der Hoffnung auf Hinweise bezüglich des neuen Opfers blieb er bis in den Abend hinein in seinem Büro. Er sollte enttäuscht werden. Nichts von Bedeutung erreichte ihn. Endlich fühlte er sich bemüßigt, seinen Schreibtisch aufzuräumen, als Reichelt bei ihm hereinschaute.

»Lust auf ein gemeinsames Bier?«

»Warum nicht? Ich bin eh im Gehen.«

Sein Kollege wirkte nicht sonderlich unternehmungslustig auf ihn.

»Was ist los mit dir, Ulf?«

»Ach, ich war mit Alexandra verabredet. Sie hat mich einfach hängen lassen, ohne sich zu melden. Ich habe bestimmt eine geschlagene Stunde vergeblich vor ihrer Wohnung auf sie gewartet und wie ein Hund an ihrer Tür gekratzt.«

»Geht Sie ans Handy?«

»Keine Chance, da läuft nur die Mailbox.«

»Dann hat sie garantiert Ärger mit ihrem Mann bekommen und wird sich später melden. Ich kenne sie eigentlich als zuverlässigen Menschen.«

»Meinst du? Da geht's mir doch gleich besser. Vielleicht ruft sie ja nachher an. Das erste Bier geht auf mich.«

»Keine Einwände, euer Gnaden.«

Der Abend verlief eher unergiebig. Reichelt blieb wortkarg und lugte ständig auf sein Telefon. Das blieb jedoch stumm. Gegen neun trennten sie sich. Hilpert fuhr nach Hause. Sein Abendbrot in Form von zwei Frikadellen mit Senf und einer trockenen Scheibe Toastbrot hatte er sich in der Gastwirtschaft gegönnt. Gegen elf Uhr schaltete er seinen Fernseher aus und ging ins Bett. Auf die Frage, welche Sendung eingeschaltet war, hätte er passen müssen. Seine Gedanken verweilten woanders.

Zwölf Stunden später war es endgültig um seine Gelassenheit geschehen. Er starrte entsetzt auf sein Telefon. Soeben hatte er mit Alexandras Ehemann gesprochen, der sie als vermisst meldete. Dessen Stimme klang gehetzt, als würde er von einer Wolfsmeute gejagt. Nur mühsam brachte er vollständige Sätze zustande. Ächzend wie ein alter Mann erhob sich Hilpert aus seinem Bürosessel und suchte Reichelt auf. Dieser gebärdete sich wie wild. Hektisch, ohne die Frage der Zuständigkeit zu klären, stellte er ein Team zusammen. Zehn Minuten später rasten zwei Einsatzwagen zu ihrem Einfamilienhaus nach Wellingsbüttel. Hilpert blieb als Anlaufpartner im Präsidium zurück. Vielversprechende

Hinweise liefen bei ihnen allerdings nicht ein. Ihr Erkenntnisstand blieb mager. Alexandra hatte das Haus am Vortag gegen halb fünf zu Fuß verlassen. Offensichtlich war sie auf dem Weg zu Reichelt. Ihrem Mann hatte sie telefonisch mitgeteilt, sie wolle frische Luft schnappen und sich dann per Handy ein Taxi rufen, um einen Termin in der Stadt wahrzunehmen. Niemandem war sie in ihrer weiteren Umgebung aufgefallen, sah man von einer Nachbarin ab, an deren Garten sie zu der Zeit vorbeigegangen war. Danach verliefen sich ihre Spuren. Es gab keinerlei Hinweise auf eine gewaltsame Entführung oder einen Überfall. Die geeignetste Stelle wäre ein kleiner Park gewesen, der nur wenige hundert Meter von ihrem Haus entfernt lag. Auch dort fand sich kein Zeuge, der etwas Konkretes hätte aussagen können. Es schien, als habe sich Alexandra in Luft aufgelöst. Ein kurzer Verdacht gegen ihren Mann musste schnell fallen gelassen werden. Er hielt sich den ganzen Tag in seiner Praxis auf und war erst gegen 20 Uhr zu Hause angekommen. Nach seiner Aussage blieb seine Frau gelegentlich über Nacht weg. Zumeist benutzte sie dann ihre Stadtwohnung. Erst im Verlauf dieses Tages habe er sich Gedanken gemacht, da sie sich nicht zurückgemeldet hatte.

Sie mussten sich mit allerlei dubiosen Aussagen befassen. So meinte ein älterer Herr, eine angetrunkene Frau am Arm eines Mannes gesehen zu haben. Wo sie herkamen, wo sie hingingen, Fehlanzeige. Kurz darauf vermeinte er eine Art Lieferwagen bemerkt zu haben, der zügig an ihm vorbeigefahren sei. Die Beschreibung des Paares hätte auf jeden zweiten männlichen oder weiblichen Bürger der Stadt gepasst. Zu dem Wagen fiel ihm gerade mal die Farbe ein: blau. Nach zähen Nachfragen einigten sie sich auf einen Van. Sie arbeiteten bis in den späten Abend hinein, ohne greifbare Ergebnisse. Zunehmend machte sich bei ihnen ein Gefühl von Panik breit. Sie waren Profis genug, um zu wissen, dass nach einer Entführung die ersten Stunden von nachhaltiger Bedeutung waren. Doch auch am darauffolgenden Tag änderte sich ihre Situation nicht. Sie trampelten auf der Stelle. Je mehr Aktivitäten sie entwickelten, desto größer wurde ihre Verzweiflung. Alles verpuffte im Nirwana. Alexandra blieb verschwunden.

* * *

Sie versuchte, sich zu orientieren. Vergeblich. Sie lag in einem Schlafzimmer auf dem Bett. Sie war vollständig angezogen. Allerdings hatte jemand einen ihrer Füße ans Bett gekettet und ihre Hände mit Paketband gefesselt. Ohne Erfolg versuchte sie, diese zu lockern. Die schweren Vorhänge vor den Fenstern waren zugezogen. Vermutlich aber war es draußen ebenfalls dunkel. Sie atmete schwer durch die Nase. Auf ihrem Mund klebte Paketband. Man wollte eindeutig vermeiden, dass sie sich bemerkbar machte. Was war mit ihr geschehen? Durch ihren Kopf rauschten die seltsamsten Gedanken. Sie wollte sich mit Ulf treffen. Sie erinnerte sich an einen Stoß von hinten. Gleichzeitig hatte sie ein kräftiger Arm gegriffen und festgehalten, sodass sie nicht fiel. Dann realisierte sie den Stich im Hals. Kurz darauf geschah alles wie im Zeitlupentempo, ihre Erinnerung verlosch. Mit hektischem Blick schaute sie sich um. Ihre Augen hatten sich an die Dunkelheit gewöhnt und sie vermeinte, die Umrisse eines Schranks zu erahnen. Sie hatte Kopfschmerzen, ihre Schläfen pochten. Ihr Mund war so trocken, als habe jemand einen laufenden Föhn hineingehalten. Wie viele Stunden war sie betäubt gewesen? Wo hatte man sie hingebracht? Was wollte man von ihr? Von der Zimmertür her vernahm sie ein Geräusch. Ein schmales Lichtband lugte darunter hervor. Sie hörte Schritte. Dann wurde die Tür aufgerissen. Sie blinzelte, bis sie in der Türöffnung einen Mann erblickte. Noch sah sie alles schemenhaft. Vergeblich ruckte sie an ihren Fesseln.

* * *

Jetzt, wo Alexandra verschwunden war, begriff Hilpert erst, dass sie ihm nach wie vor mehr bedeutete, als er sich eingestehen wollte. Mittlerweile konnte er die Akten nahezu auswendig herunterbeten. Und trotzdem fand sich kein Hinweis auf einen potenziellen Täter. Er saß irgendwo in Deutschland, vergnügte sich mit ihr und würde sich ihrer entledigen, wenn er ihrer überdrüssig war. Ansonsten lebte er sein Leben garantiert als gesellschaftlich geachteter Mensch weiter, als sei nichts geschehen. Den

Kopf auf einer Hand aufgestützt versuchte er, einen klaren Gedanken zu fassen. Er verstand nun besser, weshalb Beamte von Fällen abgezogen wurden, die sie persönlich betrafen. Es war schwer, seine Gefühle und die rationalen Erfordernisse, die eine erfolgreiche Ermittlungsarbeit verlangte, miteinander zu koordinieren. Die Emotionen bedrängten den Geist und brachten ihn in eine Abwehrposition. Entstanden auf diesem Weg Neurosen? Er wusste es nicht, konnte es sich allerdings durchaus vorstellen. Bei Gelegenheit würde er sich mit einem Neurologen darüber unterhalten. Zumindest war sein Leistungspotenzial deutlich beeinträchtigt. Versuchte er, sich mit der Situation auseinanderzusetzen, drängten sich Ängste dazwischen und produzierten ein Gefühl der eigenen Unzulänglichkeit und Verzweiflung. Sein Selbstbewusstsein hatte sich auf ein absolutes Minimum reduziert, sein innerer Antrieb schien gehemmt. Er musste diesen Zustand verändern, wollte er nicht mit seiner Aufgabe scheitern. Fragte sich nur wie. Er fühlte sich schlecht und hätte sich am liebsten irgendwo verkrochen.

In dieser Verfassung tauchte Alexandras Ehemann bei ihm auf. Er ließ sich gerade noch Zeit für eine Begrüßung und bombardierte ihn bereits mit seinen Forderungen und Fragen. »Gibt es neue Ergebnisse? Werden zusätzliche Leute für die Ermittlungen abgestellt? Warum sitzen Sie an Ihrem Schreibtisch und sind nicht draußen auf der Suche nach ihr?«

Hilpert versuchte in seiner Argumentation, auf einer konstruktiven Linie zu verharren, tatsächlich aber befand er sich in einer ständigen Rückwärtsbewegung. Sie taten alles. War es genug? Jeder Kollege aus den benachbarten Kommissariaten warf ein Auge auf diesen Fall, schließlich ging es um eine ehemalige Kollegin. Jeder wäre bereit, unbezahlte Überstunden zu leisten. Aber die grausame Antwort war, sie hatten nicht einmal die Idee einer Idee, wo sie konkret ansetzen konnten, wo sie nach ihr suchen sollten. Entsprechend vage und ausweichend fielen seine Antworten aus. Was sie beide miteinander verband, war die gemeinsame Angst um Alexandra. Nach kurzer Diskussion brach der Ehemann das Gespräch ab. Er spürte, dass Hilpert ihm nicht weiterhelfen konnte, und wollte sich mit dessen vorgesetzter Stelle ins Benehmen setzen, wie er sich ausdrückte.

Sollte er. Auch Weber würde ihm nicht mehr erzählen können als er. Er verstand den Mann gut. Standen keine Rettungsringe zur Verfügung, musste man sich mit Strohhalmen zufriedengeben. Letztlich fühlte er wie er. Er konnte ebenso wenig zaubern wie alle anderen. Verzweifelt stellte er fest, an den Grenzen der eigenen Möglichkeiten angelangt zu sein.

Einmal mehr hockte er allein in seinem Zimmer mit seinen dumpfen Gefühlen. Sie drohten, ihn schier zu zerreißen. Lärm auf dem Flur ließ ihn hochschrecken. Wenig später stand Reichelt schwer atmend mit hochrotem Kopf in seinem Raum. Dem Täter konnte man nur empfehlen, einen gewaltigen Risikoabstand zu ihm einzuhalten, sollten sie ihn jemals zu fassen bekommen.

»Komm rüber zu uns, Alter!«, rief er ihm zu. »Der Freak hat schon wieder zugeschlagen.«

»In so kurzem Abstand und am gleichen Standort? Sollte er seine Strategie geändert haben?«, fragte Hilpert zweifelnd.

»Sieht ganz so aus. Mach dir selbst ein Bild.«

Im Vernehmungszimmer saß eine etwa dreißigjährige Frau. Auf den ersten Blick wirkte sie gelassen. Ihr unruhiges Spiel mit den Fingern verriet ihre Anspannung. Sie war am späten Nachmittag beim Jogging im Stadtpark angefallen worden. Ihrem asketischen Gesichtsausdruck und ihren sehnigen Unterarmen nach zu urteilen, hatten sie es mit einer gut durchtrainierten Sportlerin zu tun. Ihr energischer Blick verriet, dass man es sich zweimal überlegen sollte, ihr zu nahe zu treten. Wie sich herausstellte, stand sie Tag für Tag ihren Mann als Angestellte in einem Fitnesszentrum. Der Angreifer hatte diesmal Pech. Er traf auf ein Opfer, das sich sehr wohl zu verteidigen verstand. Ihm wurde mit zwei gezielten Fußtritten deutlich gemacht, dass nicht jede Frau wehrlos gegenüber männlicher Gewalt war. Und sie wusste sehr genau, wohin man zielen musste. Sie hatte ausschließlich ein zerrissenes Muskelshirt zu beklagen. Sie beschrieb den Angreifer als kräftigen mittelgroßen Mann mit schütterem rotblondem Haar. Vom Alter her schätze sie ihn auf etwa Ende 30, Anfang 40 und war sich sicher, ihn wiederzuerkennen, sollte man ihn ihr präsentieren. Leider hatte er es versäumt, seine Visitenkarte zu hinterlassen. Sie beantwortete ihre Fragen selbstbewusst, fast schon leicht unterkühlt. Ihre Hände ruhten inzwischen in ihrem Schoß. Ihre erfolgreiche Verteidigung gaben ihr die erforderliche Gelassenheit und das Selbstbewusstsein. In der Nachbetrachtung ärgerte es sie, dass sie ihn hatte entwischen lassen. Sie dagegen waren froh, nach all den toten Frauen erstmals eine Überlebende anzutreffen. Das Phantom, nach dem sie suchten, hatte leichte Konturen bekommen. Endlich gab es etwas zum Anfassen, waren sie in der Lage, einen ersten Hebel anzusetzen. Mit allen Kräften wurde nach dem Mann gefahndet. Hier konnten sie sich auf die uniformierten Kollegen vom Verkehrsdezernat verlassen.

Reichelt hatte seine Leute und alle verfügbaren Kollegen aus anderen Kommissariaten auf die Suche nach dem Straftäter zusammengetrommelt. Dafür bedurfte es keiner Erlaubnis von oben. Im Präsidium war eine Sonderkommission gebildet worden, in die Hilpert automatisch integriert wurde.

»Du bist dabei, mein Freund«, ermunterte er Hilpert. »Vielleicht fassen wir das Schwein und er führt uns zu Alexandra.«

»Du meinst, das ist unser Mann?«

»Ich bete darum, dass er es ist. Wir müssen solch einen hohen Druck auf ihn ausüben, dass er keine Zeit hat, ihr etwas anzutun.«

»Hoffentlich sind wir nicht zu spät dran«, erwiderte Hilpert skeptisch.

Dass der Täter in solch einem geringen zeitlichen Abstand bereits wieder zuschlug, steigerte seine Bedenken. Er war desillusioniert, was ihre bisherigen Fahndungsbemühungen betraf. Egal, in welche Richtung sie sich bislang orientierten, sie landeten stets in einer Sackgasse. Trotz seiner Zweifel stand das Glück diesmal auf ihrer Seite. Keine Stunde später stoppte eine Streife einen altersschwachen VW-Bully, der mit überhöhtem Tempo auf dem Weg Richtung Elbtunnel war. Als er in Wolfsburg vor Jahrzehnten vom Band lief, musste er blau gewesen sein. Auslöser war neben der eher harmlosen Geschwindigkeitsüberschreitung der visuelle Zustand des Fahrzeugs. Die Beschreibung des Mannes passte haargenau auf den gesuchten Täter. Und die Polizisten hatten den Fahndungsaufruf mitbekommen. Trotz seines Widerstandes nahmen sie ihn fest. Große Mühe bereitete er ihnen nicht. Nach wie vor litt er unter Schmerzen im Unterleib. Die

Überfallene hatte kräftig zugetreten. Sie wusste, wo's wehtat. Einen weiteren Tritt hätte er vermutlich nicht verkraftet.

Kurz nach 22 Uhr saß er Reichelt und Hilpert zum Verhör gegenüber. Er äußerte sich wortkarg, widersprach nicht, gab nichts zu. Irgendwie wirkte er geistesabwesend. Den größten Teil der Zeit schwieg er. Er machte auf sie den Eindruck eines Menschen, dessen intellektuellen Fähigkeiten nicht sonderlich hoch entwickelt waren. Er trug keine Ausweispapiere bei sich. Zur Person verweigerte er jegliche Aussagen. Eine akribische Untersuchung seines Lieferwagens förderte eine an ihn adressierte Rechnung zutage. Danach hieß er Martin Böckler und bewohnte eine Wohnung in Wilhelmsburg. Wie sich zeigen sollte, lebte er allein. Reichelt musste stark an sich halten, dem Verdächtigen nicht an den Kragen zu gehen. Dieser reagierte auf ihre Fragen und Vorwürfe mit einem sparsamen Lächeln, als ginge ihn die gesamte Angelegenheit nichts an.

Da sein Kollege seine Unruhe kaum zu bändigen verstand, legte ihm Hilpert die Hand auf die Schulter. »Komm, verschwinden wir von hier, bevor einer von uns ihm den Hals umdreht. Die Vernehmungen können andere für uns durchführen. Das dauert, bis der weichgeklopft ist. Durchsuchen wir seine Wohnung.«

»Du meinst, Alexandra dort zu finden?«

»Unwahrscheinlich. Du kannst keinen fremden Menschen auf Dauer gegen seinen Willen in einer Etagenwohnung halten. Selbst wenn du ihn ständig unter Drogen hältst. Irgendwann fällt das jemandem auf. Das fängt schon damit an, sie unbemerkt ins Haus zu befördern. Und vergiss nicht, er ist ein Vergewaltiger. Das geht nicht ohne Lärm ab.« Er schüttelte den Kopf. »Außerdem verübt er seine Taten seit mehreren Jahren. Sollte das unser Mann sein, so muss der über einen zusätzlichen Standort verfügen, einen, wo er ungestört agieren kann. Warten wir es ab. Hoffen wir, dass uns seine Wohnung etwas verrät.«

»Das hört sich gut an, Fabian. Klasse, dass wenigstens einer von uns klaren Kopf behält. Ich besorge einen Wagen von der Fahrbereitschaft. Treffen wir uns in einer Viertelstunde in der Tiefgarage.«

Sie landeten in dem klassischen ehemaligen Arbeiterviertel des elbnahen Hamburger Stadtteils. Man musste sich zwar bemühen, aber es fanden sich dort durchaus Gegenden, in denen man vorzüglich leben konnte. Das galt allerdings noch nicht für die Siedlung, in der Böckler seine Wohnung gemietet hatte. Im Zeitablauf hatte sich der Ausländeranteil stetig erhöht. Sie wähnten sich eher in Südeuropa als in Norddeutschland. Blickte man sich um, verstand man den Begriff Parallelgesellschaft ungleich besser. Die Motivation der Eigentümer, sich pfleglich um ihre Immobilien zu kümmern, sank mit gleicher Steigerungsrate. Man kassierte ab und überließ die marode Bausubstanz sich selber. Sie waren in dem Teil Hamburgs gelandet, in den man die Abrissbirne noch nicht entsandt hatte oder durch entsprechende Renovierungsmaßnahmen die Mieten für das angestammte Klientel in unbezahlbare Höhen geschaukelt hatte. Die reichste Stadt Europas hielt dort zwischendurch den Atem an. Fragte sich nur für wie lange. Wohnraum war zum knappen Gut deklariert worden. Wollte man den Zeitungen glauben, so gab es auch in Wilhelmsburg Tendenzen, die Wohnsituation zu verändern. Entsprechend hohe Renditen ließen die Augen der Spekulanten leuchten.

Böcklers Zweieinhalbzimmerwohnung spiegelte das Umfeld des Hauses eins zu eins wider. Das Mobiliar wies deutliche Nutzungsspuren auf, die Küchengeräte gehörten eher entsorgt. Ob sie noch funktionierten? Für jedermann erkennbar hatte der Inhaftierte in seinem Leben keine Reichtümer erworben. Im Gegensatz dazu war es in der Wohnung penibel sauber. Sie suchten vergebens nach leeren Bierflaschen oder sonstigem Alkohol. Nirgendwo stapelten sich Teller mit Essensresten. Eine einsame Kaffeetasse stand umgestülpt auf einem Tuch neben der Spüle. Ein Blick in den Eisschrank bewies, dass er sich mit wenig begnügte. Dieser Eindruck setzte sich im Schlafzimmer fort. Seine Garderobe war unmodern. Er verfügte über eine begrenzte Anzahl an Hemden und Hosen. Böckler frönte einem anderen Hobby. Dafür verwendete er sein klägliches Einkommen. Die Wände des kleinen Zimmers waren über und über mit Pin-up-Fotos behängt. Im Wohnzimmer fanden sich Unmengen an pornografischen Zeitschriften. Selbst für Unterwäschekataloge war er sich nicht zu schade. Reichelt griff zum Telefon und ließ sich mit dem Präsidium verbinden und beorderte die Spurensicherung in die Wohnung.

»Das wird alles einkassiert«, richtete er anschließend das Wort an Hilpert.

Sie zogen sich Handschuhe über und durchsuchten die Räume oberflächlich. Plötzlich hörte er Reichelt pfeifen.

»Was hat denn das hier zu suchen?«

Er zog aus einer Nachttischschublade ein schmales silbernes Kettchen mit einem kleinen Kreuz. »Das Teil hat der garantiert nicht auf dem Flohmarkt erstanden.«

Hilpert sah sich das Schmuckstück eingehend an. Er kannte es nur zu gut.

»Nein, es gehört Alexandra. Sie erzählte mir mal, es von ihrem verstorbenen Vater zur Konfirmation geschenkt bekommen zu haben. Sie hat es meines Wissens ständig getragen. Sie liebte es.«

»So gut kenne ich sie nicht«, erwiderte Reichelt mit belegter Stimme. »Warten wir auf die Spusi. Vielleicht entdecken die einen Hinweis auf ihr Versteck. Dass wir bloß keine Spuren zerstören.«

Ihre Hoffnung sollte sich nicht erfüllen. Nichts wies darauf hin, dass Böckler noch einen zweiten Wohnsitz hatte. Auch in seinem Keller fanden sie keine weiteren Anzeichen, die sie zu Alexandra oder einem anderen Opfer geführt hätten. Die Befragung der Nachbarn blieb unergiebig. Bei manchen stießen sie auf sprachliche Probleme. Ein anderer Teil von ihnen versuchte sich mit dem Spielchen, nichts hören, nichts sehen, nichts sagen. Erst die Drohung, sie ins Präsidium zu verfrachten, öffnete deren Münder. Allerdings war das, was sie mitzuteilen hatten, wenig dienlich. Gleiches galt für die redseligen Leute. Böckler war in diesem Haus offensichtlich ein unbeschriebenes Blatt. Er störte niemanden mit lauter Musik oder schrillen Feten und legte auf den Kontakt zu den Mitbewohnern keinen Wert. Diese interessierten sich nicht für ihn. Er galt als verschroben und langweilig. Angst hatte er niemandem eingejagt, nicht einmal den Kindern.

Hilpert schlug mit der Faust in seine flache Hand. »Wir müssen zurück zu diesem Kerl und ihn mit dem Beweisstück konfrontieren.«

Reichelt nickte ihm zustimmend zu. Kurz darauf nahmen sie bereits Kurs auf die Elbbrücken. Sie fuhren gegen den Feierabendverkehr, sodass sie recht zügig vorankamen.

Die beiden Ermittler versuchten alles bei der Vernehmung. Sie bedachten Böckler mit Drohungen oder versprachen ihm Belohnungen, waren freundlich oder barsch. Nichts funktionierte. Er weigerte sich, sich zu Alexandra zu äußern. Als man ihm die Kette vorlegte, behauptete er, sie nicht zu kennen. Dies verwunderte niemanden. Ansonsten hätte er umgehend ein Geständnis ablegen können. Er gab ihnen keinerlei Hinweise über ihren Aufenthaltsort. Er bestritt nichts, er gab nichts zu. Emotional wurde er erst, als man ihn mit seinen Bildern an der Wand, seinen Heften und Katalogen konfrontierte. Mit gebrochener Stimme und Tränen in den Augen stieß er hervor: »Was haben Sie damit gemacht?! Ich sammel die seit vielen Jahren. Wenn die zerrissen oder beschädigt werden, krieg ich die nie mehr wieder.«

Reichelt begutachtete ihn von oben bis unten. »Wer weiß, was wir damit anfangen werden. Eigentlich gehört das Dreckzeug auf den Müll.«

Für sie überraschend sprang Böckler schreiend auf. »Einen Scheißdreck tut ihr! Ich bring euch alle um, wenn da auch nur ein Riss reinkommt!«

Wütend stürzte er sich auf Reichelt, der geistesgegenwärtig hochgeschnellt war. Er stoppte ihn mit einer kurzen Geraden. Fast schien es, als habe er den ganzen Abend auf diese Gelegenheit gewartet. Er rieb sich die rechte Faust und grinste entspannt. Hilpert blieb ruhig sitzen. Fraglos hätte er sich ebenfalls gern an dem Mann gütlich getan. Leider war er nicht auf ihn losgegangen. Er tat sich schwer mit der Aggressivität, die sie gegenüber dem Beschuldigten empfanden. Sie waren Bestandteil des Falls. Ihre aufgestaute Wut war kontraproduktiv. Sie brachte sie kein Stück weiter. Es ging nicht darum, dem Beschuldigten klarzumachen, wer am längeren Hebel saß. Das begriff der trotz seiner begrenzten Intelligenz. Sie mussten einzig und allein herausfinden, wo er Alexandra verborgen hielt, soweit sie noch lebte. Das schafften sie nur, wenn Böckler mitspielte. Seine blutende Nase half ihnen mit Sicherheit nicht weiter. Er ging schluchzend in die Knie, und bedeckte sein Gesicht mit den Händen. Hilpert zwang sich zu freundlichen Worten, ohne Erfolg. Sie entlockten dem Mann nunmehr kein weiteres Wort. Nach neun Uhr abends gaben sie vorerst auf und überließen den Kollegen das Feld.

Als sie sich trennten, reichte ihm Reichelt im Gehen die Hand. »Ist vielleicht besser, es kümmern sich Kollegen um ihn, die etwas größeren Abstand zu Alexandra haben. Trotzdem, bleibt dieser Fall unsere Privatangelegenheit.«

»Worauf du dich verlassen kannst«, antwortete Hilpert überzeugt. »Das sind wir ihr schuldig.«

In seiner Wohnung dachte Hilpert über den Inhaftierten nach. Von der Statur her passte er vorzüglich ins Schema. Er war kräftig genug, um einer Frau abzuverlangen, was immer er wollte. Selbst Alexandra dürfte gegen ihn keine Chance gehabt haben. Das letzte Opfer konnte neben der eigenen Kraft vor allem das Überraschungsmoment für sich nutzen. Solche Gelegenheiten gab es, aber sie bildeten die Ausnahme. In einer direkten Auseinandersetzung hätte sie sich warm anziehen müssen. So gesehen hatte sie recht daran getan, ihm nicht nachzusetzen, als sie seinen Angriff erfolgreich abgewehrt hatte. Warum hatte sich Alexandra nicht so beherzt verteidigt? Dann wäre sie heute möglicherweise in sicherer Obhut. Griff er sie überraschend von hinten oder von der Seite an? Nur so konnte es gewesen sein. In den nächsten Stunden fand er wenig Schlaf. Immer wieder tauchte Alexandra vor ihm auf. Als er am nächsten Morgen Reichelt traf, sah dieser ebenfalls nach einer durchwachten Nacht aus.

Abwechselnd verbrachten sie den folgenden Tag pausenlos damit, den Inhaftierten zu verhören. Wie Schauspieler auf der Generalprobe spulten sie ihr Programm ab. Sie wendeten jeden Trick an, den man ihnen beigebracht hatte, und ignorierten die Fragen von legal und illegal. Sein Sinnen und Trachten beherrschten nach wie vor seine Bilder und Hefte. Sie waren wesentlicher Teil seines Lebens. Zusehends schwand seine mentale Kraft, sein Widerstand schmolz dahin wie eine brennende Kerze. Am späten Nachmittag gestand er endlich. Über Alexandras Aufenthaltsort verlor er nach wie vor kein Wort. War sie bereits tot und er hatte

Furcht davor, was sie mit ihm anstellten? Führte er sie zu ihrem Aufenthaltsort? Gegen 19 Uhr beendeten sie die Verhöre für den Tag. Ihnen fielen keine Fragen mehr ein, die sie nicht längst gestellt hatten. Es eröffnete sich keine neue Taktik, wie sie in ihn dringen konnten. Aus Böckler würden sie vorerst nichts mehr herausbekommen. Er blockte ab, reagierte nicht mehr auf sie. Selbst seine pornografischen Liebhaberstücke interessierten ihn nur mehr am Rande. Beinahe schien es, als hätte der eine Faust-hieb gereicht, den Mann zu zerbrechen. Dabei hatte Reichelt beileibe nicht seine ganze Kraft in den Schlag legen können. Oder war es die Erkenntnis, sich nicht mehr mit seinen Bildern beschäftigen zu können? Sie nie mehr in Händen halten zu dürfen?

Reichelt und Hilpert fuhren erschöpft nach Hause. Der Tag hatte viel von ihrer Energie absorbiert. Wenigstens konnten sie ihn mit einem Teilerfolg abschließen. Dies half ihnen allerdings nur bedingt weiter. Offen blieb die Frage nach Alexandras Aufenthaltsort. Sie hofften und beteten, dass sie noch am Leben war. Weshalb hatte sich Böckler so kurzfristig für diese zweite spontane Attacke gegen eine Frau entschieden? War etwas mit Alexandra geschehen? Weigerte sie sich, seine Bedürfnisse zu befriedigen? Musste sie deshalb sterben? Hatte er sie irgendwo schwer verletzt zurückgelassen? Hoffte sie in irgendeinem Verschlag vergeblich auf ihre Unterstützung? Voller Unruhe bereitete er sein Abendessen zu. Er war nicht wirklich hungrig. Trotzdem schaffte er es, zwei Scheiben Brot, belegt mit rohem Schinken, zu essen. Unruhig räumte er seinen Teller ab. War es besser, sie ließen Böckler laufen, in der Hoffnung, dass er sie zu Alexandra führen würde? Er wollte sich darüber am nächsten Tag mit Reichelt besprechen. Er war unsicher, ob Böckler ihnen tatsächlich diesen Gefallen täte. Trotz seiner begrenzten Intelligenz musste man davon ausgehen, dass er den Braten roch.

Kurz nach 23 Uhr befreite ihn das Telefon von einer mäßigen Komödie im Fernsehen. Am anderen Ende vernahm er Reichelts aufgeregte Stimme. »Ist wohl besser, Fabian, wir treffen uns vor dem Untersuchungsgefängnis. Böckler ist tot, er hat sich in seiner Zelle erhängt.«

Hektisch beendete er das Gespräch, griff nach seinen Autoschlüsseln und schaltete den Fernseher ab. Mit Blaulicht schuf er sich Bahn, soweit es zu dieser späten Stunde überhaupt erforderlich war. Zwanzig Minuten später standen sie vor der Leiche in der Zelle.

Sie beobachteten den Arzt, der sich davor gekniet hatte und seine Arbeit gelassen verrichtete. »Also, meine Herren«, erklärte er ihnen anschließend, »hier liegt ein eindeutiger Selbstmord vor. Da hatte jemand wohl keinen Bock drauf, den Rest seines Lebens im Knast zu verbringen.«

»Kein Fremdeinwirken?«, fragte Reichelt nach.

»Ich will meinem Gutachten nicht vorgreifen, aber es gibt keinerlei Hämatome, die darauf schließen lassen. Der hat sich mit seinen eigenen Schnürsenkeln das Lebenslicht ausgelöscht. Mal unter uns, der hatte keinen schönen Tod.«

»Verdammt!«, fluchte Hilpert vor sich hin. »Jetzt haben wir keine Chance mehr, etwas über Alexandras Bleibe in Erfahrung zu bringen. Wenn uns nicht Kollege Zufall hilft, wird man irgendwann mal ihre Leiche finden. Sie wird verdursten, verhungern oder beides. Oh Scheiße, das hätte sie nun wirklich nicht verdient!«

»Wer schon?«, murmelte Reichelt und fügte heiser hinzu: »Vielleicht hat sie Glück und ist bereits tot.«

»Wir dürfen nicht aufgeben, sie zu suchen«, versuchte Hilpert ihnen energisch Mut zu machen.

Bewegt trennten sie sich.

Hilpert fand schwer ins Bett. Er benötigte zwei doppelte Brandy, um einzuschlafen. Lange anhalten sollte die Wirkung des Alkohols nicht. Gegen drei starrte er mit wachen Augen gegen die Decke. Als sein Wecker ihn erlöste, fühlte er sich, als habe er die letzten Stunden im Kupferbergwerk verbracht. Zerschlagen begab er sich unter die Dusche und versuchte, mit diversen Tassen Kaffee in Form zu kommen. Vermutlich verhalf ihm dazu eher seine gute Konstitution als das Getränk. Alexandra beschäftigte ihn im Leben wie im vermeintlichen Tod. Gerne würde er unter ihrem Egoismus leiden wollen, könnte er sie damit zurückholen. Er wusste selber, wie sinnlos dieser Wunsch war. Es war besser, sie setzten all ihre Kräfte ein, ihren Standort ausfindig zu machen. Sie mussten tiefer in das private Umfeld des Toten eindringen. Nur, gab es so etwas überhaupt? Nach seinem Empfinden hatte dieser Mann keine Freunde. Mit wem hätte er auch sein spezielles Hobby teilen wollen? Und selbst wenn, freiwillig würde dieser sich nicht bei ihnen melden, sondern eher verkriechen. Hinweise nach irgendwelchen Verwandten suchten sie ebenso vergeblich. Bis zu ihrem Tod hatte er offensichtlich mit seiner Mutter zusammengelebt. Sie waren auf jemanden gestoßen, der als absoluter Einzelgänger galt. Fakt war, dass die Menschen, mit denen sie sprachen, sich nicht für Böckler interessierten, ihn nicht kannten. Gab es einen Kumpan, hielt dieser mit Sicherheit die Füße still. Versagte ihnen Kommissar Zufall die Mithilfe, sah es schlecht um Alexandra aus.

12

An diesem Vormittag hätte Hilpert unter Garantie keine Bäume ausgerissen. Und trotzdem war er kurz nach neun auf dem Weg in die City Nord. Seinen Job hatte man unabhängig von der eigenen Motivationslage wahrzunehmen. Und er konnte es sich nicht leisten, sein Leben ohne Beschäftigung zu verbringen. Es sei denn, er mietete sich im Hotel Mama ein. Diese Option ließ er für sich gleich gar nicht gelten. Voller Entsetzen sah er sich vor seinen Eltern stehen und um sein Taschengeld bitten. Vormittags stand man vor dem City-Center in Buchholz und beklagte mit seinen Leidensgenossen, eine Flasche Bier in der Hand, sein furchtbares Schicksal. Er war auf dem Weg zu dem Termin mit dem Personalchef der Condyt AG, obwohl ihn wenig trieb, an diesem Tag langatmige Gespräche zu führen. Er hatte sich diesen Termin eingebrockt, also galt es, ihn gefälligst auch auszulöffeln.

In der Rezeption im Erdgeschoss war er angemeldet. Er erhielt ein Besucherschild ans Revers geheftet und wurde gebeten, mit dem Aufzug in den sechsten Stock zu fahren. Dort empfing ihn eine diskret gekleidete Sekretariatsmitarbeiterin. Überrascht nahm er zur Kenntnis, dass er auf den engen Gängen des Bürotraktes nicht die befürchtete Sterilität vorfand. Er lief über einen weichen strapazierfähigen Teppichboden. Zumindest vermochte er keinen Schmutz oder Abnutzungsspuren darauf zu entdecken. An den Wänden hingen unterschiedlichste Grafiken und Gemälde mehr oder minder bedeutender Künstler. Mäßig interessiert ging er an den Motiven vorbei. In der freien Wirtschaft saß das Geld offensichtlich lockerer als in den staatlichen Niederlassungen. Wenn er sich umschaute, so schienen die letzten Wirtschaftskrisen vor den Toren dieser Gesellschaft haltgemacht zu haben. Oder stimmten die Mahnungen der Systemkritiker, dass es stets den kleinen Mann erwischte, wenn die Konjunktur nicht so wollte wie erhofft. Er gestand sich ein, dass er als Beamter ebenfalls recht resistent dagegen war. Ihm fiel die Diskussion über den Euro ein. Kollabierte die Währung, half ihm sein Status auch nicht weiter. Unvermittelt lachte er auf. Er war ja gerade dabei, seinen eigenen kleinen Schutzschirm in die Ecke zu stellen. Künftig wäre es vermutlich für ihn angebracht, sich in den Wirtschaftsteil der Zeitung zu vertiefen und den Sportteil eher stiefmütterlich zu behandeln.

Jan Gärtner empfing ihn freundlich, als seine Mitarbeiterin ihn in sein Büro führte. Hilpert schätzte den Manager auf knapp unter vierzig. Er trug eine saloppe Kombination. Im Bereich der Schläfen hatten sich die ersten grauen Haare eingeschlichen. Noch musste er keine kahlen Stellen auf dem Kopf beklagen. Auf eine Krawatte hatte er verzichtet. Der positive Eindruck, den er auf dem Korridor gewonnen hatte, setzte sich in dem Raum des Personalchefs fort. Dieser war geräumig, aber nicht übermäßig groß. Er traf auf helles Mobiliar. Augenscheinlich war Gärtner Segler. Zumindest quollen seine Wände geradezu über von Motiven auf dem Meer. Er sah Schiffe in Wellentäler und bei glatter See. Männer mit wettergegerbten Gesichtern strahlten ihn an. Es zeigte sich schnell, dass sie dieselbe Sprache sprachen. Er nickte zu einem Wasser, als ihm ein Getränk angeboten wurde. Gärtner nahm ohne Umschweife das Gespräch auf. »Mit unserem Vorstandsvorsitzenden haben Sie sich ja bereits unterhalten. Und wenn ich ihn recht verstanden habe, war er von dem Gespräch ziemlich angetan.«

Hilpert hörte zu, ohne etwas zu erwidern. Was hätte er auch entgegnen sollen? Also fuhr der Personalmann fort: »Der Presse konnte man entnehmen, dass Sie mit Ihrem zuständigen Staatsrat verquer gestanden haben?!«

»Ich halte das für leicht übertrieben. So wichtig bin ich für den Mann nicht. Ich leide nicht unter Selbstüberschätzung.«

»Wenn Sie sich da man nicht unterschätzen. Sie haben in relativ kurzer Zeit mehrfach im Rampenlicht der Öffentlichkeit gestanden und sind sehr gut dabei weggekommen. Das wird in politischen Gremien durchaus registriert und hat seinen Einfluss auf Menschen. Und die nächsten Wahlen kommen bestimmt.«

»Mag sein. So gesehen tu ich ihm mit meiner Kündigung einen großen Gefallen. Aus den Augen aus dem Sinn. Morgenpost und Bildzeitung werden neue Helden kreieren und wieder fallen lassen.«

»Warten wir's ab. Haben Sie Fragen an mich? Wenn ja, nur heraus damit.«

»Sicherheit ist ein globaler Begriff geworden. Wie definiert er sich in Ihrer Firma? Ich kann mir nicht vorstellen, dass Al Kaida gerade Sie im Visier hat.«

Er lachte amüsiert auf. »Die Frage ist relativ einfach beantwortet. Wir arbeiten als absolute Spezialisten in sensiblen technologischen Bereichen. Unter anderem fertigen wir elektronische Komponenten für den militärischen Sektor.«

»Da haben Sie also Angst vor der bösen Konkurrenz aus Ost und West?«

»Das auch. Tatsächlich aber erwartet man von uns, dass wir auf Störfälle in diesem Bereich vorbereitet sind. Nach dem Motto: Wehret den Anfängen. Es steht wieder mal eine Prüfung wichtiger Auftraggeber an. Ich fürchte, es gibt da einen gewissen Nachholbedarf. Insbesondere die Amerikaner werden immer pingeliger.«

»Auftraggeber ist der Staat?«

»Nein, bloß das nicht! Wir sind eine Art Zulieferer für Anbieter in diesem Industriezweig. Wir beliefern Kunden, die zehnmal, zwanzigmal größer sind als wir.«

»Ich verstehe. Wenn ich mich umschaue, muss das bislang ordentlich funktioniert haben.«

»Durchaus, doch die Welt hat sich verändert. Was man vor einigen Jahren noch mit links machen konnte, wird mittlerweile genauestens überprüft. Überall herrscht die Angst vor dem internationalen Terrorismus. Vielfach wird überreagiert. Das heißt, Bedrohungen befürchten wir nicht nur von der Seite. Wenn es sich um Militärtechnik dreht, kennt man keine Freunde.«

Er atmete tief durch, als müsse er sich von seinen anstrengenden Ausführungen erholen. »Man hat uns deutliche Hinweise gegeben, unsere Sicherheitsstandards nachhaltig zu erhöhen. Wir beabsichtigen, darauf konsequent zu reagieren. Dafür benötigen wir Spezialisten wie Sie. Da fehlt es uns an Know-how. Wir sind Techniker und Kaufleute. Da liegen unsere Stärken.«

»Und ansonsten gibt es keine weiteren Gründe, die für mich sprechen könnten?«

»Doch, doch. Sie können den Ermittler, der in Ihnen steckt, nicht verleugnen. Also tun wir mal Butter bei die Fische. Wir haben seit geraumer Zeit das Gefühl, dass bei uns jemand auf zwei Schultern trägt. Es sind Kleinigkeiten. Wenn zum Beispiel die direkte Konkurrenz plötzlich mit nahezu identischen Problemlösungen aufwartet wie man selbst, macht es einen stutzig.«

»Sie sind sicher, keinen ungebetenen Besuch durch Hacker bekommen zu haben?«

»Klar, das war unser erster Verdacht, dass wir dort angezapft worden sein könnten. Aber da ist alles im grünen Bereich.«

»Sie sind mir zu schnell mit Ihren Schlüssen. Die Komponenten, die bei Ihnen entwickelt werden, die Grundlagen dafür bilden vermutlich aufwendige Pläne und Berechnungen?«

»Worauf Sie sich verlassen können.«

»Die werden sicher über CAD entwickelt und nicht mehr am Reißbrett. Die liegen wohl nicht mehr in Schubladen und Hängeschränken herum, sondern werden in der EDV gespeichert.«

»So ist es.«

»Das bedeutet, wer daran will, muss sich Einstieg in die Programme verschaffen.«

»Genau. Worauf wollen Sie hinaus?«

»Sie sind sich ganz sicher, dass sich die Konkurrenz bei Ihnen bedient hat?«

»So ziemlich.«

»Dann haben Sie die EDV auf mögliche Lecks hin überprüft?«

»Selbstverständlich. Und das nicht nur einmal.«

»Wer hat die Überprüfung vorgenommen?«

»Der stellvertretende Leiter der EDV-Abteilung. Er und sein Chef sind die Einzigen, die den absoluten Zugang zu den Systemen haben.«

»Greifen Sie sich den Abteilungsleiter. Er soll eine abermalige Überprüfung vornehmen.«

»Sie glauben, unser eigener EDV-Experte könnte das faule Ei im System sein?«

»Daraus könnte durchaus ein Schuh werden. Nehmen Sie den Check diskret vor, sollte ich mit meinem Verdacht danebenliegen. Nicht, dass Sie den Mann frustrieren.«

»Schönen Dank für den Tipp.«

Langsam spürte Hilpert seinen Magen. »Zum Dank für den Tipp könnten Sie mich ja in Ihre Kantine auf ein Mittagessen einladen. Ich hab Hunger.«

»Verdammt, ich bin ein schlechter Gastgeber. Dabei kann man das Essen bei uns absolut empfehlen. Die Kantine ist ein weiterer Grund, bei uns anzufangen. Das ist der Vorteil, wenn der Eigentümer selbst im Unternehmen tätig ist. Dann wirft man noch ein Auge auf die Belange der Mitarbeiter. Das tägliche Mittagessen hat da schon seinen besonderen Stellenwert. Die Sozialleistungen in unserem Laden können sich ebenfalls sehen lassen.«

»Wie viele Menschen arbeiten in Ihren Gesellschaften?«

»Etwa 1.900. Wir setzen mehr als zwei Milliarden Euro um.«

»Und verdient wird auch?«

»Worauf Sie sich verlassen können.«

»Gut zu wissen.«

»Möchten Sie Genaueres über unsere Sozialleistungen wissen, die Lohnfortzahlung im Krankheitsfall, die Betriebsrente?«

»Bloß das nicht. Ich habe weder die Absicht krank noch alt zu werden.«

»Löblicher Ansatz«, erwiderte der Personalchef lachend.

Sie erhoben sich nahezu simultan und verließen das Zimmer. Gärtner hatte nicht übertrieben, als er die Kantine lobte. Ihnen wurde ein vorzügliches Essen kredenzt. Wie sich zeigte, aßen alle Mitarbeiter unabhängig von ihrer Funktion in denselben Räumlichkeiten. Man setzte sich dorthin, wo Platz war. Das Unternehmen gefiel Hilpert. Schnell fand sich zwischen ihnen ein weiterer Berührungspunkt. Gärtner war wie er HSV-Fan. Selbstredend hatte man eine VIP-Loge für ein Dutzend Gäste gemietet. Spätestens beim nächsten Spiel gegen Dortmund würde er sich ganz lang machen und versuchen, eine Karte zu ergattern. Obwohl er schon jetzt befürchtete, das Ergebnis zu kennen. Momentan lagen Universen zwischen beiden Teams. Er atmete tief durch. Irgendwann musste es auch wieder aufwärts gehen. Oder er musste ins Ruhrgebiet oder nach Bayern auswandern.

Auf dem Weg zum Präsidium, hatte er eine weitere Denksportaufgabe zu lösen. War das seine Welt, in die ihm der Personalmann einen Blick gewährte? Er ließ das Gespräch, das er mit ihm geführt hatte, nachwirken. Furchtbar viel erfahren hatte dieser von ihm nicht. Eigentlich hatte er ihn kaum etwas gefragt. Während des Essens erzählte er ihm von seiner Segelleidenschaft. Das Erste, was er nach seiner Pensionierung unternehmen würde, wäre ein mindestens einjähriger Turn durch die Südsee. Sie sprachen über klares Wasser, weiße Strände, endlose Weiten, Hummer und Langusten vom Grill bis zum Abwinken. Er hatte über seine frühere Golfleidenschaft berichtet und darüber, dass er sich gelegentlich um sein Handicap kümmern wollte. Sie trennten sich nach vierzehn Uhr. Es war für ihn eine unterhaltsame Unterbrechung seiner Arbeit gewesen. Er schlug sich mit der flachen Hand gegen die Stirn. Gärtner war ein abgefeimter Hund. Er hatte ausschließlich einen Job zu erledigen. Er sollte feststellen, ob er in diesen Verein passte. Ob er den Test wohl bestanden hatte? Man würde sehen. Zumindest konnte er sich durchaus vorstellen, dort zu arbeiten. Und trotzdem gab es in seinem Bauch eine mahnende Stimme, die ihn daran erinnerte, dass er Polizist aus Passion geworden war.

Nach der Rückkehr in sein Büro fing ihn sein beruflicher Alltag übergangslos ein. In Sachen Alexandra gab es keinerlei neue Erkenntnisse. Kein Hausbewohner oder Nachbar hatte angerufen und von irgendwelchen Ungereimtheiten berichtet. Es fanden sich ebenso wenig Hinweise auf potenzielle Unterstützer von Böckler. Nirgendwo stießen sie auf einen weiteren Standort. Er passte im Prinzip nicht zu ihm und seiner sozialen Situation, sah man einmal von einem Schrebergarten ab. Er nickte. Das wäre eine Alternative, die funktionieren könnte. Das würde mit einem Partner durchaus passen. Nur, wer tat sich mit jemandem zusammen, dessen Intelligenz an der Grenze zum Schwachsinn angesiedelt war? Zumindest kamen sie um eine Tatsache nicht herum: Alexandra blieb verschwunden. Zum Glück wurde keine weitere weibliche Leiche entdeckt. Nur, sollten ihre Befürchtungen stimmen, würde sie noch einige Zeit in einer Unterkunft verbringen, in der irgendwann das Wasser und die Nahrung knapp wurden. Es sei denn, sie war bereits tot. Egal, in welche Richtung er dachte, das Ergebnis war ernüchternd.

Später suchte er Weber auf, der während seiner Abwesenheit nach ihm verlangt hatte. Er spürte, dass ihm das Schicksal seiner ehemaligen Mitarbeiterin ebenso naheging wie ihm.

»Ich muss nicht betonen, Hilpert, dass ich lieber kotzen möchte, als mit Ihnen dieses Gespräch zu führen. Aber das Leben geht gnadenlos weiter. Nach Alexandra wird die Gruppe Reichelt schwerpunktmäßig fahnden. Sie haben ja den direkten Draht dorthin. Wann immer Sie sich einmischen wollen, tun Sie, was Sie nicht lassen können. Fragen Sie niemanden um Erlaubnis. Handeln Sie!« Er blickte zu ihm herüber. »Sie täten es ja eh, selbst wenn man es Ihnen schriftlich untersagte. So lange Sie sich bei uns aufhalten, möchte ich über Sie verfügen können. Und in dieser Stadt laufen weitere Kapitalverbrecher herum, um die wir uns zu kümmern haben.«

»Kapiert. Worum geht's, Chef?«

»Gestern am späten Abend ist die Leiche eines Marketingmanagers der VBT AG an seinem Schreibtisch gefunden worden. Er wurde erschlagen. Sein Name ist Frank Barsch.«

»VBT AG, nie gehört.«

»Das ist die Obergesellschaft eines Gemischtwarenkonzerns, im Übrigen ein Riesenladen.«

»Gemischtwarenkonzern? Könnten Sie da etwas konkreter werden?«

»Na ja, die sind in einer Zeit groß geworden, als Diversifikation großgeschrieben wurde. Risikostreuung nannte man das damals. Heute heißt es eher, zurück zu den alten Wurzeln.«

Erstaunt blickte Hilpert seinen Vorgesetzten an. »Ich wusste gar nicht, dass Sie sich so gut auskennen.«

»Tu ich auch nicht. Aber ich hab mich schlaugemacht. Also, deren Gesellschaften sind vor allem im Markenartikelbereich tätig. Bekleidung, Kosmetik und andere Geschichten. Vermutlich kennen Sie manche Marke oder Firma, die zu denen gehört. Die halten ebenso Beteiligungen an Immobilienfirmen im In- und Ausland, an Banken und Versicherungen. Es handelt sich um einen sogenannten Global Player. Die Deutschlandzentrale sitzt hier in Hamburg.«

Er griff in eine Schublade seines Schreibtisches und reichte ihm einen Geschäftsbericht. »Hier steht 'ne Menge drin, wohlgemerkt, über die Aktivitäten, die von Deutschland aus gelenkt werden. Der Hauptsitz des Ladens ist in New York.«

»Gut, was erwarten Sie von mir? Eigentlich will man mich doch in keiner Mordkommission mehr sehen.«

»Das ist mir gleichgültig. Ich seh Sie als eine Art Sonderermittler, der direkt an mich berichtet. Formell zuständig ist die MK 5. Die Leute kennen Sie ja ebenfalls gut. Die sind damit einverstanden, wenn Sie dort mal ein paar Tage den Rüssel reinhalten. Sollten die Ermittlungen länger andauern, erhalten Sie selbstverständlich einen Kollegen an die Seite gestellt. Ihr Ansprechpartner ist Oberkommissar Stange.«

»Ein guter Mann. Mit dem arbeite ich gern zusammen.«

»Großartig, das Wohlwollen scheint beiderseitig zu bestehen. Aber wer hat schon was gegen Sie, außer dem Staatsrat?«

Hilpert hob den Bericht hoch. »Ich werde da mal reinschauen, damit ich dort nicht ganz so blöd aufschlage.«

»Tun Sie das. Lesen bildet.«

Als er hinausging, grinste er in sich hinein. So langsam entwickelte er sich als Mehrzweckwaffe in Sachen Wirtschaft. Und das, ohne ein Spezialist dafür zu sein. Verunsichert verzog er sein Gesicht zu einem Grinsen. Ob die bei der VBT AG ebenso nett waren wie in Wellners Firma? Zumindest verfügten sie über die exklusivere Adresse. Man residierte am Alsterufer, unweit entfernt vom amerikanischen Konsulat. Interessiert blätterte er die Seiten des Geschäftsberichts durch. Einzelne Passagen muteten an wie ein Bilderbuch, allerdings eines für große Kinder. Er wurde durch die Produktwelt eines Konzerns geführt, der vielfältig engagiert war. Soweit er das Zahlenwerk richtig interpretierte, hatte er es mit einem Konglomerat mit völlig anderer Struktur und anderen Dimensionen zu tun als sein künftiger Arbeitgeber. Man war weltweit tätig. Der Umsatz des börsennotierten Unternehmens lag bei gut 15 Milliarden Euro. Er musste zweimal lesen, bis er begriff, dass es sich ausschließlich um die Erlöse des deutschen Ablegers handelt. Dessen Führung lag in den Händen angestellter Manager. Dort traf man keinen Eigentümer in der Kantine. Er legte die Hochglanzbroschüre beiseite und beschloss, die Kollegen vom MK 5 zu besuchen. Dort wollte er sich detaillierter über den Mordfall informieren. Anschließend konnte er sich die Luft der freien Wirtschaft um die Nase wehen lassen. So gesehen gab das bereits einen ersten Vorgeschmack auf seine künftige Tätigkeit. Er hatte dazu ein gutes Bauchgefühl. Sein einziges Problem lag darin, dass er in mancher Mußestunde nach wie vor unsicher darüber war, ob es die richtige Entscheidung war, der Polizei den Rücken zuzukehren. Er schüttelte sich, als habe man ihm zum Mittagessen eine Kröte angeboten. Er durfte nicht laufend mit Wenn und Hätte durch die Gegend laufen. Die Kündigung lag auf dem Tisch. Er dachte über eine berufliche Alternative in der Industrie nach. Die Chancen standen für ihn gut. Sein bisheriges Dasein wäre schon bald Historie. Er hatte sich gefälligst damit abzufinden. Ansonsten liefen dort draußen ein paar Mörder herum, auf deren Fährte man ihn gesetzt hatte.

13

Im Verlauf des Nachmittags traf Hilpert den Organisationsleiter des Konzerns, Dr. Kemper. »Das finde ich eine ausgezeichnete Idee, Herr Hauptkommissar, dass man speziell Sie für die Aufklärung des Mordes abgestellt hat.«

»Wie das? Wir kennen uns doch gar nicht.«

»Nun, wenn man der Zeitung glauben darf, sind Sie der heimliche Star der Hamburger Polizei. Offensichtlich hält man große Stücke auf Sie.«

Langsam dämmerte ihm, was Frank ihm mit seinem Artikel eingebrockt hatte. Am Ende erwartete man von ihm, dass er auf der Alster lustwandelte und sie trockenen Fußes überquerte.

»Glauben Sie mir«, versuchte er zu retten, was zu retten war, »wir haben eine ganze Reihe an talentierten Ermittlern in unseren Teams. Da steht niemand über dem anderen. Und man darf beileibe nicht alles glauben, was einem die Medien vorgaukeln.«

Sein Gegenüber schien sich durch seine Worte nicht sonderlich beeindrucken zu lassen. Vermutlich hielt er ihn für einen zurückhaltenden, bescheidenen jungen Mann. Er fuhr sich mit dem Handrücken über die hohe Stirn. Aller Voraussicht nach wäre es um seinen Blutdruck besser bestimmt, würde er fünfzehn Kilo oder mehr abspecken. Seine bläulich rote Gesichtsfarbe gab eindeutige Hinweise in diese Richtung. Nun war Hilpert nicht angetreten, einem Mann, der auf die fünfzig zuging, Gesundheitshinweise zu geben, sondern sollte sich an der Aufklärung eines Mordes beteiligen. Also hielt er sich mit klugen Ratschlägen zurück.

»Meines Wissens wurde der Mann zwischen 20 und 20:30 Uhr getötet.«

»Richtig. Unser Putzkommando entdeckte ihn eine Stunde später. Der Täter hatte die Tür abgeschlossen. Der Schlüssel fand sich im Papierkorb bei den Kaffeeautomaten.«

»Die Reinigungskräfte verfügen über einen Generalschlüssel?«

»Sie sagen es.«

Hilpert warf einen Blick auf seinen Block, bevor er die nächste Frage stellte. »Was genau tat der Ermordete, Frank Barsch, in Ihrem Unternehmen?«

»Er war in der Absatzförderung als Projektleiter tätig.«

»Was passiert denn in solch einer Abteilung?«

»Ich vermute, Ihnen reicht eine kurze Erklärung. Markenartikel, aber nicht nur die, werden direkt an den Verkaufspunkten nochmals beworben. Dafür gibt es die unterschiedlichsten Medien. Displaymaterial, Thekensteller, großformatige Fotos, Broschüren. Letztlich hängt das von den jeweiligen Produkten selbst ab. Sie wissen, wir sind breit aufgestellt.«

»Interessant. Wir reden also nicht über die eigentliche Werbung?«

»Genau. Die finden Sie im Internet, auf Plakaten, als Anzeigen in den Printmedien, im Rundfunk oder Fernsehen. Die Vertriebsstellen, an denen unsere Waren verkauft werden, gehören uns ja nicht. Das durchschnittliche Fachgeschäft hat an uns kein größeres Interesse als an dem Sortiment unserer Wettbewerber. Also versuchen wir, vor Ort zusätzliche Akzente zu setzen, um die Konsumenten ein letztes Mal anzusprechen.«

»Das heißt, man soll nicht irgendein Parfüm kaufen, sondern eines aus Ihrem Sortiment.«

»Wer wollte dem widersprechen? So hätten wir es am liebsten.«

»Und die Läden?«

»Die lassen sich diese Form der Werbung von uns teuer bezahlen.«

»Und dafür war der Tote konzernweit zuständig?«

»Sie belieben zu scherzen. Er hat eine Produktgruppe betreut. Und zwar den Bereich der pflegenden Kosmetik.«

Er unterließ es, sich erklären zu lassen, was man darunter verstand. Legte er sich in die Sonne, nahm er eine Sonnencreme. Kam er aus dem Bad, gebrauchte er einen Deoroller. Damit hatte es sich für ihn. Das Rasierwasser, das ihm seine Mutter zu seinem letzten Geburtstag geschenkt hatte, schlummerte friedlich auf der Ablage im Bad. Wurden solche Produkte überhaupt schlecht?

»Dann kann man davon ausgehen, dass direkt oder indirekt an dem Schreibtisch von Herrn Barsch über beachtliche Summen entschieden wurde?!«

»Bezogen auf das Einkommen eines einzelnen Menschen durchaus. Bezogen auf das Gesamtbudget des Konzerns ging es um eher bescheidene Beträge.«

Nachdenklich blickte der Organisationsleiter zu dem Beamten herüber. »Sie meinen, da könnte ...«

Hilpert hob die Hände. »Keine Ahnung. Immer wenn es um Geld geht, kann sich kriminelle Energie auftun. Sie haben doch sicherlich so etwas wie eine Revision. Ich würde die mal dransetzen. Und sei es nur, um ein denkbares Motiv auszuräumen.«

»Gute Idee. Sehr hilfreich, dass man Sie geschickt hat.« Der Organisationsleiter grinste ihn zufrieden an. »Sehen Sie, das macht den Unterschied.«

Hilpert hatte nicht die Absicht, sich zu einem Zeitpunkt loben zu lassen, zu dem er gerade mal mit seinen Ermittlungen begann und bisher keinerlei Ergebnisse erzielt hatte. Wie sollte er auch? Die Erwartungshaltung seines Gesprächspartners verunsicherte ihn. Demnächst musste er alle zwei Tage eine Pressekonferenz geben, um der Öffentlichkeit mitzuteilen, dass er ebenfalls nur ein Mensch war. Ruhig fuhr er fort: »Kommen wir noch mal auf den Tatzeitpunkt. Wenn ich richtig informiert bin, befanden sich zu diesem Zeitpunkt noch etwa 25 Mitarbeiter im Haus. Ist das üblich, dass so lange bei Ihnen gearbeitet wird?«

»Ich könnte jetzt behaupten, dass halt nur fleißige Leute bei uns tätig sind. Das wäre richtig und falsch zugleich. Fakt ist, die Abteilungen sind zum Teil chronisch unterbesetzt. Da bleibt man so lange, bis die Arbeit getan ist.« Er faltete die Hände und beugte sich vor.

Hoffentlich hält er jetzt keine Predigt, dachte Hilpert.

»Anständig dotierte feste Arbeitsplätze sind ein wertvolles Gut. Wir sind ein internationaler Konzern. Dessen Führung findet nach strikt rationalen Gesichtspunkten statt.«

»Und die Mitbestimmung? Bei Ihnen muss es doch Betriebsräte geben.«

Kemper lachte auf. »Vielleicht sollten Sie sich als Comedian bei einem der Privatsender vorstellen. Ich kenne Unternehmen, die haben ihre Belegschaft innerhalb weniger Jahre um die Hälfte reduziert. Trotz Gewerkschaften, trotz Mitbestimmung. Wer seinen Job liebt, schaut nicht auf die Armbanduhr.«

Hilpert hatte wieder etwas dazugelernt, ohne dass es großer Worte bedurfte. Im öffentlichen Dienst gingen die Uhren ein wenig anders.

»Können Sie mir sagen, wie viel Geld der Ermordete verdient hat?«

Kemper griff nach einer Unterlage, die vor ihm lag. Er blätterte kurz darin. »Ziemlich genau 127.000 Euro brutto im vergangenen Jahr.«

»Fuhr er einen Firmenwagen?«

»Nein, da hätte er in unserem Konzern die Treppe ein wenig höher steigen müssen. Er gehörte allerdings zur Gruppe der außertariflichen Mitarbeiter.«

»Würden Sie mir sein Zimmer zeigen?«

»Wo ist das Problem? Nur, dürfen wir da so einfach rein? Es wurde versiegelt.«

»Ich werde es aufbrechen und das Siegel später erneuern. Das ist mir gestattet.«

»Er hat im dritten Stock gearbeitet. Kommen Sie. Ich besorge den Generalschlüssel.«

Der Tote genoss das Privileg eines Einzelzimmers. Es war nicht sonderlich groß, unterstrich dennoch seinen Status im Konzern. Er war in der Mitte der Hierarchie angelangt. Mit seinen 35 Jahren stellte das garantiert nicht das Ende seiner Karriere dar. Das Schicksal hatte eine andere Planung. Hilpert sah sich um. Er verspürte zuweilen ein bedrückendes Gefühl, wenn er auf die Spuren von Menschen traf, die bis vor Kurzem in den Räumen, die er inspizierte, gelebt hatten. Und sei es nur die angebrochene Tüte Pfefferminzbonbons oder der Hinweis auf einem Spickzettel, jemanden am nächsten Tag anrufen zu wollen. Barschs PC wurde zurzeit von Spezialisten im Präsidium auseinandergenommen. Darauf verstanden die sich besser als er. Das Zimmer selbst gab keine verräterischen Zeugnisse preis. Es fanden sich Unmengen an Layouts, Mustern und Broschüren an. Sein kleiner Besprechungstisch war von ihm zweckentfremdet worden und quoll über von Arbeitsmaterialien. Privates fand sich kaum an. Er entdeckte die Einladung einer Agentur nach Timmendorf. In einer Ecke standen drei Flaschen eines Bordeaux Grand Cru in einer Geschenkverpackung. Mit Sicherheit hatte der edle Spender das Präsent nicht beim nächsten Edeka Supermarkt um die Ecke erworben. Aber als spektakulär konnte man den Wein ebenso wenig bezeichnen. Dazu war er zu jung. Nach zwanzig Minuten gab er auf. Seine Kollegen hatten den Raum professionell durchsucht. Ihm fiel nichts Besonderes auf, das womöglich übersehen wurde. Er grinste in sich hinein. Er, der Star der Hamburger Mordkommission, kochte genauso mit Wasser wie die anderen Kollegen. Er hasste diese Vorschusslorbeeren, die ihm die Presse umgehängt hatte. Ihm stand keine Sonderstellung zu. Er hatte vorab die bisherigen Vernehmungsprotokolle eingesehen. Ihm war bei deren Studium keine neue Idee gekommen, die ihn zu einem Motiv oder einem Verdächtigen geführt hätte.

Er wandte sich dem Organisationsleiter zu und reichte ihm die Hand. »Dr. Kemper, ich werde mich mal in der Wohnung des Toten umschauen. Es würde mich freuen, könnte ich auf Sie zurückgreifen, wenn ich weitere Fragen loswerden oder an Gesprächspartner aus Ihrem Unternehmen herankommen möchte.«

»Ich stehe jederzeit zu Ihrer Verfügung. Die Polizei ist flexibel, wir sind es ebenso.«

Endlich kapierte er. Offensichtlich hatte man ihn seitens der Geschäftsführung angefordert. Ob das dem Staatsrat gefallen würde? Hoffentlich bekamen seine Kollegen nichts davon mit.

* * *

Tatsächlich brütete der Staatsrat derweil über andere Probleme. Er saß in kleiner Runde mit politischen Freunden zusammen und blickte in besorgte Gesichter. *Der Spiegel* bereitete angeblich eine Enthüllungsgeschichte vor. Er war mit dem Beratungsauftrag für einen politischen Freund stärker ins Zwielicht geraten, als ihm lieb war. Mittlerweile wurde mit Fakten jongliert, die nur einem winzigen Kreis an Eingeweihten zugänglich waren. Das hieß, hinter seinem Rücken wurde bereits kräftig intrigiert. Diese Geschichte begann wie eine Zeitbombe auf seinem Schreibtisch zu ticken. Die Umstände um Hilperts Kündigung gerieten ins Hintertreffen. Jetzt ging es um die Frage von Korruption im Amt. Damit stand sein politisches Überleben ernsthaft auf dem Spiel. Seine Karten lagen schlecht. Die Loyalitätsbekundungen seiner Parteifreunde hatten viel an Überzeugungskraft verloren. Wurde auf den Gängen schon über seine Nachfolge getuschelt? Er kannte die Spielchen zur Genüge und hatte sich daran oft genug aktiv beteiligt. Nur diesmal ging es um seinen Kopf. Er stand im Fokus. Die Regeln besagten, wer sich dabei erwischen ließ, wie er sich außerhalb des Systems begeben hatte, wurde über kurz oder lang wie eine heiße Kartoffel fallen gelassen. Das musste selbst ein Bundespräsident begreifen. Aber er würde um sein Amt kämpfen. Er hatte genug auf dem politischen Asphalt gelernt. Vor allem die Prinzipien der Selbstüberschätzung und des gnadenlosen Beharrungsvermögens. Der Anruf eines Referenten schreckte ihn auf. Zweifellos wusste der noch nicht, was die Uhr geschlagen hatte. Er meinte, ihm vertraulich stecken zu müssen, dass Hilpert weiterhin fröhlich in der Mordkommission ermittelte. Wütend fauchte er den Mitarbeiter mit dem Hinweis an, er möge sich um die wichtigen Dinge seines Jobs kümmern. Trotzdem wurmte ihn diese Information. Sollte er politisch überleben, wusste er genau, was er mit diesem Kriminaldirektor Weber anstellen würde. Hilpert wäre bis dahin längst Geschichte. Ihn sah er momentan nicht als sein größtes Problem.

***

Barsch bewohnte ein Appartement im Herzen von Winterhude. Es lag im zweiten Stock einer der Bausünden der frühen Siebzigerjahre. Deren Waschbetonfassade war zwischen ordentlich hergerichteten Jugendstil- und Gründerzeithäusern eingezwängt worden. Wenigstens verfügte das Haus über einen Fahrstuhl. Das förderte zwar nicht die Ästhetik, dafür das Wohlbefinden, wenn die Bewohner mit Einkaufstüten bepackt in den dritten Stock mussten. Vorsichtig, als wollte er nicht stören, betrat Hilpert das Appartement. Er bemühte sich um ein Gefühl für das Zuhause des Toten. Es wirkte eher sachlich auf ihn. Viel Glas und Edelstahl bestimmten die Einrichtung, sah man von einer mächtigen weißen Stoffcouch ab, die das Wohnzimmer dominierte. Die Küche ließ sich eher als Loch mit High Tech bezeichnen. Eine Person konnte darin kochen. Wollte sie die kulinarischen Ergebnisse verzehren, funktionierte das nur im Stehen. Er hielt sich in einer klassischen Singlewohnung auf. Sie unterschied sich nur unwesentlich von seiner. Allenfalls war deren Ausstattung etwas höherwertiger. Dafür reichte es in seiner Küche für zwei Stühle und einen kleinen Tisch, an dem ein Paar gemeinsam essen konnte.

Ohne dass er die Höhe der Miete kannte, lebte der Marketingmanager mit Sicherheit im Rahmen seiner Möglichkeiten. Er fand keinerlei Hinweise auf teure Hobbys. Ein A5 passte garantiert zu seinem Einkommen, selbst wenn er sich eine aufgemotzte Version geleistet hatte. Selbstredend verfügte der Ermordete über einen privaten Laptop. Ebenso sicher machten sich darüber bereits die Spezialisten im Präsidium her. Er konnte mit diesen Geräten einigermaßen umgehen. Das war es dann auch. In Barschs Arbeitszimmer fand er ähnlich wie in dessen Büro diverse Prospekte, Broschüren und Thekensteller. Vielleicht war noch am auffälligsten, dass er eine größere Anzahl edler Schreibgeräte besaß als der durchschnittliche Deutsche. Vermutlich handelte es sich um Muster von Anbietern, die gern mit ihm ins Geschäft gekommen wären oder waren. Er wusste, Barsch verfügte über Bankguthaben und Wertpapiere etwa im Wert von 40.000 Euro. Außerdem hatte er einen Bausparvertrag über 80.000 Euro knapp zur Hälfte der geforderten 40 Prozent angespart. Materiell bewegte er sich in einem Rahmen, den ihm sein Gehalt von gut 10.000 Euro brutto im Monat vorgab. Auf den ersten Blick hatte er es mit einem Mann zu tun, den man als Normalbürger bezeichnen konnte. Er wettete mit sich selbst. Die Revision würde nichts Erhellendes ergeben. Warum wurde solch ein Mensch umgebracht? Wo war der Fleck auf seiner Weste?

Er blätterte die Kontoauszüge zurück. Irgendwann musste sich Barsch ein teures Hobby angelacht haben. Vor eineinhalb Jahren belief sich sein Guthaben auf immerhin 85.000 Euro. Das war relativ zügig auf weniger als die Hälfte zusammengeschmolzen, ohne dass erkennbare Investitionen von seiner Seite getätigt wurden. Selbst die Urlaubsreisen, die er sich während dieser Zeit geleistet hatte, erklärten dies nicht. Und es handelte sich keineswegs um Buchverluste. Das Geld hatte er in unterschiedlicher Stückelung von seinem Konto abgehoben. Wofür hatte er es ausgegeben? Eine Antwort fiel ihm spontan nicht ein. Barsch war drei Jahre älter als er. Da ließ man schon mal die Puppen tanzen. Andererseits gab es keinerlei Hinweise auf Drogen, exzessive Hobbys, Frauen- oder Männergeschichten. Aber das musste nichts heißen. Es existierten viele Möglichkeiten, sein Geld loszuwerden. Dazu bedurfte es keiner sonderlichen Kompetenz.

In einer der Schreibtischschubladen fand er einen Verkaufsprospekt eines renommierten Hamburger Maklers. Dieser bot ihm eine Wohnung in Eppendorf für 750.000 Euro an. Offensichtlich interessierte er sich dafür, was seine Randnotizen belegten. Dem Datum nach zu schließen, musste das Angebot einen Tag vor seiner Ermordung bei ihm eingetroffen sein. Es wurde in dem Anschreiben darauf hingewiesen, dass eine schnelle Entscheidung vonnöten sei, da sich wohl mehrere Interessenten auf das Objekt gemeldet hätten. Hilpert begann zu rechnen. Barsch wollte hoch hinaus. Ob seine Eigenmittel und sein Einkommen gereicht hätten, eine Finanzierung hinzubekommen? Er war sich unsicher. Ansonsten bewegte er sich in den Räumlichkeiten eines Menschen, der nichts zu verbergen oder Weltbewegendes zu erzählen hatte.

Auf dem Weg zurück erreichte ihn ein Anruf von Dr. Wellner, dem Chef der Condyt AG. »Hätten Sie kurzfristig Zeit für mich? Es würde mich freuen, wenn Sie mich morgen Abend in meinem Privathaus aufsuchen könnten.«

Er ließ sich die Adresse aufgeben und beendete verwundert das Gespräch. Weshalb lud ihn der Unternehmer in sein Haus ein? Es blieb ihm nichts anderes übrig, als seine Neugier zu zügeln. Er würde es am nächsten Abend in Erfahrung bringen. So lange konnte er es aushalten. Ansonsten fragte er sich, was er eigentlich Produktives geschafft hatte. Der Fall Alexandra schmorte vor sich hin. Der Mord im Konzern war für ihn ein Buch mit sieben Siegeln geblieben. Ihm wollte nicht einmal ein Motiv unterkommen. Vielleicht klappte es mit dem neuen Job. Schließlich brauchte man wenigstens ein Erfolgserlebnis im Monat. Die private Einladung bewertete er als positives Signal. Verglich er das in Aussicht gestellte Einstiegseinkommen mit dem Gehalt des Ermordeten, durfte er sich wahrlich nicht beschweren, vor allem wenn man bedachte, dass er zusätzlich einen Firmenwagen gestellt bekäme. Sein Gesprächspartner war anscheinend daran interessiert, ihn einzustellen. Erstmals befasste er sich eingehender mit seiner beruflichen Option. Worin lag die Funktion eines Sicherheitschefs? So lange war es nicht her, als er über die Machenschaften des zuständigen Managers bei der Telekom gelesen hatte. Der schien seinen Job mit der Tätigkeit eines Stasi-Führungsoffiziers verwechselt zu haben und ließ selbst Aufsichtsratsmitglieder bespitzeln. Dafür würde er sich niemals in seinem Leben hergeben. Aber die Condyt AG verfügte über deutlich geringere Dimensionen als der Telekommunikationsriese. Die hatten es nicht nötig, Leute abzuhören. Oder doch? Er wollte sich überraschen lassen.

14

Den nächsten Tag verbrachte er ausschließlich mit dem Aktenstudium. Erfolgreiche Ermittlungsarbeit begann und endete am Schreibtisch. Inzwischen lagen auch die Computeranalysen des Ermordeten vor. Dieser beschäftigte sich zu Hause wie in der Firma mit umfänglichen Kalkulationen. Er konnte deren Sinn und Zweck nicht nachvollziehen. Dafür fehlte es ihm am entsprechenden Know-how. Aber am Wochenende traf er sich mit einem Freund, der als Kostenrechner in einem mittelständischen Betrieb tätig war. Der würde ihm behilflich sein, die Zahlenreihen zu verstehen. Ansonsten halfen ihm die Vernehmungen, die geführt wurden, ebenso wenig weiter wie das Material, das im Büro des Toten und in seiner Wohnung gefunden wurde. Vermutlich lebten Tausende lediger Marketingmanager wie er. Fanden sich ähnlich wie bei ihm Muster und Werbeartikel in ihren Appartements an, ohne dass sie deshalb gleich umgebracht wurden. ›Ledig‹, der Begriff tanzte durch seinen Kopf. Gab es irgendwo eine Freundin oder einen Freund, die oder der ihnen mehr verraten konnte? Seine Beziehungen zu den direkten Kollegen waren gut. Sie trafen sich gelegentlich auf ein Bier. Intensivere Kontakte pflegten sie nicht. Zu den Nachbarabteilungen gab es lockere Verbindungen, hieß es. Jeder war seines Glückes Schmied. Man zeigte sich zuweilen an anderen Stellen der Zentrale, um den Finger wenigstens in die Nähe des Pulses der Entscheidungsträger zu bekommen. Das Rollenspiel hieß sehen und gesehen werden. Der Zweck war mitzubekommen, ob sich irgendwo etwas ereignete, das die eigenen Interessen berühren konnte.

* * *

Das Gespräch mit Wellner fand am Abend in aufgeräumter Atmosphäre statt. Neben dem Gastgeber begrüßte ihn Dennis Thiems, der Justiziar der Gesellschaft. Man kredenzte vorzügliche Weine und hervorragende Snacks in der modernen Villa auf der richtigen Seite der Elbe. Man musste kein Kenner der Materie sein, um festzustellen, dass die Familie überaus vermögend war. Das Haus, das riesige Grundstück, der Pool, die edle Inneneinrichtung. Was an den Wänden hing, hatte der Hausherr mit Sicherheit nicht auf dem Flohmarkt erstanden. Die Skulpturen in den verschiedenen Ecken der Räumlichkeiten stammten garantiert nicht aus der Holzschnitzerei eines verkannten Künstlers aus Oberammergau. Um sich auch nur mit einem dieser Objekte einzudecken, hätte Hilpert wahrscheinlich ein halbes Jahresgehalt aufwenden müssen, wenn nicht mehr. Der Reichtum beeindruckte ihn nicht wirklich. Dieser Lebensstil war nicht seiner. Wer siezte sich schon gerne selbst und trug freiwillig ein Dinnerjacket zum Abendessen? Wellner wirkte aufgeräumt, geradezu leutselig auf ihn. Er ging wie selbstverständlich mit dem Luxus um.

»Nun, Herr Hilpert«, eröffnete er das Gespräch ohne große Vorworte, »vielleicht verwundert es Sie, dass ich so kurzfristig um ein erneutes Treffen mit Ihnen ersucht habe.«

Er strahlte ihn an, als hätte er einen gewaltigen Tsunami vorhergesehen und Tausende Menschenleben gerettet. »Wissen Sie eigentlich, dass Sie mit Ihrem Verdacht, den Sie gegenüber unserem Personalchef geäußert haben, exakt die Zwölf getroffen haben? Genial, wie Sie das Problem angegangen sind! Innerhalb von drei Stunden hat unser EDV-Mann gestanden. Wir sind dabei, uns mit unserem Mitbewerber, den er beliefert hat, über eine Schadenersatzzahlung zu einigen. Die Herrschaften zeigen sich ausgesprochen kooperativ. Es besteht von deren Seite kein Interesse, über ihre Machenschaften in der Zeitung zu lesen oder sich mit uns vor Gericht auseinanderzusetzen.«

»Das ist keine Intuition, über die wir reden«, widersprach Hilpert. »Man nennt es Trial and Error. Manchmal liegen die Lösungen auf der Hand. Man übersieht sie, weil man als Insider den Tunnelblick hat oder nicht den Mut aufbringt, mal das Unmögliche zu denken.«

»Da steckt viel Wahrheit in Ihren Worten. Ich wäre nie auf diesen Mitarbeiter gekommen. Der hat schon zu Zeiten meines Vaters bei uns gearbeitet. Er wurde wohl erpresst. Sein Sohn soll in zwielichtige Immobiliengeschäfte verwickelt sein.«

»Freut mich, wenn Ihr Problem gelöst ist. Dafür verwöhnen Sie mich mit einem exzellenten Wein.«

Wellner lachte auf. »Sind Sie des Wahnsinns? Durch Sie wurde uns ein Millionenverlust erspart. Und es kommt einiges an Schadenersatzzahlungen in die Firmenkasse.«

»Na großartig. Was erwarten Sie von mir, soll ich Ihnen eine Rechnung schicken?«

»Gute Idee. Wir werden uns schnell auf einen Betrag einigen.«

Diesmal war es an Hilpert aufzulachen. »Sorry, aber das geht so nicht. So lange ich Polizist bin, ist es mein Job, für die Bürger dieses Landes einzustehen. Die großartige Bewirtung ist mir mehr als Dank genug. Vermutlich darf ich selbst diese köstlichen Dinge nicht annehmen.«

»Genau das habe ich mir gedacht, dass Sie so reagieren würde«, erwiderte Wellner. »Ich kann Ihnen kein Honorar zahlen, dafür werde ich Ihr Einstiegssalär angemessen erhöhen.« Fröhlich wies er mit dem Zeigefinger auf ihn. »Ich möchte Sie in unserem Unternehmen wissen. Gärtner, unser Personalchef, ist ja fast bereit, Sie zu adoptieren. Er hat mir dringend empfohlen, Sie einzustellen.«

»Ich würde ein Angebot von Ihnen annehmen. Ich gebe zu, das Klima in Ihren Gängen hat mir gefallen. Und Herr Gärtner ist ein exzellenter Repräsentant Ihres Unternehmens. Soweit ich es beurteilen kann, scheint er ein vorzüglicher Personalmann zu sein.«

»Da werden seine Ohren klingen. Wenn wir nicht aufpassen, werden Sie beide noch ein Paar.«

»Das halte ich nun wieder für unwahrscheinlich. Er segelt, ich spiele gelegentlich Golf. Seine sonstigen Vorlieben sind mir gänzlich unbekannt. Aber ich meine das Bild einer Frau und Kindern auf seinem Schreibtisch entdeckt zu haben.«

Erfreut klatschte Wellner in die Hände. »Golf! Sie spielen Golf! Ganz ausgezeichnet! Wir veranstalten in vierzehn Tagen für Kunden und Freunde des Hauses einen Dankeschön-Empfang bei uns im Golfklub. Da sind Sie unser Gast. Sie werden sehen, es wird Ihnen gefallen. Schriftliche Einladung folgt. Sie müssen sich keinen Smoking kaufen. Es ist legere Kleidung angesagt.«

»Und wofür bedanken Sie sich, wenn ich fragen darf?«

»Wir veranstalten einmal im Jahr ein Golfturnier für einen guten Zweck. Da ist manche Spende zusammengekommen. In diesem Jahr geht das Geld an behinderte Jugendliche. Sie wissen selbst, die öffentliche Hand kürzt überall dort, wo der Widerstand am geringsten ist.«

Er nickte zu den Worten des Unternehmers. »Und ist ordentlich was zusammengekommen?«

»Ich denke schon, wir reden über 50.000 Euro. Bei der Veranstaltung wird garantiert nochmals nachgelegt werden. Zumindest war das in den vergangenen Jahren so.«

Wellner räusperte sich und fand zu seinem eigentlichen Anliegen zurück. »Zuvor möchte ich, dass Sie Ihren Einstellungsvertrag unterschreiben.«

Er blickte zu Thiems herüber, der aus einer feinen Ledermappe einen Stapel Papiere hervorzog. Er reichte ihm eine Kopie und bemerkte: »Wir verzichten einseitig auf eine Probezeit, das Einstiegsgehalt beträgt 250.000 Euro pro Jahr.«

»Aber das ist ...«

Weiter kam er nicht. Wellner vollendete seinen angefangenen Satz: »... unsere Art Danke zu sagen. Nun, wie sieht es aus?«

Hilpert lachte fröhlich auf. »Wenn ich Sie um einen Kugelschreiber bitten dürfte. Nicht, dass Sie es sich womöglich anders überlegen.«

»Großartig, ich freue mich, Sie bei uns begrüßen zu dürfen. Wie ich hörte, hat man Ihnen noch einen komplizierten Mordfall aufgebürdet. Bringen Sie ihn erfolgreich zu einem Ende, bevor Sie zu uns stoßen.«

Hilpert reichte ihm spontan die Hand. »Danke, ich werde mein Bestes tun.«

»Wir sind Bürger dieser Stadt und dieses Staates. Es ist somit in unserem Interesse, wenn dem Recht Geltung verschafft wird. Gelegentlich muss man dem Staat auch etwas geben. Das hat Kennedy schon gesagt.«

»Und trotzdem hat man ihn über die Klinge springen lassen.«

»Tja, wen die Götter lieben ...«

Später lernte er Wellners Tochter kennen. Die aparte Frau schien viel von ihrem Vater an Herzenswärme geerbt zu haben. Die Art, wie Thiems sie anschaute, verdeutlichte, dass er in ihr nicht nur die Tochter seines Chefs sah. Die Art, wie sie seinen Blick erwiderte, machte klar, dass sie das wohl kaum als Belästigung empfand. Sie bekräftigten die Vertragsunterzeichnung mit einem ordentlichen Rotwein, dem eine weitere Flasche folgte. Nach Hause wurde er in einer großen Limousine von einem Chauffeur gefahren. Er gestand sich ein, es gab durchaus Vorteile, reich zu sein. Trotzdem lebte er lieber mit seinen begrenzten Möglichkeiten als in einem Museum. Entschied man sich, Polizeibeamter zu werden, war das gleichbedeutend mit dem Verzicht auf prächtige Autos oder Luxuswohnungen. Ansonsten fühlte er sich gut. Materiell machte er einen Sprung, von dem er vor Stunden nicht einmal geträumt hatte. Lebte er in einer festen Beziehung, er könnte sich auf eine Ehe mit Kindern einstellen. Schon bald durfte das Eigenheim folgen und selbstverständlich ein Kluburlaub irgendwo am Mittelmeer. An diesem Abend ging es ihm gut. Positive Gedanken beschwingten ihn. Realist, der er war, wusste er, dass diese Stimmung nicht lange anhalten würde. Seine Sorgen kämen automatisch zurück. Dafür hatte das Schicksal eine Wiederholungstaste eingerichtet.

15

Er beabsichtigte, dieses Wochenende bei seinen Eltern zu verbringen. Gegen den erbitterten Widerstand seiner Mutter hatte er durchgesetzt, mit seinem ehemaligen Schulfreund Helge Thiemann außerhalb zu essen. Ihre Einwände hinsichtlich der immensen Kosten wischte er vom Tisch. Er freute sich auf Grützwurst mit Bratkartoffeln in der Eiche, einem der traditionellen Restaurationsbetriebe in Steinbeck, die die Gastronomie der Nordheide prägten. Dazu würde er Apfelmus essen und ein großes Bier trinken. Thiemann wollte sich das Zahlenmaterial ansehen, das Barsch auf dem PC bearbeitet hatte.

Die beiden trafen sich beinahe zeitgleich auf dem Parkplatz des Restaurants. Sie blickten direkt auf einen Niedersachsengiebel. Unter den gekreuzten Pferdeköpfen signalisierte der Wirt mit dem Doppeladler und den markierten Schusslöchern, dass es ihm in der Vergangenheit gelungen war, die Würde des Schützenkönigs zu tragen. Dem Vernehmen nach hatte sich seine Leber inzwischen von diesem anstrengenden Amt erholt. Der Betrieb selbst bestand aus einem älteren Haupthaus und einem Anbau neueren Datums, in dem das Hotel und im Erdgeschoss die Veranstaltungsräume untergebracht waren. Das Gemisch aus alt und neu setzte sich auch innerhalb des Restaurants fort. Aber es war gemütlich und das Essen hielt im Wettstreit der Landgastronomie innerhalb der Nordheide hervorragend mit. Beim zweiten Bier schoben sie die Teller zurück und konzentrierten sich ohne Hast auf das Zahlenmaterial, das ihnen vom Monitor von Hilperts Notebook entgegenblinkte. Thiemann war schon zu Schulzeiten ein Zahlenfetischist. Gegen ihn war jeder Computer ein lahmes Gerät. Als Kalkulator bei Airbus hätte er in Finkenwerder garantiert seine Erfüllung gefunden und die Stückkosten halbiert. Er war zu seinem Leidwesen in einer anderen Firma gelandet, die kurz davor stand, ihren Geist aufzugeben. Ihm sagten Zahlen mehr als jeder dicke Roman. Die Seiten des Doktor Faustus von Thomas Mann hätte er gerade noch zum Einwickeln eines Bücklings verwenden können.

»Schieb ihn mir mal rüber, deinen PC«, forderte er Hilpert auf.

Mit gekräuselter Stirn überprüfte er die Zahlenkolonnen. »Das sind eindeutig Vergleichskalkulationen, die er angestrengt hat. Schau her. Hier oben in der ersten Zeile findest du definiert, worum es geht. 48 Seiten Umfang, HG, also Hochglanz. Auflage 300.000 Stück. Höchstwahrscheinlich geht es um Werbebroschüren. Und er hat dafür Vergleichsangebote eingeholt. A1 bis 3. Vermutlich meinte er damit Alternative 1-3. Das hat er offensichtlich mit einer ganzen Reihe unterschiedlicher Produkte veranstaltet.«

»Und was bedeuten die Abkürzungen, wie hier beispielsweise M-B oder hier BA-H? Er hat sie datiert. Andere Teile sind mit Stern versehen.«

»Keine Ahnung. Das Geheimnis wird er wohl mit ins Grab genommen haben.« Er kratzte sich am Kopf. »Seltsam, das ging über mehrere Monate so. Normalerweise mailt man die Dienstleister an und hat innerhalb kürzester Zeit eine Preisvorstellung. Anschließend schlägt man sich in den Verhandlungen den Schädel ein und einigt sich oder nicht.«

Er bewegte den Cursor nach unten. »Schau'n wir mal, wo er so landet. Die Preise fallen unterschiedlich aus. Da sind Abweichungen von mehreren Euro pro Broschüre zu verzeichnen. Zum Teil sind die ganz beachtlich.«

»Da hat jemand wohl schlecht eingekauft.«

»Nicht zwangsläufig. Immerhin geht es auch um die individuelle Qualität der Produkte. Man müsste wissen, wo er die Vergleichszahlen her hat. Die Abweichungen sind trotzdem zum Teil recht hoch. Nur, der Junge war ein ausgebuffter Marketingmann. Der wird nicht Äpfel mit Birnen verglichen haben. Heutzutage achten die Konzerne akribisch auf ihr Geld.« Er nahm ein Stück Papier und einen Kugelschreiber zur Hand. »Fast sieht es aus wie eine Art Nachkalkulation. Fragt sich nur, wer diese Abweichungen zu vertreten hat. Er oder andere? Das machte er sehr penibel.«

»Ich verstehe. Deshalb hat die Revision keinerlei Beanstandungen hinsichtlich seiner sonstigen Arbeit gehabt.«

»Das ist mit Sicherheit nicht die Regel, dass jemand, der in seinem Job eher kreativ orientiert ist, gleichzeitig auch ein Pfennigfuchser ist.« Er zog seine Stirn in Falten. »Oder sagt man jetzt Centfuchser?« Ernsthaft fuhr Thiemann fort: »Hm, hier hat er eine Art Index gebildet. Schwer zu sagen, worauf er hinauswill. So ganz verstehe ich das nicht. Vergleiche anzustrengen, ist schwierig. Oft ist man bereit, für eine besondere Qualität ein Mehr an Kosten zu akzeptieren. Nur, wie definiert man Qualität? Das ist ganz schwer zu beurteilen. Ob eine Werbemaßnahme erfolgreich war, weiß man immer erst danach. Die großen Markenartikler legen gewaltige Werbebudgets auf. Da kommt es auf die letzten hunderttausend Euro nicht drauf an, wenn man glaubt, die richtige Vermarktungsstrategie gefunden zu haben. An der Stelle gelangen Agenturen und sonstige Dienstleister ins Spiel, die damit gutes Geld verdienen. Aber das geht rauf und runter. Stellt sich der Erfolg nicht ein, war's das.« Wie ein Oberlehrer hob er den Zeigefinger. »Der Erfolg der Marke ist die allein entscheidende Messlatte. Und im Zeitalter neuer Medien ist das Geschäft sehr viel komplizierter geworden. Ständig wachsen neue Anbieter, neue Vermarktungsformen wie Pilze aus dem feuchten Boden. Gleichzeitig sterben andere mangels Masse ab. Was gestern voll im Trend lag, ist heute bereits Geschichte und wird auf den Abfallhaufen geworfen.«

Viel schlauer war Hilpert nicht geworden. Trotzdem wurde er das Gefühl nicht los, dass diese Kalkulationen mehr zu sagen hatten, als sein Freund ihm zu erklären vermochte. Im Gehen trafen sie einen weiteren ehemaligen Klassenkameraden. Er war ihnen eine Verlängerung des Abends um einige Biere am Tresen wert. Jochen Stöver, der Wirt ließ sich nicht lumpen und gab eine Runde aus. Zurück nahmen sie vorsichtshalber jeweils Taxis mit zwei Fahrern. Auch in der Provinz musste mit Polizeikontrollen gerechnet werden. Hilpert grinste über seine persönliche Situation. Sein Lebensschwerpunkt, beruflich wie privat, lag mittlerweile in Hamburg. Landete er in Buchholz, traf er regelmäßig auf Leute, mit denen man gern ein Glas zu viel trank. War es die trockene Heideluft oder lag es an den Freunden aus der Vergangenheit? Er kannte die Antwort und konnte gut damit leben. Ihn verbanden noch ausreichend viele Wurzeln mit seiner Heimatstadt. Und seltsamerweise traf man sich nicht in Hamburg, wo eine Reihe seiner Kumpel wie er tätig waren. Nein, man fand den Weg nach Buchholz, um gemeinsame Erinnerungen aufwärmen zu können. In Hamburg war seriöses Leben angesagt, stand der Job im Vordergrund. Dort trank man Wasser, weil man am nächsten Tag dringende Termine hatte. In Buchholz stellte man das Handy ab und orderte ein weiteres geistiges Getränk. Obwohl er gerade mal eine Distanz von 40 Kilometern zu überbrücken hatte, um von einem Ort zum anderen zu kommen, bewegte er sich in zwei unterschiedlichen Dimensionen und genoss es.

Am Samstag hatte sich Hilpert ebenfalls verabredet. In jüngeren Jahren begegnete man sich auf Feten, traf sich auf ein Bier oder hätte bei einem der vielen Klassenkameraden abgehangen, dessen Eltern über entsprechend ausgestattete Häuser verfügten. Inzwischen war ein Großteil von ihnen verheiratet oder fest liiert. Da verbrachte man nicht mehr das Wochenende in der Stammkneipe und trank so viel Alkohol, wie die Brieftasche hergab. Die einen schoben den Führerschein vor, die anderen waren ehrlich und wussten von Partnerinnen zu berichten, deren Lebensinhalt nicht darin bestand, ihren betrunkenen Männern am Wochenende den Kopf zu halten. Mancher schaute nur kurz vorbei, da er seinen Kindern versprochen hatte, etwas mit ihnen zu unternehmen. Der Heidpark Soltau oder der Wildpark Schwarze Berge funktionierten als vorzügliche Ausrede. Ganz Verwegene schoben sogar Hagenbeck vor. So gesehen kam er früh genug und weitgehend nüchtern bei seinen Eltern an und fühlte sich am nächsten Vormittag fit genug für einen ausgedehnten Waldlauf. Auf dem Rückweg besuchte er seinen ehemaligen Golfklub in Seppensen. An diesem Vormittag war die Gastronomie schwach besetzt. Trotzdem traf er eine Reihe an Bekannten, mit denen er früher manche Runde ausgetragen hatte. Sie stürmten auf ihn ein, auf ihren ehemaligen aufstrebenden Stern, der eine bürgerliche Existenz bei der Hamburger Polizei der Vision vom Golfprofi vorgezogen hatte. Sie hatten ihn bereits mit Schlägern bepackt gesehen, wie er auf den großen Golfturnieren in Europa und Übersee reich wurde. Er war Realist genug, um zu begreifen, dass zwischen Talent und Supertalent Lichtjahre lagen. Alles andere war unerheblich. Er sah noch heute vor seinem geistigen Auge die Enttäuschung in den Gesichtern der Vereinsoberen, als er sie über seine Entscheidung informierte. Auslöser war ein Jugendturnier in Stuttgart. Dort begriff er, beileibe nicht der einzige talentierte jugendliche Golfer im Lande zu sein. Er war dort auf zwei, drei Konkurrenten in seinem Alter getroffen, die wenigstens einen Schritt vor ihm lagen. Und selbst bei denen war er unsicher, ob sie es national ganz nach oben geschafft hatten. Zumindest waren ihm deren Namen in späteren Jahren nicht untergekommen. Seine Stärke war ein gesunder Realismus. Wenn er irgendwann einmal sein Leben aushauchte, dann nicht wegen Selbstüberschätzung. Nach einem ordentlichen Glas Wasser setzte er den zweiten Teil seines Laufs fort. Er hatte sein Training in letzter Zeit etwas zu kurz kommen lassen. Wenigstens tat ihm die Unterbrechung gut. Er freute sich auf das Mittagessen bei seiner Mutter. Es sollte einen profanen Auflauf geben, mit viel Käse, Nudeln, Hack und noch mehr Sahne. Den machte sie so gut wie keine zweite Köchin. Bereiteten Spitzenköche eigentlich so etwas Banales wie Aufläufe zu? Ob ein Mann wie Wellner wusste, wie gut Hausmannskost schmeckte? Die Antworten verschlossen sich ihm. Er konnte damit trefflich leben, da sie sein Herz nicht wirklich bewegten. Das Wochenende verzog sich schneller, als ihm lieb war. Zumindest hatte man ihn zufriedengelassen. Allein das war ein Erfolg. Die Ruhe tat ihm gut.

16

Zu Wochenbeginn meldete er sich zeitig bei Dr. Kemper an. Der Organisationsleiter des Konzerns trat ihm aufgeschlossen gegenüber. »Ich hab inzwischen mit der Geschäftsleitung gesprochen. Wir haben für Sie ein Zimmer bereitgestellt. Sie bekommen einen separaten Schließzylinder in die Tür, sodass außer Ihnen niemand hinein- oder herauskann.«

»Ich will die Abläufe bei Ihnen nicht stören. Aber eigentlich möchte ich mich gern frei nach Schnauze mit dem einen oder anderen Mitarbeiter Ihres Unternehmens unterhalten können, soweit diese über direkte oder indirekte Kontakte zu dem Ermordeten verfügten.«

Kemper wies auf eine Unterlage neben dem Telefon. »Dort drin finden sie alle Telefonnummern, die Sie benötigen, um die Kollegen anzurufen. Sollte es jemand an der erforderlichen Kooperation mangeln lassen, bitte ich um einen kurzen Hinweis. Das Problem wird kurzfristig gelöst. Man wünscht eine Untersuchung, bei der keinerlei Rücksicht auf Befindlichkeiten genommen wird. Davon abgesehen kann man sich über Ihr Auftreten bei uns wahrlich nicht beschweren.«

»Gut, beginnen wir mit dem Vorstandsvorsitzenden.«

»Herr Rasmussen erwartet Sie in einer halben Stunde.«

»Ist er Däne?«

»Keine Angst, seine Eltern kommen aus Flensburg. Er ist Deutscher wie Sie und ich. Sie müssen nicht mal Ihre Plattkenntnisse bemühen.«

»Da hab ich ja Glück gehabt.«

Hilpert überlegte, wann er zuletzt Plattdeutsch gesprochen hatte. Das war mit seinem längst verstorbenen Großvater. Damals war er gerade fünfzehn.

Das Gespräch verlief harmonisch, war aber wenig ergiebig. Der Konzernchef verließ die Büroetage mit seinen drei Kollegen gegen 20:45 Uhr. In der Vorstandssitzung wurde über Planungen und die laufenden Geschäfte heiß diskutiert. Mit Getränken wurden sie versorgt. Da man in seinen Räumlichkeiten über eine eigene Toilette und einen Waschraum verfügte, konnte an deren Alibi nicht gerüttelt werden. So recht wollte er auch nicht daran glauben, dass die in Ehren ergrauten Konzernlenker zwischen den Entscheidungen über diverse Millionen einen Mitarbeiter töteten. Die zierliche Sekretärin, die sie versorgte, schätzte er auf Anfang sechzig. Vermutlich hätte sie ein Sprungbrett benötigt, um Barsch erschlagen zu können. Davon unabhängig glaubte er ihr, als sie anmerkte, das Büro nur für zwei kurze Wege verlassen und ansonsten das Telefon bewacht zu haben. Für Sekretärinnen gab es keine separaten Toiletten. Wie sich im Verlauf des Tages zeigen sollte, galt Gleiches für die Personalchefin und deren beiden Referenten. Sie waren mitten in der Vorbereitung für eine neue Seminarserie. Deren Alibis waren unumstößlich. Niemand hätte sich getraut, etwa den Raum zu verlassen, um eine Zigarette zu rauchen. Die Frau hasste nach kaltem Rauch riechende Mitarbeiter. Der zuständige Hauptabteilungsleiter Technik und sein Assistent, die sich ebenfalls zu der Zeit im Haus aufhielten, waren in Budgetgespräche für den Produktionsbereich der Kosmetiksparte eingespannt. Mehrfach telefonierten sie mit ihrem zuständigen Vorstand, der für die Sitzung eine Reihe aktueller Zahlen benötigte. Nach und nach fiel mehr als die Hälfte der Anwesenden als potenzielle Tatverdächtige aus. Eigentlich wollte Hilpert ebenso wenig an die Täterschaft der anderen Mitarbeiter, die allein in ihren Zimmern gesessen hatten, glauben. Es gab allerdings ein Problem. Der Manager war tot. Und einer von denen musste es gewesen sein. Es sei denn, ihnen war etwas durchgegangen.

Der Sessel, der ihm in dem Büro überlassen wurde, war bequem. Genüsslich ließ er sich zurückfallen, die Hände hinter dem Kopf verschränkt. Als Mordwaffe war eine Statue verwendet worden. Ironie des Schicksals: Barsch hatte sie vor einigen Jahren als Preis erhalten. Damals hoffte er noch, als Produktmanager für eine der großen Marken im Konzern oder anderswo tätig werden zu können. Dieser Traum sollte sich zerschlagen. Sein Job in der Verkaufsförderung war so gesehen sein Plan B im Marketing. Der Mörder hatte mehrfach zugeschlagen. Ganz offensichtlich in Tötungsabsicht. Spontan aus der Wut heraus schlug man ein-, zweimal zu. Ob er Barsch wirklich umbringen wollte, als er das Zimmer des Opfers betrat, musste zumindest bezweifelt werden. Vermutlich hätte er eine Waffe mitgebracht, mit der sich eleganter morden ließ. Oder sollte genau dieser Eindruck erweckt worden? Unwahrscheinlich. Er überlegte, wen er als Nächsten interviewen sollte. Sein Handy nahm ihm die Entscheidung ab. Es war einer seiner Kollegen von MK 5.

»Der Ermordete hatte eine Freundin. Sie war ein paar Tage in Süddeutschland zu Besuch bei ihren Eltern. Sie hat uns vor wenigen Minuten aufgesucht.«

»Ich wäre sehr gern bei der Vernehmung dabei, wenn ihr nichts dagegen habt.«

»Du bist uns stets willkommen. Wir warten auf dich.«

Kaum hatte er Platz genommen, schon musste er das extra für ihn hergerichtete Zimmer wieder verlassen. Er verschloss die Tür und eilte den Korridor zum Fahrstuhl hinunter. Auch künftig würde er sich hier nur selten aufhalten. So komfortabel er untergebracht war, das Zimmer beantwortete keine Fragen.

* * *

Vor ihnen im Vernehmungsraum saß eine etwa 25-jährige junge Frau, der man die Erschütterung über den Tod des Freundes ansehen konnte. Sylvia Hahne hatte die Prise an Mehrgewicht, die viele Männer an Frauen zu schätzen wussten. Sie hatte feingliedrige Finger, aber keineswegs knochige Arme. Mittellange dunkle Haare, eine kleine Stupsnase und riesige braune Augen veranlassten die Vernehmer, den Blick etwas länger auf ihrem Gesicht verweilen zu lassen, als gemeinhin notgetan hätte.

Ein niedliches Mädchen, fuhr es Hilpert durch den Kopf. Mit ihren gerade mal ein Meter sechzig erweckte sie beim anderen Geschlecht gewisse Beschützerinstinkte. Tatsächlich traf er allerdings auf eine hellwache intelligente Frau, die durchaus in der Lage war, ihren eigenen Weg zu gehen, ohne sich männlicher Unterstützung zu versichern. Die Atmosphäre in dem kärglich eingerichteten Raum war eher kommunikationsfeindlich. Einfache Stühle, auf denen man unbequem saß, weiß gestrichene Wände, die geradezu nach einem Farbtupfer in Form eines Bildes zu schreien schienen, ein Tisch, an dem vermutlich bereits Legionen an Delinquenten und Zeugen gesessen hatten. Wenig produktiv erschienen auch die angespannten Gesichter der vernehmenden Beamten, die hofften, Informationen zu erhaschen, die ihnen weiterhelfen könnten.

Nach ihrer Aussage war das Paar gut zwei Jahre zusammen. Sie studierte Germanistik im siebten Semester und überlegte, auf Lehramt umzusteigen, da sie sich in dem Bereich bessere berufliche Aussichten erhoffte. Sie zuckte resigniert mit den Achseln. »Eigentlich hätte ich es schon bei Aufnahme meines Studiums wissen können. Die Warnungen von anderer Seite hatte ich in den Wind geschossen. Aber je jünger man ist, desto geringere Bedeutung haben Nutzungsgedanken bei den eigenen Überlegungen. Die erreichen einen erst, wenn es beinahe zu spät ist.«

»Wie eng war Ihre Beziehung?«, wollte Hilpert wissen.

»Wir haben darüber nachgedacht, gemeinsam eine Eigentumswohnung zu erwerben und zu heiraten. Das erübrigt sich ja nun.«

Sie griff in ihre Handtasche, entnahm ihr ein Papiertaschentuch und trocknete ihre Tränen, die sich in den Augenwinkeln zu bilden begannen.

»Hatten Sie eine Wohnung in Hamburg im Auge?«

»Ja, in Eppendorf.«

Ihm fiel der Prospekt ein, den er in der Wohnung des Toten gefunden hatte.

»Die sind in der Gegend nicht eben billig.«

»Wohl wahr, seine Eltern wollten einen Teil dazu beisteuern. Allein hätten wir das sicher nicht gestemmt. Was für einen Anteil hätte ich beitragen wollen? Ich hangel mich gerade so mit einem Nebenjob über die Runden.«

Wieder kam das Taschentuch zum Einsatz, ehe sie fortfuhr: »Wir waren richtig verschossen in die Wohnung. Sie hat Gesicht. Es handelte sich um einen liebevoll renovierten Altbau.«

Sie seufzte. »Hohe stuckverzierte Decken, Kamin und Garagenstellplatz.«

Hilpert fragte sich, was sie mehr bedauerte, den Tod des Lebensgefährten oder den zerplatzten Traum von der Wohnung in Eppendorf? Er verzichtete darauf, diese Thematik näher zu erörtern.

Vielmehr setzte sein Kollege Stange zu einer Frage an. »Hat sich an seinem Verhalten in letzter Zeit etwas verändert? Fühlte er sich bedroht? Machte er einen bedrückten Eindruck?«

»Nein, eher das Gegenteil. Ich empfand ihn als euphorisch. Er meinte, das mit der Wohnung sei geritzt.«

»Und hat er vielleicht etwas geäußert, das Ihnen in der Nachbetrachtung seltsam vorkam? Schließlich wollten Sie heiraten. Da sollte man sich gegenseitig vertrauen.«

»Nein«, stieß sie abrupt hervor. »Er hat mir nichts erzählt. Es gab keinen Anlass, ihn zu fragen. Wir verstanden uns gut und verfolgten die gleichen Ziele.«

Hilpert startete einen letzten Versuch, ihr etwas zu entlocken. »Herr Barsch hatte in seinem PC diverse Kalkulationen angestrengt. Können Sie uns sagen, was er damit bezweckte?«

»Kalkulationen für seine Pappen und Broschüren?«

»Nicht nur, offensichtlich hatte er auch artfremde Produkte mit in seine Berechnungen fließen lassen.«

Zögerlich schüttelte sie den Kopf. »Keine Ahnung, was er damit bezwecken wollte.«

Nach weiteren zwanzig Minuten gaben sie vorerst auf. Die beiden Beamten schauten einander an, als die junge Frau den Raum verließ. Sie waren mit dem Vernehmungsergebnis mehr als unzufrieden. Hilpert fluchte laut vor sich hin, in der Gewissheit, dass sie sich ihnen gegenüber versperrt hatte. Sie entschlossen sich, sie in den nächsten Tagen erneut zu befragen. Bis dahin hofften sie über mehr Fakten zu verfügen.

Im Gehen wandte er sich an seinen Kollegen. »Ich sage dir, es hat mit diesen Scheißkalkulationen zu tun!«

»Da magst du richtig liegen. Nur, mit Wenn und Hätte kommen wir kein Stück weiter.«

»Wer wollte dem widersprechen?«

Hilpert rekapitulierte das Gespräch. Ohne Zweifel nahm die

Wohnung in Eppendorf einen gewichtigen Stellenwert im Leben des Paares ein. Er ließ das Band abermals ablaufen. Die Eltern des Toten wollten sich an den Erwerbskosten beteiligen. Er warf einen Blick in die Ermittlungsakte und fand schnell, was er suchte: deren Telefonnummer. Entschlossen griff er zum Handy. Wenige Minuten danach war er schlauer. Es ging um einen Betrag von 50.000 Euro, womit sie aushelfen wollten. Damit wären die beiden bei einem Kaufpreis von 750.000 Euro nicht weit gekommen. Alle Nebenkosten eingerechnet wären nochmals gut 12 Prozent draufgekommen. Weder sein Vermögen noch seine Einkünfte reichten, um dieses Geschäft zu tätigen. Rechnete Barsch mit anderen Einkünften? Fragte sich nur, mit welchen und in welcher Größenordnung?

Am Abend setzte er sich mit seinen Kollegen zusammen. »Gibt es irgendwelche Hinweise auf Erpressung oder Ähnliches?«

Statt auf eine Antwort traf er auf ein entschiedenes Kopfschütteln. In diese Richtung war ihnen nichts untergekommen. Womit erpresste man Kollegen? Suchte Barsch einen Sponsor für die edle Unterkunft, ging es nicht um einige zehntausend Euro sondern locker um die zehnfache Summe. Er würde seine Befragungsaktion am nächsten Tag fortsetzen. Vor allem den Namen Sylvia Hahne hatte er sich ganz oben auf seinen Zettel geschrieben. Wie Stange war er davon überzeugt, dass die Freundin des Ermordeten mehr wusste, als sie zugab. Weshalb schwieg sie sich aus? Ein dumpfes Gefühl stieg in seiner Magengegend auf. Wollte sie etwa zu Ende bringen, womit Barsch kläglich gescheitert war? Wollte sie auch ohne die Mithilfe ihres Lebensgefährten zu ihrer Wohnung kommen oder sich wenigstens einen ordentlichen Zuschuss zu ihrem Lebensunterhalt sichern? Wenn ja, wusste sie, in welche Gefahr sie sich begab? Er blätterte in seinen Akten, bis er ihre Adresse fand. Sie wohnte in einem Studentenwohnheim in der Nähe der Kurt-Schumacher-Straße. Vorsichtshalber beorderte er für sie Personenschutz vor die Haustür. Für die abgestellten Polizisten sollte es eine ereignislose und kalte Nacht werden. Das Thermometer sank bedenklich in den Bereich des Gefrierpunktes.

Hilpert starrte die Liste mit den Namen der Konzernmitarbeiter an, die als Täter infrage kamen. Ein Dutzend Leute waren zur Tatzeit im Gebäude und besaßen kein Alibi. Jeder musste am Empfang vorbei, egal, ob er hinein- oder hinauswollte. Die Station war tagsüber doppelt besetzt. Ab 18:00 Uhr hielt sich dort nur noch ein Mitarbeiter auf. Davon abgesehen gab es eine Videoüberwachung. Er stürzte sich abermals auf die Vernehmungsprotokolle seiner Kollegen. Ohne Erfolg. Was erwartete er? Ein unter Tränen zustande gekommenes Geständnis, einen entscheidenden Hinweis, der bislang überlesen wurde? Nach wie vor stapften sie ohne Lichtquelle durch den dunklen Tunnel ihrer Ahnungslosigkeit. Er blickte aufs Telefon. Nicht mehr lange und es würde die ersten Beschwerden über zu zäh fließende Ermittlungen geben. Was machten sie falsch? Oder hatten sie einfach das Pech, auf einen Mörder zu stoßen, der ihnen über war? Unzufrieden beendete er seinen Arbeitstag. Zu Hause gab er seinen Gedanken freien Lauf. Er sollte kein Stück weiterkommen. Ermittlungstechnisch konnte er den Tag vergessen.

17

An diesem Morgen hatten sie die Fotos der übrig gebliebenen Verdächtigen an ein Whiteboard gepinnt. Hilpert hatte sie am Vortag auf kurzem Dienstweg von Dr. Kemper erhalten. Nach allgemeiner Auffassung konnte davon ausgegangen werden, dass die drei Damen nicht als Täter infrage kamen. Keine von ihnen verfügte augenscheinlich über die Kraft, die benötigt wurde, die tödlichen Schläge auszuführen. Sie nahmen die Männer ins Visier. Einer von ihnen musste der Mörder sein. Er ging dichter an die Fotos heran. Wem würde er die Bluttat zutrauen? Je nach Lust und Laune jedem und niemandem. Bis auf eine Ausnahme hatte niemand bislang eine Begegnung der dritten Art mit der Polizei. Nur einer von ihnen musste sich wegen Trunkenheit am Steuer verantworten. Dieser Fall lag mehrere Jahre zurück. Der Manager saß längst wieder hinter dem Steuer seines Fahrzeugs. Sie theoretisierten eine halbe Stunde lang über mögliche Täterschaften. Es brachte sie keinen Schritt weiter. Sie wussten zu wenig über die beruflichen und privaten Hintergründe der fraglichen Konzernmitarbeiter. Insbesondere mangelte es an Motiven. Warum erschlug man in einem ökonomisch geprägten Umfeld einen Kollegen?

Und dann kam von anderer Seite ungebetene Bewegung in ihre Ermittlungen. Kurz nach zehn erreichte sie ein Anruf von der MK 3. Sie waren zu einem Mord an einer Frau an die Außenalster gerufen worden. Faktisch vor der Haustür des Konzerns. Man hatte sie erdrosselt. Anfangs dachten seine Kollegen an ein Sexualdelikt. Tatsächlich aber gab es dafür keine Anzeichen, was bei den niedrigen Außentemperaturen nicht weiter verwunderte. Das Opfer war vollständig angezogen. Bis auf die Strangulierungsmale fanden sich keine weiteren Verletzungen. Die Tat wurde von hinten ausgeführt. Vermutlich wurde sie völlig überrascht. Ihr verblieb keine Zeit, sich zu wehren und dabei den Täter zu verletzen. Unter ihren Nägeln fanden sich keinerlei fremde Hautpartikel. Reichelt selbst rief bei Hilpert an, um ihn zu informieren. In der Tasche der Toten fand sich das Schreiben einer Bank, adressiert an einen Frank Barsch. Darin wurden die Bedingungen für die Finanzierung einer Immobilie genannt.

»Hieß nicht der Tote in diesem Konzern Barsch?«, fragte er ihn.

»So ist es. Wie ist der Name der Ermordeten?«

»Sylvia Hahne.«

Wütend sprang Hilpert von seinem Sitz auf. »Verdammt, wofür haben wir der eine Streife vor die Haustür gestellt?«

Sie musste mit einer Überwachung gerechnet haben. Noch am Abend verließ sie mit einem Tuch auf dem Kopf das Heim. Allem Anschein nach in Begleitung von zwei Kommilitoninnen aus der Türkei, die die traditionelle Kopfbedeckung trugen. Die Polizisten bewachten die leere Höhle, ohne es zu bemerken. Was wollte man ihnen vorwerfen? Hätten sie sich wie Kartenkontrolleure vor die Eingangstür stellen und jede weibliche Person überprüfen sollen? Zumindest wäre es effektiv gewesen.

»Gibt es einen Hinweis auf den Tatzeitpunkt?«

»Etwa halb zehn Uhr abends. Plus minus dreißig Minuten.«

Sie glichen die Alibis der verbliebenen Verdächtigen damit ab. Fünf von ihnen kamen theoretisch infrage. Sie hatten das Gebäude nacheinander zwischen halb acht und neun Uhr fünfzehn verlassen. Danach waren nur noch die Putzbrigade, die technischen Angestellten und zwei Mitarbeiter aus dem PR-Bereich in dem Gebäude tätig.

Hilpert eilte über den Gang zu seinem Kollegen. »Habt ihr das Zimmer der Toten durchsucht?«

»Natürlich. Aufschlussreiches Material haben wir nicht gefunden. Wirklich interessant scheint mir nur der Brief der Bank zu sein.«

Reichelt reichte Hilpert das Schreiben herüber. Er las es aufmerksam durch. »Hiernach hat er ein Eigenkapital von 400.000 Euro avisiert. Und die Bank hat auf dieser Grundlage einer Finanzierung der Wohnung zugestimmt. Barsch hat also mit wenigstens 300.000 Euro gerechnet, die er sich anderweitig besorgen wollte. Fragt sich nur, von wem? Das Thema Erpressung scheint virulenter denn je. Aber so viel Geld. Wem kann man das abzwacken?«

»Habt ihr euch schon über den PC der Toten hergemacht?«

»Na klar. Darin finden sich allerdings nur Seminararbeiten, Klausurvorbereitungen und der übliche Twitter-Kram.«

»Scheiße, das hilft uns nicht viel weiter.«

Reichelt stand schulterzuckend vor ihm. »Scheint so, als überhäufe man uns ausschließlich mit unlösbaren Fällen. In unseren Ermittlungen sind wir ebenfalls kein Stück vorangekommen. Alexandra bleibt wie vom Erdboden verschluckt. Alles nur Mist, was wir in Händen halten!«

»Wohl wahr, mein Freund. Trotzdem, Stillstand ist Rückschritt, wir dürfen nicht aufgeben. Also ran an den Speck!«

Zwei Mitarbeiter fuhren direkt ins Leichenschauhaus, um bei der Obduktion zugegen zu sein. An der vorläufigen Diagnose änderte sich nichts. Hilpert und Stange machten sich auf den Weg zur Konzernzentrale. Dr. Kemper war das Entsetzen anzumerken, als ihn die beiden Kriminalbeamten über den zweiten Mord informierten.

»Wir möchten als Erstes mit Olaf Tröger, dem Marketingchef sprechen.«

»Er sitzt zwei Zimmer weiter. Kommen Sie, ich führe Sie zu ihm.«

Im Vorzimmer hielten sich zwei Assistentinnen auf, die vergeblich versuchten, die Beamten von einem Besuch des Marketingmannes abzuhalten. Gegen deren Vorwärtsdrang waren sie machtlos. Tröger blickte überrascht auf, als die Beamten eintraten. Sein Zimmer verfügte über eine breite Fensterfront zur Alster hin. Er saß am Besprechungstisch mit einem Kollegen, offensichtlich in ein intensives Gespräch vertieft. Der zweite Mann stellte sich als Thorsten Burmeister vor, PR-Chef des Unternehmens. Hilpert schätzte ihn auf etwa vierzig Jahre. Er war groß gewachsen, hatte volles Haar und leicht ergraute Schläfen. Tröger war mindestens einen Kopf kleiner. Im Gegensatz zu seinem Gast bestand sein Sport wohl eher darin, die Kanäle auf Sky entsprechend zu programmieren. Er galt allerdings als ausgewiesener Marketingprofi. An der Stirnseite seines Zimmers prangten eine Reihe an Preisen, die dies zu unterstreichen schienen. Man munkelte, er würde in absehbarer Zeit die Gesamtverantwortung für seinen Bereich im Vorstand übernehmen. Sein anfänglicher Unmut wandelte sich in Mitgefühl, als sie ihm mitteilten, was der Zweck ihres unangemeldeten Besuchs war. Er lud sie ein, sich zu ihm an den Tisch zu setzen.

Burmeister erhob sich und verabschiedete sich. »Sollten Sie ebenfalls Fragen an mich haben, schauen Sie gerne bei mir herein. Momentan komme ich kaum von meinem Schreibtisch weg. Ich sitze am Ende des Flurs. Sie können jedes Gespräch unterbrechen.«

»Wir bereiten gerade die Produkteinführung einer neuen Kosmetik-Herrenserie vor«, erläuterte ihnen Tröger.

»Da ist der Tod von Barsch wohl ein herber Schlag für Sie?«

»Nein, das war nicht seine Spielwiese. Er fehlt an anderer Stelle.« Neugierig blickte er die Männer an. »Was kann ich für Sie tun?«

Er wirkte betroffen, als sie ihm mitteilten, dass er zum engen Kreis der Verdächtigten zählte.

»Es ist richtig, ich habe das Haus kurz nach 21 Uhr verlassen. Ich musste einen Termin im Übersee-Club wahrnehmen. Mein Fahrer hat mich direkt dort hingebracht. Ich bin bis Mitternacht geblieben.«

Damit konnten sie einen weiteren Verdächtigten von ihrer Liste streichen. Seine Aussage wurde später anstandslos bestätigt.

Als sie vor dem Zimmer des Marketingmannes standen, blickten sie einander verunsichert an.

»Und was machen wir nun?«, fragte Stange desillusioniert.

»Besuchen wir den Pressesprecher. Vielleicht hat der was mitbekommen. Er kann zwar nicht der Mörder sein, da er zur Tatzeit noch in seinem Büro gesessen hat. Aber wer weiß, solche Leute wissen doch immer etwas.«

Burmeister empfing sie freundlich. Sein Zimmer besaß ähnliche Ausmaße wie das seines Kollegen. Wie im Unternehmen anscheinend üblich, war sein großer Besprechungstisch voll bepackt mit Druckvorlagen und Textmanuskripten. Ihm gegenüber saß eine jüngere Mitarbeiterin, mit der er eine geplante Presseinformation besprach.

Er winkte ihnen zu, als er sie erblickte. »Kommen Sie herein, meine Herren.«

Die junge Frau erhob sich und griff nach einem Stapel Papiere und meinte im Gehen: »Ich bin in den nächsten Stunden gut zu erreichen.«

»Wie kann ich Ihnen behilflich sein?«, wandte sich Burmeister ihnen zu.

»Nach unserer Information haben Sie das Gebäude erst nach 22 Uhr verlassen. Damit kommen Sie für die Ermordung von Frau Hahne nicht infrage. Trotzdem, ist Ihnen gestern irgendetwas untergekommen?«

»Ich hab hier mit meinem Stellvertreter über Texte gebrütet. Das Material, das unsere Agentur aufgearbeitet hatte, war wenig erbaulich. Es zeigt sich immer wieder, am besten, man schreibt sich sein Zeugs selber zusammen.«

»Wie war es am Abend des Mordes an Barsch?«

»Da saß ich einsam und allein in meinem Zimmer und hab an den gleichen Problemen herumgebastelt. Leider kann das niemand bezeugen.«

»Sie kannten Barsch?«

»Natürlich, im Zeitablauf lernt man die meisten Mitarbeiter aus dem Marketing kennen. Wir haben zum Teil enge Berührungspunkte gehabt, insbesondere wenn es um die Produkt-PR geht.«

»Produkt-PR?«

»Also die Vermarktung unserer Sortimente wird nicht nur

über die klassischen und neuen Medien vorangetrieben. Es ist auch unser Sinnen und Trachten, in deren redaktionellen Teilen präsent zu sein.«

»Ich verstehe, nannte man das nicht früher Schleichwerbung?«

Er verzog sein Gesicht säuerlich. »So wie Sie das bezeichnen, hört sich das gemein an. Wir reden lieber über Product-Placement. Ich gebe allerdings zu, die Bedingungen haben sich zusehends erschwert. Insbesondere im Fernsehen sind sie sehr sensibel dafür geworden. Heutzutage muss man aus allen Rohren feuern, will man sein Unternehmen und seine Leistungen erfolgreich vermarkten. Denken Sie etwa an Facebook oder Internet TV.«

»Trotzdem, ist Ihnen irgendetwas untergekommen?«

»In den letzten Tagen hätte neben mir eine Atombombe hochgehen können und ich hätte nichts davon mitbekommen. Die Zeit ist knapp und wir sind chronisch unterbesetzt.«

Was erwarteten sie von einem leitenden Mitarbeiter? Dass er während der Abendstunden mitbekam, was ein Stockwerk über oder unter ihm geschah? Dass er seinen Blick hin zur Alster schweifen ließ und dort einen Mord beobachtete? Wohl kaum. Dessen unbenommen, hätte er über Röntgenaugen verfügen müssen, um bei der Dunkelheit etwas zu erkennen. Nach zehn Minuten verabschiedeten sie sich von ihm und standen abermals untätig auf dem Korridor.

Hilpert gab vorerst auf. Sie hatten noch zwei Gespräche in dem Konzern offen. Die hoben sie sich für den Nachmittag auf. »Gönnen wir uns was zu essen.«

»Ob man diese Kantine empfehlen kann?«, fragte Stange interessiert.

»Keine Ahnung. Gehen wir auf Nummer sicher. Ich lade dich auf eine Runde Spaghetti ein. Am Mittelweg kenne ich einen guten Italiener, den man bezahlen kann.«

Die Nudeln mit Lachs in Sahnesauce schmeckten vorzüglich und hoben ihre Stimmung merklich an. Sie verzichteten auf ein Glas Wein und beließen es mit einer Träne im Knopfloch bei Wasser und Cappuccino. Anschließend fanden sie sich wieder in der Konzernzentrale ein. Ihr Fleiß und ihre Disziplin sollten ihnen nicht weiterhelfen. Lothar Bender aus dem Controlling, der als weiterer Verdächtiger in Betracht gezogen wurde, verfügte über ein wasserdichtes Alibi. Er war am Vorabend von zwei Freunden abgeholt worden, mit denen er sich zum Poolbillard verabredet hatte. Verblieb als Letzter auf ihrer Liste Ronald Korte. Der Revisor war bei einer Tochtergesellschaft in Wiesbaden angesagt. Sie würden ihn erst Anfang der kommenden Woche vernehmen können. Die restlichen Leute auf ihrer Liste wurden von ihren Kollegen vernommen. Sie konnten allesamt ordentliche Alibis nachweisen, zumindest auf den ersten Blick.

Sie saßen zu fünft in Hilperts Büro und diskutierten am Nachmittag ihre dürftigen Ermittlungsergebnisse. Ihr Problem war, sie hatten es mit ganz normalen Bürgern zu tun, die mehr oder minder engagiert ihrer Arbeit nachgingen. Sie hingegen suchten einen Mörder, vermutlich sogar einen Doppelmörder. Stange sprang unruhig von seinem Platz auf und schaute fragend in die Runde. »Haben wir wirklich alles getan, um an die richtigen Informationen heranzukommen?«

Hilpert schüttelte den Kopf. »Nein, wir sind bislang auf der Stelle herumgetrampelt und reden uns ein, enorme Distanzen zurückgelegt zu haben. Es mag sein, dass der Mörder und das Motiv in der Konzernzentrale zu finden sind. Aber dort kommen wir augenscheinlich nicht weiter. Konzentrieren wir uns auf die Opfer. Wir haben das Appartement von Barsch, das Zimmer seiner ermordeten Freundin im Studentenheim durchsucht und nichts gefunden. Wo haben wir bisher nicht nachgeschaut? Richtig, bei deren Eltern. Kollege Stange, wir gehen in den nächsten Tagen auf große Feindfahrt.«

»Wäre es nicht besser, wir bitten um Amtshilfe durch unsere Kollegen an den Standorten? Die Eltern von Barsch leben in Bremen. Das schaffen wir mit Mühe und Not an einem Tag hin und zurück. Die Eltern des Mädchens wohnen jedoch in Ludwigsburg. Das ist bei Stuttgart.«

»Ist mir egal. Ich will selber mit den Leuten reden und mich bei denen umsehen. Das überlass ich niemandem außer uns.«

»Na gut, nach Bremen fahren wir mit dem Zug und von dort aus fliegen wir nach Stuttgart. Weber soll uns das Okay für die Tickets besorgen.«

Sie mussten mit ihrem Chef etwas länger diskutieren, bevor er ihre Reise genehmigte. Aber wer wollte sich schon nachsagen lassen, nicht alles veranlasst zu haben, um die Morde aufzuklären? Und die hohen Herren aus der Wirtschaft machten Druck. Zeigten die ihre Muskeln, brannte der Himmel. Mit denen wollte er es sich nicht unbedingt verscherzen. Ein Staatsrat reichte ihm. Zwei kurze Telefonate und die Kollegen an den beiden Standorten wussten Bescheid. Sie hatten keine Einwände gegen ihre Befragungsaktion und würden ihnen behilflich sein.

Am nächsten Vormittag dachten sie über ihre Reisevorbereitungen nach, als sich bei ihnen ein Ehepaar Barsch meldete. Die älteren Leute gingen auf die siebzig zu. Eine Frage nach ihrem seelischen Zustand erübrigte sich. Sie sahen verhärmt aus. Die Mutter des Toten hatte verweinte Augen. In die dunklen Augenhöhlen des Vaters hätte man eine Faust legen können. Sie gaben Hilpert ein fest in Packpapier eingeschlagenes Päckchen. Der Ehemann übernahm das Reden.

»Unser Sohn hat dies vor einigen Monaten bei uns gelassen. Wir wissen nicht, ob es Ihnen behilflich sein kann, seinen Mörder zu finden.«

Er verzichtete auf jegliche Floskeln hinsichtlich ihrer augenblicklichen Situation. Diese war schwer genug. Beileidsbekundungen halfen niemandem weiter. Der Tod ihres einzigen Sohnes würde sie bis ans Ende ihrer Tage als unbarmherzige Erinnerung begleiten.

»Liegen sonst noch Dinge bei Ihnen, die ihm gehören?«

»Kleidung«, antwortete die Frau, »Kinderspielsachen. Sonst nichts. Er ist vor mehr als zwölf Jahren bei uns ausgezogen. So häufig hat er uns nicht besucht. Er war beruflich immer stark eingespannt. Gelegentlich haben wir miteinander telefoniert.«

Ihre Augen füllten sich mit Tränen. Sie verzichteten vorerst auf weitere Fragen. Wenig später gingen die beiden. Sie wollten sie nicht unnötig quälen. Augenscheinlich hatte ihr Sohn sie nicht ins Vertrauen gezogen, sollte es ein Geheimnis in seinem Leben gegeben haben. Sie würden nicht davonlaufen und würden auch weiterhin für Auskünfte zur Verfügung stehen.

Voller Interesse öffnete Hilpert das Päckchen und wurde enttäuscht. Es enthielt Geschäftsberichte und Broschüren anderer großer Markenartikler in reichlicher Anzahl. Ernüchtert würdigten sie ihre Ausbeute.

Stange sprach aus, was sie dachten: »Verdammt, diese Dinger werden dir an allen Ecken und Enden hinterhergeschmissen! So was versteckt man doch nicht bei seinen Eltern. Was soll der Mist?«

»Wenn ich das nur wüsste«, entgegnete Hilpert. »Vielleicht will er auf irgendetwas hinweisen? Unseren Flug nach Stuttgart können wir uns zumindest schenken. Dort gibt es nichts Interessantes, das uns weiterhilft.«

»Was ist mit Bremen?«

»Das Gleiche. Ich erwarte mir von dort ebenfalls nichts. Wir können ja um Amtshilfe ersuchen.«

Sie bewegten sich im Kreis. Egal, wie hoch ihr Tempo war, sie kamen kein Stück voran. Nach wie vor knabberten sie an dem Problem herum, nicht zu wissen, wonach sie suchen sollten. Möglicherweise lagen die Motive für die Taten vor ihnen. Aber sie waren nicht in der Lage, diese zu erkennen.

Weber nahm nervös zur Kenntnis, dass seine Leute auf den Flug verzichten wollten. Es war an der Zeit, mit ihnen den Stand ihrer Recherchen zu diskutieren. Der Druck, der von oben auf ihn ausgeübt wurde, nahm ständig zu. Selbst der Bürgermeister ließ sich durch ihn telefonisch informieren. Am selben Tag stand der Staatsanwalt vor Stange. Dieser musste enttäuscht erfahren, dass sie von einer Lösung des Falls Meilen entfernt waren. Auf Anfrage der Presse wollte man von Erfolg versprechenden Spuren berichten. Diese kleine Notlüge gäbe ihnen ein paar Tage Luft. Danach waren Ergebnisse oder die Wahrheit angesagt. Die Luft wurde für sie zusehends dünner.

18

Hilpert glaubte zu erahnen, was an diesem Sonntag auf ihn zukommen würde. Golf war ein Sport, den man nicht mal am Rande abtun konnte. Er war technisch äußerst herausfordernd und erforderte viel Mühe und Talent, wollte man die Löcher auch nur mit mäßigem Erfolg spielen. Daneben war es eine teure Sportart. Sah man von jungen Talenten ab, die bei Bedarf gefördert wurden, fand sich in den Klubs nur die gehobene Mittelschicht an und alles, was sich darüber tummelte. Er erwartete bei der Veranstaltung hochnäsige, perfekt ausstaffierte Dilettanten, die die Schläger im Zweifelsfall besser zur Selbstverteidigung nutzen sollten, als zu versuchen, den Ball richtig zu treffen. Doch er sollte angenehm überrascht werden. Er traf größtenteils auf Spieler, die zwar mit irdischen Gütern reichlich gesegnet waren, gleichzeitig aber dem Sport einiges abverlangten. Manch einer von ihnen verfügte tatsächlich über ein einstelliges Handicap. Selbstredend traf er auch auf die perfekt gekleideten Damen und Herren, die schnell zu erkennen gaben, dass sie eigentlich dem Polo mehr abgewannen, daher die Schläger nur zur Zierde mit sich herumtrugen. Sie ließen allerdings offen, ob sie damit den Sport meinten oder das gesellschaftliche Drumherum. Zumindest erwartete beim Polo niemand von ihnen, sich aufs Pferd zu schwingen. Von Anbeginn an konnten sie sich gleich auf den Champagner konzentrieren und Sport Sport sein lassen.

Es standen diverse Preisverteilungen an. Alles war gestiftet worden. Sämtliche Einnahmen wurden für einen guten Zweck verwendet. Und es waren mehr als 50.000 Euro zusammengekommen. Wellner verstand es trefflich, seine Gäste von der einen oder anderen zusätzlichen Spende zu überzeugen und ließ sich selbst ebenfalls nicht lumpen. So steigerten sie allein an diesem Tag das Ergebnis auf 65.000 Euro.

Der Abend startete für Hilpert amüsant. Er traf auf einen Pöseldorfer Anwalt, der nach eigener Aussage in jungen Jahren manch ordentliche Partie hingelegt haben wollte. Mittlerweile nagten das Alter und ein überbordender Lebensstil an seiner Kondition. Er meinte, er könnte den Bällen nur noch schnaufend folgen. An diesem Tag dankte er dem Schicksal, dass es ihn während des Turniers von einem Schlaganfall, einem Herzinfarkt oder beidem verschont hatte. Sie unterhielten sich eine Weile. Sein Gegenüber verfügte über eine beißende Ironie. Er schien jeden der Anwesenden zu kennen. Jeder, der sich in ihren Blickwinkel traute, bekam sein Fett weg. Bis zum mehrgängigen Abendessen ging es ihm gut. Wie nicht anders zu erwarten, ließ das Essen keine Wünsche offen. Vermutlich hatte man Hamburgs Kochelite aufgefordert, ihre Talente zu demonstrieren. Hilpert sollte irren. Wellner hatte seinen Kantinenpächter gebeten zu zeigen, was er auf den Tisch zu stellen vermochte. Zu seinem Leidwesen saß neben ihm eine Frau, die besser ihren Gesichtschirurgen verklagt hätte, als zu glauben, auch nur einen Tag jünger auszusehen, als sie alt war. Nun bedauerte er, auf den Anwalt verzichten zu müssen, der ihm schräg gegenübersaß und ihm mitleidig zulächelte. Anscheinend kannte er seine Tischnachbarin. Der Small Talk mit ihr bewegte sich in engen Grenzen. Bei ihm reichte es gerade noch zu einem zustimmenden Nicken oder einem lapidaren Nein. Schließlich war er nicht als Entertainer geladen worden. Ihre Beiträge wollten ihn eher nicht bewegen. Die Personen und Ereignisse, auf die sie ihn ansprach, waren ihm gänzlich unbekannt oder interessierten ihn nicht. Also schwieg er bis an den Rand der Unhöflichkeit vor sich hin und rang sich zuweilen zu einem knappen Lächeln durch oder einem interessierten: »Was Sie nicht sagen.«

Kurze Reden und eine launige Preisverteilung demonstrierten anschließend, dass Wellner nicht zum ersten Mal in seinem Leben Gastgeber solch einer Veranstaltung war. Als es zum fröhlichen Teil des Abends überging und man seine angestammten Plätze verlassen und sich seine Gesprächspartner aussuchen konnte, hellte sich für Hilpert der Himmel auf. Neben ihm stand plötzlich eine langbeinige blonde Frau, die ein paar Jahre jünger als er zu sein schien. Vielleicht verfügte sie auch nur über einen befähigten Kosmetiker. Zumindest hatte sich ein Schönheitschirurg bei ihr noch nicht versucht. Sie raubte ihm den Atem.

»Wo hat man Sie denn ausgegraben?«, sprach sie ihn unverblümt an. »Normalerweise gelangt man in diesen erlauchten Kreis nur, wenn man im Rentenalter oder Ableger der älteren Herrschaften ist. Oder sind Sie furchtbar reich und haben ordentlich was in den Spendentopf geworfen? Sind Sie ein Internet-Tycoon?«

Er lachte auf. »Da muss ich Sie enttäuschen. Ich bin ein schlichter Polizeibeamter. Reiche Erzeuger Fehlanzeige. Da ich vergessen habe, nach den Lottozahlen zu fragen, weiß ich allerdings nicht, ob ich es nicht inzwischen zu Wohlstand gebracht habe. Könnten

Sie mal auf Ihrem Handy die Zahlen abfragen?« Bevor sie reagieren konnte, sprach er weiter: »Ist geschenkt, ich hab vergessen, den Schein abzugeben.«

Sie strahlte ihn herzlich an. »Sie Ärmster. Hat man Sie etwa zu unserem Schutz abgestellt? Ist das nicht leicht übertrieben?«

»Nein, keine Angst, so weit ist es mit der Furcht in diesen Kreisen wohl noch nicht. Außerdem habe ich meine Pistole zu Hause gelassen.«

»Dann sind Sie der neue Sicherheitschef, den Dr. Wellner eingestellt hat?«

»Sie haben es erraten.«

Sie reichte ihm ihre Hand. »Ich bin Christina Röller, ich arbeite in dem Verein im Controlling.«

»Fabian Hilpert. So wie es aussieht, werde ich wohl in knapp einem halben Jahr in Ihrer Firma anfangen.«

»Ich hab schon gehört. Hoffentlich gewöhnen Sie sich zügig an das raue Klima in der freien Wirtschaft.«

»Oh, das hört sich ja geradezu abschreckend an. Sollte ich mir meinen Schritt nochmals überlegen?«

»Unterschätzen Sie das nicht«, erwiderte sie unaufgeregt. »Für unsere Geschäfte ist Ihr Job außerordentlich wichtig. Man wird Sie kräftig durch die Gegend scheuchen. Es ist weniger die Frage, wie lang der Arbeitstag ist, sondern eher, wo man ihn verbringt. Glauben Sie mir, ich weiß, wovon ich rede. Auch in den besten Hotels kommt auf Dauer eher Frust als Freude auf.« Ermutigend klopfte sie ihm sanft auf den Oberarm. »Davon abgesehen habe ich mitbekommen, dass Sie Ihr Geld längst verdient haben.«

»Zufall, reiner Zufall«, murmelte er abwehrend.

Sie schaute ihn zweifelnd an. »Glaube ich nicht. Sie machen einen ausgeschlafenen Eindruck auf mich.«

War der Nachmittag alles in allem angenehm verlaufen, so sollte der Abend dem Geschehen die Krone aufsetzen. Christina erwies sich als frische, intelligente junge Frau. Anfangs vermutete er, Wellner habe sie als jugendliche Ergänzung zu der Veranstaltung eingeladen. Hier sollte er irren. Sie war mit seinem Neffen gekommen, dessen Golfkünste sich in Grenzen hielten. Dafür verstand er sich umso besser auf edle französische Weine.

Allerdings bekam er irgendwann ein Mengenproblem. Er stand bereits gegen halb elf auf unsicheren Füßen und versuchte Christina zu überreden, ihn nach Hause zu begleiten. Kategorisch lehnte sie ab, sondern besorgte für ihn ein Taxi. Sein Sportwagen blieb stehen. Damit war ihr Vorrat an Samariterdiensten an diesem Abend erschöpft. Sie wollte sich amüsieren. Und ganz offensichtlich spielte Hilpert in diesen Überlegungen eine gewichtige Rolle. Er nahm das unausgesprochene Angebot gerne an. Gegen Mitternacht verließen sie gemeinsam die Veranstaltung und entschlossen sich, das ›Docks‹ am Spielbudenplatz mit ihrer Anwesenheit zu beehren. Abgeschreckt von den Menschenmassen, die Einlass begehrten, überredete sie ihn auf einen Drink in eine der Bars in der Nähe der Landungsbrücken. Selbstredend stimmte er ihrem Vorschlag zu. An diesem Abend wäre er ihr selbst auf den Mond gefolgt. Nach einem kräftigenden Mixgetränk traute er sich sogar, sie zu einem Tanz aufzufordern. Sie schlang ihre Arme um seinen Hals und drückte sich an ihn. Das ließ er sich gern gefallen. Ohne Probleme hielt er dagegen. Nach den vielen Monaten der Enthaltsamkeit vermochte sie nicht einzuschätzen, dass bei ihm ein einsamer Funke reichte, um ihn zur Explosion zu bringen. Das Publikum in der Bar hielt ihn letztlich davon ab, alles auf eine Karte zu setzen. Sie trennten sich nach drei Uhr, nicht ohne vorher den klassischen Kartenaustausch vorgenommen zu haben. Sie warf einen neugierigen Blick darauf.

»Jetzt weiß ich endlich, woher ich deinen Namen kenne. Du bist dabei, den Sargnagel für Staatsrat Hinrichs zu spielen.«

»Du tust mir zu viel der Ehre an. Wenn Hinrichs stolpert, dann über seine seltsamen Moralbegriffe und seine arroganten Attitüden.«

»Da könnte was dran sein.«

»Du kennst ihn?«

»Er ist ein Arsch und leider ein Parteifreund meines Vaters. Wobei der mit ihm auch seine Probleme hat. Aber gegen die Parteidisziplin hilft nicht mal der gesunde Menschenverstand. Die steht über allem.«

Bis auf einen langen Kuss zum Abschied hätte es keines Aufpassers für die beiden bedurft. Er hielt sich auch ohne Publikum zurück.

Bevor sie sich trennten, blickte sie ihm tief in die Augen. »Wie sieht es bei dir eigentlich aus, keine Ehefrau, feste Freundin oder Verlobte? Ein gut aussehender Mann wie du wird doch gerne von der Damenwelt gekrallt.«

»Die müssen mich übersehen haben.«

»Das passt mir gut ins Konzept.«

Sie wies mit Zeige- und Mittelfinger auf ihre Augen. »Ich kann sehr gut sehen, musst du wissen, wie ein Adler. Ich hab dich im Visier.«

»Fein und wie sieht es bei dir aus?«

»Eine längere Beziehung ist erst vor wenigen Stunden auseinandergegangen.«

»Großartiger Zufall.«

»Wer's glaubt. Rufst du mich an?«

»Worauf du dich verlassen kannst.«

Zur Belohnung gab es einen weiteren Kuss. Hätten sie sich in anderer Umgebung aufgehalten, vermutlich wäre es zu einem anderen Abschluss gekommen. Zumindest ließ ihr schwerer Atem darauf schließen. Aber aufgeschoben war nicht aufgehoben. Offensichtlich gab es sie, die Liebe auf den ersten Blick. Selig fuhr er mit einem Taxi zu seiner Wohnung. Nur mühsam fand er seinen Schlaf. Christina spukte wie ein Gespenst durch seinen Kopf. Er war sogar ein bisschen verärgert über sich. Warum hatte er nicht all seinen Mut zusammengerafft und versucht, mit ihr ein Hotel aufzusuchen. Dann hätte er jetzt vielleicht einen warmen Körper neben sich - oder eine rote Wange von der Ohrfeige, die sie ihm möglicherweise verpasst hätte. Mit diesen Gedanken schlief er endlich ein. Sie sollten ihn nicht verlassen, als er am darauffolgenden Morgen unter der Dusche stand.

Da er am Vorabend sehr zurückhaltend Alkohol getrunken hatte, fuhr er zeitig ins Präsidium. Hinter seinem Schreibtisch ließ er zum wiederholten Mal den vergangenen Abend nachwirken. Ob aus seiner Begegnung mit Christina mehr herauskommen konnte als ein flüchtiger Flirt? Dazu hatte er sich noch keine abschließende Meinung gebildet. Er war versucht, nach ihrer Visitenkarte zu greifen und bei ihr anzurufen, nur um ihre Stimme zu hören. Gedanklich schlug er sich auf die Finger. Er wollte sie nicht mit seiner Ungeduld nerven. Es war Wochen her, dass er sich so aufgeputscht gefühlt hatte wie an diesem Tag.

Als würde ihn irgendwo im Universum jemand um seine positiven Emotionen beneiden, betrat Lange sein Büro.

»Wir haben mit dem Revisor gesprochen. Er war der Letzte auf der Liste der potenziellen Verdächtigen aus dem Konzern. Wenn das ein Killer ist, bin ich Jack the Ripper. Der hätte vorher um die Alster laufen und anschließend ein knallhartes Aufbautraining ableisten müssen, um Sylvia Hahne zu erwürgen. So schwach, wie der gebaut ist, reißt der keiner Fliege ein Bein ab. Das ist ein typischer Zahlenknecht. Wenn der ins Training geht, versucht er einen Bleistift zu zerbrechen. Selbst da wäre ich unsicher, ob er das so ohne Weiteres schafft.«

Hilperts gute Stimmung hatte sich verflüchtigt. Die Realität hatte sich wieder Platz verschafft. Ihr letzter Verdächtiger war ihnen abhandengekommen. Wer körperlich in der Lage gewesen wäre, den Manager zu erschlagen und die Frau zu erwürgen, hatte ein Alibi. Das hieß, gab es nur einen Täter, konnte er unmöglich aus dem Büro gekommen sein. Es musste zwei Mörder geben oder einen Unbekannten, der sich nach dem ersten Mord an der Rezeption vorbeigemogelt hatte. Entnervt griff er nach dem läutenden Telefon und meldete sich in schärferem Ton, als angemessen gewesen wäre.

»Hilpert!«

»Oh, rufe ich ungelegen an?«, vernahm er Christinas Stimme. »Stör ich gerade?«

So gut er konnte versuchte er zurückzurudern. »Du und stören?! Nein, leider bist du gerade Opfer unserer völlig unbefriedigenden Ermittlungen geworden. Im Prinzip kann es keinen Täter geben, obwohl der Kreis der Verdächtigen eindeutig festgelegt ist. Trotzdem liegen zwei Tote rum.«

Ihre Reaktion ließ erkennen, dass sie seine Probleme nicht wirklich interessierten. »So hat jeder sein Päckchen mit sich rumzuschleppen. Hättest du Lust, mit mir essen zu gehen?«, fragte sie, ohne groß um den heißen Brei herumzureden.

»Wo und wann immer du willst. Meine Mörder sind es gewohnt zu warten.«

»Fein, treffen wir uns im Hanseviertel. Ich muss in der Mittagspause ein paar Einkäufe erledigen. Für einen kleinen Snack wird es allemal reichen.«

»Auch für einen großen?«

»Von mir aus. Treffen wir uns um eins am Eingang Poststraße?«

Er war einverstanden.

Es wurde ein erfreulicher Nachmittag, den er am liebsten bis in den Abend hinein fortgesetzt hätte.

Sie griff nach seiner Hand. »Wenn ich dich erzählen höre, habe ich das Gefühl, du bist gerne Polizist.«

»Das stimmt. Nur manchmal muss man sich neu entscheiden, wenn sich die Rahmenbedingungen verändert haben.«

»Ja, ja, ein Mann muss zuweilen tun, was er sich selber abverlangt. Hast du gerne John-Wayne-Filme gesehen?«

Er strich mit seiner freien Hand über ihren Oberarm. »Du hast mich durchschaut. Im Ernst. Die Entscheidung für euren Laden war spontan, trotzdem ist sie unumstößlich.«

»Ist doch eigentlich schade, hättest du abgewartet und dem Neuen eine Chance gegeben, wäre dir aufgegangen, dass er okay ist und du mit ihm vorzüglich zurechtkommst.«

»Das ist richtig. Aber Weber und ich hatten nun mal eine andere Vereinbarung getroffen. Irgendwie bin ich da nicht mehr rausgekommen. Vermutlich wäre es besser gewesen, ich hätte ein paar Tage abgewartet.«

»Hängt dir denn so viel an der Beförderung?«

»Blödsinn. Damit hat das nichts zu tun. Es geht mehr um die Freiräume in der Arbeit.«

»Nimmst du dir nicht ohnehin, was du willst?«

»Wenn das so wäre, säßen wir längst nicht mehr hier«, erwiderte er unzweideutig.

»Das hab ich längst bemerkt. Bei Frauen hältst du dich eher zurück. Da muss man ein wenig nachhelfen.« Sie tätschelte seine Hand. »Keine Sorge, das krieg ich schon gebacken. Ich greif zu, wenn sich mir die Gelegenheit bietet.« Sie blickte ihm tief in die Augen. »Und ich lass so schnell nicht mehr los.«

Er griff nach ihrer Hand und küsste ihre Innenfläche. Zögernd zog sie sie zurück.

»Du machst mich ganz verrückt. An der Stelle bin ich sehr empfindlich.« Sie schüttelte den Kopf. Mit zerfurchter Stirn ging sie auf ihn ein. »Es funktioniert hier nicht. Ob vor oder hinter dem Tresen, so was sehen die in dieser Umgebung sehr ungern.«

Er grinste sie matt an. Am liebsten hätte er sie gegriffen und wäre mit ihr in die nächste feste Unterkunft verschwunden. Aber es passte nicht. Für einen Standortwechsel fehlte ihnen die Zeit. Beide mussten sie ihren beruflichen Verpflichtungen nachkommen. Zögerlich verlosch die Lunte wieder, die sie entzündet hatten. Sie trennten sich gegen halb drei. Ihre Zeit hatten sie genutzt, einander viel über sich zu erzählen. Über ihre Wünsche, über ihre Träume. Unkonzentriert landete er in seinem Büro. An diesem Nachmittag war mit ihm nicht mehr allzu viel anzufangen. Seine Gedanken verweilten bei Christina.

Selbst mit größerem Engagement wäre er nicht weitergekommen. Sie hatten sich wie eine Patrouille in Afghanistan festgefahren. Allerdings mit dem kleinen Unterschied, dass hinter der nächsten Biegung keine Talibankämpfer auf sie lauerten, um sie mit einer Bombe in die Luft zu sprengen. Sie mussten eher mit der Erwartungshaltung umgehen lernen, die an sie gestellt wurde. Sie durfte sich mit Jahresabschlüssen herumplagen. Von ihm erwartete man mit zunehmender Lautstärke die Lösung der Mordfälle. Und ihm kam nicht einmal der Anflug einer Idee, wie sie weiter fortfahren sollten.

Anders als die Tage zuvor betrachtete er diesmal ihre Unzulänglichkeit mit einer gewissen Gelassenheit. Er war emotional aufgewühlt und hätte seinen Arbeitsplatz an diesem Tag mit Handkuss verlassen, kaum dass er hinter seinem Schreibtisch saß. Kurz nach fünf brach er ab. Diesmal gab er seinem Gefühl nach und er rief Christina auf dem Weg zu seiner Wohnung an.

Als habe sie seinen Anruf erwartet, vernahm er ihre Stimme. »Toll, dass du dich meldest.«

Was wollte er ihr sagen? Wo sie sich doch erst vor wenigen Stunden getrennt hatten. Und trotzdem fielen ihm die passenden Worte ein, als habe er sie vorher auswendig gelernt. »Ich vermisse dich. Seit Stunden denke ich nur an dich. Ich kann mich auf nichts anderes konzentrieren.«

Am anderen Ende vernahm er ihr Atmen, bevor sie antwortete: »So etwas Schönes hat mir lange kein Mann mehr gesagt. Dann habe ich alles richtig gemacht.«

Die Verbindung war gekappt. Betroffen blickte er nach vorne. Er verstand ihre Reaktion nicht, obwohl sie mit dem, was er gesagt hatte, zufrieden schien. Zumindest war es nicht verkehrt, sich bei ihr gemeldet zu haben, auch wenn er sich ein anderes Ende des Telefonats hätte vorstellen können. Irgendwie passte der knappe Abschied nicht zu ihren Worten. Er hätte sich gern mit ihr verabredet oder wenigstens ein paar Sätze mehr mit ihr gewechselt. Dieser Wunsch sollte sich schneller erfüllen, als er sich erhofft hätte. Als er den Schlüssel im Schloss der Haustür umdrehte, trat Christina ihm im Treppenhaus entgegen. Sie schlang ihre Arme um seinen Hals. »Eine nette Seele hat mich eingelassen.«

Am liebsten hätte er sie nicht mehr losgelassen. Das wäre allerdings hinderlich gewesen, um das Haus vollends zu betreten. Mit schnellen Schritten hasteten sie die Treppen hoch.

Als er die Wohnungstür öffnete, spürte er bereits ihre Hand zwischen seinen Beinen und hörte sie flüstern: »Bei dir will ich nicht vernünftig sein.«

Es reichte gerade, ihren Rock hochzuziehen und die störenden Kleinteile wie Strumpfhose und Slip zu entfernen. Im gleichen Tempo fielen seine Hose und seine Boxershorts. Noch in seinem kleinen Flur fanden sie zueinander. Als klassische Wiederholungstäter bevorzugten sie anschließend sein Bett. Dort fand er die Gelegenheit, ihren Körper eingehender zu begutachten. Überraschend entdeckte er eine Fülle weiblicher Formen, die er so ohne Weiteres bei ihrer schlanken Figur nicht erwartet hätte. Und er erlebte eine sinnliche Frau, die nicht erst überredet werden musste, sondern selber forderte und gab. Diese Nacht blieb sie bei ihm. Vermutlich hätte er ihr ohnehin keine Chance gegeben zu gehen.

Der Abschied am nächsten Morgen war schmerzlich, aber sie würden sich schon bald wiedersehen. Schließlich hatte niemand von ihnen die Absicht, die Stadt zu verlassen. Sehnsuchtsvoll schaute er ihr hinterher, als sie seine Wohnung verließ. Da war er mehrere Monate solo gewesen und nun hatte es ihn richtig erwischt. Er genoss die Situation. Am liebsten hätte er sie wie ein Standbild festgehalten, um es ständig vor seinen Augen aufrufen zu können. Leider verweigerte das reale Leben diese Technik. Alles blieb im Fluss. Hatte man den Gipfel erreicht, ging es gnadenlos abwärts.

19

Der Alltag fing ihn ein, als er vor seinen Akten hockte und über ihre bisher vergeblichen Bemühungen nachdachte. In Ermangelung einer geeigneten Ablage hatte er die Broschüren, die ihnen die Eltern von Barsch vorbeigebracht hatten, neben seinem Rollboy auf den Fußboden gepackt. Er nahm den Stapel auf und platzierte ihn vor sich auf den Schreibtisch. Weshalb hatte der Ermordete das für jedermann zugängliche Material sorgfältig verpackt bei seinen Eltern untergebracht? Wäre es entwendet worden, er hätte es jederzeit wieder beschaffen können. Nur, wer ließ solche Unterlagen mitgehen? Was signalisierten sie? Welches Geheimnis verbargen sie? Gelangweilt blätterte er sie durch. Emotionen wollten sich nicht einstellen. Interpretierte er da etwas hinein, was ihn letztlich nicht weiterbrachte? Er stieß auf Hochglanzfotos, werbliche Aussagen, Grafiken, Tabellen, Bilanzen. Im Beiersdorf-Geschäftsbericht wurde er erstmals fündig. Ihm fiel eine Visitenkarte entgegen. Jupp Meyer, las er, Marketingmanager. Damit hatte er eines der Kürzel in den Kalkulationen entziffert, M stand für Meyer, B für Beiersdorf. Er stieß auf weitere Visitenkarten, Rolfes von Unilever, Höppner von British American Tobacco. Offenbar hatte der Ermordete mit Kollegen von anderen Markenartiklern Preisvergleiche vorgenommen. Er telefonierte die Manager ab. Sie bestätigten ihm, dass sie sich tatsächlich von Fall zu Fall gegenseitig auf die Sprünge halfen. Es bestanden keine sonderlichen Berührungsängste zwischen ihnen. Und Kosten mussten sie allesamt sparen. Jeder von ihnen hatte den Rotstift im Kreuz. Ständig hieß es, mehr für weniger. Höppner bemerkte, dass Barsch in den letzten Wochen besonders penetrant gewesen sei. Ihn interessierten die Preise jeglicher Marketingprodukte. Er sei ganz hektisch gewesen.

»Er war von jeher ein penibler Mensch. Ich kenne ihn seit dem Studium. Wir haben gemeinsam BWL in Mannheim studiert. Er hatte jede Mitschrift parat. Bei ihm war immer alles aufgeräumt. Seine Studentenbude blitzte, als habe Meister Propper persönlich vorbeigeschaut.«

Er wollte das Gespräch gerade beenden, als der Zigarettenmanager nochmals ausholte. »Er ist irgendwie eigenartig gewesen. Auf der einen Seite beinahe kontrollsüchtig, auf der anderen Seite konnte er nächtelang am Spieltisch sitzen und sein Glück versuchen. Wobei er diesen Begriff für sich nicht gelten ließ. Vielmehr war er ständig auf der Suche nach Prinzipien und Mechanismen beim Spielen. Vergeblich, doch wenn jemand ein System gefunden hätte, dann er.«

»Das ist ja wie die Suche nach dem El Dorado. Hatte er irgendwelche Vorlieben?«

»Allerdings, es war Poker. Er pokerte für sein Leben gern. Und das bereits, bevor es die große Mode wurde, obwohl Blackjack viel besser zu ihm gepasst hätte.«

Nach dem Gespräch starrte Hilpert gegen die Wand. Barsch war also ein Spieler. Konnte von der Seite der Wind geweht haben? Hatte er vielleicht bei den falschen Leuten Schulden gemacht? Das bedeutete, dass er den Täter möglicherweise ganz woanders suchen musste. Es könnte passen. Wurde Barsch von einem Geldeintreiber getötet? Aber hätte jemand aus der Szene solch eine blutige Mordtat begangen und dann noch am Arbeitsplatz des Opfers? Die waren doch eher darauf bedacht, ihre Taten zu verschleiern. Davon unabhängig schickten die vorher ihre Warnungen in Form gebrochener Finger ab. Er blätterte den Obduktionsbefund durch. Dort wurde auf keinerlei ältere Verletzungen hingewiesen. Er rollte auf seinem Schreibtischsessel ein Stück zurück und starrte nach vorne. Energisch schüttelte er den Kopf. Irgendwo war es unlogisch, dass die Geldverleiher jemanden aus blauem Dunst umbrachten. Tote galten gemeinhin als säumige Zahler. Und Barsch verfügte über eigenes Geld, er verdiente gut. Eigentlich leckte man sich nach solchen Schuldnern die Finger ab. Er rückte wieder an seinen Schreibtisch heran. Mit Vermutungen kam er kein Stück weiter. Erneut durchforstete er die Unterlagen, bis er die Aussage des Pförtners fand. Hiernach kam niemand an ihm vorbei. Er rief Stange an.

»Ich verfolge da eine ganz andere Spur. Greif dir bitte den Pförtner, der am Abend der Ermordung von Barsch Dienst hatte. Bearbeite den so lange, bis unzweifelhaft geklärt ist, ob es wirklich nicht möglich ist, unbemerkt ins Gebäude oder heraus zu gelangen.«

»Erzähl, worauf willst du hinaus?« Aufmerksam hörte er zu. »Das könnte 'ne ganz andere Option werden. Dann wurde er unter Umständen ganz bewusst mit der Statue erschlagen.«

»Das kann man so sehen.«

Hilpert klackerte nach dem Telefonat ungeduldig mit den Fingern auf der Tischplatte. Irgendwo hakten seine Überlegungen. Barsch hatte zwar in den vergangenen achtzehn Monaten mehrere zehntausend Euro verloren, aber er war flüssig. Hatte er es da nötig, sich Geld zu überhöhten Zinsen von Dritten zu besorgen? Und ausgerechnet von Geldverleihern, die keine Verwandten kannten, wenn es darum ging, die Raten einzutreiben? Dann fiel ihm wieder Barschs Plan ein, eine Eigentumswohnung in bester Hamburger Lage zu erwerben. Kam er unter Umständen nicht an sein verbleibendes Vermögen heran, da er es der Bank gegenüber als Eigenkapital nachweisen musste? Daraus konnte ein Schuh werden. Die Eigenmittel waren blockiert, also besorgte man sich das Geld von anderer Seite. Klack, schon schlug die Falle zu. Er wusste zu wenig über den Toten. Er vergewisserte sich per Handy bei Tröger, dem Marketingchef des Konzerns, wie der Barschs Arbeit beurteilte.

Dieser antwortete, ohne groß nachdenken zu müssen: »An dem Toten ist ein Kostenrechner verloren gegangen. Dem konnte niemand etwas vormachen. Das hat im Übrigen auch die Prüfung durch die Revision ergeben. Er hat knallharte Preise durchgesetzt. Gelegentlich war er zu akribisch. Das ging manchmal zulasten der Kreativität. Wir haben einen zuverlässigen Mitarbeiter verloren.«

Als er von dessen Spielleidenschaft erfuhr, war er mehr als erstaunt. Barsch galt im Unternehmen als ein eher zur Penetranz neigender Mensch. Waren solche Leute überhaupt durch den

Spielbazillus gefährdet? Erschlug man sie üblicherweise in ihren Büros? Wohl kaum. Andererseits gehörten gewaltsame Tode in Konzernetagen eh einer seltenen Spezies an.

Hilpert nahm sich abermals das Notebook des Ermordeten vor. Nun verstand er die Zeilen und Spalten eindeutig besser. Dieser verglich einzelne Broschüren anderer Markenartikler miteinander und stellte offensichtlich fest, wo er selber stand. Vermutlich waren die mit einem Stern versehenen Medien von ihm selber in Auftrag gegeben worden. Wie sich zeigte, konnten seine Kollegen ebenfalls rechnen. Diesmal trommelte er mit den Händen auf der Schreibtischplatte. Nichts von dem, was er vorfand, konnte man als Geheimwissenschaft bezeichnen. Warum versteckte er die Broschüren mit den Visitenkarten bei seinen Eltern? Er musste sich weiter durchfragen. Im Endeffekt fehlte es ihm einfach am Sachverstand. Suchend blickte er sich um, bis ihm ein Aktenkoffer ins Auge stach. Er war leer. Dort packte er die Broschüren und das Notebook hinein. Er musste sich jemanden greifen, der ihn schlauer machte. Allerdings unterbrach das Läuten des Telefons seine Überlegungen.

»Hier unten steht ein Herr Röller, der unbedingt zu Ihnen möchte. Er meint, es ginge um seine Tochter.«

Was wollte Christinas Vater von ihm?, fragte er sich erstaunt.

Er hatte sich nicht ihren Ausweis zeigen lassen. Aber die Zeiten, dass sie mit dem Bus zur Schule gefahren wurde, gehörten längst der Vergangenheit an. Und wenn sie ins Kino ging, fragte sie niemand nach ihrem Ausweis, sollte der Film nur für Erwachsene zugelassen sein. Wollte er von ihm wissen, ob er es ernst meinte und eine Familie ernähren konnte? Er grinste. Dazu war Christina bequem allein imstande. Dafür benötigte sie keinen Partner.

»Er möge hochkommen. Ich nehme ihn am Fahrstuhl in Empfang«, wies er die Dame aus der Telefonzentrale an.

Sein Gast war um die sechzig. Er machte einen wohlgenährten, lebensbejahenden Eindruck auf ihn. Seine Augen strahlten fröhlich. Das schüttere Haar hatte er sorgfältig auf seinem Kopf verteilt. Ansonsten trug er legere Kleidung unter dem halblangen Übergangsmantel, den er im Aufzug geöffnete hatte. Sie reichten einander die Hand und gingen zu Hilperts Zimmer. Dort lud er seinen Gast ein, sich zu ihm an den Schreibtisch zu setzen.

Röller eröffnete überraschend das Gespräch. »Sie sind also dieser Fabian Hilpert, der Mann, an dem sich der Staatsrat verschlucken wird.«

»Richtig. Christina erzählte mir, dass sie ihn durch Sie kennt.«

»So ist es. Er ist ein Parteifreund von mir. Vor einigen Jahren verfolgten wir noch die gleichen Ziele.«

»Das hat sich geändert?«

»Ein wenig. Ich habe das Gefühl, als sei ihm das Amt zu Kopf gestiegen. Es ist wohl zu viel für ihn, als zweiter Mann hinter dem Senator zu stehen. Vielleicht hätte er das üben sollen. Nun ja, so ist das in der Politik. Sie spült Gute und weniger Gute nach oben. Gelegentlich werden sie auch wieder untergemischt. Das ist im Fall Hinrichs wohl zu erwarten.«

Hilpert reagierte gelassen. »Sei's drum. Mir ist er gleichgültig. Davon abgesehen kann man mich nicht unbedingt als Politikfanatiker bezeichnen.«

»Verlassen Sie seinetwegen die Polizei?«

»Nicht nur, aber auch. Trotzdem nehme ich an, Sie sind vermutlich nicht hierher gekommen, um mit mir über den Staatsrat zu reden? So interessant ist der wirklich nicht.«

»Wie wahr. Der soll die Suppe, die er sich eingebrockt hat, selber auslöffeln. Da hat er gut dran zu tun. Es geht, wie Sie sich möglicherweise denken können, um Christina.«

»Was ist mit ihr?«

»Das hätte ich eigentlich gern von Ihnen gewusst.« Geradezu Hilfe suchend sah er ihn an, bevor er weitersprach: »Sie kennen sich wenige Tage. Sie löst ihre Verlobung mit ihrer Jugendliebe auf und bleibt die Nacht bei Ihnen. Ich kenne meine Tochter. Die ist nicht leicht zu erobern. Irgendetwas muss da geschehen sein. Haben Sie ihr etwas ins Getränk getan oder sie mit der Waffe bedroht?«

Verlegen grinsend blickte er den besorgten Vater an. »Also Pistole, Handschellen oder K.-o.-Tropfen waren nicht erforderlich. Sie ist freiwillig gekommen und geblieben. Was soll ich Ihnen ansonsten sagen? Ich kann nur für mich reden. Ich habe mich in

Ihre Tochter verliebt. Einfach so, das ist es. Ich hoffe, sie empfindet für mich das Gleiche.«

»Das reicht mir. Wenn ich Sie so anschaue, kann ich verstehen, dass sie sich in Sie verliebt hat. Gegen dieses Urgefühl der Menschheit ist kein Kraut gewachsen. Und das ist gut so. Ich würde mich sehr freuen, sollten Sie es einrichten können, mich demnächst zu besuchen.«

»Und Christina?«

»Noch wohnt sie in meinem Haus. Da wird es sich nicht vermeiden lassen, dass man einander begegnet. Davon unabhängig bin ich durchaus in der Lage, meine eigenen Entscheidungen zu treffen, ohne meine Tochter fragen zu müssen.« Er spielte verlegen mit der Gürtelschnalle seines Mantels. »Seit der Scheidung von meiner Frau vor neun Jahren sind wir sehr eng zusammengerückt. Sie weiß, es gibt für mich nur eines: Ich möchte sie glücklich sehen.«

»Ich komme gern vorbei. Am besten, Sie sprechen mit Christina einen Wochenendtermin ab.«

»Großartig, Sie gefallen mir, junger Mann. Mit dieser Einschätzung stehe ich offensichtlich nicht allein da. Mein Freund Wellner ist ebenfalls ganz angetan von Ihnen.«

»Hoffen wir, er bleibt bei seiner Meinung.«

»Davon können Sie mal ausgehen. Ich kenne ihn seit meiner Schulzeit. Er ist nicht der Typ, der ständig seine Meinung ändert. Aber ich will Sie nicht länger von Ihrer Arbeit abhalten.« Er erhob sich und reichte ihm die Hand. »Ich finde allein zum Aufzug.«

Hilpert ließ es sich dennoch nicht nehmen, ihn dorthin zu begleiten. Christinas Vater gefiel ihm.

Junger Mann ist gut, dachte er bei sich, nachdem er wieder allein in seinem Zimmer saß. Ab wann galt man bei älteren Menschen als erwachsen? Nur wenn man gleichaltrig oder älter war? Wie war es mit Zwanzigjährigen, die frisch bei der Polizei begannen? War er für die bereits ein Tattergreis? Empfand er sie als Jugendliche? Vermutlich. Alter war halt relativ.

Fröhlich lächelnd griff er nach dem läutenden Telefon. Es war Christina. Sie wirkte auf ihn hektisch.

»Gut, dass ich dich erreiche. Es ist nicht auszuschließen, dass mein Vater dich aufsucht und einer hochnotpeinlichen Befragung unterzieht. Am besten, du lässt ihn gar nicht erst rein zu dir. Nicht, dass er dich fragt, ob du es ernst mit mir meinst oder so was Ähnliches. Zuzutrauen wäre ihm das.«

»Dafür ist es leider zu spät. Er ist schon wieder gegangen.«

»Oh nein«, stöhnte sie. »Was wollte er von dir wissen?«

»Wie ich zu dir stehe.«

»Ich habe so was befürchtet. Und was hast du ihm geantwortet?«

»Dass ich dich liebe.«

Für einen kurzen Moment herrschte Stille am Telefon.

»Mir hast du das nie gesagt«, beschwerte sie sich bei ihm, ohne wirklich beleidigt zu sein.

»So lange kennen wir uns ja nicht. Außerdem hab ich das erst in dem Augenblick begriffen, als er mich gefragt hatte.«

Ihre Stimme klang fröhlich, als sie beteuerte: »Ich liebe dich auch und möchte dich so oft wie möglich sehen.«

»Das lässt sich einrichten. Im Übrigen, dein alter Herr hat mich zu euch nach Hause eingeladen. Den Termin will er mit dir festlegen.«

»Einverstanden. Ich finde auch, dass ihr euch besser kennenlernen solltet. Er ist ein toller Mensch. Aber du bist mir zu schnell. Was wollte er sonst noch von dir?«

»Nichts, die Antwort hat ihm gereicht. Wer war eigentlich dein Verlobter?«

»Der Neffe von Wellner.«

»Der dürfte 'ne bessere Partie sein als ich.«

»Wohl wahr, aber dich will ich haben, niemanden sonst! Selbst wenn du gingest, würde ich nicht mehr zu ihm zurückwollen. Seit ich dich kenne, weiß ich, dass er mir nie etwas bedeutet hat. Man hatte sich aneinander gewöhnt, nicht mehr und nicht weniger.«

Damit war das Telefonat beendet und er durfte sich wieder auf eines seiner ungeliebten Themen stürzen. Eine Idee zu den Broschüren und Kalkulationen, die ihn anstarrten wie die Schlange das Kaninchen, kam ihm dennoch nicht. Vielleicht bohrte er an der falschen Stelle. Unzufrieden schob er die Unterlagen von sich weg. Er sah bunte Bildchen, Zahlenkolonnen und Grafiken.

Abermals begriff er, zu wenig davon zu verstehen. Vor ihm lagen eindeutige Antworten. Leider konnte er mit ihnen nichts anfangen.

Zum Mittagessen traf er sich mit Reichelt und Stange. Sie diskutierten ihre Fälle durch. Reichelt winkte entnervt ab und blockte Fragen zu Alexandra ab. Er wollte keine weitere Prognose zu ihren Überlebenschancen abgeben. Fahrig führte er die Gabel zu seinem Mund. Man hatte nicht das Gefühl, dass er mit Appetit aß. Da erging es ihm kaum schlechter als seinen Kollegen. Hilpert verstand ihn nur zu gut. Jeder war auf seine Art genervt. Die Fälle kamen ihnen vor wie eingerostete Schrauben, die man nicht einmal mit dem Hammer gelöst bekam. Als Profis wussten sie, dass Geduld angesagt war. Als Realisten war ihnen klar, dass sich mit jeder Stunde, die sie Alexandra nicht fanden, ihre Überlebenschancen minderten. Ihre Erfahrung sagte ihnen, sie musste längst tot sein. Ihre Emotionen sträubten sich kraftvoll dagegen.

Alexandra ist tot!, hämmerte es durch Hilperts Kopf, als er wenig später allein in seinem Büro saß. Er hatte sie eine ganze Zeit verdrängt. Der neue Fall, die neue Liebe hatten ihm dabei geholfen. Nun beherrschte sie seine Sinne. Doch wo steckte ihre Leiche? Wann würden sie sie finden? Was machten sie auf der Suche nach ihr falsch? Er schleppte sich durch den Nachmittag. Das Gespräch in der Kantine hatte ihn stärker aufgewühlt, als ihm guttat. Er war ein Meister im Verdrängen obwohl er sich bewusst war, damit keine Probleme zu lösen. Er verschob sie nur, bis sie ihn wieder angrinsten. Diesmal versagten die so oft eingeübten Mechanismen. Er war zu tief persönlich betroffen. Seine Gedanken fanden stetig zu Alexandra zurück. Sie begannen, ihn zu zermürben. Vermutlich ging es Reichelt am Ende des Flurs ebenso. Nach 18 Uhr rettete ihn ein Anruf von Wellner, der ihn um ein Gespräch bat. Sie verabredeten sich wie beim ersten Kennenlernen im selben Hotel. Erleichtert nahm er den Termin wahr.

20

Hilpert hatte die Scheu vor dem altehrwürdigen Haus abgelegt. Fragen der Etikette berührten ihn nicht mehr. Außerdem musste er nicht die Rechnung bezahlen, wenn sie sich trafen. Das hatte einiges für sich. Sein Gehalt und die Preise eines Luxushotels ließen sich kaum miteinander vereinbaren.

Wellner begrüßte ihn gewohnt freundlich. Er orderte einen Milchkaffee und sah sein Gegenüber erwartungsfroh an.

»Ich hab Sie aus einem eher privaten Grund zu diesem Gespräch gebeten«, spannte ihn der Unternehmer nicht lange auf die Folter.

Hilpert grinste seinen Gastgeber herausfordernd an. »Lassen Sie mich raten, es geht um Christina.«

»Jein. Wissen Sie, ihr Vater und ich sind Freunde, seit ich denken kann. Geld stand nie zwischen uns. Er hat sich immer nur für mich interessiert, wie ich mich für ihn.«

Langsam brodelte in Hilpert die Neugier hoch, worauf Wellner eigentlich hinauswollte. Verstand er ihn richtig, so kam Christina nicht aus wohlhabendem Haus. Nach seinen früheren Erlebnissen in der besseren Gesellschaft passte ihm diese Information hervorragend ins Konzept. Wie Wellner berichtete, arbeitete Röller jahrzehntelang beim Bezirksamt Mitte und war dort vor einem Jahr aus gesundheitlichen Gründen ausgeschieden. Sein Vermögen bestand im Wesentlichen aus einem Haus in Niendorf, das er von seinen Eltern geerbt hatte.

»Wissen Sie, Christina und meine Tochter Petra haben unsere freundschaftliche Tradition fortgeführt. Die Mädchen bewegen sich in unseren Häusern wie eigene Kinder. Bei uns konnte Christina reiten oder auf unserer Terrasse in den Swimmingpool springen. Bei Röllers gab es in früheren Zeiten selbst gemachte Marmelade. Zu Weihnachten halfen sie beim Backen. Da schliefen die beiden in einem Bett und genossen es. So hat jede von der anderen profitiert. Die eine behielt Bodenhaftung. Die andere durfte gelegentlich über allem schweben.«

Er schob seine leere Kaffeetasse von sich weg. Schon stand ein Ober neben ihm und nahm die Order für ein weiteres Getränk auf.

Wellner fuhr fort: »Gerd Röller hat mich in all den Jahren nicht einmal um einen finanziellen Gefallen gebeten. Er hat es mir untersagt, Christina ein Golf Cabrio zum Abitur zu schenken. 100 Euro waren gestattet. Und sie hat sich gefreut wie über ein Reitpferd.« Er lachte unartikuliert auf. »Einmal ist es mir gelungen, ihn zu überlisten. Er glaubt bis heute, dass Christinas Führerschein 600 Euro gekostet hat. Alle haben dichtgehalten. Niemand wird das Geheimnis lüften.«

Hilpert wurde ungeduldig. Bislang kannte er Wellner als dynamischen Mann, der ohne zu zucken zum Thema kam. Jetzt umkurvte er sein Anliegen wie eine Löwenmeute die Gnuherde, bis sie sich für ein Opfer entschied, das sie erlegen wollte. Er war gespannt, wann der Unternehmer zuschlagen würde. Mittlerweile war er ebenfalls beim zweiten Milchkaffee angelangt. Noch eine Tasse und er würde diese Nacht senkrecht im Bett stehen.

Langsam bog Wellner in die Zielgerade ein. »Was ich sagen will, wir hängen aneinander. Ich hätte eine Ehe zwischen Christina und meinem Neffen sehr begrüßt. Aber es war absehbar, dass nur der Richtige kommen musste. Sie hatte die Beziehung dominiert, ohne es vermutlich zu wollen. Er lebt in den Tag hinein und genießt es, dafür über die finanziellen Mittel zu verfügen. Sie ist energisch und ehrgeizig, will sich beweisen. Er ist lebensuntüchtig und langweilig. Gnade ihm Gott, es kommt der Tag, an dem er für seinen Lebensunterhalt selbst sorgen muss.«

Hilpert blieb in angespannter Erwartung. Nun musste gleich die Bombe platzen. Er sollte sich total irren. Er dachte in eine völlig falsche Richtung.

»Ich möchte betonen, dass Christinas Entscheidung, die Verlobung aufzulösen, keinerlei Einfluss auf meine Wertschätzung für Sie beide hat.«

Seine Tasse war abermals leer. Diesmal verzichtete er auf ein weiteres Getränk. Dezent verschwand der Mitarbeiter wieder.

»Christina sitzt bei uns im Controlling, weil sie intelligent, begabt und vorzüglich ausgebildet ist. Sie geht ihren Weg, wenn nicht bei uns, dann eben anderswo. Und Sie habe ich eingestellt, weil Sie über ein hohes Potenzial verfügen. Mehr wollte ich nicht gesagt haben.« Man sah Wellner an, dass er erleichtert war. »Jetzt könnte ich ein Glas Wein vertragen. Darf ich Sie dazu einladen?«

Hilpert nickte. Der Mann gefiel ihm zunehmend besser. Es gab sie also. Reich geborene Menschen, die über ein Format verfügten, an dem man sich orientieren konnte.

»Wie man hört, ermitteln Sie gerade in der Großindustrie. Nicht, dass Sie sich abwerben lassen.«

Hilpert grinste ihn an. »Ich halte es für eher unwahrscheinlich, dass die auf der Suche nach einem Hauptkommissar auf Freiersfüßen sind. Davon abgesehen stellt sich die Frage nicht. Wir sind uns einig.«

»Ich hoffe, Sie sind nach wie vor mit den vertraglichen Konditionen einverstanden.«

»Dr. Wellner, um in der Behörde so viel Geld wie bei Ihnen zu verdienen, muss ich meinen Chef beerben und seine Sekretärin gleich mit. Selbst dann reicht es nicht.«

»Gut, dass Sie darauf verzichtet haben zu sagen, Geld ist nicht alles.«

»Dafür fehlen mir die finanziellen Voraussetzungen. Meine Eltern sollen die paar Kröten, die sie in einem langen Berufsleben zusammengespart haben, eigentlich für sich selber verwenden. Ich hatte immer gehofft, sie gönnen sich endlich mal 'ne größere Reise. Was tun sie? Sie lösen für mich ihr Sparkonto auf und überweisen mir das Geld. Nur, weil ich gekündigt hatte.«

»Sie waren gegen Ihre Entscheidung?«

»Beileibe nicht. Sie wollten mir die Unabhängigkeit schenken, in Ruhe über eine berufliche Alternative nachzudenken.«

»Das müssen großartige Menschen sein.«

»Worauf Sie sich verlassen können.«

»Geben Sie ihnen jetzt das Geld zurück?«

Hilpert lachte auf. »Der Witz war gut. Eher würden sie sterben, als auch nur einen Cent zurückzufordern. Nein, da muss ich mir was Besseres einfallen lassen.«

»Schenken Sie den beiden doch 'ne Kreuzfahrt.«

»Die Idee ist nicht schlecht. Das werde ich tun.«

»Ansonsten gefällt mir Ihre Lebensgeschichte. Saturierte Menschen sind nur selten bereit, Leistung zu zeigen. Für sie gibt es keine Motivation dafür, an die eigenen Grenzen und darüber hinaus zu gehen. Betrachten Sie meine familiäre Situation. Bis auf mich, meine Tochter und auf einem anderen Betätigungsfeld noch meinen Sohn hat niemand die Hand gehoben, als es darum ging, sich an die Arbeit zu machen. Bei der Verteilung der Erträge drängelt sich dagegen jeder ohne Zögern nach vorne. Gern darf es etwas mehr sein.«

Hilpert blinzelte ihn von der Seite an. Ihm war eine Idee gekommen. »Wenn ich Sie auf ein weiteres Glas einlade, würden Sie mir dann einen Gefallen tun?«

»Immer raus damit.«

»Ich möchte Ihren Marketingleiter eingehend interviewen. Ich kaue da auf einer Sache rum und komme kein Stück weiter. Da fehlen mir schlichtweg der Sachverstand und die entsprechende Erfahrung.«

»Kein Problem. Sie haben ihn, besser sie bereits kennengelernt. Es ist meine Tochter.«

»Und sie hat richtig Ahnung?«

Er lachte auf. »Frecher Hund! Bevor Petra bei uns anfangen durfte, hat sie nach dem BWL-Studium drei Jahre lang die Welt kennengelernt. Und glauben Sie mir, das nicht als Touristin. Die weiß Bescheid. Darauf können Sie sich verlassen.«

Er griff nach seinem Handy und sprach kurz mit seiner Tochter. Schließlich wandte er sich wieder Hilpert zu. »Ist morgen Vormittag elf Uhr in Ordnung?«

Hilpert nickte zufrieden. Sie ließen die Gläser klingen.

Wellner sprach nach einem größeren Schluck ruhig auf ihn ein: »Man ist privilegiert, wenn die eigenen Abkömmlinge den Staffelstab übernehmen können, den man ihnen reicht. Sie läuten unweigerlich den Abgesang ein, wenn sie dieser Aufgabe nicht gewachsen sind. Gerade bei den eigenen Verwandten oder Freunden müssen besondere Qualitätsmaßstäbe angesetzt werden. Meine Tochter und Christina haben den Schuss gehört. Mein Sohn ist dabei, Literaturprofessor zu werden. Und ich bin sehr stolz auf ihn. Aber bei dem Begriff Cashflow denkt der im Zweifelsfall an den Titel eines Romans. Der Rest der Familie ist gerade noch befähigt, die jährlich anfallenden Tantiemen auszugeben, und sich zu beschweren, wenn wir sie senken müssen, weil die Geschäfte nicht so erfolgreich liefen, wie erhofft. Andererseits reden sie uns nicht in die Arbeit rein und halten sich mit klugen Ratschlägen tunlichst zurück.«

Er griff nach dem Glas. »Sehr zum Wohle. Nehmen wir zur Kenntnis, jede Medaille hat zwei Seiten. Leben heißt, sich nach der Sonnenseite hin auszurichten und dem Schatten weiträumig auszuweichen.« Auf seiner Stirn bildete sich ein Bündel an Falten. »Das klappt leider nicht immer.«

Hilpert grinste zu den Worten des Unternehmers. Es war egal, wie man sich fühlte. Hauptsache, es ging einem gut. Lieber gesund und reich als hässlich und dumm. Sie trennten sich mit der Erkenntnis, einander zu mögen. Hilpert suchte gegen seine sonstigen Gewohnheiten zeitig sein Bett auf. Der Wein hatte ihm die nötige Bettschwere gegeben. Das Gespräch hatte ihn für kurze Zeit auf andere Gedanken gebracht. Die Realität kauerte dennoch vor seiner Schlafzimmertür wie eine blutrünstige Bestie auf der Suche nach einem neuen Opfer.

Unter der Dusche waren seine Gedanken am nächsten Morgen längst wieder bei den Konzernmorden. Barschs Pokerleidenschaft kam ihm in den Sinn. Wen konnte er darauf ansprechen? Wer hatte sein Vertrauen genossen und konnte etwas darüber aussagen? Seine Kollegen waren nicht so recht weitergekommen. Blieb im Grunde nur dessen Chef übrig. Nach dem Frühstück warf er einen Blick auf die Uhr. Wann begannen die eigentlich in diesen Konzernen mit ihrer Arbeit? Es war kurz vor acht. Er wollte ihm noch eine Stunde geben. Tatsächlich hätte er den Marketingchef bereits früher anrufen können, denn er gehörte zur alten Garde, die früh anfing und nach hinten hin die Richterskala offen ließ. Selbstredend war es auch in diesem Unternehmen gestattet, so früh wie irgend möglich anzufangen. Sie verabredeten sich für 14 Uhr am Alsterufer.

* * *

Der Garagenwächter öffnete die Schranke, winkte Hilpert durch, als er mit seinem Wagen in die Tiefgarage fuhr. Man musste ein besonderes Faible für Ökonomie haben, um das Umfeld in City Nord genießen zu können. Da hatte die Außenalster bei Weitem mehr Flair zu bieten. Er fuhr mit dem Aufzug hinauf und wurde dort von einer Mitarbeiterin empfangen, die ihn zu Petra Wellner begleitete. Mit den räumlichen Vorzügen, die der Konzern seinen Führungskräften bot, konnte ihr Büro nicht mithalten. Dafür hatte sie es allemal verstanden, dem Raum eine sehr persönliche Note zu geben. Der Schreibtisch war eher als filigran zu bezeichnen. Er bestand aus einer Acrylplatte, die von vier matt schimmernden Metallbeinen getragen wurde. Darauf entdeckte er nur einen Flachbildschirm, eine Computermaus, die Tastatur und die Telefonanlage. Er fragte sich, ob sie überhaupt noch mit Papier und Schreibwerkzeug arbeitete. Später sollte er erfahren, dass sie durchaus des Schreibens kundig war und beileibe nicht zu den Technikfreaks gehörte, die ohne ihren PC keine Aussage tätigen konnten. In ihr relativ kleines Büro zog sie sich zum Nachdenken und zur Bearbeitung komplizierter Sachverhalte zurück. An den Wänden entdeckte er Reproduktionen zeitgenössischer Maler, mit denen er wenig anzufangen vermochte. Die attraktive Frau begrüßte ihn wie einen alten Bekannten mit zwei Küssen auf die Wange. Wären sie beide nicht anderweitig orientiert, er hätte sich durchaus erlaubt, ein zweites Mal bei ihr hinzuschauen.

Sie setzte sich auf ihren Sessel und schlug ihre wohlgeformten Beine übereinander. »Wenn wir durch sind, erwartet eine Dame aus dem Controlling Ihren Besuch.«

»Das lässt sich einrichten.«

»Eine andere Antwort hätte mich auch gewundert.«

Ansonsten hatte sie viel von ihrem Vater gelernt und kam ohne größere Umschweife auf den Zweck seines Besuchs zu sprechen. »Wie kann ich Ihnen behilflich sein?«

Er öffnete seinen Aktenkoffer und entnahm ihm die Broschüren. »Können Sie mir sagen, welches Geheimnis darin stecken mag?«

Interessiert nahm sie das Material in die Hand und blätterte es oberflächlich durch. »Ich sehe hierin nichts Besonderes. Wir finden klassisches Werbe- und PR-Material vor. Geschäftsberichte, Werbe- und Unternehmensbroschüren, wie sie vielfältig produziert werden.«

»Das ist also nicht nur Schrifttum, das in der Absatzförderung hergestellt wird.«

»Ganz im Gegenteil. Das macht den geringsten Anteil aus, soweit ich das beurteilen kann.«

»Die Dinge kommen also aus unterschiedlichen Abteilungen eines Unternehmens?«

»So ist es. Diese Medien werden in den Fachabteilungen entwickelt, üblicherweise in Kooperation mit Agenturen. Und die liefern dann meist das fertige Produkt.«

»Kann man die Kosten dafür zwischen Unternehmen vergleichen?«

»Nur bedingt. So hängen die Stückkosten insbesondere von deren Auflage ab. Wichtig ist natürlich auch der Umfang etwa einer Broschüre, deren Aufmachung, die Materialien, die man verwendet hat. Es gibt tausend Möglichkeiten, die Kosten zu steigern oder zu begrenzen. Das hängt von den Zielen und dem Budget ab.«

Eigentlich waren damit alle Fragen, die er hatte, beantwortet. Er glaubte mittlerweile die entscheidenden Sachverhalte begriffen zu haben. Trotzdem beschlich ihn das Gefühl, in einer Sackgasse zu stecken, sich zu verrennen. Je mehr er sich nach vorne bewegte, desto weiter entfernte er sich von seinem angepeilten Ziel. Er musste an den Ausgangspunkt seiner Überlegungen zurück. Er bekam keine Gelegenheit für trübsinnige Gedanken. Christina betrat den Raum und mit ihr die Freude am Leben.

»Was bist du mir für ein Liebhaber? Kaum sehen wir uns einen halben Tag nicht, schon ertappe ich dich bei einem anderen Mädel«, schalt sie ihn. Ihr strahlendes Gesicht widersprach ihren Worten. »Nun, gefällt es dir an deinem künftigen Arbeitsplatz?«

»Schwer zu sagen. Dafür habe ich mich zu wenig umgeschaut.«

»Du wirst sicherlich ausreichend Gelegenheit bekommen, die heiligen Gänge zu erkunden.«

»Das wird sich wohl kaum vermeiden lassen. Wer kann wollen, dass ich mich in der Zukunft ständig verlaufe?«

Petra warf einen Blick auf ihre Uhr. »Gehen wir zur Feier des Tages in die Kantine und gönnen uns das teuerste Essen? Selbstredend mit einem Getränk.«

Christina strich ihm über die Wange. »Noch bist du ein mittelloser Beamter. Wir laden dich selbstverständlich ein. Nicht, dass du dein Auto verkaufen musst, um mithalten zu können.«

Er nahm sie in den Arm und schaute sie mit hochgezogener

Augenbraue an. »Was ich an dir so liebe, ist, dass du überhaupt nicht zur Arroganz neigst.«

»Da kannst du mal sehen, was du an mir hast.«

Petras Vorschlag wurde trotz des kleinen Geplänkels einstimmig angenommen. Kurz darauf gesellte sich Thiems, der Justiziar, zu ihnen. Es wurde ein unterhaltsames Mittagessen. Die für Hilpert wichtigste Information war, dass Christina ihn an diesem Abend besuchen würde. Er war vorbereitet, denn er schob ihr seinen Haustürschlüssel zu.

»Ich kann nie genau sagen, wann ich zu Hause aufschlage.«

Mit blitzenden Augen nahm sie den Schlüssel entgegen. »Was hältst du davon, wenn ich ein kleines Abendessen zubereite?«

»Das kannst du auch?«

»Wenn du für einen Vater sorgen musst, der gerade noch den qualifizierten Gebrauch eines Dosenöffners beherrscht, bleibt dir nichts anderes übrig. Dem brennt selbst das Teewasser an. Ohne mich wäre der längst verhungert.«

»Ich bin begeistert. Selten, dass man einen Menschen mit so vielen Talenten trifft wie dich.«

Sie blickte ihm tief in die Augen. »Dann halt ihn fest, diesen Menschen.«

»Worauf du dich verlassen kannst. Ich hoffe, du bist nicht zu glitschig, wäre schade, wenn du mir aus den Fingern glittest.«

»Darüber mach dir keine Gedanken. Ich bin gut anzufassen, wenn ich will. Außerdem hast du kräftige Hände.«

Viel mehr Zeit zum Süßholzraspeln verblieb ihnen nicht. Der Alltag holte sie gnadenlos ein. Das kurze Intermezzo beim Mittagessen befreite sie nicht von den anderen Terminen, die sie auf dem Zettel stehen hatten. Er musste sich sputen, wollte er seinen Termin am Alsterufer pünktlich wahrnehmen.

* * *

Olaf Tröger ging freundlich auf ihn ein. »Es ist uns allen ein Anliegen, dass der Täter gefasst wird. Sie sind uns stets willkommen, Herr Hilpert. Was kann ich für Sie tun?«

»Poker, es geht ums Zocken. Ist Ihnen da etwas bezüglich Ihres ermordeten Mitarbeiters untergekommen?«

Verlegen kratzte sich der Marketingleiter am Kopf. »Man soll Toten nichts Schlechtes nachsagen. Aber es stimmt. Von Zeit zu Zeit soll er an solchen Runden teilgenommen haben. Mir war so etwas zu Ohren gekommen. Ich bitte Sie nur, diese Information vertraulich zu behandeln.«

»Mit wem sollte ich darüber reden? Könnte es sein, dass er sich dabei finanziell übernommen hat?«

»Sie haben Barsch nicht kennengelernt. Wie denn auch? Er war selbst in seinen Schwächen diszipliniert. Wir hatten zu seiner Leidenschaft zwei Gespräche. Er hat mir sehr glaubwürdig versichert, die Dinge im Griff zu haben. Beweisen kann ich es natürlich nicht. Trotzdem bin ich davon überzeugt, dass er mich nicht angelogen hat.«

»Ihnen ist also nicht zu Ohren gekommen, dass er sich vielleicht bei Kollegen Geld geliehen hat oder einen Vorschuss wollte.«

»Zu keinem Zeitpunkt.«

»Haben Sie von anderen Mitarbeitern der Zentrale gehört, dass sie ebenfalls diesem Laster frönten?«

»Nein. Allerdings wurde bei uns kein Spitzelsystem eingerichtet, das Mitarbeiter auf ihre moralische Qualität hin überprüfen soll. Auf Barschs Spielleidenschaft bin ich eher per Zufall gestoßen. Ich hielt sie nie für ein echtes Problem.«

»Ich verstehe. Aber man bekommt doch immer mal was mit.«

»Tut mir leid, mich hat mit Ausnahme von Barsch nichts erreicht.« Er kratzte sich nachdenklich an der hohen Stirn. »Vielleicht hab ich da eine Idee. Diese Pokerwelle hat ja vor allem junge Leute erfasst. Eventuell sollten wir unsere Marketingtrainees befragen.«

»Das könnte passen.«

Die Gespräche führten sie nicht weiter. Die Nachwuchsmanager hatten eindeutig andere Prioritäten, als sich die Nächte mit den Karten um die Ohren zu schlagen. Zumindest behaupteten sie das. Bei ihnen wäre auch kein Gerücht über andere Kollegen gelandet. Möglicherweise wollten sie niemanden belasten oder sich aus allem heraushalten. Als Trainee hatte man einen langen steinigen Weg bis in die Spitzen der Unternehmen vor sich. Die Marschallstäbe im Tornister waren längst entwendet worden. Da hielt man sich lieber bedeckt, um die eigenen Perspektiven nicht zu gefährden. Vor allem versiegelte man die Lippen, wenn es darum ging, sich zu Vorgesetzten zu äußern, auf deren Beurteilung man zu anderen Zeitpunkten angewiesen war.

Sie saßen noch beieinander, als Burmeister, der PR-Chef des Konzerns, sie aufsuchte.

»Oh, entschuldige, ich wusste nicht, dass du Besuch hast«, sprach er Tröger an. Gleichzeitig begrüßte er Hilpert. »Wie sieht es aus, Herr Hauptkommissar? Sind Sie schon ein Stück weitergekommen?«

»Schön wär's. Da ich Sie gerade treffe: Pokerrunden, fällt Ihnen bei diesem Stichwort etwas ein?«

»Wenn Sie das richtig professionell wie in einem amerikanischen Krimi meinen, nicht. Ich habe lediglich am Rande mitbekommen, dass der eine oder andere wohl via Internet dabei gewesen sein soll.«

»Fallen Ihnen dazu Namen ein?«

»Nicht wirklich, es waren eher Andeutungen, die mir gegenüber gemacht wurden. Sie kennen doch die Gespräche, die man in der Kantine führt. Das war mir zu dumm, deren Glaubwürdigkeit zu checken. Im Grunde interessierte es mich nicht sonderlich. Wenn Sie einen ordentlichen Job machen wollen, konzentrieren Sie sich auf den eigenen Bereich. Das ist aufwendig genug.« Er steckte eine Hand in die Hosentasche und führte seinen Gedanken zu Ende. »Wissen Sie, jeder versucht sich Perspektiven nach oben offen zu halten. Da interessiert man sich nur bedingt für andere. Und jeder hat irgendeine Schwäche, wo man ansetzen könnte: Frauen, Männer, Alkohol, Drogen, schnelle Autos, Spielsucht. Die Liste ließe sich beliebig fortsetzen.«

»Wir leben halt in einer Gesellschaft, in der der Egoismus den Takt schlägt«, ergänzte Tröger.

»Ich verstehe, aber welche Namen kursierten in den Gängen? Bedenken Sie bitte, es geht nicht um Fragen der Moral. Wir sollen zwei Morde aufklären.«

Der Pressesprecher nahm die Hand aus der Tasche und verschränkte die Arme vor seiner Brust. Es war zu spüren, dass er sich ungern zu Dritten äußerte. »Na ja, über die Spielleidenschaft des Toten wurde offen getratscht. Barsch war einem Spielchen gegenüber nicht gerade abgeneigt. Obwohl das eigentlich nicht zu ihm passte.«

»Wie darf ich das verstehen?«

»Ein pedantischer Mensch wie er und Karten spielen? Ich habe das immer für eine seltsame Symbiose gehalten.«

»Fallen Ihnen andere Namen ein?«

Ein Schulterzucken musste ihm als Antwort genügen. Sie saßen noch eine ganze Zeit zu dritt zusammen, ohne dass es sie weitergebracht hätte. Gegen 16:30 Uhr verließ er die Konzernzentrale. Dieser Fall steckte mörderisch fest. Das sollte sich auch in der nächsten Zeit nicht ändern. Nirgendwo tauchte ein überraschender Zeuge auf, der Licht ins Dunkel brachte. Sie taten sich nach wie vor schwer mit der Frage nach einem Motiv für die Morde.

Mit einem Gefühl der Erleichterung entschloss sich Hilpert, den schnellsten Weg nach Hause zu nehmen. Ginge er jetzt ins Präsidium, würde er von dort nicht vor 20 Uhr wegkommen. Er freute sich auf das Treffen mit Christina. Sie war noch nicht eingetroffen, sollte allerdings nicht lange auf sich warten lassen. Zumindest reichte es für ihn, das Bett frisch zu beziehen. Man konnte nie vorhersagen, was der Abend bringen würde. Er wusste genau, wonach ihm der Sinn stand. Schwer bepackt mit diversen Köstlichkeiten stand sie kurz darauf vor seiner Haustür. Neugierig widmete er sich diesen Zutaten für einen kurzen Moment. Er konnte durchaus kochen, aber seine Variationsbreite hielt sich in Grenzen. Als er sie am Herd beobachtete, überkam ihn die Lust auf anderes als auf Gaumenfreuden. Er schlang einen Arm um ihre Taille, mit der freien Hand wanderte er unter ihren Rock. Sie ließ ihn einen kurzen Augenblick gewähren und lehnte sich an ihn. Dann drehte sie sich ihm zu und drückte ihn sanft zurück.

»Man muss auch warten können. Wir haben anschließend genug Zeit. Ich habe nicht die Absicht, dich nach dem Essen allein zu lassen. So wie du dich aufführst, wärst du eine Gefahr für andere Frauen. Da opfer ich mich lieber freiwillig.«

»Glaub ja nicht, dass du dafür das Bundesverdienstkreuz umgehängt bekommst.«

»Du frecher Junge wirst sehen, was du davon hast.«

Folgsam ließ er von ihr ab und begnügte sich in Ermangelung besserer Alternativen mit einer Flasche Bier. An diesem Abend sorgte sie für ein kulinarisches Feuerwerk. Er aß, als sei die nächste Hungersnot im Anmarsch. Sie freute sich, dass er ihre Kochkünste zu würdigen wusste. Gleichzeitig bewies sie ihm, dass ein gutes Essen nicht nur der Besänftigung der Magennerven diente, sondern durchaus auch ästhetische Werte vermitteln konnte. Die Präsentation des Gerichts auf dem Teller, die Art wie sie den Tisch eindeckte, fanden durchaus seine Zustimmung. Er neigte eher dazu, seine kulinarischen Ergebnisse direkt aus der Pfanne zu essen. Und das oft genug im Stehen in der Küche. So blieben die Teller sauber und es gab wenig wegzuräumen. Manchmal war es einem schon zu viel, die Geschirrspülmaschine einzuräumen. Trotzdem erreichten sie erst mit dem Nachgang den Höhepunkt des Abends. Sie ließen sich Zeit. Später lag sie auf ihm und schaffte es, ihn zu einer ungeplanten Runde zu überreden. Die Frage, ob er dieser Herausforderung jeden Tag gewachsen war, stellte sich zum Glück nicht. So erübrigte es sich, sich um eine passende Antwort herumzudrücken, wäre die Frage gestellt worden. Die kommende Woche mussten sie aufeinander verzichten, da sie diverse Tochtergesellschaften aufsuchen wollte. Auch kleinere Konzerne legten Wert auf eine ordentliche Buchhaltung. Und gerade bei Tochtergesellschaften war es gelegentlich angebracht, akribisch nachzuschauen. Die Obergesellschaft wurde gern wie ein Krösus gesehen, bei dem es auf die eine oder andere Million nicht drauf ankam. Das ließen sich insbesondere Familienunternehmen nur ungern bieten. Er war erwachsen und lief nicht Gefahr, deshalb in Depressionen zu verfallen. Gleiches galt für Christina. Sie würden einander dennoch vermissen. Doch wozu gab es Telefone und E-Mails?

21

Hilpert hatte sich vorgenommen, diesen Vormittag mit Kärrnerarbeit an seinem Schreibtisch zu verbringen. Sie taumelten mit ihrem Fall durch die Gegend wie ein Boxer, der Geraden und Haken schlug und dennoch nur Löcher in der Luft produzierten, weil ihr Gegner zu schnell für sie war. Ab und an fragte er sich, ob sie überhaupt die richtige Richtung im Visier hatten. Die Nachfragen seitens der Politik und der Medien verstärkten sich zusehends. Weber tauchte bei ihnen häufiger als sonst üblich mit sorgenvoller Miene auf. Seine Fragen waren stets die gleichen. Leider galt das ebenso für ihre Antworten. Trotzdem genoss Hilpert seine Arbeit als Ermittler, der nicht in die Strukturen eines Teams gepresst war und sich gleichwohl jederzeit mit seinen Kollegen austauschen konnte. Er fragte sich in der einen oder anderen stillen Minute, ob nicht diese eher unübliche Form der Funktionsausübung mit den unterschiedlichen Herausforderungen auf Dauer besser zu ihm passen würde, als in einen klar eingegrenzten Bereich eingepresst zu sein, wo Personalführung angesagt war, der konkrete Fall den Takt schlug. Dann wieder begriff er, sich in einer Sondersituation zu befinden, die sich relativ kurzfristig verflüchtigen würde. Mit seiner Kündigung hatte er sich selbst zum Auslaufmodell heruntergestuft. Weber ließ ihn an der langen Leine wirken. Er gab nur den Druck weiter, der von oben auf ihn ausgeübt wurde. Doch selbst dann trat er konziliant und vor allem fair auf. Vermutlich war er der letzte Gentleman bei der Hamburger Polizei. Solch ein Mann als Staatsrat stände der Polizei mit Sicherheit gut zu Gesicht. Leider interessierte sich niemand für seine Meinung. Und ob Weber tatsächlich bereit wäre, in die Politik zu wechseln, musste zumindest bezweifelt werden. Diese schien ihn allem Anschein nach vergessen zu haben. Der Staatsrat befand sich in verlustreichen Abwehrschlachten. Ihm verblieb kaum Zeit und Muße, sich mit ihm zu beschäftigen. Und er selbst verschwendete wenige Gedanken an den Mann. Sollte der sich um seine eigenen Probleme kümmern, so wie er es ebenso tat. Auf dem Kamm der Welle lebte es sich vorzüglich. Es gab nur einen Nachteil. Irgendwann ging es unweigerlich wieder nach unten. Das war die Physik des Lebens, der sich niemand entziehen konnte. Und der schnelle Fall nach unten war schmerzhaft für die Seele. Mit etwas Glück konnte man Einfluss auf die Fallgeschwindigkeit nehmen, doch die Richtung blieb die gleiche. Nur selten ging es wieder nach oben. Und wenn, dann war es ein steiniger Weg. Dies galt gleichermaßen für ihn. Ohne die Lösung der Mordfälle im Konzern wäre es allemal für ihn angebracht, sich in den unteren Regionen der Popularität neu zu orientieren. Er machte sich nichts vor. Las man demnächst in der Presse über seine Unfähigkeit bei den Ermittlungen, wäre es selbst für Wellner schwer, ihn auf Dauer in der künftigen Position zu halten. Sein Lieblingsjournalist wartete gewiss nur darauf, ihn in freier Wildbahn erlegen zu dürfen, auch wenn er mit Hinrichs momentan das kapitalere Opfer vor seiner Feder hatte. Irgendwann musste er sich mit kleinerer Beute begnügen. Wölfe fraßen beileibe nicht nur Hirsche. Oft genug hatten selbst Kleinnager daran zu glauben. Warum sollte man nicht einen völlig überschätzten Hauptkommissar auf dem Weg zum Big Business ins Visier nehmen? Wollte er die letzten Monate zufrieden und akzeptiert verbringen, musste der Erfolg her, sonst konnte es bitter werden. Zu seinem Leidwesen war er davon Lichtjahre entfernt.

So gut es funktionierte, hatte er die Gedanken an Alexandra bewusst zur Seite geschoben. In stillen Momenten drängte sich ihm die Erinnerung an sie auf. Lag sie irgendwo gefesselt in einer Wohnung, in einem Haus, war verhungert oder verdurstet? Würde man sie irgendwann tot auffinden, verwest, mumifiziert? Mit Böcklers Selbstmord hatte die Welt einen Menschen verloren, der für mindestens sieben Morde verantwortlich war. Niemand würde ihn vermissen. Ganz im Gegenteil, wer um seine unselige Leidenschaft wusste, war heilfroh, dass er tot war. Eigentlich konnte man nur bedauern, dass sein Selbstmord viel zu spät kam. Er schüttelte sich. Er wusste, Wenn und Hätte zählten nicht, sondern ausschließlich die bitteren Fakten.

In den letzten Tagen hatte er es kaum geschafft, mit Reichelt mehr als einen Gruß zu wechseln. Oft sahen sie sich gar nicht. Aber der würde ihn garantiert informiert haben, hätten sich neue Erkenntnisse ergeben. Also sah er davon ab, ihn mit einem Anruf zu nerven. Um auf andere Gedanken zu kommen, ging er seine Telefonnotizen im PC durch, die zuletzt aufgelaufen waren. Deren Anzahl hielt sich in Grenzen. Bis auf einen Namen waren ihm alle Anrufer geläufig. Einige hatten sich von allein erledigt. Ein Dr. Bender bat um Rückruf. Spontan griff er zum Telefon und wählte dessen Nummer. Zu einem anderen Zeitpunkt befragt, hätte er keine plausible Antwort für seine schnelle Reaktion geben können. Es gab sie, die Zufälle im Leben, die eine tiefe Wirkung hatten.

»Nett, dass Sie zurückrufen«, vernahm er eine verbindliche männliche Stimme. »Es ist doch richtig, dass Sie an dem Fall Böckler gearbeitet haben?«

»Kann man so sagen.«

»Also zu Ihrer Information. Er war bei mir über längere Zeit in psychiatrischer Behandlung.«

»Interessant, litt er unter abartigen sexuellen Fantasien?«

»Worauf Sie sich verlassen können. Eine Sitzung mit ihm war der reine Horror. Ihn zeichneten nachhaltige sadistische Neigungen aus.«

»Und weshalb hat man ihn nicht frühzeitig festgesetzt?«

»Das ist ganz simpel. Es gab nie einen konkreten Vergewaltigungsvorwurf gegen ihn. Die Fantasien sind nicht das Problem, sondern die Disziplin der Betroffenen, diese zu unterdrücken.«

»Das ist ja voll in die Hose gegangen. Wie sich zeigte, hat er seine perversen Lüste konsequent ausgelebt und eben nicht mit sich selber in seinen eigenen vier Wänden ausgemacht, umgeben von seinen pornografischen Bildern.«

»Das ist richtig. Aber er ist nie unter konkreten Verdacht geraten. Sie wissen doch besser als ich, die Dunkelziffer bei Sexualverbrechen ist immens hoch. Es gab gegen ihn keine einzige Anzeige oder auch nur eine Beschwerde. Mir ist bei anderen Sexualdelikten keine Täterbeschreibung untergekommen, die annähernd auf ihn gepasst hätte.«

»Hielten Sie ihn für gefährlich?«

»Absolut, der Mann war eine wandelnde Zeitbombe. Mir war klar, er würde irgendwann explodieren.«

»Das zeigt ja nun die Realität. Es hat nur niemand mitbekommen.«

»Das ist der Grund, weshalb ich mit Ihnen spreche. Meiner Meinung nach hakt die Geschichte. Eine Frau im Stadtpark anzufallen, passt ins Schema. Ebenso, von ihr verscheucht zu werden. Auf seine Art war er feige.«

»Ich habe ihn als kräftigen Mann in Erinnerung.«

»Das stimmt und trotzdem wich er bei Gegendruck sofort zurück, egal, von wem er ausgeübt wurde. Seine Stressstabilität war nicht sonderlich ausgeprägt.« Er hüstelte, bevor er fortfuhr: »Wie ich jetzt in der Zeitung gelesen habe, soll er sich ein kompliziertes, auf Teile Deutschlands ausgerichtetes logistisches System ausgedacht haben. Das halte ich für undenkbar. Dafür fehlte es ihm einfach an Intelligenz und Konzentrationsfähigkeit. Er besaß zwar einen Führerschein, war aber meiner Meinung nach nicht in der Lage, zielgerichtet größere Touren zu unternehmen. Der hätte nie hin- und vor allem nicht zurückgefunden.«

»Das sind wichtige Aussagen, Doktor. Warum kommen Sie erst heute mit einigen Wochen Verspätung auf uns zu?«

»Ich bin seit wenigen Tagen aus einem längeren Urlaub zurück. Beim Studium der älteren Zeitungen ist mir Böckler untergekommen.«

»Schaute er denn nicht regelmäßig bei Ihnen vorbei?«

»Nein, nur wenn es ihm in den Sinn kam.«

»Bringt das denn therapeutisch etwas?«

»Hätte ich versucht, ihn zu zwingen, mich aufzusuchen, wären die Ergebnisse noch unbefriedigender. War schon großartig, wenn er gelegentlich bei mir reinschaute.«

»Na ja, das was wir ihm aufgrund unserer eindeutigen Beweise nachweisen konnten, hat uns gereicht. Trotzdem, vielen Dank für Ihren Anruf, Doktor.«

Das Gespräch mit dem Psychiater wirkte in ihm nach. Hatten sie etwas übersehen? War für sie alles so eindeutig, dass sie schlampig gearbeitet hatten? Entschieden schüttelte er den Kopf. Es passte bis hin zum Selbstmord. Niemand von ihnen war auf eine schnelle Lösung eingestiegen. Auch sie hatten ihre Probleme mit dem Mann. Aber die DNA-Analyse war unerbittlich. Er kreuzte die Arme hinter seinen Kopf und lehnte sich zurück. In ihm setzten sich Zweifel fest. Wo stand eigentlich der VW-Bully des Toten? Immer noch in der Polizeigarage? Vermutlich, denn bislang konnten sie keine Erben ausfindig machen. Hinsichtlich des Fahrzeugs hatte er eine Unterlage in Händen gehalten, der er wenig Bedeutung beigemessen hatte. Entschlossen verließ er sein Zimmer und suchte die Kollegen vom MK 3 auf. Zum wiederholten Mal machte er sich über die Akten her. Schnell fand er, was er suchte, eine Werkstattrechnung. Hier stand es schwarz auf weiß: Böcklers Fahrzeug wurde am Tag von Alexandras Entführung repariert. Die Kupplung wurde erneuert, zwei Bremsbacken ausgewechselt. Der Mann war ohne fahrbaren Untersatz. Konnte es sein, dass Alexandra Opfer eines anderen Täters geworden war? Er ließ eine Nachricht für Reichelt zurück. Dieser hatte ein paar Tage Urlaub genommen, um private Angelegenheiten zu regeln. Da wollte er ihn vorerst zufriedenlassen. Schließlich ging es um viel Geld. Jetzt kam es auf einen Tag eh nicht drauf an, oder doch? In Gedanken versunken betrat er wieder sein Büro und setzte sich hinter seinen Schreibtisch. Er starrte auf die Telefonnotiz des Psychiaters. Entschlossen griff er zum Telefon und wählte abermals dessen Nummer. Er erreichte ihn sofort.

»Böckler soll ein Auto gemietet haben?«, reagierte er mit erhobener Stimme auf seine Frage. »Das halte ich für ausgeschlossen. Selbst beim Kauf seines Bully musste ich ihm behilflich sein. Das hätte er allein nicht geregelt bekommen. Und die 3.000 Euro Kaufpreis musste er über 18 Monate abstottern. Der hat sich mit Gelegenheitsjobs über Wasser gehalten. Er war handwerklich recht geschickt. Spezialist für Gartenarbeiten, einfache Malerarbeiten. Und dann soll der sich für teuer Geld ein Auto leihen, um ein Sexualverbrechen zu begehen? Nein, das will ich nicht glauben. Zudem musste der die Reparaturrechnung bezahlen. Für solch eine Hektik hätte es keinen Grund gegeben.«

Die Aussage bestätigte seine Bedenken, die ihn mittlerweile bewegten. Böckler hatte zumindest mit Alexandras Tod offensichtlich nichts zu tun. Das war für ihn Fakt. Wie konnte er es beweisen?

Am Abend erreichte ihn zu Hause ein Anruf seines Kollegen. »Ich höre, du hast neue Aspekte in Sachen Alexandra aufgetan?«

»Ach du Ärmster, lassen dich deine Leute nicht mal in Ruhe, wenn du deine privaten Sachen zu erledigen hast?«

Reichelt lachte bitter auf. »Es gibt eine Anweisung von mir, dass alles, was Alexandra betrifft, umgehend bei mir landet, egal, ob ich auf dem Topf sitze oder durch die Karibik segle. Wobei das eine wahrscheinlicher ist als das andere. Die Vorwürfe, ihr in schwieriger Situation nicht geholfen zu haben, stecken in mir wie ein Messer, das sich nicht entfernen lässt.«

»Ich versteh dich. Mir geht es ähnlich. Also ich denke, dass Böckler nichts mit Alexandra zu tun hatte.«

»Wie das?«

Hilpert vermeinte zu fühlen, wie Reichelt über die neuesten Informationen nachdachte, die er ihm mitteilte. Ruhig wartete er auf seine Reaktion.

»Ein Ersatzwagen ist nicht denkbar?«, fragte sein Kollege.

»Sehr unwahrscheinlich. Dafür fehlte ihm vermutlich die Kohle.«

»Verstanden. Mich hatte schon gewundert, dass er innerhalb so kurzer Zeit zweimal in derselben Stadt zugeschlagen haben sollte.«

»Da sind wir wie gewohnt einer Meinung. Aber es war so hübsch einfach.«

»Man kann nicht vorsichtig genug sein mit seiner Meinungsbildung, Fabian. Bleib am Ball. Wir sehen uns morgen in alter Frische und machen genau an dem Punkt weiter.«

Hilpert trommelte mit den Fäusten auf der Schreibtischunterlage. Ihm reichten die Hinweise auf Böcklers Unschuld im Fall Alexandra trotz aller Indizien nicht aus. Sie glaubten schnell - zu schnell - an seine Schuld. Nun liefen sie Gefahr, die gegensätzliche Position einzunehmen, obwohl sie überwiegend durch Vermutungen untermauert war. Es war nicht mehr möglich, ihn selbst zu befragen. Er musste sich seine Informationen anderweitig zusammenklauben. Also besorgte er sich die Telefonnummer der Werkstatt. Vielleicht konnte man ihm dort behilflich sein.

Er erreichte den Werkstattleiter, der zu fluchen begann, als er ihn auf Böckler ansprach. »Ob ich mich an Böckler erinnere, an diesen Idioten?! Sie machen Scherze! Wenn ich den Namen höre, kräuseln sich mir selbst im Nachhinein die Nackenhaare. Den will ich bei uns nicht mehr sehen!«

»Das lässt sich einrichten, er ist tot.«

Der Ton des Mannes wurde eine Nuance weicher. »Das hab ich nicht mitbekommen. War er krank?«

Hilpert wollte nicht weiter darauf eingehen. »So ähnlich. Was hat er angestellt, dass Sie so in Brass geraten sind?«

»Der hat die ganze Zeit bei seiner verdammten Kiste rumgestanden und uns nicht aus den Augen gelassen, als wir die Reparaturarbeiten durchführten. Stellen Sie sich vor, Sie wären Chirurg und Familienangehörige wohnen der Operation bei, um sicherzustellen, dass Sie ordentlich arbeiten.«

»Wann hat er den Wagen denn mitgenommen?«

»Am späten Abend. Uns war ein Unfall mit Blechschaden dazwischengekommen. Der Beteiligte wollte noch am selben Tag weiter nach München fahren. Der musste provisorisch versorgt werden. Keine große Sache. Was sollten wir machen? Außerdem hat er einen Hunderter draufgelegt.«

»Und Böckler?«

»Der hat richtig getobt, als wir seine Kiste für ein paar Stunden rumstehen ließen.«

»Wann ist er denn bei Ihnen abgezogen?«

»Gegen zehn waren wir endlich fertig.«

»Und hat er gezahlt?«

»Allerdings. Seltsamerweise überwiegend mit kleinen zerknitterten Scheinen. Man mochte meinen, er hat sich das Geld vom Munde abgespart.«

»Hat er wohl auch. Kohle besaß der nämlich nicht. Das war ein armer Schlucker.«

Er musste nicht lange nachdenken. Wenn es noch eines Beweises bedurft hätte, dass Böckler Alexandra nicht entführt haben konnte, in der Autowerkstatt bekam er ihn frei Haus geliefert. Sie hatten in Sachen Alexandra zu oberflächlich gearbeitet und wertvolle Zeit vertan. Unter Umständen kostete dieser Fehler ihr Leben. Und sie ließen sich als die großen Detektive feiern.

Am späten Vormittag des nächsten Tages saßen sie gemeinsam bei MK 3 und versuchten Struktur in ihre Gedanken zu bringen. Reichelt war vor gut einer Stunde aus Frankfurt zurückgekehrt. Wie ein Tiger im Käfig lief er in dem Raum auf und ab.

»Wie die letzten Idioten haben wir uns auf die einfache Problemlösung gestürzt. Das Ergebnis ist, wir haben eine weitere Gelegenheit verpasst, Alexandras Leben zu retten. Mensch, Fabian, hättest du nicht alles in Zweifel gezogen, wir würden dort draußen einen Mörder rumlaufen lassen, ohne es zu wissen.«

»So schrecklich das auf der einen Seite ist, aber vielleicht vergrößert das Alexandras Überlebenschance. Unter Umständen hält dieser Typ sie irgendwo versteckt und versorgt sie.«

»Wer weiß, was er sonst noch mit ihr anstellt«, mutmaßte Reichelt.

»Das ist momentan egal. Nur, was können wir unternehmen, um an sie heranzukommen?«

Reichelt stellte sich vor Hilpert, die Hände in den Hosentaschen vergraben.

»Wir sollten eine größere Aktion mit der Presse starten. Ihr Foto muss durch die Medien gepeitscht werden, möglichst bundesweit. Vielleicht hat sie doch jemand gesehen. Sie oder ihren Entführer.«

»Einverstanden. Spannen wir Weber da mit ein oder den Staatsanwalt oder beide?«

»Oh nein, mein Freund«, winkte Reichelt entschieden ab, »du bist der Medienstar. Dich will man sehen und hören. Du sorgst für einen großen Auflauf und für entsprechend prominent aufgemachte Artikel. Wenn du da vorne sitzt, schreiben die sich die Finger wund. Du wirst reden wie ein Buch.«

Man merkte, wie Reichelt das sachliche Gespräch beruhigte. Er setzte sich endlich seinem Kollegen gegenüber und schaute ihm fordernd ins Gesicht. »Und du wirst zu jeder Frage Stellung beziehen und keinem Journalisten vor den Kopf stoßen. Selbst wenn die dich über dein Sexualverhalten befragen. Wir können uns keine Rücksichtnahme erlauben. Weder auf deine Seele noch auf den Scheiß Staatsrat. Wenn es sein muss, greif den gesamten Senat an oder von mir aus den Papst.«

»Du hältst das wirklich für eine gute Idee?«, fragte Hilpert zögerlich.

»Nicht nur das. Ich werde alle Hebel in Bewegung setzen lassen, um die Medien so schnell wie möglich um uns zu versammeln. Wir haben genug Zeit verloren!«

Er nickte zu den Worten des Kollegen. Reichelt hatte recht. Seit der Affäre um den Staatsrat versuchten die unterschiedlichsten Journalisten, ihn zu erreichen. Eine Einladung zur NDR-Talkshow konnte er im letzten Moment abwimmeln. Sie würden kommen, wenn er rief. Er musste in diesen sauren Apfel beißen, gleichgültig, ob es ihm passte.

Weber und der zuständige Staatsanwalt winkten ihr Vorhaben durch. Der Pressesprecher der Polizei stand keine halbe Stunde später bei ihnen im Zimmer. »Wie kann ich helfen?«

Gemeinsam legten sie ihren Schlachtplan fest. Ihr Kollege stieß voll in Reichelts Horn. »Momentan bist du unser Superstar, Fabian. Nutzen wir diesen Rückenwind. Morgen interessiert sich niemand mehr für dich. Dann ist wieder Eintopf angesagt.«

Es sollte sich zeigen, dass sie mit ihren Überlegungen richtig lagen. Der Raum, in dem sie die Pressekonferenz abhielten, schien aus allen Nähten zu platzen. Hilpert saß gut platziert an einem quer gestellten Tisch. Pressesprecher und Staatsanwalt bildeten nur den formellen Rahmen für ihre Aktion. Man stürzte sich auf ihn wie die Hyänen auf die verletzte Antilope. Man ließ ihn gerade noch ausreden und bombardierte ihn umgehend mit diversen neuen Fragen. Schnell bewegten sie sich von ihrem eigentlichen Anliegen weg. Erst mit seiner Drohung, den Raum zu verlassen, kamen sie wieder auf Alexandra zu sprechen. Für die Zusicherung, ihr Foto exponiert unterzubringen, gab er Interviews und bezog zu allen Fragen offen Stellung. Selbst sein Intimfeind Paul Frank wurde von ihm wie ein alter Freund behandelt. Dieser bedachte ihn mit einem satten Grinsen. Mit Hilpert verband er seit Neuestem positive Assoziationen. Man plante mittlerweile in der Chefredaktion, ihn fest einzustellen. Da war ein guter Kontakt zu ihm nur dienlich.

Als sie sich trennten, schlug er dem Kriminalbeamten auf die Schulter. »Sauerei, was man mit Ihnen veranstaltet hat. Aber Hinrichs wird geschlachtet, mein Wort darauf!«

Hilpert zuckte mit den Achseln. Sollte der Staatsrat Pförtner bei Unilever werden oder Vorstandsvorsitzender der Wasserwerke. Alexandra wurde nach wie vor dort draußen festgehalten. Zumindest hoffte er es. Sie mussten alles daransetzen, sie zu finden. Jeder Tag, der ergebnislos verstrich, verringerte ihre Überlebenschancen. Hoffentlich entdeckten sie nicht demnächst ihre Leiche irgendwo im Harz oder am Ufer der Spree.

Sie erreichten, was sie erreichen wollten. Die Medien berichteten in groß aufgemachten Artikeln. Rundfunk und Fernsehen nahm sich ihrer an. All ihre Bemühungen schienen dennoch zu versanden, obgleich bei ihnen Unmengen an Beobachtungen und vor allem an Verdächtigungen landeten. Offenbar wurde niemand so sehr gehasst wie der direkte Nachbar. Sie liefen Gefahr, an den vielen Hinweisen zu ersticken. Keine einzige Spur war nachhaltig und hielt einer eingehenden Überprüfung stand. Hilpert nahm abermals die Akten zur Hand. Wie war das am Tag der Entführung? Er entschloss sich ein weiteres Mal, den älteren Herrn aufzusuchen, der die angetrunkene Frau am Arm eines Mannes in der Nähe von Alexandras Wohnung gesehen haben wollte. Dessen Aussage blieb weiterhin zweifelhaft, bis ihm eine Bemerkung unterkam, die für ihn neu war.

»Fragen Sie doch diesen Soldaten in der Tarnhose. Der war dichter dran als ich. Zu meiner Zeit hätten die keine Pferdeschwänze tragen dürfen. Wie sieht denn das aus bei einem Mann? Und weshalb trug der mitten in der Stadt einen Stahlhelm? Und dann noch einen der Wehrmacht? Üben die jetzt schon vor unserer Haustür?«

»Saß der Mann auf einem Motorrad?«

»Genau. Da wollte er gerade draufsteigen. Die Maschine erschien mir viel zu schwer fürs Gelände. Na ja, heutzutage ist alles anders. Da muss ich mich wohl dran gewöhnen.«

Soldat ist gut, dachte er, als er den Zeugen verließ. Er hatte darauf verzichtet, den älteren Herrn aufzuklären. Offensichtlich handelte es sich um einen Motorradfreak. Im Gelände würde der sich mit seiner Harley oder Kawasaki nicht tummeln wollen. Der Asphalt war sein Revier. Nur, was fing er mit solch einem vagen Hinweis an?

Im Büro traf er auf Reichelt. Sie tauschten sich ohne rechte Überzeugung aus.

»Ein Rocker in dieser Gegend?«, bemerkte Reichelt ohne spürbare Überzeugung. »Na ja, denkbar ist alles.«

Sie schickten ein Ermittlerteam los und durchforsteten die Adressbücher. Ohne Erfolg. Wenige Schritte entfernt von dem Standort lag eine Tankstelle. Vermutlich war der Mann mit dem Stahlhelm dorthin abgebogen. Möglicherweise war er auf der Durchreise. Auch diese Spur schien zu versanden, bevor sie heiß geworden war. Alexandra blieb verschwunden. Der Mann mit dem Stahlhelm wollte Hilpert nicht loslassen. Konnte es sein, dass der Wichtiges beobachtet hatte, ohne es richtig eingeschätzt zu haben? Wieder einmal war er dabei, im eigenen Sud zu brodeln. Wozu gab es Kollegen? Bei der MK 3 diskutierten sie zehn Minuten später gemeinsam darüber. Jeder Strohhalm schien ihm recht.

»Ich hab da eine Idee«, meldete sich Oberkommissar Rüther. »Ich meine, in der Gegend liegt ein Revier. Vielleicht können uns unsere uniformierten Kollegen behilflich sein. Die kennen sich meist gut aus in ihren Bezirken.«

»Guter Ansatz, darauf hätten wir schon früher kommen können«, bemerkte Hilpert in einem Gemisch aus Hoffnung und Verzweiflung.

Sie mussten mehrere Stunden warten, bis sie eine Reaktion erreichte. Bei ihnen meldete sich ein Polizeihauptmeister. »Die Beschreibung könnte auf einen Rainer Gasmus passen. Ich kenne ihn recht gut. Er liebt laute frisierte Maschinen. Ansonsten ist er eher harmlos.«

»Her mit dem Herrn!«, stieß Hilpert hervor.

»Das wird schwerlich möglich sein. Er ist verschwunden. Seine Freundin hat ihn vor Kurzem als vermisst gemeldet.«

»Besorgen Sie vernünftige Fotos von ihm. Wir schreiben ihn zur Fahndung aus. Wir müssen diesen Knaben zu fassen bekommen. Ein Gefühl sagt mir, der hat was mitbekommen.«

Hoffentlich hilft der uns weiter, dachte er später. Gefühle täuschten oft. Ein glaubwürdiger Zeuge war immer noch das beste Beweismittel, das sie neben einem Geständnis kannten. Die Zeit zerrann ihnen zwischen den Fingern wie eine Handvoll Sand. Die letzten Rudimente ihres Optimismus lösten sich Stück für Stück auf wie der Kandiszucker im heißen Tee.

***

Konzentriert blickte er auf seine Kladde. Leider konnte er niemandem davon erzählen. Er musste seine schwierige Aufgabe nicht mehr allein erfüllen. Endlich stand ihm jemand zur Seite. Hätte er der Bestätigung seiner Taten bedurft, er hatte sie gefunden. Ruhig konnte er sich auf seine nächste Aktion konzentrieren. Da durfte ihm kein Fehler unterlaufen. Erstmals seit Längerem gönnte er sich einen Cognac. Ein Geräusch in seinem Rücken ließ ihn herumfahren. »Ach, du bist es.«

* * *

Ihre vagen Hoffnungen sollten auch diesmal enttäuscht werden. Am Freitagnachmittag fand sich die Leiche von Gasmus in der Nähe des Hafens von Jork im Alten Land. Man hatte ihn mit einer Kugel im Kopf in die Büsche geworfen. Neun Millimeter hielt kein noch so dicker Schädel aus. Da half ihm auch sein Stahlhelm nicht weiter, sah man davon ab, dass er eh aus Kunststoff war. Ihr Mörder war ihnen wieder einmal mehr als eine Nasenlänge voraus. Warum musste dieser Mann sterben? Hilpert wehrte sich gegen einen Anflug von Verzweiflung. Hastig blätterte er die Zeugenaussagen durch und fand, was er suchte. Die Tankstelle, irgendetwas musste dort vorgefallen sein. Dafür nahm er Wetten an. Am selben Abend suchte er sie auf. Er hatte Glück und traf auf eine korpulente Frau, die dort regelmäßig bis in die Abendstunden hinein ihren Dienst versah. Sie erinnerte sich an den Biker mit dem imitierten Stahlhelm.

»Richtig, der tankt gelegentlich bei uns. Der zahlt immer bar. Ist 'n ruhiger Geselle. Manchmal kauft er bei uns auch seinen Feinschnitttabak und Blättchen ein.«

»Ist Ihnen etwas Besonderes aufgefallen an dem Tag?«

»Nein. Ich weiß nur, der stand neben einem Kleintransporter, der ebenfalls betankt worden war.«

Hilpert wurde hellwach. »Erinnern Sie sich an den Fahrer?«

»Ja, es war ein Mann. Der trug einen seltsamen Schlapphut, tief ins Gesicht gezogen. Und er hatte eine dicke dunkle Hornbrille auf. Fast wie Udo Lindenberg. Aber ich meine, der hat gar keinen Führerschein. Vermutlich war das ein Fan von ihm.«

»War er groß, klein, dünn, dick?«

Sie schüttelte den Kopf. »Keine Ahnung. Ich meine, er trug einen langen Schlabbermantel. Es war recht kühl und regnerisch an dem Tag.«

»Wie hat der bezahlt?

»Das weiß ich wieder. Genau wie der Motorradfahrer in bar.«

»Und der Lieferwagen? Welche Marke, welche Farbe?«

»Das fragen Sie mich jetzt nicht ehrlich. Ich merk mir doch nicht jeden einzelnen Fahrzeugtyp, der bei uns tankt.«

»Nein, natürlich nicht. Haben Sie hier nicht ein Video laufen?«

Sie winkte ab. »Vergessen Sie's. Das Gerät ist seit Jahr und Tag kaputt. Ist 'n altes Teil. Hätte sowieso nicht geholfen. Das Band wurde täglich überspielt.«

»Sollte Ihnen noch etwas einfallen, hier ist meine Karte.«

Er wollte sich bereits abwenden, als sie ergänzte: »Ich meine, der hat ein Bein nachgezogen. Als hätte er ein Problem mit dem Knie.«

Vor der Tankstelle atmete Hilpert tief durch. Dunkle Brille, Schlapphut, langer Mantel, zieht ein Bein nach. Mit dieser Beschreibung konnte er rein gar nichts anfangen. Vielleicht war es tatsächlich Udo Lindenberg. Aber zog der ein Bein nach? Hatte die Frau Alexandras Entführer bedient? Was hatte der Ermordete gesehen? Er korrigierte sich. Wen hatte er gesehen? Er war sich ziemlich sicher, dass es Alexandra war und er deshalb sterben musste. Weshalb blieb sie in dem Wagen sitzen, als er bezahlte, und hatte nicht das Weite gesucht?

Betäubt, dachte er, er hatte sie betäubt.

Die Spur, die er aufgenommen hatte, war gut. Er war nur zu spät gekommen. Wieder war er in den Kreisverkehr eingeschert und musste denselben Weg zurücklegen, den er hin genommen hatte. Alle anderen Ausfahrten waren blockiert und verhinderten ein Fortkommen.

Hilpert verbrachte dieses Wochenende allein und völlig entnervt. Alexandras Schicksal belastete ihn nach wie vor und bereitete ihm Magendrücken. Christina war derweil nach Frankreich gerufen worden, weil sich dort ungeahnte Probleme auftaten. Sie wurde erst Ende der nächsten Woche zurückerwartet und würde dort auch dieses Wochenende bleiben. Ein Privatjet zur eigenen Benutzung, mit dem sie kurzfristig hätte zurückfliegen können, stand ihr nicht zur Verfügung. So weit war sie noch nicht in dem Unternehmen gekommen.

22

Ihr Pferdeschwanz wippte lustig auf und nieder, als sie den kleinen Hain passierte. Seit mehreren Jahren nahm sie diese Strecke entlang des Flusses. Jetzt im November wurde es abends spürbar kälter. Vor allem brach die Dunkelheit zusehends schneller über sie herein und sie lief Gefahr, sich auf dem Weg zu verletzen. In wenigen Tagen würde sie ihre traditionelle Winterpause mit dem Joggen einlegen und sich mit dem Laufband im Keller ihres Hauses begnügen. Es fehlte knapp ein Kilometer und sie hätte es geschafft. Sie kannte die Strecke wie ihre Westentasche. Abrupt verhielt sie ihren Schritt. Vor ihr auf dem Weg kauerte laut stöhnend eine Person.

Sie stoppte und näherte sich dem Mann am Boden. »Was ist mit Ihnen, kann ich helfen? Ich bin Ärztin.«

Als Antwort vernahm sie ein erneutes gequältes Stöhnen. Sie beugte sich hinunter. Plötzlich fasste eine kräftige Hand nach ihrem Arm und riss sie zu sich herunter. Im nächsten Moment lag sie neben ihm. Er drehte sich auf sie. Sie vernahm seinen schweren Atem.

»Wenn du nicht willst, dass ich dir schrecklich wehtue, machst du genau, was ich will. Hast du verstanden?«

Sie nickte. Er stand auf und half ihr ebenfalls hoch. »Wir haben nur ein paar Hundert Meter zu gehen.«

»Wo wollen Sie mit mir hin?«

»Wohin wohl? Zu Ihnen nach Hause.«

»Und was haben Sie dort mit mir vor?«

»Das bekommen Sie früh genug mit. Tun Sie, was ich sage, geschieht Ihnen nichts. Ich benötige Ihre Unterstützung als Ärztin.«

»Warum rufen Sie dann nicht in meiner Praxis an und vereinbaren einen Termin?«

»Das lassen Sie meine Sorge sein.«

»Sie wissen, dass ich Gynäkologin bin?«

»Das tut nichts zur Sache.«

Sie gingen zwei Schritte, als er unvermittelt stehen blieb. »Sollten Sie auf die Idee kommen, sich irgendwie bemerkbar zu machen, weise ich schon jetzt drauf hin, dass ich einen Revolver dabeihabe. Schau'n Sie her.«

Er öffnete seine Jacke und gewährte ihr einen Blick auf seinen Hosenbund. Tatsächlich entdeckte sie eine Waffe. Es war ihr gleichgültig, ob sie echt oder in einem Spielwarengeschäft erworben worden war. Sie würde sich an seine Anweisungen halten. Der Mann brauchte anscheinend medizinische Hilfe und war zufällig auf sie gestoßen. Sollte er bekommen, was er wollte. Auch eine kleinere Operation traute sie sich zu, obgleich er nicht den Eindruck auf sie machte, verletzt zu sein. Vermutlich ging es um jemand anderen. Handelte es sich möglicherweise um Kriminelle, bei denen sich auf der Flucht vor der Polizei jemand verletzt hatte? Jetzt, in der Dämmerung, begegneten sie niemandem aus der Nachbarschaft. Er grunzte zufrieden, als sie die Haustür öffnete und mit ihm eintrat.

»So und nun packen Sie folgende Sachen zusammen.«

Erstaunt nahm sie seine Liste zur Kenntnis. Offensichtlich kannte er sich aus. Als sie alles zusammenhatte, wies er sie an, ihm ihre Autoschlüssel zu reichen. Damit konnte sie allemal leben. Anschließend gingen sie zu ihrem Wagen, der neben ihrem Haus stand. Er öffnete die hintere Tür und bedeutete ihr einzusteigen. Als Letztes spürte sie das Piksen am Hals. Sie konnte sich vorstellen, was das bedeutete. Wenig später überfiel sie eine bleierne Müdigkeit. Sie kippte zur Seite. Mit wenigen Handgriffen hatte er sie in den Zwischenraum zwischen der hinteren Bank und den Vordersitzen gedrückt. Schlank wie sie war, gab es keine Probleme mit ihr.

»Hey, was fummeln Sie da an dem Wagen von Frau Dr. Breuer rum?«, erklang von der Seite eine ältere Stimme.

Er blickte sich um und erhaschte eine schemenhafte Gestalt. Nun bemerkte er auch den kleinen weißen Hund, der fröhlich die Gegend absuchte, kurz an seinem Bein schnüffelte und sich wieder von dannen trollte.

»Bitte helfen Sie mir«, erwiderte er reaktionsschnell. »Meine Kollegin ist ohnmächtig geworden. Wir müssen sie in eine stabile Lage bringen.«

»Natürlich selbstverständlich.«

Aus dem Dunkel der Straße trat ein gut siebzigjähriger Mann auf ihn zu. Bevor dieser wusste, wie ihm geschah, brach er nach einem kräftigen Schlag gegen die Halsschlagader zusammen.

»Sorry, du hast mich gesehen.«

Ein verdächtiges Knacken signalisierte kurz darauf, dass ihm niemand mehr helfen konnte. Ohne Probleme beförderte er ihn auf den Vordersitz und ging ruhig zurück ins Haus. Er nahm die Utensilien, die die Ärztin zusammengestellt hatte, packte sie in den Kofferraum ihrer Limousine und fuhr an. Sie ließen einen winselnden Hund zurück, der die Welt nicht mehr verstand, weil sich niemand um ihn kümmerte. Jämmerlich kläffte er ihnen hinterher. Zehn Minuten später nahm der Unbekannte einen Autowechsel vor. Den Toten ließ er zurück. Sollte sich die Polizei darüber den Kopf zerbrechen, wie er dort hingekommen war und was er da zu suchen hatte. Selbstmord schied bei einem gebrochenen Genick allemal aus. Zügig fuhr er davon, so unbeteiligt, als habe er eine Karte in den Briefkasten geworfen. Ein Blick auf die Uhr verriet ihm, dass die Wirkung des Beruhigungsmittels, das er der Ärztin gespritzt hatte, lang genug anhalten würde. Zufrieden klatschte er mit einer Hand auf seinen Oberschenkel. Bis hierher konnte er seine Aktion als vollen Erfolg verbuchen.

* * *

Die Woche startete ohne spektakuläre Höhepunkte. Nach einem ereignislosen Samstag hatte Hilpert sich am Sonntag ein Fußballspiel der Oberliga angesehen. Buchholz 08 hatte ein Auswärtsspiel gegen Altona 93. Das Unentschieden war in Ordnung. Sein Heimatverein hielt sich seit dem Aufstieg in die Oberliga im oberen Drittel. Auf dem Platz konnte er den Sonntag entspannt mit Diskussionen über den Fußball abschließen. Und sie ließen nichts aus. Sie spannten den Bogen vom HSV und St. Pauli bis Real Madrid und den Chancen der Nationalmannschaft bei den nächsten großen Spielen. Im Kern lösten sie alle Probleme, organisatorisch wie personell. Nur interessierte sich niemand für die Ergebnisse ihrer fachmännischen Diskussion. Die Welt war durchsetzt mit Ignoranten. Sie hatten damit gefälligst zu leben. Er gönnte sich ein paar Flaschen Bier und kombinierte das Getränk jeweils mit einer Bratwurst. Somit war auch die Frage des Mittagessens im Vorbeigehen gelöst. Am Abend führte er ein langes Telefonat mit Christina. Es befriedigte ihn, dass sie ihn offensichtlich ebenso vermisste wie er sie. Später gönnte er sich einen englischen Krimi, der nicht sonderlich aufregend konstruiert war, wohl aber mit der typisch englischen Ironie aufwartete, die er mochte.

Der nächste Tag war mit Routineaufgaben belegt. Am Nachmittag erreichte ihn ein Anruf aus Köln. »Im Raum Wiesbaden ist eine Frau verschwunden. Wir gehen von einer Entführung aus. Einem Nachbarn wurde das Genick gebrochen. Wir vermuten, er hat den Täter erkannt. Es ist anzunehmen, dass sie beim Joggen überfallen wurde. Nach Aussagen von Nachbarn läuft sie am frühen Abend stets dieselbe Runde am Fluss entlang.«

»Wie seid ihr so schnell darauf gestoßen?«

»Ihr Auto. Er hat es benutzt und dann mit der Leiche des älteren Mannes abgestellt.«

»Das hieße, er ist möglicherweise bei ihr im Haus gewesen?«

»Das ist anzunehmen. Es fehlen eine ganze Reihe an Arztutensilien.«

»Befürchtet ihr einen Nachahmer?«

»Gewisse Ähnlichkeiten mit früheren Fällen lassen sich nicht von der Hand weisen. Trotzdem warten wir vorerst die weitere Entwicklung ab. Solange lassen wir die Presse raus. Mag sein, wir haben Glück und es handelt sich um einen Einzelfall. Ansonsten ist nicht auszuschließen, dass wir die Sonderkommission wieder neu beleben werden. Wir können doch mit Ihnen rechnen?! Ich maile Ihnen vorsichtshalber alles herüber, was uns vorliegt. Viel ist es nicht. Außerdem setzen wir uns mit Ihrem Vorgesetzten in Verbindung.«

Nun erst begriff er, dass sie sich mit ihrem Verdacht auf einen Zweittäter auch hätten in Köln melden können. Wären Sie damit weitergekommen? Vermutlich nicht. Er war schon versucht, das Gespräch zu beenden, als der Polizist bei ihm durchbrach. »Wir haben seit geraumer Zeit den Verdacht, dass da draußen ein weiterer Freak durch die Gegend läuft. Wir befürchten, dass er eine ehemalige Kollegin von uns in seiner Gewalt hält.«

Er berichtete knapp über seine Rechercheergebnisse.

»Verdammt, da könnte was dran sein. Andererseits, schon mal über 'ne Retourkutsche nachgedacht?«

»Sie meinen, es könnte sich um eine Art Racheakt handeln?«

»So in etwa. Es stimmt doch, Sie haben sich ganz besondere Freunde im Kosovo gemacht.«

»Darüber habe ich mir bislang keinen Kopf gemacht. Eigentlich ging ich bis eben von einer Art Waffenstillstand mit den Leuten aus. Es ist genug Blut geflossen.«

»Kann man diesen Leuten wirklich trauen, wenn es um ihre Rache geht? Was ist brüchiger als eine Waffenruhe?«

»Interessanter neuer Gedanke. Ich werde darüber nachdenken. Danke für den Tipp.«

»Zurzeit reden wir über eine weitere Option, Hauptkommissar. Mag sein, unser neuer Fall löst sich in Wohlgefallen auf. Aber der Täter weicht vor Mord nicht zurück, was der Tod des älteren Herrn unterstreicht. Der muss schnell und konsequent gehandelt haben. Sie wissen, wie hysterisch die Öffentlichkeit reagiert, wenn das Wort Serienmörder in den Mund genommen wird. Also bitte den Ball flach halten.«

»Worauf Sie sich verlassen können.«

In ihm kamen lang verdrängte Bilder aus seiner Zeit im Kosovo hoch. Es schüttelte ihn. Es gab kein Entrinnen vor der eigenen Vergangenheit. Dafür sorgte schon das Unterbewusstsein. Er hatte da einen Gewährsmann, der ihm in der Vergangenheit sehr behilflich war. Er nannte sich Pristic. Ihm wurden direkte Kontakte zur Drogenszene nachgesagt. Trotzdem zeigte er sich in der Vergangenheit als verlässlicher Freund. Er überlegte, wie er an seinen Informanten herankam. Da gab es doch die Cocktailbar auf dem Kiez, in der er ihn gemeinsam mit Alexandra kennengelernt hatte. Garantiert könnten die einen Kontakt zu ihm herstellen. Kurz darauf stand er bei Reichelt im Zimmer.

»Vielleicht gibt es neue Aspekte in Sachen Alexandra. Zumindest indirekt.«

»Wie das?«

»Ich hatte da einen Anruf aus Köln. Man beklagt einen neuen Entführungsfall. Der Täter war wohl dieses Wochenende tätig.«

»Scheiße, hört das denn nie auf? Komm, machen wir Feierabend und reden bei einem netten Getränk über die neuesten Entwicklungen. Anders kann man sie gar nicht mehr ertragen.«

»Prima Idee.«

Hilpert starrte ihn über sein Bierglas hinweg an. »Diese erneute Entführung verwirrt mich vollständig.«

»Meinst du den Tod des älteren Herrn?«

»Nein, der ist meines Erachtens plausibel. Das war ein Nachbar der Frau. Dem hat der Mörder das Genick gebrochen, weil er ihn vermutlich überrascht hat. Nein, ich meine dies.« Er legte ihm die Fotos vor, die ihm zugemailt worden waren. »Die Frau passt nicht zu dem Typus, den Alexandra repräsentiert. Sie ist weit über vierzig. Soweit man von Freunden und Bekannten hört, ist sie eher knochig. Auch die Bilder beweisen, sie ist keine Frau, nach der man sich verzehrt. Sie ist weder sonderlich hübsch noch irgendwie aufreizend.«

Reichelt ließ die Worte auf sich wirken. »Das kann ich nachvollziehen. Aber worauf willst du hinaus?«

»Auf den Beruf der Entführten.«

»Richtig, sie ist Ärztin.«

»Das ist nicht präzise genug. Sie ist Gynäkologin.«

Reichelt verschränkte die Hände hinter dem Kopf und schien angestrengt nachzudenken. »Warum entführt jemand eine Gynäkologin?«

»Gute Frage.«

»Du meinst, die Entführung könnte theoretisch im Zusammenhang mit Alexandra stehen. Das hieße, sie lebt noch und ist schwanger?«

»Das wäre eine denkbare Alternative. Andererseits war die Schwangerschaft der Opfer bei Böckler offensichtlich Auslöser für deren Ermordung. Wie sieht das bei dem Nachahmer aus?«

Reichelt rieb nervös seine Hände aneinander. Mit einem Ruck beendete er sein Tun. Konzentriert ging er auf Hilpert ein. »Folge ich deinen Überlegungen, hieße es, der Vergewaltiger sorgt sich um ihre Gesundheit.«

»Wenn er an ihr interessiert ist, wäre das sicherlich erforderlich«, erläuterte Hilpert. »Schließlich hat sie eine Fehlgeburt hinter sich gebracht.«

Reichelt antwortete skeptisch: »Ein Triebtäter entführt eine Frau. Er missbraucht sie. Als sie schwanger wird, organisiert er eine Gynäkologin. Klingt das realistisch?«

Hilpert winkte ab. »Ich weiß selbst, meine Überlegungen klingen, als seien sie mir gerade im Fahrstuhl eingefallen.«

»Manchmal muss man das Unmögliche denken, um ans Ziel zu gelangen«, widersprach Reichelt. Er relativierte allerdings anschließend seine Worte. »Weshalb nimmt jemand das Risiko einer weiteren Entführung auf sich? Im Übrigen, belastet eine schwangere Frau nicht viel zu sehr? Passt nicht zu der Logik dieses Typen, eher, dass er sich ihrer entledigt, wenn sie ihm nicht mehr dienlich sein kann, und er schaut sich anderweitig um.«

»Klar. Hoffen wir, dass in diesem Fall die reine Vernunft nicht zieht. Es würde bedeuten, der Täter hat sich in sie verliebt.«

»Ein Sexualstraftäter? Du machst Witze.«

Hilpert leerte sein Glas und setzte es ab. Unschlüssig spielte er damit. »Ich weiß, es klingt reichlich konstruiert. Es gibt eine völlig anders gelagerte Option.«

»Und die wäre?«, fragte sein Kollege erstaunt.

Ruhig erzählte er von den Überlegungen des Kölner Ermittlers.

Reichelt hörte aufmerksam zu, bevor er sich äußerte. »Das wusste ich gar nicht, dass man dir an den Kragen will. Ja, ja man muss sich nur oft genug unterhalten. Dann erfährt man all die wichtigen Dinge, die das Leben des Kollegen und Freundes bereichern.« Er unterbrach sich selbst und setzte neu an. »Da könnte was dran sein. Zumindest klingt es logischer. Du sagst, die Bar ist auf St. Pauli zu finden? Was hältst du von einem kleinen Kiezbummel? Der steht eh noch aus. Du führst mich anschließend rum, ich übernehm die Getränke.«

»Gute Idee. Dann sollten wir jetzt erst einmal was Ordentliches essen.«

Sie riefen nach dem Kellner und ließen sich die Speisekarte bringen. Die Auswahl war nicht sonderlich groß. Aber bei Bratkartoffeln mit Spiegeleiern konnte man wenig verkehrt machen. Reichelt grinste ihn schief an. »Du bist ein Kämpfer wie ich. Du hörst erst auf, wenn wirklich nichts mehr geht. Und du verlässt uns wegen eines scheißpolitischen Beamten, der morgen in der Versenkung verschwunden ist. Eine Affenschande!«

Hilpert äußerte sich nicht weiter. Die Würfel waren gefallen. Sie ließen es sich schmecken und gönnten sich ein weiteres Bier.

Sie stellten das Auto im Parkhaus am Millerntorplatz ab und gingen den Rest des Weges zu Fuß. Gegen 22 Uhr betraten sie die Bar. Leise Musik und gähnende Leere empfing sie. Hinterm Tresen stand ein gelangweilter Barkeeper, den auch ihre Anwesenheit nicht aufzumuntern schien. Sie setzten sich ihm gegenüber und orderten zwei Wasser.

Hilpert winkte den Mann zu sich. Er reichte ihm seine Karte. »Die überlässt du Pristic. Er möchte mich anrufen.«

Dieser warf einen kurzen Blick darauf und schob sie zurück zu ihm. »Nie gehört den Namen.« Man hörte seinem Akzent an, dass seine Wiege nicht in deutschen Landen stand.

Hilpert blieb unbeirrt. »Ich möchte dir nur raten zu tun, was ich dir gesagt habe. Ansonsten könnte er es dir verübeln.«

Er griff abermals nach der Karte und studierte sie diesmal eingehender. »Sie sind der Hilpert von der Mordkommission?«

Er verzichtete auf eine Antwort, sondern nickte dem Barkeeper zu.

»Ich bin gleich wieder da.«

Er verschwand hinter einem Vorhang nach hinten. Kurz darauf stand ein Mann um die dreißig neben ihnen. »Es freut mich, Sie persönlich kennenzulernen, Herr Hilpert«, sprach er ihn mit ebenfalls leichtem slawischem Akzent an. »Es ist uns eine Ehre, Sie bei uns begrüßen zu dürfen. Herr Pristic wird sich innerhalb der nächsten zwei Stunden bei Ihnen melden.«

»Danke.«

Ohne ein weiteres Wort von sich zu geben, zog er sich in die hinteren Räume zurück.

Reichelt blickte sich um. »Das riecht alles nach Mafia, mein Freund.«

»Richtig getippt, Schwerpunkt Drogen. Ich vermute zusätzlich Zwangsprostitution und Waffenhandel.«

»An Alkoholschmuggel hätte ich auch nicht gedacht. Nur, wie passt du da rein? Oder hast du einen kleinen Nebenjob, von dem ich nichts weiß?«

Er lachte freudlos auf. »Keine Angst, mir muss niemand erklären, wo ich zu stehen habe. Das ist eine lange Geschichte. Die hat im Kosovo begonnen und in Hamburg ihre Fortsetzung gefunden. Mit Drogen hatte es allerdings wenig zu tun.«

»Willst du darüber reden?«

»Vielleicht ein anderes Mal.«

Reichelt verzichtete darauf, zu insistieren. Hilpert war kein Verdächtiger, aus dem er etwas herausquetschen wollte. »Okay.«

Beim zweiten Getränk machte sich Hilperts Telefon bemerkbar. Er erkannte Pristic' Stimme sofort, als er sich meldete.

»Was kann ich für Sie tun?«

Pristic hörte ihm zu, ohne ihn zu unterbrechen. Er antwortete besonnen: »Es ist durchaus denkbar, dass man es mit einem Faustpfand versucht. Dann wird man sich in Kürze bei Ihnen melden. Es passt aber nicht. Nach meinem letzten Informationsstand wünscht man momentan Ruhe. Auf der anderen Seite, wer will verhindern, dass eine der betroffenen Familien ausflippt? Sie wissen selbst, die Dinge sind in meiner Heimat nicht so einfach. Ich melde mich umgehend bei Ihnen, wenn ich mehr weiß.«

Damit war das Gespräch beendet.

»Nun, was sagt er?«, fragte Reichelt gespannt.

»Er schließt nichts aus. Hat aber nichts Konkretes gehört. Er wird wieder auf mich zukommen.«

»Das heißt, wir sind nicht schlauer als zuvor? Scheiße, irgendwie hatte ich mir Hoffnungen gemacht, dieser Kontakt könnte uns weiterhelfen.«

»Verlass dich darauf, wir wissen bald mehr.«

Bevor sie eine neue Order geben konnten, standen zwei frische Drinks vor ihnen. Gegen elf begann sich die Bar zu füllen. Jüngere, teuer gekleidete Leute beiderlei Geschlecht setzten sich an die Tische und neben sie an den Tresen.

Sie verlangten nach der Rechnung.

»Sie werden hier Ihr Geld nicht los«, lehnte der Barkeeper ihr Ansinnen ab. »Ihnen sind so viele Menschen zu Dank verpflichtet, da sollten Sie uns wenigstens diese kleine Geste zubilligen.«

Er hätte keine Chance gehabt, dem etwas entgegenzusetzen. Also bedankten sie sich und verließen die Bar. Vor dem Eingang atmeten sie die kühle Herbstluft ein. Sie trugen gesteppte Jacken und feste Stiefel. So schnell würde die Kälte sie nicht davon abbringen können, ein paar Schritte über den Kiez zu gehen. Reichelt kannte sich auf St. Pauli überhaupt nicht aus, sah man von den Verklärungen einmal ab, die eine falsche Seefahrerromantik dem Mann aus dem Süden der Republik vorgaukelte. Seeleute sichtete man in dieser Gegend äußerst selten. Dafür waren die Schiffsliegezeiten zu kurz. Hilpert outete sich als Kenner der Materie. Er kannte noch ein paar Ecken, in die sich der durchschnittliche Tourist nicht allein wagte. Und das mit guten Argumenten. Sie zeigten wenig Interesse für die Diskotheken, Liveclubs oder Striplokale. Reichelt saugte die Atmosphäre auf wie ein trockener Schwamm. Es hätte ein vergnüglicher Abend mit einer späten Currywurst und einer Flasche Bier zum Abschluss werden können. Die Umstände sollten dagegen sprechen. Nach wie vor steckte in dem Umfeld eine gehörige Portion an Aggressivität. Und dies beileibe nicht nur in den Köpfen der Repräsentanten der Halbwelt. Da taten sich durchaus auch die Ableger bürgerlicher Familien hervor. Aus einer kleinen Seitenstraße vernahmen sie unterdrückte Schreie und das Gejohle mehrerer Menschen. Sie blickten einander an und bogen mit hastigen Schritten in die Gasse ein. Vier junge Männer traten auf eine am Boden liegende Person ein. Davor stand ein weiterer Kumpan der Schläger, der die Aktion mit seiner Handykamera aufnahm.

»Hey«, schrie Reichelt, »sofort aufhören!«

Das Quartett ließ tatsächlich von dem am Boden Liegenden ab und winkte ihrem Freund zu, der bislang die Aufnahmen gemacht hatte. Sie glaubten, neue, frische Opfer für ihre Aggressivität gefunden zu haben und fühlten sich in Überzahl gut.

»Sieh da, zwei Superhelden!«, rief ihnen einer der jungen Leute entgegen. »Woll'n mal sehen, was ihr draufhabt!«

Der zahlenmäßige Vorteil, den sie den beiden Polizisten gegenüber hatten, machte sie mutig. Der Nachteil war, er sollte ihnen wenig nützen. Das allerdings begriffen sie erst, als es zu spät war.

Hilpert wich dem Schlag des ersten Angreifers aus und konterte mit einem furchtbaren rechten Haken in die Magengegend und einem Tritt mit dem Knie in dessen Weichteile. Schreiend ging der Getroffene in die Knie und hielt sich den Unterleib. Bevor der zweite wusste, wie ihm geschah, ereilte ihn ein ähnliches Schicksal. Auf die Schnelligkeit seiner Aktionen waren die Jugendlichen nicht vorbereitet. Ähnlich erging es ihren Gefährten, die auf Reichelt trafen. Stöhnend lagen sie wenig später am Boden, nicht begreifend, wie ihnen geschehen war. Einer von ihnen hielt sich die blutende Nase. Sie war mit Sicherheit gebrochen. Reichelt stupste ihn mit der Fußspitze an.

»Seid froh, dass ihr keine Messer dabeihattet, sonst hätten wir Ernst machen müssen. So konnten wir es bei einem Austausch von Freundlichkeiten belassen.«

Zu einer Antwort war der Angesprochene nicht fähig. Kurz darauf übernahmen die Kollegen von der Davidwache. Um die Verletzten kümmerten sich schon bald mehrere Sanitäter. Auf St. Pauli war man auf solche Eventualitäten vorbereitet. Das erste Opfer war böse zugerichtet und würde wohl längere Zeit im Krankenhaus verbringen müssen. Die Blessuren der Schläger hielten sich dagegen in Grenzen. Die beiden Polizisten hatten nicht mehr getan, als sie für erforderlich hielten.

Hilpert nahm das Handy, mit dem die Aufnahmen des Zusammengeschlagenen gemacht wurden und reichte es einem der Kollegen. »Damit können Sie hervorragend dokumentieren, mit welchen Idioten wir es zu tun hatten. Das dürfte vor Gericht sehr willkommen sein.«

Die Uniformierten bedankten sich bei ihnen. »Sie haben nicht die Absicht, uns künftig aktiver zu unterstützen? Wir könnten Sie hier gut gebrauchen. Bei uns geht es gern mal rund.«

»Und wer klärt unsere Morde auf?«, fragte Hilpert.

»Tja, dazu fällt uns keine Antwort ein. Dann bleibt wohl alles, wie es ist«, erwiderte der Uniformierte mit einem schmalen Lächeln. Er wusste selbst, gute Leute waren überall knapp. Die beiden ließen ihre Karten zurück und verabschiedeten sich von den Kollegen.

Reichelt brachte seine Eindrücke auf den Punkt. »Wenn ich mir die Kleidung dieser Schläger richtig angesehen habe, so kommen die unter Garantie aus begütertem Haus. Offenbar muss man sich heutzutage etwas gegen die Langeweile einfallen lassen, wenn man jung ist. Demnächst zünden die den Hauptbahnhof an.« Er blickte zurück und sah wie der Überfallene abtransportiert wurde. »Vielleicht hätten wir das Quartett ordentlicher aufmischen sollen. Solche Typen sind nur schwer zu überzeugen. Sie verstehen nur diese eine Sprache.«

»Na ja, in einem unverständlichen Dialekt sind wir zumindest nicht auf die eingegangen«, meinte Hilpert ungerührt.

»Auch wieder wahr.«

Gemächlich trotteten sie die Straße hoch und erreichten kurz darauf die Reeperbahn. Sie gönnten sich einen letzten Blick auf die glitzernde Scheinwelt. Zügig gingen sie zu ihrem Parkhaus. Hilpert nahm sich ein Taxi und überließ Reichelt den Dienstwagen für seine Fahrt nach Pinneberg. Sie würden ihren Kiezbummel zu einem anderen Zeitpunkt wiederholen müssen.

23

Der nächste Tag startete für sie unerfreulich. Um zehn Uhr wurden sie zu Staatsanwalt Jessen und Kriminaldirektor Weber beordert. An der Seite des Besprechungstisches saß ein ihnen unbekannter Mann in einem dunklen Nadelstreifenanzug und einer dezent gepunkteten Krawatte.

Anwalt der alten Schule, dachte Hilpert und sollte recht behalten.

Der Staatsanwalt eröffnete das Gespräch. Er wies auf den Fremden. »Dr. Bode vertritt die Interessen der jungen Männer, die Sie gestern Abend grundlos zusammengeschlagen haben sollen, meine Herren.«

Hilpert lachte auf. »Sie glauben also wirklich, Herr Reichelt und ich wandern über die Reeperbahn und suchen uns jugendliche Opfer aus, die wir traktieren können?«

»Wir reden hier über die Willkür der Polizei«, mischte sich der Anwalt in das Gespräch ein.

Die beiden Beschuldigten blickten einander an. Wieder übernahm Hilpert die Antwort. »Ist das hier 'ne Sendung mit versteckter Kamera oder wollen Sie uns einfach nur veralbern, Herr Rechtsanwalt?«

»Was erlauben Sie sich?!«

»Nein, was erlauben *Sie* sich?«, fuhr ihn Reichelt an. »Aller Voraussicht nach haben mein Kollege und ich das Leben eines anderen jungen Menschen gerettet, der von Ihren Mandanten zusammengeschlagen wurde. Als wir dazustießen, lag er am

Boden und wurde mit den Füßen getreten. Informieren Sie sich bei der Davidwache über unsere Anzeige.«

»Das wird vehement von meinen Mandanten bestritten.«

»Dann lassen Sie sich von den freundlichen Menschen erläutern, was eine Handykamera ist und fragen Sie die Herrschaften, wer von ihnen die hübschen Aufnahmen gemacht hat, die als Beweismittel konfisziert wurden. Ich an Ihrer Stelle würde mich schon mal auf einen saftigen Strafprozess mit all den netten Begleiterscheinungen einstellen, die der mit sich führen wird. Bereiten Sie vor allem deren Eltern darauf vor.«

Die beiden Hauptkommissare nickten einander zu und erhoben sich im Gleichklang. »Wenn Sie uns nun entschuldigen würden, unsere Arbeit tut sich nicht von allein.«

Im Flur klatschten sie sich wie nach einem großartigen Ball beim Tennis ab. Reichelt raunzte ihn an: »Wer dich als Fürsprecher hat, braucht keinen Verteidiger. Du verfügst nicht nur über 'ne ordentliche Gerade, sondern ebenso über eine vorzügliche Rhetorik.«

»Der gute Polizist lebt nicht allein vom Zusammenschlagen junger Menschen.«

»Was war das nur für ein Wichser«, war Reichelts einziger Kommentar zu den Vorwürfen des Anwalts, als sie sich auf dem Flur trennten. »Bläht sich auf wie ein balzender Auerhahn. Muss wohl für die reichen Eltern 'ne Show bieten. Da ist er bei den Richtigen gelandet. Nun kann er erst mal nach Hause fahren und seine Wunden lecken.«

Hier sollte er sich kolossal irren. Wer als Jurist für die Hamburger Oberklasse tätig war, wartete nicht darauf, sich von zwei Beamten vorführen zu lassen, die ein Auto der Mittelklasse fuhren, Anzüge von der Stange trugen und über keinerlei politischen Einfluss verfügten. Wenige Stunden später hatte er bereits erneut zugeschlagen. Am späten Nachmittag wurden sie zum Ermittlungsrichter gerufen. Die Eltern der jugendlichen Straftäter schienen über vorzügliche Kontakte in die Bürgerschaft und noch weiter nach oben zu verfügen. Der Druck, der von der Seite ausgeübt wurde, hatte offensichtlich selbst den Richter erreicht. Er empfing sie aufgeschlossen und vor allem entspannt. Er war unabhängig. Wer ihm an den Karren fahren wollte, musste sich anstrengen.

»Also, meine Herren, es geht um Ihre abendliche Vergnügungsveranstaltung. Folgt man der Aussage des Herrn Anwalts, haben Sie es sich zum Sport gemacht, unschuldige junge Menschen auf dem Kiez zu verprügeln. Gut, dass keine Schusswaffen zum Einsatz gekommen sind.« Er tippte mit dem Zeigefinger auf eine Unterlage. »Insbesondere ein Elternteil geht gegen Sie in die Vollen. Mittlerweile beschäftigt diese Angelegenheit schon das Rathaus. Man hat einen richtigen Akt daraus gemacht. Das Ganze wird Kreise ziehen. Hier, werfen Sie mal einen Blick auf die Mail, die mich vor 'ner knappen Stunde erreicht hat.«

Desinteressiert schoben sie das Papier von sich weg.

»Die Eltern sollten sich lieber Gedanken über das Verhalten ihrer Sprösslinge machen, als uns mit solchem Krimskrams zu belästigen«, beschwerte sich Reichelt.

»Die Vorwürfe gegen Sie liegen nun mal vor«, erwiderte der Richter gelassen. »Und wir haben uns damit auseinanderzusetzen, ob es uns passt oder nicht.« Er richtete seinen Blick auf Hilpert. »Außerdem scheint ein gewisser Staatsrat seinen Kleinkrieg gegen Sie wieder aufnehmen zu wollen. Sie wissen doch, im Krieg und in der Liebe ...«

Hilpert ließ sich nicht aus der Reserve locken. Er antwortete ruhig und überlegt: »Wo ist das Problem? Wenn Sie sich diese Bilder anschauen, die vom Opfer gemacht worden sind, werden Sie mir sicherlich zustimmen, dass durch unser Eingreifen Schlimmeres verhindert werden konnte.«

Hilpert reichte dem Richter mehrere Bilder und die Diagnose des Unfallarztes. Dieser überflog den Text und widmete sich dann den Bildern. »Der hat ja richtig was abbekommen. Weshalb treten die Schweine bloß immer mit den Füßen gegen den Kopf ihres Opfers?«

»Wir behaupten in Tötungsabsicht.«

»Na ja, das ist starker Tobak. Zudem belegen diese Fotos nicht deren Täterschaft.«

»Ich hoffe, dass unsere Aussage vor einem deutschen Gericht Bestand hat. Aber darauf kommt es gar nicht an. Die Herrschaften haben selbst dafür gesorgt.«

»Sie meinen Blutspuren an den Schuhen?«

»Das auch. Sehen Sie sich mal das Video auf diesem Handy an, das einem der Straftäter abgenommen wurde.«

Wohlgefällig sah sich der Richter den Film an. Er lachte zufrieden auf. »Das hat Gesicht. Am besten, wir übergeben die Beweismittel gleich der Staatsanwaltschaft. Im Übrigen bin ich auch tätig geworden. Diese bezaubernden jungen Menschen sind bereits in der Vergangenheit auffällig gewesen. Gegen zwei von ihnen laufen Bewährungsstrafen. Werden die nochmals verurteilt, kommt es ausgesprochen heftig. Dann werden die weggeschlossen.«

Hilpert lehnte sich gelassen zurück. »Gott segne unsere Resozialisierungsmaßnahmen. Daher weht also der Wind.«

Der Richter griff zum Telefonhörer. »Dann wollen wir mal Nägel mit Köpfen machen.«

Er ließ sich mit dem Verfasser des Schreibens aus dem Rathaus verbinden. Er meldete sich mit energischer Stimme. »Ich habe die Vorwürfe gegen unsere Beamten überprüft. Sie entbehren jeglicher Grundlage.«

»Da liegen mir andere Informationen vor.«

»Da kann ich Ihnen nur empfehlen, sich an nachprüfbaren Fakten zu orientieren, wie wir es zu tun gewohnt sind. Uns liegt Bildmaterial vor, das die Aussagen der Beamten eindeutig belegt. Schon seltsam, dass man sich im Rathaus mittlerweile für jugendliche Totschläger einsetzt. Gelangt das an die Öffentlichkeit, können Sie auf dem Fischmarkt Bananen feilbieten.«

Sein Gesprächspartner hüllte sich in betroffenes Schweigen. Schließlich versuchte er, einen Deal auszuhandeln. »Und wenn man beides fallen ließe?«

Der Richter blieb unbeugsam. »Sie belieben zu scherzen. Unserer Auffassung nach haben wir es mit versuchtem Totschlag zu tun, wenn nicht sogar mit einer Mordabsicht. Sie scheinen das mit einem Taschendiebstahl zu verwechseln. Kommen Sie bei uns vorbei. Ich erkläre Ihnen gerne den Unterschied.«

»Das ist nicht erforderlich. Ich verstehe, was Sie meinen.«

Damit war das Gespräch beendet. Gleiches galt vermutlich auch für die hoffnungsvolle Karriere eines Senatsmitarbeiters. Der Richter entließ sie mit einem Schulterklopfen. Die beiden Kriminalbeamten fuhren befriedigt ins Präsidium zurück.

Nachdenklich ließ Hilpert das Gespräch nachwirken. »Was fängt man mit Menschen an, die mit achtzehn Jahren bereit sind, jemanden ohne jeglichen Grund zu Tode zu prügeln?«

»Keine Ahnung, ich fürchte, die kassieren wir irgendwann als Erwachsene ein, weil sie ihre Emotionen nicht in den Griff bekommen«, erwiderte Reichelt melancholisch.

Er war zu lange bei der Polizei, als dass er sich großen Illusionen hingab. Das Interesse des Staates, jungen Menschen eine Chance zu geben, sich in die Gesellschaft zu integrieren, wurde von denen häufig als Schwäche ausgelegt und eher als Aufforderung angesehen, dort weiterzumachen, wo sie aufgehört hatten. Und irgendwo auf diesem Weg verlor sich der letzte Rest an Unrechtsbewusstsein. Nach wie vor war man primär nicht auf den Schutz der Opfer orientiert, sondern klammerte sich an die trügerische Hoffnung, die Delinquenten durch Milde und Verständnis in die Normalität zurückzuholen. Die Trefferquote hielt sich in deutlichen Grenzen. Sie durften sich anschließend wieder mit den Taten der ›unverstandenen‹ Jugendlichen befassen, in der Hoffnung, dass es nicht knallte.

24

Hilpert saß mit sich und der Welt für eine kurze Weile im Reinen in seinem Büro, als Stange aufgeregt in sein Zimmer stürmte. Völlig außer Atem stellte er sich vor seinen Schreibtisch. »Stell dir vor, einer der beiden Pförtner hat gestanden! Am Abend des Barsch-Mordes hat sich tatsächlich ein Fremder in der Konzernzentrale aufgehalten. Er hat ihn durch den toten Winkel der Videokamera gelotst.«

»Wen und warum?«

»Sein Name ist Axel Demel.«

»Nie gehört den Namen.«

»Er kommt tatsächlich aus dem Geldeintreibergewerbe. Man sagt ihm außerdem Kontakte in die illegale Glücksspielszene nach. Hat auch gelegentlich mit Drogen zu tun gehabt. Der ist sich unter Garantie für nichts zu schade. Allerdings steht er eher im zweiten Glied.«

»Ist ihm ein Mord zuzutrauen?«

»Vermutlich. Trotzdem ist er bisher nicht als potenzieller Auftragskiller in Erscheinung getreten. Aber bei diesen Typen ist die Richterskala für Gewaltverbrechen nach oben hin weit offen.«

»Und was hat der Pförtner mit ihm zu tun? Der unterstützt ihn doch nicht heimlich.«

»Nein, eigentlich ist das ein rechtschaffener Mensch. Er wurde anscheinend erpresst. Sein Sohn ist drogenabhängig.«

Hilpert schüttelte den Kopf. »Wissen diese Kinder, was sie ihren Eltern antun?«

Stange winkte ab. »Könnte es sein, dass es denen scheißegal ist? Die leben für ihren Egoismus, bis sie selber welche haben. Vorausgesetzt, sie schaffen es so weit.«

»Du hast vollkommen recht. Sensibilität nehmen die ausschließlich für sich in Anspruch. Die Bedürfnisse anderer haben für die keine Bedeutung. In was für einer Welt leben wir nur?«

»Glaubst du, junge Menschen waren vor 100 Jahren weniger egoistisch? Die haben sich halt anders artikuliert. Denk mal über dich selber nach. Wie oft hat deine Mutter wach gelegen, wenn du mit 16 Jahren erst morgens um drei nach Hause gekommen bist?«

»Du kennst dich ja gut aus bei mir. Aber ich muss dir recht geben. Meine Mutter konnte nie schlafen, wenn ich unterwegs war.« Hilpert wechselte das Thema. »Ist die Fahndung nach Demel draußen?«

»Nein, wir haben nur auf deinen genialen Hinweis gewartet«, erwiderte Stange mit hochgezogener Augenbraue.

»Dachte ich es mir doch. Ohne mich läuft nichts.«

Lachend trennten sie sich. Hilpert fuhr sich mit beiden Händen durchs Gesicht und rieb sich die Augen. Bekamen sie endlich eine brauchbare Spur zu fassen? Mitunter stieg in ihm eine Portion Verzweiflung hoch. Er konnte die Polizei nicht mit zwei ungeklärten Fällen verlassen und gut dotiert in der Privatwirtschaft zur Tagesordnung übergehen. Es würde ihn zerreißen.

Zuweilen funktionierte die Ermittlungsarbeit so gut, wie sie es sich erträumten. Ein Kollege von der Sitte rief ihn kurz nach der Mittagspause an. Ein Informant von ihm wollte Demel auf dem Kiez gesichtet haben.

»Dafür bin ich dir was schuldig.«

Motiviert sprang Hilpert von seinem Sitz hoch. »Gibt es eine konkrete Adresse?«

Es gab sie.

Keine Stunde später standen sie mit einem MEK vor einem Mehrfamilienhaus aus längst vergangenen Tagen. Die Männer wirkten in ihren schwarzen Kampfanzügen, ihren Helmen und der schweren Bewaffnung wie eine Kampfeinheit der Bundeswehr, die auf dem Weg war, in die Schlacht zu ziehen. Von einem Baustil im ureigenen Sinn konnte man nicht reden. Eine schadhafte graue Putzfassade, abbröckelnde Farbe von den Holzfenstern, ein nach Urin stinkendes verdrecktes Treppenhaus bildeten das Szenario für ihren Einsatz. Sie waren an einer Stelle von St. Pauli gelandet, wo die uniformierte Polizei tunlichst in Dreierstreifen durch die Gegend ging, eine Hand an der durchgeladenen Waffe. Hier schossen die Kiez-Größen gern auch mal gegenseitig aufeinander, wenn es um die Verteidigung ihrer angestammten Reviere ging.

Der Einsatzleiter flüsterte Hilpert zu: »Demel hält sich im dritten Stock auf. Er soll zwei Frauen bei sich haben. Man munkelt, er habe eine Pistole dabei und wisse damit umzugehen.«

»Habt ihr eine schusssichere Weste für mich?«, fragte er den Kollegen.

»Wollen Sie etwa da mit rein? Meinen Sie nicht, das könnte etwas gefährlich für Sie werden?«

»Glauben Sie bloß nicht, dass ich mir meinen Hintern nur am Schreibtisch breit sitze. In einer stillen Stunde erzähl ich Ihnen, was wir im Kosovo so angestellt haben. Da kann mich ein einzelner Mann mit einer Handfeuerwaffe nicht wirklich abschrecken.«

»Ach richtig, Sie sind ja Profi. Dann mal ran an die Buletten.« Er winkte einem seiner Kollegen zu. »Gebt dem Hauptkommissar ein Kettenhemd. Er wird uns begleiten.«

»Halten Sie das für 'ne gute Idee?«

»Vielleicht können wir was von ihm lernen. Er hat Balkanerfahrung.«

Der junge Beamte blickte ihm genauer ins Gesicht. »Ach, Sie sind das. Da muss man sich wohl keine weiteren Gedanken machen. Schießen Sie bloß nicht zu viele Leute tot. Das ist mit gewaltigem Schreibkram verbunden.«

»Ich werde an mir arbeiten. Zum Schreiben hab ich auch keine Lust.«

Mit einem Grinsen reichte er ihm eine Weste. Hilpert zog sie über und lud seine Pistole durch. Leise bewegten sie sich auf der Treppe nach oben, was ihnen mehr oder minder erfolgreich bei den alten knarrenden Stufen gelang. Am Ziel angekommen, stellten sie sich seitlich zur Tür und klopften energisch dagegen.

Der Einsatzleiter sprach mit kräftiger Stimme in Richtung Haustür. »Demel, hier spricht die Polizei, kommen Sie mit erhobenen Händen raus.«

Statt einer Antwort vernahmen sie spitze Schreie. Offensichtlich waren seine weiblichen Begleiterinnen nervös geworden. Danach kehrte Ruhe ein.

Sie wollten gerade eine weitere Aufforderung an Demels Adresse schicken, als er zu ihnen durchdrang. »Ich bin unbewaffnet und komme jetzt raus. Macht bloß keinen Scheiß!«

Als habe man ihm einen Kurs in gutem Benehmen verpasst, öffnete der Mann die Tür und trat ins Treppenhaus, die Hände gut sichtbar über den Kopf gestreckt. Mit Sicherheit war dies nicht seine erste Festnahme.

Er warf einen Blick in die Runde der Bewaffneten. »Eine normale Einladung oder ein Anruf hätten gereicht, und ich wäre auch so zu euch gekommen. Ich hab nichts zu verbergen.« Meckernd lachte er los. »Ich bezahl sogar meine Steuern.«

Sie durchsuchten ihn sorgfältig. Er war tatsächlich unbewaffnet. Die Wohnung war ebenfalls sauber. Als habe er vorher geübt, streckte er die Hände nach vorne. Mit einem Klicken schlossen sich die Handschellen um seine Handgelenke. Zufrieden verließen die Polizisten das Haus. Es war kein Schuss gefallen, niemand wurde verletzt, der Verdächtige festgenommen. Was erwartete man mehr von einem Einsatz in der Nähe der Reeperbahn?

Hilpert ließ sich nachdenklich zurück ins Präsidium bringen. Verhielt sich so ein Mann, der erst kürzlich zwei Menschen umgebracht hatte? Andererseits war Demel ein Berufsverbrecher, den nichts erschüttern konnte. Er hatte seine Karten gecheckt und festgestellt, dass die anderen besser bedient worden waren.

Also machte man sich klein und verzichtete darauf, sonderlich aufzufallen. Schon bald säßen die Polizisten seinem Anwalt gegenüber, der versuchen würde, ihn mit allen Tricks freizubekommen. Zumindest gehörte ihnen dieser Nachmittag. Hilpert war gespannt, was er bereit war zu erzählen. Vermutlich nicht viel und vor allem nichts Interessantes.

Demel lachte sie frech an, als er im Vernehmungszimmer mit ihren Vorwürfen konfrontiert wurde.

»Reden wir nicht um den heißen Brei herum. Es ist richtig, dass ich an diesem Abend bei den Konzerntypen gewesen bin. Aber zu der Zeit, als der Mord geschah, hatte ich das Gebäude längst verlassen und mich mit Freunden auf einen Drink getroffen.«

»Namen, Adressen! Zu welchem Zeitpunkt sind Sie gegangen?«, hakte Hilpert kurz angebunden nach.

Demel lehnte sich gelassen auf seinem Stuhl zurück. »Da muss ich wirklich nachdenken. Dem Pförtner wird garantiert die richtige Uhrzeit einfallen, zu der ich an ihm vorbeigegangen bin. Wollen wir wetten?«

Er streckte Stange die Hand entgegen. Dieser ballte die Faust. Er verstand durchaus, worauf Demel hinauswollte.

Hilpert legte beruhigend seine Hand auf dessen Arm. »Nehmen wir das mal zur Kenntnis«, wandte er sich dem Verhafteten zu. »Was haben Sie denn dort gesucht? Doch wohl keine Nachhilfestunden in Werbung.«

»Das stimmt. Eigentlich hat mich das nie interessiert. Das ist was anderes, wenn auf den bunten Bildern geile nackte Frauen sind.« Er kicherte provokativ. »Und für einen Berufsanfänger bin ich viel zu alt. Überlegen Sie mal, ich geh auf die fünfzig zu.« Er beugte sich Hilpert entgegen. »Oder sehen Sie das anders? Manche schätzen mich jünger ein, als ich bin.«

Dieser wurde unruhig. »Mann, hören Sie auf zu schwafeln! Was hat Sie dorthin geführt?

»Sagen wir, ich wollte einen Klienten treffen.«

»Und?«

»Leider war er bereits weg. Da hab ich mich wieder auf die Socken gemacht und bin abgezogen. Glauben Sie mir, der Pförtner wird das bestätigen.«

»Wenn Sie uns vielleicht den Namen Ihres Klienten nennen möchten.«

»Da bitte ich um Ihr Verständnis, Diskretion ist das A und O in meinem Geschäft.«

Wie von der Tarantel gestochen sprang Stange auf. »Du verdammter Scheißkerl! Ich prügel die Informationen aus dir raus!«

Wieder war es an Hilpert, ihn zu beruhigen. Demel ließ sich keine weitere Silbe entlocken, die man als konstruktiv hätte bezeichnen können. Nachdem sein Anwalt eingetroffen war und die beiden sich kurz besprachen, änderte sich überraschend das Blatt. Demel erklärte sich nach einem kurzen Zwiegespräch bereit, einen Namen zu nennen.

»Ich wollte Bernd Leuprecht aus dem Einkauf besuchen. Wir kennen uns aus alten Jugendtagen. Leider hatte er längst das Haus verlassen. Daraufhin bin ich wie gesagt gegangen. Machte ja keinen Sinn, dort zu bleiben. Und aus dem Alter, wo ich Flachbildschirme hätte mitgehen lassen, bin ich raus. Sieht man davon ab, dass die meisten Räume abgeschlossen waren.«

»Fein und was wollten Sie von ihm?«

»Ich wollte ihn bitten, einen Ausbildungsplatz für meine jüngste Nichte zu organisieren.«

»Und das fällt Ihnen erst am späten Abend ein?«

Herausfordernd grinste er die Polizisten an. »Sie wissen doch selber, die Arbeit frisst einen auf. Da verlässt einen schon mal das Zeitgefühl.«

Stange sprang mit einem Ruck auf. Wütend verließ er den Raum. Er musste raus, sonst hätte ihn niemand zurückhalten können und er wäre auf Demel losgegangen. Hilpert blieb gelassen. Verhöre von Berufsverbrechern waren selten ergiebig. Und Leuprecht stand bislang nicht auf ihrer Liste. Das konnte man zumindest als kleinen Erfolg bezeichnen. Endlich bekamen sie einen Namen aus dem Konzern zu fassen. Er überprüfte die Vernehmungsprotokolle. Tatsächlich hatte er das Haus zwei Stunden vor Barschs Ermordung verlassen. Er war auch nicht zurückgekehrt. Die Überprüfung seines Alibis ergab, dass er direkt vom Büro in ein Fitnesscenter gefahren war. Dort hielt er sich bis nach 23 Uhr auf.

Sie ließen nichts anbrennen und verhörten ihn direkt am nächsten Tag. Er beteuerte, in seinem ganzen Leben keine Spielkarte angefasst zu haben. Demel war tatsächlich ein Nachbarsjunge, den er von klein auf kannte. Dieser befand sich zu dem Zeitpunkt bereits wieder auf freiem Fuß. Die Verdachtsmomente reichten nicht aus, ihn länger als 24 Stunden in U-Haft zu behalten. Der Anwalt, der am Vormittag bei ihnen auftrat, gehörte zur ersten Garde seiner Zunft. Allerdings galt das nicht für seine moralische Qualifikation. Für ihn zählte ausschließlich das Geld, das von seinen zwielichtigen Mandanten großzügig gezahlt wurde. Die kannten keine unbezahlten Rechnungen und lebten problemlos mit gepfefferten Honoraren. Selbstredend wurde sorgfältig abgerechnet und die Mehrwertsteuer pünktlich abgeführt.

Demel beschäftigte eine andere Frage, die er unmöglich mit den Kriminalbeamten erörtern wollte. Ihm gab der Mord keine weiteren Rätsel auf. Er wusste, wen er ansprechen musste. Genüsslich lächelnd richtete er sich auf dem komfortablen Beifahrersitz der Limousine ein, mit der ihn sein Anwalt abholte. Ein Shuttle-Service war selbstverständlich in seiner Leistung enthalten. In Gedanken rieb er sich die Hände. Da konnte er eine private Geldquelle anzapfen, die zweifellos sehr ergiebig sprudeln würde. Er musste nur alles verstehen. Aber da wusste er schon, wen es anzusprechen galt, um das Problem zu lösen. Er rieb sich die Hände. Endlich bekam er ein größeres Stück vom Kuchen ab als bisher.

* * *

Sie erwachte mit Kopfschmerzen. Sie fühlte sich beengt und es roch miefig, als sei es seit Längerem versäumt worden zu lüften. Vermutlich hielt sie sich in einem Kellerraum auf. Sie lag auf einer schmalen Couch. Ihre gesamten Arztutensilien hatte jemand auf einen Tisch gepackt, der einen großen Teil des winzigen Raums für sich beanspruchte. Es hämmerte in ihrem Kopf, ihre Zunge fühlte sich pelzig an. Sie wusste, dass es sich um die Nebenwirkungen des Medikaments handelte, das er ihr gespritzt hatte. Was wollte der Unbekannte von ihr? Sie hatte nicht das Gefühl, dass sie ihn als Frau interessierte. Er benötigte sie eindeutig als Ärztin. Das gab ihr ein Stück Gelassenheit zurück. Fragte sich nur, für wen er sie hier hergeschafft hatte. Sie horchte und vernahm nebenan Geräusche. Sie glaubte sogar, eine helle Frauenstimme wahrzunehmen. Aufgeregt drückte sie ein Ohr gegen die Wand. Wenn sie alles richtig interpretierte, wurde sie gerade Zeugin einer Vergewaltigung. Ein kalter Schauer fuhr ihr über den Rücken. Wo war sie nur gelandet? Sie blickte sich etwas genauer um. Der Raum erhielt ein wenig Licht und Luft über ein kleines Kellerfenster, das an einen Lichtschacht angeschlossen war. Leider konnte man das Fenster nicht öffnen, es war durch ein festes Gitter gesichert worden. Die Zimmertür machte einen massiven Eindruck auf sie. Um sie einzutreten, fehlte ihr die Kraft. Diese Behausung würde sie ohne Unterstützung nicht verlassen können. Erst jetzt entdeckte sie das Chemieklo in der Ecke. Wie lange konnte man es benutzen, bis es entleert werden musste? Sie hatte keine Ahnung. Unter dem Tisch standen eine Kiste mit Mineralwasser und diverse Konserven. Wie lange reichten diese Reserven? Eine Woche? Vierzehn Tage? Würde ihr Gefängniswärter sie weiter mit Essen und Trinken versorgen, wenn die Vorräte erschöpft waren? Sie fühlte sich zerschlagen, vor allem aber ratlos. Verzweifelt schloss sie die Augen. Sie wäre eingeschlafen, hätte sich in diesem Augenblick nicht die Zimmertür geöffnet.

In der Türöffnung stand der Mann, der sie hierher verfrachtet hatte. »Ich möchte, dass Sie eine schwangere Frau untersuchen«, sprach er sie an. »Und keine unüberlegten Aktionen von Ihrer Seite. Sie tun nur, was ich Ihnen auftrage, sonst müsste ich grob werden.«

Ächzend verließ sie das Bett. Irgendetwas riet ihr, gehorsam zu sein. Davon unabhängig hatte sie keine Idee, wie sie sich ihm widersetzen sollte.

»Selbstverständlich.«

Sie folgte ihm, ohne ein Wort zu sagen. In dem Nachbarzimmer traf sie auf eine junge attraktive Frau, auf der Bettkante sitzend, den Kopf auf beide Hände gestützt. Sie war nackt. Sie schaute auf, als sie eintrat und sie begrüßte, ohne etwas zu erwidern. Der Mann schob sie weiter hinein.

»Nun zeigen Sie mal, was Sie können, Frau Doktor.«

Die Frau stand auf und ging einen Schritt auf sie zu. Endlich äußerte sie sich: »Meine Regel ist ausgeblieben.«

»Da werden wir erst einmal einen Schwangerschaftstest machen müssen.«

Eine halbe Stunde später hatten sie Gewissheit. Der Test war eindeutig positiv. Das junge Mädchen brach in Schluchzen aus. Der kräftige Mann ging auf sie zu und ohrfeigte sie.

»Hör auf mit dem Geflenne! Sei froh, dass es dir ein Mann mit gesunden Genen besorgt hat!«

Seine Ansprache blieb ohne Wirkung. Er war geneigt, auf sie einzuprügeln, ließ es letztlich bleiben. Nach wie vor hatte er Interesse an ihr.

Er wandte sich der Ärztin zu. »Geben Sie ihr etwas zur Beruhigung. Das Mittel darf nicht zu stark sein. Ich hab heute Abend noch was vor mit ihr. Ich hol Sie gleich wieder ab. Es gibt einiges für Sie zu tun.«

25

Den Kopf zur Seite gedreht, schlich Leuprecht an diesem Morgen am Pförtner vorbei. Er sah aus, als habe er versucht, in der Ritze auf St. Pauli einen der Boxer im Ring zu besiegen, die dort trainierten. Schwellungen im Gesicht und ein leichtes Hinken signalisierten, dass er allenfalls als zweiter Sieger hervorgegangen sein konnte. Der Mann aus dem Einkauf wäre unter anderen Umständen lieber zu Hause geblieben. Aber sie steckten mitten in der Budgetphase. Sein Chef hätte ihm jedes Haar einzeln ausgerupft, wäre er zu Hause geblieben. Dr. Kemper, der Organisationsleiter schaute ihn erstaunt an, als er ihm auf dem Korridor begegnete. Es reichte kaum zu einem Gruß. Wie kam ein kaufmännischer Angestellter, der in den Jahren nicht wirklich als aggressiver Zeitgenosse aufgefallen war, zu solchen Verletzungen? Vermutlich wäre er nach der Phase des Erstaunens wieder zur Tagesordnung übergegangen, hätte es in ihren Räumlichkeiten nicht den Mord gegeben. So kämpfte er einen kurzen Kampf mit sich, bevor er sich entschloss, Hilpert anzurufen und ihn zu informieren. Dieser wollte noch vor dem Mittagessen in der Konzernzentrale am Alsterufer vorbeischauen.

Bereits auf dem Weg in die Fahrbereitschaft erreichte Hilpert ein Anruf von Pristic. Er hatte sich umgehört. Nach seiner Auffassung war es unwahrscheinlich, dass sich seine Feinde Alexandra gegriffen hatten, um an ihn heranzukommen. Ihm waren keinerlei Information in diese Richtung zugetragen worden. Er riet ihm, trotzdem auf der Hut zu bleiben. Der Hass seiner Feinde war nicht abgeklungen. Nichts war vergessen worden, niemand hatte ihm vergeben. Die Menschen in der Gegend hatten ein langes Gedächtnis. Momentan verschnauften sie nur und leckten ihre Wunden. Irgendwann ständen sie vor ihm. Er war von Anbeginn an skeptisch, dass Alexandra das Opfer der Albaner sein sollte. Ihn wollten sie töten, niemanden sonst. Er lebte mit dieser Bedrohung, seit er zurück in Hamburg war. Deshalb erschrak er nicht vor seinem eigenen Schatten. Besser, er sprach nicht mit Weber darüber. Der würde ihm gleich einen ständigen Begleiter organisieren wollen. Hiermit musste er allein fertig werden, in der Hoffnung, am Ende das bessere Stück zu fassen zu bekommen. Bevor er sich bedanken konnte, war die Verbindung unterbrochen. Pristic war ein vorsichtiger Mann. Gedankenversunken setzte Hilpert seinen Weg fort. Alexandras Verschwinden hatte ganz offensichtlich nichts mit ihm zu tun. Wie ging er mit dieser Nachricht um? Beruhigte sie ihn oder vergrößerte sie seine Ängste?

Während der Fahrt ans Alsterufer konzentrierte er sich auf die Konzernmorde. Sie hatten es mit einem Täter zu tun, der konsequent zuschlug. Traf das wirklich auf jemanden zu, der seinen Lebensunterhalt als Manager in einem Industrieunternehmen verdingte? Was konnte solch einen Menschen bewegen, zum Mörder zu werden? Gier? Angst? Hatten sie mit Demel den falschen Mann wieder gehen lassen? Lagen sie mit der Annahme falsch, dass ein bislang unbescholtener Bürger Mord als denkbare Handlungsalternative sah? Demokratische Spielregeln waren für einen Ermittler Fluch und Segen zugleich. Aber lieber mit den Mängeln einer fehlbaren demokratischen Gemeinschaft leben, als zum Handlanger diktatorischer Machthaber zu werden.

Leuprecht blickte erstaunt auf, als Hilpert ihn aufsuchte. Ohne dazu aufgefordert worden zu sein, trat er an dessen Schreibtisch und setzte sich ihm gegenüber.

»Was kann ich für Sie tun, Herr Hauptkommissar?«, bemühte er sich um einen souveränen Eindruck. Das allerdings mit zweifelhaftem Erfolg. Er wusste selber, wie er aussah.

»Wie kommt man zu solch einem vermatschten Gesicht? Sind Sie unter eine Dampfwalze geraten oder wollten Sie einen Mustang einfangen?«

»Aha, daher weht also der Wind. Die Antwort ist ganz einfach. Ich hab mir gestern Abend zu Hause ein Glas Wein zu viel gegönnt und bin unglücklich gestürzt.«

»So, so, da müssen Sie gleich mehrfach gefallen sein, wenn ich Ihre Verletzungen näher in Augenschein nehme. Sind Sie sicher, dass diese nichts mit Ihrem Kumpel aus alten Zeiten, Demel, zu tun haben?«

»Wie kommen Sie darauf? Den hab ich seit Längerem nicht gesehen.«

»Mensch, Leuprecht, Sie sprechen mit jemandem, der Ihnen in schwieriger Situation behilflich sein könnte. Und so ein Mann wie Demel ist in der Szene ein kleines Licht. Gegen den können wir Sie nun wirklich wirksam schützen.«

»Danke für das Angebot, sollte ich Sie mal benötigen, werde ich mich garantiert daran erinnern. Aber momentan fühle ich mich durch niemanden bedroht.« Gelassen blickte er zu dem Kriminalbeamten herüber. »Was wollen Sie noch von mir wissen? Wir stecken mitten in der Planungsphase. Ich muss gleich in ein Meeting. Mein Chef hasst Unpünktlichkeit.«

Hilpert erhob sich und blickte auf Leuprecht herunter. »Im Augenblick kommen mir keine weiteren Fragen in den Sinn. Halten Sie sich weiter zu unserer Verfügung. Ich hoffe, Sie haben in nächster Zeit keine größere Reise geplant.«

»Sie können bis Silvester über mich verfügen. Danach geht es allerdings für drei Wochen in die ewige Sonne.«

»Karibik?«

»Nein danke, da treffe ich im Zweifelsfall meine Nachbarn. Die reichen mir in Hamburg. Es geht in die Südsee.«

»Schön, schön, sollten Sie uns einen Bären aufgebunden haben, ist die Wahrscheinlichkeit höher, dass Sie am Jahresende in einer Zelle mit vergitterten Fenstern sitzen und nicht an irgendeinem Strand liegen und Delfine beobachten.«

»Was sollen diese unterschwelligen Drohungen, Herr Hauptkommissar? Es gibt für mich keinen Grund, Sie zu belügen.«

»Umso besser. Trotzdem glaube ich nicht, dass Sie mir die volle Wahrheit aufgetischt haben.«

»Das ist Ihr Problem.«

Beim Hinausgehen überdachte er das Gespräch. Der Mann reagierte so abgebrüht wie ein Krimineller, der sich ganz auf seinen Anwalt verließ. Was war der Grund dafür? Etwa das reine Gewissen des Unbeteiligten? Die intellektuelle Qualität eines gut ausgebildeten Managers? Für den Mord an Barsch kam er in keinem Fall infrage. Sein Alibi war wasserdicht. Seine Zeugen verfügten über einen ordentlichen Leumund. Sah er bereits Gespenster? War er mittlerweile überfordert? Wäre es für ihn vielleicht besser, ein paar Tage auszuruhen, um wieder in ruhigeres Fahrwasser zu gelangen? Vor Kurzem waren ihm Unterlagen über eine Kreuzfahrt in die Karibik untergekommen. Die Kosten hielten sich in Grenzen. Ob er darauf Christina ansprechen sollte? Dann wurde ihm klar, dass er keine Ruhe fände, solange die Mordfälle ungeklärt auf seinem Schreibtisch schlummerten. Außerdem hätte er ebenfalls wenig Lust darauf, seinen Nachbarn zu begegnen.

* * *

Er winkte die Ärztin zu sich, die der schluchzenden Frau die Tränen aus dem Gesicht gewischt hatte. Nach der Spritze, die sie ihr gegeben hatte, würde sie sich bald beruhigen. Fragte sich nur für wie lange. Viel mehr konnte sie für sie nicht tun. Jeder Versuch, sie zu trösten, jede Floskel würde sofort als Lüge entlarvt. Sie hatte vor geraumer Zeit über schreckliche Sexualmorde gelesen. Eigentlich sollten sie gelöst sein. Nun stand sie hier mit einem Opfer und wusste nicht, was mit ihr selbst geschehen würde. Was war mit ihr geplant, wenn sie nicht mehr benötigt wurde?

Sie vernahm seine kräftige Stimme. »Es gibt noch eine Frau,

die Sie unter die Lupe nehmen müssen. Kommen Sie, ich will nicht ewig warten.«

Ergeben in ihr Schicksal folgte sie ihm.

Eine Stunde später brachte er sie in ihr Verlies. Der Mann baute sich vor ihr auf. »Nun, wie ist der zweite Befund?«

Sie schüttelte den Kopf. »Ich müsste weitere Tests im Krankenhaus mit ihr vornehmen. Auf den ersten Blick erwarte ich keine Komplikationen.«

»Wie darf ich das verstehen?«

»Sie hatte erst vor Kurzem eine Fehlgeburt. Es ist nicht auszuschließen, dass die erneute Schwangerschaft für sie zu früh gekommen ist.«

Er nickte zu ihren Worten und schien nachzudenken, ohne zu einem Ergebnis zu gelangen. Schließlich wandte er sich wieder an sie. »Und was empfehlen Sie, sieht man mal vom Krankenhaus ab?«

»Sie sollte ruhig liegen, sich nicht zu viel bewegen. Jede Aufregung ist das reinste Gift für sie.«

»Ich verstehe. Da werden wir wohl die entsprechenden Konsequenzen ziehen müssen.«

Sie fühlte sich unwohl, als sie seine Worte vernahm. Welche Konsequenzen meinte er? Wollte er sich ebenfalls an ihr vergreifen? Ihre Befürchtungen waren gegenstandslos. Er ließ sie weiterhin zufrieden und kümmerte sich um ihre Versorgung. Gelegentlich gestattete er ihr sogar, die Dusche zu benutzen. Zu ihrem Erstaunen kümmerte er sich akribisch um ihre Chemietoilette. Was Hygiene betraf, ließ er es auf nichts drauf ankommen. Trotzdem hatte sich ein drückendes Gefühl in ihrer Bauchgegend festgesetzt. Es schien sie geradezu überwältigen zu wollen, wenn er in ihrer Nähe war. Dieser Mann war die Bedrohung in Person. Er konnte es sich nicht erlauben, sie am Leben zu lassen, wenn er ihre Hilfe nicht mehr benötigte. Sie hatte sich seine Gesichtszüge so tief eingeprägt, dass sie ihn ohne Weiteres zeichnen könnte. Sie war darin nicht unbegabt.

Ihr Entführer war ins Erdgeschoss gegangen. Mit nachdenklicher Miene schenkte er sich einen Brandy ein. Er musste die nächsten Schritte sorgfältig planen. Ihm durfte kein Fehler unterlaufen. Er leerte sein Glas und brachte es in die Küche. Anschließend begab er sich ins Obergeschoss. Er wollte vorher duschen, bevor er seinen unfreiwilligen Gast abermals aufsuchen würde. Wenn er an die junge Frau dachte, spürte er bereits erste Regungen in seiner Lendengegend. Er war darüber froh, sie nicht zusammengeschlagen zu haben. In ihrem jetzigen Zustand wäre sie ihm ungleich besser dienlich. Eine gute Stunde später stand er wieder vor ihr. Lachend reagierte er auf ihren Versuch, sich zur Wehr zu setzen. Brutal riss er sie an den Haaren und warf sie aufs Bett. Ohne ein Wort von sich zu geben, fiel er über sie her. Erst gegen Mitternacht ließ er von ihr ab. Er spürte, dass sein Interesse an ihr zu erlahmen begann. Schon bald wäre ein Austausch angesagt. Er musste sich nur zeitlich einrichten.

* * *

Er hatte gerade das Bürogebäude verlassen und orientierte sich Richtung Dammtorbahnhof. Von der Alster wehte ein unangenehm kalter Wind herüber. Es schien, als wollte er ihm die letzten Reste an guter Laune aus seinem Kopf verbannen. Von der Seite erreichte ihn ein krächzendes Flüstern. Er hätte diese Stimme aus Tausenden herausgehört. Er blickte auf einen Mann, der aus dem Hauseingang eines Nachbargebäudes auf ihn zukam.

»Wird ja langsam Zeit, dass Sie endlich Feierabend machen. Ich hab mir hier die Beine in den Bauch gestanden.«

Der Angesprochene reagierte wütend. »Demel, was tun Sie hier? Sind Sie des Teufels, mich vor der Zentrale abzufangen? Es wäre nicht gerade dienlich, würde man uns zusammen sehen. Sie wissen selbst, die Polizei wieselt überall herum. Insbesondere diesen Hilpert darf man nicht unterschätzen. Der macht sich aus allem einen Reim. Oder haben Sie etwa mein Zahlungsziel gekürzt?«

»Nein, nein, damit ist alles in Ordnung. Meine Bosse haben keine Angst um ihr Geld. Ich bin eher aus privaten Gründen hier.«

Er legte dem Angesprochenen einen Arm um die Schulter, als würden sich zwei alte Freunde getroffen haben.

»Kommen Sie, gehen wir ein paar Schritte Richtung Interconti.

Momentan latscht kein Bulle durch die Gegend. Ich hab mich gründlich umgesehen.«

»Hören Sie auf mit Ihren Scheißvorschlägen, ich will keinen Spaziergang machen! Ich will meinen Wagen aus der Werkstatt in Sasel holen. Ich muss zur Bahn. Sagen Sie, was Sie wollen, und dann lassen Sie mich zufrieden!«

»Mensch, seien Sie nicht so ungemütlich. Ich fahre Sie dort hin.«

»Halten Sie das für 'ne gute Idee, jetzt im Feierabendverkehr?«

»Wo ist das Problem? Da bleibt uns umso mehr Zeit für ein lockeres Gespräch. Dazu fehlt uns doch sonst immer die Gelegenheit.«

»Na gut, packen wir's«, gab er freudlos nach.

Wortlos passierten sie das amerikanische Konsulat. Gelangweilte Polizisten in Uniform sahen an ihnen vorbei. Die latente terroristische Gefahr hatte die Verantwortlichen veranlasst, eine der schönsten Straßen Hamburgs, direkt an der Alster gelegen, für den Autoverkehr weitgehend zu sperren. Sie bogen vor dem Interconti in die Fontenay ab und begaben sich Richtung Mittelweg zu dem Parkplatz neben dem Hotel. Demel steckte seine Karte in den Automaten.

»Sauerei, was die einem abzwacken!«, fluchte er und zahlte. Er zog den Schein heraus und sie gingen zu seinem Mercedes. »Schauen Sie sich nur das betagte Modell an«, redete er auf den Konzernmanager ein. »Der ist inzwischen zwölf Jahre alt und sollte mal durch was Frischeres ersetzt werden.«

»Dann tun Sie's doch«, knurrte der Mann neben ihm. »Schließlich arbeiten Sie nicht für ein Almosen.«

Demel machte ihn nervös. Kaum hatten sie die Schranke passiert, war es vorbei mit dessen Jovialität.

»Ich hab mit Leuprecht geredet. Er hat mir alles gebeichtet. Ab sofort bin ich euer Partner. Ich will ein Stück von dem Kuchen abhaben.«

»Ach, haben Sie ihn so zugerichtet?«

»Zugerichtet halte ich für leicht übertrieben. Überzeugt hab ich ihn. Eben auf meine Art. Sie wissen ja, ich stamme aus einfachen Verhältnissen.«

»So wie Sie es angestellt haben, kann man das Ganze nur als dumme Idee bezeichnen. Dieser Hilpert hat ihn bereits aufgesucht.«

»Na und? Leuprecht hält schon die Schnauze, da mach ich mir keine Sorgen. Kommen wir auf mein Thema zurück. Wie sieht es aus mit Kohle?«

»Sind Sie des Teufels? Sie wissen selbst, dass ich momentan klamm bin.«

»Hören Sie auf mit Ihrem Gejammer. Sie werden doch irgendwo ein paar Aktien oder sonstige Wertpapiere liegen haben.« Er kicherte unartikuliert. »Ich nehme alles, was sich zu Geld machen lässt. Selbstredend auch Edelmetall.«

Sein Fahrgast reagierte genervt. »Wie viel haben Sie sich denn vorgestellt?«

»250.000 Euro.«

»Sie sind verrückt! Da kann ich mir ja gleich die Kugel geben. Dann hab ich wenigstens Ruhe im Puff.«

»Warum so theatralisch? Was bieten Sie an?«

Zehn Minuten später hatten sie sich auf den halben Betrag geeinigt, zahlbar in zwei Raten. Die restliche Fahrt schwiegen sie sich geduldig an. Es war alles gesagt, was es zu sagen gab.

Es dauerte eine gute Stunde, bis er in seinem eigenen Wagen saß und nach Hause fuhr. Wütend rief er Leuprecht an. »Was haben Sie mir mit Demel für eine Laus in den Pelz gesetzt?«

»Was blieb mir anderes übrig? Der Arsch hat sich die Sachen nach der Befragung durch die Polizei selbst zusammengereimt. Der ist beileibe nicht dumm. Besser wir zahlen.«

»Das sagen Sie so einfach. Sie wissen selbst, wo ich momentan finanziell stehe.«

»Worauf haben Sie sich geeinigt?«

»Auf 125.000 Euro.«

»Das geht ja noch. Ich beteilige mich mit 50.000. Den Rest müssten Sie allerdings organisieren.«

»Ich bin mir unsicher, ob das 'ne gute Idee ist. Das kann leicht eine Reise ohne Ende werden. Ich befürchte, der wird regelmäßig versuchen abzusahnen.«

»Dann müssten wir ihm mit seinem Boss drohen.«

»Und hätten dann den richtigen Geier im Nacken. Der zwackt uns 'ne Million ab.«

»Damit zu drohen, heißt nicht, es tatsächlich zu tun«, widersprach Leuprecht.

»Sie pokern zu viel. Da mag ein Bluff ja durchaus was bringen. Im wirklichen Leben sieht das anders aus. Wir müssen einen besseren Weg finden.«

»Sie machen mir Angst.«

»Es gibt kein Zurück«, erwiderte er mit fester Stimme. »Wir müssen uns nach vorne durchkämpfen. Hinten werden wir zerdrückt.«

»Wissen Sie eigentlich, was Demel für ein Typ ist? Der schnipst uns mit Daumen und Zeigefinger von der Tischplatte. Mir hat er gerade eine Lektion erteilt. Das dauert Wochen, bis ich wieder ganz bin.«

»Ich hab Sie gesehen und nehme es Ihnen unbenommen ab. Der hat uns doch gar nicht als ernst zu nehmende Gegner auf der Liste. Das könnte unter Umständen unser Vorteil sein. Überraschungsmoment nennt man das.«

»Also ich hab da ein mulmiges Gefühl.«

»Halten Sie mich für einen Krieger? Aber letztlich geht es um unser Überleben.«

Verunsichert beendete Leuprecht das Gespräch. Worauf hatte er sich bloß eingelassen? Trotzdem hatte sein Partner recht. Es galt zu handeln. Ohne nennenswerten Erfolg wischte er seine schweißnassen Hände an seiner Hose ab. Sie steckten tief im Sumpf und mussten sich selbst an den Haaren herausziehen. Hoffentlich klappte das. Verunsichert schloss er seinen PC. Er brauchte frische Luft zum Atmen. Sie sollte ihm wenig helfen. Sein Gesprächspartner begab sich indessen in den Keller seiner Wohnung. Dort bewahrte er auf, was sie unbedingt benötigten, um sich Demel vom Hals zu schaffen. Er war tief entschlossen zu handeln.

26

Nach wie vor taten sie sich schwer. In Sachen Konzernmorde ergaben sich keine neuen Spuren. Ebenso wenig landeten bei ihnen brauchbare Informationen zu Alexandras Verschwinden. Selbst die ungebetenen, unergiebigen Anrufe blieben mittlerweile aus. Niemand bezichtigte mehr seinen Nachbarn irgendwelcher Gräueltaten. Keiner glaubte, einem ehemaligen Kollegen oder einem Konkurrenten etwas anhängen zu müssen. Christina war gerade von einer längeren Dienstreise zurückgekommen. Der nächste auswärtige Termin stand bereits in ihrem Kalender. Fraß sein Job manche Stunde eines Tages, so opferte sie ihrer Karriere die Wochen geradezu schockweise. Trotzdem - vielleicht auch deshalb - genossen sie das seltene Miteinander in vollen Zügen. Durchlebte das durchschnittliche Ehepaar einmal in seinem Leben den Honeymoon, so war es ihnen unbenommen, diesen wenigstens einmal im Monat gemeinsam zu begehen, obwohl sie noch nicht einmal verheiratet waren. Zu heiraten, konnte das 'ne Idee sein? Alt genug war er, sie ebenso. Seine finanziellen Bedingungen würden sich bald eindeutig verbessert haben. Was sprach dagegen? Vielleicht Christina, deren Ehrgeiz garantiert nicht in der Küche endete, mit zwei oder mehr Kindern am Rockzipfel. Und er? Eignete er sich zum Hausmann? Eine gewisse Skepsis war da angesagt.

Seine Gedanken schweiften wieder ab. Es wurde für ihn zusehends schwieriger, sich vollständig fallen zu lassen. In unregelmäßigen Abständen blockierte ihn eine tiefe Unzufriedenheit gepaart mit Selbstvorwürfen. Waren sie im Entführungsfall Alexandra wirklich allen Spuren nachgegangen? Hatten sie die richtigen Schlüsse gezogen? Immer wieder fragte er sich, ob sie nicht den einfachen Fährten gefolgt und mit traumhafter Sicherheit an ihrem Ziel vorbeigeschossen waren. Christina spürte seine Stimmung nur zu gut, wenn er brütend auf der Couch saß, sein Getränk nicht anrührte und ihr nur einsilbig antwortete. Sie wusste, sein Verhalten hatte nichts mit ihr zu tun und seinen Gefühlen, die er ihr entgegenbrachte. Ihre Sensibilität reichte allemal, ihre Beziehung selbst dann zum Leuchten zu bringen, wenn er Gefahr lief, sich an den Rand einer Depression zu bewegen. Sie riss ihn mit.

Ein Anruf aus Köln drängte sich gnadenlos in ihr kleines Glück hinein. Er machte ihm deutlich, wie hautnah ihn die Sexualmorde betrafen. Es gab trotz Christina kein nachhaltiges Abschalten, allenfalls ein gelegentliches Verdrängen. Die Leichen von zwei Frauen waren in der Nähe von Münster in einer stillgelegten Kiesgrube gefunden worden.

Er atmete tief durch, bevor er antwortete: »Und weiß man schon, wer gefunden wurde? Handelt es sich um unsere vermisste Kollegin oder die Ärztin oder beide?«

»Sie sind zu schnell. Momentan sind wir schwerlich zu einer Aussage fähig. Der Mörder hat versucht, die Körper zu verbrennen. Das mit ziemlichem Erfolg. Hätte es nicht die ganze Nacht über geregnet, wären wir kaum zu einer brauchbaren Analyse fähig.«

»Aber irgendeine Aussage wird man doch tätigen können.«

»Wir tun, was wir können. Proben für eine DNA-Analyse sind auf dem Weg nach Hamburg und Wiesbaden.«

»Wie sind die Frauen ums Leben gekommen? Der hat die doch nicht etwa bei lebendigem Leib verbrannt?!«

»Nein, sie wurden erschossen. Kaliber 38.«

»Und gibt es einen voraussichtlichen Zeitpunkt der Tat?«

»Man arbeitet daran. Die Analyse wird schwierig. Nur der Regen gibt uns die Gelegenheit, den Zeitraum für deren Tod einigermaßen einzugrenzen.«

Hilpert fühlte sich wie ein alter Mann, der einen schweren Rucksack getragen hatte und sich nun schwer atmend mit beiden Händen an einer Wand abstützte, um seinen Puls zu beruhigen. Auch wenn die Morde eher atypisch abgelaufen waren, verriet ihm ein tiefes inneres Gefühl, dass Alexandra tot war. Schlimmer war, er hatte richtig mit der These gelegen, dass sie die letzten Wochen gelebt haben musste. Ihr Misserfolg als Ermittler, ihre vorschnellen Entscheidungen im Fall Böckler waren eindeutig mitverantwortlich für ihren Tod. Davon ließ er sich selbst von wohlwollenden Vorgesetzten und freundlichen Kollegen nicht abbringen. Sein Gefühl sollte ihn nicht trügen, Alexandra und die Ärztin wurden wenige Tage später zweifelsfrei als Opfer identifiziert. Er und Reichelt versuchten alles, sich direkt in die Ermittlungen einzuschalten. Sie fuhren gemeinsam zum Fundort der Leichen. Sie suchten das Haus der toten Ärztin auf. Sie befragten die Nachbarn. Der Erfolg wollte sich nicht einstellen. Ihre Kollegen hatten sorgfältig gearbeitet. Sie fanden keine neuen Spuren oder Anhaltspunkte, die sie einen Millimeter weitergebracht hätten. Enttäuscht ging es nach Hamburg zurück. Dort erwartete man von ihnen, dass sie ihrer Arbeit nachgingen. Zeit zur Trauer überließ man ihnen nicht.

Hilpert sollte nicht zur Ruhe kommen. Zwei Tage später wurde die Leiche von Demel gefunden. Der Geldverleiher war mit einer großkalibrigen Waffe erschossen worden. Er hatte ihn aus nächster Nähe getroffen. Vergegenwärtigte man sich die Umstände der Tat, musste davon ausgegangen werden, dass er seinen Mörder kannte und anscheinend nichts von ihm befürchtet hatte. Weber beorderte ihn zu sich und drängte unnachgiebig auf Ergebnisse. Als vermutliche Konsequenz hieraus wurde ihnen der Fall Alexandra vollends aus den Händen genommen. Reichelts Mordkommission wurde auf einen Mord im Drogenmilieu angesetzt, Hilpert wies er an, sich ausschließlich auf die Konzernmorde zu konzentrieren. Er nahm die Entscheidungen ebenso widerspruchslos hin wie sein Kollege. Jeder Standort, von dem aus sie nach Alexandras Mörder hätten fahnden wollen, wäre zufällig richtig oder falsch gewesen. Es war richtig, den Fall anderen zu überlassen. Nach heißer Diskussion verzichtete man auf Hilperts Mitarbeit. Die beiden Beamten litten darunter, nicht mehr direkt auf die Jagd nach Alexandras Mörder gehen zu dürfen. Ihr Verstand verriet ihnen allerdings, dass korrekt entschieden worden war. Ihre emotionelle Betroffenheit blockierte sie im Denken, egal, ob sie es sich eingestanden oder nicht. Sie mussten auf den Sachverstand ihrer Kollegen hoffen. Für die war es ein Fall wie jeder andere, wenngleich etwas komplizierter als andere Verbrechen.

Die Durchsuchung von Demels Wohnung blieb ergebnislos. Typen wie er bewahrten an den Plätzen, an denen sie lebten, kein belastendes Material auf. Sie standen in ständiger Furcht vor Hausdurchsuchungen, da bei den Ermittlungsbehörden dicke Akten über sie vorlagen. Folglich schrieben sie keine Tagebücher. Sie verzichteten darauf, große Geldmengen unter der Matratze aufzubewahren oder Kokain im Toilettenspülkasten zu verstecken. Die Räumlichkeiten des Ermordeten wirkten auf sie eher, als habe er nie wirklich in ihnen gelebt. Verfügte er an anderer Stelle über eine Zweitwohnung? Gäbe es dort für sie verwertbare Hinweise?

Der These, Demel sei Opfer seiner eigenen Komplizen geworden, gewann Hilpert wenig bis gar nichts ab. Der oder die Täter saßen im Konzern, nirgendwo anders. Davon ließ er sich von niemandem abbringen. Sie mussten nach einem oder mehreren wohlgelittenen Managern fahnden. Was auf den ersten Blick nach Professionalität roch, konnte ebenso als Akt der Verzweiflung gewertet werden. Dabei waren sie bislang nicht einmal über ein brauchbares Motiv gestolpert. Was passte am ehesten zu dieser Zielgruppe? Es fiel ihm nur eine plausible Antwort ein: Geld. Damit war Hilpert mit seinem Latein am Ende. Trotzdem ließ er nicht locker und suchte in regelmäßigen Abständen das Gespräch mit Mitarbeitern aus der Zentrale, ohne groß weiterzukommen. Er fühlte sich wie ein Sportler, der sich vorgenommen hatte, möglichst weit zu springen, aber ständig übertrat. Wieder und wieder hieß es, sich nach hinten zu orientieren und einen neuen Anlauf zu nehmen. Wie viele Versuche würde man ihm noch geben? Alle Welt schrie nach Ergebnissen, die er nicht zu liefern vermochte. Wann würde Weber gezwungen sein, ihn aus dem Spiel zu nehmen? Wann schlug sein Intimfeind, der Staatsrat zu? Was er nicht wusste: Er hatte inzwischen einflussreiche Freunde.

Wellner und Röller bewegten sich politisch auf eher ungewohntem Terrain. Es hatte sie nie nach hohen Ämtern gedrängt. Wenn sie Einfluss nahmen, geschah dies dezent, ohne erkennbares Eigeninteresse. Sie trafen sich mehrfach, bevor sie entschieden, in ihren Parteigremien aktiv zu werden. Ihre relative Nähe zu Hilpert, die massive Verachtung, die er und andere Betroffene dem Staatsrat entgegenbrachten, veranlasste sie, gegen diesen initiativ zu werden. Ihre anfängliche gleichgültige Distanz wandelte sich in massiven politischen Widerstand. Gerade weil sie nie nach politischen Ämtern geschielt hatten, verfügten sie über vorzügliche informelle Kontakte. Diese, gepaart mit der Hoffnung, auch weiterhin von Wellner finanziell großzügig unterstützt zu werden, zeigten Wirkung. Ihren Bemühungen sollte Erfolg beschieden werden, wobei Hinrichs selbst in vielfältiger Hinsicht den Spaten lieferte, mit dem die Grube ausgehoben wurde, in die er dann fiel. Ende November platzte die politische Bombe. Der Staatsrat bat um seine Abberufung. Anlass war letztlich der ungerechtfertigte Beratungsauftrag, den er erteilt hatte. Neue Unterlagen wurden zutage befördert, denen eindeutig zu entnehmen war, dass es sich um eine Gefälligkeit an einen persönlichen Förderer gehandelt hatte, der ihm zu anderer Zeit finanziell unter die Arme gegriffen hatte. Mit vereinzelten Kommentaren wurde in den Medien nachgetreten. Als Spitzenpolitiker war Hinrichs tot. Schlimmer als sein unrühmlicher Abgang oder die Häme früherer Gefolgsleute war die Gleichgültigkeit und vielfältige Erleichterung, mit der sein Rücktritt registriert wurde. Es schien, als bedauerte ihn nicht ein Bürger der Stadt, sah man von ihm oder seinen Verwandten einmal ab. Selbst engste Parteigänger atmeten auf, als er endlich seinen Schreibtisch geräumt hatte.

Hilpert konnte und wollte diesen Vorteil für sich nicht nutzen. Sein persönlicher Freund in der schreibenden Szene, Frank, war bereits wieder auf der Suche nach einem neuen Opfer. Erste Spitzen, die in seine Richtung gingen, bewiesen, dass der nie erklärte Waffenstillstand wohl bald beendet sein würde. Ihm sollte es gleich sein, in wenigen Monaten musste er keine Morde mehr aufklären. Danach interessierte sich keine Öffentlichkeit mehr für ihn. Unter ferner liefen würde man ihn behandeln. Und das wäre gut so. Er musste lediglich bis dahin durchhalten. Fragte sich nur, ob er mit abgeschlossenen Fällen in Richtung City Nord verschwand oder ob er sich seine Niederlage bei der Aufklärung der Morde eingestehen musste.

***

Die Stimmung auf der Beerdigung war tief bedrückt. Alle Exkollegen von Alexandra, die dienstfrei hatten, waren in der kleinen Kapelle in Ohlsdorf erschienen. Ein Teil der Trauergäste musste sogar draußen in der Kälte ausharren. Bei Temperaturen um die drei Grad plus konnte einem dabei die Zeit schon lang werden. Den Abgekühlten würde vermutlich ein steifer Grog helfen. Hilpert war zeitig eingetroffen und hatte nicht nur einen Platz in der Kapelle gefunden, sondern konnte sein Fahrzeug nur wenige Schritte von dort entfernt direkt an der Straße abstellen. Der Friedhof war ein kleiner Ort für sich mit eigener Infrastruktur.

Fehlt nur noch eine Polizeiwache, dachte er als er ausstieg.

Reichelt saß mit versteinertem Gesicht drei Reihen hinter ihm. Seinen Gruß hatte er kaum wahrgenommen. Sollten sie jemals den oder die Täter zu fassen bekommen, wäre es keine gute Idee, ihn mit dem aufgebrachten Kriminalbeamten allein zu lassen. Wie stand es um ihn selbst? Er kannte sich. In seinem Gemisch aus Trauer und Wut war er ebenso unberechenbar.

Die klagende Orgelmusik vom Band zog sie ein ganzes Stück weiter hinunter. Sie schien nicht enden zu wollen, sah man von den jeweiligen Unterbrechungen für die Trauerreden ab. Viele Menschen meinten, etwas sagen zu müssen. Hörte man ihnen überhaupt zu? Hätte er auch etwas von sich geben sollen? Hätte er seine Gefühle für sie offenbaren sollen? Wohl kaum. Als sie endlich dem Sarg folgten, erschien es ihm wie eine Befreiung. Erleichtert nahm er die kühle Luft auf. Am Grab fielen ihm nur wenige Worte für den gebrochenen Ehemann ein.

»Das Schwein kommt nicht ungeschoren davon.«

»Ist das noch so wichtig, jetzt wo Alexandra tot ist?«

Er antwortete ruhig und versuchte trotzdem verständnisvoll aufzutreten: »Wir leben nicht allein in diesem Land, trotz unserer Trauer. Dort draußen läuft ein Sexualmörder durch die Gegend, der jederzeit wieder zuschlagen kann.«

»Entschuldigung, Sie haben recht. Kommen Sie mit auf einen kleinen Imbiss in den Anglo-German Club? Ich weiß, Alexandra hat Sie sehr gemocht.«

»Natürlich, sehr gern.«

Im Tod würde ihr nochmals das Stück an Exklusivität gegönnt, dem sie sich im Leben verschrieben hatte. Vor einigen Jahren war er Gast in diesem Restaurationsbetrieb nach englischem Strickmuster gewesen. Das Gebäude lag nur unweit von seiner ehemaligen Wohnung am Harvestehuder Weg entfernt. Vom Grundstück aus, auf dem herrliche Laubbäume alles überstrahlten, gelangte man direkt an die Alster. Viel besser konnte man in Hamburg nicht residieren. Ihm schien, als seien dort die Uhren stehen geblieben. Nichts hatte sich verändert. Er vermeinte selbst die Tapeten und den Bodenbelag wiederzuerkennen. Alles erschien ein wenig verstaubt, aber auf seine Art und Weise durchaus stilvoll und vor allem gepflegt. So stellte man sich einen englischen Club vor. Da, wo sich Hamburg konservativ gab, war die Stadt in Norddeutschland von niemandem zu schlagen. Selbst Briten würden sich schwertun mitzuhalten.

Er nickte zu den kleinen Happen, die geboten wurden. Sie schmeckten, auch wenn man sich von der Menge her ranhalten musste, wollte man einigermaßen satt werden. Vermutlich war das gar nicht deren Funktion. Als er bei den ersten Trauergästen Bier- und Weingläser in den Händen entdeckte, zog er sich diskret zurück. Ihm war nicht nach weinseliger Stimmung. Dafür hatte ihm Alexandra einst zu viel bedeutet. Er wollte nicht dabei sein, wenn die erste lustige Anekdote zum Besten gegeben wurde, sich das erste Kichern durch den Raum stahl.

27

Anfang Dezember saß er einmal mehr Weber gegenüber. Dieser machte einen zerknautschten Eindruck auf ihn. »Ich hatte gehofft, dass mit Hinrichs' Weggang der Weg für Sie wieder frei würde. Bei der augenblicklichen Situation in den Medien jagen wir niemandem Angst ein, der sich gegen Sie ausspricht. Wir brauchen Erfolge.«

»Das ist doch klar, Chef. Die Weggefährten des ehemaligen Staatsrats sind nicht ihm zuliebe ebenfalls emigriert. Sie sitzen immer noch dick und fett in ihren Sesseln und drehen an den politischen Schrauben. Das ist nun wirklich keine neue Erfahrung. Die hassen mich genauso, wie er es getan hat. Mit etwas Glück beweist man bei der Auswahl des Nachfolgers ein besseres Händchen. Unabhängig davon habe ich einen Vertrag unterschrieben. Es gehört sich so, dass man ihn erfüllt. Im März ist Urlaub, ab 1. April ist Big Business angesagt.«

»Sie und Ihre konsequente Haltung, Hilpert. Trotzdem, was die Konzernmorde betrifft, wird viel Staub aufgewirbelt. Aus allen Ecken kommen die Anfragen.«

»Gibt es Beschwerden über mich?«

»Ganz im Gegenteil, Sie haben gute Karten. Man schätzt Ihre ruhige, diskrete Art, dort aufzutreten. Eigentlich will man nur den Mörder endlich hinter Gittern wissen. Offensichtlich teilt man auch in der Chefetage Ihre Ansicht, dass nur ein Interner als Täter infrage kommt. Das macht die Leute nervös. Wer wollte es ihnen verdenken? Wer hat schon das Bedürfnis, in der Kantine, neben einem Mörder sitzend, seinen Eintopf zu essen? Wer will mit einem Killer als Kollegen zu tun haben?«

Hilpert hörte entspannt zu. Die ganze Zeit tanzte durch sein Kleinhirn der Begriff Konzern. Und in dem Moment verstand er sein größtes Problem. Er hatte nach wie vor viel zu wenig Ahnung von der Tätigkeit der Mitarbeiter. Mit den Organisationsstrukturen vermochte er kaum mehr anzufangen. Auch wenn er sich immer wieder sachverständig gemacht hatte, musste er letztlich glauben, was man ihm erzählte. Er konnte nur schwerlich beurteilen, ob eigene Erwägungen zutrafen. Vieles von dem, was ihm unlogisch erschien, war vermutlich richtig. Manches von dem, was er akzeptierte, war möglicherweise erlogen oder falsch. Diesen Zustand galt es zu ändern. Er musste weg von Vermutungen und Befürchtungen. Seine Miene hellte sich langsam auf. Sie benötigten einen Fachmann in der Zentrale, der ihre Interessen vertrat, dem man kein X für ein U vormachen konnte. Kaum war ihm diese Idee gekommen, trug er sie seinem Vorgesetzten vor.

»Was halten Sie davon, wenn wir einen unserer Leute undercover in den Verein einschmuggeln?«

Weber reagierte skeptisch. »Verfügen wir in unseren Reihen über jemanden, der deren Sprache spricht und von denen akzeptiert würde? Ansonsten hat der sich geoutet, bevor er seinen PC einschalten kann.«

Hilpert nickte zustimmend. »Ich könnte vielleicht mit jemandem dienen. Ein Freund von mir will sich verbessern. Der Laden, in dem er arbeitet macht dicht. Er gilt als hervorragender Kostenrechner. Er weiß noch nichts von seinem Glück, aber der passt dort hervorragend hinein. Der riecht wie die, der ist ausgebildet wie die, der kleidet sich wie die.«

»Wir jagen einen Mörder, könnte das nicht gefährlich für ihn werden?«

»Er muss einfach zurückhaltend auftreten, da wird schon nichts passieren.«

»Das behaupten Sie so in Ihrem jugendlichen Leichtsinn. Davon unabhängig können wir nicht so ohne Weiteres entscheiden, ob die jemanden einstellen.«

»Das bekomm ich sicher gebacken.«

»Und wo sollte der Glückliche Ihres Erachtens arbeiten?«

»Dort, wo jemand gesucht wird. Ich meine im Einkauf ist ein Plätzchen frei.«

»Und an wen denken Sie?«

»Er heißt Helge Thiemann. Er war mir bereits in dieser Sache behilflich. Wenn Sie mich entschuldigen, ich muss meine Kontakte spielen lassen.«

»Dann man immer zu.«

Ohne großes Aufheben empfing ihn Rasmussen, der Vorstandsvorsitzende des Konzerns. Ruhig nahm er Hilperts Idee auf. Er war ein Mann, der zu schnellen Entscheidungen tendierte, wenn die Problemstellung klar strukturiert war.

»Es ist doch richtig, Hauptkommissar, dass Sie mit unserem Organisationsleiter gut können?«

Er nahm Hilperts Nicken als Zustimmung auf.

»Gut, er wird alles für Sie regeln. Besprechen Sie mit ihm die Einzelheiten. Würde ich mich direkt um die Einstellung eines Mitarbeiters im Einkauf kümmern, könnten Sie den eigentlichen Auftrag des Mannes gleich ans schwarze Brett nageln. Die sollen ihm vorerst einen Zeitvertrag geben. Unbefristete Verträge werden bei uns nur in Ausnahmefällen ohne Not abgeschlossen.«

Zufrieden rieb sich Hilpert die Hände. »Das reicht allemal. Schließlich ist es nicht mein Ding, einem Kumpel einen guten Job zu besorgen. Das muss der selbst auf die Reihe bekommen.«

Er war fast an der Tür, als ihn der Konzernchef zurückhielt. »Es gefällt mir, dass Sie nicht aufgeben. Selbst eine schlechte Idee ist besser, als in der Ecke zu sitzen und seine Wunden zu lecken. Und ich finde den Versuch gut, bei uns eine Art fünfte Kolonne zu installieren. Ich hielte es für bedauerlich, wenn ein Mann wie Sie unsere Polizei verließe.«

»Woher wissen Sie?«

»Stellen Sie sich vor, auch ich lese gelegentlich die Zeitung.«

»Klar, ich vergaß.«

Nach dem Gespräch mit Rasmussen lief der Rest wie am Schnürchen. Thiemann mochte kommen. Am selben Abend telefonierte er mit seinem Freund. Dieser musste nicht sonderlich überredet werden. Nach der Insolvenz seines Arbeitgebers war noch nicht entschieden, was er künftig auf die Beine zu stellen gedachte. Ursprünglich hatte er einen längeren Urlaub geplant, bevor er sich wieder ins Arbeitsleben stürzen wollte. Trotzdem übte die Anfrage des Freundes einen gewissen Reiz auf ihn aus. Wer hatte nicht schon als Junge davon geträumt, undercover zu arbeiten. Jugendträume waren dazu da, dass man sie sich erfüllte, wenn sich die Gelegenheit dazu ergab, gleichgültig, wie alt man war. Zu einem späteren Zeitpunkt sollte er den Unterschied zwischen einem Abenteuerurlaub und der Suche nach einem Mörder besser beurteilen können. In diesem Moment kam er sich vor wie beim Räuber- und Gendarmspiel. Am Ende hatte jeder gewonnen und sie waren weiterhin Freunde. Er wusste nicht, was auf ihn zukam, und das war gut so. Er sagte spontan zu. Innerhalb weniger Tage gelang es, ihn im Einkauf unterzubringen. Der Chef der Abteilung war hochzufrieden, einen gut ausgebildeten Mann mit entsprechender Erfahrung zu gewinnen. Die Kollegen waren heilfroh, einen Teil ihrer Arbeit auf ihn abladen zu können. Und sie machten reichlich Gebrauch davon. Und Thiemann bewies, dass er wirklich vom Fach war.

* * *

Er hatte es sich in seiner Loggia gemütlich gemacht. Ein Wärmestrahler sorgte dafür, dass er nicht fror. Mit gekräuselter Stirn gönnte er sich einen XO. Die Morde beeinträchtigten seine Kreise beträchtlich. Nicht, dass man dabei war, ihm auf die Schliche zu kommen. Er selbst fühlte sich gehemmt, als würde ihm sein Lehrer bei einer Klassenarbeit über die Schulter schauen. Ihm war unklar, ob die Ermittler bereits in seine Nähe gelangt waren. Aber es gab keine Umkehr. Er hatte sich für den Weg durch die Wüste entschieden und hoffte, ausreichend Wasser mit sich zu führen. Musste er umkehren, würde er verdursten. Er schreckte hoch, als er sein Handy vernahm. Unruhig nahm er das Gespräch an. Wer wollte ihn zu so später Stunde sprechen? Der Mann am anderen Ende meldete sich nicht mit Namen. Er verzichtete ebenso darauf, ihn anzusprechen.

»Nicht, dass Sie glauben, mit Demels Tod Ihre Schulden losgeworden zu sein. Alles läuft weiter wie gehabt.«

»Halten Sie mich für bescheuert? Keine Sekunde hätte ich das erwartet. Ich hoffe, die Bedingungen haben sich nicht verändert.«

»Keine Angst, alles bleibt wie zuvor. Das Leben geht weiter. Ende der Woche läuft eine neue Runde. Sind Sie dabei?«

»Worauf Sie sich verlassen können. Ich muss meine Verluste wieder reinholen.«

»Gut. Ich gebe Ihnen den Ort und den genauen Termin noch durch. Benötigen Sie Kleingeld?«

»30.000 wären willkommen.«

»Ich komme auf Sie zu. Ihr neuer Ansprechpartner heißt Malte Kurz. Im Übrigen, haben Sie eine Idee, wer Demel umgelegt haben könnte?«

»Wie sollte ich? Ich bin von Haus aus Kaufmann, kein Ermittler.«

»Das war 'ne dumme Frage von mir. Sollen sich die Bullen den Kopf zerbrechen. Trotzdem werden wir unsere Fühler ausstrecken. Ich wünsche Ihnen viel Glück bei der nächsten Runde.«

Die Verbindung war unterbrochen. Kopfschüttelnd legte er sein Handy zur Seite und griff nach seinem Glas. Man machte mit diesen Leuten Geschäfte, wie er es aus dem Konzern gewohnt war. Sie waren unglaublich zuverlässig und erwarteten dies von ihren Geschäftspartnern gleichermaßen. Ansonsten konnten sie ausgesprochen unangenehm werden. Das machte den Unterschied. Die organisierte Kriminalität war strukturiert wie ein Industrieunternehmen. Manchmal glaubte er sogar, sie funktionierte besser als sein Konzern. Mit den 30.000 schuldete er ihnen 250.000 Euro einschließlich Zinsen. Das war bei Weitem kein unlösbares Problem. Er musste nur zusehen, dass seine Geschäfte liefen. Nach einem weiteren großen Schluck ging es ihm gleich besser. Auf die Idee, ihn mit der Ermordung Demels in Zusammenhang zu bringen, waren die nicht gekommen. Es hatte seine Vorteile, wenn man für einen Schreibtischtäter gehalten wurde. Im engeren Sinne war er es ja auch. Es waren die Umstände, die ihn aus der Bahn geworfen hatten. Er wollte schnellstens zurück in die eigene Spur.

* * *

Thiemann lebte sich in die neue Tätigkeit schneller ein, als er erwartet hatte. Er traf auf aufgeschlossene, weltoffene Menschen mit ähnlichem Ausbildungshintergrund wie seinem. Vor allem aber wurde er im Einkauf gebraucht. Die Abteilung war seit Längerem unterbesetzt. Man warf ihn ins kalte Wasser und stellte fest, er konnte schwimmen, und er verfügte über eine gute Kondition. In den ersten Tagen schickte man ihn zum Schnuppern durch diverse Abteilungen, damit er ein Gefühl für sein Umfeld bekam. Er konnte im Marketing ebenso seine Fühler ausstrecken wie in der Revision, der Öffentlichkeitsarbeit oder im Controlling. Er sprach die Konzernsprache und wurde als einer der Ihren identifiziert.

Was er nicht fand, waren Ansatzpunkte für kriminelles Handeln. Er traf auf die ihm bekannte Normalität. Er war ledig und so trank er nach wenigen Tagen mit den ersten Leuten ein Feierabendbier. Er hielt sich dabei eng an Hilperts Anweisung, keine Fragen zu stellen, die einen Verdacht gegen ihn hätten aufkommen lassen können. Andererseits war die Ermordung eines Mitarbeiters in seinem Büro ein spektakuläres Ereignis, an dem man nicht einfach vorbeigehen konnte. Da wurde schon eine Meinung, eine Spekulation von ihm erwartet. Was er herausfand war, dass die Konzernmitarbeiter der Tat ebenso ratlos gegenüberstanden wie die Polizei. Und damit erfuhr er nichts Neues. Vom ersten Tag an verstand er sich mit Sven Kegler besonders gut. Dieser war für die Produkt-PR zuständig. Er hatte vor Jahren aus dem Automobil-Journalismus in die Industrie gewechselt. Sein Arbeitsschwerpunkt lag im Bereich Product-Placement. Er träumte davon, irgendwann einmal auf Rechnung eines der größeren Automobilkonzerne einen großen James-Bond-Film zu bestücken. Dafür reichte ihre Produktpalette leider nicht aus, sah man von fehlenden Budgets einmal ab.

Im Gespräch mit Thiemann ließ er seinen Träumen freien Lauf. »Ich sage dir, wenn der größte Agent aller Zeiten im Phaeton durch die Gegend kurvt, hat VW mit der Limousine keine Absatzprobleme mehr.«

»Ja, ja, du Spezialist für Schleichwerbung. Um so was hinzubekommen, müssten die wohl mit richtiger Kohle aufmarschieren.«

»Bei den Etats, die die verwalten, ist das trotzdem 'ne Lachnummer.«

Damit lag er sicher nicht falsch. Hatte er nicht erst neulich gelesen, dass die Bond-Macher trotz aller Nebeneinnahmen in finanziellen Schwierigkeiten steckten? Wahrscheinlich wurden diese groß aufgemachten Filme einfach zu teuer.

In der ersten Adventswoche langweilten sie sich gemeinsam bei einem edlen Mixgetränk. Sie waren in einem gefährlichen Alter. Für die Disco fühlten sie sich nicht mehr jung genug. Für die Eckkneipe mit Frikadelle und Bier fehlten ihnen die grauen Haare und die Lust am Knobeln. Kegler schlürfte den letzten Rest seines Drinks aus und stierte in die Runde. Die Mädchen waren ihnen zu jung oder zu aufgedonnert. Und sie sahen in deren Augen vermutlich zu normal aus.

»Als Barsch noch lebte, wurden gelegentlich kleine Pokerrunden veranstaltet. Das ging reihum jeweils in der Wohnung eines der Teilnehmer«, bemerkte Kegler übergangslos.

»Und wurde da richtig gewonnen und verloren?«, fragte Thiemann scheinbar lustlos nach. Tatsächlich hatte er große Ohren bekommen.

»Da ging die Post ab.«

»Und warum habt ihr aufgehört?«

»Na ja, es fehlt seit seinem Tod der Organisator. Und die Morde haben uns irgendwie paralysiert.«

»Also wenn ihr wieder loslegt, bin ich dabei. Auch wenn meine Bude nicht so wirklich luxuriös ist. Aber einen ordentlichen Tisch krieg ich schon rein. Und ein paar Biere und Cracker werde ich ebenfalls auftreiben können.«

»Ich müsste den einen oder anderen Kollegen ansprechen. Mal sehen, ob es uns gelingt, die Runde neu zu beleben.«

»Ich fände das zumindest 'ne gute Idee.«

Spät am Abend erreichte Hilpert ein Hilferuf von seinem Freund. »Ihr müsst mir die Regeln dieses verdammten Pokerns beibringen. Möglicherweise hab ich eine Lawine losgetreten. Pass ich nicht auf, begräbt die mich unter sich und meine Tarnung ist dahin.«

»Das kann niemand wollen. Erzähl, was ist geschehen?«

Glücklicherweise war es etwas umständlicher, die Pokerrunde wieder in Gang zu bringen. Der erste Termin würde erst im Verlauf der kommenden Woche zustande kommen. Bis dahin ging Thiemann durch eine qualifizierte Ausbildung eines Mitarbeiters des Glücksspieldezernats. Für die Regeln benötigte er keine halbe Stunde. Für entsprechende Taktiken musste er mehr Zeit investieren. Er begriff schnell, dass es treffliche Gründe dafür gab, weshalb manche ständig verloren und andere häufiger gewannen. Neben der eigenen Taktik waren starke Nerven und eine gute Menschenkenntnis unabdingbar. Das war schon schwieriger zu erlernen. Sein größtes Manko würde die mangelnde Erfahrung sein. Also musste er vorsichtig mit seinen Geldeinsätzen umgehen.

28

Als Hilpert an diesem Morgen sein Büro betrat, empfingen ihn zwei Männer, die sich nicht erst vorstellen mussten. Ihr selbstbewusstes Auftreten, ihre hochnäsige Art wiesen sie als höhere Beamte aus. Er sollte sich nicht täuschen. Sie erhoben sich von ihren Stühlen, als sie ihn kommen sahen.

»Wir hoffen, wir sind nicht so einfach in Ihr Revier eingedrungen«, eröffnete der größere der beiden das Gespräch.

Er stellte sich als Polizeidirektor Lorenz und seinen Kollegen als Ersten Hauptkommissar Bühler vom BKA vor. Es war ihm anzusehen, dass es ihm gleichgültig war, wie Hilpert diesen sanften Überfall einschätzte.

»Bundeskriminalpolizei«, ließ er sich auf der Zunge zergehen. »Ich bin erstaunt über diesen hohen Besuch. Was kann ich für Sie tun?«

»Was sagt Ihnen die Condyt AG?«

»Oh, eine ganze Menge. Ich werde dort am 1. April des neuen Jahres einen Job beginnen.«

»Wir haben so etwas läuten gehört. Es ist richtig, Sie sollen dort die Position des Sicherheitschefs übernehmen?«

»Das stimmt. Ich mache daraus kein Geheimnis.«

»Wir können wohl davon ausgehen, dass Ihnen nicht bekannt ist, dass gegen das Unternehmen ermittelt wird?«

»Gegen die Condyt AG?«

»Das ist nicht ganz exakt. Es geht gegen eine ausländische Gesellschaft, die zu der Unternehmensgruppe gehören soll.«

»Ach ja und was wird der vorgeworfen?«

»Verstoß gegen die Boykotterlasse gegen den Iran. Man munkelt auch etwas von Nordkorea. Da ist aber die Beweislage schwieriger darzustellen.«

»Und wie kommen Sie gerade darauf?«

»Ein Hinweis vom CIA ist bei uns gelandet.«

»Gegen ein deutsches Unternehmen wird wegen des Verstoßes gegen die Boykottbestimmungen der EU ermittelt und es gibt nur eine Handvoll Leute, die damit befasst sind? Und alles findet hinter vorgehaltener Hand statt?«

»Das kann man exakt so sehen.«

»Und warum eiern Sie so herum?«

»Die Verdachtsmomente stehen noch auf wackeligen Füßen.«

»Wovon ist überhaupt auszugehen?«

»Eine Gesellschaft, an der Dr. Wellner und ein türkischer Partner zu gleichen Teilen beteiligt sind. Das gesamt technologische Know-how kommt aus Deutschland.«

»Ich verstehe, die Türkei sieht wohl bedeutend weniger Probleme, den Iran zu beliefern, als andere westliche Länder. Zumindest stand es so in der Zeitung.«

»Sie sagen es.«

»Und jetzt wollen Sie mir erzählen, dass Wellner mit seinem Laden am Bau von Atomwaffen beteiligt ist?«

»Das ist selbstverständlich Blödsinn. Aber wenn die solche Anlagen bauen, benötigen sie vielfältige elektronische Produkte, die sie selbst nicht in der Lage sind herzustellen.«

»Kapiert«, äußerte sich Hilpert. »Außerdem wird das System mit jeder Lieferung stabilisiert, unabhängig davon, wo sie eingesetzt wird. Das betrifft nicht nur elektronische Komponenten.«

»Ich sehe, wir verstehen einander.«

»Was erwarten Sie von mir? Soll ich mir einen Nachschlüssel anfertigen lassen und heimlich die Büroräume durchsuchen?«

»Reden Sie keinen Unsinn. Ginge es um die deutschen Gesellschaften, hätten wir die längst zu fassen bekommen. Und sei es durch die Amerikaner. Die sind knallhart. Die setzen die auf die schwarze Liste und schon könnten sie sich vom US-Markt verabschieden. Das stehen die nicht durch.«

»Dazu benötigen Sie mich doch nicht.«

»Korrekt. Es geht um Wellner. Den wollen wir haben, um an ihm ein Exempel zu statuieren.« Hilflos hob der BKA-Mann die Arme. »Bislang gibt es nur den Verdacht, ohne nachweisbare Verbindungen zu ihm. Alles läuft über Strohmänner. Wir verlieren ihn irgendwo in Liechtenstein. Und die Herrschaften dort sind bekanntermaßen nicht sehr kooperativ. Vor allem, wenn es um deutsche Interessen geht, fallen dort alle Schotten runter.«

»Ach richtig, das sind ja die Typen, die es als legitim ansehen, dass der deutsche Fiskus jedes Jahr um Milliarden betrogen wird. Wie sind Sie überhaupt auf ihn gestoßen?«

»Als Erstes gab es, wie gesagt, einen Hinweis aus den Staaten. Wir haben dann einen unserer Leute bei denen im Export einschleusen können.«

»Und?«

»Eine clevere Controllerin hat ihn hochgehen lassen. Bevor der wusste, was Sache war, stand der bereits wieder vor der Tür.«

Diesen Schlag in die Magengegend musste er erst einmal verdauen. Worin war seine Christina da nur verwickelt? Nun verstand er den Rest. Er sollte die Frau, die er liebte, wie ein Stasimitarbeiter aushorchen.

Lorenz blickte interessiert zu ihm herüber. »Heiße Kiste, nicht wahr?«

»Sie belieben zu untertreiben, Herr Direktor.«

»Wir erwarten heute von Ihnen keine Entscheidung. Überlegen Sie es sich in aller Ruhe.«

»Nicht so schnell. Haben Sie die Karte Finanzamt gespielt?«

»Klar, aber da sind die sauber. Um dort alle Akten einsehen zu können, fehlen konkrete Hinweise.«

»Und dafür soll ich sorgen?!«

»Sie haben es erfasst.«

Die beiden Männer waren beinahe synchron aufgestanden und wandten sich der Tür zu. Der Ranghöhere schaute zu ihm herüber. »Sie müssen uns nicht hinausbegleiten, wir finden den Weg zu den Fahrstühlen allein.«

Er hatte die Skepsis in Hilperts Gesicht offensichtlich registriert. Die Beamten waren kurz darauf aus seinem Blickfeld verschwunden. Hilpert blieb mit seinen trüben Gedanken allein zurück. Einen Wimpernschlag lang hoffte er, das Gespräch geträumt zu haben. Er war automatisch aufgestanden und ließ sich nun mit einem tiefen Gefühl der Hoffnungslosigkeit in seinen Schreibtischsessel fallen. Er rollte wenige Zentimeter zurück, bevor er die Bewegung mit den Füßen stoppte. Nichts war mehr, wie es war. Er musste Realitäten hinnehmen, die ihn von innen auszuhöhlen drohten. Alexandra war tot. Ihr Mörder bewegte sich weiter wie ein Phantom durch Deutschland. Es war ihnen nicht gelungen, ihn zu orten, geschweige denn zu identifizieren. Die Konzernmorde erschienen ebenso unlösbar. Wie festgerostet lag der Fall vor ihm. Es war ihnen nicht einmal gelungen, einen Unschuldigen festzusetzen. Die Presse rumorte und kratzte an ihrem Image. Und nun war das BKA dabei, seine beruflichen Optionen zu zerlegen. Zum Ausgleich dafür würde seine frische private Beziehung gleich mit im Orkus landen.

Am liebsten wäre er gegangen, um sich zu Hause in einer dunklen Ecke zu verkriechen. Leider würde diese Flucht keines seiner Probleme auch nur andeutungsweise lösen. Exakt das aber wurde von ihm erwartet, erwartete er von sich selber. Er gab seinem unterschwelligen Wunsch nicht nach, sondern stellte sich seinen Aufgaben, was schwer genug war. Er hatte einen dieser Tage zu fassen bekommen, an denen alles in die falsche Richtung lief. Vor allem die Erinnerung an Alexandra wollte ihn schier zerreißen. So sehr es ihn bewegte, sich einzumengen, musste er die Aufklärung des Mordes an ihr seinen Kollegen überlassen. Es kam ihm vor wie ein Verrat an ihr. Wieder einmal lief er Gefahr, sich emotional zu verzetteln. Ständig blockierten ihn neue Überlegungen, laufend pfuschte ihm jemand ins Handwerk. Er musste sich auf einen Fall konzentrieren. Er würde die Beschuldigungen gegen Wellner von sich wegschieben, das Miteinander mit Christina genießen und jegliche Verdachtsmomente gegen Wellner ignorieren. Er musste alle Brandstellen, die nicht passten, umgehen. Sein eigenes Großfeuer wütete in dem internationalen Konzern.

Als habe es dieser Entscheidung bedurft, entspannte er sich. Ihm kam Thiemann in den Sinn. Dieser hatte am Vorabend die erste Pokerrunde hinter sich gebracht. Bislang war von ihm noch keine Rückmeldung gekommen. Er konnte ihn nicht so ohne Weiteres auf seinem Apparat im Büro anrufen. Damit lief er Gefahr, seine Deckung zu zerstören. Hoffentlich war sein Handy eingeschaltet.

Erstmals an diesem Tag hatte er Glück. Der Freund meldete sich. »Hallo Papa«, reagierte er cool. Offensichtlich saß er nicht allein in seinem Zimmer. »Ich besuche euch heute Abend in Buchholz. Was hältst du von 20:00 Uhr? Würdest du mich vom Bahnhof abholen? Mein Auto steht in der Werkstatt.«

»Natürlich, Sohn«, ging er auf das Spielchen ein. »Wo ist das Problem?«

Sie verstanden sich nach wie vor blind. In jungen Jahren hatten sie viel Spaß miteinander gehabt. Nichts wurde ausgelassen, der Sport, die Mädchen, das Bier am Tresen in ihrer Stammkneipe.

* * *

Wütend fuhr der groß gewachsene Mann sein Gegenüber an: »Würden Sie mir bitte erzählen, wer auf die Idee gekommen ist, die dummen Pokerrunden wieder zu beleben? Eins, zwei, drei landet die Polizei bei uns und stellt dumme Fragen!«

»Es war Kegler, der hat sich mit diesem Neuen aus dem Einkauf zusammengetan.«

»Ausgerechnet Kegler! Als hätte er nichts anderes zu tun!«

»Mensch, wir reden über eine Form der Freizeitgestaltung. Wieso soll uns dies in die Quere kommen?«

»Irgendwo haben Sie recht. Wer ist dieser Neue eigentlich?«

»Er heißt Thiemann, Diplom-Kaufmann, Mitte dreißig. Hat einige Jahre bei der Schattenberg KG in Hamburg gearbeitet. Der Laden hat vor Kurzem Insolvenz angemeldet. Die haben ihm erst mal ein Angebot bis zum Ende des Jahres gemacht. Von Haus aus ist er Kostenrechner.«

»Ich verstehe. Und Kegler hat sich mit ihm angefreundet?«

»Klar, die sind beide ziemlich im gleichen Alter und ledig. Da kommt man schon auf solche Ideen.«

»Dagegen ist ja nichts einzuwenden, sollen sie. Die wechseln eh nur Kleingeld.«

»Soweit man gehört hat, hatten sie wohl viel Spaß miteinander. Runden mit geringen Einsätzen sind gut für die Nerven und belasten nicht das Herz über Gebühr.«

»Das ist das Privileg der jungen Leute. Die spielen just for fun. Für mich ist das beinahe wie eine Philosophie. Ich komme noch dahinter, wie man das Glück zwingen kann. Und dann geht die Post ab. Bevor ich es vergesse, nächste Woche findet an der Elbe eine neue Runde statt. Sind Sie dabei?«

»Nein danke, ich konnte den größten Teil meiner dicken Verluste ausgleichen. Ich brauche erst mal eine Konsolidierungspause.«

»Sie sind ein Angsthase. Da können Sie ja gleich wieder in die interne Veranstaltung mit fünfzig Cent Einsatz einsteigen.«

»Wer weiß, vielleicht tu ich's sogar. Davon abgesehen bin ich nur vorsichtig und muss die letzten Ereignisse verarbeiten. Und privat geht's bei mir auch rund. Bei meiner Freundin beginnt die biologische Uhr zu ticken. Die schaut sich in letzter Zeit mit Wonne Brautkleider an.«

»Da müssen Sie aufpassen. Eins, zwei, drei beginnt das Bäuchlein zu wachsen.«

»Wer sagt denn, dass ich keinen Bock darauf habe, Vater zu werden. Und mit der richtigen Frau bin ich ebenfalls zusammen. Ich steh dem offen gegenüber.«

»Na, da können wir ja schon mal anfangen, für die Brautschuhe zu sammeln.«

»Nur nicht gleich übertreiben.« Er fuhr sich mit beiden Händen durchs Haar. »Wir sollten vorsichtig sein. Meiner Meinung nach wäre es besser, die nächsten Partien auszulassen.«

»Oh mein Gott, scheißen Sie sich bloß nicht in die Hose! Wir haben blankgezogen. Wir können unsere Säbel nicht zurück in die Scheide schieben. Attacke ist angesagt! Und die Polizei dreht sich eh im Kreis. Die wird nie auf uns kommen.«

»Ich weiß selber, wo wir stehen. Die jagen mir keine Angst ein. Angst machen mir Ihre Geldgeber. Mit denen will ich nichts zu tun bekommen. Ich habe keinen Appetit auf gebrochene Finger.«

»Die sind allein mein Problem. In nächster Zeit kommt neues Geld. Behalten Sie nur kühlen Kopf. Glauben Sie mir, meine Pechsträhne ist bald vorbei. Ich spüre es. Dann stehe ich wieder ganz vorne. Das funktioniert nur, wenn ich jede Chance ergreife.«

»Von mir aus. Ich zumindest werde mich zurückhalten.«

Sie trennten sich auf den Gängen der VBT AG. Zwei Spieler mit deutlich unterschiedlichen Strategien.

29

Sie trafen sich in Buchholz direkt vor dem Bahnhof. Dessen gelbe Putzfassade würde in 100 Jahren vielleicht mal denkmalgeschützt sein. Vermutlich verstand es die Bundesbahn bis dahin, dies mit einem Abriss zu verhindern. Sie gingen gemeinsam wenige Schritte und setzten sich in das jugoslawische Restaurant, das nur einen Steinwurf von dort entfernt war. Sie waren sich schnell einig und bestellten eine Grillplatte für zwei Personen. In ihrem Alter legte man Wert darauf, anständig satt zu werden. Das sollte ihnen mit der Fleischmenge, die ihnen kredenzt wurde, gelingen. Ein Teil der Pommes frites ließen sie zurückgehen. Irgendwann war jeder Magen gefüllt. Sie trieben beide Sport und verarbeiteten die Kalorien am Rande mit. Ihre Fettreserven würden sich aufbauen, wenn der Vorteil der Jugend sich aufgebraucht hatte und man nur noch gelegentlich durch den Wald joggte und mehr Zeit vor dem Fernseher verbrachte.

»Das ist ein interessanter Pokerabend gewesen«, eröffnete Thiemann das Gespräch. »Nette Leute, die man wirklich nicht als Spieler bezeichnen kann. Es wurde viel geredet und einiges getrunken. Ich musste nicht eine Frage stellen. Die Morde spuken nach wie vor durch deren Köpfe.«

Der Kellner gesellte sich zu ihnen an den Tisch und wollte ihnen ein Dessert verkaufen. Er stieß auf taube Ohren, zu reichlich war die Grillplatte bestückt. Sie beließen es bei einem Kaffee. Zu dem obligatorischen Schnaps am Ende ihres Mahls nickten sie, ohne zu zögern.

Thiemann fuhr mit seinem Bericht fort: »Offensichtlich war Barsch der Motor der früheren Veranstaltungen. Aber im Verlauf des letzten Jahres schien sein Interesse daran abzuflachen. Gleiches galt für einen Kollegen aus dem Einkauf.«

»Jetzt sag nicht Leuprecht«, unterbrach ihn Hilpert.

»Allerdings, den meine ich. Er gehörte ebenfalls zu denen, die den Spaß an der Sache verloren.«

»Konnten sie irgendwelche Gründe nennen?«

»Einer meiner Spielpartner meinte, dass die sich wohl auf eine andere Spielwiese begeben haben. Barsch soll mal nach einem Bier von zu geringen Einsätzen und Kindergarten gefaselt haben.«

Hilpert nickte zu den Worten. Irgendwie passte das zu seinen mageren Ermittlungsergebnissen. Barsch musste für seine großen Worte im letzten Jahr reichlich Lehrgeld zahlen. So war das, wenn man sich mit Profis einließ. Die kannten kein Pardon. Üblicherweise gewannen die, die es sich auch erlauben konnten, einen größeren Verlust ohne weitere Probleme wegzustecken. Das verschaffte einem die Portion an Selbstsicherheit, die man benötigte, um größere Bluffs durchzuziehen. Griff man mit der Hand in die Tasche, um sein Kleingeld zu zählen, hatte man bereits verloren. Barsch konnte er leider nicht mehr befragen, aber Leuprecht, der stand frei zum Abschuss in der Landschaft herum. Den würde er sich am nächsten Tag greifen. Diesmal nicht am Alsterufer, sondern in ihrem Vernehmungsraum im Präsidium. Ansonsten ging er gedanklich die Teilnehmer an der Pokerrunde durch. Keiner von ihnen hielt sich zum Zeitpunkt des ersten Mordes in dem Büro auf. Leider galt das auch für Leuprecht.

Als sie gingen, konnten sie zufrieden über ihre gefüllten Bäuche streichen. Hilpert nahm den Freund bis Harburg mit. Von dort aus konnte dieser mit der S-Bahn nach Hamburg fahren. Er selbst fuhr über die Wilhelmsburger Reichsstraße Richtung City. Er fragte sich, weshalb er sich so in Leuprecht verbohrt hatte. Vermutlich war es dessen nassforsche arrogante Art, mit der er ihn auflaufen ließ. Er reagierte als einziger der Befragten unangenehm berührt. Auf diese Verhaltensweisen stieß man eher bei Kriminellen, die den Umgang mit der Polizei oft genug üben konnten und an jeder Hand einen Anwalt für sich arbeiten ließen. Machte ihn das tatsächlich verdächtig? Oder hielt er seine Fragen einfach nur für unangemessen? Er musste dichter an ihn herankommen als bisher.

Über den Staatsanwalt besorgte er sich am nächsten Vormittag die Erlaubnis, sich näher mit Leuprechts finanziellen Obliegenheiten befassen zu dürfen. Am frühen Nachmittag war er ein Stück schlauer. Zu seinem Erstaunen stellte er fest, dass er nicht an anderen Spieltischen Haus und Hof gelassen hatte. Ganz im Gegenteil waren seine Konten mit 150.000 Euro prall gefüllt. Er verfügte über eine bezahlte Eigentumswohnung in Winterhude und ließ es sich auf teuren Urlauben gut gehen. Er war mit einer Oberstufenlehrerin befreundet, lebte mit ihr allerdings nicht zusammen. Unbefriedigt stierte er auf die Unterlagen. Was er zu Gesicht bekam, dokumentierte keineswegs die Finanzlage eines Spielers. Eher die eines zuverlässigen Managers, der seine privaten Ausgaben gut im Griff hatte. Er verwarf den Gedanken, sich stärker auf ihn zu konzentrieren und ins Präsidium zu laden. Was wollte er ihm vorwerfen? Dass er keine Lust mehr verspürte, mit seinen Kollegen Karten zu spielen? Dass er keinen Wert darauf legte, sein Geld beim Pokern zu verlieren? Dass er unwirsch auf seine Fragen reagierte? Blamieren konnte er sich allein. Dazu bedurfte er keines Mitarbeiters aus dem Konzern. Er überlegte, ob es sinnvoll sein konnte, Leuprecht nach Feierabend überwachen zu lassen. Er gab dieser Idee ebenfalls ein Begräbnis erster Klasse. Ihre personelle Decke war viel zu dünn, zitierfähige Verdachtsmomente waren keine vorhanden. Weber würde ihn mit solch einem Ansinnen zu Recht nach Hause schicken.

Im weiteren Verlauf des Tages konnte er seinen Plan, sich nur noch mit den Konzernmorden zu befassen, ad acta legen. Punkt 16:00 Uhr war von Köln ausgehend eine Telefonkonferenz angesagt worden. Es gab nur das Thema Sexualmörder Nummer zwei. Die Verantwortlichen hatten kurzfristig entschieden, die alte Sonderkommission wieder aufleben zu lassen. Webers Eingabe, auf ihn zu verzichten, wurde ignoriert. Viel Neues erfuhr er nicht. Man ging alle Dateien durch, überprüfte Legionen an ehemaligen Sexualstraftätern, führte unzählige Verhöre, ohne wirklich weiterzukommen. Die Psychologen feierten Hochkonjunktur, gaben einander die Türklinke in die Hand. Eine fremde DNA war bei den verkohlten Leichen nicht mehr zu identifizieren. Der Täter hatte ganze Arbeit geleistet. Man ging mit hoher Wahrscheinlichkeit davon aus, dass Fundort und Tatort nicht identisch waren. Alles in allem zeigten sich durchaus Parallelen zu Böckler. Sie mussten sich mit dem neuen Phänomen auseinandersetzen, dass dieser Täter anscheinend alles daransetzte, nicht identifiziert zu werden. Dieser Fall konfrontierte sie mit einer immensen Komplexität. Auch hier lagen Tatort und Fundort der Leichen weit auseinander. Hatte sich dieser Täter durch die umfängliche Berichterstattung in den Medien beeinflussen lassen? Wer wollte das ausschließen? Andererseits weigerte er sich, der allgemein üblichen Medienschelte zu folgen, wenn die Arbeit nicht so lief, wie erhofft. Sie erzeugten keine Fakten, sie gingen damit in ureigener Form um.

Kurz vor Feierabend suchte er Reichelt auf. »Mensch, Ulf, sorg dafür, dass jemand aus deiner Gruppe an meiner Stelle in die Sonderkommission abkommandiert wird. Ihr seid bei Alexandra am Ball gewesen. Ich würde mich gern auf die Morde am Alsterufer konzentrieren.«

Sein Kollege wiegelte ab. »Das dürfte schwierig werden, Fabian. Mit deinem Namen ist für die der Erfolg in Sachen Böckler verbunden. Des Weiteren bist du es gewesen, der als Erster auf einen zweiten Sexualmörder hingewiesen hat. Auf solch einen Mann verzichtet man nur ungern. Und ich kann die gut verstehen.«

»Du bist mir ein schöner Freund.«

»Das hat nichts damit zu tun. Ich bin Realist.« Er schlug ihm freundschaftlich auf die Schulter. »Wäre ich Leiter der Sonderkommission, ich würde alles daransetzen, dich zu halten.«

»Danke für die Blumen.«

»Da nicht für, so sagt man doch in Hamburg.«

Reichelt war offensichtlich lernfähig. Lachend trennten sie sich. Hilpert durfte wieder auf beiden Schultern tragen.

Sein Abend war mit Christina verplant, die endlich von großer Feindfahrt zurückgekehrt war. Als sie sich begrüßten, waren ihm die Verdächtigungen des BKA gleichgültig geworden. Sollten die sich um ihre eigenen Baustellen kümmern und ihm nicht ins Privatleben hineinpfuschen. Vermutlich wäre es ihm noch besser gegangen, hätte sie ihm nicht ein kleines Präsent aus Istanbul mitgebracht. Egal, wie er es drehte und wendete. Diese Stadt am Bosporus gehörte zur Türkei. Also exakt zu dem Land, in dem Wellner seine dubiose Gesellschaft gegründet haben sollte. Er benötigte ein paar Minuten, um zu seiner alten Gelassenheit zurückzufinden. Aber Christina verstand es, ihn auf den richtigen Kurs zu bringen. Er ließ sich gern von ihr einfangen. Vorerst musste er nicht mehr auf sie verzichten. Die nächste längere Geschäftsreise stand erst im Januar an. Sie würden es beide zu würdigen wissen. Die Weltpolitik mit ihren schillernden Facetten wurde ihm zusehends gleichgültig. Ihn interessierte ausschließlich sein kleines Glück mit einer Frau, die er liebte und begehrte. Er genoss die Stunden mit ihr und drängte jegliche Bedenken zur Seite.

Seltsamerweise ließ man ihn in den folgenden Tagen zufrieden und drängte ihn seitens des BKA nicht auf eine Entscheidung. Seine Antwort wäre eindeutig gewesen. So konnte er sich gemeinsam mit Christina auf Weihnachten freuen. Der Besuch bei ihrem Vater verlief ausgesprochen harmonisch. Sie verstanden sich, als hätten sie einander ein Leben lang gesucht und nun endlich gefunden. Ähnlich verlief es bei seinen Eltern in Buchholz. Er musste nur peinlich darauf achten, dass seine Mutter nicht ihrem unbändigen Wunsch zu stark Ausdruck verlieh, Großmutter zu werden. Noch vor wenigen Jahren hielt sie ihn für viel zu jung, um eine feste Beziehung einzugehen. Inzwischen warf sie ihm unverhohlen vor, dass er ein furchtbar alter Vater zu werden drohte. Damit ließ es sich solange leben, wie sie seine Freundin nicht damit nervte. Dabei hätte er nichts gegen ein eigenes Kind einzuwenden gehabt. Garantiert aber lagen Mutterfreuden bei Christina nicht auf Wiedervorlage, zumindest nicht kurzfristig.

30

Weber beorderte ihn zu Beginn der neuen Woche zu sich.

»Morgentermine sind für unangenehme Gespräche die besten. Dann hat man es schnell hinter sich«, erläuterte er Hilpert.

»Worum geht es?«

»Worum schon?! Um die Konzernmorde. Nun nerven mich die hohen Herren bereits am Wochenende. Andererseits haben die ja recht. Wir kommen einfach nicht weiter.«

»Leider kann man denen keine neuen Fakten vorsetzen«, gab Hilpert unumwunden zu.

»Aber Sie haben dort Ihren Freund eingeschleust. Konnte der nicht weiterhelfen?«

»Nur bedingt. Ich habe mich auf einen Mitarbeiter im Einkauf eingeschossen. Bin allerdings unsicher, ob ich da nicht eine ordentliche Neurose pflege.«

»Wie das?«

»Sein Verhalten erinnert mich eher an einen Ganoven als an einen ehrbaren Bürger.«

»Dann knöpfen Sie ihn sich mal tüchtig vor.«

»Und womit soll ich ihn konfrontieren? Mit meinem Bauchgefühl? Der lacht sich tot, wenn ich den zu uns zitiere. Und sein Anwalt gleich mit. Außerdem ist eindeutig erwiesen, dass der Mann zur Tatzeit des ersten Mordes nicht im Haus gewesen ist.«

Wieder einmal bewies Weber Aktenkenntnis. »Aber dieser Demel konnte sich doch auch an den Pförtnern vorbeischleichen.«

»Richtig, nur ist unser Mann definitiv beim Sport gewesen. Das ist durch die Gruppe Stange zweifelsfrei bewiesen worden.«

»Überprüfen Sie das besser ein weiteres Mal, Hilpert.«

»Wenn Sie meinen. Sie sind schließlich der Chef.«

»Gut, dass Sie das noch wissen. Manchmal hab ich das Gefühl, es könnte bei Ihnen in Vergessenheit geraten.«

»Wie kommen Sie denn auf solch eine Idee? Sollte ich mich nicht tief genug verneigt haben, als ich Ihre Räume betrat?«

»Ihre Stirn hat nicht den Boden berührt. Das hab ich genau gesehen. Und jetzt raus mit Ihnen, sonst lasse ich Sie durch den Sicherheitsdienst entfernen. Beim nächsten Mals suchen Sie mich gefälligst mit dem Mörder unterm Arm auf.«

Er winkte dem Kriminaldirektor salopp zu, als er dessen Büro verließ. Er würde die Zusammenarbeit mit diesem Mann künftig vermissen.

Der Fitnessklub lag in der Grindelallee, nur wenige Dutzend Meter von den berühmten Hochhäusern entfernt. Wirklich begeistern wollte er sich an deren Architektur nicht. Als sie entstanden, galten sie für Hamburg als Novum. Teile der Stadt litten damals noch unter den Nachwirkungen der Bombenangriffe. Doch die englischen Besatzer benötigten zu der Zeit Arbeitsräume. Über Architekturpreise dachte man in den Jahren in der Hansestadt nicht nach. Voller Begeisterung beobachtete er die Menschen beiderlei Geschlechts, die gegen ihre Pfunde ankämpfen oder wie Schwarzenegger in seinen besten Zeiten aussehen wollten. Er erblickte Männer, denen man besser keine Schimpfworte hinterherbrüllte. Gegen ein, zwei Frauen hätte er beim Armdrücken garantiert keine Chance gehabt. Vermutlich würde er sie dafür im Davonlaufen schlagen, da ihn keine übermäßigen Muskelpakete störten. Selbst jetzt am Vormittag war die Halle überraschend gut gefüllt. Fitness kannte anscheinend keine verbindliche Uhrzeit. Am Tresen versuchte ein jüngerer Mann ihm gleich eine Dauerkarte aufzuschwätzen, als er ihm verriet, noch keinen festen Klub gefunden zu haben. Bislang trainierte er regelmäßig in den Anlagen der Polizei und fand, dort gut bedient zu werden. Und das zum Nulltarif. Schnell kam er auf sein eigentliches Anliegen zu sprechen.

»Über Bernd Leuprecht bin ich doch bereits von Ihren Kollegen befragt worden«, antwortete er auf Hilperts Frage. Es war herauszuhören, dass er sich genervt fühlte.

»Ich weiß, aber bei uns gilt die Devise, alle wichtigen Informationen mehrfach zu überprüfen.«

»Ich verstehe. Zu der fraglichen Zeit habe ich mich mit ihm 'ne ganze Zeit unterhalten. Später saßen wir gemeinsam an der Bar und haben zwei Biere gezischt. Die hatte im Übrigen Leuprecht ausgegeben.«

»Na großartig, ist das so ein besonderes Ereignis? Man möchte fast meinen, Sie hätten eine Erscheinung gehabt.«

»Mir scheint, Sie kennen Leuprecht nicht. Der dreht jedes Geldstück fünfmal um, bevor er es ausgibt. Meist steckt er es wieder ein.«

»Und diesmal gibt er gleich zwei Runden aus?«

»Sie sagen es. Dieses Ereignis wird mich bis ins Rentenalter verfolgen. Hoffen wir, dass es bei mir zu keinen psychischen Schäden kommt.«

»Da kann man Ihnen nur alles Gute wünschen. Schlägt Leuprecht hier regelmäßig auf?«

»Weit gefehlt. Den hatte ich vorher bestimmt 'n halbes Jahr nicht mehr bei uns gesehen.«

»Und dann gibt er gleich zwei Bier aus? Wahnsinn!«

»Sie haben es erfasst, Mann.«

»Wer weiß, vielleicht hat er Sie vermisst?«

»Glauben Sie an den Weihnachtsmann? Wir sind beide Heteros.« Er spannte seinen Bizeps an. »Was den Erfolg des Trainings betrifft, spielen wir in unterschiedlichen Ligen.«

»Danke für die Informationen. Sie haben mir außerordentlich geholfen.«

»Sollten Sie es sich anders überlegen, kommen Sie bei uns vorbei. Ich bringe Sie in Form.«

Seine Muskulatur reichte ihm völlig aus. Er musste seine Schnelligkeit behalten. Außerdem hatte er keine Lust, sich vollständig neu einzukleiden.

Er setzte sich hinters Lenkrad und startete den Motor. Der

Hinweis von Weber, sich abermals mit Leuprechts Alibi auseinanderzusetzen, war mehr als dienlich. Ein Vorgesetzter wie er war mit Gold nicht aufzuwiegen. Er dachte mit und lieh einem in manch wichtiger Situation seinen Kopf. Und seine Erfahrung konnte gar nicht hoch genug eingeschätzt werden. Der Mann setzte sich bereits mit Kapitalverbrechen auseinander, als er darüber nachdachte, ob er nach der Orientierungsstufe das Gymnasium besuchen wollte. So wie sich die Dinge darstellten, war Leuprecht augenscheinlich bestrebt gewesen, sich von neutraler Seite ein Alibi zu beschaffen. Wusste er etwa zu dem Zeitpunkt, dass ein Mord geschehen würde? War der Tod von Barsch geplant und keineswegs als Spontantat abzutun? Das hieße, Leuprecht war in das Verbrechen involviert. Es bedeutete allerdings auch, es gab einen Komplizen. Dann war es durchaus möglich, dass der eine Barsch und der andere Sylvia Hahne tötete. Er dachte an Demel. Dessen Täterschaft hatte er längst abgehakt. Der war hinsichtlich dieser Verbrechen allenfalls Opfer. Aber warum wurde er erschossen? Er setzte den Blinker und schaute nach links auf die Straße. Langsam fuhr er an. Was passte zum Job des Geldverleihers? Eindeutig der des Erpressers. Wen konnte er erpresst haben und womit? Außer Leuprecht kam ihm niemand in den Sinn. Hing es mit seiner Spielleidenschaft zusammen? Womit sonst? Was hatte er bislang übersehen?

Ein Anruf von Thiemann riss Hilpert aus seinen Gedanken. Sie verabredeten sich für den Abend an der gleichen Stelle in Buchholz wie beim letzten Zusammentreffen. Er rief vom Auto aus Christina an, um den Termin für das geplante Essen zu zweit abzusagen. Er stieß damit zwar auf wenig Gegenliebe, doch er hatte mehrere Mordfälle zu klären, die ihm wie ein Mühlstein um den Hals hingen. Und das akzeptierte sie wiederum. Der Job ging vor. Das galt für jeden von ihnen.

Sie war ein Mensch, der in seinem Leben gezwungen war, spontan zu entscheiden. »Ich erwarte dich um eins in meiner Wohnung. Wenn du mir den Abend versagst, greif ich mir die Mittagszeit. So kommst du mir nicht davon. Und ich akzeptiere keine Ausrede.«

Es war gerade elf Uhr durch. Es gab keinen Grund, ihre Einladung auszuschlagen. Ganz im Gegenteil fand er ihre Idee grandios. Darauf hätte er auch selber kommen können. So war das im Zeitalter der Emanzipation. Da überholten einen die Frauen im Eiltempo. Musste man früher kratzen und graben, wurde man heutzutage in den Bau gezogen. Irgendwann würde man zu deren Handlanger degradiert. Er lächelte in sich hinein. Bevor die Amazonen vollends das Ruder übernahmen, wollte er das gemeinsame Miteinander genießen. Er trat kräftig aufs Gaspedal, um einigermaßen zeitig an seinem Arbeitsplatz aufzuschlagen. Furchtbar lange durfte man sich seiner dort nicht erfreuen. Es würde ihm schon eine geeignete Ausrede einfallen.

31

Die Sonderkommission ließ ihn nicht los. So, wie Reichelt vorhergesagt hatte, dachte niemand im Traum daran, auf seine Mitarbeit zu verzichten. Also befasste er sich zusätzlich wieder mit den letzten Frauenmorden. Seitdem ihm klar war, dass Alexandra nicht mehr lebte, hatte seine persönliche Motivation abgenommen, sich damit auseinanderzusetzen. Natürlich wollte er, dass ihr Mörder gefasst wurde. Doch er konnte damit leben, nicht mehr an der Spitze der Ermittlungsteams mitzuwirken. Er fühlte sich wie eine ausgepresste Zitrone. Egal, wer sie zur Hand nahm, sie gab keinen Saft mehr her. Seine Emotionen standen ihm zwar nicht zu, aber wie drängte man sie zur Seite? Er blätterte im PC wahllos herum. Es hatte sich unendlich viel Material angesammelt. Schließlich stieß er auf die Stelle, an der er vermutete, der Täter könnte irgendwo im Rhein-Main-Gebiet wie die Spinne im Netz hocken. Diese Annahme konnte ebenso richtig wie falsch sein. Und selbst, wenn sie stimmte, half sie ihm nicht wirklich weiter. Wie viele Millionen Menschen wohnten in der Gegend? Er verwarf den Gedanken. Böckler kam eindeutig aus Hamburg. Und da ließen ihn seine Heimatkundefähigkeiten nicht im Stich. Die Hansestadt war diesem Gebiet ohne Zweifel nicht zuzuordnen. Er grinste matt. Nicht jede Idee, die man hatte, führte in die richtige Richtung. Nur, wo saßen der oder die Täter?

Für einen kurzen Moment dachte er an die Ermordung Demels. Dieser Mann hatte seine Karriere als Krimineller bereits in jungen Jahren begonnen. War er möglicherweise das Opfer eines Amateurs geworden? War das vorstellbar? Dann wieder fragte er sich, wen ließ ein Berufsverbrecher so dicht an sich herankommen, dass er auf kurze Entfernung einfach erschossen werden konnte? Vorrangig jemanden, dem er völlig vertraute, also einem Kumpanen. Und ansonsten? Vermutlich eine Person, der man solches nicht zutraute, der man sich eindeutig überlegen fühlte. Er gewann dieser These einiges ab. So gesehen war seine Vermutung alles andere als aus der Luft gegriffen. Eine Schusswaffe tötete in jeder Hand, soweit diese wusste, wie sie funktionierte.

Gegen halb zwölf Uhr hatte er sich mit dem Reichelt-Team verabredet. Der Mord in der Drogenszene zog sie alle in seinen Bann. Andere Fälle wurden zwangsläufig nach hinten geschoben. Gern luden sie ihn ein, sich zu ihnen zu gesellen. Die gemeinsame Aufklärungsarbeit hatte sie zusammengeschmiedet. Allerdings gelangen auch ihm keine Zauberkunststücke. Hier war kriminalistische Kleinarbeit angesagt. Das Ganze in einem Milieu, in dem es nahezu unmöglich war, auch nur den Namen eines Verdächtigen ohne größere Aufstände in Erfahrung zu bringen. Die Lippen blieben versiegelt, weil Wohlverhalten großzügig entlohnt wurde. Und man hielt dicht, weil das Risiko, selbst Opfer zu werden, außerordentlich hoch war. In dieser Szenerie gehörte konsequentes Handeln beinahe schon zum Alltag. Ein Mensch galt wenig. Die Leute, auf die man traf, wurden nicht von Todessehnsucht getrieben. Das eigene Leben war dagegen ein wertvolles Gut. Das war keine neue Erkenntnis und galt gleichermaßen für ihn.

Hilpert trennte sich von den Kollegen so zeitig, dass er mit gerade zwanzig Minuten Verspätung bei seiner Freundin eintraf. Christina beließ es bei einer hochgezogenen Augenbraue. Eine innige Umarmung rettete ihre Stimmung vollends. Sie überraschte ihn mit einem frugalen Mittagessen. Ihr Vater war auf Reisen, so mussten sie nicht mit einem unliebsamen Zeugen rechnen. Als Hauptgang hatte er sich mit einer Pizza aus dem Backofen zu begnügen. Sie war an den Rändern bereits zu hart, aber wenn es darum ging, die knurrenden Magennerven zu beruhigen, war man nicht pingelig. Dafür fiel das Dessert umso reichlicher aus. Und es setzte nicht an. Sie musste nicht viel mehr veranstalten, als ihm mit heißen Lippen einen Kuss auf die Wange zu geben. Das reichte als Aufforderung. Dafür hätte er selbst auf den Hauptgang verzichtet. Widerstandslos ließ sie sich in ihr Schlafzimmer drängen. Wenn er eines in seinem Leben bedauerte, dann die Tatsache, sie nicht früher kennengelernt zu haben. Was sie neben ihrer Liebe verband, war das gegenseitige Verständnis für ihre beruflichen Verpflichtungen. Christina wartete nicht am Abend mit angebrannten Bratkartoffeln und verweinten Augen, wenn ihn seine Tätigkeit länger als geplant an seinem Arbeitsplatz zurückhielten. Er verlangte nicht von ihr, sich mental auf ihre Rolle als Hausfrau und Mutter einzustellen, sein Frühstücksbrot zu schmieren oder seine Hemden zu bügeln. Mit Sicherheit hatte sie andere Prioritäten in ihrem Leben. Was nicht hieß, dass sie damit eigene Kinder ausschloss, bliebe man zusammen. Das Modell des Miteinanders sähe halt anders aus als in der durchschnittlichen Familie. Diesmal fasste er sich ein Herz, nachdem er sich angezogen hatte, und sprach sie auf die Vorwürfe des BKA an. Er fühlte sich unwohl in seiner Haut. Am liebsten hätte er das Thema ignoriert. Aber der gesunde Menschenverstand sagte ihm, dass es ihn eh einholen würde.

»Was hat es mit der dubiosen Gesellschaft in der Türkei auf sich, an der Wellner beteiligt sein soll?«, fragte er sie unvermittelt.

»Wie kommst du denn gerade heute darauf?«

»Man hat mich vor Kurzem seitens des BKA darauf angesprochen.«

Sie nickte zu seinen Worten. »So hoch haben die das Thema angesiedelt? Was soll ich dazu sagen? Zweimal im Jahr fahre ich rüber und prüfe die Bücher. Das immer ohne Beanstandungen. Wellners Partner sind außerordentlich seriös. Mehr interessiert mich zu der Firma nicht. Ich stelle keine Frage, erwarte keine Antworten, die über meinen Job hinausgehen.«

»Das ist wohl nicht deren Anliegen. Vielmehr geht es um die Abnehmer eurer Produkte. Es wird behauptet, dass der Iran illegal beliefert wird. Man munkelt über Geschäfte mit Nordkorea. Die Amerikaner stehen wohl inzwischen in Habtachtstellung.«

»Du beliebst zu übertreiben. Ich kann in Sachen Verkauf wenig sagen. Und was die Amerikaner betrifft, die haben absolut nichts dagegen, auf den Weltmärkten Geld zu verdienen. Die verkaufen dem Teufel noch 'ne Schippe.«

»Gibt es denn nicht so etwas wie Wirtschaftsethik? Oder ist alles erlaubt, womit Profite erzielt werden?«

»Natürlich nicht. Wir verkaufen weder Kinder noch Drogen. Und mir soll niemand erzählen, dass unsere elektronischen Komponenten waffenrelevant sind. Lassen wir mal das Atomprogramm außer Acht. Oder wirft man uns vor, an der Produktion von waffenfähigem Plutonium beteiligt zu sein?«

»Nicht wirklich. Und der Boykott interessiert euch nicht?«

»Wir beliefern niemanden im Iran. Der gesamte Vertrieb wurde an eine externe türkische Gesellschaft abgegeben.«

»Das ist doch ein Treppenwitz. Ihr besorgt das Know-how für die Produkte und produziert im Ausland. Zumindest wisst ihr, wohin die gehen. Und ihr wisst, dass innerhalb der UNO und der EU ein Boykott beschlossen wurde.«

»Willst du mir erzählen, dass alles gut ist, was sich die Leute in New York oder Brüssel ausdenken?«

»Das ist nicht mein Problem. Ich halte einfach die Politik dieser Länder für bedenklich, auch ohne Atomwaffen. Mit solchen Leuten macht man keine Geschäfte.«

»Mit deiner Moral kommst du nicht weit. Nach deinen Kriterien dürften große Teile der deutschen Exportgeschäfte nicht stattfinden.«

»Du hast recht. Und trotzdem ist mir nicht wohl dabei.« Er gab ihr einen flüchtigen Kuss auf den Mund. »Ich muss los, die Arbeit ruft.«

Er ließ eine nachdenkliche Freundin zurück, die er, ohne es zu ahnen, in ein erhebliches Dilemma versetzt hatte. Wie sollte sie damit umgehen? Wie würde seine künftige Rolle eingeschätzt werden? War er überhaupt noch tragbar für ihr Unternehmen? Drohte von ihm Gefahr? Es war nicht auszuschließen, dass er sich weiterhin primär als Ermittler definierte. Er war mit Herz und Seele Polizist gewesen. Welche Position würde er künftig einnehmen? Wirtschaftliches Handeln und moralische Prinzipien lagen oft genug weit auseinander. Und das galt beileibe nicht nur für die Produzenten von Alkoholika, Zigaretten oder Kriegswaffen. Konstitutiver Teil von Ökonomie war das unerbittliche Gewinnstreben, dem sich alles unterzuordnen hatte. Also verkaufte man der 75-Jährigen bei der Bank ihres Vertrauens Derivate und versuchte, ihr zusätzlich eine Kapitallebensversicherung aufzuschwatzen. Der Gesetzgeber vermeinte, dieses Dilemma durch unverständliche seitenlange Belehrungen zu lösen. Damit erreichte er keine neue Moral, sondern produzierte gerade mal ein Deckmäntelchen der Fürsorge, das an keiner Stelle passte.

Niemand musste Christina erklären, wo sie zu stehen hatte. Sie griff zum Telefon und gab Wellners Kurzwahl ein. Er reagierte ungewohnt hektisch auf ihre Informationen. Sie lag richtig mit ihren Befürchtungen. Sie verabredeten sich kurzfristig, um das Problem zu diskutieren. In ihrer Magengegend baute sich ein Druck auf, ein untrügliches Signal dafür, dass sie sich in einer mehr als kritischen Entscheidungssituation befand. Und ihr Vater als ihr bester Ratgeber stand nicht zur Verfügung. Sie erwartete ihn erst am Ende der Woche von seinem Urlaub zurück. Sollte sie ihn anrufen? Sie schüttelte den Kopf, diesen Knoten musste sie selber durchschlagen.

32

Hilpert hatte die Unterbrechung seines täglichen Einerleis genossen. Entsprechend motiviert begab er sich zurück an seine Mordfälle. Ihn erwartete mit der Routine des Alltags wie gehabt die kalte Wirklichkeit. Sie ergoss sich über ihn wie ein Schwall Gülle. Und er konnte sich ihr nicht entziehen. Die Sonderkommission in Köln produzierte Nachfragen und Gutachten im Stundentakt. Sein Schreibtisch schien davon überquellen zu wollen. Er war kaum noch in der Lage, seine Mails zu lesen, geschweige denn zu verstehen, inwieweit das Material wirklich wichtig für ihre Arbeit war. Der an den Tag gelegte Aktionismus löste letztlich keines ihrer Probleme. Trotzdem verstand er seine Kollegen. Nach Strohhalmen zu greifen, war im Prinzip sinnlos. Schwamm aber nichts anderes durch die Gegend, musste man sich damit begnügen. Wer wollte sich schon gerne vorwerfen lassen, sich nicht aktiv genug um seine Arbeit zu kümmern? Da nahm er die kritische Nachfrage des Staatsanwalts nach verwertbaren Ergebnissen bei den Konzernmorden fast als angenehme Unterbrechung wahr. Gleichwohl konnte er ihm nicht weiterhelfen.

Er war froh, dass ihn der Termin mit Thiemann für ein paar Stunden aus diesem Laufrad herausnahm. Gegen Abend verließ er das Präsidium und steuerte die Elbbrücken an. Er war wieder einmal auf der Autobahn Richtung Buchholz. Vermutlich kannte er jeden Quadratzentimeter des Betonbandes. Bereits auf Höhe der Abfahrt Hittfeld verließ er sie und nahm den Weg über die Landstraße. Als er den Klecker Wald passierte, fragte er sich, woher die Wissenschaftler eigentlich wussten, dass es sich bei der Gesteinsansammlung in der Nähe der Straße um ein Hünengrab handelte? Vielleicht war es angesagt, sich einmal näher mit der Geschichte seiner engsten Heimat zu befassen. Soviel ihm bekannt war, sollte sich in ihrer Gegend sogar mal Karl der Große aufgehalten haben. Das Leben und Wirken des Mannes kannte man schließlich ebenfalls, auch wenn er seit nunmehr 1200 Jahren nicht mehr unter den Lebenden weilte. Mit den Sachsen sollte er sich in dieser Gegend auseinandergesetzt haben. Und er hatte sie mit abgefeimten Methoden besiegt. Der Sage nach hatte sein Pferd sogar einen Abdruck irgendwo bei Hollenstedt in einem Felsen hinterlassen. Er musste sich allerdings eingestehen, dass die Errichtung der Hünengräber ein ganzes Stück länger zurücklag als die Amtszeit des Frankenkaisers. Würde er dies einem seiner Hamburger Freunde erzählen, wäre die erste Frage, wer oder was ist Hollenstedt?

Thiemann erwartete ihn schon beim Jugoslawen in Bahnhofsnähe. Da er diesen Abend in Buchholz zubringen wollte, war er ohne Auto gekommen und hatte sich einen Weißwein bringen lassen. Neidvoll sah Hilpert zu, wie er es sich schmecken ließ. Er musste zurück nach Hamburg. Das funktionierte ohne Alkoholfahne allemal besser. Wie bei ihrem letzten Treffen landeten sie wieder bei einem Grillteller, der sich unter den Fleischstücken zu biegen schien. Doch ihr Appetit kannte kein Pardon.

Thiemann kaute auf beiden Backen und schaffte es trotzdem, halbwegs verständlich zu reden. »Ich hab mir Gedanken über die Kalkulationen von Barsch gemacht, die du mir vor geraumer Zeit gezeigt hast. Soweit ich mich entsinne, ging es dabei vor allem um Broschüren.«

»Richtig. Er hat die Preise sogar über persönliche Kontakte mit denen anderer Markenartikler verglichen.«

»Das finde ich seltsam, denn so viel hab ich mittlerweile herausbekommen: Barsch war Spezialist für Pappen, also Displaymaterial für Regale, Tresen oder Verkaufsräume. Mit Broschüren hatte er wenig bis gar nichts am Hut. Das geschriebene Wort war nicht so sein Ding.«

»Wozu hat er sich dann den Arsch für die Kalkulationen aufgerissen?«

»Warum ist die Banane krumm?«, erwiderte Thiemann ungerührt und orderte eine weitere Karaffe Wein.

»Weil sie nicht gerade ist«, erwiderte Hilpert ungerührt. »Nur, was ist bei den Kalkulationen nicht gerade?«

»Die Kalkulationen stimmen hinten und vorne«, antwortete Thiemann gelassen. »Sie haben halt nur nicht zu Barsch gepasst.«

»Und was lerne ich daraus?«

»Geh zu denen, die fast täglich irgendwelches Schrifttum produzieren. Besuch das Marketing, schau bei den Öffentlichkeitsarbeitern vorbei. Frag die, weshalb Barsch sich über deren Zahlen Gedanken gemacht hat. Vielleicht haben die eine plausible Erklärung. Wenn du Pech hast, hilft sie dir nicht weiter. Hast du Glück, findest du darin den Weg zur Wahrheit.«

Er würde dem Rat des Freundes folgen. Bevor sie sich trennten, brachte er das Gespräch auf Leuprecht. Er informierte ihn über seine Ermittlungsergebnisse. »Was ist das für ein Typ? Bei dem kommt mir das Gefühl auf, als habe der sich am Mordabend vorsorglich ein bombensicheres Alibi gebastelt. Als sei er auf die kommenden Ereignisse vorbereitet gewesen.«

Thiemann waren seine Zweifel anzusehen. Für ihn zählten ausschließlich Fakten. »Ich bin kein Jurist. Aber im Kern wirfst du dem Knaben vor, dass er zur Tatzeit in einem Fitnessklub gewesen ist und dort jemandem zwei Biere ausgegeben hat. Meines Wissens ist nichts davon strafbar, selbst wenn diese Handlungen eher ungewöhnlich für ihn gewesen sind. Vielleicht hätte er danach nicht mehr Auto fahren dürfen. Aber das war's.«

»Trotzdem stinkt das nach vorausschauendem Handeln.«

»Das sagst du. Ich will nicht bestreiten, dass man das so sehen kann. Irgendwann springt jeder mal über seinen eigenen Schatten und lässt die Sau raus.«

»Das gerade an einem Abend, an dem ein Mord begangen wird?!«

»Nenn es Zufall oder leg überzeugende Belege auf den Tisch. Pass nur auf, dass du dich nicht verrennst.«

Die Argumente des Freundes hatten etwas für sich. Also versuchte er sich von der psychologischen Seite. »Was ist Leuprecht für ein Mensch?«

»Schwer zu sagen, sieht man von Begrüßungsfloskeln ab, haben wir privat keine zwei Worte miteinander gewechselt. Er ist zurückhaltend, macht anscheinend einen ordentlichen Job. Die anderen interessieren ihn wenig.«

»Er gehörte doch zu der alten Pokerrunde, oder?«

»Stimmt, aber wenn die richtig zocken, wird nur wenig geredet. Die sind ja nicht im Fernsehen, wo sie sich aufspielen müssen. Du triffst da auf die unterschiedlichsten Typen. Kegler aus der PR-Abteilung ist aufgeschlossen. Er ist ledig. Er würde dir gefallen. Mit dem treffe ich mich schon mal auf ein Bier nach Feierabend. Andere sind ebenfalls zugänglich, jedoch verheiratet. Die meisten haben relativ junge Kinder, denen ihre Aufmerksamkeit gilt. Leuprecht ist eher kontaktscheu, obwohl er ledig ist. Der geht mit niemandem nach Feierabend auf ein Bier oder ins Kino. Selbst das ist nicht strafbar oder außergewöhnlich.«

Hilpert lachte auf. »Und was stellt so einer am Wochenende an?«

»Keine Ahnung. Mag sein, dass er ein Wochenendhaus auf Sylt oder in Timmendorf hat. Vielleicht schippert er mit einem Luxusboot über die Elbe.«

»Damit wird er jetzt Ende November wohl kaum seine Zeit verbringen.«

»Herbst, Winter, was soll die Kleinigkeitskrämerei. Auf dem Wasser ist es immer geil, wenn man Fan ist.«

»Klar, wenn man gerne friert. Bist du nicht ein Fischkopf?«

Thiemann nahm einen kräftigen Schluck, bevor er antwortete: »Es ist richtig, dass ich von der Küste komme. In meiner Vaterstadt Cuxhaven wird heutzutage allerdings das Geld vor allem mit Tourismus und mittlerweile mit Windkraftanlagen verdient, weniger mit Kabeljau und Hering.«

»Du musst es ja wissen.«

»Wie recht du hast.«

Er hatte bereits die Hand oben und bestellte eine weitere Karaffe Wein. Vermutlich wäre es günstiger gewesen, er hätte gleich eine Flasche geordert.

»Bevor ich es vergesse, er hat 'ne feste Freundin. Aber auch das ist ...«

»... nicht strafbar«, vollendete Hilpert den Satz. »Ich weiß.«

Zum Abschluss bestellte er sich ein Glas Wein. Damit sollte er problemlos unter der 0,5 Promillegrenze bleiben und würde zumindest einen Teil von Thiemanns Überheblichkeit abfedern können. Der wollte mit einem Taxi nach Holm-Seppensen fahren und bei seinen Eltern übernachten. Auf ihn wartete ebenfalls eine Mutter, die ihn nur selten sah. Auch er durfte über geeignete Ausreden nachdenken, weshalb er sich so rar machte. Er kannte die Antwort. Es war Hamburg. Es lag an den Kontakten, die man sich dort aufgebaut hatte. Es lag an der Arbeit, die einen gefangen hielt. Es lag an der eigenen Gleichgültigkeit, die dazu führte, seine Eltern zu vernachlässigen.

* * *

Sie saßen seit dem frühen Abend zusammen.

»Nun, Onkel Paul, haben wir den Salat. Fabian hat mich sehr dezidiert auf die Beteiligungsgesellschaft in der Türkei angesprochen.«

Wellner starrte an ihr vorbei, als interessierten ihn ihre Ausführungen nicht sonderlich. Trotzdem antwortete er konzentriert: »Die Duplex AG ist keine Beteiligungsgesellschaft«, korrigierte er sie. »Vielmehr gehört sie mir persönlich in Teilen.«

»Aber ich prüfe dort zweimal im Jahr die Bücher. In welcher Funktion findest das statt?«

»Das fragst du wirklich? Sagen wir, du tust mir einen persönlichen Gefallen.«

»Und der Flug, das Hotel, die Spesen, wer übernimmt das?«

»Das wird alles aus meiner Tasche gezahlt.«

»Trotzdem wird es in unserer Buchhaltung bei genauerer Überprüfung Belege und Hinweise auf diese Firma geben. Kommen die ans Tageslicht, wird daraus eine gesellschaftsrechtliche Beziehung konstruiert. Wie verhalten wir uns Fabian gegenüber, wenn er in irgendwelchen Unterlagen herumschnüffelt? An sich gehört das zu seinem Job. Wie verhalte ich mich? Ich liebe ihn.«

»Christina, mit deinen Gefühlen musst du mit dir selber ins Reine kommen. Da bin ich der falsche Ansprechpartner. Da mische ich mich nicht ein. Was seine künftige Tätigkeit bei uns betrifft, werde ich wohl mit ihm reden müssen. Wir können keine fünfte Kolonne in unseren Geschäftsräumen gebrauchen.«

Das Thema war ihm spürbar unangenehm. Er hüstelte verlegen, bevor er weiterredete: »Die Problematik der Zusammenarbeit mit dem Iran wird momentan sehr hoch aufgehängt. Das lässt sich nicht so einfach abtun. Kommt da ein falscher Zungenschlag rein, kann das sehr schädlich für unsere gesamten Aktivitäten werden. Das muss ich dir nicht erzählen. Ich werde ihn anrufen.«

»Ich auch«, erwiderte sie und erhob sich aus ihrem Sessel. »Wir sehen uns, Onkel.«

»Armer Spatz«, flüsterte er, als sie sein Büro verließ. Wo stand geschrieben, dass eine marktwirtschaftliche Ordnung mit Gerechtigkeit oder Ehrlichkeit zu tun hatte? Er erinnerte sich an sein Rigorosum, als er sich erlaubte, den Begriff Verantwortung in den Mund zu nehmen. Als unwissenschaftlich wurde er ihm um die Ohren gehauen. Eigentlich hätte er Hilpert gern in ihren Reihen gesehen. Vielleicht weil er noch Werte vertrat, die im Tagesgeschäft längst untergegangen waren. Was machte er mit ihm? Man konnte nicht gleichzeitig dünn und dick sein. Man musste eine Wahl treffen. So gesehen stand er vor einer klassischen ökonomischen Problemstellung. Es gab keine Kompromisslösung, nur hopp oder topp.

Decision-making, dachte er. Irgendwann hatte er diesen Begriff mal während seines Studiums gelernt und nicht mehr aus dem Kopf verloren. Zu der Zeit hatte man damit begonnen, die deutsche Sprache aus der Ökonomie zu verbannen.

Sie fühlte sich verlassen, als sie auf dem Korridor stand. Sie sollte für sich entscheiden. Das war letztlich der Rat, den Wellner ihr gegeben hatte. Und sie glaubte, seine Erwartungshaltung zu kennen. Er wollte sich nicht in ihr Privatleben einmischen und tat es dennoch mit voller Wucht. Das Leben konnte manchmal unausstehlich sein. Ihre Augen waren feucht, mit ihren Gedanken war sie in einer anderen Dimension, als ihr Petra begegnete. Es reichte für sie gerade, deren Gruß zu erwidern. Sie wollte allein sein, sich mit niemandem austauschen müssen. Ihre Freundin blickte ihr verwundert hinterher. Schnell entschlossen betrat sie das Büro ihres Vaters. Seine Sekretärin winkte sie ohne großes Aufhebens durch. Er grinste sie verlegen an, als sie ihn so überraschend aufsuchte. Sie kannte ihn zu gut, als dass nicht etwas Gravierendes in dem Gespräch mit Christina vorgefallen sein musste. Folgerichtig ging sie direkt zum Angriff über.

»Sprich, alter Herr, was hast du mit Christina diskutiert? Sie wirkte auf mich, als hättest du ihr einen Heiratsantrag gemacht oder ihr Gehalt halbiert.«

»Wenn es das nur wäre. Wir haben kurz miteinander geredet. Das hat gereicht.« Er berichtete ohne Ausflüchte von dem Gespräch.

»Scham oder Brieftasche, das ist hier die Frage«, brachte sie es auf den Punkt.

»Das gilt für uns alle, Schatz. Wir nehmen unseren Wohlstand wie selbstverständlich hin und genießen ihn. Niemanden interessierte es, unter welchen Bedingungen er zustande gekommen ist und erhalten wird.«

Sie verstand sehr gut, was er meinte. »Musst du unbedingt an diesem Laden festhalten? Wie man sieht, bestehen ja offensichtliche Restrisiken.«

»Müssen wir überhaupt noch Geld verdienen?«, antwortete er mit einer Gegenfrage. »Haben wir nicht genug davon?«

»Es geht um mehr als um Geld, Papa.«

»Du sagst es. Und trotzdem landen wir ständig bei diesem Thema.«

»In diesem Fall geht es weniger um das Ob, sondern vielmehr um das Wie«, entgegnete sie selbstbewusst.

»Noch eine Moralistin. Du schätzt es nicht sonderlich, dieses kleine Juwel in der Türkei? Ich erinnere mich an Zeiten, da standen uns dessen Erträge gut zu Gesicht. Ich konnte dadurch manchen Familienvater im Unternehmen halten.«

»Ich weiß.«

Sie wand sich mit der Antwort. »Papa, wir haben dir und deinen Ideen unendlich viel zu verdanken. Dieser Konzern ist das Ergebnis deiner Leistung, deiner Kreativität. Wir dürfen mithelfen, ihn ordentlich zu verwalten. Du brauchst keine weisen Ratschläge von dritter Seite.«

»Sieh mal einer an, meine mutige Tochter ist ebenso feige wie ich und drückt sich vor der unangenehmen Wahrheit.«

»Okay, du willst es so haben. Dann rate ich dir eines: Überlass diese verdammte Gesellschaft deinen Partnern. Danach können wir wieder ruhiger schlafen. Und Christina darf mit dem Mann glücklich werden, den sie liebt. Und wir bekommen einen großartigen Sicherheitschef. Außerdem lassen uns die Amis zufrieden.«

Er warf ihr einen langen Blick zu, bevor er antwortete: »Ich denk drüber nach. Es geht wirklich um sehr viel Geld.«

»Trotzdem warte nicht zu lange mit einer Entscheidung.«

Als sie gegangen war, betrachtete er eingehend seine Hände, als würden sie ihm ewige Wahrheiten verkünden.

»Das ist alles leicht gesagt«, sprach er zu sich selber, »aber schwer getan.« Es sollte ihm nicht gelingen, seine Hände in Unschuld zu baden. Das war schon zu biblischen Zeiten voll danebengegangen.

33

Tröger, der Marketingchef des Konzerns, zuckte mit den Schultern, als Hilpert ihn an diesem Vormittag mit seinen Fragen löcherte. Unaufgeregt ging er auf ihn ein. »Keine Ahnung, was Barsch bewogen haben könnte, diese Kalkulationen aufzustellen. Das war nicht seine Aufgabe. Und ich habe ihn nicht beauftragt, solche Vergleiche anzustellen. Ich behaupte auch, sie bringen wenig. Es sind dabei zu viele Unwägbarkeiten zu beachten.«

»Kommt Ihnen keine Idee, weshalb er sich diese Arbeit gemacht hat?«

Der Manager winkte ab. »Barsch war ein eigenwilliger Mensch. Umringt von sogenannten Kreativen hat er halt gern seine Rechenkünste bewiesen. Wissen Sie, heutzutage ordnet sich alles dem Kosten-Nutzen-Gebot unter. Bei internationalen Konzernen werden im Extremfall in Deutschland Arbeitskräfte freigestellt, weil die Kurse an der New Yorker Börse gesunken sind oder die Chinesen ihre Wachstumsprognosen nach unten korrigieren. Geld bei der Werbung zu sparen, ist ein heikles Thema. Da war ein Mensch wie er durchaus dienlich. Leute wie er verhindern, dass wir in Schönheit sterben. Trotzdem muss die Qualität stimmen. In Schlichtheit kann man ebenso verrecken. Werbung ist wie Weitspringen. Man muss einen langen Anlauf nehmen, um möglichst weit zu kommen.« Er kratzte sich am Kopf und kam auf Hilperts Frage zurück. »Nein, ich hab keine Idee, was er damit bezweckte. Er ist auch nicht bei mir gewesen, um mit mir die Ergebnisse seiner Analysen zu diskutieren. Es hätte keine Veranlassung dafür gegeben. Unser Kostenmanagement ist knallhart. Es gibt keinerlei Anlass zu Beanstandungen.«

Tröger klang genervt. Wer wollte es ihm verdenken. Weltbewegende neue Fragen waren Hilpert keine eingefallen. Ihm schien, als habe er einen großen Teil seines Kredits verbraucht. Wenig später verließ er den Marketingmann und suchte die PR-Abteilung auf. Vielleicht konnten die einem weiterhelfen.

Der Pressesprecher empfing ihn gewohnt freundlich. Er ging verständnisvoll auf ihn ein. »Sie haben einen Scheißjob, Hauptkommissar. Müssen sich durch jedes Detail winden, immer in der Hoffnung, den roten Faden zu finden. Müssen jede Frage zehnmal stellen und herausfiltern, welche Antwort richtig ist. Ich stell mir das ausgesprochen schwierig vor.«

Hilpert hielt sich nicht lange damit auf, sich bemitleiden zu lassen, sondern sprach Burmeister direkt auf die Kalkulationen an.

Dieser hörte aufmerksam zu, bevor er entgegnete: »Ich weiß davon. Barsch sprach mich mal darauf zwischen Tür und Angel an. Um ihn loszuwerden, bat ich ihn, für mich ein paar Quervergleiche vorzunehmen.« Er ging an einen Humidor und entnahm ihm eine schlanke helle Zigarre. »Sie haben hoffentlich nichts dagegen?«, fragte er seinen Gast.

Hilpert schüttelte den Kopf. »Ich rieche den Rauch gerne. Früher hat sich mein Vater gelegentlich eine Zigarre gegönnt. Heute wacht meine Mutter darüber, dass er mit diesem kleinen Laster nicht wieder beginnt. Dafür stopft sie ihn mit cholesterinreicher Nahrung bis zum Abwinken voll. Mal sehen, wie weit er damit kommt.«

»Möchten Sie auch eine?«

»Danke nein. Davon bin ich ganz ab. Ich hab mein Leben lang Sport getrieben. Rauchen geht auf die Kondition. Und irgendjemand hat mir erzählt, dass es gesundheitsschädlich sein soll.«

»Genuss ohne Reue gibt es nicht. Das ist eine alte Regel«, erwiderte der Pressesprecher gelassen.

Burmeister setzte sich zu ihm an den Besprechungstisch. Er zündete geradezu liebevoll die Zigarre an, nachdem er die Spitze sorgfältig abgeknipst hatte. Die Diskussion über die Gesundheitsgefährdung des Rauchens berührte ihn nicht wirklich. Er nahm genussvoll den ersten Zug und blies den Rauch in Richtung Decke. Gleichmäßig verbreitete sich das Aroma im Zimmer. Hilpert hatte nicht gelogen. Gerne nahm er eine Prise davon.

Konzentriert griff er den Gesprächsfaden wieder auf. »Barsch besuchte uns gelegentlich. Es war geradezu ein Sport von ihm, mit uns über Kostenersparnisse zu diskutieren.«

»Und hat es Eindruck auf Sie gemacht?«

»Auf den Klugscheißer haben wir nur gewartet. Ich muss mir von keinem Absatzförderer erklären lassen, wie mein Job zu machen ist.«

»Klar, solche Leute sind nirgendwo beliebt. Das kenne ich selbst von uns. Aber es ist doch richtig, Sie verfügen über ein bestimmtes Budget, mit dem Sie Ihre Maßnahmen zu finanzieren haben«

»Im Prinzip stimmt das. Selbstredend ist jeder daran interessiert, gut mit dem Geld hinzukommen. Und in flauen Zeiten werden Werbegelder gerne mit dem Rotstift traktiert, obwohl man antizyklisch vorgehen müsste.«

»Ich kenne mich zu wenig aus. Worum geht es denn inhaltlich in der Öffentlichkeitsarbeit?«

Der PR-Mann streifte die Zigarre in dem Aschenbecher ab, führte sie wieder zum Mund und nahm einen Zug. Erst dann antwortete er. Dabei verzichtete er auf jegliche Selbstdarstellung, sondern blieb knapp und sachlich. »Unsere eigentliche Aufgabe besteht darin, unser Unternehmen positiv in der Öffentlichkeit darzustellen.«

»Und worum geht es dabei?«

»Um Strategien, wirtschaftliche Erfolge, Sanierungsmaßnahmen, Schaffung von Arbeitsplätzen, neue Produkte, Umweltschutz und so weiter.«

»Verstanden. Und wofür ist das gut?«

»Denken Sie an den Börsenkurs unseres Konzerns. Je höher er ist, desto höher ist der Firmenwert. Daran sind vor allem die Anteilseigner interessiert. Gelegentlich kämpft man auf dem Arbeitsmarkt um die besten Spezialisten. Für die geht es nicht nur um die Höhe des Einkommens. Sie werden eh gut bezahlt. Die besten Leute wollen in die besten Firmen. Also muss man die eigene Qualität versuchen, über die Medien zu kommunizieren.«

»Das stelle ich mir schwierig vor.«

»Ist es auch. Schließlich schreiben wir nicht die Artikel in den Zeitungen oder machen die Berichte im Fernsehen.«

»Und zur Unterstützung Ihrer Arbeit werden unter anderem hübsche Broschüren, Geschäftsberichte, Filme produziert.«

»Wenn Sie es auf einen sehr einfachen Nenner bringen wollen, stimmt es, was Sie sagen. Aber mit netten Bildern und filigranen Diagrammen allein machen Sie keinen Boden gut. Die Zahlen müssen stimmen. Und die Psychologie an der Börse gleichermaßen. Außerdem darf man nicht vergessen, dass wir die Aktionäre, also die Eigentümer unserer Unternehmung, informieren müssen. Früher passierte das einmal im Jahr. Heutzutage muss man nach jedem Quartal die Hose runterlassen.«

Hilpert stieg in sein Thema ein. »Da wären wir wieder bei den Zahlen und bei Barsch.«

»Richtig. Er war durch und durch Kalkulator. Vermutlich kann Ihnen kein Mensch sagen, wie der in der Verkaufsförderung gelandet ist. Der hätte garantiert auch einen guten Controller oder Revisor abgegeben.«

»Und konnte er Ihnen behilflich sein?«

»Nicht wirklich. Wir reden in unserem Job über Kosten-Nutzen-Relationen. Und das ist schwer auf eine Ebene zu bringen. Darf ich auf einen gewissen Nutzen verzichten, um Kosten zu sparen?« Er lachte auf. »Ich stelle mir gerade einen Geschäftsbericht ohne Bilder, ohne Farbe vor. Mehr Geld könnte man nicht sparen. Wissen Sie, ich mache diesen Job in diesem Unternehmen jetzt im neunten Jahr. Mit solch einem Produkt könnte ich mich ja gleich auf meine Frühpensionierung einstellen. Ich bin 45. Da reichen meine Ersparnisse noch nicht ganz, um auf Dauer über die Runden zu kommen. Ich bin geschieden, habe zwei Kinder. Die schreien nach Atzung und wollen selbstverständlich studieren.«

»Das heißt, seine Rechnerei war für die Katz?«

»Das wäre etwas krass ausgedrückt. Sie half uns letztlich nicht weiter. Die Gespräche darüber haben wir dann vor einigen Wochen abgebrochen.«

»Und war Barsch frustriert?«

»Nein, er nahm es eher gelassen. Diese Kostenvergleiche waren wohl eher ein Sport für ihn. Die hätte er auch weiter betrieben, in der Hoffnung, jemanden zu treffen, bei dem er Gehör finden könnte. Und sei es der Pförtner.«

Hilpert klackerte mit den Fingerkuppen vor sich auf der Tischplatte, bis er bemerkte, damit seinen Gesprächspartner zu nerven. Erschrocken hielt er inne. »Irgendwie verstehe ich die Geschichte nicht. Was kümmerte sich Barsch um diese Kalkulationen, wenn die Ergebnisse seiner Arbeit nicht gewürdigt wurden?«

»Gute Frage. Ich meine, er wollte sich aufspielen. Nach dem Motto: Schaut her, durch mich könnt ihr Geld sparen. Von der Sorte laufen einige durch unsere Gänge. Irgendwo ist es der Kampf des Einzelnen um Einkommen und Position. Die Gruppe derer, die richtig abkassieren dürfen, ist in den letzten Jahren ordentlich ausgedünnt worden. Jeder will da rein, nur wenige schaffen es. Und die, die dort gelandet sind, wollen da bleiben.«

»Das heißt, er verfuhr nach dem Motto: Durch mich werdet ihr alle klüger. Also tut gefälligst was für meine Karriere.«

»Das wäre etwas übertrieben dargestellt. Und man soll Toten

nichts Schlechtes nachsagen. Aber im Prinzip haben Sie es auf den Punkt gebracht.«

Barsch, ein Wichtigtuer, dachte Hilpert, behielt dies aber für sich.

Ihr Gespräch begann zu versanden. Ihm kamen keine anderen Fragen in den Sinn. Burmeister dachte über keine weiteren Erklärungen nach. Genüsslich inhalierte er den Rauch. Anscheinend begann ihn die gegenseitige Sprachlosigkeit zu stören. Er legte die angerauchte Zigarre in den Aschenbecher und tippte mit einer Hand auf den Arm des Hauptkommissars. »Kommen Sie, ich lade Sie zu einem Mittagessen ein. Geeignete Fragen fallen Ihnen vermutlich auch bei einem leckeren Nudelgericht ein. Und etwas zu uns nehmen müssen wir eh. Nicht weit von hier gibt es einen ausgezeichneten Italiener. Schlagen wir uns dort den Bauch voll.« Er grinste Hilpert an. »Ich hoffe, ich darf Sie einladen. Nicht, dass ich wegen versuchter Beamtenbestechung im Kahn lande.«

»Darüber habe ich bislang noch nicht nachgedacht. Bei Ministerpräsidenten kenne ich mich inzwischen gut aus. Ich lass es drauf ankommen.«

In Ermangelung einer gut klingenden Ausrede, die auch ihn überzeugt hätte, nahm er die Einladung an. Jede Alternative war besser als das Angebot in der Polizeikantine. Warum sollte er sich nicht einladen lassen? Eine halbe Stunde später saßen sie vor dampfenden Tellern. Das Gericht war vorzüglich, das Gespräch interessant. Offensichtlich war es modern geworden, sich auf das Thema Unternehmenskommunikation zu stürzen. Kohorten an jungen Menschen mit diffusen Vorstellungen versuchten bei ihm unterzukommen. Trotz guter Ausbildung war das Angebot talentierter junger Menschen nach seiner Aussage rar.

Sie saßen länger zusammen, als sie eigentlich geplant hatten. Er ließ den Nachmittag in Ruhe ausklingen und genehmigte sich einen zeitigen Feierabend, nachdem sie sich trennten. Den morgigen Tag wollte er genießen. Er liebte die Feiertage, die die Woche teilten. Er gönnte sich zusätzlich einen Brückentag. Voraussetzung war natürlich, nicht zum Dienst eingeteilt zu sein. In diesem Fall hatte er sich nur auf Bereitschaft einzustellen. Mit etwas Glück gab es die nächsten Tage kein Tötungsdelikt in Hamburg, bei dem man es für Wert hielt, ihn einzuschalten.

Das Schicksal war gegen ihn. Stanges Anruf ereilte ihn, als er über die Frage nachdachte, welche CD er auflegen sollte. Die geöffnete Flasche Bier stand bereits vor ihm, als sein Telefon sich meldete.

»Wir haben gerade einen Selbstmord hereinbekommen.«

»Ach ja. Und weshalb glaubst du, dass dies gerade mich interessiert?«

»Es ist Alexandras Mann. Er hat sich eine Überdosis eines Beruhigungsmittels injiziert.«

»Ein Fremdverschulden ist auszuschließen?«

»Schwer zu sagen, er liegt zurzeit beim Amtsarzt auf dem Tisch.«

»Hat er gesagt, wann man mehr zu wissen bekommt?«

»Er meint, er sei bald so weit.«

»Gut, wer bearbeitet den Fall?«

»MK 4.«

»Ich werde die Gerichtsmedizin kontaktieren.«

»Tu es diskret. Egal, zu welchen Ergebnissen die kommen. Weber will, dass wir uns voll auf unsere Fälle konzentrieren.«

»Befürchtet der ein Burn-out-Syndrom bei mir?«

»Was weiß ich. Aber du steckst als Einzelgänger mehr oder minder in mehreren Mordfällen. Das geht ihm voll gegen den Strich. Und geben wir uns keinen Illusionen hin, die Ergebnisse unserer Arbeit halten sich in Grenzen.«

»Schon verstanden, danke für den Anruf.«

Der Gerichtsmediziner zeigte sich am Telefon anfangs zurückhaltend. »Sie wissen, Ihr Boss will, dass Sie sich da raushalten?!«

»Na klar, ich will mir auch nichts Neues aufbürden, aber vielleicht hängen die Fälle miteinander zusammen. Eigentlich möchte ich nur wissen, ob ein Mord auszuschließen ist.«

»Sei's drum. Also, eine Fremdeinwirkung ist meines Erachtens durchaus denkbar. Er hat ein Hämatom im Bereich der Halsschlagader. Mag sein, dass er mit einem Schlag betäubt wurde.

Entscheidender finde ich, die Einstichstelle der Spritze lag im rechten Oberarm.«

»Und was hat das zu besagen?«

»Er ist eindeutig Rechtshänder. Das beweist seine Armmuskulatur. Warum sollte er sich mit der linken Hand spritzen? Ich behaupte, er wurde das Opfer eines Mordes. Der Täter hat darüber im Angesicht der Tat vermutlich nicht nachgedacht. Es wird allerdings schwer zu beweisen sein.«

Er fasste bei den Kollegen nach. In die Wohnung des Zahnarztes wurde nicht gewaltsam eingedrungen. So wie es aussah, fehlten keine Wertsachen. Hier wartete man auf seine Zugehfrau, die sich damit besser auskannte als sie. Hilpert kratzte sich nachdenklich am Kopf. War es logisch, dass sich Alexandras Ehemann das Leben nahm, bevor ihm klar war, wer sie ermordet hatte? Er war so aufgebracht, als er ihn aufsuchte. Wirkte eher wie ein Kämpfer als wie jemand, der mit dem Leben abgeschlossen hatte. Die Ermittler der benachbarten Mordkommission teilten seine Bedenken. Sie forschten in beide Richtungen. Zurzeit befragten sie die Nachbarn. Stimmte die Vermutung des Amtsarztes, so musste Kahnenbley seinen Mörder freiwillig hereingelassen haben. Vielleicht kannte er ihn sogar. Er beschloss, am Ball zu bleiben, egal, wie Weber die Sachlage beurteilte. Hilpert faltete die Hände hinter dem Kopf und lehnte sich zurück. Kurzfristig würde er nichts beschicken. Also nahm er einen kräftigen Schluck aus der Bierflasche und läutete das Wochenende ein. Er entschied sich für eine Country and Western CD. Wenn er allein war, musste er sich vor niemandem für seine heimliche Vorliebe rechtfertigen.

Die nächste Zeit verkniff er sich, im Präsidium anzurufen, um mehr über den Tod von Alexandras Ehemann in Erfahrung zu bringen. Und man ließ ihn zufrieden. Fast schien es ihm, als habe Weber ihm ein paar Tage Entspannung verordnet. Er nutzte sie und genoss die moderne Version von Essen auf Rädern - den Pizzaservice.

34

Das junge Mädchen verteidigte sich verzweifelt gegen den kräftigen Mann. Wütend stieß er sich von ihr ab. Mit einem Knie hockte er sich auf einen ihrer Oberschenkel. Er drückte kräftig zu und sie schrie schmerzerfüllt auf. Er wusste, wie er einen Menschen gefügig machen konnte. Vor allem schien er ihren Schmerz zu genießen. Trotzdem versuchte sie, mit ihren festen Nägeln nach seinem Gesicht zu schlagen. Reaktionsschnell wich er mit dem Kopf zurück.

»Du glaubst, du kannst dich mir widersetzen. Das werden wir sehen.«

Er schlug ihr mehrfach mit der flachen Hand ins Gesicht. Er spürte, wie er in einen Rausch zu verfallen drohte. Er kannte sich. In dem Fall wäre nichts mehr zu retten. Dafür war es zu früh. Sie durfte noch nicht sterben. Erst musste sie ihre Lektion lernen. Schluchzend lag sie schließlich vor ihm. Er riss ihr die Hose herunter und warf sie achtlos neben das Bett. Ihr Slip folgte. Für den BH nahm er sich keine Zeit. Augenblicklich war er über ihr und riss ihre Beine auseinander. Sie hatte aufgehört, sich zu verteidigen. Er hatte ihren Widerstand gebrochen. Ihre Schreie schienen ihn nur stärker anzustacheln. Immer noch aufgebracht, zog er sich mit zittrigen Fingern ein Kondom über. Er hasste diese Dinger, doch es musste sein. Dann war er in ihr. Das Quietschen des Bettes, sein Stöhnen drangen auf sie ein wie Keulenschläge. Sein klingelndes Handy gewährte ihr wenig später eine Pause. Sie vernahm seine sachliche Stimme. Er hatte sich erst einmal abreagiert.

»Einen Moment. Hier ist der Empfang sehr schlecht. Ich rufe Sie in wenigen Minuten über Festnetz zurück.«

Er erhob sich vollends, entfernte das gebrauchte Kondom und wickelte es sorgfältig in ein festes Papiertuch ein. Endlich zog er seine Hose hoch und schloss sie. Als er zur Tür ging, drehte er sich zu ihr um.

»Glaub ja nicht, dass wir miteinander fertig wären. Atme schon mal tief durch. Ich bin bald wieder bei dir. Dann geht es richtig los. Die Nacht ist lang. Mein Tablettenvorrat ist groß.«

Demonstrativ zog er den Reißverschluss seines Hosenstalls hoch. Gehetzt atmend blickte sie zur Tür, durch die er verschwunden war. Sie vernahm, wie er zuschloss. Sie leckte über ihre aufgeplatzten Lippen und schaute sich um. So wollte sie nicht weiterleben. Ein weiteres Mal würde sie diesen Unmenschen nicht ertragen. Ihre Fantasie reichte allemal aus, sich vorzustellen, was er ihr antun konnte.

Eine Stunde später betrat er erneut den Raum. Das Mädchen hing an der Decke. Ihre Augen schienen aus ihrem Gesicht springen zu wollen, die Zunge quoll ihr aus dem Mund. Alles Leben hatte sich abgesetzt. Wütend schaute er zur Decke. Weshalb hatte er nie diesen verdammten Haken entfernt, an dem früher einmal eine Lampe hing? Schreiend schlug er auf die Leiche ein, bis sie polternd zu Boden fiel. Am liebsten hätte er auf sie eingetreten. Er nahm sich zurück. Keuchend stand er vor der Toten, immer noch versucht, auf sie einzutreten. Diese Frau hatte sich ihm widersetzt und sich seinem Einfluss entzogen. Er atmete tief durch und dachte nach. Er durfte keinen Fehler machen. Schließlich begab er sich ins Nebenzimmer und nahm aus einem Schrank eine durchsichtige feste Folie. Darin wickelte er den leblosen Körper ein. Er hob ihn auf und trug ihn ohne Mühe die Treppe hoch. In der Garage beförderte er die tote Frau in seinen Lieferwagen. Danach tauschte er die Nummernschilder aus. Nach dem Abendbrot würde er sie entsorgen müssen. Er hatte eine Örtlichkeit im Sinn, die nicht zu weit von seinem Standort entfernt war. Später verwarf er die Idee und fuhr ein Stück weiter. Diesmal reichte ein einsamer Parkplatz an einem ruhigen Autobahnabschnitt. Vorsichtig achtete er darauf, dass kein Fahrzeug vorbeiraste, als er die verpackte Leiche aus seinem Auto zog. Kraftvoll zog er sie in eine Buschgruppe. Dort würde man sie erst entdecken, wenn sich jemand hineinbegab. Er verrichtete sein Werk ohne Hektik, als würde er einen Supermarkt beliefern. Er kannte keine Angst. Die Vorsehung wusste er auf seiner Seite, da er der festen Überzeugung war, in ihrem Sinn zu handeln.

Zufrieden ging er zu seinem Fahrzeug, fuhr bis zur nächsten Abfahrt, um anschließend auf der entgegengesetzten Seite den gleichen Weg zurück zu nehmen. Konzentriert achtete er auf die

Straße. Ein Wildunfall, ein angetrunkener später Heimkehrer und er müsste Fragen beantworten, nach denen ihn nicht gelüstete. Er hielt jegliche Regel der Straßenverkehrsordnung ein. Erst kurz vor seinem eigenen Haus nahm er den Hut und die dunkle Brille ab, die er als simple Verkleidung gewählt hatte. Manch ein Straftäter war von einer Verkehrskamera aufgenommen worden, weil er zu schnell gefahren war oder eine rote Ampel missachtet hatte. Sein größtes Risiko waren Polizeikontrollen. Deshalb mied er für solche Touren die Wochenenden, an denen die Polizei verstärkt Verkehrskontrollen vornahm. Doch gelegentlich musste man Ausnahmen von seinen Regeln zulassen. Dann war wie heute Flexibilität angesagt. Er hatte Glück. Auf den Straßen tat sich nichts. Nach drei Uhr kehrte er in sein Haus zurück. Er räumte das Zimmer auf und genehmigte sich in seinem Wohnzimmer einen großen Cognac. Eigentlich hatte er eine andere Abendgestaltung im Sinn gehabt. Diesmal waren die Umstände gegen ihn. Er nahm es mittlerweile hin wie den Wechsel der Jahreszeiten. Er fragte sich, ob er sich nicht für geraume Zeit zurückhalten sollte. Aber er hatte einen Auftrag. Dem fühlte er sich verpflichtet. Es galt, ihn kompromisslos zu erfüllen. Er leerte sein Glas und spülte es in der Küche, bevor er es an seinen Platz zurückstellte. Sein Ordnungssinn war der größte Garant, unentdeckt zu bleiben.

***

Die Nachricht über eine weitere Tote erreichte Hilpert zu Beginn der Woche. Entsetzt las er die Mails, die ihm eine treue Seele in Kopie in den Eingangskorb gelegt hatte. Das Mädchen kam aus Oldenburg und wurde auf einem Autobahnparkplatz in der Nähe von Siegen abgelegt. Den Bildern nach zu urteilen musste sie furchtbar traktiert worden sein. Man vermutete, dass ihr die wesentlichen Verletzungen beigebracht wurden, als sie längst tot war. Warum schlug dieser Freak auf eine Leiche ein? Die Antwort erreichte ihn am Abend. Den Strangulierungsspuren am Hals nach zu urteilen, hatte sie sich offenbar erhängt. Einer ersten Stellungnahme eines Psychologen zufolge war dies für den Täter wie eine Befehlsverweigerung, die er umgehend bestrafen musste. Dass das Opfer bereits tot war, war für ihn nur von untergeordneter Bedeutung.

Hilpert überlegte. Befehlsverweigerung hörte sich wie ein soldatischer Begriff an. Hatten sie es vielleicht mit einem Mitglied der Bundeswehr zu tun? Er schüttelte den Kopf über seine Idee. Das war wirklich weit hergeholt. Er verzichtete darauf, diese weiterzugeben. Womit hatten sie es zu tun? Mit einem Triebtäter, der die Herrschaft über seine Opfer mit sadistischer Brutalität erzwang? Hatten sie nicht vor knapp zwei Monaten einen ähnlichen Fall? Da war allerdings eine Frau zu Tode geprügelt worden. Und es gab einen weiteren wesentlichen Unterschied zu den früheren Fällen. Sie fanden keinerlei Spermaspuren, die Opfer waren nicht geschwängert worden. Dem Anschein nach wurden Kondome benutzt. Ansonsten vermeinte er, ein durchaus vergleichbares Strickmuster zu erkennen. Verzweifelt kaute er auf seinem Bleistift herum. Da arbeitete er wieder parallel an mehreren Fällen. Dort, wo sie erfolgreich gewesen waren, stießen sie regelmäßig auf eine Abzweigung, die sie in eine andere Richtung führte. Ihn beschäftigte der Tod von Alexandras Mann. War er freiwillig aus dem Leben geschieden oder war er wie sie Opfer eines Mörders geworden, ihres Mörders?

Um an den letzten Stand der Untersuchungen zu gelangen, besuchte er die Kollegen der zuständigen Mordkommission. Tatsächlich wollte ein älterer Nachbar etwa eine Stunde vor dessen Tod einen Unbekannten vor der Haustür des Zahnarztes gesehen haben. Aber die schlechten Lichtverhältnisse und seine Probleme mit dem eigenen Sehen führten zu einer Personenbeschreibung, die auf jeden zweiten Mann in Hamburg gepasst hätte. Nach zähem Nachhaken zeigte sich bei diesem Zeugen, dass er erhebliche Probleme damit hatte, den Zeitpunkt klar zu benennen. Daher verzichteten sie darauf, mit einem Phantombild an die Öffentlichkeit zu gehen. Eher schien es, als würde ihm die Aufmerksamkeit, die ihm zuteil wurde, guttun. Der Mann war alt und einsam. Seine Frau lebte nicht mehr. Seine Kinder zeigten sich gerade mal zu Weihnachten und zu seinem Geburtstag. Ansonsten erbrachten die Interviews in der Nachbarschaft nichts Weltbewegendes. Unzufrieden grübelte er über seine Unterlagen. Er spürte deutlich, dass er dabei war, sich selbst zu umzingeln. Wollte er die Übersicht nicht verlieren, musste er sich auf eine Sache konzentrieren. Wie oft hatte er sich das in den letzten Wochen vorgenommen? Er lief bereits Gefahr, Namen und Sachverhalte miteinander zu vermengen.

Ein Anruf von Weber schreckte ihn hoch. Dieser mahnte in bekannter Manier Ergebnisse bei den Konzernmorden an. Obwohl er ihn hierauf nicht direkt ansprach, hatte der Kriminaldirektor wohl mitbekommen, dass er dabei war, sich gleichzeitig auf mehreren Hochzeiten als Eintänzer zu verdingen. Hilpert nahm die elegant verpackte Kritik zur Kenntnis. Es stimmte, an allen Ecken und Enden nagte er eine Frucht an, ohne eine einzige vollständig zu verspeisen. Zum Schluss gab es nichts als verfaulte Reste und den ungestillten Hunger. Seine Zeit begann knapp zu werden. Das neue Jahr näherte sich mit Riesenschritten. Ende März war endgültig Schluss und auf einem nennenswerten Teil seiner Akten stand nach wie vor der Vermerk ›unerledigt‹.

Wohl oder übel fand er zu den Konzernmorden zurück. Er öffnete im PC das entsprechende Programm und begann die letzten Notizen nachzulesen. Er stieß wieder auf Leuprecht, dem Mann aus dem Einkauf. Dieser führte nach Thiemanns Aussage ein eher zurückgezogenes Leben. Aber an den Pokerrunden hatte er sich gelegentlich beteiligt. Vermutlich gab es noch andere Partien, wo es um größere Summen ging. Er erinnerte sich an den Kollegen Werner, der zu seiner Zeit im Drogendezernat für das illegale Glücksspiel abgestellt war. Vielleicht konnte der ihm weiterhelfen.

»Was willst du wissen?«, vernahm er die belustigte Stimme des Kollegen. »Adressen von Stätten, an denen illegal gepokert wird? Ich hoffe, dein Computer verfügt über ausreichende Kapazität. Auch wenn die Spielerei ein wenig abflaut, könnte ich dir aus dem Stegreif Dutzende von Örtlichkeiten nennen, an denen gegen das Gesetz verstoßen wird. Dabei wechseln viele Organisatoren laufend ihren Standort. Da müsstest du dir einige Hundertschaften organisieren, um wenigstens einen kleinen Prozentsatz davon abzugreifen. Vergiss es.«

Dieser Vorstoß ging ins Leere. Eigentlich wäre es angebracht,

Leuprecht ständig überwachen lassen, um mitzubekommen, wo er sein Geld an den Mann brachte oder es vermehrte. Dafür benötigte er allerdings ein paar brauchbare Argumente oder zumindest Verdachtsmomente. Und damit sah es schlecht aus. Mit reiner Intuition ließ sich Weber nicht überreden, das erforderliche Personal dafür abzustellen. Vielleicht sollte er sich selber hinter ihn klemmen. Nach Feierabend, in der Hoffnung, nicht von ihm bemerkt zu werden. Auch dies war undurchführbar. Er musste essen, trinken schlafen, sah man davon ab, dass von ihm eine gewisse Präsenz im Präsidium erwartet wurde. Es war besser, Thiemanns Aktivitäten abzuwarten. Am Donnerstag war bereits ein weiterer konzerninterner Pokerabend geplant. Die Herrschaften hatten anscheinend Blut geleckt. Vielleicht brachten die ihn weiter. Eher unzufrieden mit den Resultaten seiner Überlegungen konzentrierte er sich wieder aufs Studium seiner Aufzeichnungen.

Der Vormittag plätscherte ohne nennenswerte Höhepunkte dahin. Gegen Mittag erreichte ihn ein Anruf von Christina. Seine Freude darüber wandelte sich ersatzlos in eine tiefe Niedergeschlagenheit. Mit trauriger Stimme bat sie um etwas Abstand zu ihm. »Das geht mir alles zu schnell, Fabian. Du nimmst mir die Luft zum Atmen. Es ist wohl besser, wir sehen uns die nächste Zeit nicht. Ich muss mit mir über meine Gefühle zu dir ins Reine kommen.«

Er kannte sich zu gut, als dass er den Vorwurf, zu klammern, im Raum stehen lassen würde. Stattdessen legte er den Finger auf die Wunde. »Und du bist dir sicher, dass diese Entscheidung nichts mit einer Gesellschaft in der Türkei zu tun hat und den unternehmenspolitischen Interessen des Herrn Dr. Wellner?«

Sie wand sich um eine konkrete Antwort und deckte schließlich ihre Karten auf. Ihre Stimme zitterte, als sie sich outete: »Ich habe ihm viel zu verdanken. Er war beinahe so etwas wie ein zweiter Vater für mich. Ich konnte mich stets auf ihn verlassen und er sich auf mich. Das kann ich nicht einfach wegwerfen. Dafür bitte ich um Verständnis.«

»Wie kommst du darauf, dass ich nicht loyal zu ihm stehen würde?«

»In deinem tiefen Inneren bist du Polizist. Du wirst diesen Auftrag erfüllen.«

Zu einer weiteren Erwiderung gab sie ihm keine Chance. Sie hatte die Verbindung unterbrochen. So bekam er ihre Tränen nicht mit. Er starrte erschüttert an die Decke. Wahrscheinlich lag sie mit ihrer Vermutung richtig. Einmal Bulle, immer Bulle. Was Zweierbeziehungen betraf, konnte man ihn nicht als Glückspilz bezeichnen. Stets endeten seine Vorstöße im Kies, zogen andere an ihm vorbei. Wieder einmal geplatzt waren sie, seine Träume von einer Partnerschaft. Ab sofort reichten zwei Brötchen zum Frühstück. Er musste nicht mehr den Eindruck erwecken, als könnte er für ein Müsli sterben. Offensichtlich hatte jemand hinter seinem Rücken sein Abonnement auf ein Singledasein verlängert. Am liebsten hätte er seinen Arbeitsplatz verlassen, um sich irgendwohin zurückzuziehen. Warum waren die verdammten Beamten vom BKA gerade bei ihm gelandet? Warum hatte er nicht gegenüber Christina den Mund gehalten? Alles schien sich gegen ihn zu wenden. Andererseits musste er sich eingestehen, dass ihre Gefühle für ihn nicht so tief gingen, dass sie bereit war, dafür zu kämpfen. Solch eine Entwicklung war am Anfang einer Beziehung leichter zu verkraften als zu einem späteren Zeitpunkt. Trotzdem litt er. Als Reichelt bei ihm vorbeischaute, hatte er zumindest jemanden, dem er sein Herz ausschütten konnte.

Dieser redete nicht drum herum. Als echter Freund verzichtete er darauf, ihm billigen Trost zusprechen zu wollen. »Du musst deine persönlichen Konsequenzen daraus ziehen und vor allem Ruhe bewahren. Sie ist deine Liebe nicht wert gewesen, wenn sie lieber auf das edle Ross setzt, auf große Häuser, schnelle Autos, Geld. Dagegen kommst du nicht an. Du hast anderes zu bieten, was sie seltsamerweise nicht zu schätzen weiß. Ich habe deine Freundin nur kurz kennengelernt, aber ich hätte für dich gehofft, sie wäre aus einem anderen Holz geschnitzt. Ehrliche Emotionen haben wohl keine Konjunktur mehr in unserer Zeit. Dafür macht man sich nicht mehr krumm.«

Reichelts Worte trafen ihn wie ein Blattschuss. Sie bestätigten seine eigenen Befürchtungen und ordneten gleichermaßen seinen Kopf. Nur ließen sich seine Gefühle nicht so ohne Weiteres disziplinieren. Sie rumorten ungehemmt in ihm. Es ging ihm schlecht. Er würde Zeit brauchen, sich mit der neuen Entwicklung abzufinden. Davon hatte er allerdings ab sofort reichlich. Die Abende standen ihm wieder zur freien Verfügung, soweit er nicht beruflich gefordert war. Er durfte in aller Intensität leiden. Ungeschützt, ohne Trost von außen. Für einen Moment dachte er darüber nach, das Gespräch mit Christina zu suchen. Er verzichtete darauf. Eine kalte Abfuhr von ihr würde sein Leiden nur vergrößern. Stattdessen verabredete er sich mit Reichelt zum Mittagessen, auch wenn sich bei ihm in seiner momentanen Verfassung der Appetit nicht recht einstellen wollte. Das Leben ging weiter. Diesem abgedroschenen Spruch war nichts hinzuzufügen. Er galt ewig.

Eine halbe Stunde später erreichte ihn Wellner am Telefon. Entgegen seiner sonstigen Rhetorik wirkte er unsicher, als er sich meldete.

»Sie müssen mir nicht sagen, worum es geht«, unterbrach ihn Hilpert unhöflich. »Ich hab alles verstanden. Christina hat mir bereits den Laufpass gegeben. Es ist wohl das Beste, wir lösen meinen Vertrag auf. Wenn ich erst gar nicht bei Ihnen aufkreuze, können Sie es sich ersparen, ständig über Ihre Schulter zu blicken, wenn Sie geheime Unterlagen in Ihrem Safe verstauen wollen.«

Er ließ dem Unternehmer keine Chance, sich zu erklären. Wütend auf sich und den Rest der Welt beendete er abrupt das Gespräch. Dieser Vormittag hatte ihm vorerst genug Frustration bereitet. Unkonzentriert widmete er sich wieder seinen Unterlagen. In den nächsten Stunden würde er keine Bäume ausreißen und vor allem keine Kapitalverbrechen aufklären. Wunden lecken war angesagt. Es gelang ihm nur kläglich.

Er traf sich mit Reichelt in der Kantine. Lustlos stocherte er in seinem Eintopf herum und gab den größten Teil seines Gerichts zurück. Dafür schaffte er es, zwei volle Becher mit schwarzem Kaffee zu trinken. Sein Kollege verzichtete darauf, ihn auf das aktuelle Thema anzusprechen, ohne allerdings mit Fußball oder Politik zu punkten. In seinem momentanen Gemütszustand war

Hilpert alles andere als ein eloquenter Unterhalter. Entsprechend kurz fiel ihr gemeinsames Mittagessen aus. Schon bald kehrte er an seinen angestammten Platz zurück. Reichelt verstand ihn und ließ ihn ziehen. Er würde sich bald beruhigen. Liebeskummer gehörte zum Leben dazu wie der Senf zur Bratwurst.

Gegen drei drehte sich das Blatt. Hilpert erreichte wie ein Jubelschrei eine Mail aus Köln. Sie hatten allem Anschein nach den zweiten Sexualtäter dingfest gemacht. Es handelte sich um einen Lastwagenfahrer, der schwerpunktmäßig die alten Bundesländer abfuhr. Nur gelegentlich zog es ihn nach Sachsen oder Thüringen. Dort ereilte ihn sein Schicksal, als er in der Nähe von Weimar versuchte, ein junges Mädchen an sich zu reißen. Sie konnte sich befreien. Ein aufmerksamer Passant merkte sich das Nummernschild seines 7,5-Tonners, mit dem er sich abzusetzen versuchte. Bereits nach einer knappen Stunde befand er sich in Polizeigewahrsam. Auf ihn passten eine Reihe der Kriterien, die sie entwickelt hatten, um zu einem besseren Bild von dem gesuchten Triebtäter zu gelangen. Noch schwieg er, aber sie waren hoffnungsfroh, ihn in den nächsten Stunden zu einem Geständnis zu bewegen.

Erleichtert nahm Hilpert die Nachricht auf. Hatte es endlich ein Ende mit den Frauenmorden? Der Inhaftierte kam aus dem niedersächsischen Osnabrück. Bisher war er zweimal aktenkundig geworden, da ihm Gewalt gegen seine jeweilige Lebensgefährtin vorgeworfen wurde. In beiden Fällen wurde die Anzeige zurückgezogen. Anscheinend lastete man ihm eine Reihe weiterer Verbrechen an, die sie bislang nicht auf der Liste hatten. Langsam schaltete er wieder seinen Denkapparat ein. War das ihr Mann, der für eine schwangere Frau eine Gynäkologin entführte? Die versuchte Entführung des jungen Mädchens wirkte unüberlegt und war offensichtlich spontan ausgeführt worden. Ähnlich wie im Fall Böckler, der sich durch Selbstmord der Gerichtsbarkeit entzogen und sie mit einem falschen Geständnis über Alexandras Entführung in die Irre geleitet hatte.

Noch am selben Tag erreichten ihn erste Vernehmungsprotokolle. Hilperts Skepsis erhielt neue Nahrung. Sie wurde zur Gewissheit. Laut seiner Tourenpläne konnte der Inhaftierte unmöglich Alexandra entführt haben. Zu der Zeit hielt er sich in der Münchner Gegend auf. Allerdings stießen sie auf mehrere Frauen, die in Regionen verschwunden waren, in denen er sich zur fraglichen Zeit aufgehalten hatte. Der Lkw-Fahrer bestritt jegliche Entführungen oder Vergewaltigungen. Vor allem aber wies er die vorgebrachten Sexualmorde weit von sich. Zu den konkreten Vorwürfen machte er keinerlei Aussagen, die ihnen bei ihren Ermittlungen geholfen hätten. Im weiteren Verlauf des Tages wollten sie es mit Gegenüberstellungen missbrauchter Frauen versuchen. Konkret greifbar blieb für sie vorerst der Entführungsversuch. Hier war die Beweislage eindeutig.

Am Abend erreichte Hilpert ein Telefonat aus Köln. »Wir haben den Mann fast so weit. Wir gehen davon aus, dass er in ein paar Stunden endgültig auspacken wird.«

»Er kann Alexandra unmöglich entführt haben. Nach Ihren eigenen Protokollen war er zu der Zeit in München.«

»Das ist auf den ersten Blick richtig. Jetzt kommt es: Er hat die Tour mit einem Kollegen getauscht. Er hat exakt zu der Zeit eine Fuhre zu einem der Lidl-Läger in der Nähe von Hamburg gehabt. Und es heißt, dass in der Gegend ein ehemaliger Kollege und guter Kumpel von ihm leben soll.«

»Das Lager kenne ich«, platzte es aufgeregt aus Hilpert heraus. »Das ist ganz in der Nähe meiner Heimatstadt und einen Steinwurf von Hamburg entfernt, direkt an der Zufahrt zur A1.«

»Sehen Sie, lieber Kollege, man darf nicht alles glauben, was man von den Verdächtigen aufgetischt bekommt. Tourenpläne können manipuliert oder umgangen werden. Wir bleiben am Ball. Ich halte Sie auf dem Laufenden, versprochen.«

»Danke.«

Er spürte, wie sich das Adrenalin in ihm seinen Weg bahnte. Es verdrängte jeden Gedanken um Christina. Hatten Sie endlich ihren Verdächtigen? Er erinnerte sich an eine Mordserie in den USA. Die Fahnder benötigten mehr als ein Jahrzehnt, um den Mörder, den Fahrer eines Kühllasters, zu ermitteln. Er scheuchte sie nicht minder durch große Teile des Landes. Die getöteten Opfer fuhr er bei Minusgraden durch die Gegend und legte sie an anderen Stellen ab. So wurde eine korrekte zeitliche Bestimmung des Todeszeitpunktes nahezu unmöglich. Man wusste es nur nicht. Vermutlich behinderten einander zusätzlich unterschiedliche Ermittlungsteams in den jeweiligen Staaten. Jeder suchte seinen eigenen Täter. Auch in dem Fall konnte niemand sagen, wo es örtlich anzusetzen galt, wo man sinnvollerweise ein zentrales Ermittlungsteam hätte ansetzen können. Hatten sie es hier mit einem vergleichbaren Täter zu tun? Oder war vielleicht sogar ein Duo am Werk? Mit Sicherheit wäre es eine gute Idee, sich den Kollegen ebenfalls zu greifen. Nur, wo hielten sie ihre Opfer versteckt, um sie ungestört zu missbrauchen, bis sie sie töteten?

Unruhig wanderte Hilpert durch sein Zimmer. In seinem Kopf setzte sich keine großartige Idee fest. Er musste sich auf seine Kollegen in Köln verlassen. Sie verfügten über die erforderlichen personellen und materiellen Ressourcen. Es war letztlich müßig, ihnen erläutern zu wollen, wie sie die Verhöre zu führen hatten. Seine Unruhe wollte sich trotz aller klugen Gedanken nicht legen.

35

Sein Telefon schreckte ihn hoch. Er war mit seinen Gedanken ganz woanders gewesen. Sollte er sich das Appartement auf Mallorca leisten, das ihm seit geraumer Zeit durch den Kopf spukte? Günstiger als zurzeit konnte man es kaum einfangen. Die Immobilienkrise hatte selbst Deutschlands beliebteste Ferieninsel erreicht. Für 780.000 Euro konnte er es sich dort in den Bergen gemütlich machen. Vor zwei Jahren hätte er glatt das Doppelte hinblättern müssen. Dann verwarf er den Gedanken und empfand diese Investition als unsinnig. Für das Geld konnte er in den nächsten Jahrzehnten an die schönsten Stellen der Insel reisen und sich wochenlang die besten Hotels leisten. Das Frühstück wurde gebracht, die Betten gemacht. Und mehr als vier Wochen im Jahr würde er dort in absehbarer Zeit eh nicht verbringen können. Eine Vermietung an Fremde käme für ihn ebenfalls nicht infrage. Er suchte keine Finanzanlage, sondern eine zweite Heimat. Er wollte nicht, dass andere außer ihm seine Räume nutzten. Um Deutschland vollends den Rücken zu kehren, reichten seine aktuellen Mittel noch nicht aus. Schließlich stellte man Erwartungen an das Leben. Aber er arbeitete dran. Sein Telefon unterbrach seine Gedankengänge.

»Mensch, Leuprecht«, vernahm er die ihm wohlbekannte Stimme, »dieses Wochenende müssen Sie unbedingt dabei sein. Es kommen Herrschaften aus London und Berlin. Man spricht von den größten Töpfen seit Bestehen dieser Pokerrunden. Wollen Sie es sich nicht doch noch überlegen? Es wird an drei Tischen gespielt mit der Möglichkeit, zu wechseln.«

Für einen Moment kam er ins Nachsinnen. Gespickte Geschäftsleute aus dem In- und Ausland neigten häufig dazu, leichtsinnig zu spielen. Bei denen war vor allem der Kick entscheidend. Geld war für sie nebensächlich. Darüber verfügten sie reichlich. Man musste nur aufpassen, nicht auf Profis zu treffen, die in der Maske der Biedermänner auftraten. Gegen die war es extrem schwer, sich zu behaupten. Nicht, weil sie etwa falsch spielten, sondern weil sie über eine Routine verfügten, von der er selbst nur träumen konnte. Das gewisse Kribbeln in seinem Bauch machte sich bemerkbar. Er spielte vorsichtig und überlegt. So war es ihm in den letzten Monaten gelungen, sich einen Überschuss von 12.000 Euro zu erspielen. Warum sollte er nicht versuchen, diesen zu verdoppeln oder gar zu verdreifachen? Verspielte er das Geld oder Teile davon, ging die Welt nicht unter.

»Ich muss drüber nachdenken.«

»Überlegen Sie, so schnell bekommen Sie die Gelegenheit nicht wieder, mal ordentlich abzusahnen.«

»Hören Sie auf! Am Ende gewinnen immer die anderen, wenn man sich nicht im Griff hat. Eigentlich reichen mir unsere Probleme.«

»Hasenfuß! Alles zu seiner Zeit. Ich kann Ihnen exakt einen halben Tag einen Platz freihalten. Danach ist Schicht im Schacht.«

»Lassen Sie es gut sein. Meine Strategie passt zu mir und lässt mich halbwegs gut schlafen.«

»Tun Sie, was Sie nicht lassen können. Ein paar Stunden Muße zum Nachdenken verbleiben Ihnen. Sollten Sie es sich anders überlegen, bin ich über Handy erreichbar.«

Unsicher ließ er das Gespräch an seinem geistigen Auge vorbeidefilieren. Vor gut einem Jahr waren sie auf einen Amerikaner getroffen. Der ging mit dem Geld um, als sei es wirklich nur bedrucktes Papier gewesen. 16.000 Euro hatte er an diesem Abend gewonnen. Er hatte in der Mimik des Mannes wie in einem Bilderbuch gelesen. Vielleicht ging ihm erneut solch ein dicker Fisch ins Netz. Solche Chancen boten sich einem selten. Hinzu kam, es zwang ihn niemand, sonderliche Risiken einzugehen. Dem Mutigen gehörte die Welt. Er griff zum Telefon und meldete sich für den Termin an. An und für sich wollte er sich an diesem Donnerstag mit einigen Kollegen zu einer ruhigen Pokerrunde eingefunden haben. Dort wurde um kleines Geld gespielt. Finanzielle Katastrophen spielten sich im dreistelligen Bereich ab. Dafür waren sie nervenschonender. Die würde er absagen. Er wollte sich voll auf den Samstag konzentrieren. Eurozeichen schwirrten vor seinen Augen. Er hatte den Traum, einmal den ganz großen Pott zu gewinnen. Dabei ging es ihm nicht nur um das Geld, sondern vor allem um das Gefühl der Überlegenheit. Er wollte die Bewunderung und den Neid derer spüren, die zusehen mussten, wie er die Geldbündel einstrich. Vielleicht klappte es ja diesmal. Er war nie ein Euphoriker gewesen. Doch in diesem Fall bekam selbst er zittrige Hände.

* * *

Hilpert war dabei, seinen Feierabend einzuläuten. Trotz des Erfolges der Soko zählte dieser Tag nicht zum erfolgreichsten seines Lebens. Was blieb ihm anderes übrig, als seine Erwartungen an die Zukunft zu stellen. Der Himmel würde schon irgendwann wieder aufreißen, auch wenn die dunklen Wolken über seinem Kopf ein gehöriges Beharrungsvermögen zeitigten. Er schwankte, ob er ins Kino gehen, sich einen ordentlichen Hamburger leisten oder beides tun sollte. Nach Hause zog ihn in seiner momentanen Verfassung wenig. Ein Anruf aus Köln sollte ihm diese Entscheidungen abnehmen.

»Gut, dass Sie noch an Ihrem Platz sitzen. Unser Inhaftierter schweigt sich weiter aus. Aber inzwischen haben wir herausgefunden, dass er viel mit einem ehemaligen Kollegen zusammengehockt haben soll. Nach Aussage des Speditionschefs sind die beiden ganz dick miteinander gewesen.«

»Ich verstehe. Wie kann ich helfen?«

»Vielleicht kommen wir über den ein Stück weiter. Sein Name ist Eike Köster. Und nun aufgepasst: Er wohnt in Hamburg-Horn und freut sich dort offenbar seines Lebens. Können Sie sich diesen Menschen greifen und vorläufig festnehmen? Die Formalitäten erledigen wir von hier aus.«

Er notierte die Adresse. »Wo ist das Problem? Ich mach mich sofort auf die Socken.«

»Die Chancen, ihn anzutreffen, stehen gut. Er soll zurzeit ohne Job sein. Man hat ihn vor Kurzem wegen irgendwelcher Unregelmäßigkeiten entlassen. Nehmen Sie einen Kollegen mit. Er gilt als aggressiv. Hat wohl früher Kickboxen gemacht.«

»Haben Sie eine Beschreibung von ihm?«

»Er ist Anfang vierzig, hat kurz geschorene Haare, ist etwa 1,75 m groß, kräftige Statur. Er soll sich viel in Sportbuden aufhalten.«

Hilpert ging bei Stange vorbei, der mit roten Augen auf den Bildschirm starrte. Offensichtlich wurde er nicht schlauer, interpretierte man seine Reaktionen richtig.

»Na, Bernd«, sprach er ihn an, »schiebst du Überstunden?«

»Ich bin zum tausendsten Mal durch die Unterlagen gegangen. Die scheiß Konzernmorde liegen rum wie Blei. Ich komme kein Stück weiter.«

»Wem erzählst du das? Aber jetzt habe ich ein anderes Problem. Ich brauche Unterstützung bei einer Festnahme. Es geht um die Sexualmorde.«

»Reichelt nicht da?«

»Er schwirrt durch die Gegend. Die sitzen an einem Drogenmord dran.«

»Richtig, hab davon gehört. Ich begleite dich. Zu zweit werden wir wohl in der Lage sein, uns den Knaben zu greifen.«

»Der Mann ist Kickboxer gewesen.«

»Fein, dann sind wir 'ne Art Kollegen.«

»Du und Kampfsport?«

»Da kannst du mal sehen, was man über seine Partner erfährt, wenn man sie fragt.«

»Und es macht dir wirklich keine Probleme?«

Er hielt sein Handy hoch. »Damit werde ich wohl erreichbar sein. Und der Konzernmörder wird uns in den nächsten Stunden ebenfalls nicht entwischen. Da wir keinen blassen Schimmer davon haben, wer es sein könnte, würden wir es nicht einmal bemerken.«

Hilpert lachte mit ihm im Duett. »Wir sind schon geniale Ermittler.«

»Hör auf, mich zu frustrieren! Sacken wir lieber deinen Freak ein.«

Jetzt weit nach Feierabend lief der Verkehr vergleichsweise gut, sodass sie keine Viertelstunde für ihre Strecke nach Hamburg-Horn benötigten. Köster wohnte in einer Siedlung rot-bunt verklinkerter Mehrfamilienhäuser. Die Gebäude und die Außenanlagen machten einen gepflegten Eindruck. Wer hier lebte, gehörte vermutlich nicht zur Hamburger Oberschicht, musste sich aber ebenso wenig als Harz-IV-Empfänger outen. Sie entdeckten tatsächlich den Namen des Gesuchten an dem Klingelschild am Hauseingang. Nichts rührte sich, als sie den Knopf mehrmals drückten. Sie überlegten, wie sie weiter vorgehen wollten, als sich die Tür öffnete und ein Hausbewohner auf sie zutrat.

Sie wiesen sich aus und fragten nach Köster. Der ältere Mann kratzte sich am Kopf. »Der hat vor etwa zwei Stunden mit einem kleinen Koffer in der Hand seine Wohnung verlassen. Er machte einen hektischen Eindruck. Hielt es nicht mal für angebracht zu grüßen, obwohl ich direkt neben ihm wohne.«

Sie bedankten sich und baten ihn, sie hereinzulassen.

»Ob Köster was gespannt hat?«, fragte Stange.

»Sieht ganz so aus«, antwortete Hilpert. »Schreiben wir ihn zur Fahndung aus.«

Er telefonierte mit dem Präsidium und bat im gleichen Atemzug um einen Schlosser, der ihnen die Wohnungstür des Verdächtigen öffnen sollte. Er ließ nicht lange auf sich warten.

Die Zweizimmerwohnung verriet wenig über ihren Bewohner, sah man davon ab, dass er wohl überraschend ordentlich war. Küche und Duschbad machten einen sauberen, gepflegten Eindruck. Nirgendwo lagen gebrauchtes Geschirr oder dreckige Wäsche herum. Das Bett im Schlafzimmer war gemacht. Allerdings hatte er es nicht für nötig gehalten, die Schubladen des Schrankes zu schließen. Auf dem Bett störte schmutzige Wäsche das bisherige Bild. Der Mann hatte seine Behausung eindeutig mit fliegenden Rockschößen verlassen. Diese Unordnung passte nicht zu seiner Wohnung. Irgendwer musste ihn gewarnt haben. Im Wohnzimmer stand eine leicht verschlissene Couchgarnitur. Der Fernseher sah dagegen recht neu aus. Das galt ebenso für den DVD-Player. Es fand sich kein auffälliges Material an, nur einige Krimis und ein paar Komödien. Nichts wies auf ein auffälliges Sexualverhalten des Bewohners hin. Die Alkoholvorräte waren überschaubar. Im Barfach der kleinen Mahagoni-Schrankwand standen eine angebrochene Flasche Cognac und eine unberührte Flasche Whiskey. Im Eisschrank fanden sie zwei Flaschen Bier. Auf dem Wohnzimmertisch lagen ein paar Illustrierte. Ansonsten gab es in dem Haushalt kein Buch zu entdecken, nicht einmal ein Mickey-Mouse-Comic. Nach einer knappen Stunde hatten sie alles gesehen, was es zu sehen gab. Es half ihnen nicht weiter.

Im Hausflur begegneten sie wieder dem älteren Herrn, der neugierig auf sie zuging. »Sie sehen enttäuscht aus. Haben Sie nichts gefunden?«

»Nee, alles sauber«, antwortete Stange.

»Schon mal auf den Spitzboden geschaut?«

»Spitzboden? Das Haus hat einen Spitzboden?«

»Na klar, wir brauchen doch Abstellgelegenheiten. Keller hatten die damals nicht vorgesehen.«

Da wäre ihnen beinahe etwas durchgegangen. Es bewahrheitete sich, dass es immer sinnvoll war, sich mit den direkten Nachbarn von Verdächtigen auszutauschen. Die Häuser verfügten über Satteldächer. Ergo gab es im oberen Bereich wohl ausreichend Abstellplätze für die Mieter. Vom vierten Stock aus führte eine relativ steile Holztreppe ganz hinauf. Bislang war die Wohnungsgesellschaft noch nicht auf die Idee gekommen, diese Flächen in Wohnraum umzuwandeln. Vermutlich machte es keinen Sinn mehr bei den über 50 Jahre alten Gebäuden. Lage und Architektur des Hauses riefen niemanden auf den Plan, der sein sauer verdientes Geld in solch eine ausgebaute Wohnung stecken wollte. Die interessierten sich eher für die Hafencity, Winterhude oder die Elbdörfer. Riesige Mieterträge lockten in Horn weniger, obwohl allerorten über eine Wohnraumknappheit in Hamburg geklagt wurde.

Oben angekommen, stießen sie auf einen größeren Trockenboden, der voller Wäsche hing. Links und rechts vom Treppenloch erblickten sie bessere Verschläge aus Holzlatten, die irgendwie an Pferche für Schafe erinnerten. Die Mieter nutzten diese als Abstellgelegenheiten für Kleinmöbel, für die es momentan keine Verwendung gab, Spielsachen, von denen man sich nicht trennen mochte und Textilien, die vielleicht mal wieder in Mode kamen. In den unteren Einkommensschichten verwertete man Überflüssiges nicht gleich als Sperrmüll. Die wackeligen Türen waren überwiegend mit kleinen Schlössern gesichert, die mit einer Sicherheitsnadel hätten geöffnet werden können. Nur, wer interessierte sich groß für die abgelegten Dinge des täglichen Lebens? Man brachte auf dem Boden nichts unter, das wertvoll gewesen wäre. Dafür fanden sich andere Gelegenheiten. Allerdings gab es eine Ausnahme. Hier sicherte eine massive Stahlkette mit einem ordentlichen Vorhängeschloss den winzigen Raum. Der Verschlag war sorgfältig mit Brettern vernagelt worden. Wer ohne Schlüssel hier hineinwollte, musste massive Gewalt anwenden. Niemand brauchte ihnen zu sagen, zu wem die Räumlichkeit gehören mochte. Es lag auf der Hand. Glücklicherweise konnten sie noch über den Schlosser verfügen, der ihnen bereits die Wohnung geöffnet hatte. Mit seiner Hilfe gelangten sie im Handumdrehen hinein. Sollte sich der Mann beruflich umorientieren wollen, konnte man ihm wirklich empfehlen, sich als Profi-Einbrecher zu betätigen. Es schien, als sei ihm kein Schloss gewachsen.

In dem kleinen Raum war penibel aufgeräumt worden. Ein halbhoher, relativ schmaler, ebenfalls verschlossener Metallschrank weckte ihr Interesse. Zu recht, wie sich bald zeigte, nachdem der Schlosser ein weiteres Mal eingreifen musste. Sie stießen auf eine DVD-Sammlung, über deren Inhalt sie sich keine weiteren Gedanken machen mussten. Das ausschließlich pornografische Schrifttum und die Utensilien für spezielle Sexualpraktiken sprachen eine eindeutige Sprache. Dies Sammelsurium belegte nicht zwangsläufig, es mit einem Straftäter zu tun zu haben. Wohl aber führten deutliche Signale in diese Richtung. Sie spürten es, sie waren auf der richtigen Fährte. Sie riefen die Spurensicherung an und beauftragten diese, alles akribisch zu untersuchen. Letzte Zweifel beseitigten die DVDs, die sich Kollegen von ihnen später im Präsidium ansahen. Sie zeigten im eigentlichen Sinn keine klassischen pornografischen Motive. Durchgängig ging es vielmehr um sexuelle Gewalt gegen Frauen jeglichen Alters. Das gesamte Material war garantiert illegal produziert worden. Ihre Entscheidung, Köster zur Fahndung auszuschreiben, war richtig gewesen.

Der Tag war lang geworden. Müde trennten sie sich voneinander. Ihnen stand nur noch der Sinn danach, in ihren Betten zu verschwinden. Sie sollten einander nicht lange missen. Schon am nächsten Morgen würden sie sich wiedersehen und dort weitermachen, wo sie an diesem Tag aufgehört hatten. Ob in alter Frische, blieb dahingestellt. Viel Zeit, sich nach dem Abendessen irgendeiner Form von Unterhaltung zu widmen, nahm sich Hilpert nicht. Er verzichtete auf eine Dusche. Ihn verlangte es nur danach, zu schlafen.

36

Zeitig saß er am nächsten Morgen vor den neuen Beweisstücken, die sich vor ihm stapelten. Er hatte inzwischen Weber kontaktiert. Ohne Umstände kam der seiner Bitte nach, mit Stange an der Seite aktiv werden zu dürfen. Ein Partner, auf den man sich verlassen konnte, war in aller Regel mehr wert, als eine Handvoll unerfahrener Leute, die man nicht näher kannte, auf die man sich einstellen musste, über deren Stärken und Schwächen man nicht im Bilde war. Als ihr effektivster Assistent stellte sich einmal mehr der Computer heraus. Köster war beileibe kein Unbekannter. In jüngeren Jahren neigte er zu aggressivem Verhalten, was ihm diverse Verurteilungen wegen Körperverletzung einbrachte. Einige Jahre später wurde ihm als Mitarbeiter in einem Fitnessstudio ein sexueller Übergriff gegen eine Kundin vorgeworfen. Die Beweislage war allerdings so dürftig, dass ein Verfahren gegen ihn niedergeschlagen wurde. Danach gab es keine weiteren Berührungspunkte mit der Polizeibehörde. Entweder hatte er sich geläutert, oder er war einfach nur cleverer geworden und hatte sich nicht mehr erwischen lassen. Sie tippten auf die zweite Option. Typen wie er läuterten sich selten.

Kösters Mutter lebte unweit von ihm in einer kleinen Wohnung von einer schmalen Rente, die ihr das Nötigste im Leben sicherte. Ihr galt ihr erster Besuch an diesem Vormittag. Die Frau um die siebzig, die vor ihnen stand, hatte in ihrem Leben vermutlich nur wenige glückliche Stunden erfahren. Ihr Junge, den sie mit 23 bekommen hatte, gehörte wohl wider Erwarten dazu. Mit ihren zehn Kilo Übergewicht strahlte sie Gutmütigkeit und Leidensfähigkeit aus. Der Vater hatte sich nach ihrer Aussage direkt nach seiner Geburt abgesetzt. Sie vermutete ihn irgendwo in Süddeutschland, soweit er noch lebte. Tatsächlich interessierte er sie nicht weiter. Wahrscheinlich wusch sie ihrem Jungen bis zum heutigen Tag die Wäsche und bügelte seine Shirts. Egal, was ihn in die falsche Richtung getrieben haben mochte, garantiert mangelte es ihm in jungen Jahren nicht an Mutterliebe und Fürsorge.

»Wieso sind Sie auf der Suche nach Eike?«, fragte sie bestimmt. »Er ist ein guter Junge und hat mir viel Freude gemacht.«

»Wir hätten da ein paar Fragen an ihn«, wich Stange einer konkreten Antwort aus.

Er wollte ihr Herz nicht schwer machen wegen der Verdachtsmomente, die gegen ihren Sohn vorgebracht wurden. Sie ließ es bei der lapidaren Begründung bewenden und gestattete ihnen, sich in ihrer Wohnung umzuschauen. Diese war schnell durchsucht. Hier hätte selbst ein Katzenbaby Probleme, sich zu verstecken. Für einen erwachsenen Menschen wäre es unmöglich. Auch auf dem Spitzboden fanden sich keine Hinweise auf seinen Standort. Über einen Keller verfügte das Haus ebenfalls nicht. Die Mutter blieb die ganze Zeit über ausgeglichen und irgendwie unberührt. Über den Aufenthaltsort ihres Sohnes behauptete sie, nicht informiert zu sein. Nach einer knappen halben Stunde verabschiedeten sie sich von ihr. Auf dem Rückweg gönnten sie sich einen Kaffee. Sie verzichteten darauf, ihn mit ins Auto zu nehmen und dort herunterzustürzen, sondern verweilten in dem Shop und nutzten die Gelegenheit, sich auszutauschen.

»Wohin und wie verpieselt sich ein Mann, der über kein eigenes Fahrzeug und über einen offensichtlich begrenzten Freundeskreis verfügt?«, fragte Hilpert nachdenklich.

»Vielleicht nimmt er einen Zug«, kam postwendend die Antwort seines Partners.

»Und wen sucht er auf?«

»Vielleicht hat er 'ne Freundin?«

»Unwahrscheinlich, da hätte sein gut informierter Nachbar sicher was von mitbekommen.«

»Hat man ihn denn so nachdrücklich danach befragt?«

»Keine Ahnung. Aber ich habe seine Nummer gespeichert.« Hilpert drückte mit schnellen Fingern die Felder seines Handys.

»Nein«, erreichte ihn wenig später die entschiedene Auskunft des älteren Herrn, »in den letzten beiden Jahren ist dort kein weibliches Wesen gewesen, sieht man mal von seiner Mutter ab. Das hätte ich in jedem Fall mitbekommen. Das Haus ist sehr hellhörig.«

Und deine Ohren sind mächtig groß, dachte Hilpert.

»Gab es andere Besucher?«, setzte er seine Befragung fort.

»Ja, gelegentlich ein Mann mit einem Zopf. Der war so in seinem Alter. Ein unangenehmer Zeitgenosse, der sich selbst zum Grüßen zu schade war.«

Sie vermuteten, dass es sich dabei um den Festgenommenen handelte, um den sich die Soko Köln kümmerte. Sie würden das überprüfen. Sie benötigten Fakten, keine Vermutungen, und klangen sie noch so plausibel. Hilpert wollte das Gespräch gerade beenden, als der ältere Herr auf einen weiteren Besucher zu sprechen kam.

»Vor etwa einem Jahr ist dort ein Mann gewesen, der ein ganzes Stück älter war als er.«

»Was verstehen Sie darunter?«

»Ich sag mal, der war 75. Also ein paar Jahre jünger als ich. Ich werde im nächsten Frühjahr 80.«

»Ordentliches Alter. Und können Sie ihn beschreiben?«

»Na ja, er hatte schütteres weißes Haar. Er lief gebeugter als ich, hatte in etwa meine Größe.«

»Und wie groß sind Sie?«

»Einen Meter dreiundsiebzig. In den letzten Jahren bin ich leider um ein paar Zentimeter geschrumpft.«

»War er dünn, dick?«

»Hager, er war sehr hager. Sah fast schon krankhaft aus.«

»Interessant. Schönen Dank für die Auskunft.«

»Kommen Sie gerne auf mich zu, sollten Sie weitere Fragen haben. Ich hab viel Zeit.«

In seinem Alter bekam man nur selten Gelegenheit, sich zu unterhalten. Da ließ man sich durchaus voller Freude von der Polizei vernehmen. Das unterbrach wenigstens das tägliche Einerlei. Unzufrieden mit sich und der Welt steckte Hilpert sein Handy ein. Wohin war ihr Mann bloß entschwunden? Ihnen kam keine Idee. Auf dem Weg zurück hatte er bereits wieder sein Handy in der Hand. »Wir lassen die Wohnung der Mutter überwachen. Vielleicht nimmt er Kontakt zu ihr auf oder umgekehrt.«

»Optimist. Warum befragen wir sie nicht noch einmal?«

»Von der erfahren wir kein Wort. Die ließe sich vermutlich für ihren Sohn vierteilen, und das ohne Betäubung. So sind sie eben die Mütter.«

Als sie endlich ihr Büro erreichten, war es an der Zeit, der Kantine einen Besuch abzustatten. Unterm Strich waren ihre Rechercheergebnisse unbefriedigend. Das hatte allerdings keinen Einfluss auf ihren Appetit.

Dieser Tag überraschte Hilpert mit einer weiteren unerquicklichen Information. Nach der Rückkehr aus der Kantine fand er auf seinem Schreibtisch einen Zettel vor. Weber wollte mit ihm sprechen. Kurz darauf saß er ihm gegenüber.

»Ich will es kurz machen«, setzte der Polizeidirektor an. »Der Tod von Alexandras Ehemann wird offiziell als Selbstmord geführt. Die Ermittlungen werden eingestellt.«

Aufgebracht redete er auf seinen Vorgesetzten ein: »Sind Sie des Teufels? Der Mann wurde eindeutig umgebracht! Da verwette ich ein Jahreseinkommen drauf. An dem Fall muss weitergearbeitet werden. Sprechen Sie mit dem Amtsarzt.«

Weber ließ ihn sich in Ruhe abreagieren. Er starrte ihn gelassen an, ohne ein Wort zu sagen. Hilpert würde sich wieder fangen, auch wenn es momentan so schien, als wollte er wie ein kleiner Junge mit den Füßen aufstampfen. Der Kriminaldirektor setzte ein leises Lächeln auf und blieb gelassen. Die Deeskalationsstrategie begann zu wirken. Sein Mitarbeiter fand zusehends zu seinem Normalverhalten zurück.

Fast schon sachlich ging er auf seinen Vorgesetzten ein. »Was sagt denn die medizinische Abteilung?«

»Sie ist zerstritten. Letztlich gibt es keine eindeutigen Beweise für einen Mord. Also hat man sich auf Suizid eingeschossen. Haben Sie 'ne Idee, was ich denen außer Ihrer Intuition und ein paar Vermutungen entgegensetzen könnte?«

»Wie sollte ich? Dann hätte ich sie längst geäußert.«

»Sehen Sie, an diesen Fakten kommen wir nicht vorbei. Wenn und Hätte untermauern keinen Mordverdacht, obwohl ich Ihre Überlegungen durchaus nachvollziehen kann.«

Seine anfängliche Wut hatte sich in eine tiefe Verzweiflung gewandelt. Seine eigene Unzulänglichkeit, das Wissen um seine Machtlosigkeit nagten an ihm wie hungrige Piranhas. Schwerfällig erhob er sich und verließ das Büro. Diese Entscheidung passte zu seiner Gemütslage. Alles schien sich gegen ihn zu wenden.

Am Nachmittag traktierte Hilpert in einem Gemisch aus Verzweiflung und Wut seinen PC. Es blieb ihm nichts anderes übrig, als den vermeintlichen Selbstmord vorerst zur Seite zu legen. In letzter Zeit ging ihm alles gegen den Strich. Dieser Tag passte sich gut in seine Schieflage ein. Selbst die Kantine schien sich gegen ihn gewandt zu haben. Das Mittagsgericht hatte ihn zwar gesättigt, aber wirklich gemundet hatte das Schnitzel nicht. Es war trocken und er musste alle Kraft aufwenden, es mit dem Messer zu zerteilen. Vermutlich hatte es zu lange in der Pfanne gelegen. Das Gemüse schmeckte pappig. Jeglicher Biss war im Topf verkocht worden. Er musste sich mal wieder bei seiner Mutter anmelden. Je länger er darüber nachdachte, desto mehr Speichel bildete sich in seinem Mund. Essen sollte nicht nur die Magennerven beruhigen. Irgendwie ging es auch um den Geschmack. Nur, wer wollte das dem Kantinenpächter schonend beibringen, ohne es sich mit ihm vollends zu verderben? Eigentlich konnten sie sich über die angebotenen Speisen nicht beschweren. Massenbetrieb und Spitzenküche waren halt feindliche Geschwister. Ihn ärgerte ihre eigene Unzulänglichkeit. Darunter ließ man erfahrungsgemäß die Unschuldigen leiden. Sie konnten sich nicht wehren und man kam nicht zwangsläufig auf die Idee, die Ursachen bei sich selber zu suchen. Selbst diese Form des Selbstschutzes hielt nicht lange vor.

Köster kam ihm in den Sinn. Da verfügten sie nach schwierigen Ermittlungen endlich über konkrete Anhaltspunkte auf ihren Mörder und was taten sie mit diesem Wissen? Sie dilettierten vor sich hin. Ihr gesamter Apparat reichte nicht aus, um einen Mann zu fassen, der nicht einmal über ein eigenes Fahrzeug verfügte. Unwirsch schüttelte er den Kopf und stieß einen Fluch aus. Die Ermittlungsakte hatte zwar innerhalb kürzester Zeit beachtliche Umfänge angenommen, trotzdem passten die Ergebnisse hinten und vorne nicht zusammen. Er starrte auf den Bildschirm, ohne zu realisieren, was er ihm an Informationen anbot. Er erinnerte sich an die kleine verhärmte Frau, die hinter ihrem Sohn stand, als habe er in seinem Leben ausschließlich Großartiges geleistet. Sie liebte ihn ohne Wenn und Aber. Wer wollte ihr das verübeln? Irgendetwas hatte ihn bei dem Gespräch gestört. Tief in seinem Hinterkopf rumorte eine Idee und begann sich zu verselbstständigen. Unruhig erhob er sich von seinem Platz und stellte sich vor das durchsichtige Board, auf dem er sich mit einem Beziehungsschema versucht hatte. Es half ihm nicht weiter, da es die Konzernmorde betraf. Er vergegenwärtigte sich das Gespräch mit der Frau. Einmal mehr dachte er an die liebende Mutter. Er grinste einen kurzen Moment. Es klang beinahe wie der Name einer Statue von Barlach. Und plötzlich begriff er, die emotionale Seite nicht richtig eingeschätzt zu haben. Er und sein Kollege waren vorrangig auf Fakten orientiert. Dabei entgingen ihnen die richtigen Ergebnisse des Gesprächs. Sie stellte sich vor ihren Sohn. Dabei war sie völlig entspannt. Keine Tränen, kein hysterischer Ausbruch, kein Versuch, sie zu behindern, bildeten die Begleitmusik zu ihrem Verhalten. Langsam dämmerte es ihm. Sie wusste unter Garantie, wo er sich aufhielt. Darauf hätte er inzwischen seinen Kopf verwettet. Sie war gelassen, weil sie ihn in Sicherheit wähnte. Was konnte er mit ihrer Aussage anfangen? Nichts, rein gar nichts! Oder doch? Er blätterte in dem Gedankenprotokoll, das er selber angefertigt hatte. Schnell landete er bei dem Vater, der sich unmittelbar nach der Geburt verabschiedet haben sollte. War das vielleicht gelogen? Er dachte an den alten Mann, der Köster vor einem Jahr besucht hatte. Es könnte allemal passen. Lebte er tatsächlich in Süddeutschland? Oder hielt er sich woanders auf? Vielleicht sogar in Hamburg oder in der Nähe der Hansestadt? War es denkbar, dass er noch nicht das Zeitliche gesegnet hatte? War ihr Sohn bei ihm? War sie deshalb so unnatürlich entspannt? Nur, wie hieß dieser Mensch? Köhler trug den Namen seiner Mutter. Wo lebte er? Es gab eine Person, die ihm weiterhelfen konnte: Köhlers Mutter. Er hatte bereits den Telefonhörer in der Hand und wählte entschlossen ihre Nummer.

»Sie möchten den Namen von Eikes Vater wissen?«, fragte sie erstaunt. »Wozu soll das gut sein?«

»Lassen Sie das meine Sorge sein«, erwiderte er kurz angebunden.

»Selbstverständlich.« Sie stockte kaum wahrnehmbar. »Sein Name ist Heinz Behrends. Aber ob und wo er lebt, ich hab keine Ahnung.«

»Keine Angst, das bekomme ich schon raus.«

»Schließlich sind Sie ja die Polizei«, antwortete sie beinahe fröhlich.

Mit einem bitteren Grinsen legte er auf. Leise murmelte er vor sich hin: »Du willst mich foppen. Schau'n wir mal, wer am Ende die Nase vorn hat.«

Er glaubte ihr kein Wort. Vielleicht war es ihr gutes Recht, sich schützend vor ihren Sohn zu stellen. Er jagte einen Sexualmörder. Da konnte er auf die Gefühle der Mutter keine Rücksicht nehmen.

Er wandte sich an seine Sekretariatsmitarbeiterin. »Gabi, ich benötige eine Information aus dem zentralen Melderegister. Und zwar suche ich einen Vater.«

»Ich dachte, du hast einen in der Nordheide? Reicht der nicht?«

»Ich bin zufrieden, mit dem was ich habe. Jetzt geht es um einen Eike Köster, nicht um mich. Der Vorname der Mutter ist Maria.«

Er gab ihr die Geburtsdaten des Gesuchten und legte auf. Vielleicht half ihm das weiter.

Diesmal war er tatsächlich erfolgreich. Als Vater war ein Herbert Kruse eingetragen, Jahrgang 1937. Das Alter passte in etwa. Leider stimmte seine letzte Adresse nicht mehr. Er war vor Jahren aus Altona weggezogen. Eine neue Anschrift hatte er nicht aufgegeben. Langsam robbten sie sich an ihren Mann heran. Hilpert war überzeugt davon, dass Köster bei seinem Vater untergekommen war. Nun fehlte ihm nur noch dessen Aufenthaltsort. Wie kam man daran, ohne wertvolle Zeit verstreichen zu lassen? Die Suche würde dauern. Die Mutter konnte man vergessen. Vermutlich würde sie selbst unter der Folter versuchen, ihr Kind zu schützen. Er verwarf daher den Gedanken, sie in Beugehaft zu nehmen. Eine Frau von über 70 Jahren, das passte nicht. Er sah schon die Schlagzeilen in der Boulevardpresse. Kinder und alte Leute erhielten Welpenschutz. Garantiert gab es bessere Möglichkeiten.

Er verließ sein Zimmer und suchte Stange auf. »Komm, Bernd, wir fahren nochmals zu Kösters Wohnung. Das Stichwort lautet Herbert Kruse.«

»Wer ist das?«

»Das ist sein Vater.«

»Du meinst, er könnte sich bei ihm aufhalten?«

»Schätze ich das Verhalten der Mutter richtig ein, ist davon auszugehen. Komm, den Rest erkläre ich dir im Auto.«

Systematisch durchsuchten sie die Wohnung nach irgendwelchen Hinweisen auf den Vater. Und trotzdem hätten sie beinahe den Brief mit der staksigen Schrift übersehen, der ihr Problem lösen sollte. Er lag in einer Schublade des Küchentisches unter diversen Rechnungen und Werbeprospekten. Zwei Sätze waren entscheidend. *Es ist ein schönes Gefühl, nach so vielen Jahren einen Sohn zu bekommen. Ich würde mich freuen, wenn du mich in Asendorf besuchst.*

Stange starrte unverwandt auf das Schreiben. »Asendorf, wo liegt denn der Ort? Hoffentlich nicht im ehemaligen Ostpreußen.«

»Tja, das ist das Problem, wenn man ausschließlich auf Hamburg fixiert ist. Man verpasst was vom Rest der großen weiten Welt.«

»Richtig, du kommst ja aus der Walachei. Gehört die Gegend wirklich zu Deutschland?«

»Nordheide nennt man das. Ohne uns hättet ihr kein Wasser zum Trinken. Ihr müsstet verrecken, als habe man euch ohne Flüssigkeit in der Sahara ausgesetzt.«

»Tatsächlich?! Dann seid ihr ja doch zu etwas nütze. Da sieht man wieder, wohin Vorurteile führen können. Aber du bist sicher, ihr verfügt über die Technologie, um uns mit Wasser zu versorgen? Oder habt ihr Aquädukte gebaut?«

»Würdest du mir glauben, wenn ich dir sagte, dass das wertvolle Nass in Tankwagen zu euch gebracht wird? Bis zum letzten Jahr wurden sie noch von Pferden gezogen.«

»Klar, das mit den Aquädukten konnte ja nicht funktionieren. Sie müssten ja irgendwo in Hamburg ankommen. Und dann hätte ich solch ein Ding garantiert schon mal gesehen.«

»Du bist ein aufgewecktes Kerlchen. So seid ihr eben, ihr Hanseaten. Man kann viel von euch lernen. Mein Dank wird dich ewig verfolgen.«

»Da nicht für. Warum soll aus dir nicht noch etwas werden?«

Mit der gegenseitigen Neckerei überbrückten sie genüsslich die Zeit. Zehn Minuten später verfügten sie über die richtige Adresse. Sie klemmten sich ans Telefon und forderten in Niedersachsen Amtshilfe an. Sie wollten keine Zeit verlieren.

* * *

Die drei uniformierten Beamten erlebten eine böse Überraschung, als sie versuchten, das Grundstück von Kruse zu betreten. Offensichtlich hatte sie der alte Mann durch das Küchenfenster kommen sehen. Nun trat er ihnen mit einer Schrotflinte im Anschlag entgegen.

»Was wollt ihr von mir?«, empfing er sie barsch.

»Nichts, es geht um Ihren Sohn«, antwortete einer der Polizisten.

»Und was wollt ihr von dem?«

»Die Hamburger Kripo will sich mit ihm unterhalten.«

»Das geht nicht, er ist nicht da.«

»Davon würden wir uns gern selber überzeugen.«

»Ihr behauptet also, ich bin ein Lügner.«

Sie blieben gelassen. »Wir behaupten gar nichts. Wir glauben nur, was wir sehen.«

»Das ist mir egal. Hier kommt niemand rein.«

Einer der Beamten ging einen Schritt auf ihn zu und streckte seine Hand aus. »Machen Sie keinen Blödsinn, geben Sie mir Ihr Gewehr.«

»Ist man besser, Sie bleiben stehen!«, reagierte der Mann unwirsch. »Einen Zentimeter weiter und ich drücke ab!«

Die Männer hatten ihre Hände bereits an den eigenen Waffen, als sie eine kräftige Stimme von der Haustür her erreichte. »Sie geben meinem Vater ganz vorsichtig Ihre Pistolen, sonst kriegen Sie richtige Probleme!«

Der Gesuchte stand in der Tür mit einem Jagdgewehr und zielte seelenruhig auf sie. Es blieb ihnen nichts weiter übrig, als zu tun, was er von ihnen verlangte.

»Mit spitzen Fingern zieht ihr nacheinander eure Waffen aus dem Halfter und lasst sie ganz einfach fallen.«

Die Beamten kamen widerspruchslos seiner Anweisung nach.

»Gut und nun geht ihr fünf Schritte zurück und zwar ganz langsam. Jetzt kannst du die Wummen holen, Paps.«

Der Vater hob die Waffen auf und übergab sie seinem Sohn. Dieser grinste über das ganze Gesicht.

»So was wollte ich schon immer mal haben. Und das im Dreierpack.« Er steckte zwei Pistolen in den Hosenbund und behielt die dritte Waffe in der Hand. Gelassen lud er sie durch und näherte sich dem Trio.

»Ihr fesselt euch jetzt gegenseitig mit euren Handschellen.« Anschließend wandte er sich an seinen Vater. »Zieh denen mal die Handys und die Ersatzmagazine aus der Tasche.«

Der alte Mann handelte so gelassen, als ginge es darum, jemandem aus dem Mantel zu helfen.

»Wissen Sie eigentlich, was Sie sich da in Ihrem Alter antun?«, sprach ihn einer der Polizisten an. »Wollen Sie auf Ihre letzten Tage noch in den Kahn gehen?«

»Halt den Rand! Es geht nicht um mich. Es geht um meinen Jungen. Und dem habt ihr genug angetan. Ich hab mein Leben gelebt. Mir kann niemand mehr drohen. Lange halt ich das sowieso nicht mehr durch.«

Köster fuhr dazwischen: »Haltet die Schnauze! Lasst meinen alten Herrn zufrieden. Komm zu mir, Paps. Lass dich von denen nicht vollsabbeln.«

Mit der Pistole in der Hand dirigierte er die drei zu einem windschiefen Schuppen. »Rein mit euch. Da habt ihr zu tun, bis ihr wieder draußen seid.«

Er schloss die Tür, wohl wissend, dass sie nicht lange halten würde. Anschließend umarmte er seinen Vater. Dieser reichte ihm ein schmales Geldbündel.

»Das ist alles, was ich habe. Das Auto steht hinterm Haus. Denk dran, es aufzutanken.«

»Ich kann es nicht lange nutzen. Die geben es kurzfristig auf die Fahndungsliste. Ich schätze, in spätestens zwei Stunden sind die auf meiner Spur. Bis dahin muss ich einen Fahrzeugwechsel geschafft haben.«

Der alte Mann winkte ab. »Nein, das ist zu riskant. Wir machen das ganz anders. Wir fahren zu einem alten Freund. Der wohnt hier ganz in der Nähe. Du nimmst dessen Motorrad.«

»Hoffentlich ist es dafür nicht zu kalt.«

»Da musst du durch, Junge. Die Straßen sind frei. Zieh einfach ein paar Pullover über. Das wird schon gehen.«

»Ich werde es irgendwo stehen lassen müssen.«

»Mach damit, was du willst. Heinrich fährt damit seit Jahren nicht mehr. Dem ist vermutlich gleichgültig, was du mit der Maschine anstellst.«

»Hoffentlich funktioniert die noch.«

»Mit Sicherheit. Wenn es ihm in den Kopf kommt, bastelt er daran herum. Er hat das mal richtig gelernt. Du musst wissen, man wird nicht als Rentner geboren.«

»Ich meinte ja nur.«

»Lass gut sein, ich fahre derweil Richtung Küste Die werden garantiert das Auto suchen. Das lenkt die erst mal ab. Ich gondel so lange durch die Gegend, bis die mich einkassiert haben. Du machst dich dorthin auf die Socken, wo es dich hinzieht. Ich will nicht wissen, wohin, dann kann mich auch keiner ausquetschen.«

»Du redest wie ein Profi, alter Herr.«

»Dreißig Jahre Tatort im Ersten sind eine gute Lehrzeit. Vergiss nicht, bei der Witterung hältst du das nicht lange auf dem Bock aus.«

»Ich hab da schon 'ne Idee. Ich werde die allesamt überraschen.«

»Umso besser.«

Der alte Mann nahm seinen kräftigen Sohn in die Arme. »Lass dich nicht erwischen. Egal, was geschieht, ich bin auf deiner Seite.«

37

Wütend schlug Hilpert mit der Faust auf den Tisch. »Verdammte Scheiße, sind die Provinzbullen nicht mal in der Lage, einen alten Mann und dessen Sohn einzukassieren?«

Stange versuchte, Verständnis für die Uniformierten aus der Heide aufzubringen. »Du musst gerecht sein, niemand konnte damit rechnen, dass der Alte mit 'ner Schrotflinte auf die Kollegen losgeht. Die glaubten, sie könnten die Angelegenheit so durchwinken.«

Hilpert begann, sich zu beruhigen. »Klar, auf dem flachen Land haben viele noch 'ne Knarre stehen. Und wer lässt sich schon gerne eine Ladung Schrot verpassen? Aber das muss man doch wissen, wenn man in der Gegend beschäftigt ist.«

»Ich hätte eher mit Pfeil und Bogen gerechnet«, versuchte sich Stange damit, die Stimmung aufzulockern.

Diesmal ging Hilpert nicht auf das Gefrotzel des Kollegen ein. Er war schlichtweg zu aufgewühlt. Zu viele seiner Emotionen hingen an diesem Fall. Das ging schnell zulasten des eigenen Gerechtigkeitsempfindens und lenkte von eigenen Fehlern ab. An diesem Tag wollte er sich nicht mit dem Gedanken auseinandersetzen, ob es angebracht gewesen wäre, ein MEK nach Asendorf zu schicken. Es sollte sich zeigen, dass sie die Gefährlichkeit des Flüchtigen eindeutig unterschätzten.

Die Fahndung lief. Aller Voraussicht nach hatte Köster etwa zwei Stunden Vorsprung. In der Nähe von Sankt Peter Ording wurde das Fahrzeug mit Kruse hinterm Steuer aufgebracht. Von Köster war weit und breit nichts zu sehen. Sie benötigten zwei weitere Stunden, bis sie aus dem Alten die Information mit dem Motorrad herausquetschten. Ihr Fisch war vorerst vom Angelhaken gesprungen.

Stange versuchte sich in Zweckoptimismus. »Weit kommt er damit nicht«, stellte er sachlich fest. »Wir haben zwar einen milden Winter, aber bei neun Grad hat der wenig Freude mit dem Teil. Der kann froh sein, dass wir in der Gegend kein Glatteis haben.«

»Der wird irgendwo in Niedersachsen rumtoben. Spätestens, wenn dem die Finger abzufallen drohen, wechselt der das Gefährt«, gab Hilpert zu bedenken.

»Niedersachsen?«, grummelte Stange. »Irgendwas war da doch.«

Hilpert klärte ihn auf. »Sein Kumpel kommt aus Osnabrück.«

»Richtig. Ob die da über irgendeine Absteige verfügen, in der sie sich um ihre Opfer gekümmert haben?«

»Da kann was dran sein. Telefonieren wir mit der Soko Köln. Vielleicht können die dem Inhaftierten etwas aus der Nase ziehen.«

Sie wurden enttäuscht. Der Mann war zu keiner weiteren Aussage bereit. Er ließ sich weder ködern noch bedrohen. Vielmehr schwieg er sich konsequent aus. Unzufrieden beendeten sie den Tag.

Für Hilpert wurde es eine unruhige Nacht. Wieder einmal dachte er an Alexandra. Die Erinnerung an sie verdrängte selbst die Gedanken an Christina, die ihn auf dem Altar der Ökonomie geopfert hatte. Sich mit dem Unwiderruflichen abzufinden, war schwieriger.

Er leistete sich am Morgen darauf ein karges Frühstück. Der große Appetit wollte sich bei ihm nicht einstellen. Egal, wo sie ansetzten, laufend spuckte ihnen jemand in die Suppe. Kamen sie ein Stück vorwärts, erreichten sie dennoch nicht ihr Ziel, weil sie kurz vorher abgedrängt wurden. Es fiel ihm schwer, sich damit abzufinden. Er war ein gradliniger Mensch. Emotionale Kurvenfahrten bereiteten ihm Schwierigkeiten.

Übel gelaunt fuhr er ins Büro. So sehr er es sich erhofft hätte, von Köster fand sich keine Spur an. Er hatte auch keine Idee, wo er bei der Suche ansetzen sollte. Vermutlich wäre es kein Problem gewesen, würde er sich in die Kantine setzen, ›die Zeit‹ bis zur letzten Seite lesen, das Kreuzworträtsel lösen und zwischendurch den Kaffeeautomaten traktieren. Er war aufgewühlt und fand kein Ventil für seine angespannte Verfassung. Zumindest dieses Problem sollte sich von allein lösen.

Mitten in seine Entscheidung für oder gegen einen Bürokaffee platzte Hauptkommissar Bühler vom BKA in sein Zimmer. Er hielt sich nicht umfänglich mit der Begrüßung auf, sondern redete ohne Punkt und Komma auf ihn ein: »Uns wurde mitgeteilt, Sie werden den Job bei der Condyt AG nicht antreten?«

»Das entspricht den Tatsachen.«

»Sind Sie des Teufels? Wir haben voll auf Sie gesetzt!«

Langsam erhob er sich zu voller Größe. »Wenn Sie Stasileute benötigen, suchen Sie die dort, wo man sie herangezogen hat. Ich gebe mich für solch einen Scheißjob nicht her!«

»Sie tragen eine Verantwortung für Ihr Land!«

»Was soll der Mist? Wollen Sie mir einreden, von meiner Entscheidung hängt das Wohl und Wehe Deutschlands ab? Wollen Sie mich verarschen? Ich habe meinem Land gedient und meinen Kopf dafür hingehalten!«

»Das bezweifelt niemand. Aber in diesem Fall geht es um unser internationales Beziehungsgeflecht, in dem wir uns bewegen.«

»Das Problem löst sich von allein. Ich hab ein Jobangebot verloren, die Beziehung zu meiner Freundin ist auf der Strecke geblieben. Selbst wenn ich wollte, das Ding ist gelaufen. Die wollen mich bei sich nicht mehr sehen.«

»Scheiße, verfluchte Scheiße! Wissen Sie, was Sie da kaputt gemacht haben?!«

»Wissen Sie, was Sie mich können und zwar kreuzweise?! Denken Sie einfach darüber nach. Ich bin ab dem ersten April Privatmann. Tut, was ihr wollt, aber ohne mich. Ich lass mich von niemandem als Spitzel missbrauchen!«

Er starrte lange auf die Tür, durch die ihn der wütende Kollege vom BKA ohne Abschied verlassen hatte. Was bildeten sich diese Typen eigentlich ein? Verhielten sich, als hätten sie die Moral gepachtet. Die internationale Gemeinschaft war in ihrer Entscheidungsfindung weder solidarisch, noch ließ man sich von ethischen Gesichtspunkten leiten. Egoismus und Gewinnstreben waren der Leitfaden, an dem man sich entlanghangelte. Das bewiesen die letzte Klimakonferenz ebenso wie die kläglichen

Versuche, die Urheber der Finanzkrise wenigstens finanziell mitverantwortlich für ihr Handeln zu machen. Nationale Egoismen wurden über die Belange der Menschen gestellt. Was im Großen nicht funktionierte, sollte er im Kleinen richten. Die konnten ihn mal. Langsam fing er sich wieder ein. Der restliche Tag verlief weiterhin unbefriedigend, zumindest war er einen Teil seines Frusts losgeworden. Wenigstens das konnte er als Erfolg verbuchen. Und die Herren vom BKA durften sich genau wie er über die Unzulänglichkeit der Welt ärgern. Allein das befriedigte ihn. Da stiegen die hohen Herren aus dem Olymp herab zu den einfachen Ermittlern und mussten feststellen, dass niemand auf ihre hehren Anweisungen Wert legte. Mit funkelnden Augen konzentrierte er sich auf sein Tagesgeschäft. Seine Probleme stierten ihn weiterhin ungelöst an. Aber es ging ihm ein ganzes Stück besser.

* * *

Kurz bevor er gehen wollte, erreichte ihn ein Anruf von seinem Freund Thiemann. »An unserer geplanten Pokerrunde wollte auch Leuprecht teilnehmen. Nun hat er kurzfristig abgesagt. Sprach von einem furchtbar wichtigen privaten Termin am Samstag.«

Hilpert musste einen Schalter in seinem Kopf umlegen und sich erneut auf die Konzernmorde konzentrieren. Er war zügig im Thema. »Du meinst, es könnte solch eine Monster-Pokerrunde werden, wo es um richtig Kohle geht?«

»Das ist nicht auszuschließen.«

»Das wäre großartig, wenn wir diesen aufgeblasenen Obersachbearbeiter wie einen Stier an den Hörnern zu packen bekämen. Ich will sehen, dass mir mein Boss ein paar Leute zur Überwachung abstellt. Vorerst danke ich dir.«

Wie nicht anders zu erwarten, saß Weber noch an seinem Schreibtisch, als er ihn ohne vorherige Anmeldung aufsuchte. Er berichtete kurz.

Der Kriminaldirektor sah die Dinge ganz pragmatisch. »Das ist zu dünn, dafür 'ne Hundertschaft aufmarschieren zu lassen. Andererseits kann an dieser Information was dran sein. Sprechen Sie mit Ihrem Kollegen Stange. Vielleicht hat er am Wochenende nichts vor. Und sind Sie nicht ganz dick mit Reichelt? Der macht bestimmt ebenfalls mit. Dann sind Sie schon mal zu dritt. Das ist besser als gar nichts. Vermutlich stoßen Sie auf überwiegend ältere Herrschaften, da sollten sich ein MEK und schusssichere Westen erübrigen.«

»Meines Wissens hält Reichelt sich an den dienstfreien Wochenenden meist in Bad Homburg auf. Er ist dabei, seine Immobilie zu verkaufen.«

Weber zuckte mit den Achseln. »Rufen Sie ihn an. Er kann sich Ihnen gegenüber ja selber erklären.«

Er ließ sich nicht zweimal bitten, sondern folgte dem Rat seines Vorgesetzten. Wenig später vernahm er Reichelts Stimme. Er erklärte ihm kurz die Sachlage.

»Und du meinst, dieser Leuprecht spielt bei den Morden eine gewichtige Rolle?«, wollte sein Kollege wissen.

»Meine Nase sagt ja, unser System schreit nach Beweisen.«

»Ich vertraue deiner Nase. Ich bin dabei. Ich muss nur meinen Makler informieren. Der kann die geplante Besichtigung durchaus ohne mich durchführen.«

»Großartig, du hast einen bei mir gut.«

Erwartungsvoll schaute ihn Weber an. »Und?«

»Er macht mit.«

»Sag ich doch. Alles andere hätte mich gewundert. Mit Stange machen Sie es genauso. Sie haben mehr Freunde, als Sie glauben.«

»Und Sie haben weniger Mitarbeiter, als Sie benötigen, um einen guten Job zu machen.«

»Wem sagen Sie das? Ich habe darüber leider nicht zu entscheiden.«

Der Kollege aus der zuständigen Mordkommission war zwar verheiratet und musste seiner Frau daher einiges erklären, aber er stimmte der Überwachung ebenfalls zu. Schließlich ging es auch um seinen Fall. Sie war an seine Arbeitszeiten gewöhnt und ihn reizte die Aktion.

38

Sie verabredeten sich am Samstag zum frühen Abend. So reichte es allemal für ein gemeinsames Abendessen bei Hilpert. Er kredenzte sein Omelette. Da konnte er wenigstens mit seinen Kochkünsten glänzen. Es wurde sehr wohlgefällig aufgenommen. Diesmal hatte er sich die Zeit genommen, eine anständige Menge an Zwiebeln, in Stücke geschnittenen Paprika und Schinkenwürfeln mit zu verarbeiten. Er hatte sich vorsichtshalber mit ausreichend Eiern eingedeckt. Wie sich zeigte, war dies eine seiner besseren Ideen. Seine Kollegen hielten ähnlich wie er nichts von Diäten. Sie bevorzugten das Gefühl der Sättigung, wenn man sich den Magen vollgehauen hatte. An diesem Abend erübrigte sich eine Messung ihres Cholesterinspiegels. Vermutlich war er in ungeahnte Höhen geschossen. Glücklicherweise verursachte das keine Schmerzen. Pünktlich um 19:30 Uhr standen sie in der Nähe von Leuprechts Wohnung in der Hallerstraße.

»Diese Typen wissen zu leben, sorgfältig restaurierte Altbausubstanz«, bemerkte Stange mit bissigem Unterton. »Aber wie ich gesehen habe, hast du dich mit der Isestraße auch nicht gerade in einem Arbeiterviertel verlaufen.«

»Wie wahr. Das ist halt der Vorteil, wenn man nicht den größten Teil seines Einkommens für Weib und Kind hinblättern muss. Falls es dich tröstet, bei 65 Quadratmetern kann man nicht gerade von Luxus reden.«

»Da hast du auch wieder recht. Bei einem Mann von Welt reicht diese Fläche gerade fürs Gäste-WC.«

»Ich merke schon, ihr habt noch nie in eurem Leben versucht, eine ordentliche Wohnung in Frankfurt zu mieten«, mischte sich Reichelt ein. »Da geht euer halbes Gehalt für eine Studentenbude drauf und der Rest für die Nebenkosten.«

Fröhlich beklagten sie ihr Schicksal, der Geschiedene, der Familienvater, der Ledige. Die Diskussion verhalf ihnen trefflich über die Wartezeit hinweg. Leuprecht wohnte im zweiten Stock eines Jugendstilhauses, dessen helle Fassade wohl erst vor Kurzem erneuert worden war. Sie konnten durch das erleuchtete Fenster sehen, dass sich dort jemand aufhielt. Ab neun wurden sie unruhig. Gegen halb zehn verlöschte plötzlich das Licht. Kurz darauf erschien Leuprecht auf der Straße. Er trug einen dunklen Anzug mit passender Krawatte, wie sie im Schein der Hausbeleuchtung feststellen konnten.

»Du bist dir sicher, er ist nicht auf dem Weg zu einer Beerdigung?«, fragte Stange bissig. »Sieht so einer aus, der zum Zocken will?«

»Was trägt der Mann von Welt zu solchen Gelegenheiten?«, fragte Hilpert gelassen. »Ich hab keine Ahnung.«

Trotz seines legeren Tons war zu spüren, dass er unsicher war. Vielleicht trieb es Leuprecht tatsächlich zu einem Familienfest oder zu einer neue Flamme?

Der Observierte schaute kurz nach links und rechts, bevor er die Straße überquerte. Ruhig schlenderte er auf einen A8 zu.

»Hoffentlich brettert der nicht nachher über die Autobahn«, bemerkte Stange unsicher. »Da sehen wir von dem nur noch die Rücklichter. Vielleicht hättest du auf die teure Wohnung in der Isestraße verzichten und dir lieber einen BMW gönnen sollen«, beschwerte er sich bei Hilpert.

»Wir werden sehen. In der Stadt sind die Pferdestärken nicht so bedeutsam. Da reicht 'ne rote Ampel, um uns außer Gefecht zu setzen. Außerdem, unterschätzt meinen Wagen nicht. Der hat Feuer unter der Haube.«

»Dann bleib mal dran, Alter«, ermunterte ihn Reichelt. »Beweise, ob du Auto fahren kannst.«

Leuprecht führte sie Richtung Innenstadt. Über den Gorch-Fock-Wall und den Holstenwall landeten sie auf der Reeperbahn. Ging es doch zum Kiez in irgendein schummriges Hinterzimmer? Und das im dunklen Anzug? Sie verließen schon bald die schimmernde Scheinwelt, der man bei Tageslicht besser den Rücken zukehrte und näherten sich der Elbe. Als sie in die Elbchaussee einbogen, verstanden sie Leuprechts Outfit besser. Anscheinend ging es dorthin, wo die Kinder noch ihre Eltern siezten. In der Nähe eines kleineren hochmodernen Mehrfamilienhauses mit Dachterrasse und Blick auf die Elbe verlangsamte Leuprecht die Fahrt. So wie es schien, war er auf der Suche nach einem Parkplatz. Er wurde vor ihnen fündig. Sie ließen Stange heraus und bogen in eine Seitenstraße ein. Endlich fanden sie eine passgenaue Lücke. Im Eiltempo sprinteten sie zurück zur Elbchaussee. Gegenüber dem Mehrfamilienhaus trafen sie wieder auf Stange. Er wies darauf mit der Hand. Schwer atmend schauten sie hinüber.

»Dort ist er hinein. Die sitzen allem Anschein nach oben in der Penthaus-Wohnung«, informierte er seine Kollegen. »Darunter ist alles dunkel, wie man sieht. Nach Leuprecht hat bislang eine weitere Person das Haus betreten, ebenfalls festlich gewandet. Hoffentlich lassen die uns rein. Nicht, dass wir wegen einer fehlenden Krawatte abgewiesen werden.«

Hilpert nickte in Richtung des Hauses. »Versuchen wir unser Glück.«

Vor der verschlossenen Haustür drückten sie sich die Nase platt. Die öffnete man nicht so einfach mit einer Büroklammer. Sie blickten durch eine einbruchsichere Scheibe in das Treppenhaus. Stange klopfte dagegen.

»Da graben wir uns eher mit einem Löffel durch das Mauerwerk, als dass wir es durch diese Scheibe schafften.«

»Wer dieses Haus hat bauen lassen, muss richtig Schotter haben«, stellte Reichelt im Schein der Hausbeleuchtung mit Kennermiene fest. »Das Treppenhaus hat Gesicht. Alles offensichtlich aus wertvollstem Granit.«

Sie beratschlagten noch miteinander, wie sie hineinkommen könnten, als im Schritttempo ein Jaguar an ihnen vorbeischlich und urplötzlich beschleunigte.

Stange blickte der Limousine hinterher. »Da hat bestimmt jemand den Braten gerochen, als er uns so unauffällig in der Nähe seines Ziels erblickte. Der wird sich heute Abend lieber das Musikantenstadl anschauen, als auf ein Full House zu spekulieren. Na gut, einer weniger, auf den wir achten müssen.«

»Wir müssen da sofort rein«, entschied Hilpert. »Der Typ im Jaguar warnt sonst die Gemeinde und wir treffen dort auf 'ne Dichterlesung.«

»Wenn er's nicht schon getan hat«, brummelte Reichelt. Er versuchte sich mit Galgenhumor. »Hoffen wir, dass wir tatsächlich ein paar Spieler antreffen. Wäre peinlich, eine Familienfeier zu stören.«

Ihr Problem, möglichst unauffällig das Haus zu betreten, löste sich von allein. Zwei Männer um die sechzig im Dinnerjacket waren im Taxi vorgefahren und gingen auf den Eingang zu.

Mit deutlichem englischem Akzent sprachen sie das Trio an: »Gehören Sie zu derselben Veranstaltung wie wir?«

»Nein«, erwiderte Hilpert reaktionsschnell, »wir sind die Bodyguards.«

»Sehr professionell organisiert«, bemerkte einer der Gentlemen.

Er drückte einen der wenigen Klingelknöpfe. Eine Lampe leuchtete auf und sie blickten in das grelle Licht einer Kamera-Installation. Die Beamten machten vorsorglich einen Schritt zurück, sodass sie außerhalb des Sichtfelds der Kamera standen. Die Tür wurde mit leisem Summen entriegelt. Gleichzeitig schaltete sich die Beleuchtung im Hausflur ein. Die beiden Männer, unmittelbar gefolgt von den drei Beamten, betraten ein sorgfältig gefliestes Entree. Der Handwerker hatte allem Anschein nach mit einem Elektronenmikroskop gearbeitet. Die Fugen waren so gerade, als seien sie gezeichnet worden. Vermutlich durfte der Bauherr dafür seinen Obolus entrichten. Aber wer in diesem Umfeld lebte, dachte nicht weiter über Geld nach. Es war vorhanden. Die Qualität hatte bis ins letzte Detail zu stimmen. Schließlich wollte man etwas vorzeigen können. Ein feines Zischen verriet ihnen, dass der Aufzug auf dem Weg zu ihnen war. Als sich dessen Tür öffnete, drückten sie die beiden Ausländer zur Seite und traten ein. Urplötzlich änderte sich ihre Tonlage. Reichelt riet ihnen kurz angebunden, besser die gastliche Stätte zu verlassen. Dieses Angebot konnten sie nicht ausschlagen, nachdem er ihnen einen Blick auf seinen Ausweis gönnte. Schon schloss sich die Tür des Aufzugs. Ein sanftes Ruckeln signalisierte ihnen, dass es nach oben ging. Sie landeten in der Diele des Appartements. Ein breitschultriger Mann im Smoking, der sie in Empfang nehmen wollte, blickte entsetzt auf Hilpert, der seine Pistole gezogen hatte.

»Polizei! Widerstand ist zwecklos, das gesamte Anwesen ist umstellt!«

Es gab Bluffs, die immer funktionierten, so auch dieser. Vielleicht sollte er sich in seiner Freizeit dem Kartenspiel widmen. Allerdings war es da nicht üblich, mit gezückter Waffe zu agieren. Das galt eher für Zeiten, in denen Wyatt Earp für Recht, Ordnung und seine Brieftasche tätig war.

Auf gut und gern 250 Quadratmetern wurden sie mit Luxus pur konfrontiert. Den Boden bedeckte ein helles Ahorn-Parkett, das die Gehgeräusche zu schlucken schien. An den Wänden hingen ausgesuchte Grafiken angesagter Künstler. Schwere Ledergarnituren waren zur Seite gerückt worden, um den Spielern ausreichend Bewegungsfreiheit zu gönnen. Das Wohnzimmer war in zwei Segmente eingeteilt worden. Im Essbereich stand ein weiterer Pokertisch. Etwa ein Dutzend Spieler saß verschwitzt mit roten Wangen auf ihren Sitzen. Sie stierten beschwörend auf die schlanken Finger der Kartengeberinnen. In ihren dunklen Kostümen erweckten sie eher den Eindruck seriöser Managerinnen, als dass ein neutraler Beobachter sie als Erfüllungsgehilfinnen zwielichtiger Geschäftsleute identifiziert hätte. Vielleicht studierten sie im normalen Leben Betriebswirtschaft oder Jura und verdienten sich ein nettes Taschengeld hinzu. Jedenfalls besser als Table-Dancing. Nur zögerlich realisierten die Anwesenden, dass sich etwas verändert hatte und die Neuankömmlinge keineswegs leger gekleidete Spielgefährten waren, sondern Staatsbedienstete, die sich anschickten, die illegale Spielhölle auszuheben. Das Trio wandte sich mit gezückten Waffen an die Männer an den Spieltischen.

»Die Hände bleiben schön oben auf den Tischen liegen. Wir wollen die Handflächen sehen«, wies Reichelt sie an. »Das Geld wird nicht angefasst.«

Sie traten auf, als sei es ihr Tagesgeschäft, illegale Spielbetriebe zu schließen.

»Mich interessiert nur Leuprecht«, wandte sich Hilpert an seine Kollegen. »Nur, was fangen wir mit dem Rest der Meute an? Die können wir nicht so einfach laufen lassen.«

»Ich kümmere mich«, beruhigte ihn Stange. Er griff nach seinem Handy. Kurz darauf waren die Kollegen vom Glücksspieldezernat instruiert. Sie würden vorbeikommen und den Staffelstab übernehmen.

Hilpert trat auf den Tisch zu, an dem der Einkäufer aus dem Konzern saß. »Schon ein wahnsinniger Zufall, Sie hier anzutreffen, wo Sie doch sonst keine Karte anfassen. Sie sind ein echter Pechvogel.«

Leuprecht verzichtete auf eine Erwiderung. Der Schock über

das überraschende Auftauchen der Polizisten stand ihm ins Gesicht geschrieben.

»Schnappen Sie sich Ihre Kohle und kommen Sie. Mit Ihnen möchte ich mich gern separat unterhalten.«

»Aber mein Einsatz ...«

»Wie viel ist das?«

»5.000.«

Er wandte sich an die Geberin. »Ist das korrekt?«

Sie nickte ihm zu.

»Gut, dann geben Sie ihm seine Mäuse heraus.«

Gierig raffte der Mann sein Geld zusammen. Soweit Hilpert es überschauen konnte, steckte er sich insgesamt mindestens 30.000 Euro ein. Erst später sollte Leuprecht begreifen, einen Fehler gemacht zu haben. Es wäre besser für ihn gewesen, auf das Geld zu verzichten. Es würde guter Argumente bedürfen, dessen Herkunft zu belegen.

Ein distinguierter älterer Herr mit leicht gewelltem grauem Haar vermeinte in Hilpert den Leiter der Aktion zu identifizieren. »Vielleicht lassen Sie mich besser gehen. Ansonsten verspreche ich Ihnen Schwierigkeiten, die sich gewaschen haben!«

Hilpert grinste ihn herausfordernd an. »In dieser Stadt fasst mich momentan kein Politiker an. Mein Wort darauf. Was soll die Hektik? Bleiben Sie gelassen. Schließlich haben Sie niemanden erschossen.«

»Trotzdem kann ich diese Form von Publicity nicht gebrauchen.«

»Da haben Sie Pech gehabt. Niemand hat Sie gezwungen, sich an einer illegalen Spielrunde zu beteiligen.«

»Das werden Sie bereuen, mein Wort darauf!«

»Sehen Sie, jetzt haben Sie einen Fehler gemacht. Ihre Personalien.« Mit zittrigen Fingern reichte ihm der Mann seinen Personalausweis. Sein unpassendes Verhalten wurde ihm bewusst.

Hilpert winkte Stange zu sich. »Merk dir den Namen des Herrn. Nur für den Fall, dass er unseren Kollegen entwischt.«

»Dr. Wilfried Hackbusch. Er wird mir in Erinnerung bleiben.«

Hilpert grinste ihn herausfordernd an. »Woll'n wir mal hoffen, dass die Presse davon keinen Wind bekommt.«

»Sie wollen mir doch nicht drohen?«, erboste sich der Spieler.

»Wie kommen Sie auf solch einen Mist? Gedroht haben bisher nur Sie mir.« Er gab ihm den Ausweis zurück. »Den werden Sie noch brauchen.«

Das Gesicht des Mannes hatte sich vor Wut gerötet. »Wir werden sehen, wer am längeren Hebel sitzt.«

»Ich lasse mich gern überraschen. Aber hier wird jeder gleich behandelt. Darauf können Sie sich verlassen.«

»Ach wirklich? Und was ist mit dem Mann, den Sie da mitnehmen?«

»Glauben Sie mir, Sie wollen mit ihm nicht tauschen.«

Er ließ einen Mann zurück, der sich im Zweifel darüber war, was für ihn gut oder schlecht gewesen wäre. Garantiert würde er bei den Kollegen ebenfalls sein Glück versuchen.

Als die Kollegen vom Glücksspieldezernat die Führung übernahmen, griff sich Hilpert den Teamleiter. »Dass mir niemand auf die Idee kommt, diesem Dr. Hackbusch eine Sonderbehandlung angedeihen zu lassen. Den behalten wir im Auge.«

»Hackbusch?! Nie gehört den Namen. Zumindest wird der erst einmal wie alle anderen erkennungsdienstlich verarztet.«

»Gute Idee.«

Im Verlauf der Nacht blieb ihnen Leuprecht viele Erklärungen schuldig. Am schlimmsten wog für ihn die Tatsache, dass er Probleme hatte, die Herkunft des Geldes zu erklären. Am nächsten Tag sollte sich zeigen, dass er es nicht von einem seiner Konten abgehoben haben konnte. Hierauf hatten in den letzten Wochen keine Bewegungen stattgefunden. Also versuchte er sich mit der Ausrede, beim vorherigen Spiel erhebliche Gewinne erzielt zu haben. Damit aber war das Geld gänzlich verloren. Illegal erworbenes Geld war die natürliche Beute der Finanzbehörden. Trotz seines angekratzten Selbstbewusstseins und des zu erwartenden Verlustes blieben seine Aussagen vage. Noch in derselben Nacht begaben sie sich auf die Durchsuchung seiner privaten Räumlichkeiten, die geschmackvoll möbliert, jedoch keineswegs überteuert waren. Sie stießen auf keinerlei Unregelmäßigkeiten oder größere Geldbeträge. Nirgendwo fanden sie geheimnisvolle Dokumente oder Hinweise auf kriminelle Aktivitäten, die einen Mord gerechtfertigt hätten. Ab Montag würde er sich mit den freundlichen Kollegen von der Steuerfahndung auseinanderzusetzen haben. Die interessierten sich ständig für Menschen, die über höhere Geldbeträge verfügten, ohne eine plausible Erklärung für deren Herkunft abgeben zu können.

Parallel wurde die Konzernrevision beauftragt, seine Tätigkeitsfelder akribisch zu überprüfen. Er war schwerpunktmäßig für den PR-Bereich und den Marketingservice zuständig. Hier sollte es keinerlei Beanstandungen geben. Seine Einkaufsaktivitäten waren sauber. Er verfügte über kein privates Schließfach, in dem sich größere Schätze türmten. Sein Vermögen bei der Bank stammte aus offiziellem, sauber versteuertem Geld. Er verdiente sehr ordentlich, hatte für keine Familie zu sorgen und schien kein aufwendiges Leben zu führen. Es floss kein Geld etwa für ein uneheliches Kind oder für Drogen. Er musste kein überdimensioniertes Auto finanzieren, kein teures Appartement in New York. Sie hatten es mit einem Mann zu tun, der eher auf seinem Geld saß, als es aus dem Fenster zu werfen. Eigentlich konnte man ihn als Erbsenzähler bezeichnen. Seine Spielleidenschaft passte so überhaupt nicht zu ihm. Sie fanden manche Parallele zu Barsch, den verkappten Kostenrechner und Absatzförderer.

So schnell wie Leuprecht in U-Haft genommen wurde, so schnell sollte er sie wieder verlassen. Am Ende verblieb seine Teilnahme an einem illegalen Kartenspiel. Dafür war keine drakonische Strafe zu erwarten. Was das Finanzamt mit ihm anzustellen gedachte, stand vorerst auf einem anderen Blatt. Strafrechtliche Konsequenzen waren nicht zu erwarten. Unterstützt durch einen cleveren Anwalt würde er sich dort herauswinden können. Vermutlich würde man es dabei belassen, sein Geld zu konfiszieren. Vielleicht fiel ihm in den nächsten Stunden noch eine bessere Ausrede ein.

Am frühen Vormittag besuchte Hilpert sein Kollege vom Glücksspieldezernat. Er brachte ein kleines Diktiergerät mit, bestens geeignet, um Telefonate mitzuschneiden. Das Rathaus hatte sich gemeldet. Und das am Sonntag. »Hör dir das an.«

Sie vernahmen die Stimme eines Referenten aus dem Wirtschaftsressort. Dieser baute nachhaltigen Druck auf, die Anzeige gegen den verdienten Unternehmer Dr. Hackbusch gefälligst fallen zu lassen. Schließlich habe sich der Mann in der Hansestadt einen Namen gemacht.

»Leben wir in einer Bananenrepublik?«, reagierte Hilpert wütend. »Nimmt das denn nie ein Ende?«

Er griff zum Telefon und ließ sich mit der Staatsanwaltschaft verbinden.

»Das haben wir jetzt richtig eingetütet«, erklärte er wenig später seinem Kollegen. »Nun gibt es das Sahnehäubchen für den Herrn aus dem Rathaus.«

Er ließ sich mit dem Referenten verbinden. Dieser reagierte verwundert, als er Hilperts Stimme vernahm. Er machte sich kurz und bündig verständlich. »Zu Ihrer Information, wir haben Anzeige wegen der Behinderung der polizeilichen Ermittlungen gegen Sie erhoben. Weiß eigentlich Ihr Senator, was für Spielchen Sie am Rande treiben?«

Zufrieden beendete er das Gespräch. Sein Kollege schlug sich lachend auf die Schenkel. »Endlich versteh ich, weshalb die Politik Schaum vorm Mund bekommt, wenn dein Name im Raum steht. Das gefällt mir, was du da so treibst.«

Wenig später verließ Hilpert das Präsidium. Er hatte sich mit Reichelt und Stange auf einen Frühschoppen verabredet. Der HSV spielte erst am Nachmittag. Also diskutierten sie den Fall. Reichelt, der am wenigsten damit befasst war, brachte es mit einer simplen Frage auf den Punkt.

»Was wolltest du mit Leuprechts Spielleidenschaft beweisen?«

»Das frage ich mich inzwischen selbst. Im Prinzip meine ich, dass die Pokerrunden die Verbindung zu den Opfern herstellen. Zu Barsch, seiner Freundin und zu Demel, dem Geldverleiher.«

»Ich verstehe. Wenn ich mir allerdings Barsch und Leuprecht aus euren Erzählungen vergegenwärtige, so waren das doch eher beherrschte Typen, die nicht gleich 10.000 Euro auf ein Pärchen setzten.«

»Das ist der Knackpunkt. Beide verfügen über solide finanzielle Rahmenbedingungen. Bei beiden wurde festgestellt, dass sie nicht in die Portokasse gegriffen haben. Sie sind gewissenhafte Mitarbeiter des Unternehmens gewesen. Nicht unbedingt spektakulär, wohl aber produktiv.«

Stange trommelte unruhig mit den Fäusten auf der Tischplatte. »Ihr seid mir zu schnell in eurer Meinungsbildung. Leuprecht geht spielen, nimmt mehr als 30 Riesen mit und nirgendwo finden wir einen Beleg, wo er das Geld hergenommen hat, noch eine Schublade, wo er es zwischendurch aufbewahrt haben könnte. Das passt hinten und vorne nicht.«

Hilpert antwortete ihm ohne innere Überzeugung. »Er behauptet, das Geld gewonnen und zu Hause aufbewahrt zu haben.«

»Das mag glauben, wer seine Hose mit der Kneifzange anzieht«, entgegnete Stange hitzig. »Einer wie der lässt nicht so viel Geld in der Wohnung rumliegen. Das mit den Gewinnen muss ihm der Haftrichter vorerst abnehmen. Aber glauben tu ich ihm das nicht einmal ansatzweise.«

Reichelt grinste seine Kollegen verschmitzt an. »Dann müssen wir also zwei Fragen klären: Wo hat er die dicke Kohle her und wo versteckt er sie?«

»Richtig.«

Hilpert leerte sein Glas und stand auf. »Wir läuten heute den Sonntag ein. Ein paar Stunden Ruhe sollten uns gut zu Gesicht stehen. Wenn Bernd noch ein Bier trinkt, erschießt ihn seine Frau.«

Stange wollte Einwände erheben. Doch Hilpert winkte ab.

»Morgen kümmere ich mich intensiv um Leuprechts private Situation. Hat er sein Geld irgendwo gebunkert, kann man meines Erachtens nur wenige Leute in Betracht ziehen. Eltern, andere engere Verwandte, eine Freundin, einen Freund.«

Sie bezahlten ihre Zeche und verließen die Gastwirtschaft. Wäre Hilpert tiefer in seinen Kollegen Stange gedrungen, er hätte festgestellt, wie recht er mit seiner Annahme hatte, dass dessen Ehefrau seine Arbeitszeiten beileibe nicht mehr lustig fand. Ihr einziges Kind besuchte die dritte Klasse und tat sich schwer mit Rechnen und Lesen. Sie fühlte sich von ihm allein gelassen. Elternabende, Probleme in der Schule wurden weitgehend ohne seine Unterstützung bewältigt. Die Idee, sich ein zweites Kind anzuschaffen, hatte sie längst begraben. Mittlerweile machten sich erste Gedanken bei ihr breit, die Ehe zu beenden. Noch fühlte sie sich jung genug, einen Neuanfang zu wagen. Nicht weit entfernt von ihrer Wohnung lebte ein alleinstehender Nachbar, bei dem sie das Gefühl hatte, er würde ihr interessiert hinterherblicken, wenn sie einander begegneten. Bislang hielt sie sich zurück. Fragte sich nur, wie lange. Und Stange ignorierte jegliches Zeichen von ihrer Seite. Hatte er überhaupt den Kopf frei für Eheprobleme?

Hilpert fuhr abermals von einer inneren Unruhe geplagt ins Präsidium und warf einen Blick in ihre Akten. Sie waren aussagefähig. Leuprechts privates Umfeld war sorgfältig recherchiert worden. Er war ein offenes Buch für sie. Die Eltern waren geschieden. Die Mutter, bei der er mit seiner Schwester aufgewachsen war, starb vor zwei Jahren. Zum Vater gab es nur lockere Kontakte. Leuprecht war nicht der Typ, der tiefere Freundschaften pflegte. Man konnte ihn eher als Eigenbrötler bezeichnen. Nach kurzer Analyse kam für Hilpert nur die Schwester als Vertrauensperson infrage. Sie lebte in einer Doppelhaushälfte in Norderstedt, war verheiratet und kümmerte sich als Hausfrau und Mutter um ihr Kind. Zufrieden schloss er den PC und fuhr nach Hause. Er war davon überzeugt, den richtigen Ansatzpunkt gefunden zu haben.

39

Als Hilpert an diesem Morgen sein Büro betrat, erwartete ihn schon Weber. Der Polizeidirektor gab ihm grinsend die Hand. »Sie darf man ja nicht mal an Wochenenden arbeiten lassen. Mir scheint, Sie haben eine besondere Affinität zum Rathaus. Die Staatsanwaltschaft hat ihre Ermittlungen bereits aufgenommen. Der bewusste Referent scheint über sehr enge Kontakte zur Wirtschaft zu verfügen. Das könnte ausgesprochen unangenehm für ihn werden. Sein Senator rotiert zumindest wie ein Brummkreisel. Mir scheint, da übernimmt bald jemand die Toiletten in dem ehrwürdigen Gebäude.«

Hilpert grinste seinen Chef an. »Hätte Hackbusch, der Blödmann, die Schnauze gehalten, niemand würde sich für ihn interessiert haben. Wir sind auf der Suche nach einem Mörder, nicht nach einem Spielsüchtigen. Hoffen wir, sein Deich ist hoch genug, um die Wellen, die das geschlagen hat aufzuhalten.«

»Das ist eher unwahrscheinlich. Der Mann ist Vorstandsmitglied in einem größeren Verlag. Die zerlegen in ihren Publikationen, wen sie können. Da sind solche Leute nicht im Spitzenmanagement zu halten. Der ist schneller weg, als wir papp sagen können. Ich wollte eigentlich nur anmerken, dass ich es großartig finde, mit welcher Konsequenz Sie die demokratischen Spielregeln durchsetzen.«

»Ich bin Polizist geworden, um dem Recht Geltung zu verschaffen, nicht um zu beweisen, dass wir in einer Klassengesellschaft leben.«

»Lassen Sie sich bloß nicht verbiegen.«

Weber nickte ihm wohlwollend zu, als er sein Büro verließ.

Das Lob verstärkte nur den Respekt, den Hilpert seinem Vorgesetzten entgegenbrachte. Er ließ sich in seinen Sessel zurückfallen und verschränkte seine Hände hinter dem Kopf. Wie ging es jetzt weiter? Er fühlte sich wie ein chinesischer Tellerkünstler, der das Geschirr auf seinen Bambusstöcken kreiseln ließ und dafür sorgen musste, dass nichts davon auf dem Boden zerschellte.

Inzwischen war Stange zu ihm gestoßen. Er blickte ihn mit hochgezogenen Augenbrauen an. »Wo machen wir weiter? Hast du 'ne Idee?«

Sie einigten sich schnell darauf, sich auf Köster, den verschwundenen vermeintlichen Sexualstraftäter, zu konzentrieren. In die Suche nach ihm war Bewegung gekommen. Das Motorrad fand sich in der Nähe des Bremer Hauptbahnhofs an.

Hilpert rief die Deutschlandkarte auf seinem PC auf. »Also von Bremen aus kommt man ganz vorzüglich nach Osnabrück.«

»Aber nicht nur«, erwiderte Stange skeptisch.

»Wie wahr. Geben wir den Hinweis weiter nach Köln, wenn die nicht schon selber draufgekommen sind. Mal sehen, was die damit anfangen können.«

Sein Kollege blieb bei seiner kritischen Haltung. »Nehmen die uns überhaupt noch ernst nach dem Debakel in der Heide?«

Hilpert lachte höhnisch auf. »Gesagt wurde mir nichts, trotzdem möchte ich nicht wissen, wie in Köln auf den Gängen über uns gefeixt wird. Letztendlich geht es nicht um unser Standing.

Dort draußen läuft ein gefährlicher Triebtäter herum. Hoffentlich können wir den so vor uns hertreiben, dass der gar nicht erst auf dumme Gedanken kommt und wieder zuschlägt.«

»Da kann ich uns nur Glück wünschen. Weshalb ich aber eigentlich zu dir gekommen bin. Ich knabbere nach wie vor an Leuprecht rum. Das ist doch völlig unlogisch, was den Herrn betrifft. Der Mann gewinnt beim Pokern gegen Profis und bewahrt sein Geld im Schuhkarton unterm Bett auf? Wer's glaubt.«

Hilpert nickte zu seinen Worten. »Ich behaupte, die Schwester spielt da eine gewichtige Rolle. Die müssen wir uns greifen.«

»Du meinst, die bunkert die Kohle für ihn?«

»Wer sonst? Die Eltern kommen nicht infrage. Die Mutter ist tot und zum Vater hat er keinen Kontakt. Gute Freunde: Fehlanzeige.«

»Das wird schwierig, an sie heranzukommen. Was wollte man ihr vorwerfen? Warum setzt du so auf dieses Geld?«

»Das ist ganz einfach. Den ermordeten Barsch verband mit Leuprecht das Spielen. Beide waren eher atypische Spieler. Sie achteten auf ihre Mäuse. Beide verfügten trotz ihrer Leidenschaft über ausreichende Mittel. Und Leuprecht hat noch mehr davon, glaub mir. Wissen wir, wo er es her hat, kommen wir vielleicht an das Tatmotiv heran.«

Stange war nicht ganz überzeugt. »Und was hat das mit dem Toten und seiner Freundin zu tun?«

»Wollten die vielleicht davon was abhaben?«

»Und Demel?«

»Der auch. Mir scheint fast, der ist durch unser Verhör auf irgendetwas orientiert worden.«

»Aber Leuprecht ist als Barsch-Mörder außen vor«, konterte Stange.

Hilpert blieb unbeirrt. »Das heißt, es gibt einen weiteren Beteiligten.«

»Und wenn Demel sein Komplize war, den er dann später erschossen hat?«

Hilpert schüttelte den Kopf. »Der hatte ein unumstößliches Alibi.«

»So 'n Typ wie der hätte sich zu jeder Zeit ein paar Kumpel organisieren können, die das Blaue vom Himmel runterlügen.«

»Der Portier hätte spätestens nach der Ermordung Demels keinen Grund mehr gehabt, für ihn die Unwahrheit zu sagen. Außerdem hatte ihn die Kamera beim Gehen kurz erwischt. Er kann es nicht gewesen sein.«

»Glück gehabt?!«

»Nein, der Portier. Vermutlich wollte er was gutmachen. So 'ne Art Lebensversicherung.«

Stange erhob sich. »Ich kümmer mich mal um die Schwester. Wie komme ich an ihre Daten ran?«

»Steht alles in der Akte. Sie heißt Kirstin Birgler.«

»Dann kann ja nichts mehr schiefgehen.«

Er blickte dem Kollegen hinterher. Aufklärungsarbeit war vor allem Schreibtischarbeit. Sie könnten auf ihre Waffen allemal eher verzichten als auf einen funktionsfähigen PC.

Keine Stunde später stand Stange wieder vor Hilpert.

»Ich bin ein Stück weitergekommen. Frag mich nicht wie.«

»Immer raus damit.«

»Ich hab mir mal das Grundbuch von deren Haus angeschaut. Da steht 'ne Hypothek von 170.000 Mäusen drin.«

»Fein, nur was lerne ich daraus?«

»So 'n Schuppen kostet leicht das Doppelte«, erläuterte Stange. »Und dann ist längst nicht das neue Wohnzimmer eingerichtet oder die Terrasse gepflastert. In Norderstedt werden ordentliche Preise aufgerufen. Das kann viel Geld sein, wenn man wie ihr Ehemann als Alleinverdiener bei den Stadtwerken tätig ist. Die ersticken nicht gerade in der Kohle.«

»Darüber sollten wir tatsächlich nachdenken. Nur, wie kommen wir an deren Finanzierungsdaten ran? Die Bank ist dir bekannt?«

»Klar, die steht doch im Grundbuch. Nur, ohne richterliche Verfügung lassen die uns nicht in die Karten blicken.«

Hilpert grinste ihn gequält an. »Schließlich leben wir in einer Demokratie. Wär ja noch schöner, wenn man da an jedes Privatkonto rankäme.« Er kratzte sich unsicher am Kopf. »Sollten wir versuchen, abermals über das Finanzamt unsere Fühler auszustrecken?«

»Ob die sich so ohne Weiteres instrumentalisieren lassen?«

»Garantiert nicht. Die sind doch nicht bescheuert.«

Inzwischen war Hilpert mit der Hand am Kinn gelandet. Er strich darüber. Man sah ihm an, dass ihm ein Gedankenblitz gekommen sein musste. Er beugte sich vor und stützte nun sein Kinn auf der Hand ab. »Man müsste den Ehemann an seiner Arbeitsstätte aufsuchen und ganz subtil mit allem drohen, was einem Angst einjagen könnte.«

»Beispielsweise mit dem Finanzamt?«, fragte Stange interessiert nach.

»Zum Beispiel. Das zieht oftmals besser als angedrohte Prügel. Was weiß der, ob die uns behilflich sind oder nicht? Sollte ihn ein schlechtes Gewissen plagen, bekommen wir sie auf diesem Weg vielleicht zu packen.«

Hilpert rollte seinen Stuhl zurück, machte seine Beine lang und schlug sie übereinander. »Ich kann mich an dieser Idee geradezu berauschen.« Begeistert klatschte er in die Hände. »Geil, Erpressung, das legitime Mittel moderner Ermittlungsarbeit.« Ernsthaft fuhr er fort: »Wir dürfen uns nur nicht erwischen lassen. Die Presse schlachtet uns im Vorbeigehen, wenn die davon erfährt.« Er grinste Stange herausfordernd an. »Ich geh eh. Aber dich lassen die den Verkehr regeln. Und dann ist es nix mehr mit der nächsten Beförderung. Wir müssen höllisch aufpassen.«

Sein Kollege antwortete gelassen: »Um den einen oder anderen Mörder einzukassieren, wische ich die Tische in der Kantine. Davon abgesehen wäre es meiner Frau recht, wenn ich wieder regelmäßiger Dienst schieben dürfte.«

»Zoff zu Hause?«

»Nicht zu wenig.«

»Dann sollten wir nicht länger warten. Damit du wenigstens heute dein Weib etwas früher zu Gesicht bekommst.«

»Ob das reicht?«

Leuprecht verzichtete an diesem Tag darauf, sein Büro aufzusuchen. Er schloss sich in seiner Wohnung ein. Überall traf er auf die Spuren fremder Menschen, die in seinen Privatsachen herumgestöbert hatten. Das war unangenehm, doch beileibe nicht seine größte Sorge. Wie sollte er sich weiterhin verhalten? Die ermittelnden Beamten waren nicht so dumm, dass sie sich auf

Dauer mit seinen Ausreden begnügten. Bohrten sie weiter, stießen sie unweigerlich auf seine versteckten Reserven. Ihm waren die Hände gebunden. Er konnte nicht aktiv werden. Ansonsten kannte er nur einen, mit dem er darüber reden konnte. Er griff zum Telefon.

Er wurde barsch angesprochen: »Sind Sie verrückt, mich in dieser Situation anzurufen, Leuprecht? Stellen Sie sich vor, man hört Sie ab!«

»Dafür bekommen die so schnell keine Erlaubnis.«

»Was Sie so alles wissen. Also, worum geht's?«

»Sie müssen mir helfen, ich muss mein Geld umlagern.«

»Wo haben Sie es denn liegen?«

»Das tut jetzt nichts zur Sache. Wir müssen uns treffen.«

»Sind Sie absolut sicher, nicht überwacht zu werden?«

»Das krieg ich geregelt.«

»Na gut, treffen wir uns.«

Sie machten einen Treffpunkt nach Einbruch der Dunkelheit aus.

Leuprechts Schwager, Nils Birgler, arbeitete im Rechnungswesen der Stadtwerke. Er war für die Beamten der Mordkommission kein ernst zu nehmender Gegner. Sie konnten darauf verzichten, die Finanzamtskarte zu spielen. Er redete wie ein Wasserfall, als sie ihn aufsuchten. Fast schien es, als würde er sein Gewissen erleichtern. Danach hatte ihnen Leuprecht vor zwei Jahren 110.000 Euro als zinsloses Darlehen in ihre Finanzierung eingeschossen und dabei auf jegliche Form der Besicherung verzichtet. Bislang hatten sie davon noch keinen Cent zurückgezahlt und würden auch künftig damit Probleme haben. Die Herkunft des Geldes war ihm schleierhaft geblieben. Eigentlich hatte es ihn und seine Frau nicht interessiert. Sie konnten ihren Traum vom Eigenheim erfüllen. Nur das zählte.

Hilpert grinste seinen Kollegen an, als sie ihn verließen. »Da haben wir wieder Leben in der Bude. Mal sehen, wie sich unser Hauptverdächtigter dazu stellt. Ob er diese Kohle ebenfalls beim Spielen gewonnen hat? Vorher greifen wir uns unbedingt die Schwester.«

Am Nachmittag gab Kirsten Birgler zu, über ein Schließfach zu verfügen, das sie für ihren Bruder eingerichtet hatte. Am Abend blickten sie hinein. Darin lagen knapp 800.000 Euro, ohne Absender, ohne Hinweis auf deren Herkunft. Trotzdem zierte sich der zuständige Richter, einen erneuten Haftbefehl gegen Leuprecht auszustellen. Er hätte es tun sollen. Vielleicht hätte es dessen Leben gerettet. Einmal mehr kamen sie zu spät. Noch in derselben Nacht fanden Nachtbummler den Konzernmanager erschossen am Rand des Stadtparks. Offensichtlich waren Tatort und Fundort nicht identisch. Es wurde das gleiche Kaliber wie bei Demel verwendet. Die Beamten gingen davon aus, es mit derselben Tatwaffe zu tun zu haben. Ohne große Spannung warteten sie die waffentechnische Untersuchung ab und sollten nicht enttäuscht werden. Ihr größter vor allem aber einziger Verdächtigter war ihnen entglitten. Dabei war es für sie ein schwacher Trost, dass sie in die richtige Richtung gegraben hatten. Es lag auf der Hand, dass es um Geld ging.

Sie konnten es nicht sagen, was bei ihnen überwog, die Wut oder die Verzweiflung. Da waren sie Millimeter vor dem Ziel und mussten das Rennen um den Mörder abbrechen, weil sie an den Formalitäten des Rechtsstaates scheiterten. Leuprecht hätte warm und trocken in einer Zelle des Untersuchungsgefängnisses schmoren können, abermals auf der Suche nach Argumenten für die Herkunft seines Geldes. Stattdessen lag er auf dem Tisch des Amtsarztes und war nicht mehr in der Lage, Auskunft zu geben. Sie waren weit davon entfernt, dem Richter die Schuld zuzuweisen. Der hatte nach der Gesetzeslage zu entscheiden. Hätten sie mit diesem Anschlag rechnen müssen? Wäre es angebracht gewesen, Leuprecht zu beschatten, ihm Personenschutz zu gewähren? Selbst wenn sie auf die Idee gekommen wären, hätte man das Personal dafür abgestellt? Hilpert spürte, wie sich langsam bei ihm wieder Zweifel über seine Arbeit breitmachten. Er musste dagegen angehen. Er konnte nicht hellsehen. Es wäre ihm nicht in den Sinn gekommen, für Leuprecht einen Bodyguard abzustellen.

Er verzichtete darauf, sich an einer erneuten Durchsuchung seines Appartements zu beteiligen. Sie hatten vor Tagen nichts gefunden und würden diesmal ebenso wenig fündig werden. Der Mann hatte dort nichts für andere zugänglich verborgen. Er fragte sich vielmehr, ob sie das vorliegende Material richtig gesichtet und bewertet hatten. Am besten, er sorgte auf seinem Schreibtisch für Ordnung. Die Erfahrung lehrte ihn, dass man zumindest Platz schaffte, da manches herumflatternde Dokument in der Akte verschwinden konnte. Oft genug war er dabei auf vergrabene Hinweise gestoßen, denen er zuvor wenig oder gar keine Beachtung geschenkt hatte. Vielleicht hatte er Glück und er fand einen kleinen Schatz.

Die Hemdsärmel aufgekrempelt, stellte er sich seiner kreativen Unordnung. Er hatte sich Großes vorgenommen. Hoffentlich verließ ihn seine Arbeitswut nicht mittendrin. Er kannte sich. Die Motivation, Ordnung zu schaffen, verzog sich bei ihm erfahrungsgemäß doppelt so schnell, wie sie ihn erreichte. Fing er erst an, darüber nachzudenken, würde er nie beginnen. Erstmals seit Längerem nahm er wieder die Broschüren zur Hand, die ihm Barschs Eltern hatten zukommen lassen. Verbarg sich hinter ihnen ein Geheimnis oder überinterpretierte er deren Stellenwert? Er bildete drei Haufen. Soviel hatte er dazugelernt. Die Geschäftsberichte und Unternehmensbroschüren gehörten in die Abteilung PR, den Rest verteilte er auf klassische Werbung und Absatzförderung. Diese Aktion half ihm allerdings nicht wirklich weiter. Er griff sich seinen Laptop und vergegenwärtigte sich abermals die Kalkulationen von Barsch. Sie blieben weiterhin ein Buch mit sieben Siegeln für ihn. Also räumte er weiter auf. Diesmal hielt er durch. Vermutlich lag der Grund darin, dass ihn die Muse einfach nicht küssen wollte und er sich einreden konnte, dennoch aktiv zu sein.

Irgendwann erhob er sich aus seinem Sitz und ging einen Schritt zur Seite. Er warf einen befriedigten Blick auf seinen Schreibtisch. Tatsächlich war er nicht schlauer geworden, aber die Ordnung, die durch seine Arbeit zwangsweise entstanden war, beeindruckte ihn. Mit einem zufriedenen Ächzen setzte er sich. In seiner Lieblingshaltung, den Kopf auf beide Hände gestützt, starrte er Löcher in die Luft. Eigentlich hatte er an diesem Tag genug geleistet. Entschieden beschloss er, seine Tätigkeit an geeigneterer Stelle fortzusetzen. Vielleicht in ihrer Stammkneipe in Begleitung eines seiner Kollegen. Doch Reichelt wie Stange hatten ihre Arbeitsstätten bereits verlassen. Und Bier schmeckte ohne ein freundschaftliches Gläserklingen einfach grässlich. Also würde er nach Hause fahren und schauen, ob das Fernsehen eine Alternative bot. Davor bewahrte ihn ein Anruf seines Freundes Thiemann.

»Ich hab mir nochmals die Kalkulationen von Barsch vorgenommen. So wie ich das sehe, bin ich auf interessante neue Aspekte gestoßen.«

»Das ist ja hervorragend. Für mich sind die Aufstellungen nach wie vor ein Buch mit sieben Siegeln. Wollen wir das Gespräch mit einem gemeinsamen Bier adeln?«

»Überredet. Es geht nichts über eine kompetente Argumentationshilfe.«

Hilpert rieb sich die Hände. Egal, wie ergiebig das Gespräch mit dem Freund werden würde, er kam zu seinem Bier in Gesellschaft. Nur das zählte in diesem Augenblick.

Gegen halb acht saßen sie einander gegenüber und leerten genüsslich ihre Gläser. Thiemann hatte ein kleines Notebook mitgebracht.

»Ich hab noch mal in Ruhe auf den Kalkulationen rumgekaut. Es hat 'ne ganze Zeit gedauert, bis ich die verstanden habe.«

»Gibt's denn da was zu verstehen?«

»Worauf du dich verlassen kannst.«

Er öffnete die Dateien und wies auf das Zahlenwerk. »Eigentlich ist alles ganz simpel. Man muss nur das Prinzip verstehen. Er hat als Erstes Broschüren und Werbeartikel mit den Ist-Preisen kalkuliert, die er sich besorgt hat. Die hat er miteinander über unterschiedliche Bereiche hinweg und zum Teil über unterschiedliche Unternehmen verglichen. Soweit erforderlich, ist er ausgesprochen akribisch vorgegangen. Er hat nichts ausgelassen. Nehmen wir uns zum Beispiel einen der Geschäftsberichte vor. Es gibt unterschiedliche Positionen zu beachten wie etwa Layout-Kosten, Druck, Satz, Text, die Agentur will bezahlt sein und so weiter und so weiter.«

Er stellte fest, wie schnell sich ein Bierglas leerte. Suchend blickte er sich um und orderte eine neue Runde, bevor er weitersprach: »Das hat ihm offensichtlich nicht gereicht. Sein Ziel war es, einzelne Produkte miteinander vergleichbar zu machen. Das ist bei den Broschüren so 'ne Sache. Sie sind nun mal unterschiedlich. Folglich hat er im zweiten Durchgang eigene Einheitspreise gebildet. Dabei ließ er Kriterien wie Auflage, Umfang und Wertigkeit der Broschüren mit einfließen. Selbst die Papierqualität spielte mit hinein. Aber da sind die Unterschiede nicht erheblich. Das Papier ist nicht der Kostenfaktor.«

Wieder griff er nach seinem Glas und wischte sich anschließend mit dem Handrücken über den Mund. Diesmal war Hilpert an der Reihe, neue Biere zu ordern. Verwundert ließ er die Worte seines Freundes auf sich wirken. »Ich versteh diesen ganzen Aufstand nicht. Was bezweckte er denn damit?«

»Nicht so hektisch. Er hat pro Produktgruppe eine Art Index kreiert. Den hat er mit 100 beziffert. Daran maß er die Produktionskosten insbesondere der Broschüren. Nehmen wir mal die Sektion Geschäftsberichte. Der preisgünstigste lag drei Punkte darunter, also bei 97, der teuerste bei 131.«

»Was bedeutet das nun konkret?«

»Die Kosten für den aufwendigsten Geschäftsbericht lagen fast um ein Drittel über denen des günstigsten. Unterstellt man einmal, dass die Methode, die Barsch angewendet hat, tatsächlich funktioniert, ist das erheblich. Und ich vermute, er dürfte der Wahrheit durchaus nahegekommen sein.«

»Und wo hat man am meisten Geld zum Fenster hinausgeworfen?«

»Schwerpunktmäßig dort, wo Leuprecht direkt zuständig war.«

»Dann hat er möglicherweise abkassiert?«

»Keine Ahnung, eigentlich geht das nur gemeinsam mit dem zuständigen Manager des jeweiligen Fachbereichs. Der hat das Budget aufgestellt, wählt die Agentur und andere Dienstleister aus und führt die Preisverhandlungen.«

»Verstanden.«

Obwohl das neue Getränk vor ihm auf dem Tisch stand, hatte Hilpert noch nicht zugegriffen. Er knabberte zur Abwechslung gedankenverloren auf dem Nagel seines Daumens herum, bis ihm sein Tun bewusst wurde. Geradezu verschämt ballte er eine Faust. Ihm kam ihr kleiner Ausflug wieder in den Sinn, als sie den illegalen Spielbetrieb an der Elbchaussee hatten hochgehen lassen. »Hast du 'ne Ahnung, ob einer von den Ressortleitern im Konzern einen Jaguar fährt?«

»Allerdings, da gibt es nur einen.«

Erregt sprang er auf. »Wer ist das? Das ist garantiert unser Mann. Den greifen wir uns morgen früh.«

Thiemann nahm seinen Temperamentsausbruch erstaunt zur Kenntnis.

»Was ist los mit dir? Hat man dir was ins Bier getan?«

»Nein, ich möchte von dir nur den Namen des Jaguarfahrers.«

»Nichts leichter als das.«

Danach wurde Hilpert ruhiger. Er saß längst und schürzte die Lippen. Man sah ihm an, dass er etwas ausbrütete.

»Vermutlich ist unsere Beweislage viel zu dünn, als dass wir mal eben bei ihm vorbeifahren und ihn festnehmen könnten. Der ist schneller wieder draußen, als wir ihn eingebuchtet haben. Nein, das müssen wir intelligenter anstellen.«

»Wir? Du meinst ihr.«

»Nein, ein wenig mithelfen musst du schon. Wir geben ihm bis morgen Mittag Schonfrist.«

»Und was hast du vor?«

»Ich? Gar nichts, du wirst aktiv werden. Du wirst ihn erpressen.«

»Aha, und danach machen wir fifty-fifty.«

»So ungefähr.«

»Geil, so komme ich wenigstens auf kürzestem Weg zu meinem Porsche, selbstredend mit allen Extras. Ich bestehe auf einem Cabrio.«

Hilpert ging mit halbem Herzen auf seinen Freund ein. In seinem Kopf bildete sich das Motiv für die Morde. Tatsächlich ging es um Geld, wie er vermutete um viel Geld.

40

Hilpert erreichte der entscheidende Anruf am nächsten Tag um die Mittagszeit. Unruhig hatte er bis dahin seinen PC traktiert, ohne zu Ergebnissen zu gelangen. Seine Ungeduld war seine größte Schwäche und Stärke zugleich. Am Ende las er im Internet irgendwelche Berichte über Hollywoodgrößen, deren Namen er nicht kannte, die es aber verstanden, auf sich aufmerksam zu machen. Das Gros der Frauen verfügte über knabenhafte Figuren und versuchte durch verwegene Ausschnitte, durchsichtige Blusen und kurze Röcke so etwas wie Sexappeal zu erzeugen. Wie er meinte, vergeblich. Doch wer fragte ihn schon nach seiner Meinung?

»Ich hab mich um neun Uhr mit unserem Mann verabredet«, vernahm er Thiemanns Stimme.

»Und wo?«

»In einer Parkbucht nahe des Haupteingangs des Olsdorfer Friedhofs.«

»Sinnige Begegnungsstätte. Passt irgendwie zu dem Fall. War das deine Idee?«

»Gott bewahre. Ich ziehe in der Freizeit auch keine schwarzen Klamotten an.«

»Man wird ja noch mal fragen dürfen. Wir machen es, wie geplant. Ich fahre mit dir in deinem Wagen dorthin. Kurz vorher übernehme ich das Steuer und du verbirgst dich im Fond. Anschließend bringen wir dich anderweitig unter.«

»Alles klar, pass nur auf, dass dir nicht der Arsch weggeschossen wird.«

»Da ist wohl eher mein Kopf gefährdet.«

»Na, da kann wenig passieren, so hart wie der ist.«

»Mein Reden.«

Er holte Stange zum Mittagessen in der Kantine ab. Das Kotelett war genießbar, was wollte man am Kartoffelpüree verkehrt machen, wenn es aus der Tüte kam? Selbst das Gemüse verfügte über eine Ahnung von Biss. Ruhig besprachen sie die geplante Aktion. Sie waren optimistisch, dass es klappen könnte.

»Wir müssen nur deinen Freund im Auge behalten, Fabian. Nicht, dass der versucht, James Bond zu spielen.«

»Keine Angst, der ist mutig, aber nicht bescheuert.«

Sie trafen sich eineinhalb Stunden früher unweit von Thiemanns Wohnung in der Rentzelstraße. Mit einbrechender Dunkelheit hatte sich der Straßenverkehr weitgehend beruhigt. Hilpert hatte seinen Wagen in der Grindelallee stehen lassen und war ein paar Meter gegangen, als sein Freund neben ihm hielt. Er öffnete die Beifahrertür und setzte sich zu ihm.

»Dann wollen wir mal, Alter. Ich hoffe, du bist dir darüber im Klaren, dass ein gewisses Restrisiko verbleibt.«

»Keine Angst, noch kann ich das Wasser halten.«

»Na großartig. Da wär ich nie draufgekommen, dass du dich in deinem Alter mal zum Helden mauserst.«

»Du achtest schon auf mich, Alter. Da bin ich mir ganz sicher.«

Hilpert blickte zu Thiemann herüber. Seine Augen blitzten unternehmungslustig, von Angst oder Hektik keine Spur. Sehr zeitig parkte er den Wagen am verabredeten Treffpunkt. Er grinste in sich hinein. Sollte etwas schiefgehen, konnte man gleich bleiben, wo man war. Sie hatten inzwischen einen Fahrerwechsel vorgenommen. Thiemann saß warm und trocken in einem Fahrzeug der Polizei. Seine Enttäuschung war ihm anzumerken, er wäre lieber dabeigeblieben. Abenteuerlust schlug kritische Bedenken. Allerdings ließ Hilpert nicht mit sich handeln. Zu viele Menschen waren dem Mörder bereits zum Opfer gefallen.

Stange und mehrere Kollegen verbargen sich im Umfeld ihres Standorts. Trotzdem glaubte er nicht, auf Hilfe angewiesen zu sein. Einem bewaffneten Amateur fühlte er sich durchaus gewachsen. Da hatte er anderes erlebt. Im Gegensatz zu den bisherigen Opfern war er vorbereitet. Kurz nach neun blinkte ein Fahrzeug in ihre Richtung und fuhr auf den Stellplatz einige Meter entfernt von ihm. Anschließend geschah nichts. Hilpert war mit seinen Kollegen direkt verbunden.

»Sollen wir etwas unternehmen?«, vernahm er Stanges Stimme.

»Verhaltet euch vorerst ruhig«, wies er den Kollegen an. »Mal sehen, was der vorhat.«

Zwanzig Minuten lang blieben sie in Warteposition, als sich plötzlich die Autotür öffnete. Hilpert zog seine Pistole und hielt sie entsichert in der Hand, als ihm ein roter Punkt verriet, dass die Person aus dem fremden Auto offensichtlich eine Zigarette rauchte. Kurz darauf hörte er die Tür klacken, der Motor wurde gestartet. Schnell verschwanden die Lichter aus seinem Blickfeld. Wieder meldete sich Stange.

»Das war wohl 'ne Fehlmeldung. Die sind an uns vorbeigefahren. Ich meine, ein Pärchen erkannt zu haben. Die hat wohl gestört, dass ihr Lieblingsplatz belegt war.«

»Gut, dass wir die nicht erschossen haben«, erwiderte Hilpert sarkastisch. »So was wird in Hamburg sehr ungern gesehen.«

»Man muss mit seinen Entscheidungen auch mal Glück im Leben haben.«

Er legte die Waffe auf den Beifahrersitz und schaltete das Autoradio ein. Es hatte sich im Wagen merklich abgekühlt. Trotz seiner warmen Kleidung begann er zu frieren. Ob er den Motor in die Gänge bringen sollte? Eine innere Stimme verriet ihm, dass ihr Mann nicht kommen würde. Sollte er etwas von ihrer Aktion gerafft haben? Also war es vermutlich gleichgültig, wozu er sich entschied. Eine Viertelstunde später bliesen sie alles ab. Sie hatten gut eine Stunde vor dem Friedhof verharrt. Hilpert übernahm seinen Freund, seine Kollegen fuhren zurück ins Präsidium. Sie gingen in ihren wohlverdienten Feierabend. Das galt allerdings nicht für Stange, der sich auf seinen Bereitschaftsdienst freuen durfte. Gelegentlich war jeder mal dran. Auch Ehemänner ließ man hiervon nicht verschont.

Er wollte Thiemann bei seinem Fahrzeug absetzen. Sein Freund blieb noch sitzen.

»Was meinst du, ob er was gespannt hat?«, fragte er Hilpert.

»Schwer zu sagen. Der Mensch ist auf jeden Fall gefährlich. Und er weiß, dass du ihm auf die Schliche gekommen bist.«

»Und nun?«

»Versuchen wir uns, in ihn hineinzudenken. Du bist eine Bedrohung für ihn. Er glaubt, du willst von ihm Geld erpressen. Wir reden über einen Mann, der Mord als letztes Mittel für sich entdeckt hat. Auf einen Toten mehr oder weniger kommt es dem garantiert nicht mehr drauf an. Er ist gefährlich wie 'ne Kobra.« Er kratzte sich am Kopf. »Ich schätze, wir haben es mit dem angeschlagenen Boxer zu tun, den man im Auge behalten muss. Einem Mann, der oft verliert, weil er seine Emotionen nicht beherrscht. Würde mich nicht wundern, wenn ihm einfach das Geld fehlte, um dich auszuzahlen.«

»Ich will doch gar kein Geld.«

»Sicher, aber das weiß er nicht. Und du wirst es ihm nicht auf die Nase gebunden haben.«

Der Hauptkommissar knuffte seinem Nachbarn in die Seite.

»Komm, lass deine Kiste hier vor meiner stehen, gehen wir ein paar Schritte Richtung Abaton. In dem Univiertel finden wir garantiert eine Kneipe, in der wir einen neuen Schlachtplan reifen lassen können.«

»Ich könnte jetzt was zu essen und ein Bier vertragen«, warf Thiemann ein.

»Das hast du dir verdient. Ich habe ebenfalls Hunger und Durst.« Hilpert schaute auf seine Uhr. »Mein Dienst ist vorbei. Ein Gläschen kann nicht schaden. Wenn ich das richtig erinnere, ist Ecke Grindelberg, Dillstraße ein Diner. Da können wir uns was gönnen.«

Sie standen schon vor dem Eingang des Lokals, als Hilpert Thiemann am Ärmel festhielt.

»Schau mal, was dort drüben steht - ein Jaguar. Wenn ich mich nicht täusche, fährt unser gemeinsamer Freund solch eine Limousine.«

»Na und? Meinst du in Hamburg gondelt nur eines dieser Modelle durch die Gegend? Auf der anderen Seite, was sucht solch eine Kiste hier?«

»Vielleicht ein altes Modell?«

Hilpert schaute hinüber. »Unwahrscheinlich, dafür blinkt der zu sehr. Da ist das Neue noch nicht von ab.«

Entgeistert starrte Thiemann seinen Freund an. »Glaubst du, er ist hier und pfeift sich gerade 'ne Coke rein?«

»Wohl kaum. Wenn es sein Wagen ist, steht der in der Nähe deiner Wohnung und wartet auf dich. Den Jaguar hat er bewusst ein paar Meter weiter entfernt geparkt. Los, schauen wir uns mal den Luxusschlitten an. Vielleicht sehe ich nur weiße Mäuse.«

Hilpert ließ den Strahl seiner kleinen leistungsstarken Taschenlampe durchs Wageninnere wandern. Es gab es nichts Aufregendes zu entdecken. Bis Thiemann stockte.

»Der silberne Kugelschreiber auf der Ablage. Das ist einer aus dem Konzern. Das Teil ist richtig wertvoll und wird nur an auserwählte Kunden verschenkt. Es ist schwer da ranzukommen. Ich glaube sogar, die führen darüber 'ne Liste.«

»An all diese Zufälle will ich nicht glauben. Wetten, unser Mann hat sich was Besonderes für dich ausgedacht. Los, geh schon mal rein in den Laden, du hast doch Hunger. Order für mich einen Bacon-Burger und ein Wasser mit Kohlensäure. Ist wohl besser, ich trink vorerst nichts Alkoholisches. Ich werde jetzt ein wenig telefonieren.«

Eine halbe Stunde später stieß Stange mit fünf jüngeren Kollegen zu ihnen. Sie wirkten angespannt vor allem aber gut durchtrainiert. Hilpert instruierte sie knapp: »Zwei von euch halten sich in der Nähe des Jaguars auf. Seid vorsichtig, der Mann verfügt vermutlich über 'ne Schusswaffe. Der ist verzweifelt und schießt vorsorglich, bevor er nachfragt, wie spät es ist.«

Stange reichte Thiemann eine Weste herüber. »Ziehen Sie die an. Sollte der auf Sie schießen wollen, muss er bei den schlechten Lichtverhältnissen auf Ihren Oberkörper halten.«

»Nette Perspektiven, die Sie mir da eröffnen. Da kommt ja richtig Freude auf.«

Stange fuhr sich nervös durchs Haar. »Ich glaube nicht, dass er gleich auf Sie schießen wird. Das macht viel zu viel Lärm.«

»Richtig«, stimmte Hilpert ihm zu. »Wenn wir davon ausgehen, dass unsere Zielperson Herrn Thiemann in seinem Umfeld einkassieren will, stellt sich die Frage, wo er es anstellen wird. Im Hausflur oder draußen? Das müssen wir prüfen«, entschied er und tippte auf zwei Kollegen. »Ihr latscht los und schaut euch in der Straße um. Ich erwarte ihn eigentlich im Gebäude. Es ist mittlerweile richtig kalt hier draußen. Ich schätze mal höchstens fünf Grad über den Gefrierpunkt. Da müsste er sich seit Stunden die Beine abfrieren. Ihr informiert uns über das, was ihr seht und bleibt in der Nähe des Hauses.«

Dann wandte er sich Thiemann zu. »Wie sieht es in eurer Mietskaserne aus? Ist es schwierig, dort reinzukommen?«

»Vergiss es. Die meisten schließen nicht mal ab. Dort leben überwiegend junge Leute. Bei denen ist nichts zu holen. Weshalb sollte man die Haustür abschließen? Die kriegen gern noch späten Besuch und haben keinen Bock, die Treppe rauf und runter zu laufen, um aufzuschließen.«

»Ein Königreich für einen Fahrstuhl.«

»Du hast Ideen, dann kann niemand mehr die Miete löhnen. Von mir vielleicht mal abgesehen.«

Eine Viertelstunde später erlangten sie Gewissheit. Im Bereich des Hauseingangs trafen sie auf keine Menschenseele. Jetzt nach 23 Uhr war es auf der Straße relativ ruhig geworden. Bei den Außentemperaturen taten sich selbst Masochisten schwer mit einem Spaziergang.

Stange kratzte sich nachdenklich am Kopf. »Ist Ihr Haus unterkellert?«

»Klar, was meinen Sie, wo ich mein Fahrrad abgestellt habe«, erwiderte Thiemann bissig. »In mein Wohnzimmer passt gerade 'ne Couch und 'n Sessel.«

»Hm, er muss sehen, wer kommt, also wird er sich vermutlich auf der Kellertreppe aufhalten. Seine Laune dürfte nicht die beste sein. Da ist bestimmt nicht geheizt. Ich schätze, die Gefahr kommt aus der Richtung, wenn er sich in dem Haus aufhält.«

»Dann man zu! Alter, auf geht's in die warme Stube!«, versuchte Hilpert seinen Freund aufzuheitern.

Dieser blieb gelassen. Fast schien es, als hielte er die Veranstaltung für eine große Gaudi. Irgendwo war er ein jugendlicher Raufbold geblieben. Allerdings nur in seinem Herzen. Auf der Straße musste er seine Kraft selbst als Heranwachsender nicht demonstrieren. Er brillierte schon damals lieber mit markigen Worten. Tatsächlich erreichten sie das Mietshaus aus den späten Sechzigern unbehelligt. Thiemann rüttelte mehrfach am Knauf. Diesmal hatte tatsächlich ein aufmerksamer Nachbar dafür gesorgt, dass abgeschlossen wurde. Laut fluchend schloss er umständlich auf. Stand ihr Mann im Keller, hatte er ausreichend Zeit, sich zu orientieren. Er wollte das Treppenhauslicht einschalten, als eine dunkle Gestalt die Kellertreppe hochkam.

»Ich dachte, wir können in Ihrer Wohnung besser verhandeln, als auf dem kalten Parkplatz beim Friedhof«, begrüßte er Thiemann.

»Warum sollte ich?«, erwiderte er selbstbewusst.

»Vielleicht, weil ich das dabeihabe?«

Mit einem Ruck zog er eine großkalibrige Pistole aus der Manteltasche und fuhr ihn ungeduldig an: »Mann, beeilen Sie sich,

ich friere mir seit Stunden den Arsch ab. So weit ist es doch nicht von hier nach Ohlsdorf.«

Das Minutenlicht flammte auf, als Thiemann den Schalter betätigte. Nur stand er nicht mehr allein im Flur. Hilpert war durch die angelehnte Tür ebenfalls hineingehuscht. Burmeister, Pressesprecher des Konzerns, blickte konsterniert auf ihn. Sein Gegenüber starrte ihn über den Lauf seiner Pistole an.

»Wollen Sie es drauf ankommen lassen? Sie Jesse James, ich Wyatt Earp?«

»Nein, im besten Fall gehen wir beide drauf. Ich verlier in jedem Fall. Sie sind garantiert nicht ohne Kavallerie ausgerückt.«

»Kluge Antwort. Dann lassen Sie mal fallen.«

Burmeister kam ungewöhnlich ruhig seiner Aufforderung nach. Hart schlug die Pistole auf dem Fußboden auf. Hilpert zog sich einen Plastikhandschuh über und hob sie auf. Anschließend verstaute er sie in einem durchsichtigen Beutel, den er aus seiner Jackentasche gezogen hatte. Fachkundig betrachtete er sie. »'ne P38. Und ich dachte, die sind alle in Afghanistan gelandet.«

Burmeister blieb gelassen. »Etwas Ähnliches hab ich schon erwartet. Da schlägt einer kurzfristig bei uns auf und kommt mir innerhalb kürzester Zeit auf die Spur, während die Polizei monatelang herumdilettiert. Der kann nicht allein auf mich gekommen sein. Wie haben Sie das geschafft?«

»Ihr Jaguar an der Elbchaussee.«

»Klar, ich konnte wohl schlecht der Runde beitreten, nachdem ich Sie vor dem Haus beim Palaver mit Ihren Kollegen entdeckt hatte. Normalerweise hab ich immer ein Taxi genommen. An dem Abend hatte ich mir vorgenommen, keinen Alkohol zu trinken, um mich besser aufs Spiel zu konzentrieren. Ich rechnete mit großen Töpfen. Da sieht man, was man davon hat, wenn man vernünftig sein will.«

»Das klingt fast wie ein Geständnis«, meldete sich Stange, der ebenfalls eingetreten war.

Burmeister antwortete resigniert: »Darauf kommt's nicht mehr an. Sie haben die Waffe. Die gehörte meinem alten Herrn. Irgendwie hatte der die bei der Bundeswehr abgestaubt. Ich konnte sie nicht entsorgen, nachdem ich damit Demel erschossen hatte.

Es war anzunehmen, dass ich sie erneut gebrauchen müsste. Und Ersatz gab's keinen. So was nennt man Restrisiko.«

»Wie wird ein erfolgreicher Manager wie Sie zu einem Killer? Haben Sie zu oft auf Sizilien Urlaub gemacht?«, fragte Hilpert.

»Gute Frage. Der erste Mord an Barsch war eigentlich nicht gewollt, wurde aber erforderlich. Er war uns auf die Spur gekommen. Er wollte sich an unserem Nebeneinkommen beteiligen. Das konnten wir nicht zulassen. Er war einfach zu gierig. Davon abgesehen ist meine Liquidität zu schwach. Der Rest war das Ergebnis logischer Entscheidungen.«

Hilpert legte ihm Handschellen an. »Mann, wen hätten Sie noch alles umlegen wollen, um Ihre Betrügereien zu decken?«

»Keine Ahnung. Steckt man erst mal in dem Teufelskreis drin, ist es schwierig, da wieder rauszukommen.«

Sie führten einen Mann ab, der sich bis vor Kurzem nicht zu schade war, sein Unternehmen zu betrügen, ansonsten aber ein ruhiges Leben führte. Seine eigene Gier hatte ihn zu einem mehrfachen Mörder werden lassen. Irgendwann steckte er im Treibsand fest und wurde mit jeder eigenen Bewegung weiter nach unten gezogen. Nach dem ersten Mord war es unmöglich geworden, sich aus dieser Situation zu retten. Es mochte möglich sein, manch falsche Entscheidung in seinem Leben zu korrigieren. Nur der Tod eines Menschen war unwiderruflich. Da half keine Entschuldigung, keine Abbitte. Es gab kein Pardon.

41

Burmeister atmete tief durch, als sich Hilpert und Stange zu ihm ins Vernehmungszimmer setzten. Es war ihm anzumerken, dass dessen funktionale Ausstattung nicht unbedingt seinem Geschmack entsprach. Er war Besseres gewöhnt und würde sich mit der Tristesse und Einfachheit seiner künftigen Lebensumstände erst anfreunden müssen. Die Beweislage war eindeutig. Das Gefängnis würde er erst als alter Mann wieder verlassen dürfen. Bis dahin hätte er selbst die Erinnerung an den Geschmack teurer Havannazigarren verloren. Das war dem Pressesprecher des Konzerns ebenso klar. Unnatürlich entspannt lehnte er sich in seinen Stuhl zurück und streckte seine Beine aus. Irgendwie schien es, als fühlte er sich trotz aller Umstände erleichtert. Bevor die beiden Beamten auch nur eine Frage stellen konnten, begann er zu reden. Obwohl es bereits nach Mitternacht war, sprühte er vor Mitteilungsbedürfnis.

»Es war alles so verdammt einfach. Es begann vor zehn Jahren. Damals war ich in unserem Konzern für die Wirtschafts-PR zuständig. Mein Vorgänger hatte noch zwei Jahre. Ich war als sein künftiger Nachfolger eingestellt worden. Er war 63 und wartete nur darauf, endlich seinem Hobby als Blumenzüchter frönen zu können. Rosen waren es, er liebte Rosen. Brachte man das Thema darauf, waren die nächsten Stunden gelaufen. Er träumte den großen Traum, selber eine zu züchten, die seinen Namen tragen sollte. Ich meine, das hat nicht geklappt. Trotzdem wirkte er zufrieden, als ich ihn zuletzt sah.« Träumerisch sah er an ihnen vorbei, bevor er fortfuhr: »Es lief von Anfang an in meinem Sinn. Ich hatte freie Hand und er genoss es, mit mir einen erfahrenen PR-Mann zur Seite zu haben, dem er nichts mehr zeigen oder erklären musste.«

Eine Strähne seines vollen, nach hinten gekämmten Haares drohte ihm ins Gesicht zu fallen. Mit einer unwirschen Handbewegung beförderte er sie zurück in Positur, so wie es sich gehörte. »Wir verstanden uns prächtig. Je weniger Fragen ich an ihn hatte, desto fröhlicher begegnete er mir. Es war ein sehr harmonisches Miteinander.«

»Wie fing der andere Teil Ihrer Karriere an?«, fragte Hilpert nach.

»Wie kommen Jungfrauen zu Kindern? Plötzlich eröffnet sich einem eine Gelegenheit. Es kommt mir vor, als sei es gestern geschehen. Wir wollten einen Videofilm in Auftrag geben. Er sollte im Rahmen unserer Hauptversammlung gezeigt werden. Es war an sich nichts Großes, nichts Bedeutendes. Auch das Budget hielt sich in Grenzen. Unser Auftrag war, insbesondere die Kleinaktionäre mit schönen Bildern zu motivieren. Dazu gab es Schnittchen und vor allem Freigetränke. Man weiß ja, was sich gehört.« Er lachte gehässig auf. »Wen treffe ich bei einer der Konkurrenzpräsentationen für den Film? Einen Kollegen aus vergangenen Tagen, mit dem ich als junger Referent zusammengearbeitet hatte. Wir hatten uns immer gut verstanden, zogen manches Mal gemeinsam um die Häuser. Er war inzwischen bei einer Agentur gelandet. Sein Konzept, das er vorstellte, war ordentlich. Das galt allerdings ebenso für seine direkten Mitbewerber.«

Er stockte und bat überraschend um eine Zigarette. Diesen Wunsch konnte man ihm zu so später Stunde nicht erfüllen. Offensichtlich hatten ausschließlich Nichtraucher Nachtschicht.

Er winkte gelassen ab und redete weiter: »Wir verabredeten uns am selben Abend. Ich ließ mich nett von ihm bewirten, wie es üblich ist, ganz ohne finanzielle Interessen. Er hingegen wollte weniger über alte Zeiten mit mir reden als über mich in meiner aktuellen und künftigen Position. Einige Stunden später landeten wir irgendwo in der Stadt im Puff. Ich meine, es war in der Esplanade. Die Mädchen kamen wohl aus Südamerika. Er hat sich wirklich angestrengt, mir zu gefallen.« Er blickte zu Hilpert herüber. »Er bot mir auf dem Rückweg im Taxi 10.000 Euro, wenn sie den Auftrag bekämen. Sie waren relativ frisch im Markt und konnten den Auftrag eines renommierten Konzerns gebrauchen. Es ging um den berühmten Fuß in der Tür.« Er beugte sich vor und blickte den beiden Ermittlern direkt ins Gesicht. »Ich hatte bis zu dem Zeitpunkt keinen Hintergedanken und wollte nur mal testen, wie weit die gehen würden. Ich verlangte das Doppelte in kleinen gebrauchten Scheinen wie im Kino. Wobei das wohl eher bei Erpressungen so gefordert wird. Ich hab keine Ahnung.«

Breit grinsend saß er vor ihnen, als sei er gerade dabei, das Geschäft zu tätigen und würde in Gedanken das Geld zählen, das man ihm überlassen wollte. »Der hat dazu genickt, ohne mit der Wimper zu zucken. Also bekam er den Auftrag und ich durfte mich über die leicht verdiente Kohle freuen. Die haben garantiert keinen Cent mit dem Film verdient, aber sie wollten mit mir das Geschäft machen. So gesehen konnte ich mit gutem Gewissen dazu nicken. Die schadeten sich selber. Die Interessen meines Arbeitgebers blieben unberührt. Wenigstens konnte ich mir das einreden. Und ich konnte mir einen geilen Urlaub leisten mit 'ner netten Dame, die ich damals gerade kennengelernt hatte. Da kam Freude auf. Und übrig blieben ebenfalls noch ein paar Scheine. Die hab ich dann nach und nach verballert, wie's mir in den Sinn kam.«

Er redete sich in Rage und sie ließen ihn gewähren. Das Band lief mit. Der Rest würde sich ergeben.

»Das war natürlich nur Kleingeld, was da mit dem Film in meine Taschen gewandert war. Ich begann, Blut zu lecken. Die Zusatzeinnahmen passten vorzüglich in mein Konzept. So habe ich diese Agentur step by step stärker in unsere Geschäfte eingebunden. Anderen konnte ich verständlich machen, wie der Hase lief. Und sie waren lernfähig. In kurzer Zeit hab ich überall dort mitverdient, wo die Sachen über meinen Schreibtisch liefen.« Er erhob seine Stimme. »Meine Herren, brutto für netto. Und es war ganz einfach. Als ich dann die Verantwortung für den gesamten Bereich übernahm, ging die Post erst richtig ab. Allein der Geschäftsbericht warf 75.000 Euro für mich ab. Da ist in den Jahren einiges zusammengekommen.«

Hilpert fragte nach: »Hatten Sie kein schlechtes Gewissen, Ihren Arbeitgeber zu hintergehen?«

»Nein, in den Konzernen wird an vielen Ecken Geld verschleudert. Warum sollte nicht ein wenig davon bei mir landen? Anfangs hatte ich halt Angst, man könnte mir auf die Schliche kommen. Aber nichts geschah.«

»Ist denn niemandem in all den Jahren was aufgefallen?«

»Das lief die ganze Zeit wie geschnitten Brot.«

»Und wie kam Leuprecht ins Spiel?«

»Ob Sie's glauben oder nicht, durchs Zocken. Irgendwann fing mich diese Pokerwelle ein. Es begann just for fun. Aus einer prickelnden Freizeitunterhaltung entwickelte sich eine Sucht, die ich nicht mehr in den Griff bekam. Dieser Prozess war schleichend. Eigentlich bin ich mir erst seit Kurzem darüber im Klaren. Wen treffe ich auf einer dieser diskreten Veranstaltungen? Kollegen Leuprecht. Er spielte konzentriert, begrenzte seine Risiken und trank keinen Tropfen Alkohol.« Er ballte seine Hände zu Fäusten und schlug sie gegeneinander. »An ihm hätte ich mich orientieren sollen. Er war ein cleverer Hund. Aber ich war ja so schlau, wusste alles besser. Nun gut, wir kamen einander näher. Irgendwann zog ich ihn ins Vertrauen. Es stellte sich bald heraus, dass wir beide als Team optimal absahnen konnten. Kritische Nachfragen erstickte er bereits im Keim. Soviel ich weiß, geschah das nur einmal. Und er war bescheiden. Ihm reichte ein Drittel des Überschusses. Das holte ich bequem durch seine Mitarbeit wieder rein. Ich musste abgeben und hatte trotzdem mehr. Er war eine Bereicherung für mich.«

Er wischte mit den Händen über den Tisch. Es verriet seine Nervosität, die er unter der Decke der Gelassenheit zu verbergen suchte. »Das Risiko, in den Kolonnaden auf einer Bananenschale auszurutschen, war signifikant höher. Hätte mich diese verdammte Spielsucht nicht gepackt, ich hätte mich längst irgendwo niederlassen und in den Tag hinein leben können. Vor allem gäbe es keine Toten.« Fast flehentlich blickte er auf die Ermittler. »Es ist alles weg, auch das offiziell verdiente Geld. Ganz im Gegenteil durfte ich mir über zweihunderttausend Euro Schulden ans Bein binden. Und die Leute, die die Kohle von mir bekommen, sind gnadenlos. Die erreichen mich selbst hinter Gittern.«

»Wie kam Barsch ins Spiel?«

»Dieser Arsch wollte Karriere machen und schlug irgendwann bei mir auf, um mir zu erklären, dass man den Geschäftsbericht deutlich günstiger produzieren könne. Er habe ein System entwickelt, das es ermögliche die Kosten für Broschüren und andere Machwerke vergleichbar zu machen. Dies selbst zwischen unterschiedlichen Unternehmen.«

»Daher musste er sterben?«

»Nein, das wurde erst brenzlig, als er weiter ins Detail ging und andere Produkte mit einbezog. Er begriff Schritt für Schritt, dass da von unserer Seite abkassiert wurde. Meine Broschüren und sonstigen Werbemittel waren einfach zu teuer.«

»Wieso ist sonst niemand auf Sie aufmerksam geworden?«

»Wie denn? Mit mir liefen die Planungsgespräche wie geschmiert. Ich hab meine Budgets akribisch eingehalten. Es gab keinerlei Veranlassung, mir zu misstrauen. Ganz im Gegenteil ich wurde gelegentlich geradezu als leuchtendes Beispiel hingestellt. Entscheidend ist nicht, wie viel man ausgibt, sondern dass man sich im vorgegebenen Rahmen bewegt.«

Hilpert unterbrach: »Kommen wir auf Barsch zurück. Versuchte er Sie zu erpressen?«

»Kann man so sagen, vor allem, nachdem er mehr per Zufall mitbekam, dass ich spielte.«

»Das war ja auch seine große Leidenschaft.«

»Richtig. Er verlangte von mir, ihn in unsere Runden einzuführen. Was blieb mir anderes übrig? Solange er gewann, ging das in die richtige Richtung. Doch dann musste er anständig bluten. Da machte er mir deutlich, wer seiner Meinung nach für diese Verluste aufkommen sollte. Dazu hab ich mich einmal hinreißen lassen. Aber es reichte ihm nicht. Schließlich kam er mit aberwitzigen Vorstellungen auf mich zu.«

»Und da haben Sie ihn kaltblütig erschlagen.«

»Ganz so war das nicht. Als ich ihn aufsuchte, wollte ich mit ihm eigentlich zu einer gütlichen Einigung kommen. Doch er ließ mir keine andere Wahl. Ich war darauf eingestellt, ihn aus dem Weg zu schaffen. Es wäre mir lieber gewesen, ihn auszuzahlen. Leider bin ich nicht flüssig gewesen. Und er wollte nicht warten. Er schwafelte irgendetwas von einer Wohnung in Winterhude.«

»Hatten Sie daher Leuprecht geraten, sich ein bombenfestes Alibi zu verschaffen?«

»Ach, das haben Sie rausbekommen? Klar, landete man bei ihm, war der Weg zu mir nicht weit.«

»Man kann Sie ja nun nicht als Profikiller bezeichnen. Ging das so einfach?«

»Gute Frage. Eines hat sich gezeigt, wenn man jemanden hasst, geht es leichter, als man meint.«

»Und wie war es dann mit der Freundin von Barsch?«

»Die hatte er wohl in seine Pläne eingeweiht. Sie schrie ebenfalls nach Geld. Sein Tod ging ihr wohl nicht sonderlich nahe. Aber diese Scheißwohnung schwirrte ihr ebenso durch den Kopf wie ihm. Da musste Leuprecht ran. Mehr schlecht als recht hat er es geschafft. Er hatte sein Alibi beim Ableben von Barsch. Ich bekam meines bei ihrem Tod.«

»Und Demel, weshalb haben Sie den erschossen?«

»Nachdem er mit Ihnen gesprochen hatte, musste er den Braten gerochen haben. Er griff sich Leuprecht und holte aus ihm alle Informationen heraus, die er haben wollte. Anschließend landete er bei mir und wollte mit abkassieren. Leider hat er mich unterschätzt, dieser Berufsverbrecher. Das ging ganz einfach. Der wäre nie auf die Idee gekommen, dass ich eine Pistole auftreiben würde. Gelobt seien die Väter, die bei der Bundeswehr ihr Unwesen getrieben haben, und ihre Vernarrtheit in Waffen.«

»Und Leuprecht musste sterben, weil er zusehends die Nerven verlor.«

»Sie sagen es. Ich bedaure irgendwo sogar seinen Tod.«

Die beiden Beamten schauten einander an. Was sie erstaunte, war die Kaltschnäuzigkeit, mit der Burmeister seinen Weg in die Kriminalität beschrieb. Schließlich hatten sie es nicht mit einem Taschendieb oder einem Scheckbetrüger zu tun, sondern mit einem Konzernmanager, der sich zum mehrfachen Mörder gemausert hatte. Erst jetzt fiel Stange auf, dass er nicht eine Frage stellen musste. Und trotzdem hatten sie alles zusammen. Über weitere Details mochten sich Kollegen von ihnen kümmern. So schwer ihnen die Aufklärung der Konzernmorde fiel, so leicht machte es ihnen der Täter bei der Beweisführung. Der Staatsanwalt würde es zu danken wissen. Diesen Prozess konnte er nur gewinnen. Gemeinsam verließen sie das Präsidium am frühen Morgen.

Hilpert verbrachte wenige Stunden im Bett und beschloss, am nächsten Tag erst gegen zehn seine Dienststelle aufzusuchen. Als er eintraf, war von Stange noch nichts zu sehen. Er genehmigte sich in der Kantine ein ausgiebiges Frühstück, bevor er sich ins Getümmel stürzte. Glücklicherweise entlasteten ihn seine Kollegen bei den weiteren Verhören, denn sie trafen auf einen aussagefreudigen Täter. Glaubte er, den Tag in Ruhe begehen zu können, sollte er irren. Von allen Seiten schlug man ihm auf die Schulter und beglückwünschte ihn zu der Aufklärung der Morde. Polizeidirektor, Staatsanwalt, alle schauten vorbei. Sein Stern strahlte am Himmel wieder leuchtend hell. Da musste er durch.

42

Mit der Lösung der Konzernmorde waren sie längst nicht aus dem Schneider. Nach wie vor irrte irgendwo in dem Land ein Mann umher, den sie für einen gefährlichen Sexualmörder hielten. Alle Fahndungsmaßnahmen versandeten in irgendeiner Sackgasse. Hilpert und Stange hatten sich auf einen Kaffee getroffen und versuchten, auch in diesem Fall ein Stück weiterzukommen.

»Ich hab mit den Kölnern telefoniert. Die haben im Bereich des Osnabrücker Bahnhofs jeden befragt, vom Oberschaffner bis zum letzten Stricher. Nichts, sie sind auf nichts und niemanden gestoßen. Kein Taxifahrer konnte sich an ihn erinnern. Wenn Köster dort aufgeschlagen ist, hat er sich anschließend gleich unsichtbar gemacht. Oder er hat während der Fahrt das Fliegen gelernt. Nur, wer wollte das glauben?«

Stange hörte aufmerksam zu und antwortete nachdenklich: »Du weißt, dass ich der These mit Osnabrück nur sehr zurückhaltend gefolgt bin.«

»Eigentlich hast du sie sogar abgelehnt«, stimmte ihm Hilpert zu.

Er hatte wieder einmal die Deutschlandkarte im Internet aufgeschlagen. Er wies mit der Hand darauf. »Das passt wie die Faust aufs Auge. Hier Bremen, da Osnabrück.«

»Aber der weiß doch, dass sein Kumpel einsitzt. Ansonsten hätte er nicht fluchtartig seine Wohnung verlassen.«

»Ich muss dir zustimmen. Was hätte der in Osnabrück zu suchen? Das Risiko dort geschnappt zu werden, wäre viel zu hoch.«

Stange presste seine Finger gegen die Schläfen und massierte sie sanft, als würde es helfen, einen klaren Gedanken zu fassen. »Es wird vermutet, dass die dort über eine weitere gemeinsame Unterkunft verfügen. In der Wohnung von Löffler haben sich ebenso wie in der von Köster keine Spuren von Frauen finden lassen. Davon abgesehen halte ich es für nachgerade unmöglich, in eine Mietskaserne gewaltsam einen Menschen zu verschleppen und dort wochenlang zu vergewaltigen, ohne dass die Nachbarn etwas davon mitbekommen. Das alles mit ständig wechselnden Opfern. Schließlich mussten die auch weggeschafft werden, wenn sie genug von ihnen hatten.« Energisch tippte er mit dem Zeigefinger auf den Tisch. »Die haben eine weitere Bleibe, wohin es leichter ist, die Frauen zu verschleppen. Vielleicht will er dort untertauchen?«

»Aber muss der nicht damit rechnen, dass es in der Stadt nur so vor Polizisten wimmelt? Und woher will er wissen, ob sein Kumpel auf Dauer dichthält?«

»Womit du wiederum recht hast. Irgendwie passt das nicht.«

Hilpert stierte scheinbar ohne Sinn und Verstand auf den Bildschirm. Eine brauchbare Antwort vermittelte er ihm nicht. Stück für Stück kristallisierte sich bei ihm eine neue Option heraus. Er wischte mit dem Handrücken über seine Stirn. »Scheiße, es gibt natürlich einen völlig anderen Denkansatz. Darauf hätte ich schon früher kommen können.«

»Spuck's aus«, ermunterte ihn Stange.

»Vorher beantwortest du mir eine Frage. Was geschieht mit seinem alten Herrn?«

»Den hat man erst mal nach Hause gelassen. Der ist weit über siebzig. Fluchtgefahr kann man bei dem abhaken, über einen festen Wohnsitz verfügt er ebenfalls. Steckt man den in den Kahn, so kann man ihn auch gleich mit den Füßen nach vorne hinausbefördern. Wenigstens bis zur Klageerhebung will man ihn in seiner gewohnten Umgebung belassen. Ich schätze, der kommt mit einer Bewährungsstrafe davon.«

»Lass dir gesagt sein, der ist den Weg, den er gekommen ist, mit dem Zug wieder zurückgefahren. Vermutlich hockt Köster warm und trocken bei seinem Vater in Asendorf und feixt sich einen. Der hat gar keine andere Alternative. Sein Kumpel sitzt. Über kurz oder lang wird der die Informationen über den zweiten Standort ausspucken. Die Einzigen, die ihm helfen, sind seine Eltern. Die stehen bedingungslos hinter ihm.«

»Woll'n wir nochmals die Kollegen um Amtshilfe bitten?«

Er tippte mit dem Zeigefinger mehrmals gegen die Stirn. »Nein, diesmal nehmen wir das Heft selber in die Hand. Ich schau mal, ob Reichelt da ist. Gemeinsam mit ihm holen wir uns den Sack. Wir sind ein eingespieltes Team und können uns aufeinander verlassen. Außerdem hat der Alte keine Gewehre mehr. Die hat man ihm mit Sicherheit abgenommen. Und ...«, er grinste ihn an, »sollte ich mit meiner Vermutung danebenliegen, bleibt es unter uns.«

»Über den Vater mache ich mir weniger Gedanken als über seinen kriminellen Sohn«, gab Stange zu bedenken. »Der hat immerhin die Pistolen unserer Kollegen.«

»Den schaffen wir schon, da bin ich optimistisch. Komm, gehen wir rüber zu Reichelt.«

Ihr Kollege stellte keine weiteren Fragen, als sie ihn auf ihr Anliegen ansprachen. Gelassen nahm er seine Dienstwaffe aus der Schublade seines Schreibtisches und schob sie in sein Seitenhalfter.

»Hoffen wir, dass wir den Ballermann nicht benötigen. Aber wenn ich euch recht verstehe, verfügen die mit den Pistolen unserer Kollegen über ein kleines Waffenarsenal. Wenn die sich in die Ecke getrieben fühlen, kann man für nichts garantieren. Sei's drum, wir sind darauf vorbereitet.«

Selbstbewusst verließen sie sein Büro.

Am Maschener Kreuz nahmen sie die A1 Richtung Bremen und verließen die Autobahn an der Abfahrt Hittfeld. Sie durchfuhren zehn Minuten später mit Jesteburg einen Heideort, in dem man versucht hatte, den Charakter niedersächsischer Fachwerkarchitektur zu erhalten. Teilweise war das durchaus gelungen. Doch auch dort traf man auf manche Bausünde, der man eine Entsorgung mit TNT gewünscht hätte. Wenige Kilometer weiter hatten sie ihr Ziel erreicht. In der Nordheide waren die Wege kurz. Durch Asendorf durfte man nicht zu zügig fahren, weil man Gefahr lief, den Ort schon wieder im Rückspiegel zu sehen. Trotz diverser Neubauten war der Charakter eines niedersächsischen Straßendorfs erhalten geblieben. Einige Bauernhöfe waren dem Zahn der Zeit noch nicht zum Opfer gefallen. Sie stellten ihr Fahrzeug ein Stück entfernt von dem kleinen Einfamilienhaus ab, in dem Kruse lebte. Vorsichtig näherten sie sich dem Gebäude. Diesmal wurden sie nicht erwartet. Vielmehr schaute sie der Hausherr verständnislos an, als sie an seiner Tür klopften, und er ihnen öffnete.

»Sie suchen meinen Sohn? Wissen Sie nicht, dass er sich mit dem Motorrad abgesetzt hat?«

»Das wurde jetzt in Bremen gefunden.«

»Dann bekommt es mein Freund hoffentlich bald zurück.«

»Davon können Sie ausgehen. Wir würden uns gern in Ihrem Haus umsehen. Haben Sie ein Problem damit?«

»Warum sollte ich?«

»Na, beim letzten Mal wussten Sie das mit einer Schrotflinte zu verhindern.«

»Da musste ich ja auch meinen Sohn verteidigen. Er ist das Einzige, was ich habe. Und ich muss bei ihm viel wiedergutmachen.«

»Ich verstehe.«

Er wies mit einer Hand ins Haus. »Treten Sie gerne ein und verschaffen sich einen Überblick.«

»Das können wir uns wohl schenken«, lehnte Hilpert überraschend ab. »Kommt, Leute, gehen wir.«

»Was ist denn jetzt passiert?«, fragte Reichelt überrascht. »Ich dachte, wir wollten uns das Haus des Alten näher ansehen.«

Hilpert winkte ab. »Vor Kurzem war er bereit, drei Polizisten mit einer Schrotflinte zu erschießen, nur um zu verhindern, dass sie sein Haus betraten. Uns lädt er dagegen widerspruchslos ein, das Gebäude zu durchsuchen. Da nicht davon auszugehen ist, dass er plötzlich die Seiten gewechselt hat, schließe ich daraus, dass sich der Gesuchte woanders aufhält. Und ich kann mir vorstellen, wo.«

Gemeinsam verließen sie das Grundstück. Sie waren keine zehn Schritte gegangen, als Hilpert sein Handy aktivierte. Er ließ sich von ihrer Sekretärin die Adresse des Freundes geben, mit dessen Motorrad sich Köster abgesetzt hatte.

»Wenn sich der junge Mann in dieser Gegend aufhält, dann bei dem Freund des Vaters. Die sind cleverer, als ich dachte.«

Ihr Navigationsgerät brachte sie selbst in dem kleinen Dorf exakt an den gewünschten Ort. Erneut ließen sie ihr Fahrzeug einige Meter entfernt von ihrem Ziel stehen. Diesmal hatten sie mehr Glück. Köster war tatsächlich in dem Haus des alten Mannes untergekommen. Ob der begriffen hatte, wem er da Unterschlupf gewährte, musste bezweifelt werden. Überraschend gelang ihnen eine unspektakuläre Verhaftung. Der Gesuchte saß am Küchentisch, als er die Polizisten gewahrte. Er griff nach einer Pistole und hastete zum Hinterausgang. Dort starrte er in den Lauf von Reichelts Waffe.

»So schlau wie du sind wir allemal«, knurrte er ihn an. »Wenn du mir einen Gefallen tun willst, versuchst du, die Pistole anzuheben.«

Köster sah ein, keine Chance zu haben. Gehorsam ließ er die Waffe fallen. Er spürte, dass ihn sein Gegenüber ohne Skrupel erschossen hätte. Geräusche hinter seinem Rücken verrieten ihm, dass ansonsten die anderen Beamten ihn sich vorgenommen hätten.

»Hat mein Alter mich verraten?«, versuchte er den coolen Typen zu spielen.

Reichelt schüttelte grinsend den Kopf. »Intuition nennt man das.«

Hilpert setzte einen drauf. »Ist schon Scheiße, wenn man zu wenige Freunde hat, nicht wahr? Da muss man zu häufig auf die gleichen Typen zurückgreifen. Irgendwann geht das in die Hose.«

»Leck mich«, erwiderte er ungerührt. Bei ihm kam keine Fröhlichkeit auf. Wer wollte es ihm verdenken. Die drei Kollegen waren unterm Strich froh, die Aktion ohne größeres Aufhebens über die Bühne gebracht zu haben. Dem für die Region zuständigen Polizeidirektor in Buchholz würde ein giftiges Knurren in Richtung Hansestadt genügen. Letztendlich konnte er froh darüber sein, dass der gefährliche Sexualverbrecher gefasst worden war.

Ihr Image gegenüber den Mitgliedern der Soko in Köln hatten sie wieder deutlich aufpoliert. Wichtiger aber war für sie, dass sie höchstwahrscheinlich den Komplizen von Alexandras Mörder gefasst hatten.

Köster saß vor ihnen im Vernehmungsraum und äußerte sich wortkarg. Die einzigen emotionalen Reaktionen erreichten sie, wenn er vehement seine Beteiligung an Sexualverbrechen bestritt. Sie hofften, ihn auch ohne Geständnis festnageln zu können. Für den voraussichtlichen Zeitraum von Alexandras Entführung hatte er kein Alibi. Allem Anschein nach waren sie gemeinsam tätig geworden. Er und sein Kumpel aus Osnabrück. Vater und Mutter verstrickten sich so heftig in Widersprüche, dass sie ihm wohl kaum ein glaubwürdiges Alibi geben konnten. Das monotone Frage-und-Antwort-Spiel kostete viel Kraft. Köster bewies ungeahntes Stehvermögen. Keiner ihrer Tricks verfing bei ihm. Er schien sie alle zu kennen. Schließlich überließen sie ihn den Kollegen vom K5. Sollten die sich die Zähne an ihm ausbeißen. Stündlich erwarteten sie Anweisungen von der Soko. Vermutlich würden sie den Verhafteten zu ihnen bringen müssen.

Weber rief die drei am späten Nachmittag zu sich. Offiziell musste er sie tadeln, da sie in einer Nacht- und Nebelaktion den Verdächtigten in Niedersachsen einkassiert hatten. Dort blieb man allerdings gelassen. Zu tief saß der Stachel, von einem Mittsiebziger ausgehebelt worden zu sein. Tatsächlich bedankte er sich bei jedem Einzelnen von ihnen. »Vielleicht solltet ihr eine Art Task-Force-Truppe bilden. Am besten schicken wir Sie dorthin, wo wir mit gesetzlichen Mitteln nicht weiterkommen.«

»Und wer besucht uns anschließend im Knast?«, fragte Reichelt angeregt nach.

»Über solche Details müsste man nochmals nachdenken«, antwortete Weber desillusioniert. Sachlich fuhr er fort: »Man wird ja mal träumen dürfen.«

Ihnen war klar, dass sie noch gehörig arbeiten mussten, bis es zur Anklage käme. Aber dies würde das Problem der Kollegen in Köln werden. Köster verschwand aus ihrem Blickwinkel. Wie zu vermuteten war, übernahm ihn die Soko. Sie sahen diese Entwicklung zwiespältig. Einerseits gaben sie die Verantwortung für den hartleibigen Verdächtigen ab, andererseits nahm man ihnen jegliche Einflussmöglichkeiten auf die Verhöre. Im Widerstreit mit sich schauten sie ihm hinterher, als er sie mit den Kollegen verließ. Diese würden ihn am nächsten Morgen nach Osnabrück bringen, wo sein Komplize seit geraumer Zeit verhört wurde.

Auf dem Flur wollten sie sich trennen, als Hilpert Stange zur Seite nahm. »Du wirkst auf mich, als sei dir 'ne Laus über die Leber gelaufen.«

»Nicht gerade 'ne Laus«, antwortete er leise, »dafür ein Nachbar. Meine Frau hat sich unseren Jungen geschnappt und hat sich zu ihm vom Acker gemacht.«

»Wollen wir drüber reden?«

»Guter Witz. Geht es dir besser als mir? Wir sind Opfer unseres Berufs. Viele Familien schaffen das auf Dauer nicht. Meine Frau ist Mitte dreißig. Die hat andere Vorstellungen von einer Ehe als das, was ich ihr bieten kann. Oft genug gewarnt hat sie mich. Irgendwo verstehe ich sie sogar.«

Hilpert suchte betroffen sein Zimmer auf. Die Situation seines Kollegen bekümmerte ihn. Er fühlte sich ausgebrannt. Die Belastung mit zwei parallel laufenden Mordkomplexen hatte ihre Spuren hinterlassen. Zeitweise hatte selbst er seinen Glauben daran verloren, sie aufklären zu können. Nun lagen die Lösungen schön verpackt mit Geschenkband versehen vor ihm und begannen langsam Historie zu werden. Als Kriminalist war er erfolgreich. Als Mensch hatte er das Nachsehen. Seine ehemalige Freundin Alexandra war tot, seine Geliebte davongelaufen, seinen Job hatte er aufgegeben, den neuen Arbeitsvertrag bereits aufgekündigt. Privat wie beruflich durfte er alles in allem den Tiefpunkt seiner Existenz feiern. Sehr viel schlechter konnte es nicht mehr kommen. Nun gut, noch lebte er. Am besten gönnte er sich eine kleine Auszeit. Er war nicht mit großen Reichtümern gesegnet, aber für eine längere Reise reichte es allemal, ohne dass er gleich seine Hausbank um einen Kleinkredit ersuchen musste. Er wollte darüber nachdenken. Und seine Urlaubsansprüche reichten weit über sechs Wochen hinaus. Die Idee, wieder in den Staatsdienst zu treten, wischte er beiseite. Das fehlte ihm noch zu seinem Glück, allem die Krone aufzusetzen, indem er die Verantwortlichen anflehte, in den Schoß der Polizei zurückkriechen zu dürfen. Eher hätte er sich die Zunge abgebissen.

Über eine Reise zu sinnieren und die Idee in die Tat umzusetzen, waren hingegen zwei Paar Schuhe. Wohin sollte es gehen? In die Berge und dort Ski laufen oder in die Sonne, um der nasskalten Witterung für geraume Zeit zu entfliehen. Vielleicht sollte er Australien ins Auge fassen. Dort genoss man zurzeit den Sommer und er war weit genug weg von Hamburg. Doch Weihnachten stand vor der Tür. Bis zum Fest musste er allein schon wegen seiner Eltern durchhalten. Zwei Wochen weiter und er würde bei ihnen Unmengen an Geflügel und süßen Sachen in sich hineinstopfen müssen. So langsam war es an der Zeit, sich Gedanken über ein Geschenk für die beiden zu machen. Eigentlich waren sie schlecht zu beschenken. In ihrer bescheidenen Art hielten sich ihre Wünsche in Grenzen. Bedachte er ihr Alter, waren ihre wesentlichen Bedürfnisse längst befriedigt. Soweit sie etwas benötigten, besorgten sie es sich selber, ohne großes Aufheben daraus zu machen. Oft genug verzichteten sie. Sie würden ihm vermutlich ein paar sinnlose Sachen zum Anziehen schenken und natürlich einen Briefumschlag in die Hand drücken, damit er sich was Ordentliches gönnen konnte. Unter tausend Euro lief da nichts. Gnade ihm Gott, er lehnte das ab. Insbesondere seine Mutter würde es ihm nicht verzeihen. Selbst sein Vater war stolz darauf, es sich leisten zu können, ihm finanziell unter die Arme zu greifen. Die Frage, ob er Geld benötigte, stellte sich nicht. Da er in ihren Augen jung war, unterstellten sie bei ihm automatisch einen finanziellen Engpass. Junge Menschen konnten mit Geld nicht umgehen. Das gehörte sich so. Wahrscheinlich sparten sie jeden Monat einen beachtlichen Teil ihrer Rente, damit er nach ihrem Tod keine Not zu leiden hatte. Eigene Kinder blieben ständig junge Leute. Da musste er durch.

Er räumte seinen Schreibtisch eher provisorisch auf. Anschließend erhob er sich ächzend. Im eigenen Saft schmoren konnte er auch zu Hause. Das aber wenigstens lang ausgestreckt auf seiner Couch, eine Flasche Bier in der Hand und den eingeschalteten Fernseher vor sich. Da durfte man sich wenigstens über die wesentlichen Dinge des Lebens grämen, wie zum Beispiel das Fernsehprogramm.

43

Die Soko hatte in Osnabrück eine Art Dependance eingerichtet. Fünf Verhörspezialisten und ein Psychologe nahmen Kösters Komplizen abwechselnd in die Zange. Und dennoch bissen sie sich die Zähne an dem Kriminellen aus. Er schrie nicht nach einem Anwalt, sondern lehnte es gelassen ab, die Fragen zu beantworten, die ihm nicht ins Konzept passten. Es gab keine Widersprüche aufzuklären, dafür hielt er sich zu bedeckt. Bei der Durchsuchung seiner Wohnung entdeckten sie pornografisches Material in ähnlicher Qualität wie das, das sich bereits bei Köster angefunden hatte. Sie stellten kartonweise Videos und DVDs sicher, in denen barbarische Vergewaltigungsszenen dargestellt wurden. Er schien eine besondere Lust an sadistischen Exzessen zu haben. Den abgebrühtesten Fahndern blieb mehr als einmal das Wort im Munde stecken, als sie das brutale Material sichteten. Und es handelte sich beileibe nicht nur um Hardcorefilme im eigentlichen Sinn. Ganz offensichtlich sahen sie vielfach keine gestellten, sondern Originalszenen. Ihre Erfahrung sagte ihnen, dass sie es eindeutig mit einem sadistischen Gewaltverbrecher zu tun hatten, der sehr genau wusste, weshalb er schwieg. Trotzdem fand sich kein Hinweis auf Frauen, die sich in seiner Wohnung aufgehalten haben mochten. Für ein Wochenendhaus oder eine Wohnung in den Bergen fehlten ihm eindeutig die finanziellen Mittel. In Ermangelung besserer Alternativen hatten sie sich an die Öffentlichkeit gewandt. Und diesmal war ihnen Fortuna tatsächlich hold. Ein älterer Herr aus einer Schrebergartenanlage am Stadtrand meldete sich bei ihnen am nächsten Tag. Es handelte sich in etwa um den sechzigsten Hinweis. Es sollten noch Dutzende folgen.

»Ich kenne den Mann, der hat in unserer Anlage eine Parzelle. Sie liegt etwas abseits. Das Grundstück ist nicht sonderlich gepflegt. Aber der Zaun, den er rundherum gezogen hat, hält einer Stampede stand. Dabei züchtet er keine Rinder.«

Sie waren wieder im Spiel. Mit Blaulicht und heulenden Sirenen folgten sie der Beschreibung des Mannes. Eine innere Stimme sagte ihnen, dass sie der Wahrheit ein ganzes Stück näher kommen würden. Die Beamten landeten in einem friedlichen Laubenpieper-Gelände, das selbst im digitalen Zeitalter ein Stück Geborgenheit und Freiheit versprach. Im Eingangsbereich empfing sie ein drahtiger Mittsiebziger, der gewiss jeden Quadratzentimeter seiner Umgebung kannte. Er war mittelgroß und strahlte gesundes Leben und Ausgeglichenheit aus. Neben ihm stand eine korpulente Frau mit mächtigem Busen und roten Wangen, die allem Anschein nach ein paar Jahre jünger war als er. Aufgeregt führten sie die Beamten zu einem Grundstück, das sich für jedermann sichtbar von den Nachbarn abgrenzte.

»Der Pächter ist nicht sonderlich beliebt«, erläuterte er. »Vor einem Jahr war einem Kind der Ball über den Zaun geflogen und es versuchte, diesen zu übersteigen. Mensch, hat der einen Terz gemacht, als er es mitbekam. Als wollte man bei ihm einbrechen. Sein Freund, der ihn gelegentlich begleitet, ist auch nicht besser.«

Die Gartenpforte war ebenfalls massiver, als man es ansonsten gewohnt war. Einer der Beamten betrachtete das Schloss etwas genauer.

»Als wollte man Fort Knox absichern«, stellte er erstaunt fest. »Wenn wir da reinwollen, benötigen wir ein Brecheisen.«

»Ich organisiere eins«, erbot sich einer der Uniformierten.

Der leitende Beamte winkte ab. »Besser, wir rufen einen Schlosser, sollte es sich um falschen Alarm handeln. Wer hat schon Lust als der letzte Idiot in der ›Neuen Osnabrücker Zeitung‹ vorgeführt zu werden?! Wenn ich mir allerdings die festen Fensterläden betrachte, bin ich durchaus neugierig zu erfahren, was sich dahinter verbirgt.«

Sie mussten keine zwanzig Minuten warten, bis ein Fachmann mit dem erforderlichen Handwerkszeug anrückte. Ohne größere Zerstörungen zu verursachen, öffnete er die Pforte und anschließend die Eingangstür der Gartenlaube. Sie kamen rechtzeitig. Auf dem Bett lag ein lethargisch in ihre Richtung blickendes junges Mädchen. Es war nackt und zog ängstlich eine Bettdecke über seine Blöße, als sie eintraten. Einer ihrer Füße war angekettet, sodass sich ihr Bewegungsradius auf etwa zwei Meter begrenzte. Daneben stand eine nahezu leere Kiste mit Mineralwasser. Auf einem kleinen Nachttisch lag eine einsame Keksschachtel. Am Boden erblickten sie mehrere leere Packungen. Die Versorgungslage musste man als bedenklich einstufen. Vermutlich hatte sie sich das Wasser und den winzigen Essensvorrat diszipliniert eingeteilt. Neben dem Bett stand ein Chemieklo, in das sie ihr Geschäft verrichtete. Er war weitgehend voll. Es roch wie in einer Bahnhofstoilette alter Machart.

»Wie lange werden Sie hier gefangen gehalten?«, fragte sie einer der Männer.

»Welches Datum haben wir heute?«, wollte sie mit schwacher Stimme wissen.

»Den vierzehnten Dezember.«

»Am elften November haben die mich in Hildesheim einkassiert.«

»Die?«

»Ja, es waren zwei Männer mit einem Lieferwagen.« Weinend fuhr sie fort: »Die haben sich abwechselnd über mich hergemacht. Und dann verschwanden sie plötzlich.«

»Sie brauchen keine Angst mehr zu haben. Wir haben die Schweine einkassiert.« Er wandte sich einem seiner Begleiter zu. »Die junge Frau braucht erst einmal ärztliche Hilfe. Befragen können wir sie später. Es ist eh klar, um welche Täter es geht.«

»Die Ambulanz ist schon unterwegs.«

»Klasse.« Wieder wandte er sich dem Opfer der beiden Vergewaltiger zu. »Ihnen wird bald geholfen werden.«

Sie nickte ihm mit Tränen in den Augen zu und sprach mit leiser Stimme: »Ist hier noch ein Raum, wo sich das andere Mädchen aufhält?«

Der Ermittler wurde hellwach. »Ein weiteres Mädchen?«

»Ja, als ich hier ankam, lag ein Mädchen auf dem Bett. Sie war sehr schwach. Mir schien, als hätten sie uns ausgetauscht.«

»Danke für den Hinweis.«

Mit energischer Stimme gab er seine Anweisungen: »Grundstück absuchen! Außerdem will ich Löffler hier haben! Wie steht es mit Köster?«

»Er ist auf dem Weg von Hamburg nach Osnabrück.«

»Gut. Informieren Sie die Leute im Präsidium, dass ich ihn ebenfalls hier sehen will, wenn er eingetroffen ist. Wir werden die Schweine mit ihren Untaten konfrontieren.«

Lautes Rufen erreichte ihn von draußen. Mit schnellen Schritten eilte er in den Garten. Einer seiner Leute winkte ihm zu. »Schauen Sie sich das an, Chef. Wenn mich nicht alles täuscht, erinnert das an ein Grab.«

»Scheiße«, murmelte er. »In was für ein Wespennest haben wir da bloß reingestochen?« Nervös winkte er einen Uniformierten zu sich. »Wir brauchen das volle Programm, Leichenspürhunde, Spurensicherung. Denkt an Schaufeln. Ich befürchte Schlimmes.« Ungnädig schaute er sich um. »Wo bleibt eigentlich der Inhaftierte? Der soll sich anschauen, was er angerichtet hat.«

Er musste nicht lange auf den Beschuldigten warten. Mit unbewegter Miene sah er dem Treiben der Polizei zu, als hätte man ihm einen Platz in der ersten Reihe zugestanden. Tatsächlich aber musste ihm klar sein, was sie erwartete. Bis zum Fund der ersten Frauenleiche verging keine Stunde. Am Ende stießen sie auf drei Opfer. Nun verstand man sein verbissenes Schweigen besser als zuvor. Nur sollte es ihm nicht mehr helfen. In diesem Leben bekam er den Kopf nicht mehr aus der Schlinge heraus. Die DNA-Spuren, die sich anfinden sollten, reichten für mehrere Verurteilungen.

44

Die Hamburger Beamten lieferten Köster unbeschadet bei den Kollegen in Osnabrück ab. Doch sollte er sich seiner neuen Unterkunft nicht lange erfreuen. Erneut saß er kurz darauf in einem Streifenwagen. Er kannte sich gut genug in der Stadt aus und konnte sich ausmalen, wohin sie fuhren und was ihn erwartete. Sie näherten sich dem Schrebergartengelände. Köster verhielt sich ruhig, beinahe gleichgültig, so als ginge ihn die ganze Angelegenheit nichts an. Tatsächlich aber war er hoch angespannt. Den beiden Kripo-Beamten, die ihn begleiteten, erschien er, als habe er mit seinem Schicksal abgeschlossen. Diese Einschätzung machte sie unvorsichtig.

Kurz bevor sie in einen schmalen Stichweg einbogen, meldete sich ihr Gefangener. »Ich bekomm Dünnschiss. Wenn ich nicht irgendwo hinmachen kann, geht alles in die Hose.«

Erschrocken trat der Fahrer die Bremse. »Sind Sie verrückt, Sie können doch nicht einfach ins Auto scheißen.«

»Was soll ich tun? In meinem Magen dreht sich alles.«

»Haben die in der Gartenlaube überhaupt ein Klo?«

Köster schüttelte den Kopf. Man mochte ihm seine Lüge nachsehen.

»Wir lassen ihn hier raus. Hinter dem Baum da vorne kann er hinmachen, ohne dass es jemand mitbekommt«, schlug sein Kollege vor.

Er stoppte den Wagen, stieg aus und öffnete die Fondtür. Gleichzeitig reichte er Köster ein Päckchen Papiertaschentücher.

»Zum Hintern abwischen.«

»Danke.«

Gemeinsam gingen sie die paar Schritte auf eine mächtige Eiche zu. Bevor der Beamte sich versah, hatte ihm Köster einen Ellbogen gegen den Kehlkopf gerammt. Er fiel, ohne einen Ton von sich zu geben, zu Boden. Hastig beugte sich der Mann in

Handschellen herunter und zog dessen Pistole aus dem Halfter. Mit wenigen Schritten erreichte er wieder den Streifenwagen. Bevor der zweite Beamte verstand, wie ihm geschah, hatte Köster die Tür aufgerissen und ihm mit der Pistole mehrmals auf den Kopf geschlagen. Bewusstlos sackte er in sich zusammen. Er griff in die Tasche der Uniformjacke des Polizisten und fand nach kurzem Suchen die Schlüssel für die Handschellen. Er öffnete sie und warf sie zur Seite. Anschließend zog er den Beamten aus dem Wagen und legte ihn am Wegesrand ab. Er wusste, was ihn auf dem Grundstück erwartete. Hektisch atmend überlegte er. Es gab für ihn nur eine Chance: Er musste verschwinden. Er hatte noch keine Idee, wohin, aber im Dunstkreis der Polizei konnte er unmöglich bleiben. Steckte er im Gefängnis, gab es kein Entkommen mehr für ihn. Er legte den Rückwärtsgang ein und fuhr mit durchdrehenden Reifen zurück zur Straße. Keine zwei Kilometer weiter ließ er das Fluchtauto an der Ausfallstraße stehen, über die sie gekommen waren. Hiernach würde in kurzer Zeit gesucht werden. Er erinnerte sich an ein Einkaufszentrum, das wenige Hundert Meter vor ihm liegen musste. Von dort aus wollte er für sich eine Gelegenheit zur Weiterfahrt organisieren. Über den Zustand der Kriminalbeamten machte er sich keine Gedanken. Einer von ihnen würde den Tag nicht überleben. Hätte man ihn darauf angesprochen, es wäre ihm gleichgültig gewesen. Er dachte ausschließlich über seine eigene Situation nach und war froh, entkommen zu sein.

Vor dem Supermarkt entdeckte er auf dem gut gefüllten Parkplatz eine Frau mittleren Alters, die dabei war, die eingekauften Waren in ihren Kombi einzuräumen. Die aufgesperrte Heckklappe erinnerte ihn an eine hungrige Schlange, die dabei war, ihre Beute zu verschlingen. Anschließend schob sie den Wagen zum Eingang des Supermarktes zurück. Er nutzte die Gelegenheit hinten einzusteigen und sich kleinzumachen. Er grinste in sich hinein. Man sollte auch bei kurzen Wegen sein Auto verschließen. Sein Opfer würde sich die Regel vermutlich künftig merken. Jetzt spielte ihm ihre Nachlässigkeit in die Karten. Er musste schleunigst weg von hier. Schon bald würde der Himmel brennen. Die Frau setzte sich kurz darauf hinters Steuer. Sie erreichten zehn Minuten später ein kleines Wohngebiet, in dem überwiegend Einfamilienhäuser standen. Die Grundstücke waren etwas großzügiger geschnitten, als man es gemeinhin erwartete. Sie fuhr direkt in einen Doppel-Carport hinein, stieg aus und öffnete eine Nebeneingangstür, die in einen Hauswirtschaftsraum führte. Das Haus mochte etwa fünf Jahre alt sein und signalisierte, dass dessen Eigentümer beim Bau und der Ausstattung nicht auf den letzten Cent achten mussten. Als sie zum Wagen zurückkehrte, schaute sie in den Lauf der Waffe, die er dem Polizisten abgenommen hatte. Erschrocken schrie sie auf und hielt sich die Hand vor den Mund.

Er sprach sie energisch an: »Keinen Ton! Wenn du tust, was ich sage, wird dir nichts geschehen. Aber ich nehme auf dich keine Rücksicht, wenn du nicht spurst. Ich puste dich weg, solltest du Scheiße bauen! Alles verstanden?«

Sie nickte vorsichtig. Er ließ sie ihre Tüten auspacken und achtete genau auf jede ihrer Bewegungen. Danach schloss er die Tür. Er spürte, dass sie keinen Widerstand leisten würde. Er war der Chef im Ring und würde es weidlich ausnutzen.

Barsch fuhr er sie an: »Mach das Radio an!«

Mit fahrigen Bewegungen drückte sie eine der Tasten eines kleinen Geräts, das neben der Spüle auf der gefliesten Fensterbank stand. Schon füllte die dünne Stimme einer deutschsprachigen Sängerin den Raum. Köster schien den Titel zu kennen. Gut gelaunt summte er mit. Bislang hatte er jede Menge Glück gehabt. Das durfte er nicht verspielen. Er setzte sich an den Küchentisch, der an der Längsseite des Raumes stand und nicht von der L-förmigen Küchenzeile eingenommen wurde.

»Ich habe Hunger. Hau mir ein paar Eier in die Pfanne. Und leg 'n paar Scheiben Brot darunter.« Gehässig fuhr er fort: »Das gibt Kraft auf die Pfeife. Mal sehen, was uns nachher einfällt.«

Die Frau konnte sich vorstellen, was auf sie zukam. Trotzdem befolgte sie seine Anweisungen ohne Widerspruch. Sie schaltete den Herd an, nahm eine Bratpfanne aus dem Topfschrank, gab Fett hinein und stellte sie auf die Ceranplatte. Der Mann jagte ihr Angst ein. Er war breit gebaut. Der Stiernacken signalisierte Kraft, sein Gesichtsausdruck Brutalität. Was sie ihm nicht gab, würde er sich nehmen. Allein mit ihm sah sie keine Chance für sich. Sie dankte der Vorsehung, dass sich ihre dreizehnjährige Tochter bei ihren Eltern aufhielt. Sie wollte dort über Nacht bleiben. Sie traute ihm zu, sich auch an einem jungen Menschen zu vergreifen. Ihr Ehemann konnte ihr nicht helfen. Er war auf Geschäftsreise. Könnte er sich diesem Typen entgegenstemmen? Sie wollte es nicht glauben. Er arbeitete als Finanzberater. Wenn er am Wochenende einige Runden ums Haus drehte oder den elektrischen Rasenmäher betätigte, bezeichnete er das bereits als sportliche Tätigkeit. Sie erwartete ihn erst Ende der Woche zurück. Hatten vielleicht ihre direkten Nachbarn etwas mitbekommen und würden die Polizei rufen? In Gedanken schüttelte sie den Kopf. Es handelte sich um ein älteres Ehepaar, das jetzt vermutlich seinen Mittagsschlaf hielt. Eigentlich war für sie an diesem Abend die große Entspannung angesagt gewesen. Sie hatte sich auf ein Glas Wein und ein gutes Buch gefreut, das sie seit Wochen ungelesen auf ihrem Couchtisch anstarrte.

Verzweifelt schnitt sie mit dem Sägemesser zwei Scheiben vom Brot ab, bestrich sie dick mit Butter und legte sie auf einen Teller. Als das Fett heiß genug war, schlug sie die Eier am Pfannenrand auf und ließ sie vorsichtig hineingleiten. Sie achtete tunlichst darauf, dass das Eigelb ganz blieb. Sie war davon überzeugt, dass er es so wollte, obwohl er sich nicht dazu geäußert hatte. Wie sie es gewohnt war, streute sie eine Prise Salz und ein wenig Pfeffer darauf und sorgte mit einem Heber dafür, dass sie nicht anbrieten. Die brutzelnden Eier, der Geruch nach Gebratenem signalisierten Normalität, dabei wollte ihr die Angst den Atem nehmen. Er beobachtete jede ihrer Bewegungen. Genüsslich verweilte sein Blick auf ihrer Oberweite. Er mochte Frauen, die figürlich etwas zu bieten hatten. Für einen Sekundenbruchteil dachte sie daran, das Brotmesser oder die Pfanne als Waffe einzusetzen. Ein schwer zu definierendes inneres Gefühl hielt sie davon ab. Sie warf einen hastigen Blick auf seine verarbeiteten Hände und wusste, dass Unterwerfung ihr die einzige Chance gewährte zu überleben. Fragte sich nur in welchem Zustand. So wie sie ihn einschätzte, stand ihr Schlimmes bevor. Mit zittrigen Fingern gab sie die fertigen Eier auf die Brotscheiben und reichte ihm den Teller mit dem Besteck.

Er grunzte zufrieden. »Zieh den Pulli aus und setz dich zu

mir«, wies er sie an. Er drehte ihr den Kopf zu und grinste sie an. Als ermunternd begriff sie seine Geste nicht.

»Nun mach schon!«, fuhr er sie an. »Ich hab nicht alle Zeit der Welt. Das Auge will auch was haben.«

Ihre Hände zitterten, als sie seiner Anweisung nachkam.

»Gut und jetzt knöpf die Bluse auf und zieh sie aus. Um den Rest kümmer ich mich.«

Er wies mit einer Hand auf den freien Stuhl neben sich. Sie gehorchte. Er nickte ihr zu, als sie sich zu ihm setzte. Er wusste, er musste von Anbeginn an Macht über sie ausüben. Und er wusste, wie man das tat. Darin war er geübt.

»Das sieht ordentlich aus, was du zu bieten hast. Vielleicht wird der Tag am Ende doch noch gut.«

Er stopfte das kleine Gericht in sich hinein, als habe er die letzte Zeit hungern müssen. Am Ende wischte er mit dem Rest des Brotes den Teller sauber. Ein tiefer Rülpser beendete sein einfaches, aber schmackhaftes Mahl. Er schob den leeren Teller von sich weg und erhob sich mit einem Grinsen. Er stellte sich hinter ihren Stuhl. Voll innerer Anspannung harrte sie dessen, was auf sie zukommen würde und konnte es sich doch denken. Sie krallte ihre Hände in ihre Oberschenkel, als sie ihn hinter sich spürte. Tränen füllten ihre Augen, als sie fühlte, wie er ihren BH hochzog und ihre vollen Brüste fest in den Griff nahm. Er drückte ihren Kopf gegen sein erigiertes Glied. Bedrohlich spürte sie seinen hektischen Atem. Das reichte ihm offensichtlich nicht.

»Steh auf!«, befahl er ihr.

Wieder kam sie seiner Weisung nach. Er drehte sie mit dem Rücken zu sich und schob mit einem kräftigen Ruck ihren Rock hoch. Er presste seinen Unterleib gegen ihr Hinterteil und rieb sich daran. Sie hörte ihn stöhnen. Er fasste unter ihren Slip und zog ihn samt Strumpfhose herunter. Irgendwann waren seine Arme nicht lang genug. »Los, zieh den Scheiß runter!«, fauchte er sie wütend an. »Das kannst du ja wohl selber.«

Was sollte sie tun? War es zweckmäßig, sich zu wehren? Fast schien es ihr, als wartete er nur darauf. Er war zu kräftig für sie. Also folgte sie seiner Anweisung. Sie zitterte, als sie ihm mit nacktem Hinterteil gegenüberstand. Langsam drehte er sie zu sich. Er hatte sich mittlerweile ebenfalls entblößt. Er griff nach ihrer Hand und zwang sie, ihn anzufassen.

»Na, nun zeig ihm, wie es geht. Aber ganz langsam.«

Sie schloss die Augen. Folgsam nahm sie seinen Penis in die Hand. Er zog mit beiden Händen ihren Kopf zu sich herüber.

»Langsamer!«, zischte er sie an. »Wir wollen beide was davon haben. Und jetzt küss mich.«

Ihre Zungen trafen sich. Ekel wollte sie übermannen. Mit Macht unterdrückte sie das Gefühl zu würgen. Fast schien ihr, als schmeckte sie die gebratenen Eier. Sie beherrschte sich und nahm es hin, dass er mit seinen Händen über ihren Hintern strich und schließlich zwischen ihre Beine fasste. Sie reagierte gehorsam wie ein wohlerzogenes Kind. Sein Atem ging keuchend, als er ihre Brüste küsste. Sie spürte seinen kräftigen Griff an ihren Oberarmen.

»Wir gehen nach nebenan«, erklärte er ihr. »Da ist es gemütlicher. Und komm auf keine dummen Gedanken, da wart ich nur drauf.«

Plötzlich spürte sie seine Hand an ihrem Hals. Er drückte einmal kräftig zu. Panik stieg in ihr hoch.

»Das geht ganz schnell«, knurrte er sie an. »Du wärst nicht die Erste, die ich alle mache.«

Durch ihren Kopf raste ein einziger Gedanke: Ich will leben!

Er zog sie am Arm und bedeutete ihr, ihm ins Wohnzimmer zu folgen. Dort wies er sie an, sich auf die Couch zu setzen. Er stellte sich dicht vor sie, seine Beine zwischen ihre gespreizten Beine. Brutal packte er sie mit beiden Händen an den Haaren.

»Jetzt bläst du mir einen. Und mach bloß keinen Scheiß, sonst wird es schrecklich für dich! Ich hab nichts zu verlieren.«

Folgsam öffnete sie ihren Mund und nahm ihn auf. Sie schloss die Augen. Was würde noch auf sie zukommen? Hektisch ruckte sein Unterkörper. Wie das Grunzen eines Schweines nahm sie sein Stöhnen auf. Heiß schoss es in ihren Mund. Ein widerlicher Geschmack machte sich breit. Langsam befreite er sie von sich. Letzte Samentropfen fielen auf ihre Brüste. Abermals musste sie würgen. Sie fühlte sich erniedrigt und sah doch keine Chance, sich gegen ihn zu wehren. Sie durfte sich nicht übergeben, schoss es ihr durch den Kopf. Er würde es ihr garantiert verübeln. Er blickte sich um und entdeckte auf dem Couchtisch eine Packung Papiertaschentücher. Er nahm sie und warf sie ihr zu. So gut es ging, säuberte sie sich. Sie spürte seinen Blick, der auf ihr ruhte. Gemächlich zog er sich vollständig aus. Mächtige Muskelpakete bedrohten sie. Es dauerte nicht lange und er war erneut einsatzbereit. Diesmal zwang er sie dazu, sich rittlings auf ihn zu setzen. Er drang in sie ein und schaute ihr dabei in die Augen. Wieder gab er den Rhythmus an. Als er fertig war, musste sie sich zu ihm legen. Fast schien es, als würde er Kraft tanken. Beinahe zärtlich strich er über ihren Oberkörper. Wie aus heiterem Himmel sprang er auf.

»Los, wo ist euer Gäste-WC? Wir machen uns frisch.«

Wie in Trance erklärte sie ihm den Weg. Er ließ sie vorweggehen. Sie beugte sich über den Wasserhahn und spülte ihren Mund aus. Er stand hinter ihr. Im Spiegel beobachtete sie sein feistes Grinsen. Es schien ihm zu gefallen, sie zu beherrschen. Er war lange nicht durch mit ihr.

»Los dreh dich zu mir!«

Was sollte sie anderes tun, als ihm zu gehorchen?

Mit einer Hand fuhr er ihr zwischen die Beine, während er ihr auftrug, ihn anzufassen. Abermals steckte er seine Zunge in ihren Mund. Sie erwiderte seinen Kuss und spürte, wie seine Erregung anstieg. Er schien unersättlich.

Er drehte sie von sich weg und drang von hinten in sie ein. Gleichzeitig erfasste er ihre Brüste. Hart drückte er zu. Er schrie auf, als er kam. Es schien, als sei bei ihm ein Damm gebrochen. Er stieß sie aus dem Bad in den gefliesten Flur. Sie stolperte und fiel. Weinend strich sie über ihren lädierten Ellbogen. Er packte sie an den Oberarmen und zerrte sie hoch. Auf dem Wohnzimmerteppich fiel er ein weiteres Mal über sie her. Ihre Schmerzensschreie schienen ihn nicht zu berühren. Allenfalls störten sie ihn. Er presste eine Hand auf Mund und Nase, ohne von ihr abzulassen. Eher im Unterbewusstsein spürte er, dass sie sich nicht mehr bewegte. Langsam ließ der Druck seiner Hand nach. In ihr war kein Leben mehr. Ächzend erhob er sich und suchte seine Kleidung zusammen. Teilnahmslos stieß er sie mit der Spitze seines Schuhs in die Seite. Keine Regung. Er beugte sich zu ihr herunter und fühlte am Hals nach ihrem Puls. Sein Opfer war allem Anschein nach tot - erstickt.

»Scheiße!«, reagierte er ungehalten. »Das kam zu früh.«

Eine Sondermeldung im Rundfunk ließ ihn aufhorchen. Sie bezog sich auf ihn. Der Sprecher berichtete über Straßensperren und forderte die Bevölkerung auf, keine Anhalter mitzunehmen. Mit einem Ruck kam Bewegung in ihn. Wütend trat er gegen ihren leblosen Körper.

»Verdammt, was tu ich hier?«, fragte er sich, mit einer Portion Verzweiflung in der Stimme. »Alles deine Schuld«, bellte er los. »Ohne dich wär ich längst weg.« Wieder trat er zu.

Hastig zog er sich an und fuhr sich mit fahrigen Bewegungen durchs Haar. »Ich muss schnellstens weg von hier«, sprach er leiser zu sich.

Er musste die Ruhe bewahren, sonst lief er Gefahr, in aller Eile Fehler zu machen. Köster beugte sich zu ihr herunter und griff ihr unter die Arme. Fast spielerisch zog er die Leiche hinter die Couch. Sollte jemand von der Terrasse ins Haus schauen, würde er nichts entdecken.

Er warf ihr einen letzten Blick zu. »Dich hätte ich gerne mitgenommen. Aber Weiber gibt es genug. Und du hast nur bekommen, was dir zustand. Ihr seid alle Huren!«

Entschieden ließ er von ihr ab. Mit zittrigen Fingern durchsuchte er ihre Handtasche und steckte die wenigen Geldscheine ein, die er fand. In einer Küchenschublade lagen 300 Euro. Das Geld konnte er gebrauchen. Er ging in die Küche und suchte nach dem Autoschlüssel. Erst nach mehreren Anläufen fand er ihn neben dem Geschirrspüler unter einer leeren Einkaufstüte. Erleichtert steckte er ihn ein. Ruhig atmete er durch. Aus dem Eisschrank griff er sich eine Packung Würstchen und eine Flasche Mineralwasser. Das Bier ließ er wohlweislich stehen. Er musste nüchtern bleiben. Er schaute nach der Frau. Sie hatte ihre Lage nicht verändert. Er wollte sich zu ihr herunterbeugen und erneut ihren Puls überprüfen, als ihn eine weitere Warnung der Polizei aus dem Radio erreichte. Hektisch verzichtete er darauf und eilte zur Nebeneingangstür. Er war über sich verärgert. Hätte er die Frau zufriedengelassen, könnte er bereits kurz vor Hamburg sein. Er warf einen Blick auf die Uhr. Er hatte gut zwei Stunden vergeudet. An sein Opfer verschwendete er keinen Gedanken. Die Frau war ihm so gleichgültig wie das Laub, das im Herbst vom Baum fiel. Ihn interessierte auch nicht deren Mutter oder ihre Tochter, die sie am Abend finden sollten, wenn er sich längst über alle Berge gemacht hatte. Er brachte Trauer und Verzweiflung in eine kleine Familie und es war ihm vollkommen egal. Alles, was zählte, war er.

Vorsichtig sah er sich um, bevor er in das Auto stieg. Niemand hielt sich außerhalb des Hauses auf und warf ihm einen neugierigen Blick zu. Jetzt um die Mittagszeit fand in dem Wohnviertel wenig auf den Straßen statt. Er war immer noch wütend auf sich. Da hätte er beinahe seine Sicherheit wegen einer Frau gefährdet. Ruhig startete er den Wagen und fuhr rückwärts von der Zufahrt herunter. Dies war ein kritischer Moment. Fiel jemandem auf, dass ein Fremder am Steuer des Autos der Nachbarin saß, konnte es gefährlich für ihn werden. Das Glück stand abermals auf seiner Seite. In gemächlichem Tempo fuhr er an. Er zwang sich, bis zur Autobahnzufahrt akribisch alle Verkehrsregeln einzuhalten, obwohl er das Gaspedal am liebsten durchgetreten hätte. Nervös schaute er ständig in den Rückspiegel, in der Angst, einen Streifenwagen zu entdecken. Doch Straßensperren schüttelte man nicht aus dem Handgelenk. Wie lange konnte er das Auto nutzen, bis er es wechseln musste? Wenn er zügig fuhr, würde er es bis zu seinem ersten Etappenziel schaffen. Endlich hatte er den Autobahnzubringer erreicht. Er hatte sich entschieden, die A1 über Bremen zu nehmen. Unbehelligt bog er in die Zufahrt ein. Hektisch gab er Gas. Fast hätte er den Vordermann gerammt. Er musste sich zurücknehmen. Ein Autounfall würde all seine Bemühungen zunichte machen. Auf der Höhe von Wildeshausen stellte sich die alte Gelassenheit wieder ein. Vorerst fühlte er sich sicher. Intensiver beschäftigte ihn die Frage, wo er unterkommen konnte. Zwischendurch stellte sich der Hunger ein. Für ihn ein untrügliches Zeichen, dass er zur Normalität zurückfand. Hastig verzehrte er die Würstchen und leerte die Wasserflasche zur Hälfte. Ruhig schaltete er das Radio ein. Ohne emotionale Regung vernahm er, dass die Frau überlebt hatte. Man warnte vor ihm wie vor einem ausgebrochenen Raubtier. Selbst das war für ihn bedeutungslos. Wichtiger war für ihn die Erkenntnis, dass er schleunigst das Fahrzeug wechseln musste. Eine Stunde später erreichte er die Abfahrt Hittfeld. Er setzte den Blinker und verließ die Autobahn. In dieser Gegend kannte er sich aus. Unweit vom Bahnhof stellte er das Fahrzeug ab. Gleichgültig ließ er den Schlüssel stecken. Er griff sich die Pudelmütze, die er bei seiner unfreiwilligen Gastgeberin hatte mitgehen lassen, zog sie über den Kopf und wandte sich dem Bahnhof zu. Die Frau war mittlerweile Geschichte für ihn. Dass man ihm ein weiteres Sexualverbrechen anlasten würde, war ihm unwichtig. Er wusste, was die Polizei in dem Schrebergartengelände finden würde. Das reichte für eine lange Zeit hinter Gittern. Als er endlich im Zug saß, atmete er ruhig durch. Der nächste Schritt war geschafft. Noch war ihm unklar, wie es weitergehen sollte.

Das Auto hatte er bewusst in Hittfeld abgestellt, in der Hoffnung, man würde sich erst einmal auf seinen Vater und dessen Freund konzentrieren. Asendorf war von dort aus nur einen Katzensprung entfernt. Vielleicht vermutete man ihn auch alternativ bei seiner Mutter in Hamburg. Tatsächlich war ihm klar, dass er zu keinem Elternteil gehen konnte. Da hätte er sich gleich freiwillig stellen können. Garantiert wurden beide überwacht. Die Polizei genoss bei ihm keine sonderliche Wertschätzung, aber für dumm hielt er sie nicht. Insbesondere dieses Trio, das ihn festgenommen hatte, nötigte ihm Respekt ab. Das Naheliegende würde unter Garantie in Betracht gezogen werden. In Harburg war er in die S-Bahn umgestiegen. Wie es sich gehörte, zog er sich am Automaten eine Fahrkarte. Bei seinem Glück geriet er in eine Fahrkartenkontrolle. Er setzte sich in die hintere Ecke seines Abteils. Als er den Hauptbahnhof erreichte, ließ er sich von einer Gruppe Reisender, die zum Ausgang strebten, mitziehen. Niemand erkannte ihn oder trat auf ihn zu. Draußen blieb er stehen und versuchte seine Gedanken zu ordnen. Ein Taxi zu nehmen, war viel zu riskant. Wohin hätte es ihn bringen sollen? Davon abgesehen musste er mit seinem Geld sorgfältig haushalten. Inzwischen war es dunkel geworden.

Er dachte kurz darüber nach, sich im nächsten Parkhaus ein

neues Opfer zu greifen und erst mal dort unterzukommen. Diese Idee verwarf er als viel zu risikoreich. Überall hingen Kameras. Und dann noch mit der Geisel durch die Hamburger Innenstadt fahren. Vielleicht hätte er in Hittfeld bleiben und es dort auf dem Parkplatz eines Baumarktes versuchen sollen. Kopfschüttelnd verabschiedete er sich von dieser Option. Selten funktionierte die gleiche Sache zweimal. Er blickte hinüber zur Spitaler Straße. Jetzt, während des Weihnachtsgeschäfts, war sie beinahe taghell erleuchtet. In der Mönckebergstraße sähe es nicht anders aus. Das Risiko, dort erkannt zu werden, war ihm zu groß. Außerdem musste er den Bereich des Bahnhofs zügig verlassen. Überall liefen Uniformierte herum, die nur darauf warteten, einen Polizistenmörder zwischen die Finger zu bekommen.

Langsam konkretisierte sich in seinem Kopf so etwas wie ein Plan. Während seiner Zeit als Kickboxer hatte er gute Kontakte in die Hamburger Halbwelt aufgebaut. Gelegentlich war er als Bodyguard für Kiez-Größen eingesprungen. Später arbeitete er als Geldeintreiber. Hier hatte er einmal zu heftig zugeschlagen, sodass man es vorzog, ihn vorsichtshalber aus dem Verkehr zu ziehen. Glücklicherweise war er nicht unter Verdacht geraten. Mit den Führerscheinen, die er bei der Bundeswehr gemacht hatte, wäre es ihm beinahe gelungen, sich eine Art bürgerlicher Existenz aufzubauen, wäre er nicht seinem Kollegen Karl Löffler begegnet. Der hatte ein perfektes System ausgeklügelt, mit dem man sich die attraktivsten Frauen greifen konnte. Ohne Rücksicht konnte er seine Fantasien an ihnen austoben. Es war wie im Schlaraffenland. Das Risiko ihrer Untaten genossen sie als zusätzlichen Kick. Trotzdem dominierte sie ein Gefühl von Überheblichkeit. Sie verschwendeten keine Sekunde an den Gedanken, einmal gefasst zu werden. Mitleid mit den Opfern? Fehlanzeige! Auch als das erste Mädchen starb, dachten sie keinen Augenblick daran, mit ihren Untaten aufzuhören. Ganz im Gegenteil begannen sie damit, sich daran zu berauschen. Letztlich brachten ihn seine perversen Neigungen endgültig vom Pfad der Normalität weg. Hätte Löffler nicht diese schlecht vorbereitete Aktion gestartet, sie hätten weitermachen können bis ans Ende ihrer Lust.

Nun schlich er durch Hamburg, in der Hoffnung, Leute zu treffen, die ihm weiterhelfen könnten. Mittlerweile war es zu spät geworden, um jemanden aufzusuchen. Zudem war es wohl besser, er kam erst einmal aus der Innenstadt heraus. Mit schnellen Schritten eilte er den Glockengießerwall hoch. Als er die Lombardsbrücke erreichte, hatte er kein Auge für die strahlende Binnenalster oder einige Hundert Meter weiter für die blinkenden Fassaden der weiß verputzten Patrizierhäuser am Neuen Jungfernstieg. Fast schon im Sturmschritt hastete er die Esplanade hoch. Schwer atmend erreichte er den Stephansplatz. Er zwang sich zur Ruhe, als er die Treppen der U-Bahn-Station hinunterging. Vorsichtig schaute er die Wände entlang, nicht dass ihn eine Überwachungskamera einfing. Als er endlich in dem Waggon saß, quetschte er sich in eine Ecke. Dass ihn bloß niemand erkannte. Am Heiligengeistfeld stieg er aus. Zum St. Pauli-Stadion konnte er beinahe hinüberspucken. In früheren Zeiten hatte er sich mit seinen damaligen Kumpels manches Heimspiel angesehen und diverse Biere in sich hineingeschüttet. Diese Zeiten würden nicht mehr wiederkehren. Aber in dieser Gegend kannte er sich aus wie in seiner Westentasche. Die Nacht verbrachte er in einer Absteige in Altona. Hier interessierte sich niemand für den anderen und man stellte keine Fragen. Wichtig war nur, dass die Zimmermiete vorab entrichtet wurde.

Der Portier reichte ihm den Schlüssel. »Frühstück gibt's ab sieben.«

Er brummelte eine Art Antwort und nahm die Treppe in den zweiten Stock. Das Zimmer war erstaunlich sauber, selbst das Bett war frisch bezogen. Er hasste Unordnung und Dreck jeglicher Art. Bei der Bundeswehr hatten sie ihn regelmäßig gehänselt, weil er zweimal am Tag duschte. Sein Bett war stets am besten gemacht, auch zu einer Zeit, als ihn niemand mehr kontrollierte. Sein Spind war aufgeräumt, alles hatte seinen Platz. Er fühlte sich unwohl, wenn er daran dachte, am nächsten Tag wieder dieselbe Unterwäsche, dasselbe Hemd anziehen zu müssen. Seine augenblickliche Situation erforderte Opfer. Er warf einen Blick ins Bad. Zu seiner Überraschung gab es eine Dusche. Es sollte sich kurz darauf zeigen, dass es ausreichend heißes Wasser gab.

Klar, verirrte sich ein Mädel mit einem Freier in dieses Hotel, durfte es am Normalstandard nicht scheitern.

Früh um acht machte er sich nach einem kurzen Frühstück auf den Weg. Möglichst wenige sollten sich sein Gesicht einprägen können. Das galt insbesondere für den Portier. Garantiert würde man einen Preis auf seine Ergreifung aussetzen. Dann stand er da im kurzen Hemd. Für Geld blieb Solidarität schon mal auf der Strecke. Für viel Geld erst recht. Er drückte sich an der Innenseite der Straßen möglichst dicht an den Häuserzeilen vorbei. Das fehlte ihm gerade noch, von einer zufällig vorbeifahrenden Streife aufgegriffen zu werden. Ein weiteres Mal bekam er keine Chance, aus dem Polizeigewahrsam zu entkommen. Als Polizistenmörder ständen ihm keine fröhlichen Tage bevor.

Sein Bild prangte von den Titelblättern der Boulevardblätter herunter. In Kombination mit den aufgefundenen Mädchenleichen war er in den Medien der Hit der Vorweihnachtszeit. Zu seinem Glück musste man mindestens zweimal hinschauen, um ihn zu erkennen. Aber es gab sie allerorten, die Leute mit dem Adlerblick. Er zog seine Pudelmütze ein Stück tiefer in die Stirn, als sei sie ein Allheilmittel.

Sein Freund, Karl Löffler nutzte derweil die Gelegenheit, sich von allem reinzuwaschen und ihn gnadenlos zu belasten. Als Handlanger stellte er sich dar. Dabei war er der Ideengeber. Sollte er ihm in diesem Leben nochmals über den Weg laufen, er wüsste, was zu tun wäre. Doch selbst das war momentan bedeutungslos. Er musste für die nächste Zeit eine sichere Unterkunft finden. Zu seinem Glück war ihm ein Ausweg eingefallen. Früher konnte man sich auf ihn verlassen. Nun musste etwas für ihn getan werden. Es gab nur das Problem, dass er die S-Bahn nehmen musste. Ob er wollte oder nicht, es blieb ihm nichts anderes übrig, als sich zur nächsten Station im Dammtorbahnhof zu begeben. Da es früh am Tag war, die Stadt in ein sattes Grau gehüllt waren, machte er sich zu Fuß auf den Weg. In den Straßen würde sich wohl niemand für ihn interessieren. Damit sollte er richtigliegen.

45

Reichelt und Hilpert nahmen entsetzt die Berichte aus Osnabrück auf. Mit Köster hatten sie tatsächlich einen Serienmörder zu fassen bekommen. Und nun starb auch noch ein Kollege von ihnen, weil man die simpelsten Vorsichtsmaßnahmen außer Acht gelassen hatte. Der vergewaltigten Frau ging es den Umständen entsprechend. Würde sie mit diesem Trauma fertig werden und irgendwann wieder ein normales Leben führen können? Am besten, er besuchte sie mit Kösters Eltern im Krankenhaus, um ihnen klarzumachen, dass sie ein Ungeheuer gezeugt hatten. Vermutlich gelänge es ihnen selbst unter diesen Bedingungen, ihre Augen vor der Realität zu verschließen. Garantiert würden sie sich selbst dann weigern, an seine Verbrechen zu glauben, gäbe er seine Untaten im Fernsehen vor laufender Kamera zu.

Sie standen vor ihrem durchsichtigen Board und versuchten anhand der Diagramme, die sie aufgezeichnet hatten, Struktur in ihre Köpfe zu bekommen. Gab es eine Chance, eine stimmige Prognose für Kösters zu erwartendes Verhalten abzugeben? Wohin würde es ihn ziehen? Er war kein Mensch, der über einen großen Freundeskreis verfügte. Und selbst wenn, wer nahm so ohne Weiteres einen Mann auf, der wegen mehrfachen Mordes gesucht wurde? Seine Rückzugsmöglichkeiten waren mehr oder weniger verbaut. Polizistenmörder wurden auch von Kriminellen nur ungern beherbergt. Das brachte nur Ärger und führte zu ungewollten Razzien. Spätestens an der Stelle bröckelte die Solidarität.

Das gestohlene Auto war am frühen Abend in Hittfeld gefunden worden. Wohin führte Kösters weiterer Weg? Der Ort verfügte über eine direkte Bahnverbindung nach Hamburg. Asendorf und damit das Haus des Vaters war nur wenige Kilometer davon entfernt. Ohne Fahrzeug musste er sich allerdings auf einen längeren Fußmarsch einrichten. Zu wem zog es ihn hin, zur Mutter oder zum Vater? Da es hierauf keine abschließende Antwort gab, hatten sie vor beide Behausungen MEK-Kräfte postiert. Diesmal würde er auf Leute stoßen, die man nicht so schnell umpusten konnte. Nur, war er wirklich so dumm, ein Elternteil aufzusuchen? Würde er es ihnen so leicht machen? Köster war unter Garantie kein Geistesakrobat, der sich mit wissenschaftstheoretischen Abhandlungen auseinandersetzte. Aber sein Leben hatte ihn gelehrt, schwierige Situationen mit Energie und Brutalität zu meistern. Das hatte er vielfältig bewiesen. Und sein krimineller Instinkt leitete ihn sicher durch alle Untiefen. Sie mussten garantiert an anderen Stellen nach ihm fahnden. Hatte er Freunde in der Stadt oder auf dem flachen Land? Wen konnten sie befragen? Hilpert dachte an die Frauen, die sich in der Gewalt dieses Monsters befunden hatten, gegen das selbst ausgewachsene Männer ihre Schwierigkeiten gehabt hätten, sich körperlich durchzusetzen. Wie konnte man eine Gesellschaft dagegen schützen? Ihm fiel keine brauchbare Idee ein. Niemand trug das Kainsmal auf der Stirn. Die Mehrzahl der Sexualverbrechen fand in der Familie oder in der engen Nachbarschaft statt. Die Dunkelziffer war hoch. Falsche Scham, falsche Solidarität mit den Tätern schützte diese in vielfacher Hinsicht. Oft genug waren es die Opfer, die am Ende an den Rand gedrängt wurden. Wie konnte man den beliebten Onkel solch einer Tat bezichtigen? Was musste die Nichte auch immer diese kurzen Röcke tragen!

Sie befanden sich die ganze Zeit in einem anderen Dilemma. Sie hatten es mit Verbrechen zu tun, bei denen die Opfer an unterschiedlichen Standorten nach dem Zufälligkeitsprinzip ausgesucht, überfallen und verschleppt wurden. Es gab keine Täter-Opfer- oder Opfer-Opfer-Beziehung. Man konnte keine logischen Verbindungen herstellen. Niemand streute wie bei Hänsel und Gretel Brotkrumen aus, denen man folgen konnte. Keiner konnte vorhersehen, an welcher Stelle erneut zugeschlagen würde. Diese Verbrecher zu stellen, war unendlich schwer. Am ehesten bekam man sie zu fassen, wenn sie ihr nächstes Opfer im Visier hatten und da einen Fehler begingen. Nur, wer wollte darauf hoffen? Und was geschah bis dahin? War anzunehmen, dass Köster nochmals das Modell Osnabrück anwenden würde? Das hieße, abermals einer Frau aufzulauern und zu versuchen, in ihre Wohnung zu gelangen? Wie wollte man das verhindern? Sie hofften, potenzielle Opfer durch die Presseberichterstattung ausreichend gewarnt zu haben. Ob das reichte? Man würde sehen.

Sie standen im regen Kontakt zu den MEKs. Allerdings entdeckte niemand auch nur den Hauch eines Zipfels von Köster. Dafür gingen Unmengen an Hinweisen aus der Bevölkerung bei ihnen ein. Bis hoch nach Hannover wollte man ihn im Norden gesehen haben. Im Süden vermeinte man ihn sogar auf dem Weihnachtsmarkt in München entdeckt zu haben. Im Schwerpunkt konzentrierten sie sich dennoch auf die Nordheide und Hamburg. Sie gingen davon aus, dass er in seinem angestammten Umfeld auftauchen musste. Bislang ohne Erfolg. Sie stießen auf keine heiße Spur. Köster schien sich in Luft aufgelöst zu haben.

* * *

Der Gesuchte schlich sich im Dammtorbahnhof auf den Bahnsteig der S-Bahn. Wieder achtete er sorgfältig darauf, nicht von einer Überwachungskamera eingefangen zu werden. Ein Taxi zu nehmen, war ihm viel zu riskant, sah man davon ab, dass seine Barmittel nicht lange reichten. Die meisten Fahrer schauten sich genau an, wer zu ihnen einstieg. Das galt insbesondere für Männer mit Pudelmützen auf dem Kopf. Damit war man gleich verdächtig. Abermals interessierte sich niemand für ihn. Der ehemalige Kumpan, den er aufsuchen wollte, wohnte in einer edlen Wohnanlage in Wellingsbüttel, die durch eine etwa zweieinhalb Meter hohe Mauer aus rotem Backstein eingefriedet war. Vor einem kunstvoll geschmiedeten Tor suchte er die Namen auf dem Klingelbrett. Er atmete auf; Kaiser wohnte noch dort. Er blickte sich um, bevor er läutete.

Kurz darauf erklang eine barsche Stimme am Telefon: »Was suchst du hier vor meiner Haustür, Köster? Hat dir jemand ins Kleinhirn geschissen?! Du wirst im ganzen Land gesucht. Jeder Bulle wird auf dich schießen, wenn er nur 'ne Nasenspitze von dir entdeckt. Wer dir hilft, kann in der Stadt einpacken.«

Er reagierte erstaunt. »Woher weißt du, dass ich hier draußen stehe?«

»Guck nach vorne und dann nach links oben. Die Kameras sind keine Attrappen.«

Er kicherte hysterisch. »Klar, jetzt sehe ich die Dinger. Geile Anlage.«

»Was willst du von mir?«

»Ich muss bei dir unterkommen. Ich weiß sonst nicht, wo ich hin kann.«

»Du spinnst wohl! Ich soll einen Polizistenmörder beherbergen? Hältst du mich für einen Volltrottel?«

»Das war nicht so geplant. Ich wollte den Bullen nicht umlegen. Ich muss zu fest zugeschlagen haben.«

»So 'n Ding hatten wir mit dir doch schon mal. Deine Reue kommt zu spät, sie sind überall hinter dir her. Wer sich mit dir abgibt, kann sich gleich die Kugel geben. Was meinst du, würden meine Geschäftspartner mit mir anstellen, wenn die spannen, dass ich gerade mit dir rede?«

»Du musst mir helfen, du konntest dich immer auf mich verlassen. Ich hab immer die Schnauze gehalten.«

»Einen Scheißdreck muss ich!«

Kaiser stockte. Konnte er sicher sein, dass Köster dichthielt, bekam man ihn zu fassen? Ihre damaligen Geschäfte waren durchaus mit einer gewissen Brisanz versehen. Und das Thema Verjährung stand nicht an. Kurzfristig änderte er seine Stimmlage. »Also gut, wegen der alten Zeiten. Ich schick dir einen Mann. Der hilft dir für die nächsten Wochen weiter. Ihr trefft euch heute Abend um zehn in Blankenese, am Anleger, wo die Fähre aus Cranz festmacht. Weißt du, was ich meine?«

»Ich bin ja nicht doof.«

»Das sagst du. Da gibt es andere Meinungen über dich. Sei pünktlich. Niemand wird auf dich auch nur eine Sekunde warten. Und jetzt verschwinde von hier, sonst überleg ich mir das. Das fehlte mir gerade noch, dass dich jemand vor meiner Haustür entdeckt.«

»Klar, ich verschwinde. Danke, dass du mir hilfst. Das werde ich dir nie vergessen. Du kannst jederzeit auf mich zählen.«

Auf eine Antwort wartete er trotz der Ergebenheitsadresse vergeblich, die Verbindung war unterbrochen. Wieder sah er sich um. Nach wie vor war die Straße leer. Er zog an seiner Mütze herum und stellte den Mantelkragen hoch. Die nächsten Stunden musste er sich möglichst unsichtbar machen. Ihm verblieb alle Zeit, pünktlich an dem Treffpunkt zu erscheinen. Ein weiteres Mal musste er sich dem öffentlichen Nahverkehr stellen.

Er schaffte es problemlos. In der Großstadt interessierte sich niemand für den anderen. Nur half es ihm nicht wirklich weiter. Er war für seine ehemaligen Auftraggeber zu gefährlich geworden. Diese waren es gewohnt, schnell und konsequent zu handeln. Eigentlich hätte er es ahnen müssen.

Hilpert war es nicht vergönnt, diese Nacht durchzuschlafen. Gegen eins erreichte ihn ein Anruf. Kösters Leiche war in der Nähe des Eingangs zum Jenischpark in Sichtweite der Elbe aufgefunden worden. Man hatte ihn aus nächster Nähe erschossen.

»Da ist er wenigstens in angemessener Umgebung nach einem unangemessenen Leben umgekommen«, murmelte er auf dem Weg zur Elbchaussee.

Die letzte Problemlösung, die Köster gesucht hatte, war offensichtlich die schlechteste. An einen normalen Überfall vermochte er nicht zu glauben. Zu so später Stunde kam er wenigstens unbehindert durch den spärlichen Verkehr und konnte auf Blaulicht verzichten. Stange empfing ihn dort bereits. Grelle Scheinwerfer beleuchteten den mit rot-weißem Flatterband abgegrenzten Tatort.

»Da muss unser Freund den falschen Leuten ins Gehege gekommen sein.«

»Ist er hier getötet worden?«, wollte Hilpert wissen.

»Sieht so aus. Er hat viel Blut verloren. Der Boden ist durchtränkt davon. Er ist erst vor wenigen Stunden gestorben. Vermutlich kannte er seinen Mörder. Es war fast ein aufgesetzter Schuss mit kleinem Kaliber.«

»Todeszeitpunkt?«

»Ungefähr zwischen 22 Uhr und Mitternacht. Genaueres erfahren wir nach der Obduktion.«

»Gibt es irgendwelche Spuren, Zeugenaussagen?«

»Nichts. Die haben sich den geeigneten Ort zum richtigen Zeitpunkt ausgesucht. Bei dieser Witterung halten sich hier um diese Zeit nur Masochisten auf.«

»Sieht so aus, als könnten wir in der Nähe der Elbchaussee ein Lager aufschlagen. Die einen pokern in dieser Gegend und verspielen ihre Zukunft. Die anderen lassen sich umlegen und haben keine Zukunft mehr. Fragt sich nur, ob uns die Behörde das Geld für die Anmietung adäquaten Wohnraums vorstrecken würde. Ich bin da skeptisch.« Er erwartete keine Antwort, sondern blickte sich um. »Wer hat ihn gefunden?«

»Das Paar dort drüben. Sie werden gerade vernommen. Ich hab mich kurz mit ihnen unterhalten. Denen ist nichts aufgefallen. Die waren mehr mit sich beschäftigt.«

»Bei dieser Kälte muss das Liebe sein.«

Wieder einmal hatte ihnen ihre Arbeit einen Teil der Nacht gestohlen. Aber in diesem Fall fuhren sie befriedigt nach Hause. Ob sie Kösters Mörder ausfindig machen würden, blieb zweifelhaft. Ein Mörder und Frauenschänder war wenigstens von der Straße verschwunden. Dieses Kapitel war ein für allemal abgeschlossen. Es gab schlechtere Tage zu beklagen. Auch wenn Hilpert nicht sagen konnte, wohin es ihn führen würde, er ließ geschlossene Akten zurück. Wer konnte das schon von sich behaupten, wenn er einen alten Arbeitsplatz verließ, um zu neuen Ufern zu gelangen?

Vor dem Hintergrund der gelösten Fälle nahm er sich in den folgenden Tagen die Muße, seine persönliche Situation zu überdenken. Sie als unbefriedigend zu bezeichnen, hätte die Wahrheit nahezu auf den Kopf gestellt. Sie war einfach katastrophal. Solange ihn die Klärung der Mordfälle gefangen hielt, konnte er seine Traurigkeit zurückhalten oder zumindest kanalisieren. Dieser Damm war gebrochen. Nichts lenkte ihn mehr davon ab. Zusehends erreichten ihn erste Ausläufer von Zukunftsängsten. Was wollte er beruflich tun, nachdem er die sichere Bank verloren hatte? In dreieinhalb Monaten schied er unabänderlich aus dem öffentlichen Dienst aus. Was fing er danach an? Sollte er sich kleinmachen und die Kündigung zurücknehmen? Er schüttelte sich, als habe er einen warmen Korn getrunken. Diesen Weg würde er in keinem Fall wählen. Eher verdingte er sich als Söldner im Irak oder als Türsteher auf dem Kiez.

46

Christina beendete das Telefonat. Marc, ihr Exverlobter, hatte sie zu einem Abendessen eingeladen. Was hätte dagegen gesprochen, es anzunehmen? Sie hatten gute Zeiten miteinander verlebt. Die letzten Wochen waren sie sich allerdings aus dem Weg gegangen. Wie es seiner Art entsprach, musste man sich selbstredend bei Jacob in Blankenese treffen. Von ihrer Seite gab es keine Einwände gegen das Restaurant. Sie schätzte das liebevoll hergerichtete Haus. Sie war stets fasziniert, wenn sie das alte, weiß geputzte Gebäude von der Straße aus betrachtete, während von der Elbseite die Moderne zugeschlagen hatte. Unter der Elbchaussee hindurch gelangte sie vom Parkhaus ins Restaurant und wurde aufmerksam empfangen. Marc saß bereits an einem ausgewählten Platz und ließ sich einen ersten Drink kredenzen. Von den Kosten seines monatlichen Alkoholkonsums hätte mancher Harz-IV-Empfänger in Saus und Braus leben und gleichzeitig eine Familie ernähren können. Dabei ging es nicht nur um die Mengen, die er zu sich nahm, sondern eher um die Qualität der bevorzugten Spirituosen. Sie begrüßten sich mit zwei Küssen auf die Wangen, als habe es nie eine Verbindung oder eine Trennung gegeben. Er liebte es, sich von Kellnern umwieseln zu lassen, wenn es darum ging, den geeigneten Wein auszusuchen. Als er mit großer Mimik den Rotwein probierte, wäre sie am liebsten aufgestanden und gegangen. Sie verspürte einen faden Geschmack im Mund.

Dekadent, dachte sie, er ist eindeutig dekadent. Warum ist mir das nicht früher aufgefallen?

Wenn sie ihn mit Fabian verglich, der mit beiden Beinen im Leben stand, musste sie nicht weiter darüber nachdenken, wer die Nase vorne gehabt hätte. Wie hatte sie eigentlich Marc in all den Jahren ertragen können? War es das Umfeld der Familie, der Luxus, der sie umgab, an dem sie ohne große Gesten teilhaben konnte? Oder war sie ähnlich hohl wie er und hatte es nur nicht bemerkt? Ihre Kommunikation konnte man allenfalls als seichtes Geplauder bezeichnen. Es gab nur wenig, was ihn interessierte, wozu er etwas beizutragen wusste. Im Grunde waren es ausschließlich Themen, die ihn direkt betrafen.

Seine Strategie war leicht zu durchschauen. Nachdem sie sich von Fabian getrennt hatte, glaubte er, wieder diesen Freiraum ausfüllen zu können. Er bemühte sich um sie, allerdings ohne zu punkten. Er war für sie Geschichte, emotional war für ihn nichts mehr übrig geblieben. Ganz im Gegenteil wollte sie ihn so schnell wie möglich verlassen. Also beließ sie es bei einer kleinen Vorspeise. Für ihr unbedeutendes Nippen am Weinglas musste sie sich nicht erklären. Glücklicherweise war sie mit dem Auto gekommen. Seinen Vorschlag, ein Taxi zu nehmen, ignorierte sie schlichtweg. Somit durfte er sich den vorzüglichen Bordeaux allein genehmigen. Mit jedem Glas, das er leerte, stieg sein Mut, sie mit seinen künftigen Vorstellungen zu konfrontieren. Dabei schwankte er zwischen großzügigem Verzeihen und maßvoller Eifersucht. Sie dagegen blieb auf Distanz. Ab neun schaute sie ständig auf ihre Armbanduhr, zuerst diskret, dann demonstrativ. Als er sich einen doppelten XO bestellte, stand sie auf.

»Bitte entschuldige, aber ich habe morgen einen anstrengenden Tag vor mir.«

Völlig konsterniert ließ er sein Glas sinken. »Und was wird aus uns?«

»Was soll aus uns werden? Nimm zur Kenntnis, es gibt für mich kein Zurück. Ich liebe dich nicht.«

»Ach ja und dieser Bulle, den du abserviert hast, liebst du den auch nicht mehr?«

»Das lass meine Sorge sein.«

Sie drehte sich um und verließ das Restaurant. Er blieb sprachlos zurück und versuchte, das Erlebnis mit einem weiteren Cognac zu verarbeiten. Das sollte ihm gelingen. Allerdings nur bis zu dem Zeitpunkt, an dem er wieder nüchtern war. Danach wartete der doppelte Katzenjammer auf ihn. Christina fuhr dagegen aufgewühlt zurück. Die Elbe würdigte sie keines Blickes. Es stimmte, was Marc sagte. Sie hatte Fabian abserviert. Was er nicht wissen konnte war, sie litt darunter Höllenqualen. Die Vorwürfe, die sie sich deswegen machte, lösten ihr Problem nicht, eher verstärkten sie es.

Leise betrat sie den Hausflur, bestrebt, ihren Vater nicht zu wecken. Es sollte ihr nicht gelingen. Er hatte sich einen Bademantel übergeworfen und kam die Treppe herunter, um sie zu begrüßen.

»Das war ja ein kurzes Abendessen mit Marc. Es ist keine zehn. Hattest du keinen Appetit?«

Mit Tränen in den Augen schüttelte sie den Kopf. Er nahm sie in den Arm, hauchte ihr einen Kuss auf den Mund und schaute sie an.

»Marc ist eh nie mein Typ gewesen. Wär der nicht mit einem silbernen Löffel im Mund geboren worden, er dürfte am Neuen Jungfernstieg Straßenmusik machen. Bläst er nicht vorzüglich auf dem Kamm? Ansonsten müsste er die Flaschen, die er heute leert, einsammeln, um wenigstens über das Pfandgeld zu verfügen.«

Sie verkniff sich ein sanftes Lächeln. Sie hatte die richtige Alternative in Händen gehalten. Sie streichelte seine Wange. »Ich bin müde, Paps. Ich springe kurz unter die Dusche und leg mich dann hin.«

»Tu das, mein Spatz. Wir können uns auch morgen miteinander unterhalten.« Er blickte ihr in die Augen. »Natürlich nur, wenn du möchtest.«

Der Rest des Abends verlief wenig erfreulich. Sie lag lange wach und kam doch zu keiner brauchbaren Lösung. Der beste Kompromiss war, alles zu bekommen, wonach einem der Sinn stand, und auf alles zu verzichten, was einem nicht zusagte. Leider funktionierte das Leben anders. Es bestand aus Alternativen unterschiedlicher Qualität. Es war mithin unmöglich, je nach Gemütslage groß oder klein zu sein. Es ging ausschließlich das eine oder das andere. Sie hatte sich gegen ihr Gefühl entschieden. Und das begehrte auf und quälte sie. Irgendwann schlief sie ein.

Christina fühlte sich am nächsten Vormittag, als hätte sie statt Marc die Flasche Wein und die Cognacs getrunken. Ihr karges Frühstück beschränkte sich auf einen Becher Kaffee und zwei Kopfschmerztabletten. Die Schelte ihres Vaters überhörte sie geflissentlich. Ohne rechte Motivation fuhr sie nach City Nord. Die Stunden im Büro dehnten sich wie ein Kaugummi, das man aus dem Mund zog und das scheinbar nicht enden wollte. Egal, wie oft sie auf die Uhr blickte, die Zeit zerrann im ureigenen Rhythmus. Von der Stimmungslage her verlängerte sie den Zustand des vorherigen Abends. Sie war zu deprimiert, als dass es gereicht hätte, wenigstens ihr Umfeld mit schlechter Laune zu traktieren. Viel lieber hätte sie sich verkrochen. Sie ging Wellner und Petra aus dem Weg. An diesem Vormittag war ihr nicht nach tiefschürfenden Gesprächen oder halbherzigen Erklärungen.

Nach dem müßigen Versuch, Mittag zu essen, gab sie auf und beendete den Arbeitstag. Sie hasste diese unausgesprochene Erwartungshaltung an sie. Sie hasste sich, weil sie ihr entsprochen hatte. Sie hasste diesen Satz: ›Du weißt schon, was für dich richtig ist.‹ Sie wusste es eben nicht. Niemandem wäre es eingefallen, ihr den Rat zu geben, Fabian zu verlassen. Und trotzdem wurde es von ihr erwartet. Eine Liaison mit einem Mann, der nur darauf wartete, direkte Beweise für ihre Zusammenarbeit mit der türkischen Gesellschaft in die Hand zu bekommen, war undenkbar. Woher wusste sie eigentlich, dass er sich gegen Wellner gestellt hätte? Sie hatte es ihm einfach unterstellt. Wenigstens hielt sie es für angebracht, die Beziehung zu beenden. Nannte man so etwas nicht vorauseilenden Gehorsam? Als sie Wellner hierauf ansprach, hatte er nur geantwortet, dass dies ihre Entscheidung sei, auf die er keinen Einfluss nehmen wolle. Mit diesen Worten hatte er es bereits getan. So gesehen wusch er seine Hände in Unschuld. Geschichte wiederholte sich ständig. Und sie stand vor dem Trümmerhaufen ihrer Liebe. Vermutlich wurde sie mit einer Bonuszahlung am Jahresende für ihre Loyalität belohnt. Ihr fehlte kein Geld. Sie käme auch mit weniger vorzüglich über die Runden. Es war Fabian, den sie vermisste. Er hatte nie geklammert. Eher wäre sie liebend gern näher an ihn herangerückt. Morgen griff eine andere nach ihm und sie durfte sich zum Trost irgendwelche Designerklamotten kaufen, an denen ihr nicht sonderlich viel lag.

In Ermangelung einer besseren Alternative fuhr sie nach Hause. Dort verfiel sie in stumpfsinniges Grübeln. Sie litt unsäglich. Mit ihrem Vater konnte sie nicht reden. Seine Position war eindeutig. Er erklärte sie vielmehr für verrückt.

»Mädchen«, hatte er zu ihr gesagt, »jemanden zu finden, den man liebt, und der einen liebt ist ein großes Privileg, das nicht jedem Menschen vergönnt ist. Und du wirfst es fort wie eine ungezogene Göre ihr Lieblingsspielzeug. Ist es erst im Müllschlucker gelandet, bekommt man es nicht zurück. Zumindest nicht in dem Zustand, in dem es sich mal befunden hat. Kämpf um ihn, nimm deine Entscheidung zurück!«

Wie stand es um diese verdammte Firma? Als man sie gründete, waren die Gazetten noch nicht gefüllt mit Artikeln über den geplanten Bau von Atomwaffen durch die Iranis. Angereichertes Uran war kein Thema. Ihre türkischen Geschäftsfreunde betonten bis heute, dass die Komponenten, die sie lieferten, keinerlei Anwendung in dem Bereich fänden. Sie kannte sich zu wenig aus, als dass sie es hätte beurteilen können. Und bislang hatte sie der Wahrheitsgehalt dieser Aussagen nicht wirklich interessiert. Sie kontrollierte das Zahlenwerk und stellte stets fest, es mit seriösen Geschäftspartnern zu tun zu haben. Und beide Seiten verdienten mit dieser Gesellschaft viel Geld. Dies aufzugeben, stand nicht zur Disposition. Das BKA oder der CIA jagten ihnen keine sonderliche Furcht ein. Sie sahen sich nicht als Kriminelle. Die Drohung, vom amerikanischen Markt verbannt zu werden, wog da schon schwerer.

Die gesellschaftsrechtlichen Beziehungen waren so verschachtelt, dass selbst sie zu wenig davon verstand. Es gab keine direkten Verbindungen zur Condyt AG oder zu Wellner. Jedenfalls wurde das stets behauptet. Aber auch das interessierte sie erst seit Neuestem. Am stärksten wog für sie Hilperts Kritik, der es als unmoralisch empfand, mit dem herrschenden Regime Geschäfte zu tätigen. Unabhängig davon, ob man Autos lieferte oder waffenfähiges Plutonium. Klar und pointiert hatte er seine Meinung zum Ausdruck gebracht: »Die bringen Menschen aus dem eigenen Land um oder stecken sie ins Gefängnis, wenn die ihnen nicht passen. Sie foltern, sie vergewaltigen. Mit solchen Leuten macht man sich weder mittel- noch unmittelbar gemein.«

Für Fabian gab es Geld, das stank, das man deshalb nicht anfasste. Seine Scheißmoral! Ihre Augen füllten sich mit Tränen. Er würde nie Porsche fahren und trotzdem auf seine Art glücklich sein. Und sie? Sie würde irgendwann in einer Prachtvilla verdorren, den Ferrari vor der Haustür, das Pferd im Stall. Das konnte nicht der Sinn ihres Lebens sein. Wütend auf sich knabberte sie an einem trockenen Keks herum, als sie ein leises Klopfen an ihrer Zimmertür vernahm. Es konnte nur ihr Vater sein.

»Komm rein!«, rief sie mit erhobener Stimme.

»Na, Mäuschen, weißt du immer noch nicht, was du tun sollst?«, fragte er sie, nachdem er eingetreten war.

Weinend schüttelte sie den Kopf. Er setzte sich neben sie und nahm sie in den Arm. Er schaukelte mit ihr, als sei sie vier Jahre alt und müsste von ihm getröstet werden, weil jemand ihrer Lieblingspuppe ein Bein ausgerissen hatte. Sie wusste, dieser Mensch würde ihr nie einen Rat geben, der gegen ihre Interessen verstieß. Er würde zu jeder Zeit für sie da sein. Sie war für ihn alles, stand über allem, selbst über seiner Freundschaft zu Wellner.

Ruhig redete er auf sie ein: »Weißt du, ich habe Paul Wellner vor Jahren den Rat gegeben, dieses Geschäft mit den Türken nicht zu tätigen, als er mich darauf ansprach. Diese Gesellschaft war mir von jeher suspekt. Ich empfand deren Zweck stets als amoralisch. Er ignorierte meine Bedenken. Es war sein gutes Recht, seinen eigenen Willen durchzusetzen. Es ist sein Problem, mit den Konsequenzen zu leben. Dein Glück darf hiervon nicht berührt werden. Und ich bin mir sicher, er würde es auch nicht von dir erwarten.«

»Aber ich gehöre irgendwie dazu, Papa. Ich kann doch nicht einfach ausscheren.«

Liebevoll streichelte er ihre Wange. »Wer erwartet das von dir?«

»Was soll ich tun? Was rätst du mir? Ich bin total am Ende meiner Weisheit.«

»Hör auf dein Herz. Das weiß, was richtig für dich ist. Fahr zu Fabian, sag ihm, wie sehr du ihn liebst, dass du ihn vermisst.« Er grinste sie an. »Erzähl ihm, dass ich ihn außerordentlich schätze. Darauf bestehe ich.«

»Meinst du wirklich?«

Er nickte bloß und verzichtete auf eine Erwiderung. Behände sprang sie auf und drückte ihm einen Kuss auf den Mund. »Was finge ich ohne dich an? Du bist der Beste.«

»Eher der Zweitbeste«, murmelte er, als sie aus dem Zimmer

stürmte. »Aber damit kann ich gut leben, solange ich zu den Guten gehöre.«

Hilpert zog seine Tochter ins reale Leben zurück. Mit ihm behielt sie die erforderliche Bodenhaftung. Wenn er an diesen blasierten Marc dachte, schüttelte es ihn. Dieser Mensch würde bei der ersten Lebenskrise in sich zusammenklappen wie ein Kartenhaus. Er wäre für seine Christina auf Dauer nur eine Belastung, keine Stütze in schwierigen Zeiten. Der würde im Schlaraffenland verhungern, wenn ihn niemand fütterte.

47

Sie saß in ihrem Wagen und wählte hektisch Fabians Nummer. Vergeblich versuchte sie, ihn zu erreichen. Sein Handy zeigte überhaupt keine Reaktion. Im Präsidium stellte man sie nicht durch. Er würde wichtige Gespräche führen, hieß es. Sie überlegte kurz und entschied sich dann, ihn in seiner Wohnung zu überraschen. Wohlweislich hatte sie seinen Schlüssel bei sich behalten und er hatte ihn bislang nicht zurückgefordert. Irgendwann musste er dort aufschlagen. Derweil konnte sie sich ihre Worte zurechtlegen, die sie ihm sagen wollte, wenn er eintreffen würde. Ob er sie anhörte, oder komplimentierte er sie gleich hinaus? Hoffentlich kam er ohne Begleitung. Sie hatte Glück und fand in der Isestraße jetzt am frühen Nachmittag ohne Probleme einen Parkplatz. Viele der Mieter oder Eigentümer waren noch mit ihren Fahrzeugen unterwegs. Manche nahmen das Abenteuer auf sich, damit zur Arbeitsstelle zu fahren. Andere nutzten es, um Einkäufe zu tätigen. Vergnügt ging sie auf das Haus zu, in dem seine Wohnung war. Überraschend meldete sich ihr Telefon. Die Nummer auf dem Display war ihr unbekannt.

Sie vernahm eine kräftige Männerstimme. Was er ihr mitzuteilen hatte, schien ihr den Atem zu verschlagen. »Was ist Fabian passiert? Ein Anschlag auf ihn?! Ich muss zu ihm! Wo kann ich ihn sehen?«

Aufmerksam hörte sie ihn an. »Nur Verwandte dürfen ihn im Krankenhaus besuchen.«

»Aber wir lieben uns.«

Wieder horchte sie konzentriert auf die Worte des Anrufers. Erleichtert nahm sie seine Zusage auf, ihr mit dem Krankenhaus behilflich zu sein.

»Das finde ich nett, dass Sie mich mitnehmen wollen. Ich stehe hier vor seinem Haus.«

»Ich bin in knapp zehn Minuten bei Ihnen. Leider ist mein Wagen in der Werkstatt. Ich müsste Sie in meinem Van mitnehmen.«

»Wo ist das Problem? Sagen Sie, wie geht es Fabian?«

»Wenn Sie mir versprechen, es für sich zu behalten, es geht ihm einigermaßen. Er ist gerade aus dem Koma aufgewacht und reagiert bereits auf seine Umwelt.«

»Gott sei Dank!«

»Bitte reden Sie mit niemandem darüber. Bekommt das die Presse mit, wird es schrecklich.«

»Worauf Sie sich verlassen können. Ich schweige wie ein Grab.«

Vor der Haustür blieb sie stehen. Es machte keinen Sinn, hinauf in die Wohnung zu gehen. Hoffentlich war Fabian nicht zu schwer verletzt. Sie ging auf die andere Straßenseite und erwartete den kleinen Lieferwagen. Sie musste nicht lange warten. Kurz darauf bog er um die Kurve. Langsam rollte er auf sie zu. Erleichtert stieg sie ein. Plötzlich zog der Fahrer ihren Kopf zu sich herunter. Bevor sie verstand, wie ihr geschah, fühlte sie einen Stich im Nacken. Schwach vernahm sie seine Stimme: »Gleich hast du Ruhe.«

* * *

Hilpert hatte sich an diesem Vormittag entschieden, die Ermittlungsakten sauber zusammenzustellen, um sie dann an die Staatsanwaltschaft weiterzureichen. Seine Vorarbeit sollte sich bezahlt machen. In den letzten Tagen hatte er bewusst einen Bogen um sie gemacht. Er betrachtete sie als unbestechliches Dokument seines Scheiterns, auch wenn man ihm von allen Seiten auf die Schulter klopfte. Die Mörder waren entweder tot oder saßen ein. Nur half das niemandem. Alexandra war ermordet und verbrannt worden. Vor seinem geistigen Auge sah er die Flammen aufsteigen, die die Freaks entzündet hatten. Er würde sich nie mehr über ihre egoistische, wenngleich liebenswerte Art ärgern oder je nach Tagesform freuen können. Geradezu zwanghaft banden ihn alle Fakten und Daten, die sie betrafen. Er konnte nicht loslassen. Schließlich war er wieder mittendrin in dem Fall, als würde der letzte noch lebende Täter nicht hinter Gittern sitzen und auf seine Aburteilung warten. Er bestritt nach wie vor, aktiv an den Sexualmorden beteiligt zu sein. Aber seine DNA log nicht. Und es fand sich ausreichend davon in den Gräbern der geschundenen Frauen. Er gestand sich ein, dass ihn Kösters Tod befriedigte, auch wenn er gewaltsam herbeigeführt wurde. Diese Gedanken gehörten sich nicht für einen Polizisten, selbst wenn er sich auf dem Absprung befand. Dieses Dilemma würde sich bald von allein gelöst haben. Egal, wohin es ihn verschlug. In seinem momentanen Zustand wollte er weg von Morden und Vergewaltigungen. Er sehnte sich nach Normalität. Und trotzdem konnte er sich dem nicht entziehen. Er blieb der Ermittler. Je intensiver er sich mit dem Material befasste, desto nachdenklicher wurde er. Hatten sie wirklich alle Nuancen der Fälle richtig durchdacht? Alle Hinweise hinreichend gewürdigt? Mit jeder Seite, die er umblätterte, wurde er unsicherer.

Nachdem ihn das Telefon wiederholt unhöflich unterbrach, wies er um die Mittagszeit die Telefonzentrale an, nur wichtige Gespräche zu verbinden. Er ging mit dem Material gelassener um als noch vor Wochenfrist. Nach Aufklärung der Morde nahm er die Ergebnisse ihrer Arbeit stärker mit dem Kopf und weniger mit dem Bauch auf.

Gegen zwei steckte Reichelt den Kopf bei ihm rein. »Ich hab versucht, dich anzurufen, aber die Zentrale meinte, dass nur Dringliches durchgestellt wird.«

»Nun, Leute wie du sind natürlich jederzeit willkommen. Schließlich bist du Erster Hauptkommissar.«

»Nur kein Neid.«

»Ich bin nicht neidisch, vielmehr freue ich mich, dich kennengelernt zu haben.«

»Ich weiß, es geht mir genauso. In deiner Situation wäre ich allerdings zumindest ein wenig neidisch.«

Hilpert lächelte ihm zu. »Das macht den kleinen Unterschied zwischen dir und mir.«

Reichelt warf einen Blick auf seinen Schreibtisch. »So fleißig beim Aktenstudium? Deinen Fall hast du doch gelöst. Die Presse weiß löblich über dich zu berichten. Die Journalisten liegen dir zu Füßen. Oder bist du an einem neuen Ding dran, von dem ich nichts weiß?«

»Keine Angst, du wirst nicht ignoriert. Es sind die Frauenmorde, die mich beschäftigen. In mir rumort das dumpfe Gefühl, irgendetwas übersehen oder falsch interpretiert zu haben. Es gibt da ein paar Ungereimtheiten und Zufälligkeiten, die schlecht passen. Ich meine, da stimmt was nicht. Und ich bleibe so lange hier sitzen, bis ich herausgefunden habe, worum es geht. Ich hab eh nichts Besseres zu tun.«

»Interessant. Hast du ein Beispiel für mich?«

»Nimm nur den Umgang mit den getöteten Frauen. Mal werden sie einfach abgelegt, ohne Scheu vor einem genetischen Fingerabdruck, dann verbrannt, dann vergraben.«

»Wir haben es auch mit zwei Tätergruppen zu tun.«

»Richtig, mir scheint nur manchmal, es mit drei Fällen zu tun zu haben. Dann wieder kommt mir alles eindeutig vor und ich möchte die Akten schließen, warte auf das Geständnis des Inhaftierten, dreh mich zur Seite und schlaf beruhigt ein.«

Er wies mit einer Hand auf einen aufgeschlagenen Aktenordner. »Allein Alexandras Verschwinden wird für mich immer verworrener. Was für Zufälle müssen Köster zu ihr geführt haben? Klar hatte er die Kraft, sie gewaltsam zu entführen. Aber kein Zeuge hat in ihrer Nähe einen Laster beobachtet. Er hätte im Halteverbot parken müssen. Wollte er nicht auffallen, durfte er nicht sehr weit mit ihr gelaufen sein.«

»Das klingt plausibel, was dir da den Tag bereichert. Da hast du dir ja echt was vorgenommen. Das Material verschlingt ein paar Meter Aktenfront. Ganz zu schweigen von den Textpassagen im PC. Ich kenn mich damit aus. Ich habe selbst oft genug davorgesessen. Das kann dauern, bis du damit durch bist.«

Hilpert lachte bitter auf. »Wem erzählst du das. Mein Kopf ist frei, mein Schreibtisch ebenso. Ich denke nicht, dass man mir einen neuen Fall übertragen wird.«

»Da kann ich dir nur ein frohes Schaffen wünschen«, entgegnete Reichelt gelassen. »Ich weiß, wie gerne du am Schreibtisch wühlst. Ich für meinen Teil mache heute früher Feierabend. Mir sind leider ein paar Käufer für meinen Schuppen abgesprungen, und ich muss mich dringend in Frankfurt mit dem Makler treffen. Wenn man diesen Typen nicht ständig auf die Finger schaut, lassen die sich gehen. Immer auf der Suche nach dem schnellen Geschäft, mit dem sie leichtes Geld verdienen. Anfang nächster Woche will ich dir gern behilflich sein und ein paar Passagen mitlesen.«

Hilpert wünschte ihm viel Erfolg und wandte sich wieder seinem Bildschirm zu. Reichelt winkte ihm zu und machte sich auf den Weg nach unten.

Hilpert war wieder bei Köster, dem Kickboxer, gelandet, der vermutlich von seinen ehemaligen Geschäftspartnern umgebracht worden war. Er und sein Kumpan aus Osnabrück waren aller Voraussicht nach Alexandras Entführer und Mörder. Nur, wo hatten sie sie gefangen gehalten? Köster verfügte außer seiner Wohnung in Hamburg über keine eigene Rückzugsgelegenheit. Da wäre nur noch die Pritsche seines Lieferwagens infrage gekommen. Ob in seiner Wohnung, bei seinen Eltern, nirgendwo fanden sie genetische Spuren von ihr. Folgte man der Logik, musste es ein weiteres Versteck geben. Nur, warum hatte er selbst nicht versucht, da unterzukommen? Dort hätte er auf seiner Flucht zumindest kurzfristig abtauchen können. Nach Osnabrück in die Laubenkolonie hatten sie sie ebenfalls nicht gebracht. Es gab an dem Ort keinerlei Hinweise auf sie, wohl aber auf andere Opfer. Gleiches galt für die Gynäkologin. Warum organisierten sie für die schwangere Alexandra eine Ärztin, wenn sie sie eh töten wollten? Hatten sie vielleicht anfangs andere Pläne mit ihr? Das passte nicht zu den beiden. Sie griffen sich ihre Opfer, missbrauchten sie, bis sie keine Lust mehr auf sie hatten. Danach töteten sie sie eiskalt. Ihre Verhaltensschemata waren eindeutig. Alexandra und die Gynäkologin passten nicht hinein. Er fühlte sich schlecht, als er aufsah. Der kalte Schweiß stand ihm auf der Stirn. Er war davon überzeugt, dass sie erneut den leichten, aber falschen Weg genommen hatten. Es gab nur eine Antwort für ihn: Köster und sein Kumpan waren nicht für Alexandras Entführung und Ermordung verantwortlich. Das hieß, ihr Mörder lief nach wie vor frei herum. Entsetzt lehnte er sich in seinem Sessel zurück und faltete die Hände vor seinem Bauch. Sie hatten zu früh gejubelt und sich feiern lassen. Wieder beugte er sich vor und widmete sich den Unterlagen. Alles ging von vorne los. Verzweifelt suchte er nach Hinweisen auf einen weiteren Täter.

Es war schon nach vier, als sein Magen zu rebellieren begann. Er hatte einfach vergessen zu essen. Das passierte ihm nicht sehr häufig. Eigentlich war ihm sein Mittagessen heilig. Er wollte seine Arbeit nicht liegen lassen und in die Kantine gehen. Obwohl ihn ein Stück Kuchen durchaus gereizt hätte. Zum Glück fanden sich in seiner Schreibtischschublade ein paar Schokoladenriegel an, sodass er keine Gefahr lief, entkräftet zusammenzubrechen. Er grinste über den Gedanken. Der Mensch war belastungsfähiger, als man gemeinhin vermuten mochte. So ohne Weiteres klappte man nicht hungrig zusammen. Der Nachmittag ohne Telefon war angenehm verlaufen. Erst mit einer gewissen Verzögerung realisierte er, dass auch sonst niemand versucht hatte, ihn über Handy zu erreichen. Das war allerdings ungewöhnlich. Ein kompetenter Blick auf sein Telefon verriet ihm, dass er vergessen hatte, beizeiten den Akku aufzuladen. Vermutlich hatte er bereits über Nacht seinen Geist aufgegeben. Das würde er schnellstens nachholen. Hoffentlich war ihm nichts Wichtiges entgangen. Er winkte gedanklich ab. Wer ihn erreichen wollte, würde sich wieder melden.

Das ungestörte Sichten der Akten hatte ihn dagegen gut durch ihre Ermittlungsarbeit geleitet. Er war bei Böckler gelandet, dem Mann, der bis zu acht Frauen umgebracht haben sollte. Die Frau, die ihn zu Fall gebracht hatte, entsprach so gar nicht seinem sonstigen Beuteschema. Er versuchte, sich ihre Erscheinung zu vergegenwärtigen. Sie war schlank, beinahe mager, während er ansonsten eher frauliche Typen bevorzugt hatte. Und er hatte nie innerhalb kürzester Zeit zweimal am gleichen Standort zugeschlagen. Die Attacke auf die sportliche Frau hinterließ auf ihn einen eher spontanen, ungeplanten Eindruck. Als habe er zu nehmen versucht, was ihm gerade über den Weg lief. Tatsächlich aber kamen ihm alle anderen Aktionen durchdacht und intelligent ausgeführt vor. Er vergegenwärtigte sich den Mann, versuchte sich an das Klima der Verhöre zu erinnern. Was ihn ausschließlich bewegte, waren seine Pornohefte, seine Kataloge, seine Plakate. Zu ihm passte spontanes, unüberlegtes Handeln. Akribisches Planen war nicht seine Welt. Dazu fehlte es ihm an Geist. Genau dieses bestätigte auch sein Psychiater.

Er schüttelte verwirrt den Kopf. Die DNA passte wiederum wie die Faust aufs Auge. Danach musste er der Mörder der Frauen sein. Erstmals kam ihm ein anderer Gedanke in den Sinn. War hier vielleicht gepfuscht oder manipuliert worden? Gab es nicht vor geraumer Zeit bundesweite Schlagzeilen, weil verdreckte Wattestäbchen geliefert worden waren. Jahrelang suchte man eine Frau, der man die unterschiedlichsten Verbrechen unterstellte, bis hin zum Polizistenmord. Und jagte doch einem Phantom hinterher, das nicht existierte. Er musste unbedingt mit der Gerichtsmedizin reden. Völlig verunsichert las er weiter. Wo lag das Versagen? Seine Gedanken schweiften ab und er landete bei den Konzernmorden. Wieso kam ihm gerade jetzt Burmeister in den Sinn? Er sah seinen Freund Thiemann, wie er in den Jaguar des Pressesprechers schaute und den silbernen Kugelschreiber entdeckte. Hilpert wurde nervös. Silber war das Stichwort! Er blätterte weiter in den Unterlagen. Schließlich stieß er auf eine silberne Halskette, die sie bei der Durchsuchung von Böcklers Wohnung gefunden hatten. Es handelte sich um Alexandras Schmuckstück. Damit schloss sich der Kreis. Für ihr Verschwinden konnte er nicht verantwortlich gemacht werden. Für diese Zeit hatte er ein unumstößliches Alibi. Und so viel war klar, mit den Lastwagenfahrern verband ihn nichts. Sie hatten einander nie getroffen. Wie war das noch gewesen? Wo hatten sie das Schmuckstück genau gefunden? Wer war darauf gestoßen? Es kam ihm wieder in den Sinn. Die Kette wurde eindeutig untergeschoben. Und dafür kam nur einer infrage: der wirkliche Mörder.

Langsam wurde ihm schlecht. Und das hatte nichts mit dem verpassten Mittagessen zu tun. Hilflos erhob er sich von seinem Sitz und ging ans Fenster, ohne bewusst hinauszublicken. Das Ergebnis seiner Überlegungen war grauenhaft. Es gab tatsächlich einen weiteren Mörder. Er war der schlimmste von allen. Er griff zum Telefon und ließ sich mit einem Kollegen aus der Personalabteilung verbinden.«

»Ich benötige ein paar Daten von dir, Rolf. Und zwar ganz schnell! Ich fürchte, der Himmel brennt!«

»Spuck's aus, wie kann ich dir helfen?«

Der Kollege kannte ihn und fragte nicht lange nach. Wenig später, lag ihm alles vor, was er benötigte. Und nun? Was fing er mit diesen Informationen an?

Er war mit seinen Überlegungen noch nicht durch, als sich Christinas Vater bei ihm meldete. »Ist meine Tochter bei Ihnen? Ich kann sie nicht über Handy erreichen.«

»Wie sollte sie? Soweit ich mich recht entsinne, hat sie unsere Beziehung beendet. Ich bin vermutlich der Letzte, den sie aufsuchen würde.«

»Falsch. Sie wollte sich mit Ihnen aussprechen und Sie angerufen haben.«

»Verdammt, das war zeitweise nicht möglich! Mein Akku war leer. Ich musste ihn erst wieder aufladen.«

»Seltsam, wo kann sie abgeblieben sein?«

»Keine Ahnung, bleiben Sie am Apparat. Ich frage in der Telefonzentrale nach.«

Dort bestätigte man ihm, dass eine Frau Röller gegen halb drei versucht hatte, ihn zu erreichen. Sie habe darauf hingewiesen, dass es privat wäre und um Rückruf auf ihrem Handy gebeten. Die Nummer sei ihm bekannt.

Er beendete die Telefonsperre und bat Röller, ihn auf dem Festnetz anzurufen. Derweil hörte er die Mailbox ab. Insgesamt waren es acht Anrufer, die ihn zu erreichen suchten. Einer davon war Christina. Sie bat ihn tatsächlich um Rückruf. Er versuchte ebenfalls, sie über ihr Handy zu erreichen. Genauso erfolglos wie ihr Vater. Der kalte Schweiß bildete sich auf seiner Stirn. Er fühlte sich, als stieße ihm jemand einen heißen Stift in die Magengegend und drehte ihn genüsslich um. Er war sich sicher, sie war ein weiteres Opfer des Sexualmörders geworden. Des Sexualmörders, der nach wie vor frei durch die Gegend lief. Sie hatten es tatsächlich mit drei Fällen zu tun, wobei Böckler ein kleiner Fisch im Karpfenteich war, auch wenn er sich das Leben genommen hatte. Machte es Sinn, Kollegen einzuschalten? Nein, im

Zweifelsfall gefährdete er nur Christinas Leben. Er wusste nicht, wie sie sich zu seinem Verdacht stellten und hätte keinen Einfluss auf ihre Vorgehensweise. Er musste selbst aktiv werden. Dann registrierte er, dass Röller noch am Telefon auf eine Reaktion von ihm wartete.

»Können Sie mir ein schnelles Auto besorgen, sagen wir mal in der nächsten halben Stunde? Eines mit Navi?«

»Was halten Sie von einem Siebener BMW, Achtzylinder? Über 300 PS. Mit den Winterreifen können Sie über 200 fahren.«

»Akzeptiert. Damit sollte man zügig vorankommen.«

»Ich bin bei Ihnen so schnell ich kann. Sie können meinen Wagen nehmen.«

»Klasse, ich fürchte, es kommt auf jede Minute an. Ich habe selbst schon, ohne es zu ahnen, viel zu viel Zeit vergeudet. Bitte beeilen Sie sich.«

Erregt legte er auf und versuchte eine andere Handynummer, ohne Erfolg. Sein Herz klopfte ihm bis zum Hals, als ihm kurz darauf von unten gemeldet wurde, dass ein älterer Herr ihn zu sprechen wünschte. Röller musste geflogen sein. Er steckte seine Pistole und ein Ersatzmagazin ein und eilte hinaus. An diesem Tag würde sich bei ihm kein Hungergefühl mehr einstellen. Er verzichtete darauf, den Aufzug zu nehmen. Mit Riesensätzen stürmte er die Treppen hinunter. Glücklicherweise begegnete er niemandem, den er hätte umstoßen können. Immer wieder hämmerte es durch seinen Kopf: Christina war in den Händen dieses Freaks. Hoffentlich kam er nicht zu spät!

* * *

Langsam kam sie zu sich. Der pelzige Geschmack im Mund bereitete ihr Probleme. Sie hatte Durst. Sie lag auf der Pritsche des Lieferwagens und wurde hin und her geschüttelt, wenn der Fahrer einen Fahrbahnwechsel vornahm. Was wollte er von ihr?

48

Vor dem Präsidium machte er Röller unmissverständlich klar, dass er ihn nicht mitzunehmen gedachte. Er konnte niemanden neben sich gebrauchen, auf den er Rücksicht nehmen musste. Nur widerwillig ließ Christinas Vater ihn ziehen. Er kam einigermaßen gut durch den Feierabendverkehr. Hinter den Elbbrücken wurde es enger. Eine Baustelle führte zu einem Rückstau. In einer Stunde war hier garantiert der Teufel los. Ihm reichte schon jetzt das Stop-and-go. Entnervt trommelte er mit den Händen auf das Lenkrad. Diese Maßnahme führte nicht einmal zu einem mentalen Effekt bei ihm und freier wurde die Autobahn dadurch ebenso wenig. Hinterm Maschener Kreuz gelangte er auf die A7. Die Verkehrssituation entspannte sich glücklicherweise stetig. Wäre Hilpert später gefragt worden, wie viele Verkehrsregeln er auf der Fahrt gebrochen hatte, wäre er die Antwort schuldig geblieben. Zumindest aber wurde er während seiner Fahrt zweimal geblitzt. Dass er in den engen Baustellen das Auto nicht beschädigte, wenn er mit aufgeblendetem Licht die Laster überholte oder Fahrzeuge vor sich verscheuchen wollte, grenzte an ein Wunder. Und er hatte Glück, dass die gesamte Strecke frei von Glatteis war. So blieb es ihm wenigstens erspart, sich irgendwann in den Leitplanken wiederzufinden oder auf der Gegenfahrbahn auf dem Dach liegend.

Hinter Hannover warf er erstmals einen Blick auf die Benzinanzeige und stellte befriedigt fest, dass Röller mitgedacht und das Auto vollgetankt hatte. Die Strecke war mittlerweile frei. Dennoch zog sich die Zeit hin. Unruhig vermeinte er, nicht schnell genug voranzukommen. Auch Laster wollten gelegentlich überholen und benötigten dafür ihre Zeit. Nicht jeder Verkehrsteilnehmer, der im Schneckentempo die linke Spur blockierte, ließ sich mit der Lichthupe verscheuchen. Zuweilen verbot es die Verkehrslage, rechts zu überholen, zuweilen das Bedürfnis zu überleben. Nervös traktierte er das Lenkrad. Machte er so weiter, lief er sicherlich Gefahr, den Airbag auszulösen. Aber rascher kam er deshalb nicht vorwärts. Welchen zeitlichen Vorsprung musste er aufholen? Der Entführer hatte mit Sicherheit die besseren Verkehrsbedingungen. Dafür war sein Wagen vermutlich langsamer. Nur konnte er die überlegenen Pferdestärken nicht auf der Straße umsetzen. Vor allem besaß er einen Vorsprung von mehreren Stunden. Die schrecklichsten Visionen durchzuckten seinen Kopf. In welchem Zustand würde er Christina finden? Lebte sie noch? Hatte sich der Freak bereits über sie hergemacht? Musste er ihren Widerstand mit Schlägen brechen? Sein Adrenalinspiegel blieb gleichbleibend hoch. Endlich erreichte er die Abfahrt nach Bad Homburg. Warum hatte er seinem Gefühl nicht früher vertraut, als er vermutete, der Sexualmörder müsse aus dem Rhein-Main-Gebiet kommen? Nur nicht auf die eigene Intuition hören! Technik und Naturwissenschaften bestimmten das Geschehen. Einer seiner Ausbilder hatte ihm vor Jahren geraten, der inneren Stimme zu vertrauen, sie nicht zu ignorieren. Christina war in Gefahr geraten, weil er gegen diesen Rat verstoßen hatte. Hoffentlich war es jetzt nicht zu spät.

Jede Fahrt nahm ihr Ende. Hilpert hatte sein Ziel erreicht. Er wischte sich seine schweißnassen Hände an seiner Jeans ab, bevor er das Auto verließ. Mit dem Ellbogen drückte er die Tür zu. Sein Herz pochte in einem Stakkato, das nur ein gesunder Mensch verkraften konnte. Er fasste nach der Pistole, steckte sie aber wieder zurück. Er nahm seine Lebensversicherung in die Hand, die ihm sein Partner aus längst vergangenen Tagen im Kosovo geschenkt hatte. Er schob das Messer unter den Ärmel seines Hemdes. Damit ging er mindestens ebenso gut um wie mit der Schusswaffe. Die meisten Gegner waren hierauf nicht gewappnet. Es gab allerdings ein paar Defizite. Die Reichweite war begrenzt, man hatte gerade einen Wurf frei, eine Kugel war schneller und hatte meist Kollegen.

Er stand vor einem kleinen, eher unscheinbaren Einfamilienhaus. Das Grundstück maß vielleicht 700 Quadratmeter. Ein fester Zaun friedete es ein. Die Gartenpforte ließ sich leicht öffnen. Kein Quietschen begleitete die Aktion. Ruhig bewegte er sich auf einem leicht geschlungenen, gepflasterten Weg zum Gebäude hin. Im schwachen Licht der Außenlaternen entdeckte er sorgfältig beschnittene Bäume. Er atmete kräftig durch. Hektik wäre jetzt die schlechteste Medizin, die er nehmen konnte. Seine Beine fühlten sich ein wenig staksig von der langen Autofahrt an. Er schüttelte sie ohne nennenswerten Effekt durch. Die Doppelgarage, die ans Haus geklatscht war, machte einen leicht überdimensionierten Eindruck. Einen Meter mehr und sie hätte vermutlich die Breite des Wohngebäudes erreicht. Der Garten war penibel gepflegt, als würden regelmäßig die Heinzelmännchen vorbeischauen und jedes Stück Unkraut gnadenlos beseitigen. Aber die wurden in Köln tätig, nicht im Frankfurter Raum.

Er klingelte, nichts rührte sich. Er rüttelte an der Eingangstür. Als habe er »Sesam öffne dich« gemurmelt, gab sie von allein nach. War das ein Willkommensgruß, ein Hinweis darauf, dass er erwartet wurde? Er hatte seinen Besuch nicht angesagt. Also ließ er sich überraschen. Vorsichtig betrat er den kleinen Windfang und gelangte übergangslos ins Wohnzimmer. Er war nur noch auf sich konzentriert. Ein hartes intensives Training zahlte sich nun aus. Alle Schreckensvisionen und Fantasien waren ausgeblendet. Sein Puls ging normal, auf seinen Handflächen bildete sich kaum mehr Schweiß. Niemand stand zu seinem Empfang bereit.

Er ging zurück in den Flur. Unter der Treppe ins Obergeschoss entdeckte er eine Tür, die in den Keller führte. Er öffnete sie und stieg die Holzstufen hinunter. Ein kaum wahrnehmbares Knarren begleitete ihn. Vorsorglich hatte jemand Licht eingeschaltet, als wollte dieser verhindern, dass er stolperte und sich verletzte. Erwartete man ihn? Mittlerweile hielt er es für wahrscheinlich. Er landete in einem schmalen Flur, von dem mehrere Türen abgingen. An dessen Ende entdeckte er eine Heizungsanlage und einen Warmwasserkessel. Die Technik beanspruchte nur wenig Platz für sich. Sie musste erst vor Kurzem erneuert worden sein, denn das Haus selbst hatte wenigstens 40 Jahre auf dem Buckel. Linker Hand öffnete er vorsichtig eine Tür und sah in ein kleines Duschbad. Selbst an eine Toilette war gedacht worden. Man war also auf Gäste eingerichtet. Er schnüffelte. Unlängst war der Raum nicht benutzt worden. Er schloss die Tür wieder und machte sich abermals bemerkbar. Auf sein »Hallo« erreichte ihn keine Erwiderung. Wenn er tatsächlich erwartet wurde, wollte man ihn wohl überraschen. Rechter Hand drückte er die Klinke einer weiteren Tür. Sie war verschlossen. Allerdings steckte der Schlüssel von außen. Er ließ es dabei bewenden.

Bei der zweiten Tür auf dieser Seite war er erfolgreicher. Sie gab ohne Weiteres nach. Er öffnete sie. Schummriges Licht empfing ihn. Trotzdem war die Sicht gut genug, dass er begriff, am Ziel angekommen zu sein. Er war in das Refugium eines vielfachen Sexualmörders eingetreten.

Zwei Schritte von ihm entfernt stand ein Doppelbett. Darauf lag Christina. Mit aufgerissenen Augen stierte sie ihn an. Sie war vollständig bekleidet. Sie konnte keinen Laut von sich geben, da ihr Mund mit Paketband zugeklebt worden war. Ihre Hände und Beine waren gefesselt.

»Freut mich, dich zu sehen«, empfing ihn eine altvertraute Stimme. »Bereits als wir uns kennenlernten, war mir klar, dass du mir irgendwann auf die Pelle rücken würdest. Nicht wahr, es war Alexandras Kette, die dir die richtige Antwort gegeben hat. Da war ich ein wenig übermotiviert.«

»Nicht nur, aber auch«, erwiderte er ungerührt, geradezu unbeteiligt, obwohl Reichelt einen vernickelten Revolver auf ihn richtete. Er war erleichtert, Christina lebte noch. Offensichtlich hatte Reichelt bislang keine Zeit gefunden, sich näher mit ihr zu beschäftigen. Neben ihm stand eine Frau, die ihm den Rücken zuwandte. Zögerlich drehte sie sich um. Trotz ihrer kurzen, blond gefärbten Haare erkannte er sie. Es war Alexandra!

Fassungslos starrte er auf sie. »Du lebst? Scheiße, ich bin auf deiner Beerdigung gewesen, habe deinetwegen Tränen vergossen!«

»Ich hoffe, du bedauerst es nicht, mich gesund anzutreffen.«

»Wie könnte ich?«

Reichelt machte sich bemerkbar. »Ihr habt genug geratscht, ihr beiden. Wenden wir uns den wichtigen Dingen des Lebens zu.« Er wies mit dem Lauf der Waffe auf Christina. »Ich hatte gehofft, sie wäre anders als die vielen anderen Huren, denen ich begegnet bin. Leider habe ich mich geirrt. Sie verlässt dich wegen eines kriminellen Unternehmers und allen Annehmlichkeiten, die dessen Reichtum ihr garantieren.«

Er spuckte auf sie. »Ich werde dich auch im Namen meines Freundes bestrafen müssen.« Mit stieren Augen blickte er Hilpert an. »Wenn ich mit ihr fertig bin, wirst du mich besser verstehen. Sie wird lernen, dass es nur einen Herrn in einer Beziehung geben kann. Das musste meine Ehefrau ebenso begreifen, bevor sie starb. Heute werfe ich mir vor, sie viel zu spät mit den Konsequenzen ihres Tuns konfrontiert zu haben. Ich hätte damit früher beginnen müssen. Viel zu viele werden durchkommen. Aber dieses Miststück wird das begreifen. Darauf hast du mein Wort.«

Er richtete den Lauf seiner Waffe auf Hilpert. »Fabian, ich muss dich bitten, deine Pistole mit spitzen Fingern aus dem Seitenholster zu ziehen und aufs Bett zu werfen. Du bist Moralist, es ist schwer vorherzusehen, auf welche Seite du dich schlagen wirst. Eigentlich will ich dich nicht töten. Wenn ich mit ihr fertig bin, kannst du sie so lange haben, wie sie dir gefällt. Danach sehen wir weiter.« Seine Stimme klang beinahe traurig, als er fortfuhr: »Wir gäben ein unschlagbares Team ab, wir beiden. Wie auf St. Pauli, als wir die jugendlichen Schläger zur Ordnung gerufen haben. Oder an der Elbchaussee und in der Heide. Wir tauschen wie bei mir deine DNA aus und ab geht die Post. Leute wie wir werden gebraucht. Ethik und Moral sind dabei, zu verrotten. Diesen Werten muss wieder Geltung verschafft werden. Das ist eine große Aufgabe, der ich mich verpflichtet habe. Sie steht auch dir an, talentiert wie du bist. Aber ich fühle es, du bist noch nicht so weit. Dir muss wesentlich übler mitgespielt werden als bisher. Erst dann wirst du begreifen, wie wichtig mein Tun ist, und du wirst mich verstehen.«

Hilpert tat, wie ihm geheißen war. Er blieb so lange wie möglich sprachlos. Er durfte Reichelt nicht provozieren. Der musste nur den Finger krümmen, schon war es vorbei mit seiner Herrlichkeit. Alexandra rührte sich nicht. Sie schien zu wissen, wann sie das Wort erheben durfte. Erst als Reichelt sie aufforderte, die Waffe aufzunehmen, kam Bewegung in sie. Sie packte sie am Lauf, als sei sie ein Spielzeug, mit dem sie nichts anzufangen verstand.

Mit glühenden Wangen betrachtete Reichelt Christina über den Lauf seines Revolvers. »Du bekommst gleich deine erste Lektion. Glaub mir, am Ende wirst du mich bitten, es dir von allen Seiten gleichzeitig zu besorgen. Du wirst nicht genug bekommen. Stimmt's, Alexandra? Leider muss ich auf dich Rücksicht nehmen, du bist schließlich schwanger. Aber bald wird dir jemand Gesellschaft leisten.«

Sein Blick verweilte weiterhin auf der gefesselten Frau. Bitter lachte er auf. »Solange ich dich will, solange darfst du leben.«

Er wandte sich Hilpert zu. »Fabian, streck deine Hände vor. Ich muss dich zu meinem Leidwesen fesseln. Dafür bekommst du bei mir einen Platz in der ersten Reihe. Du wirst begreifen, was du in eurer Beziehung falsch gemacht hast. Ich musste es ebenfalls lernen. Keine Sorge, ich werde dir ein guter Lehrer sein.«

Vergeblich ruckte Christina an ihren Fesseln. Die Angst sprang förmlich aus ihren Augen. Hilpert blieb ruhig, als überlegte er, welches Programm sie im Fernsehen schauen wollten. Er streckte die Arme vor und ging einen Schritt auf Reichelt zu.

Dieser warf ihm eine Handschelle herüber. »Nee, nee, bleib wo du bist. Das ist mir zu riskant, dich zu dicht an mich rankommen zu lassen. Ich hab gesehen, wie schnell du bist. Fessel dich selber, da behalte ich dich wenigstens im Auge.«

Er war zu sehr daran gewöhnt, dass man ihm gehorchte. Deshalb funktionierten seine Reflexe nur bedingt, als die Handschelle postwendend zurückgeschleudert wurde, nachdem Hilpert sie aufgefangen hatte. Das war allerdings nicht sein größtes Problem, sondern das Messer, das im gleichen Atemzug folgte und Reichelts Bauchpartie traf. Schreiend fasste er spontan nach der getroffenen Stelle. Im gleichen Moment fielen zwei Schüsse. Sie hatten Alexandra vergessen, die immer noch Hilperts Waffe in Händen hielt. Sie wusste als ehemalige Polizistin sehr genau, wie man damit umging. Ungläubig sah Reichelt auf sie. Er klappte in sich zusammen wie ein Taschenmesser. Hilpert, der mit einem Sprung vor ihm stand, beugte sich hinunter und fühlte am Hals seinen Puls. Der erste Eindruck war richtig, Alexandras Schüsse hatten ihn tödlich getroffen. Die Messerwunde hätte er überlebt. Unnatürlich ruhig warf sie die Waffe aufs Bett.

»Endlich hat dieses Schwein bekommen, was ihm zusteht.«

»Scheiße!«, fluchte Hilpert betroffen. »Den hätte ich gerne vernommen.«

Alexandra begann hysterisch zu kichern. »Ich hab nur den Moment abgepasst, wo ihr beide nicht gefährdet wart. Weißt du eigentlich, was ich erdulden musste? Reichelt ist ein Sexualmörder.«

»Keine Angst. Einen Großteil seiner Taten haben wir den Falschen angelastet.« Er schaute mit zusammengepressten Lippen auf den Toten herunter. »Womit haben wir es zu tun? Mit einem Irren oder einem stinknormalen Freak?«

»Stinknormal ist gut«, beschwerte sich Alexandra. »Ich habe ihn mehrere Monate um mich gehabt.«

»Du bist schwanger«, erinnerte sich Hilpert. »Wie sieht es damit aus?«

»Momentan hab ich keine Beschwerden.«

Eine hektische Bewegung Christinas auf dem Bett erinnerte ihn daran, dass sie dort nach wie vor verschnürt lag. Endlich widmete er sich ihr. Er beugte sich zu ihr herunter und riss ihr vorsichtig das Klebeband vom Mund. Anschließend durchschnitt er ihre Fesseln. Verzweifelt versuchte sie die Blutzirkulation in die Gänge zu bekommen. Das Problem würde sich von allein lösen.

»Fabian«, begann sie, »ich ...«

»Du musst dich nicht erklären. Jeder wählt in seinem Leben den Weg, den er für den richtigen hält. Und gegen Geld und Status anzustinken, ist nur schwerlich möglich. Bei mir gibt's zum Frühstück Vollkornbrot mit Marmelade, am Wochenende ein Brötchen aus der Backröhre. Du bist an Kaviar gewöhnt, an Champagner.«

»Aber ...«

»Es ist gut. Schließlich ist es mein Job, mich um das Leben anderer zu kümmern.«

»Nicht wahr, du wirst immer ein Polizist bleiben?«

»Da mag was dran sein.«

Sie erhob sich von dem Bett, schüttete ihre Beine, ging auf ihn zu und schlang ihre Arme um seinen Hals. Sie versuchte seinen Mund zu küssen. Vorsichtig drückte er sie von sich weg.

»Bis ans Ende deines Lebens schuldest du mir vielleicht Dankbarkeit, weil dir dieser Sadist erspart geblieben ist. Aber nicht mehr. Dafür reicht 'ne Karte zu Weihnachten. Lieben musst du mich deshalb nicht.«

»Er ist in diesen Fragen ein knallharter Moralist«, mischte sich Alexandra ironisch ein.

Mit tränenverschmiertem Gesicht ging Christina auf Hilpert

ein. »Aber ich liebe dich doch und akzeptiere deine Frühstücksvorschläge. Ich hasse Kaviar.«

Sie fasste in seine vollen Haare und schmiegte sich an ihn. Danach griff sie in ihre Hosentasche und zog seinen Haustürschlüssel heraus. »Hier, den hab ich noch. Ich wollte zu dir und es dir sagen. Da hat er mich einkassiert. Er behauptete, auf dich sei ein Anschlag verübt worden. Ich wäre nie auf die Idee gekommen, ihm zu misstrauen.«

»Leider und Gott sei Dank war das eine Lüge«, antwortete er gelassen.

Er umfasste ihre Taille, drückte sich ebenfalls an sie und küsste sie. Sanft trennte er sich von ihr.

»Wir finden kurzfristig einen Weg, unsere Gedanken zu vertiefen. Hier ist nicht der geeignete Ort. Jetzt muss ich arbeiten. Vor meinen Füßen liegt ein Erster Hauptkommissar der Hamburger Polizei. Im Nebenberuf Frauenschänder und Serienmörder. Das Haus muss von unten bis oben untersucht werden.« Er wies auf Alexandra. »Wie steht es mit dir, brauchst du einen Arzt?«

»Oh nein, ganz im Gegenteil, ich könnte ein Glas Champagner vertragen. Ich fühle mich euphorisiert.«

»Frauen«, murmelte er leise.

Er nahm sein Handy und rief bei den Frankfurter Kollegen an, gab Namen und Adresse auf und schilderte die Ereignisse. Vom Leichenwagen bis zur Spurensicherung würde das volle Programm abgespult werden.

Alexandra musterte den Toten ohne den Hauch einer Gemütsbewegung. »Mit der Verletzung durch das Messer hätte er vermutlich gut überleben können. Warum bist du nicht auf Nummer sicher gegangen?«

»Es wäre beinahe die perfekte Rache geworden. Er sollte was von seinen Taten haben. Ehemalige Bullen werden im Knast gerne als besondere Attraktion ausgestellt, vor allem, wenn sie Sexualfreaks sind. Davon abgesehen bin ich kein Killer. Jemand zu töten, ist die letzte Alternative, wenn nichts mehr geht.« Er nahm sie kritisch ins Visier. »Ich bin Polizist aus innerer Überzeugung geworden. Weißt du, ich werde dafür bezahlt, Menschen zu beschützen, nicht sie zu töten. Das gilt selbst für perverse Schweine wie ihn.«

»Und wenn er noch Gelegenheit gehabt hätte zu schießen?«

»Er hatte keine. Ich wusste, was ich tat.«

»Na ja, das Problem ist so oder so gelöst.«

»Was du nicht alles weißt«, grummelte er vor sich hin. Ihr Verhalten irritierte ihn. Trat so eine Frau auf, die monatelang in der Gewalt eines Sexualverbrechers verbracht hatte?

Ihrem Gesichtsausdruck war anzumerken, dass sie mit ihm nicht übereinstimmte. Zwanzig Minuten später erschienen die Frankfurter Kollegen. Die Spurensicherung machte sich an die Arbeit. Und sie würde viel zu tun bekommen. Gleiches galt für die Mitarbeiter der Mordkommission. Der Unfalltod seiner Frau, der Selbstmord ihres Liebhabers, alles musste neu aufgerollt werden. Letztlich war es unerheblich, wie oft er lebenslänglich erhalten hätte. Seine wahre DNA bewies vielfältig seine Schuld für diverse Morde. Und die Hinterbliebenen der Opfer hatten ein Anrecht darauf zu erfahren, wer dafür verantwortlich war. Es gab eine Menge zu untersuchen. Und draußen lauerte eine Öffentlichkeit, der eine ganze Menge zu erklären war. Für einen Moment dachte er an Böckler, der sich im Untersuchungsgefängnis das Leben genommen hatte. Wie weit war Reichelt daran mitverantwortlich? Böckler war kein Unschuldslamm, aber bei Weitem nicht das Ungeheuer, wie Reichelt es Hilpert weisgemacht hatte.

49

Die Frankfurter Kripobeamten benötigten ihre Zeit, bis sie begriffen, dass ihr ehemaliger Kollege ein lang gesuchter Sexualmörder war, der jahrelang vor ihrer Nase seine Verbrechen ausgeführt hatte. Irgendwann in den frühen Morgenstunden waren sie endlich mit allen Fragen durch. So bekam Hilpert auf der anderen Seite des Schreibtisches ein Gefühl dafür, wie sich Verhaftete fühlten, die stundenlang verhört wurden. Es hatte seine Vorteile, Polizist zu sein, die Fragen zu stellen und sich gelegentlich mit einem Kollegen abzulösen. Er reckte sich, als er das Verhörzimmer verließ. Dort traf er auf Alexandra, die hellwach auf ihrem Stuhl im Gang saß. Er musterte sie kritisch. Die gesamte Geschichte um sie herum war mit unlogischen Ecken besetzt. Neben ihr erblickte er Christina. Sie saß ganz klein in ihrem Stuhl, die dicken Tränen kullerten ihr herunter. Er half ihr hoch und strich ihr liebevoll über den Kopf.

»Es ist vorbei, Liebes. Reichelt kann dir nichts mehr antun.« Mit seinem Taschentuch wischte er ihre Tränen ab. Als habe es nur seiner Worte bedurft, beruhigte sie sich. »Hast du schon deinen Vater angerufen? Er macht sich große Sorgen.«

»Wie ich sehen konnte, hat er dir seinen geliebten BMW überlassen. Darüber stehe nur noch ich. Darunter das Leiden dieser Welt. Ich habe vorhin mit ihm gesprochen. Er ist dir sehr dankbar.«

»Komm, ich habe einen Kollegen gebeten, dir ein Zimmer zu besorgen. Du brauchst Schlaf.«

»Und du? Du bist fast den ganzen Tag auf den Beinen.«

»Keine Angst. Ich bin so aufgekratzt, ich könnte jetzt nicht schlafen. Und ich habe noch ein paar Gespräche zu führen. Ich komme dann ins Hotel und wir fahren gemeinsam zurück nach Hamburg.«

»Nehmt ihr mich mit?«, meldete sich Alexandra.

»Nein«, antwortete er. »Du musst den Rest deiner Tage in Sachsenhausen sauren Appelwein trinken.«

»Das könnte dir so passen. Schlimm genug, dass die Frankfurter diesen Stoff literweise in sich reinschütten.«

Kurz darauf nahm eine Kollegin Christina an den Arm und führte sie hinaus.

Alexandra wies mit dem Zeigefinger auf ihn wie mit einem Stab. »Wenn du mir schwangerer Frau kein Hotelzimmer kredenzt, muss es einen Grund geben. Was willst du von mir?«

»Kannst du dir das nicht denken?«

»Was sollte ich mir denken können?«

»Ich möchte mich mit dir unterhalten.«

»Beabsichtigst du etwa, mich zu verhören?«, fragte sie konsterniert.

»Nenn es, wie du willst.«

»Von mir aus, ich bin eh zu aufgekratzt.«

Nachdem Christina gegangen war, meldete sich endlich sein Magen. Ein freundlicher Beamter wollte sich darum kümmern.

Es wurde eine schwierige Übung für ihn, denn selbst Polizeikantinen hatten ihre Geschäftszeiten. Aber in der modernen Dienstleistungswelt würde sich garantiert ein Pizzadienst finden, der auch am frühen Morgen lieferte.

Im Polizeipräsidium überließen sie ihm ohne große Diskussion einen Raum, in dem er sich mit Alexandra unterhalten konnte. Emotionslos begann er zu reden: »Großartig, dass du lebst. Es ist nur schade, dass du Reichelt erschossen hast.«

»Das tut mir leid, aber der Eindruck, der sich mir aufdrängte, war, dass ihr Hilfe brauchtet.«

»Du weißt, ich bin es gewohnt, immer ein Ass im Ärmel zu tragen.«

»Verzeih mir, dass ich nicht an dein Messer gedacht habe. Beim nächsten Mal überlass ich dich deinem Schicksal.«

»Mal den Teufel nicht an die Wand. Wechseln wir besser das Thema. Hatte Reichelt dir erzählt, dass dein Mann tot ist?«

»Oh ja, ganz genüsslich.«

»Und wie stellst du dich dazu?«

»Ich wollte zwei Dinge in meinem Leben. Ein Kind und finanzielle Sicherheit. Mein Mann erfüllte mir den einen Wunsch mit seinem Geld. Als Kindesvater kam er leider nicht infrage, da er zeugungsunfähig war. Mein Arzt hatte mir gesagt, ich könnte trotz der Fehlgeburt wieder schwanger werden. Du hattest leider abgewinkt. Ulf hatte sich geradezu aufgedrängt. Also hab ich ihn genommen.«

»Dieser Mann ist ein gnadenloser Mörder gewesen. Mit diesem Wissen kann man unmöglich in Ruhe weiterleben. Welche Gene hat er auf das Kind übertragen?«

»Du weißt selbst, ich hab anfangs nicht gewusst, mit wem ich mich da eingelassen habe. Das bekam ich erst mit, nachdem er mich entführt hatte.« Sie starrte ihn mit kalten Augen an. »Mir wurde klar, dass es letztendlich um mein eigenes Überleben ging. Also musste ich ihn bestärken.«

Hilpert reagierte empört. »Dieser Mann hat in dieser Zeit weiter vergewaltigt und gemordet.«

»Ich habe davon nichts mitbekommen. Selbst wenn, wie hätte

ich es verhindern sollen? Man möge mir vergeben, dass ich mich auf das eigene Überleben konzentriert habe.«

Er schüttelte wütend den Kopf. »Du hast es gar nicht verhindern wollen. Ich behaupte, du hast ihn für deine Interessen instrumentalisiert.«

Sie grinste ihn provokativ an. »So, hab ich das? Wie darf ich das verstehen?«

»Reichelt hat deinen Mann umgebracht. Er hat dabei das gleiche Schnittmuster verwendet wie bei der Ermordung des Liebhabers seiner Frau.«

»Ach ja?!«

»Allerdings. Fragt sich nur, weshalb dein Mann sterben musste.« Er lachte bitter auf und beugte sich zu ihr hin. »Nicht wahr, es ging um sein Geld. Als seine Ehefrau bist du die Alleinerbin und musst nicht mehr an der Seite des ungeliebten Mannes leben, der nicht mal in der Lage ist, ein Kind mit dir zu zeugen.«

Entnervt schüttelte sie den Kopf. »Was du mir alles zutraust, Fabian. Ich dachte, du hast mich mal gemocht.«

»Viel zu sehr, viel zu sehr. Ich habe wie ein Hund, der an der Kette vor dem Haus liegt, unter deinem Egoismus gelitten. Dass der jedoch so weit geht, dass du über Leichen gehst, hätte ich dir niemals zugetraut. Das macht mich völlig fertig.«

»Du hast wirklich keine hohe Meinung von mir.«

»Darum geht es nicht. Es gab für Reichelt kein Motiv, deinen Mann zu töten. Es sei denn, es wurde ihm eingeflüstert. Wer hätte das besser gekonnt als du?«

»Das zu beweisen, dürfte dir sehr schwerfallen. Abgesehen davon bestreite ich vehement, ihn zu einem Mord aufgestachelt zu haben.«

Sie fuhr sich mit einer Hand durch ihr kurzes Haar, als legte sie Wert darauf, ihm weiterhin zu gefallen. »Eigentlich schade, dass du so über mich denkst. Mit dir hätte ich mir tatsächlich ein Luxusleben vorstellen können. Mein toter Mann hinterlässt mir so viel Geld, wie ich es in zwei Leben nicht ausgeben könnte.« Sie hielt in ihrer Bewegung inne. »Willst du es dir nicht überlegen?« Sie lachte hell auf. »Ach richtig, du hast ja eine neue Liebe, die wir gerade noch aus Reichelts Klauen befreien konnten. Aber hatte sie dich nicht auch wegen des schnöden Mammons verlassen? Wie lange wird sie diesmal bei dir bleiben?« Überheblich verzog sie ihre Mundwinkel. »Das scheint sich zu einem Trauma für dich zu entwickeln. Pass bloß auf, dass du nicht da strandest, wo Reichelt gelandet ist.«

»Danke für den psychologischen Hinweis. Ich werde umgehend den Polizeipsychiater aufsuchen«, erwiderte er spitz.

Urplötzlich stand sie auf. »Es ist wohl besser, wir brechen unser Gespräch ab. Du weißt, ich sollte mich nicht zu sehr anstrengen. Die ersten Schwangerschaftsmonate sind die gefährlichsten.«

Er erhob sich ebenfalls. »Natürlich.«

Bereits im Gehen wandte sie sich ihm zu. »Nicht wahr, du wirst darauf verzichten, mit diesen bösen unbewiesenen Äußerungen um dich zu schmeißen?! Du würdest mich ansonsten zwingen, mich dagegen mit allen Mitteln zu wehren. Und glaub mir, du kämest dabei nicht sonderlich gut weg.«

Sie verzichtete auf eine Antwort und verließ den Raum. Er blickte ihr nachdenklich hinterher. Konnte Geld einen Menschen wirklich so verändern? Oder war sie immer schon so gewesen und er hatte nur in ihr gesehen, was er sehen wollte? Die Sicherheit, mit der sie ihm gegenüber auftrat, gab ihm die Gewissheit, dass sie längst wusste, dass der Tod ihres Mannes garantiert nicht mehr aufgerollt würde. Was wollte man ihr konkret vorwerfen? Er überdachte die Situation. Sie waren bei Alexandra auf denselben Leim gegangen wie bei Reichelt. Er besorgte die falsche DNA-Probe von ihr und reichte sie weiter. Ein weiteres Mädchen musste sterben, um diese Probe abzuliefern. Sie zu verbrennen war ein weiterer logischer Schritt. Ohne Alexandra wurde keine Gynäkologin benötigt. Zumindest musste dieser Eindruck erweckt werden. Also ging sie den gleichen Weg. Es fragte sich nur, weshalb sie auf ärztliche Betreuung verzichteten. Alexandra lebte. Eine weitere Problemschwangerschaft war zu befürchten. War das Kind gewollt, konnte auf ärztliche Betreuung nicht verzichtet werden. Erregt erhob er sich. Es gab nur eine Konsequenz. Wenn sie mit Reichelt Hand in Hand agierte, wurde sie weiterhin ärztlich betreut. Fragte sich nur, wie man das angestellt hatte. Ob es in Reichelts Haus eine Antwort darauf gab? Es fand sich schnell ein Kollege, der ihn nach Bad Homburg begleiten wollte.

50

Hilpert begann mit seiner Suche im Keller, ohne etwas Auffälliges zu entdecken. Reichelt war ein penibler Mensch. Was nicht benötigt wurde, wurde entsorgt. Nichts lag herum. Schränke und Borde nahmen die Dinge des täglichen Lebens ebenso auf wie die Sachen, die man momentan nicht benötigte, vielleicht aber zu einem anderen Zeitpunkt verwenden konnte. Nach wie vor arbeiteten die Leute der KTU. Sie würden viele Anhaltspunkte finden, die auf weitere Morde hinwiesen. Auch in den oberen Räumlichkeiten traf er auf fleißige Kollegen. Hier stießen sie allerdings auf weitaus weniger gewichtige Hinweise. Augenscheinlich verrichtete er seine grausamen Aktionen vorrangig im Keller.

Erst in Reichelts Schlafzimmer fand er, was er suchte: eine Reisetasche mit Kleidung, Wäsche und Toilettenartikeln, wie man sie beispielsweise bei einem Krankenhausaufenthalt benötigte. Ihm musste niemand erklären, wessen Utensilien er in Händen hielt. Sie gehörten eindeutig Alexandra. Nach dem Tod der Gynäkologin hatte sie zwischendurch offensichtlich ein Krankenhaus aufgesucht. Das machte Sinn. Langsam fragte er sich, wie lange sie die Mär vom verschleppten Mädchen aufrecht halten wollte, das sich zwangsweise in seiner Gewalt befunden hatte. Nun fiel ihm wieder ein, die Toilette im Keller roch unbenutzt. Also musste sie an anderer Stelle im Haus ihre Notdurft verrichtet haben. Er gab den Auftrag, das Bad nach Spuren von ihr gründlich zu untersuchen. Anschließend führte er ein längeres Gespräch mit den Ermittlern in Frankfurt. Sie sollten herausfinden, wo Alexandra sich zwischendurch aufgehalten hatte.

Als er ins Polizeipräsidium zurückkehrte, stieß er auf Kollegen, die dabei waren, eine Liste aller infrage kommenden Krankenhäuser abzutelefonieren. Mittlerweile machte sich sein Körper bemerkbar. Leichte Schwindelgefühle deuteten auf sein Schlafdefizit hin. Irgendwo trieb er ein Feldbett auf. Für ein paar Stunden fand er die dringend benötigte Ruhe.

Erst im Verlauf des Vormittags konnten sie die Früchte ihrer Bemühungen ernten. Alexandra war unter falschem Namen in eine kleine Privatklinik etwa 30 Kilometer von Frankfurt entfernt eingeliefert worden. Dort verbrachte sie mehrere Wochen. Und sie erhielt gelegentlich Besuch von Reichelt. Sie hätte jede Möglichkeit gehabt, den Mörder und Vergewaltiger bei ihnen anzuzeigen. Niemand hätte sie davon abhalten können. Er würde dieses Material seinen Kollegen von der Soko überlassen. Sollten die sich einen Reim aus der Rolle machen, die Alexandra gespielt hatte.

Er war schon im Gehen, als einer der Spurensicherer auf ihn zukam. »Sie suchen nach unlogischen Momenten, stimmt's?«

»Kann man so sagen. Ich will wissen, welche Rolle unsere Exkollegin in diesem Spiel eingenommen hat.«

»Also nach allem, was wir herausgefunden haben, hat sich in dem Haus nicht nur eine Person aufgehalten.«

»Das ist mir klar. Schließlich hatte er seine Opfer im Keller eingesperrt.«

»Davon rede ich nicht. Der Geschirrspüler war voll mit benutztem Geschirr.«

»Vielleicht hat Reichelt die Sachen gesammelt und die Maschine nur eingeschaltet, wenn er am Wochenende vor Ort war.«

»Das glauben Sie doch selber nicht. Der Mann war die Ordnung in Person. Außerdem habe ich Lippenstiftspuren an diversen Tassen gefunden.«

»Ja, ja, wohin einen die eigene Eitelkeit führen kann.«

Der Kollege fuhr fort: »Das ist beileibe nicht alles. Im Schlafzimmer hat sich eindeutig eine Frau aufgehalten. Dafür gibt es klare Hinweise. Das fängt bei den Haaren auf dem Kopfkissen an. Das Gleiche gilt für das Bad, dort sind zwei Zahnbürsten.«

»Machen Sie bloß einen DNA-Abgleich.«

»Worauf Sie sich verlassen können.«

Hilpert verließ betroffen das Haus. Es war bald erwiesen, dass Alexandra im Haus gewohnt hatte, wenn sie sich bei ihm aufhielt. Sie lebte keinesfalls als Gefangene im Keller. Vielmehr darbten unter ihr junge Frauen, die sich Reichelt als Opfer auserkoren hatte. Er musste sie geliebt haben. Sie hätte in dessen Abwesenheit jederzeit den geschundenen Frauen helfen können. Es musste für sie gute Gründe geben, weshalb sie sich auf die Seite des Frauenschänders geschlagen hatte. Und er kannte sie. Sie brauchte den Killer, der den ungeliebten Ehemann aus dem

Weg räumte. Sie bekam ihr Wunschkind, war gleichzeitig ungebunden und wohlhabend. Und ihren Helfershelfer konnte sie sich am Ende bequem vom Halse schaffen. Sie würde viel zu erklären haben. Aber nicht ihm. Sollten sich andere darum kümmern. Er entschied, Christina an die Hand zu nehmen und zurück nach Hamburg zu fahren. Mit ziemlicher Sicherheit schrie ihr Vater bereits nach seiner Luxuslimousine. Es sollte sich später herausstellen, dass er dem älteren Herrn bitter unrecht tat. Dieser hatte nur Augen für sein gerettetes Kind und zerfloss in den Danksagungen an ihn. Wahrscheinlich hätte er ihm sogar den Wagen geschenkt, wäre er darauf zu sprechen gekommen. Er verkniff es sich. Was er hatte, reichte ihm allemal.

Im Hotel übergab ihm der Portier einen Briefumschlag. Wie sich zeigte, war er von Christina. Lächelnd nahm er ihre Ersatzzimmerkarte in die Hand, auf einem kleinen Zettel stand ihre Zimmernummer. Diese Einladung wollte er nicht abschlagen. Leise trat er in ihr Zimmer und hörte sie flach atmen. Er entkleidete sich und legte sich neben sie ins Bett. Vorsichtig fasste er unter der Decke mit der Hand zu ihr herüber. Sie war eindeutig nackt. Sie drehte sich ihm zu und tastete mit einer Hand nach ihm. Ohne Mühe wurde sie fündig. Er reagierte wie gewünscht.

»Das ist gut so«, vernahm er ihre Stimme. »Ich musste eine Weile auf dich verzichten.«

Christina rutschte zu ihm herüber und legte sich auf ihn. So schnell sollte er keinen Schlaf bekommen. Sie wusste, wie sich eine Frau bedanken konnte. Erst am späten Nachmittag machten sie sich auf den Weg nach Hamburg, um dort weiterzumachen, wo sie in Frankfurt aufgehört hatten. Während der Fahrt strich sie ihm herausfordernd über die Schenkel, dass er beinahe versucht war, am nächsten Parkplatz auszuscheren. Die kühle Witterung hielt ihn letztlich davon ab. Vermutlich hätte sie nicht gestört. Tatsächlich aber waren die Umstände in Hamburg eindeutig günstiger. Wären sie in der Lage, diese Momente aufzubewahren, niemand hätte sie bis ans Ende ihrer Zeit zu trennen vermocht.

* * *

Tags darauf saß Hilpert Weber gegenüber. Dieser ließ sich haarklein über die Ereignisse in Bad Homburg berichten.

»Wo hatte dieser Mensch eigentlich seine Ortskenntnisse her? In allen Teilen unseres Landes kannte er Stellen, wo er den Frauen auflauerte oder deren Leichen ablegte. Zumindest galt das für die alten Bundesländer.«

»Darin liegt ein Stück der Antwort. Er war in jungen Jahren Angler und ist wohl viel durch die Gegend gezogen. Hat es allerdings nie in die ehemalige DDR geschafft.«

»Also hätte man in der Vergangenheit nach idyllischen Plätzchen in der alten Bundesrepublik suchen müssen, wo das Angeln lohnt. Darauf muss man erst einmal kommen.«

»Sind wir aber nicht. Ob das dem einen oder anderen Opfer genutzt hätte, muss jedoch bezweifelt werden. Es gibt zu viele davon. An diversen Stellen dieses Landes ist es idyllisch, lädt ein Weiher zum Fischen ein.«

»Wohl wahr, Hilpert. Bevor Sie mit Selbstvorwürfen beginnen, nur so viel: Zumindest Röller und Wellner denken garantiert darüber nach, Ihnen ein Denkmal zu setzen.«

»Nett, wie Sie versuchen, mich zu motivieren. Wir hätten hingegen an der einen oder anderen Stelle sorgfältiger arbeiten müssen. Das ist mir unlängst erst klar geworden.«

»Das gilt für jede Ermittlung. Regelmäßig unterlaufen uns Fehler. Aber bei diesem Fall lasse ich gerade noch das Kettchen gelten, das uns durchgegangen ist. Und es zeigte sich, niemand außer Ihnen ist darauf gekommen.«

»Wie denn auch? Außer mir wusste niemand, wie wir daran gelangt sind.« Er lachte auf. »Sieht man mal von Reichelt ab, der das initiiert hat. Und der hatte nun weiß Gott kein Interesse daran, uns mit der Nase darauf zu stoßen.«

Weber nickte bedächtig zu seinen Worten. »Tja, das ist ihm schließlich mit leichter Verzögerung ins Auge gegangen. Da lässt er absichtlich ein Beweisstück gegen Böckler liegen und belastet sich letztendlich selbst damit, nachdem klar war, dass dieser Alexandra nicht ermordet haben konnte.«

Weber schlug mit der Faust energisch auf den Tisch. »Mensch, Hilpert, dieser Mann hat seine Untaten bis ins letzte Detail geplant. Allein die DNA des Liebhabers seiner Frau als seine registrieren zu lassen, war genial und perfide zugleich. Also konnte er anfangs die Frauen schwängern, ohne Angst vor einem Abgleich haben zu müssen.«

»Als wir dann Böckler zu fassen bekamen, war das für ihn wie ein Sechser im Lotto«, ergänzte Hilpert. »Diesem schob er seine tatsächliche DNA unter und wir hatten einen mehrfachen Mörder. Dabei passte ansonsten kaum etwas ins Bild. Der Mann war für die Organisation dieser Untaten schlichtweg unfähig. Dessen IQ lag wirklich an der unteren vertretbaren Grenze. Der musste ein halbes Jahr für seine theoretische Führerscheinprüfung pauken und hat sie gerade so geschafft.«

»Klar, wir sind technologiegläubig geworden. Dem gesunden Menschenverstand oder logischen Folgerungen wird kein Vertrauen mehr geschenkt, wenn die Technik Tilt sagt. Man traut sich schon nicht mehr, andere Erwägungen in einen Fall einzubringen. Eine Frage bewegt mich allerdings: Warum hat er Alexandra am Leben gelassen?«

»Ich denke, er hatte sich in sie verliebt. Und sie gab ihm freiwillig, was er wollte. Vermutlich hat sie ihm das verliebte Mäuschen vorgespielt. Auf diese Rolle versteht sie sich perfekt. Und ihr erster Kontakt kam ohne jeglichen Zwang zustande. Ich höre noch Reichelt davon schwärmen. Tja, Chef, unsere Exkollegin nutzte diese Situation für sich gnadenlos aus. Würde mich interessieren, mit welchen Argumenten sie ihn auf ihren Ehemann gehetzt hat.«

»Da werden Sie nach wie vor Probleme bekommen. Die Selbstmordthese ist inzwischen zur Frage der Ehre geworden.«

Hilpert blickte ihn mit traurigen Augen an. »Das Glück ist mit denen, die es nicht verdient haben. Wenn es um ihren Egoismus geht, kennt sie weder Freund noch Feind. Es gelten ausschließlich ihre Bedürfnisse. Ich weiß, wovon ich spreche.«

Weber lächelte in sich hinein, als würde er über die ehemalige Beziehung der beiden nachsinnen. Kopfschüttelnd antwortete er: »Wenn Reichelt es geschafft hätte, nach Böcklers Selbstmord aufzuhören, wäre einer der größten Serienmörder der Nachkriegsgeschichte ohne Strafe davongekommen. Alexandra wäre mit irgendeinem Ammenmärchen aufgetaucht, hätte die trauernde Witwe gespielt und ein geruhsames Leben geführt.«

Hilpert nickte zögerlich. »Dem stand jedoch ihre Interessenlage entgegen. Alexandra hatte offensichtlich keine Lust, sich mit ihm zu verbändeln. Nein, sie hatte alles festgezurrt. Ihr Mann musste sterben und Reichelt anschließend ebenso. Sie wollte ihr Ding machen, ansonsten zählte nichts.«

»Das sind schwere Geschütze, die Sie da auffahren. Und das gegen eine ehemalige Kollegin. Es wird schwierig werden, dafür Beweise zu finden.«

»Das ist mir klar, aber ich lege meine Hand dafür ins Feuer.«

»Wo wir gerade bei Feuer sind. Stimmt Ihre These, wurden die beiden Opfer verbrannt, weil Alexandra nicht mehr erkannt werden sollte.«

»Richtig. Ich vermute, dass er auch Angst hatte, man könnte bei einer der beiden Frauen Spuren von ihm identifizieren. Schließlich hatte er Böckler seine DNA untergeschoben. Man hätte sofort herausgefunden, dass er unschuldig gewesen sein musste, wäre diese DNA abermals aufgetaucht. Inzwischen gehörte sie ganz offiziell einem Toten. Der Mann hat uns einen Ring durch die Nase gezogen und wie einen Stier an der Leine durchs Dorf gezogen. Und wir sind friedlich hinterhergewatschelt.«

Weber schob einen Papierstapel, der vor ihm auf der Schreibtischplatte lag, von sich weg, um dann anschließend mit der flachen Hand draufzuhauen. »Wie hätten wir darauf kommen sollen, dass ein Serienmörder direkt vor unseren Augen als Leiter einer Mordkommission tätig ist?!«

»Wir haben verlernt, das Unmögliche in unsere Gedankengänge einzulassen. Wir weigern uns, zwischen den Zeilen zu lesen«, erwiderte Hilpert desillusioniert. Er erhob sich schwer stöhnend wie ein älterer im Dienst ergrauter Polizist. »Ich werde jetzt gehen und mich mit meiner Freundin treffen. Ihre Odyssee hätte ich ihr ersparen können. Ich mache mir Vorwürfe, dass mir das mit der verdammten Kette so spät aufgefallen ist. Es sind auch andere Zeichen, die ich nicht richtig gedeutet habe. Zum Tod von Alexandras Mann hab ich mir alle Gedanken der Welt gemacht, ob es sich um Mord oder Selbstmord handelte. Aber die entscheidende Frage ist mir nicht eingefallen.«

»Und die wäre?«

»War es kein Selbstmord, weshalb musste er sterben? Worin

lag die Logik seines Todes? Wer hätte einen Nutzen davon? Mit der Antwort wäre ich ein ganzes Stück weitergekommen.«

Weber stand ebenfalls auf. »Fangen Sie nicht schon wieder an, sich selbst zu quälen. Kann es sein, dass man Ihnen den Kopf gleichzeitig mit tausend Dingen zugedröhnt hat? Kann es sein, dass Heerscharen an Kollegen mit dem gleichen Erkenntnisstand nicht halb so weit gekommen sind wie Sie? Sie haben den Mord an Christina Röller verhindert. Sie haben einen vielfachen Mörder dingfest gemacht. Ich bin stolz darauf, solch einen Polizisten wie Sie unter meinen Leuten zu haben.« Er blickte Hilpert über den Rand seiner Brille an. »Da ich ein paar Jährchen älter bin als Sie, muss ich zwangsläufig mehr gesehen, mehr erlebt haben als Sie. Man will das Unabänderliche gern ungeschehen machen. Sei es die schwere Krankheit oder der Tod eines geliebten Menschen. Das funktioniert nicht. Wir müssen mit dem Dilemma leben, fehlbar zu sein. Nur, bei Ihnen behaupte ich, liegt die Fehlerquote halb so hoch wie bei den meisten Ihrer Kollegen. Und die Wahrsager dieser Welt verdingen sich beim Fernsehen, um die Polizei machen die einen großen Bogen. Wir zahlen so schlecht.«

Frustriert winkte er ab. »Und irren tun die sich wie alle anderen auch.«

Sie wollten sich die Hand reichen, um sich zu verabschiedeten, als sich der Polizeipsychologe bei ihnen anmeldete. Weber bat ihn, hereinzukommen und bedeutete Hilpert, zu bleiben. »Bin mal gespannt, zu welchen Resultaten der gekommen ist.«

Dr. Siebert gehörte mit seinen beinahe 60 Jahren zu der alten Garde der Polizeidienstleister. Auf die Frage, ob man Reichelt als geistesgestört bezeichnen konnte, antwortete er anfangs ausweichend: »Der Mann ist tot, ich kann mich nur auf seine Taten und möglichen Motive beziehen. Ich habe mit ihm selbst nie ein Wort gewechselt.«

»Sie werden sich doch wohl so etwas wie eine Meinung gebildet haben«, insistierte Weber.

»Das hab ich allerdings. Er ist zumindest psychisch deformiert. Seine Krankheit hatte sich faktisch verkapselt. Auslöser war letztlich das Verhältnis, das seine Frau hinter seinem Rücken pflegte, und die Drohung, ihn zu verlassen. Wären sie zusammengeblieben, ich vermute, Reichelt hätte sich bis ans Ende seiner Tage unauffällig verhalten.«

»Hat er sie so geliebt, dass er es anders nicht verarbeiten konnte?«, fragte Hilpert. Ihn begann die Analyse des Psychologen zu interessieren.

»Ich glaube nicht, dass er die Verbrechen aus verschmähter Liebe verübt hat. In ihm steckt offensichtlich ein faschistoider Kern. Egal, ob er die Frau liebte oder nicht. Sie hatte gefälligst in seinem Sinn zu funktionieren. Und das tat sie irgendwann nicht mehr. In ihm steckte daneben eine starke sadistische Ader, die er über Jahre unterdrückt hat.«

»Aber er hat die Frauen nur in Ausnahmefällen geschlagen«, warf Weber ein.

»Sie zu zwingen, mit ihm zu veranstalten, was er wollte, gab ihm diese Befriedigung. Sie zu töten, bereitete ihm dann zweifellos den Höhepunkt. Das geht weit über das Schlagen und Quälen hinaus. Er übte die Macht aus, das zählte. So etwas wie Sadismus zeigt sich in vielfältiger Form. Das Ziel ist das Leiden des anderen und die Lust, die man dabei empfindet.«

»Musste er seine Opfer nicht auch töten, um sich selbst zu schützen?«

»Ja, das Bedürfnis, sich zu schützen und unangreifbar zu machen, war der andere Wesenszug in ihm. Irgendwo gingen seine Interessen harmonisch ineinander über.«

»Heißt das nun, er war unzurechnungsfähig?«, insistierte Hilpert abermals.

»Nicht wirklich. Die sorgfältige Planung, die exakte Verfolgung seiner Ziele sprechen für jemanden, der intellektuell gut beieinander ist. Im Prinzip ist ihm in den Jahren kein Fehler unterlaufen. Kein Gutachter dieser Welt hätte ihn für schuldunfähig erklärt, würde er noch leben. Sehen wir mal davon ab, dass ihn die Öffentlichkeit in solch einem Fall zerrissen hätte.« Er atmete tief durch, als haben ihn seine Worte über die Maßen belastet. »Andererseits stoßen wir auf Symptome, wie sie bei vielen Psychopaten auftreten. Nehmen wir nur die Erhöhung der Frequenz seiner Verbrechen.«

»Also war er verrückt!«, setzte Hilpert nach. »Der Mann ist tot. Egal, wie Ihre Antwort lautet, keine Bildzeitung wird mit dem Finger auf Sie zeigen, wenn Sie eine unpopuläre Ansicht äußern.«

»Davor hätte ich keine Angst. Verrückt ist ein unpräziser Begriff. Aber bleiben wir in Ihrer Diktion. Nein, er war es nicht, eher trifft das Gegenteil zu. Allenfalls war er gestört. Er war ultragefährlich für die Gemeinschaft.«

»Hat ihn denn nicht so etwas wie ein Gewissen gequält?«

»Ich glaube nicht, dass ihm irgendwelche Zweifel an seinen Taten gekommen sind. Eher hielt er sich für eine Art Bewahrer der Moral. Mit dem göttlichen Auftrag, die alte Ordnung wiederherzustellen.« Er rückte seine Brille zurecht, bevor er weitersprach: »Vermutlich hätte er seine Frequenz weiter gesteigert. Und das von zwei Standorten aus.«

»Dann ist er doch verrückt!«, fauchte Weber den Psychologen an.

Hilpert nickte dazu. »Er hat nie die Absicht gehabt, sein Haus in Bad Homburg zu verkaufen. Die Maklergespräche waren ein Fake. Der hätte permanent weitergemacht. Was für eine entsetzliche Vorstellung. Der Mann war ein Irrer.«

»Es ist alles eine Frage der Definition, meine Herren. Die Übergänge sind fließend. Sie finden kaum ein psychologisches Gutachten, für das sich nicht eine Gegenmeinung auftreiben ließe. Wir haben es nicht mit Physik oder Chemie zu tun. Psychologie versucht das Verhalten von Millionen an Menschen in eine Formel zu pressen. Das gelingt mal besser, mal schlechter. Aber so richtig funktioniert das äußerst selten.«

»Nette Wissenschaft, die Sie da vertreten«, warf Hilpert kritisch ein.

»Also, es gab einen berühmten deutsch-englischen Philosophen, der hat mal behauptet, wir wüssten nicht, was richtig ist, sondern müssen immer wieder auf neue ›Wahrheiten‹ hoffen. Das Einzige, das er gelten lässt, ist unser Wissen um die Dinge, die erwiesenermaßen falsch sind.«

»Das mag so sein«, unterbrach Weber. »Nur wie passt Alexandra ins Bild?«

»Offensichtlich hat er sich in sie verliebt. Und sie wollte ein Kind, sein Kind.«

51

Diesmal erhob sich Hilpert entschieden. Er hatte zu dem Thema genug gehört und gesagt. Die abschließende Motivforschung begann ihn zu nerven. Jetzt waren sie bei Psychologie und Philosophie angelangt. Tatsächlich redeten sie über einen Menschen, dem man wahrscheinlich ein knappes Dutzend Morde nachweisen konnte. Er war tot, er würde keine Gefährdung mehr für die Gesellschaft darstellen. Das zählte in diesem Augenblick. Mit Alexandra verband ihn nur noch die Neugier darauf, ob sie aus allem unbescholten herauskommen oder Opfer ihrer engen Verstrickung mit Reichelt werden würde. Eigentlich wollte er mit ihr nichts mehr zu tun haben. Das Gespräch mit dem Psychologen hatte ihn eher verunsichert als in seiner Meinungsbildung gestärkt. Er liebte klare Antworten, eindeutige Strukturen. All das konnte ihm Siebert nicht anbieten. Ganz im Gegenteil blieb eine Reihe an Fragen offen. Er wollte sich auf den Weg zu seiner Wohnung machen. Christina erwartete ihn dort. An ihrer gegenseitigen Liebe gab es zumindest für den Augenblick keine Zweifel. Ihn galt es zu nutzen. Niemand wusste, welche Belastungen auf sie zukommen würden. Trotzdem musste er dieses Ansinnen kurzfristig zurückstellen.

Auf dem Korridor begegnete er Stange. Dieser nahm ihn zur Seite. »Was hört man nicht für schreckliche Dinge über Kollegen von uns. Reichelt war ja schon der absolute Hit. Nun soll Alexandra ebenfalls in den Fall verwickelt sein? Was hältst du davon, wenn du mich ein wenig aufklärst?«

Er konnte seinem Kollegen diesen Wunsch unmöglich abschlagen. Sie zogen sich einen Becher Kaffee aus dem Automaten und gingen zu Hilpert ins Zimmer. Dort ließ sich Stange groß und breit berichten. Wenn ihn die Neuigkeiten beeindruckten, merkte man es ihm nicht an. Er war zu lange bei der Polizei und hatte zu viel gesehen.

»Ich kenne Alexandra gut«, äußerte er sich überlegt. »Die wird sich um die Wahrheit winden wie eine Boa um ihre Beute. Bin wirklich mal gespannt, wie lange sie in Haft bleibt. Über Geld für die besten Anwälte verfügt sie schließlich reichlich. Man spricht von 25 Millionen, die sie geerbt haben soll.«

Hilpert nahm einen kräftigen Schluck Kaffee. Er hatte für die Situation nur ein Achselzucken übrig. Das viele Geld ließ ihn kalt. Er war sich unschlüssig darüber, was ihm wichtiger war, der Gerechtigkeit zu genügen oder dass sie mit ihrem Kind und dem großen Geld glücklich wurde. Wenn er zu seinem Kollegen herüberschaute, verdichtete sich bei ihm der Eindruck, dass dieser ähnlich wie er dachte. Schon bald trennten sie sich. Er war bereits auf dem Weg zu seinem Auto, als ihn der Leiter der Soko aus Frankfurt erreichte. Dieser bat ihn, die Räumlichkeiten von Reichelt in Norderstedt zu durchsuchen.

»Sie sind so dicht am Fall dran, da müssen wir niemanden schicken. Und Sie haben einen Blick fürs Wesentliche«, lobte er ihn.

Was blieb ihm anderes übrig, als diesem Wunsch nachzukommen. So schnell sollte ihn der Fall nicht loslassen. Er rief Christina an. Sie signalisierte Verständnis für seine Situation. Ob sie ihm auch künftig so wohlwollend entgegenkam? Noch trug er den Bonus des Lebensretters mit sich herum. Doch irgendwann nutzte der sich ab. Der Alltag vernichtete diesen Glanz mit stetiger Wucht. Man konnte nicht ein Leben lang Dankbarkeit verlangen. Und er tat es eh nicht.

Reichelt hatte ein älteres Einfamilienhaus in Norderstedt gemietet. Auch dort fand sich auf den ersten Blick ein deutliches Merkmal seiner Interessenlage wieder. Es verfügte über eine Doppelgarage, die direkt ans Gebäude geklebt zu sein schien. Diese war sogar unterkellert. Man gelangte von hier aus direkt ins Haus. Wie nicht anders zu erwarten, traf er auf einen perfekt gepflegten Garten. Die gepflasterte Zuwegung war frei von störenden Gräsern oder Moos in den Fugen. Vermutlich wurde der Druckluftreiniger mehrmals die Woche gnadenlos eingesetzt. Offensichtlich hatte er jede freie Sekunde darauf verwendet, sich um die Pflanzen und Beete zu kümmern. Selbstredend war das Haus mustergültig aufgeräumt.

Viel Privates fand sich nicht an. Seine Bleibe war über den Status des Provisoriums nicht hinausgekommen. Gedankenverloren durchstöberte er das überraschend gut gefüllte Bücherregal. Anscheinend hatte er eine Vorliebe für historische Werke. Es fanden sich insbesondere Biografien prägender Figuren der Weltgeschichte von Alexander dem Großen bis Napoleon. Es fand sich sogar das Original von ›Mein Kampf‹ an. Hilperts relative Gleichgültigkeit verflog, als er eine gebundene Kladde in die Hand bekam. Mäßig interessiert blätterte er darin herum. Schon bald musste er sich setzen. Akribisch hatte Reichelt in gestochener Handschrift seine Untaten dokumentiert. Alles war sorgfältig datiert. Hiernach trieb er sein Unwesen über beinahe vier Jahre. Das letzte Kapitel trug die Überschrift Alexandra. Er las, mit welcher Selbstverständlichkeit sie in die Psyche dieses Menschen eingedrungen war. Sie bestärkte ihn in dem Glauben, die Liebe ihres Lebens zu sein. Sie ließ ihn für die kleine Familie Pläne schmieden. Und sie beauftragte ihn, ihren Ehemann zu beseitigen. Einen größeren Liebesbeweis konnte sie ihm laut seiner Aufzeichnungen nicht geben. Er sah darin ihre absolute Bereitschaft, mit ihm ihr künftiges Leben teilen zu wollen. Sie war zu keinem Zeitpunkt seine Gefangene, sondern ein umhegter, geliebter Gast. Ihm wurde übel, als er las, dass sie von seinen Untaten wusste. Er schrieb voller Stolz: *Sie respektiert und versteht meine Mission. Endlich stehe ich nicht mehr allein. Alexandra ist eine fantastische Frau. Sie steht bereits dort, wo ihre Geschlechtsgenossinnen hinmüssen.*

An anderer Stelle konnte er über sich lesen: *Er ist ein großartiger Freund. Ihn würde ich mir als Partner wünschen. Leider muss er noch viel über unsere Aufgabe lernen. Aber er ist jung und lernfähig.*

Er musste die Kladde zwischendurch zur Seite legen. Mit zittrigen Händen fuhr er sich übers Gesicht. Er mochte nicht glauben, was er las. Wollte Alexandra Ruhe vor ihm und akzeptierte daher weiterhin seine Obsession? Oder sah sie darin die einzige Chance, nicht doch irgendwann sein Opfer zu werden? Ob er wollte oder nicht, wieder erkannte er ihren Egoismus. Alles für sie, was interessierte das Leiden anderer? Alexandra hatte jederzeit die Möglichkeit, Reichelt anzuzeigen. Das funktionierte allerdings nicht, wenn man ein Paar mit gemeinsamen Interessen bildete. Sie brauchte jemanden, der ihren Mann beseitigte. Den konnte man anschließend nicht an den Pranger stellen. Hilpert informierte die KTU, die das gesamte Haus untersuchen sollte, und veranlasste eine Befragung der Nachbarn. Möglicherweise hatten sie seine ehemalige Kollegin sich im Haus frei bewegen sehen, bevor es nach Frankfurt ging. Diesen Gefallen erwies sie ihm nicht. Dazu war sie zu clever gewesen. Er nahm die Kladde an sich. Was sollte er damit anfangen? Zumindest wollte er im Büro weiter darin lesen, auch wenn er für den Moment bedient war. Als Bettlektüre für zu Hause war ihm der Stoff zu heiß.

Wie bestellt, erreichte ihn im Verlauf des Abends ein Anruf von Alexandra. Sie rief vom Untersuchungsgefängnis aus an. Mit bissigem Unterton verlangte sie von ihm, seine Beschuldigungen gegen sie endlich einzustellen.

»Ich fürchte, ich fange gerade erst damit an. Dein Exlover hat akribisch Buch geführt.«

»Du hast die Unterlage an dich genommen?«

»Ja, sie liegt vor mir. Ich werde sie Zeile für Zeile durchlesen und dann entscheiden, wie ich damit verfahren werde.«

»Hast du die Absicht, mich zu vernichten? Ist dein Hass auf mich so groß?«

»Red keinen Blödsinn, warum sollte ich das wollen? Es geht einzig und allein um Gerechtigkeit. Aber gib mir Zeit, ich habe das dich betreffende Kapitel noch nicht zu Ende lesen können. Wenn du mich jetzt entschuldigst.«

Entschieden beendete er das Gespräch. Er konnte sie nicht mehr ertragen. Er griff nach der Kladde. Er würde sie den Ermittlungsbehörden übereignen. Ein Mordauftrag war kein Kavaliersdelikt. Eine ehemalige Polizistin hatte sich ebenso Recht und Gesetz zu beugen wie jeder andere Bürger. Egal, ob er sie einmal geliebt hatte oder nicht. Trotz allem würde es schwierig werden, sie festzunageln. Nach wie vor ging die Mehrheit der Sachverständigen bei ihrem Mann von einem Selbstmord aus. Sollten sie sich mit Reichelts Notizen auseinandersetzen und sich ein Bild über die Glaubwürdigkeit seiner Niederschrift machen. Er nahm das letzte Beweismittel zu diesem Fall, steckte es in einen Umschlag und adressierte ihn an die Staatsanwaltschaft. Gelassen stand er auf und legte ihn in den Postausgangskorb. Er strich sein Jackett glatt und verließ seinen Arbeitsplatz. Es war an der Zeit, endlich zu gehen. Es war bereits nach 20 Uhr.

Auf dem Weg zu seinem Fahrzeug erreichte ihn ein Anruf. Manchmal beschlich ihn das Gefühl, als würde ihn das Handy hassen. Aber es war für ihn unmöglich, es abzuschalten oder in die Ecke zu werfen. Der leere Akku vor wenigen Tagen hätte beinahe eine Katastrophe heraufbeschworen. Selbst ein Ignorieren kam nicht infrage. Die Mailbox würde ihn irgendwann erbarmungslos stellen und an seine Pflicht gemahnen. Also nahm er ab.

Es war Wellner, der mit nervöser Stimme auf ihn einsprach: »Entschuldigen Sie den späten Anruf. Bitte schenken Sie mir heute ein wenig Ihrer Zeit, Herr Hilpert. Unser letztes Gespräch haben Sie ja ein wenig abrupt beendet. Sie gaben mir keine Gelegenheit, mich zu erklären.«

»Klar können wir uns treffen. Haben Sie keine Angst, ich könnte verkabelt sein?«

»Das wäre mir egal. Sehen wir uns im Vierjahreszeiten? Dort kennen wir uns ja mittlerweile aus. Lassen Sie doch Ihren Wagen im Präsidium stehen und nehmen ein Taxi. Ich komme selbstredend für die Kosten auf.«

»Was haben Sie vor?«

»Die großartige Rettung von Christina ist wenigstens einen ordentlichen Wein wert.«

»Ihren Argumenten ist nichts hinzuzufügen. Obwohl ich es vor allem für mich und natürlich für sie getan habe.«

»Sie haben anderen Menschen das Herz erleichtert. Ich freu mich, Sie zu sehen.«

Die Umstände um Alexandras Mitschuld ließen sich am besten mit einem guten Glas Wein verdauen. Warum sollte er seinem gereizten Nervensystem nicht eine legale Droge zur Beruhigung anbieten? Er meldete sich bei Christina endgültig ab, die ihn mit einem lachenden und einem weinenden Auge ihrem Patenonkel überließ. Die Nacht und der folgende Morgen würden unter Garantie ihr gehören. Da war es letztendlich gleichgültig, in welchem Zustand er sich zurückmeldete. Irgendwann war er wieder einsatzfähig. Ein Glas Wein zu viel kostete nicht gleich das Leben.

Sie trafen sich an Wellners Stammtisch. Manchmal fragte er sich, ob dieser ihn gemietet oder gekauft hatte. Sie reichten einander die Hände.

»Schön, dass Sie es einrichten konnten«, begrüßte ihn der Unternehmer.

Nach Hilperts Marke wurde nicht gefragt. Es wurde ein Rotwein kredenzt, für den mancher Weinkenner zum Profikiller mutiert wäre. Hilpert verzichtet darauf, sich Gedanken über den Preis zu machen. Vermutlich hätte er seinen Geschmack getrübt.

Wellner war wieder der Alte und kam direkt auf sein Anliegen zu sprechen. »Ich bedaure die Affäre um die verdammte Gesellschaft in der Türkei und die Konsequenzen, die daraus gezogen worden sind, aus tiefem Herzen. Ich hoffe, Sie nehmen mir das ab.«

Hilpert ließ offen, ob sein andeutungsweises Nicken als Zustimmung zu werten war oder nicht. Er verzichtete auf eine Antwort und überließ Wellner das Reden.

»Offiziell habe ich zwei Kinder. Tatsächlich aber sind es drei. Christina ist auch mein Kind, obwohl ich sie nicht gezeugt habe. Wie sehr ich sie liebe, ist mir erst klar geworden, als Gerd Röller mir über ihre Entführung berichtete. Ich weiß nicht, was ich getan hätte, wäre sie von diesem Psychopaten ermordet worden.«

Wellners Augen glänzten verdächtig, als er nach seinem Glas griff und ihm zuprostete. Hilpert tat es ihm nach. Der Wein war es allemal wert.

Er setzte das Glas ab und sprach leise weiter: »In der größten Not konnte sie sich auf Sie verlassen. Ich bin Ihnen außerordentlich dankbar dafür.« Nachdenklich drehte er sein Glas, bevor er sein eigentliches Thema anriss. »Wissen Sie, als Christina mich gebraucht hatte, war ich nicht da. Ich hab sie allein gelassen, als es um die Entscheidung für oder gegen Sie ging.« Er atmete tief durch. »Das werde ich mit ihr klären müssen. An und für sich geht es heute um Sie.«

»Müssen wir das wirklich diskutieren?«, meldete sich erstmals Hilpert. »Es ist doch alles klar. Und ich respektiere Ihren Standpunkt.«

»Eben nicht. Nach wie vor behaupte ich, dass wir uns nichts vorzuwerfen haben mit unserer Gesellschaft in der Türkei.«

»Sie müssen sich mir gegenüber nicht erklären. Ich hab keinerlei Erwartungen an Sie.«

»Sollten Sie aber. Ich will nicht in Abrede stellen, zu kurz gedacht zu haben. So etwas soll vorkommen. Mag sein, Ethik und Verantwortung reichen auch für mich weiter, als ich bisher angenommen und praktiziert habe.« Er kratzte sich nervös am Kopf. Es war ihm anzumerken, dass ihm die weiteren Worte schwerfielen. »Herr Hilpert, ich möchte auf Christina nicht verzichten. Gleiches gilt für Sie.«

Er nestelte unruhig an seiner Krawatte herum. Offensichtlich hatte er es beinahe verlernt, unangenehme Gespräche zu führen. Dafür hatte man schließlich seine Leute. Und wer getraute sich in seinem Umfeld schon, anderer Meinung zu sein als er? Vielleicht noch sein Sohn oder seine Tochter.

»Und ich weiß, dafür gibt es nur einen Weg. Ich habe die Gesellschaft an meine türkischen Partner verkauft. Ich stehe dem BKA jederzeit für ein Verhör zur Verfügung. Ich stelle mich meiner Verantwortung.«

»Wird die Gesellschaft denn ohne Ihr Know-how auf Dauer überlebensfähig bleiben?«, fragte Hilpert interessiert nach.

»Wohl kaum. Diese Problematik ergibt sich erst in der Zukunft. Kurzfristig werden die ordentlich verdienen. Glauben Sie mir, wir sind nicht die Einzigen auf dieser Welt, die diese Technik beherrschen. An unsere Stelle treten demnächst andere und es wird so weitergehen wie bisher.« Er lachte auf. »Es würde mich nicht wundern, wenn es der Ableger einer amerikanischen Firma wäre. Wenn's ums Geld geht, stößt deren Patriotismus schnell an enge Grenzen.«

Hilpert musste das Gehörte erst einmal verdauen. »Verzichten Sie da künftig nicht auf viel Geld?«

»Und ob, aber es geht nur so. Ansonsten verliere ich Christina oder sie verliert Sie. Beides wäre für mich unerträglich. Und eigentlich möchte ich Sie hinzugewinnen.« Er faltete die Hände vor sich auf dem Tisch, als wollte er zum Vaterunser ansetzen. »Wissen Sie, ein Leben lang bin ich darauf trainiert gewesen, Geschäfte abzuwickeln, Geld zu verdienen. Dies wird schnell zum Selbstzweck. Jeden Tag interpretiert man den Begriff Moral neu, verändert ihn nach den eigenen egoistischen Bedürfnissen. Irgendwann bleiben Rudimente übrig. Und dann wird einem eines Tages der Spiegel vorgehalten. Das schlechte Gewissen meldet sich.« Er hüstelte und fuhr fort: »Man fängt an, für das Leiden in der Welt zu spenden, lässt sich als Mäzen feiern. Ein Bild für die Kunsthalle, hunderttausend fürs Ballett, Gelder für Erdbebenopfer.« Er tippte mit dem Zeigefinger auf die eigene Brust. »Tief dort drinnen entwickeln sich Bedenken gegen das eigene Tun. Man kann sich selber betäuben, doch auf Dauer ist es nahezu unmöglich, sich zu belügen. So gesehen ist durch Sie eine Entwicklung beschleunigt worden, der ich mich eh nicht hätte entgegenstemmen können.«

Geradezu erleichtert schien er es aufzunehmen, als ihm einer der Kellner nachschenkte. So konnte er sich sammeln und nach den richtigen Worten suchen. Dies gelang ihm problemlos. Sein rhetorisches Geschick hatte ihn nicht verlassen.

»Wir sind Ihnen alle unendlich dankbar. Und ich möchte, dass alles so bleibt, wie es ist. Verlassen Sie sich darauf, als Sicherheitschef in unserer Gruppe ist es unmöglich, etwas bei uns zu finden, das kriminell wäre, das wir unter den Teppich kehren müssten. Ihr Ruf wird nicht beschädigt. Ich bitte Sie, fangen Sie am ersten April bei uns an. Nehmen Sie Ihre Kündigung zurück. Unser Laden kann ein Stück mehr an Moral gebrauchen. Und ich sowieso.«

Hilpert hätte lügen müssen, wollte er von sich behaupten, nicht durch Wellners Worte beeindruckt worden zu sein. Aber auch bei ihm war die Zeit der spontanen Entscheidungen vorbei. Zu viel hatte sein Leben in den letzten Monaten bewegt.

»Lassen Sie mich in Ruhe darüber nachdenken. Ich bin bisher zu keinen neuen Gedanken über meine berufliche Zukunft gelangt. Die Ereignisse sind so frisch. Und morgen kommt ein schwerer Tag auf mich zu. Da werden die Gazetten mit den Ermittlungsergebnissen gefüllt sein. Die Pressekonferenz in Frankfurt wird am Vormittag wohl recht turbulent werden. Weber ist deshalb diesen Abend extra rübergeflogen.«

»Und was ist mit Ihnen? Sie haben die Morde aufgeklärt.«

»Ich habe mir erlaubt, eine Auszeit zu nehmen. Wissen Sie, ich bin kein Filmstar und will keiner werden. In die Politik zieht es mich ebenso wenig. Sollen sich andere den Fragen der Journalisten stellen. Sollen andere Schlagzeilen machen.«

»Gute Entscheidung, kommen Sie zu uns.«

Lächelnd ließen sie die Gläser klingen. Und es wurden einige mehr. An diesem Abend brachte ihn Wellners Chauffeur zu seiner Wohnung. Er selbst entschied sich, im Hotel zu nächtigen. Den

Weg im Treppenhaus fand Hilpert gerade noch ohne Unterstützung. Als er die Tür aufschließen wollte, bemerkte er, dass sie nicht verriegelt war. Sie öffnete sich von allein.

Christina empfing ihn mit einem warmen Lächeln. »Eigentlich wollte ich heute Abend meine weiteren Schulden bei dir abbezahlen. Wenn ich dich so ansehe, scheint mir, es ist besser, wir warten den morgigen Tag ab. Hast du denn wenigstens etwas gegessen?«

Er hatte und auf den nächsten Morgen mussten sie ebenfalls nicht warten. Da konnten sie als Wiederholungstäter wirken.

Am Tag darauf wurden sie mit endlosen Anfragen der Medien zugeschüttet. Die Hamburger Journalisten waren darüber empört, nicht direkt informiert worden zu sein, sondern sich auf die Dienste verlassen zu müssen. Der Pressesprecher der Polizei musste zeitweise simultan telefonieren. Gegen Mittag entschieden sich Weber und der zuständige Staatsanwalt für eine Vorwärtsstrategie. Sie beriefen für den Nachmittag eine Pressekonferenz ein. Die Journalisten heulten wegen der relativ spät angesetzten Terminierung auf und erschienen dennoch. Hätten sie Hilpert nicht gebracht, wäre wahrscheinlich das Präsidium abgefackelt worden. Es reichte kaum zu einer Begrüßung. Schon prasselten die Fragen auf ihn ein. Mancher Redaktionsschluss wurde für ihn nach hinten verlegt, etliche Artikel im Präsidium verfasst und von dort aus abgesetzt. Gelassen ging er auf die Medienvertreter ein. Und die entscheidende Frage kam. Diesmal war es nicht Frank, der den Nerv traf, sondern ein Mitarbeiter des NDR.

»Hätte man nicht früher auf Reichelt als Täter kommen können?«

Plötzlich wurde es still im Raum. Gebannt starrten die Medienvertreter Hilpert an.

»Unter Garantie«, antwortete er offen, bevor ihm jemand mit einem lapidaren Statement zuvorzukommen versuchte. »Vermutlich war ich vernagelt. Ich habe in Reichelt mehr als einen Kollegen gesehen. Unter anderen Umständen wären wir Freunde geworden. Er war mutig, intelligent, zuverlässig. Stand er hinter einem, brauchte man keine Augen im Rücken. Es war ein langer Weg zu ihm als Täter. In der Nachbetrachtung komme ich mir vor wie jemand, der den Horizont mit einem Fernglas absucht. Dabei hätte man es nur absetzen und nach vorne schauen müssen.«

Diesmal setzte Frank nach: »Gab es denn keinerlei Hinweise in seinem Verhalten, in seinem Auftreten?«

Hilpert stützte seinen Kopf schwer auf beiden Händen auf. Er horchte tief in sich hinein. Ein Medienprofi hätte gewiss versucht, ihm das richtige Auftreten in der Öffentlichkeit zu vermitteln. So lieferte er beste Motive für die Fotografen.

»Nicht die Spur«, antwortete er. »Bis zum bitteren Ende hätte ich ihn jederzeit gebeten, sich um meine Frau oder meine Tochter zu kümmern.«

»Sie sind verheiratet und haben eine Tochter?«

»Glücklicherweise nicht. Ich meinte nur. Deshalb hat sich mir diese Frage nie konkret gestellt. Man muss auch mal Glück im Leben haben.«

Die Stimmung blieb ihm gewogen. Sicherlich trugen seine Offenheit, seine erkennbare Betroffenheit dazu bei. Er schlug sich wacker und stand anschließend für Einzelinterviews zur Verfügung. Er stellte sich selbst Frank. Dieser verhielt sich ihm gegenüber ungewohnt freundlich. »Was wird denn nun aus Ihnen bei der Polizei?«, wollte er von ihm nach seinen vorbereiteten Fragen wissen.

»Meine Kündigung läuft, wie Sie wissen.«

Völlig unerwartet bedachte ihn der Journalist mit einem Kompliment: »Sie neigen zwar gelegentlich zu einer unverschämten Arroganz und mögen tun Sie mich auch nicht, aber Sie sind kompetent und unbestechlich. Es wäre eine Schande, wenn die Stadt Sie als Kriminalbeamten verlöre.«

Hilpert verzog sein Gesicht zu einem angedeuteten Lächeln. »Danke, das tut gerade aus Ihrem Mund gut. Ich fürchte nur, ich kann und will nicht zurück.«

»Mann, Verträge sind dazu da, sie zu brechen.«

»Gerade das ist es, was mir gegen den Strich geht. Man schließt Verträge ab, weil man sie einhalten will. Ich bin kein Fußballspieler.«

»Sie tun das garantiert. Sie sind ein Ehrenmann. Das macht Sie so unangreifbar. Scheiße!«, fluchte er unvermittelt los. »Und solche Leute verlassen uns!«

»Vielleicht ist das ein Fehler, aber ich kann schlecht aus meiner Haut.«

»Bleiben Sie bloß drin.« Er reichte ihm die Hand. »Schade, dass wir bald nichts mehr miteinander zu tun haben werden. Wer weiß, vielleicht sieht man sich mal wieder. Sie haben künftig in mir einen Freund«, er strahlte ihn an, »selbst wenn Sie darauf keinen Wert legen.«

Hilpert lächelte zurück. »Keine Angst, auch ich habe lieber Freunde als Feinde.«

52

Vor dem Präsidium erwartete ihn Christina. »Na, wie ist es gelaufen?«

Er zuckte mit den Achseln. »Keine Ahnung. Solch einen Job mache ich ja eher selten.«

»Und wo geht's jetzt hin?«

»In die Nordheide zu den normalen Menschen. Der letzte Mord in der Gegend liegt eine ganze Zeit zurück und wurde garantiert nicht von einem Einheimischen verübt.«

»Wie ich dich kenne, tippst du auf einen Hamburger.«

»Nicht zwangsläufig. Was hältst du von einem Kompromiss, einigen wir uns auf einen Berliner oder einen aus Stuttgart.«

»Von mir aus. Ich folge dir überall hin.«

Tatsächlich bekam ihm die Ruhe in seiner Vaterstadt gut. Sie besuchten seine Mutter, die ständig versuchte, seine Hand zu streicheln. Ihre rot verweinten Augen belegten, dass sie schwere Stunden hinter sich gebracht hatte. Aber ihr Sohn lebte. Er war unverletzt. Selbstredend mussten sie ein riesiges Stück Eierlikörkuchen essen. Zu seiner Überraschung griff Christina ordentlich zu.

»Es ist so lange her, dass ich selbst gebackenen Kuchen gegessen habe«, erklärte sie ihm, ohne dass er sie gefragt hätte.

Den Abend verbrachten sie gemeinsam in seiner Hamburger Wohnung. Die große Ruhe wollte sich nicht einstellen. Eine Mail hatte ihn erreicht. Man erwartete ihn am nächsten Vormittag in

Frankfurt. Als er nachfragte, was von ihm erwartet wurde, verriet man ihm, dass man auf ihn bei Alexandras Vernehmung hoffte. Offensichtlich steckten sie mit ihr in einer Sackgasse. Es war bitter, jemanden verhören zu müssen, der alle Tricks kannte. Er war eher skeptisch, was seine Rolle anging. Alexandra würde bereits wissen, dass er Reichelts Kladde weitergereicht hatte.

Er nahm den ersten Flieger und ließ den Rückflug offen. In der Maschine dachte er über Alexandra nach. Wie würde sie auf ihn reagieren. Sie benötigte gute Argumente und noch bessere Nerven, um ihren Kopf aus der Schlinge zu ziehen. Er war fest von ihrer Schuld überzeugt. Ihr Egoismus dominierte jegliche Gefühle. Selbst ihr Verstand nahm dabei eine untergeordnete Rolle ein. Er wusste, sie verfügte über starke Nerven. Moralische Bedenken fanden bei ihr gleich gar nicht statt. Er sollte sie vernehmen. Was erwartete man von ihm? Sie hatte ihre Ziele erreicht und würde eher von einer Großflugschanze springen, als den Anflug eines Geständnisses zu machen.

Zu seiner Überraschung holte ihn ein Kollege vom Flughafen ab. Auf der Fahrt zum Präsidium hatten sie nur ein Thema: Alexandra und ihren Auftritt bei den Vernehmungen. Wie er erwartet hatte, bissen sie sich an ihr die Zähne aus. Und ihre beiden Anwälte übten gleichermaßen gehörigen Druck aus. Es wurde mit allen Mitteln gekämpft und aus allen Rohren geschossen.

Gegen zehn saß er der Frau gegenüber, die er geliebt und begehrt hatte. Es war deutlich erkennbar, dass sie seine Anwesenheit nicht gerade als Freundschaftsbesuch interpretierte. Wütend blitzte sie ihn mit ihren großen Augen an.

»Haben sie dich jetzt als Vielzweckwaffe hierher beordert?«, fragte sie ihn aggressiv.

»Sollten sie? Keine Ahnung. Ich wurde gebeten, mich mit dir zu unterhalten. Du weißt, ich bin immer ein gehorsamer Bulle gewesen.«

»Was will man denn eigentlich von mir, kannst du mir das erklären?«

Er starrte sie an, als habe sie ihn unflätig beschimpft. »Das fragst du mich jetzt allen Ernstes? Ein Sexualmörder entführt dich. Kaum hältst du dich in seinem Haus auf, machst du mit ihm gemeinsame Sache.«

Sie erhob aufgebracht ihre Stimme. »Was unterstellt ihr mir? Woher hätte ich wissen sollen, dass Reichelt ein Sexualverbrecher ist? Er hat mir zu keinem Zeitpunkt Gewalt angetan.«

»Tatsächlich? Er hat dich entführt. Das hältst du für normal?«

»Ich wollte unbedingt ein Kind. Dafür war ich bereit, ihm zu verzeihen.«

»Du bist monatelang verschwunden gewesen.«

»Klar, in der Nachbetrachtung war das nicht in Ordnung. Irgendwie kam es mir wie ein Abenteuer vor. Ein Leben in Luxus ist zuweilen langweilig.«

»Ach ja und du hast in seinem Haus nichts mitbekommen. Im Keller wurden Frauen gefangen gehalten und brutal missbraucht und zum Teil gequält.«

»Ich habe nichts gehört oder gesehen. Dass Reichelt ein Psychopath ist, wurde mir erst bewusst, als er mit deiner Exfreundin hier aufgetaucht ist und den Empfang für dich vorbereitete.«

»Hast du dich nicht gefragt, was aus der Gynäkologin geworden ist?«

»Er behauptete, sie freigelassen zu haben.«

Diesmal war es an ihm, wütend hochzuspringen.

»Klar und sie ist anschließend direkt zur Tagesordnung übergegangen, hat sich nicht an die Polizei gewandt? Wer's glaubt! Du lügst und weißt es auch. Jeden Tag steckte die ›Frankfurter Rundschau‹ bei euch im Briefkasten. Über deinen Tod und den der Ärztin wurde groß und breit berichtet. Du konntest dich über den Fernseher, übers Internet informieren. Erzähl mir nicht, dass du wochenlang in dem Haus rumgehockt und Löcher in die Luft gestarrt hast.«

Ungehalten setzte er sich wieder und redete weiter auf sie ein: »Du hast bei ihm, besser mit ihm gelebt. Das beweisen deine DNA-Spuren eindeutig. Unter der Woche warst du allein und hättest jederzeit die Polizei rufen oder zumindest den gepeinigten Frauen helfen können.« Sie wollte antworten, abrupt unterbrach er sie mit einer Handbewegung. »Er bringt dich in einem privaten Krankenhaus unter und muss selbst zurück nach Hamburg. Hast du dich dort jemandem anvertraut?« Zornig schlug er mit der flachen Hand auf den Tisch. »Nichts hast du getan!«

Er erwartete eine Erwiderung von ihr, eine schlechte Ausrede. Stattdessen blieb sie still. Schließlich räusperte sie sich und ging auf ihn ein allerdings in anderer Form, als er erwartet hätte.

»Ich kann mich nur wiederholen. Reichelt war zärtlich zu mir. Er ließ mich zufrieden, als meine Schwangerschaft bestätigt wurde. Es gab für mich keinen Anlass, in den Keller zu gehen. Ganz im Gegenteil bin ich nur Treppen gestiegen, wenn es sich nicht vermeiden ließ. Und dann war das Erdgeschoss mein Ziel. Was hätte ich im Keller suchen wollen? Ich wusste nicht, dass ich es mit einem Psychopaten zu tun hatte.«

»Und deine Entführung?«

»Noch mal für die Galerie. Ich hab das eher als romantischen Akt interpretiert. Er hat mich umsorgt. Es war zeitweise großartig mit ihm. Er schien unersättlich. Und dann war ich schwanger. Von dem Moment an drehte sich alles nur um das Kind. Er war sehr besorgt um mich.«

»Und die Menschen, die nach dir gesucht haben, dein Ehemann?«, hakte Hilpert nach.

»Ich gebe zu, die Schraube überdreht zu haben. Es wäre mir peinlich gewesen, in der Öffentlichkeit zu erscheinen und mich rechtfertigen zu müssen. Ich verpasste einfach den Absprung, zurückzukehren und so zu tun, als sei nichts geschehen.«

»Und die Eintragungen in seiner Kladde? Danach hast du ihn gebeten, deinen Mann umzubringen.«

»Mein Mann ist durch Selbstmord aus dem Leben geschieden. Reichelt hat sich da selbst mit seinen Wahnvorstellungen verewigt.«

Sie faltete unnatürlich ruhig ihre Hände vor sich auf dem Tisch. Ihre Stimme klang weniger überheblich als zuvor. Seine kompakt vorgetragenen Vorwürfe hatten sie erreicht. »Es ist besser, ich unterhalte mich auch mit dir nur in Anwesenheit meiner Anwälte. Am Ende überzeugst du mich von meiner Schuld. Du bist schlimmer als alle anderen zusammen.« Sie blickte ihn gelassen an. »Du jagst Hirngespinsten hinterher. Je eher du das begreifst, Fabian, desto besser ist es für uns alle.«

»Mach was du willst, da kann ich mich wenigstens zurückziehen.« Er ruckelte mit dem Stuhl zurück und stand auf. Er hatte die Türklinke bereits in der Hand, als er sich ihr abermals zuwandte. »Ich habe dich geliebt und musste deinen Egoismus verdauen. Du wirst nun mit den Konsequenzen daraus zu leben haben.«

Diesmal wartete er ihre Antwort nicht ab, sondern verließ den Verhörraum. Im Flur traf er auf einen Kollegen der Soko. »Die ist ein verdammt harter Brocken. Manchmal hat man das Gefühl, die kommt sogar ohne Anwalt durch.«

»Ja, sie hat einen guten Job in Hamburg gemacht und bringt alle Erfahrung mit, die man braucht, um sich durchzulavieren.«

»Wär 'ne Sauerei, sollte sie so davonkommen.«

»Wem sagen Sie das? Da kommt auf den Staatsanwalt viel Arbeit zu. Ich hoffe, Reichelts schriftliche Unterlagen helfen uns da weiter.«

»Ich wäre mir da nicht so sicher. Die treiben schon einen Gutachter auf, der ihm Hirngespinste unterstellen wird.«

Er saß noch zwei weitere Stunden mit der Soko zusammen, bevor er nach Hamburg zurückflog. Wirklich freuen wollte ihn das Lob des Einsatzleiters nicht, der sich für seine erfolgreiche Aufklärungsarbeit bei ihm bedankte. Tatsächlich wurde den Aufzeichnungen ein hohes Maß an Glaubwürdigkeit zugebilligt. Auf Alexandra kämen schwere Zeiten zu. Ihr Antrag auf Haftverschonung würde wenige Tage später trotz ihrer Schwangerschaft abgelehnt werden. Als er am frühen Nachmittag das Flughafengebäude verließ, entschied er sich, nach Hause zu fahren. Er wollte allein sein. Christina respektierte seinen Wunsch, als sie vom Büro aus mit ihm telefonierte.

* * *

Es kam, wie es kommen musste, der Druck der Öffentlichkeit wurde so stark, dass sich selbst der Innensenator aus seiner Deckung herauswagen musste. Zwei Tage später saß Hilpert vor ihm. Der Senator zupfte nervös an irgendwelchen Papieren herum.

»Ihretwegen bin ich meinen Staatsrat losgeworden.«

»Ach, dann gab es durch ihn keine Begünstigung im Amt?«

»Sie kennen sich in der Politik zu wenig aus. Diesen dummen Beratungsvertrag hätte er ausgesessen. Aber Sie, Hilpert, Sie haben ihn geschafft.«

»Sie belieben zu scherzen.«

»Keineswegs. Glauben Sie mir, ich weiß, wovon ich rede. Sie sind absolut loyal gewesen. Es hat nicht eine Bemerkung Ihrerseits gegen Hinrichs gegeben. Sie haben über dieses Thema nicht mit einem Journalisten gesprochen. Haben keine noch so vertrauliche Unterhaltung ›off the records‹ für Ihre Interessen genutzt. Sie sind schon in Ordnung. Das hat ihm letztlich das Genick gebrochen.« Er lachte bitter auf. »Für ihn wäre es vermutlich besser gewesen, Sie hätten keine charakterliche Stärke gezeigt. Mit Moralisten legt man sich nicht an. Man hat keine Chance gegen sie. So war es ihm nicht möglich, gegen Sie ein Feindbild aufzubauen. Niemand hätte ihm geglaubt. Selbst Ihre Intimfeinde in den Medien haben sich nicht instrumentalisieren lassen.«

Er verschränkte die Arme vor seiner Brust, als wollte er sich in eine Abwehrposition zu ihm begeben. »Sie sind ein scheißloyaler Beamter. Genau so, wie es sich gehört.«

Er gab seine Haltung auf und beugte sich vor. »Wer weiß, wie lange ich dieses Amt noch innehaben werde. Aber von Ihrem Schlag bräuchten wir mehr Leute. Es war ein Riesenfehler von Hinrichs, Sie nicht zu unterstützen, sondern zu versuchen, Sie aufs Abstellgleis zu stellen. Sie werden gehen. Das kann ich nicht mehr verhindern. Aber vorher kann ich wenigstens einen Fehler wiedergutmachen. Ich kann Sie befördern. Und zwar so, wie Sie es verdient haben. Das kostet die Stadt eh kein Geld mehr. Gleichzeitig werde ich mit allen Mitteln, die mir zur Verfügung stehen, dafür sorgen, dass eine Rückkehr zu uns jederzeit möglich wird.«

Er erhob sich von seinem Sessel. Hilpert blieb keine andere Wahl, als es ihm gleichzutun.

Der Senator räusperte sich. »In Abstimmung mit dem Polizeipräsidenten und dem Personalrat befördere ich Sie hiermit zum Ersten Hauptkommissar.«

Er übergab ihm eine Urkunde. Erstaunt blickte Hilpert darauf.

»Ja, geht das denn so einfach? Was sagt denn das Beamtenrecht dazu?«

»In Ihrem Fall ist das in Ordnung. Wenn man will, ist alles möglich. Und wir werden uns wiedersehen. Da bin ich mir ganz sicher. Dann können wir Sie wenigstens anständig einsetzen und es muss niemand um Erlaubnis gefragt werden. Gewisse Fehler unterlaufen uns nicht zweimal. So dumm sind nicht einmal wir, obwohl wir Politiker sind.«

Hilpert nahm die Urkunde betroffen in die Hand. Es gab Gesten, die einen beeindruckten, selbst wenn man glaubte, über allem zu stehen. »Bitte vergessen Sie meinen Kollegen Stange nicht. Für den hat eine Beförderung eine völlig andere Bedeutung als für mich. Das ist auch einer vom richtigen Schlag.«

»Keine Angst, dafür hat Weber bereits gesorgt.«

Er reichte ihm die Hand. »Ich wünsche Ihnen alles Gute und hoffe, Sie bewähren sich in der freien Wirtschaft.« Er hüstelte verlegen. Offensichtlich lag ihm noch etwas auf der Seele. »Sie wissen nicht, dass Gerd Röller einer meiner ältesten Freunde ist. Wäre seiner Tochter etwas passiert, das hätte er nie überlebt. Es gibt ein paar Menschen in Hamburg, die Ihnen unendlich dankbar sind. Ich gehöre dazu.«

»Senator, Christina scheint ein sehr beliebter Mensch zu sein. Aber ich hatte einen Job zu erledigen, obwohl ich persönlich involviert war.«

»Seien Sie nicht immer so bescheiden.«

»Ich werde an mir arbeiten.«

Vor dem Rathaus blickte Hilpert sich um. Er liebte den Platz davor. Wenn die Sonne im Frühjahr ein wenig kräftiger hervorlugte, würden die Menschen auf den Stufen sitzen, die zu den Grachten führten oder Schmalzbrote von den historischen Ewer kaufen, die dort vertäut lagen. Er dagegen fuhr bald mit einer edlen Firmenlimousine durch die Gegend und ging mit Anzug und Krawatte zur Arbeit. Und das Ganze in City Nord. Wirklich wohl war ihm bei diesen Gedanken nicht. Trotzdem hatte er sich entschieden. Er gehörte nicht zu den Menschen, die an den Ort ihrer Taten zurückkehrten, wenn es an anderer Stelle nicht wunschgemäß lief. Zu einem anderen Zeitpunkt hätte ihn die Beförderung gefreut. Nun war es zu spät, sie half ihm nicht mehr weiter.

Nervös kratzte er sich am Kopf. Ihn plagte ein anderes Problem. Er musste endlich Weihnachtsgeschenke einkaufen gehen. Damit war er fürchterlich ins Hintertreffen geraten. Was sollte er Christina schenken? Erst jetzt begriff er, dass er viel zu wenig über sie wusste. Da musste er schleunigst gegenwirken. Ob sie ein kleines Schmuckstück ansprechen würde? Ihm fiel Alexandras Kette ein, die letztlich zu Reichelt geführt hatte. Er würde das Fest in gespaltener Stimmung begehen, besinnlich mit Christina in der Familie, traurig weil er Alexandra für eine Komplizin dieses Psychopathen hielt, die sich mitschuldig gemacht hatte. Sollten Gerichte über die Schwere ihrer Taten befinden. Er hatte sich entschieden gegen sie gestellt und verweigerte ihr jeglichen Bonus aus der ehemaligen Beziehung.

Christina war weit über Gebühr bemüht, den Zauber des alten Verhältnisses wiederherzustellen, der sie vor ihrer Trennung ausgemacht hatte. Diesem stand er je nach Gemütslage mal mehr, mal weniger im Wege. Es ging ihm nicht um die Frage des Vergebens und Vergessens. Er sehnte sich nach einer festen auf Dauer ausgerichteten Beziehung, getragen von gegenseitiger Liebe und Respekt. Er war sich unsicher, ob sie auf Dauer diesen Anspruch sich gegenseitig würden erfüllen können. Sie war brennend ehrgeizig. Über allem stand ihr Job. Er sah das ein Stück gelassener. Er bekam keine funkelnden Augen, wenn ein Ferrari an ihm vorbeifuhr. Ein Appartement in New York oder Paris stand in seiner Bedürfnisliste weit hintenan. Doch darüber musste nicht zwangsläufig unter dem Christbaum befunden werden. Er wollte sich überraschen lassen und genoss ihr Miteinander. Zumindest würde er beim Jahreswechsel ein Mädchen im Arm halten. Bereits das konnte man im Gegensatz zum Vorjahr als echten Erfolg bezeichnen.

Epilog

Thiemann saß kurz vor Jahresende mit drei Empfehlungen vor dem Personalchef des Konzerns. Er war aktiv an der Ergreifung des mehrfachen Mörders im Konzern beteiligt gewesen, war fachlich qualifiziert und im Einkauf war Not am Mann. Bestückt mit einem unbefristeten Vertrag zu ordentlichen Bedingungen konnte er das neue Jahr optimistisch einläuten. Seinen Traum von mehreren Wochen Sonne, fruchtigen Mixgetränken und gut gewachsenen jungen Mädchen musste er allerdings vorerst ad acta legen. Ganz im Gegenteil hätte man ihm am liebsten einen generellen Urlaubsverzicht abverlangt. Glücklicherweise widersprach solch ein Ansinnen geltendem Arbeitsrecht.

Alexandra wurde tatsächlich von den besten Anwälten ihres Fachs verteidigt. Sie stellten alles infrage, was ihren Thesen widersprach, versuchten jeden in die Ecke zu drängen, der in ihren Focus geriet. Die Auseinandersetzung wurde mit roten Ohren und geballten Fäusten in der Hosentasche geführt. Als Hilpert in den Zeugenstand gerufen wurde, ließ er sich auf keine Spielchen ein. Er referierte ausschließlich belegbare Fakten und widerstand dem Gefühl, darüber hinaus mit Interpretationen aufzuwarten. Gerade das machte ihn für sie gefährlich. Der Versuch, ihn als enttäuschten Liebhaber darzustellen, der sich an ihr rächen wollte, wurde durch die Faktenlage eindeutig widerlegt. Und trotzdem kam es zu keiner Verurteilung. Letztendlich rettete sie der Sachverständigenstreit hinsichtlich der Frage, ob ihr Mann sich das Leben genommen hatte oder umgebracht wurde. Aus diesem Patt kam auch der Staatsanwalt nicht heraus. Die Frage, ob sie in dem Haus das Schreien der gepeinigten Frauen hören konnte, ließ sich ebenfalls nicht zweifelsfrei klären. Sie erlangte einen schwachen Freispruch und konnte am Ende des Prozesses den Gerichtssaal als freier Mensch verlassen. Der Blick, mit dem sie ihn bedachte, als er den Zeugenstand verließ, machte Hilpert klar, eine Freundin fürs Leben verloren, vielleicht sogar eine Feindin gewonnen zu haben. Er würde es überstehen. Sie machte ihm keine Angst.

Alexandra ging zufrieden aus dem Gerichtssaal. Gelassen stand sie den Fotoreportern Rede und Antwort. Die Meinung über ihren Freispruch fiel zwiespältig aus. Sie wusste, wie ihre ehemaligen Kollegen in Hamburg und Frankfurt dazu standen. Letztlich war ihr deren Gemütslage gleichgültig. Sie hatte eine Reihe an Entscheidungen getroffen. Am schwersten war ihr die Abtreibung gefallen. Doch sie konnte unmöglich das Kind eines Psychopathen austragen. Niemand hätte ihr sagen können, ob die Gene des Vaters sich bei dem werdenden Leben durchgesetzt hätten. Das Risiko wäre ihr zu groß gewesen. Jedes künftige abweichende Verhalten hätte sie zum Grübeln gebracht. Alle privaten Systeme waren auf Genuss ausgerichtet. Das wollte sie nicht durch ein Kind gefährden, das möglicherweise psychisch ähnlich deformiert sein könnte wie dessen Vater. In Freiheit musste sie nur einen Menschen fürchten: Fabian. Er hatte sie bis ins tiefe Innere ihrer Seele durchschaut. Würde er auf ihrer Spur verharren? Das konnte für sie gefährlich werden, sollte die Staatsanwaltschaft tatsächlich Berufung gegen das Urteil einlegen. Vielleicht hielt ihn sein Job in der Wirtschaft davon ab? Aber er war jung genug, um seine Meinung zu ändern. Und die Polizeibehörde würde ihn jederzeit mit offenen Armen aufnehmen, wenn ihm danach war. Und dann geriet sie möglicherweise wieder in sein kritisches Blickfeld. Da musste sie sich gegebenenfalls etwas einfallen lassen. Momentan sah sie allerdings keinen Handlungsbedarf. Sie beabsichtigte, alle Immobilien in Hamburg zu verkaufen und sich in München niederzulassen. Vielleicht vergaß er sie auf diesem Weg.

Hilpert hatte mittlerweile so viel Distanz zu den Ereignissen bekommen, dass ihn die emotionale Seite kaum noch berührte. Die Beziehung zu Christina war nach wie vor eng und harmonisch. Wellners Befürchtungen, der Konzern könnte ein Auge auf ihn werfen, sollten sich bewahrheiten. Anfang Januar unterbreitete man ihm ein überaus interessantes Angebot. Man einigte sich schließlich darauf, dass er erst einmal die Entwicklung in seiner gegebenen Funktion abwarten wollte.

Er arbeitete seit nunmehr fünf Monaten in der freien Wirtschaft und fand sich gut zurecht. Sein Einstieg in die neue Tätigkeit erfolgte problemloser als anfangs von ihm befürchtet. Tatsächlich entdeckte er in einer Reihe sicherheitsrelevanter Bereiche der produzierenden Betriebe, Problemfelder, die anzugehen waren. Sie optimierten die unternehmensübergreifende EDV-Organisation und bauten ein kleines schlagkräftiges Team auf, das sich ausschließlich auf die Aspekte der Datensicherung konzentrierte. Für den Objektschutz suchte er die Zusammenarbeit mit externen Dienstleistern, da ihm nicht der Sinn danach stand, eine eigene Söldnertruppe aufzubauen. Sein Interesse, sich mit jungen Männern in Kampfstiefeln und kurz geschorenen Haaren regelmäßig zu treffen, hielt sich allemal in Grenzen. Die eingeleiteten Maßnahmen stießen ohne Abstriche auf die Zustimmung ihrer Auftraggeber.

Nach den ersten Monaten der Analyse und Problembewältigung stellte sich bei ihm langsam Routine ein. Er wandelte sich zunehmend vom Initiator zum Kontrolleur. Je erfolgreicher sie agierten, desto langweiliger wurde es ihm. Sein Arbeitgeber orientierte sich an den Ergebnissen seiner Tätigkeit und dokumentierte seine Zufriedenheit beim nächsten Gehaltsgespräch mit einer außerordentlich großzügigen Steigerung seines Einkommens. Im öffentlichen Dienst stritt man um die zweite Stelle nach dem Komma. Ihm legte man zwanzig Prozent drauf. Es bedurfte dieser Gehaltsaufstockung nicht, um seine Zufriedenheit zu steigern. Er lebte weiterhin so unaufwendig wie in der Vergangenheit. Die einzige Position, die gelegentlich zu Buche schlug, waren die Ausgaben für seine Bekleidung. Da hatte er anfangs einen erheblichen Nachholbedarf zu befriedigen. Ein paar Anzüge und Kombinationen ergänzt um Oberhemden und Schuhe machten aus ihm keinen armen Mann, auch wenn Christina ihn geschickt auf Marken orientierte, die nicht unbedingt von irgendwelchen Billiganbietern in den Regalen platziert wurden. Er war nicht unglücklich mit seiner Situation. Aber mit jedem Tag der neuen Tätigkeit wurde ihm klar, wie sehr er Polizist geblieben war und wie gerne er einer geblieben wäre.

Jörg von Bargen
Alsterrausch

Nach einem längeren Aufenthalt im Kosovo muss sich Hauptkommissar Fabian Hilpert in Hamburg nicht nur um die Aufklärung mehrerer Morde in der besseren Gesellschaft kümmern. Vielmehr holen ihn Geschehnisse vom Balkan ein, die ihm nicht nur seinen Schlaf rauben, sondern auch sein Leben bedrohen. Er bekommt es mit Gegnern zu tun, die ihm unbarmherzig auf den Fersen sind. Aber sind sie auch für die Morde verantwortlich?

Principal Verlag, 2011; 389 S.; Pb.
ISBN 978-3-89969-127-6

Jörg von Bargen
Heidjer Blut

Mehrere Kriminalromane hat der Henning Mankell der Nordheide bereits erfolgreich veröffentlicht. Überregional ist er mit der Veröffentlichung seiner „Gastro-Krimi-Serie“ im Magazin „Schönes Leben“ bekannt geworden.

Sein Kommissar Wallander heißt Günther Pauly und löst als Hauptkommissar der Buchholzer Kripo knifflige Verbrechen in der regionalen Gastronomie. Ein besonderes Highlight in diesem Gastro-Krimi-Buch ist Jörg von Bargens neuester Thriller „Spuren der Vergangenheit“.

Wellcon Verlag, 2008; 459 S.; Pb.
ISBN 978-3-00-025987-6

Jörg von Bargen
Im Schatten des Regenbogens

Die Mitarbeiter eines kleinen Anwaltsbüros werden von zwei professionellen Killern kaltblütig erschossen. Sie sollen nicht die einzigen Opfer bleiben. Da die Mörder bei dem Anschlag selbst ums Leben kommen, steht Frank Payton hinsichtlich des Tatmotivs vor einem schier unlösbaren Rätsel. Auf der Suche nach den Hintermännern ermittelt er in verschiedene Richtungen. Die Spuren führen von der Mafia bis in die Geschäftswelt von Clanston. Er muss sich dabei mit korrupten Polizisten auseinander setzen und stößt auf undurchsichtige Machenschaften bei den städtischen Behörden.

In seinem vierten Fall sieht sich Payton gezwungen, ungewöhnliche Koalitionen einzugehen, um an die Verantwortlichen der Verbrechen heranzukommen. In seinen Methoden unterscheidet er sich kaum noch von den Gejagten. Zusehends läuft er Gefahr, sich im Dickicht seiner unkonventionellen Recherchen selber zu verfangen, und setzt damit die Beziehung zu einer jungen Staatsanwältin einer harten Bewährungsprobe aus.

Principal Verlag, 2006; 316 S.; Pb.
ISBN 3-89969-032-X

Jörg von Bargen
Wo das Licht sich bricht

Gerade dem Teenageralter entwachsen, stellen Jenny Mandry, Steve Garnett, Roy Baker und Pierre Marat außerordentliche Fähigkeiten an sich fest. Ihre Wege kreuzen sich in London, wo sie zu einer verschworenen Gemeinschaft zusammenwachsen. Sie sind einander vorher nie begegnet und wurden dennoch in ihren Heimatländern, USA, Frankreich und England auserwählt, als Wächter der Kraft zu dienen. Die ihr innewohnende Gewalt sprengt alle menschlichen Maßstäbe und Vorstellungen. Sie wurde der Menschheit zu ihrem Schutz übergeben und kann in falschen Händen gleichermaßen zu ihrem Untergang beitragen. Schließlich liegt in ihr der Schlüssel zur Herrschaft über den gesamten Erdball und darüber hinaus.

Die Chancen der Akteure, die sich auf ihre besonderen Kräfte verlassen, halten sich in Grenzen. Materielle Verlockungen fordern sie ebenso heraus wie die Versuchung, die Kraft sich selber zu Eigen zu machen.

Über allem zieht ein Wesen die Fäden, das trotz aller Macht an der Unberechenbarkeit menschlicher Individualität zu scheitern droht.

Principal Verlag, 2004; 498 S.; Pb.
ISBN 3-89969-019-2

Jörg von Bargen
So far away

Eine unerwartete Erbschaft führt Frank Payton nach zwanzig Jahren der Abwesenheit in seine Heimatstadt zurück. Die Hoffnung auf eine kurze Stippvisite schwindet, als ein enger Mitarbeiter von ihm brutal ermordet wird. Er soll nicht das einzige Opfer bleiben.

Payton begreift, daß sich im Spiel um viel Geld hinter der Fassade bürgerlicher Normalität eine hohe kriminelle Gewaltbereitschaft verbirgt. Erst der Rat von dritter Seite, sich losgelöst von aller Komplexität auf seinen gesunden Menschenverstand zu konzentrieren, führt ihn zur überraschenden Lösung eines präzise geplanten Mordkomplotts.

Frank Payton, Topmanager und Kriminalist, wird in seinem dritten Fall auch persönlich gefordert, da er wieder der Frau begegnet, derentwillen er die Stadt verlassen hat. Ein Neuaufflammen der Beziehung scheint unausweichlich.

Principal Verlag, 2003; 270 S.; Pb.
ISBN 3-89969-003-6